◊

Karfunkel

Im Jahre des Herrn 1292. Das Reich der Hohenstaufen, welches einst ganz Deutschland und Italien umspannte, ist an kirchlichen Intrigen zerbrochen.

Durch einen Besuch des päpstlichen Legaten Wasmod von dem Knesebeck wird die junge Augustinernonne Agnetha unter dem Zwang eines geheimen Auftrags aus ihrem beschaulichen Klosteralltag gerissen. Es erwartet sie eine Spur grauenerregender Morde. Als unterwegs auch ihr Bruder das Opfer eines mysteriösen Anschlags wird, findet die verletzte Agnetha in dem geheimnisvollen Falkner Aquila zwar einen Heilkundigen, doch sieht sie sich nun ganz alleine den undurchsichtigen Bewohnern des Burgfleckens Bodenteich gegenüber.

Bald schon glaubt sie, niemandem mehr vertrauen zu können: nicht dem biederen Burgkaplan Ludolpho, dem hundertjährigen Meister Emil, der treuen Amme Annafrid, Aquila, ja noch nicht einmal sich selbst. Schwester Agnetha, erschrocken über die Gefühle und ihre eigene erwachende Leidenschaft, begegnet einem neuen Leben – außerhalb von Klostermauern.

Mysteriöse Morde, politische Ränkespiele, menschliche Leidenschaften, dazu die Häscher der Heiligen Inquisition und ein halb vergessener, bedrohlicher Fluch: Magister Stephan M. Rother hat mit geschliffener Erzählkunst und beeindruckender historischer Detailkenntnis einen faszinierenden mittelalterlichen Mystery-Thriller geschaffen.

Magister Stephan M. Rother, geboren 1968 im niedersächsischen Wittingen, ist Kulturhistoriker (Magister Artium, Georg-Universität Göttingen 1997) und sorgt seit Jahren mit seinen Vorträgen für Furore. Als Autor für die Zeitschrift Karfunkel pflegt er in Themen wie "Mittelalter in Europa", "Huren, Hexen, Henkersknechte", "Das Geheimnis der Minnesänger" und "Weiser, Weltmann, Weiberheld – Friedrich II. von Hohenstaufen" seinen ungewöhnlichen, charmant-respektlosen Stil (http://www.karfunkel.de/magister).

Stephan M. Rother

Der Adler der Frühe

Ein Mystery-Thriller aus dem mittelalterlichen Bodenteich

◊

Karfunkel-Verlag • Wald-Michelbach

Umschlaggestaltung: Atelier Wolf, Wald-Michelbach
unter Verwendung eines Titelbildes von Birgit Hager
Kartographie: Magister Stephan M. Rother
Kalligraphie: Silvia Biernat
Lektorat: Christine Hein
Druck: Elsnerdruck Berlin
Printed in Germany 2000
ISBN: 3-9805642-6-6

dramatis personae

Clerici:

Magister Wasmodus von dem Knesebeck, Legat seiner Heiligkeit, Papst Nikolaus IV., alias Bruder Bjørn
Bruder Jacques, außerordentlicher Präzeptor des Templerordens
Konrad, Bischof von Verden
Ein Weihbischof im Auftrage Kardinal Caetanis
Der Prior des Klosters Oldenstadt
Gennadios, verstorbener Geistlicher in Salerno
Vater Ludolpho, Kaplan auf Burg Bodenteich
Bruder Edgar, Inquisitor und Dominikaner
Mechthild von Wohldenberg, Priorin des Augustinerinnenklosters
Schwester Agnetha von dem Knesebeck, Augustinerin

Laici:

Manfred von Hohenstaufen, verstorbener König von Sizilien
Otto der Strenge, Herzog von Braunschweig und Lüneburg
Ritter Siverd von Saldern, ein Söldnerführer
Ritter Werner, Herr von Langenapel, angeblich Tempelritter
Ritter Anno, verstorbener Herr von Bodenteich
Ritter Wilbrand, Herr von Bodenteich
Ritter Paridam von dem Knesebeck, Herr von Wittingen
Adrian, älterer Sohn des Herrn von Bodenteich
Gerolf, jüngerer Sohn des Herrn von Bodenteich
Riva, Tochter des Herrn von Bodenteich
Aquila, Falkner auf Burg Bodenteich
Ein Bote der Mutter Priorin
Annafrid, Amme auf Burg Bodenteich
Meister Hagen, Dorfschulze im Flecken Bodenteich
Benno, Müller im Flecken Bodenteich
Dessen Tochter
Meister Emil, ein alter Baumeister
Toste, Torwächter auf der Burg
Benjamin aus dem Hagen, ein Kaufmann
Gertrud, eine Magd im Kloster Oldenstadt
Die zwölf dunklen Apostel
Der Mann im Dunklen Mantel
Valdemar, ein Mann von der anderen Seite

Zugeeignet
Emil Buß (1908 bis 1996)
und
Gertrud Buß, geborene Kist (1917 bis 1998)

«de orientali videlicet aquila quam dicitis occidisse,
que si pro certo decessit ut fertur,
vivit tamen in pullis multis superstitibus ex eodem.»
«Wenn nämlich auch der Adler der Frühe,
wie gesagt wird, gefallen ist,
so lebt er dennoch weiter in vielen überlebenden Jungen,
die aus ihm hervorgegangen sind.»
Petrus von Prece (1251)

Prolog

Rom
anno dominice incarnationis MCCXIIC
regnante domino Adolpho primo glorioso Romanorum rege augusto
idus maii
(15. Mai 1292)

Der Tempelritter blinzelte in die Sonne. Das rotglühende Himmelsgestirn war auf seinem Tagesweg bereits so weit vorangekommen, daß der Schatten der Gebäude auf dem kapitolinischen Hügel den Standort des Wartenden beinahe erreicht hatte. Seine Verabredung verzögerte sich. Ungeduldig ließ der Ordensmann seine Blicke über die Reste dessen schweifen, was sich einmal Hauptstadt der Welt genannt hatte. Er fand wenig, an dem zu verharren sich gelohnt hätte. Kraut wucherte auf den Foren der Cäsaren, Unrat deckte die Ruinen ihrer Paläste.

«Ritter Werner von Langenapel?»

Die Ansprache kam im Augenblick überraschend, doch ein Mann, der auf den Wällen von Akkon gekämpft hatte, zuckte nicht bei jedem unerwarteten Wort zusammen. Langsam wandte sich der Tempelritter um und deutete eine Verneigung an, die sein Gegenüber, ein Fettwanst von höchstens dreißig Jahren, der nichtsdestotrotz in den Habit eines Weihbischofs gehüllt war, in gleicher Weise erwiderte.

«Ich hoffe, der Grund unseres Treffens entschuldigt die Umstände, die es mir gemacht hat», erwiderte der Templer brüsk.

Der Bischof legte die Stirn in Falten. «Man sollte meinen, die Gelegenheit, der Heiligen Kirche zu dienen, ließe einen Ritter des Tempels mit Freuden weit größere Opfer auf sich nehmen als eine verschobene Vesperstunde.»

«Der Dienst an Jesus Christus, seiner Kirche, wie auch am Heiligen Vater, sobald es wieder einen gibt», sagte der Templer trocken. «Ob diese Aufzählung auch Kardinal Caetani einschließt, hoffe ich von Euch zu erfahren. Ebenso wie Ihr mich bitte unterrichten werdet, warum wir uns an diesem gottverlassenen Ort treffen anstatt in Orvieto.»

«Dieser Ort», unterbrach ihn der Bischof geduldig, «ist die Hauptstadt der Christenheit. Der Sitz der sedes apostolica.»

«Tatsächlich?» Bitter schüttelte der Templer den Kopf, als die Erinnerung übermächtig wurde. «Die Hauptstadt der Christenheit, das ist eine andere: Jerusalem, der Ort an dem Jesus Christus gefoltert und ermordet wurde, und das gesamte Heilige Land, sie gingen an die Ungläubigen verloren, und zwar aufgrund der Uneinigkeit Eures Gönners und seiner collegae. Wenigstens Akkon, unsere letzte große Festung: Sie hätten sie retten können, wären sie sich nur einmal in ihrem Leben einig gewesen und Papst Nikolaus gefolgt. Gott sei seiner Seele gnädig, niemals lebte ein Mensch von reinerer Gesinnung.»

Der Bischof nickte: «Amen. Die Städte des Heiligen Landes fielen nicht zuletzt aufgrund von Uneinigkeit, Ritter Werner, ich gebe Euch recht. Und genau deswegen bittet Kardinal Caetani Euch, seinen Worten wohlüberlegt und unvoreingenommen zu lauschen. Kardinal Caetani, der, wie Ihr und ich sehr genau wissen, in nicht allzu ferner Zukunft auf dem Stuhl des Heiligen Petrus sitzen wird. Er wird ein starker und mächtiger Papst sein, anders als so viele seiner Vorgänger. Wenn Ihr die Uneinigkeit des Kardinalskollegiums beklagt, sollte Euer Herz frohlocken bei diesem Gedanken.»

«Das tut es, Eminenz. Ich frage mich lediglich, was Kardinal Caetani, der doch schon jetzt ein starker und überaus mächtiger Mann ist, von mir wollen könnte, der ich noch nicht einmal wirklich ein Ritter des Tempels bin.»

«Und doch zählt Eure Stimme mehr in jenem Orden als die der meisten altgedienten Kämpen.»

«Besten Dank. Erinnert Euch nur allmählich, daß die Ritter des Tempels für ihre Tapferkeit und ihren Glauben bekannt sind, nicht aber für ihre übermäßige Geduld.»

«Gemach, gemach, Ritter Werner! Ihr seid der Heiligen Mutter Kirche und voran Kardinal Caetani als ein Mann bekannt, der versteht und billigt, daß sich der Heilige Stuhl manches Mal gewisser Mittel bedienen muß, will er nicht dem bösen Feind völlig das Feld überlassen.»

«Wenn Ihr darauf anspielt, daß Ihr den Moslems Tribute gezahlt habt, in dem Versuch, das Heilige Land zu retten, bin ich Eurer Meinung.» Sein Blick wurde hart: «Solltet Ihr dagegen über die Art und Weise sprechen, in der die Söhne des Kaisers den Tod gefunden haben, so bin ich es entschieden nicht. Wenn ich dem Tempel auch kein lebenslanges Gelübde geschworen habe, so bin ich dennoch oder gerade deswegen...», er zögerte einen Augenblick, suchte nach Worten.

«Gerade weil für mich selbst die engelsgleiche Reinheit des Heiligen Franziskus immer unerreichbar bleiben wird, glaube ich fest daran, daß die Heilige Mutter Kirche anders sein muß, besser und reiner als ihre Widersacher, und dies nicht allein in der Wahl ihrer Ziele, sondern auch und vor allem in der Wahl ihrer Mittel.»

«Da sprecht Ihr Kardianal Caetani wahrhaftig aus dem Herzen, Ritter Werner.»

Dem Tempelritter entging nicht der lauernde Blick seines Gegenübers. Unvermittelt überfiel ihn die sichere Ahnung, einen schweren Fehler begangen zu haben. Doch der Kirchenmann ließ ihm keine Zeit zum Nachdenken: «Die Kirche muß zurückkehren zu ihrer ursprünglichen Reinheit, ganz so wie es der Heilige Franziskus gepredigt hat. Sie darf sich nicht der Mittel des Feindes bedienen. Deswegen benötigt Kardinal Caetani die Hilfe eines vertrauenswürdigen Mannes, um ein Kleinod, einen Ring von unvorstellbarer Macht, den Händen Unwürdiger zu entreißen.

Dieser Ring ist eine schreckliche Waffe, die eine Gefahr für die gesamte Christenheit darstellt. Unter allen Umständen muß er in die Hände der Heiligen Kirche gelangen. Eine wahrhaft heilige Aufgabe, die – abgesehen von einer großzügigen materiellen Erstattung seiner Aufwendungen, ich brauche das wohl kaum zu erwähnen – jenem Ritter der Heiligen Kirche selbstverständlich mit dem üblichen Ablaß entgolten würde, wie ihn auch ein Kreuzfahrer erhält. Denn jener Mann würde wahrhaftig eine große Tat vollbringen ad maiorem dei gloriam.»

«Das reicht, Eminenz! Rückt endlich heraus, was genau Ihr von mir wollt!»

Der Weihbischof nickte und blickte gleichzeitig sichernd über die Schulter, als vermute er mamelukische Späher unter den Arkaden des Colosseums: «Im Namen Gottes, wenn es Euer Wunsch ist. Aber folgt mir, denn dieser offene Platz ist nicht der rechte Ort für derlei Gespräche.»

Die beiden Männer stiegen die Stufen des Kapitols hinab und verschwanden in der geschäftigen Menge, die um diese Tageszeit den Bereich des alten Forum Romanum füllte.

Im Grenzland

anno dominice incarnationis MCCXIIC
regnante domino Adolpho primo glorioso Romanorum rege augusto
tertio idus septembri
(11. September 1292)

Schwester Agnetha war bereits vor dem Klang der Morgenglocke erwacht.

Irgend etwas, eine Eingebung, eine Ahnung, hatte sie unvermittelt aus einer traumbewegten Phase des Schlafes aufgestört. Nur undeutlich konnte sie sich dieses Traumes entsinnen. Vespergottesdienst in der Klosterkirche, bekannte und unbekannte Gesichter. An den eigentlichen Gegenstand, an das Traumgeschehen aber konnte sie sich nicht erinnern. Im Wachzustand war nur eine Unruhe, eine merkwürdige Irritation zurückgeblieben – die Erwartung bevorstehender bedeutsamer Ereignisse.

Schweigend kleidete sie sich an und verließ beinahe lautlos, ohne eine der anderen Schläferinnen zu wecken, das Dormitorium. Im Kreuzgang war es beinahe stockfinster, aber sie befand sich jetzt seit fünfzehn Jahren im Kloster und sie brauchte kein Licht. Alles, jedes beschädigte Kapitell einer Säule, jede Unregelmäßigkeit im ausgetretenen Steinbelag des Fußbodens, jeder kühle Luftzug aus dem Gewölbe, alles war ihr ein deutlicherer Hinweis als irgend etwas, das ihre Augen hätten erblicken können.

Sie verharrte einen Augenblick an einem der letzten Arkadenbögen des Kreuzganges, wo, unsichtbar jetzt, die steinerne Tafel mit der schon ausgewaschenen Inschrift «Anna de Knesebeke» ruhte. Das war alles, was von dem Klosterleben ihrer längst verstorbenen Vorfahrin zeugte. Und kein Wort mehr würde einst an Agnethas eigene Existenz erinnern. Eine seltsam tröstliche Vorstellung.

Agnetha schlug ein Kreuz vor der Brust und murmelte dabei wie an einem jeden Morgen die rituellen Worte des Fürbittengebets für die unsterbliche Seele der Verstorbenen. Hunderte dieser Gebete verlangte die Klosterordnung an einem jeden Tag von seinen Konventualinnen und es blieb eine ständige Herausforderung, sie nicht im Geiste zu inhaltsleeren Formeln erstarren zu lassen. Ihrer eigenen Vorfahrin gegenüber, zu der sie eine gewisse Seelenverwandschaft verspürte, waren Agnetha die Gedanken ohne weiteres noch nachvollziehbar. Doch um wie vieles schwieriger fiel es ihr bei der langen, endlos langen Liste längst verstorbener Wohltäter des Klosters.

Einen Augenblick noch verharrte sie und setzte dann ihren Weg fort. Die Finger ihrer linken Hand an den Reliefs der Mauer entlangführend, die den Kreuzgang vom Inneren der Klosterkirche trennte, näherte sie sich der Pforte, die sie in den heiligen Raum führen würde.

Merkwürdig: Sie konnte die Pforte bereits erkennen. Diffuses Licht fiel auf die steinerne Schwelle. Ein Abglanz des Kerzenlichtes, welches Tag und Nacht an die Jahrestage der Klosterstifter gemahnte.

Die Pforte stand einen Spalt breit offen. Die Mutter Priorin hatte das bei Strafe verboten.

Es mußte sich bereits jemand in der Kirche befinden.

Agnetha verharrte. Ein warnender Schauer rieselte ihren Rücken hinab. Innerlich scholt sie sich. Es war nicht das erste Mal, daß sie des nachts eine der Konventualinnen oder auch eine der Laienschwestern im stillen Gebet in der Klosterkirche antraf. Und dennoch: Noch war es Zeit, sich umzuwenden und in den Schlafsaal der Nonnen zurückzukehren.

Unschlüssig strich sie über die Falten ihrer Tracht.

Es mußte sich ein Fremder in der Kirche aufhalten, denn keiner der Nonnen wäre es in den Sinn gekommen, das Gebot der Priorin, diese Tür stets geschlossen zu halten, zu übertreten. Einzig die Mutter Priorin konnte sich noch der schrecklichen Nacht entsinnen, in der ein verirrter Funke auf den hölzernen Wirtschaftstrakt des Klosters übergegriffen und den gesamten Gebäudekomplex in Schutt und Asche gelegt hatte. Bis heute beteten die Nonnen alljährlich in der besagten Nacht für die damals ums Leben gekommenen Menschen.

Ein Fremder in der Klosterkirche. Agnetha konnte sich nur drei oder vier Menschen vorstellen, denen die Schwester Pförtnerin zu dieser Nachtzeit Einlaß in das Kloster gewährt hätte. Die Augustinerin schmunzelte flüchtig: Der Herzog selbst hätte seine Schwierigkeiten gehabt mit Schwester Margarethe, wäre er zu so nachtschlafender Zeit vor der Klosterpforte erschienen.

Es konnte sich demnach nur um den Überbringer einer wichtigen, einer sehr wichtigen Nachricht für eine der Nonnen handeln. Aber warum war dann keine der Konventualinnen geweckt worden? Oder hatte Agnetha eine ihrer Mitschwestern im Schlafsaal vermißt?

Agnetha versuchte, das halbdunkle Dormitorium in ihr Gedächtnis zurückzurufen, doch vergebens: Es war einfach zu dunkel gewesen. Vielleicht hatte jemand die Mutter Priorin selbst in einer dringenden Angelegenheit in die Kirche gebeten. Aber warum hatte sie dann den Besucher nicht in ihr Amtszimmer am anderen Ende des Kreuzganges gebeten?

Die Nonne faßte sich ein Herz und trat entschlossen auf die halb geöffnete Pforte zu. Vorsichtig näherte sich ihre Hand dem schweren metallenen Beschlag. Einen Augenblick vor der Kälte des Metalls zurückschreckend umschlossen ihre Finger den blankpolierten Knauf, dem die Kunstfertigkeit eines heute längst vergessenen Meisters die Form eines Löwenhauptes verliehen hatte.

Schwester Agnetha holte tief Atem und zog die Tür zu sich heran, zentimeterweise, jederzeit auf ein verräterisches Knarren gefaßt. Doch der gefürchtete Laut blieb aus. Erst vor einiger Zeit hatte die Mutter Priorin die Scharniere erneuern lassen.

Die Öffnung war jetzt breit genug, um hindurchzuschlüpfen. Doch erneut zögerte Agnetha. Selbst wenn sie mit wenigen schnellen Schritten die schützenden Säulen des Seitenschiffes erreichte, war sie dennoch für einige Sekunden dem hellen Licht der Kerzen und dem zufälligen Blick des fremden Beobachters ausgeliefert.

Angst vor Entdeckung im heiligen Hause des Herrn? Im Geiste sah Agnetha die Mutter Priorin vor sich, ihre Stirn in mißbilligende Falten gelegt. Nicht vor Seinem Blick will ich mich verborgen halten, verteidigte sie sich stumm, aber die Priorin – oder deren Abbild in Agnethas Kopf – schüttelte nur sanft ihr Haupt. Hätten die heiligen Märtyrer, hätte der heilige Thomas von Canterbury Verständnis mit dieser Angst gehabt? Wohl kaum.

Entschieden, aber möglichst lautlos, betrat Agnetha die Klosterkirche. Ohne sich lange zu orientieren – sie hätte sich hier ebenso wie im Kreuzgang in völliger Blindheit zurechtgefunden – eilte sie dem nächstgelegenen Säulenpaar der Vierung entgegen, welches für den Augenblick Schutz vor Entdeckung versprach. Mit beiden Händen raffte sie das schwere Nonnengewand und ließ den verräterischen Lichtkreis der Kerzen hinter sich.

Agnetha duckte sich hinter die ausladende, mehrfach abgestufte Basis des Säulenpaares. Ihre Hände suchten Halt am verwirrenden Geflecht der steinernen Ranken, mit denen die kunstfertige Hand des

Steinmetzes die Vierungssäulen geschmückt hatte.

Heute nacht hatte Agnetha keinen Blick für die fantasievoll ausgestalteten Tierdarstellungen, die sich, zum Teil merkwürdig stilisiert und verformt, im Gewirr der Pflanzenformen verbargen. Einige von ihnen hätte sie auf den ersten Blick zu deuten gewußt: Den Pelikan, der seine Jungen mit seinem eigenen Blute nährte, den Löwen, der, mit geschlossenen Augen tot geboren, erst nach drei Tagen erwachte, eben so wie Jesus Christus am dritten Tage nach seiner Kreuzigung auf dem Berge Golgatha. Der Sinn vieler anderer Darstellungen würde dagegen wohl auf ewig ein Geheimnis ihres Schöpfers bleiben.

Im Augenblick aber war Schwester Agnetha nur dankbar für die Massivität dieses Säulenbündels; hinter den jüngeren, schlankeren Säulen im Westen der Klosterkirche hätte sich gewiß keine menschliche Gestalt verbergen können, und wäre sie auch so zierlich wie die ihre.

Zwischen den Säulen gab es einen feinen Spalt: Eben breit genug, um hindurchzuspähen, aber doch so schmal, hoffte Agnetha, daß kein Schimmer des verräterischen Lichtes auf ihr Gesicht fiel. Durch diesen Spalt hatte sie einen recht guten Blick auf den größten Teil der Vierung und den von der Helligkeit der ewigen Lichter erhellten freien Platz vor dem Lettner.

Ihr erster Blick fiel auf die Gestalt eines Mannes in Reisekleidung, die ihr den Rücken zuwandte. Der Mann stand in abwartender Haltung vor der mit Ausnahme von Gottesdiensten an hohen Feiertagen stets fest verschlossenen Pforte im Zentrum des Lettners, hinter der sich die schmale Treppe, die hinauf in den Nonnenchor führte, verbarg. Offenbar war er in die Betrachtung der reichen Schnitzereien im Holz des Lettners vertieft, die die Geschichte des Passionsgeschehens erzählten.

Für einen Augenblick erschien er Agnetha vage vertraut. Seine Statur unter dem derben Wettermantel war noch jugendlich, doch das schon sehr schüttere Haar mochte dazu nicht so recht passen. In der Hand hielt der Mann einen breitkrempigen ledernen Hut, wie er zu dieser Jahreszeit von Reisenden getragen wurde. Die Füße steckten in schweren Stiefeln, deren Hacken auf dem steinernen Boden der Vierung verhalten klickten. Der Fremde trug Sporen, er war also zu Pferde gekommen.

Obwohl sie das der Gefahr entdeckt zu werden ausgesetzt hätte, wünschte Agnetha, der Fremde würde sich umdrehen, und sei es nur für einen Augenblick und wenigstens so weit, daß sie sein Gesicht im Profil sehen könnte. Manches an seiner Erscheinung, selbst die beiläufige Bewegung, mit der er die Krempe seines Hutes glattstrich, gemahnte sie an jemanden, doch es gelang den Fingern ihres Geistes nicht, diese Erinnerung zu erhaschen.

Überrascht gewahrte sie, wie sich jetzt die Lettnerpforte öffnete und die schlanke, fast hagere Gestalt der Mutter Priorin auf den Besucher zutrat. Mechtildis von Wohldenberg, Tochter des letzten Grafen von Wohldenberg und seit sieben Jahren Priorin des Klosters, trug ihre zeremonielle Kleidung wie immer ungebeugt und mit unerschütterlicher Würde.

Agnetha war dennoch überrascht: Es war mühsam für die alte Frau, das volle Ornat einer Priorin anzulegen. Zu dieser nächtlichen Stunde war es jedenfalls ungewöhnlich. Der Besucher mußte ein Mann von beträchtlichem Rang sein.

«Hat Euch jemand gesehen?» fragte sie den Besucher anstelle einer Begrüßung.

Er schüttelte den Kopf: «Nur die Pförtnerin. Ist sie zuverlässig?»

«Absolut», nickte die Priorin beruhigt. «Die Nonnen schlafen tief und fest, denke ich. Ich habe von meinem Schlafraum aus eine, nun sagen wir einmal, eine Abkürzung genommen.» Sie lächelte schief. «Ihr seht, meine Position hat doch den einen oder anderen Vorteil.»

Er nickte: «Geheimhaltung und Schnelligkeit, darauf kommt es mir momentan an. Und auf Eure Hilfe, ehrwürdige Mutter.»

«Womit ich Euch zu Diensten sein kann, Magnifizenz. Der Brief seiner Eminenz weist uns an, Euch jede nur denkbare Unterstützung zu geben.»

«Das wird nicht allzuviel sein», erwiderte er. «In einer Stunde bin ich schon wieder fort, noch bevor Eure Nonnen erwachen.»

«Täuscht Euch nicht, Magnifizenz. In diesem Kloster herrscht strengere Zucht, als Ihr sie vielleicht gewohnt seid. In Kürze versammeln sich die Schwestern zur Morgenandacht.»

Steifbeinig ging sie einige Schritte zu den Kerzen hinüber und entfernte mit geübter Hand Wachs, das auf den Boden zu tropfen drohte. Dieses Wachs in einem gesonderten Behälter zu sammeln, wo es für neue Kerzen vorbereitet wurde, war eine von Agnethas Aufgaben in ihrem ersten Klosterjahr gewesen.

«Ich bin mir der Delikatesse dieser Angelegenheit natürlich bewußt», sagte sie zögernd, «aber es wundert mich doch, daß Ihr zu dieser Zeit so völlig unbewaffnet reist.»

«Ich muß vor allem eines sein, ehrwürdige Mutter, nämlich unauffällig. Diesmal seid vielleicht Ihr es, die sich täuscht: Unbewaffnet heißt nicht wehrlos. Aber darüber darf ich nicht sprechen. Im übrigen: Wo mich eine päpstliche Bulle und ein herzoglicher Geleitbrief nicht mehr schützen, könnte auch eine Handvoll Bewaffneter wenig ausrichten.»

«Aber könnten nicht die Söldner des Herzogs dem ganzen Spuk über Nacht ein Ende machen, Magnifizenz?»

«Dies ist eine Angelegenheit der heiligen Mutter Kirche», sagte er scharf. «Gerade von Euch hätte ich einen solchen Gedanken nicht erwartet. Dies ist eine kirchliche Untersuchung. Noch ist kein processus per denuntiationem angestrengt worden, und wir werden streng nach dem Recht vorgehen. Zuerst die Anklage, dann der Prozeß, dann die Verurteilung. Aber zuvor brauchen wir Beweise. Kommt es am Ende zu einer Verurteilung, so verfällt das Vermögen des Verurteilten der Kirche. Meine Befugnisse in dieser Sache sind umfassend.»

Er nickte wie zu sich selbst und fügte dann brüsk hinzu: «Je weniger Ihr wißt, um so besser für Euch. Laßt jetzt meine Schwester holen.»

'Laßt jetzt meine Schwester holen.' Agnetha biß sich in die Zunge, ehe sich ein überraschter Schrei lösen konnte. Ihr Herz machte einen schmerzhaften Sprung. Nein, das war unmöglich, das durfte, das konnte es nicht geben. Wie hatte sie so blind, so unglaublich blind sein können?

Unter keinen Umständen durfte sie jetzt entdeckt werden. Zu ihrer sündhaften Heimlichkeit noch die Demütigung, beim Lauschen erwischt worden zu sein wie eine neugierige Dienstmagd. Zurück in das Dormitorium, unbemerkt und so schnell wie möglich.

Jetzt endlich wandte sich der Gast der Priorin soweit um, daß das Licht der Kerzen sein Gesicht in einem Winkel beleuchtete, der Einzelheiten erkennen ließ.

Fünfzehn Jahre, die Menschen verändert, die selbst Erinnerungen in neue Form gegossen hatten, wie eingeschmolzenes Münzgold, das neu geprägt einen anderen Wert gewann.

Das Haar leuchtete noch immer wie helles Gold im Schein der Kerzen, aber Agnetha hatte vorhin gesehen, daß es hell geworden war wie gesponnenes Silber. Die Stirn war so hoch, daß nicht mehr zu erkennen war, ob der Mann zum Zeichen seines mönchischen Gelübdes noch immer eine Tonsur trug. Seine Züge waren hart, wie aus Stein gemeißelt, weit härter noch als Agnetha sie in Erinnerung hatte. Die Nase zu groß, aber stolz und gerade. Die Falten um Augen und Mundwinkel tief eingegraben, ob von Zynismus oder Resignation war nicht auszumachen. Wahrscheinlich war es eine Mischung von beidem. Die Augen unter den überraschend dunklen Brauen blickten nachdenklich und verschlossen.

Ja, die Jahre hatten ihre Spuren hinterlassen, aber es bestand kein Zweifel. Agnetha kannte den Namen dieses Mannes. Er war Wasmod von dem Knesebeck, Magister an der Universität von Bologna, Sondergesandter des Papstes.

Ihr Bruder.

Ehe die Teilnehmer des nächtlichen Treffens ihr Gespräch fortsetzen konnten, was vielleicht zu Agnethas Entdeckung geführt hätte, unterbrach der Klang der Morgenglocke ihre Unterhaltung.

Der Glöckner, dachte Agnetha, weder die Priorin noch ihr Besucher hatten an den Glöckner gedacht. Er, in dessen Verantwortung es lag, dem Klosterleben seinen Takt zu geben, war bereits auf den Beinen. Die Ankunft des Gastes der Klosterherrin dürfte ihm nicht entgangen sein.

«Die Nonnen müssen sich erst ankleiden», sagte die Priorin. «Wir haben noch einige Augenblicke Zeit, bevor sie hier sind. Kommt, ich bringe Euch zu den Stallungen. Dort schläft noch alles und Ihr kommt vielleicht wirklich ungesehen davon.»

«Meine Schwester», unterbrach er.

«Ihr habt sie doch ein halbes Leben nicht gesehen. Da wird es doch noch ein paar Minuten warten können. Ich bringe sie zu Euch, sobald dic Andacht beendet ist. Jetzt folgt mir.»

Widerstrebend schloß sich der Besucher der Priorin an und folgte ihr zu der Tür im Nordarm des Querschiffes, die hinaus auf den Wirtschaftshof der Klosteranlage führte.

Agnetha wartete, bis der dumpfe Laut, mit dem die Tür in ihr Schloß fiel, ihr signalisierte, daß sie nun allein in der Kirche war. Dann verließ sie ihr schützendes Versteck und eilte zurück in den Nonnenschlafsaal, wo sie eben noch rechtzeitig eintraf, um vorgeben zu können, sie sei lediglich einem menschlichen Bedürfnis gefolgt.

Unmöglich, heute mit vollem Herzen dabeizusein, als die Nonnen ihre klaren Stimmen erhoben und der Morgenchoral zur größeren Ehre Gottes in die kühle Luft des Chorgewölbes stieg, einem steinernen Himmel, der sich in schwindelerregender Höhe und majestätisch wie das Himmelszelt selbst hoch über den Nonnen spannte.

Das Licht der Morgensonne fiel schon durch die buntbemalten Glasfenster und tauchte den Nonnenchor in überirdische Farben. Der Eindruck war überwältigend, doch nur selten fanden sich bereits zu dieser frühen Stunde Gläubige ein, die jenseits des Lettners dem Gesang der Nonnen lauschten. Agnetha fragte sich, ob man ihn draußen an den Stallungen, wo ihr Bruder wartete, noch hören konnte. Seltsam, sie hatte sich noch nie mit dieser Frage beschäftigt.

Ihre Gedanken waren weit fort, so daß sie zweimal ihren Einsatz verpaßte, was ihr böse Blicke von Schwester Ingrid, der Kantorin einbrachte.

«Die Nacht neiget sich dem Ende zu, der Tag ist nahe», verkündete der Chor. «Werfet ab die Taten der Finsternis und leget an die Rüstung des Lichts!»

Agnetha liebte sonst den Gleichklang und das Wechselspiel der Stimmen in der herrlichen Akustik. Heute konnte sie sich kaum an die gebräuchlichsten Wendungen des lateinischen Textes erinnern, obwohl sie diese doch im Gegensatz zu den meisten ihrer Mitschwestern gut verstand.

Den Novizinnen ein wenig Lesen und Schreiben und die Anfangsgründe des Lateinischen beizubringen, das war Agnethas tägliche Aufgabe in der abgeschiedenen Welt des Klosters. Sie war dankbar für diese Pflicht, die ihrer Neigung so sehr entgegenkam, dankbar dafür, daß ihr Vater sie zu den Augustinerchorfrauen gegeben hatte und nicht zu den Zisterzienserinnen in Isenhagen, deren Hauptaufgabe in der Urbarmachung rauhen Brachlandes bestand, im Bau von Dämmen und Kanälen durch mückenverseuchte Sümpfe. Agnetha hatte von einer jungen Verwandten gehört, die dort bereits als Novizin in ihrem ersten Jahr fiebergeschüttelt zusammengebrochen und gestorben war.

Doch das alles war Vergangenheit: Die Vorsehung des Herrn und ihres Vaters Entschluß, die sie in das Kloster geführt hatten. Sie war zufrieden mit ihrem ruhigen Leben im Kreise ihrer Schwestern. Die Welt jenseits der Klostermauern und das, was vor ihrem Eintritt in den Konvent gewesen war, schienen zu einem anderen Menschen, einem anderen Leben zu gehören.

Sie war zufrieden, ja glücklich mit dem Leben im Kreise der Schwestern, auch wenn sie sich bewußt war, daß manch anderer es als karg und eintönig empfunden hätte.

Von der stetigen Abnahme der Besuche ihrer Verwandten seit dem Tode ihres Vaters fühlte sie sich nicht gekränkt. Ihre Brüder hatten ihre eigenen Sorgen: Paridam und die anderen waren ihrem Vater als Herren über einen Teil der Stammburg und des weitverstreuten Familienbesitzes gefolgt, und das letzte, was sie von Gerhard gehört hatte, war, daß er in den Dienst der Markgrafen getreten war.

Sie hatte hier im Kloster eine neue Familie gefunden: Die Mutter Priorin konnte gütig aber auch streng sein wie eine wirkliche Mutter, sie hatte viele Schwestern gewonnen, und manche der jungen Mädchen in ihrer Lateinklasse liebte sie ganz so, wie sie wohl ihre eigenen Töchter geliebt hätte.

Natürlich hatte sie ihre Familie nicht völlig vergessen. Jeden Tag betete sie für ihre Angehörigen, besuchte die Seelenmessen für die Lebenden, vor allem aber für die Verstorbenen, die die Mutter Priorin an dem kleinen Altar, den ihr Vater in einer Seitenkapelle der Klosterkirche gestiftet hatte, lesen ließ.

Die meisten ihrer Brüder und Vettern zeichneten das Kloster hin und wieder mit der zweifelhaften Ehre ihres Besuches aus, wenn sie nicht zu sehr damit beschäftigt waren, die Höfe des Klosters oder ihrer Nachbarn zu überfallen oder sich gegenseitig die Schädel einzuschlagen.

Mit ihrem Bruder Wasmod hatte es eine andere Bewandtnis. Sicher, sie hatte von seinen Erlebnissen in Italien gehört, von seiner Karriere am Hof des Papstes in Rom und Orvieto, wer hatte das nicht? Doch der ernsthafte junge Mann, der der sechsjährigen Agnetha geholfen hatte, sich durch alte Handschriften zu buchstabieren, der gedanklich immer ein wenig abwesende junge Priester, der die Begeisterung seiner Brüder am Kriegshandwerk so überhaupt nicht zu teilen wußte, das war alles so lange her, so weit weg, daß sie es schon vor langer Zeit aufgegeben hatte, die Geschichten um den päpstlichen Vertrauten mit seinem Gesicht zu verbinden.

Warum brachte seine Ankunft sie so aus der Ruhe? Er war auf der Durchreise, offenbar in einer geheimen Mission. In einer Stunde würde er schon wieder fort sein. Ein reiner Höflichkeitsbesuch also, der auf ihr Leben überhaupt keinen Einfluß nehmen würde. Schon heute Mittag konnte sie ihn getrost wieder vergessen.

Aber ob es die Nervosität war, die sie seit dem Erwachen verfolgte, oder einfach die Aussicht, einem – Bruder oder nicht – bedeutenden Mann der Kirche gegenüberzustehen, der das Ohr des Heiligen Vaters hatte, es wollte ihr heute morgen nicht gelingen, sich in den Takt des Morgenchorals zu finden.

Die Priorin machte Agnetha gegenüber kein Geheimnis aus der Person des Besuchers, doch sie beharrte darauf, daß Agnetha zu seiner Begrüßung ihre zeremonielle Tracht anlegte.

«Er ist Euer Bruder, aber er ist auch der Sondergesandte des Heiligen Stuhls», erklärte sie, während sie Agnetha half, die Riemen ihres Obergewandes auf dem Rücken zu verschnüren. «Soviel kann auch ein inoffizieller Besucher seines Ranges an Höflichkeit von uns erwarten. Schließlich ist er im Auftrag seiner Heiligkeit unterwegs.»

«Aber doch sicher nicht heute morgen, ehrwürdige Mutter», lächelte Schwester Agnetha. «Ich habe wirklich Zweifel, daß seine Heiligkeit auch nur irgend etwas von meiner Existenz geahnt hat.»

Mutter Mechthild zog die Riemen schmerzhaft eng zusammen und verschnürte sie. Drohend baute sie sich vor Agnetha auf:

«Das gleiche Problem mit Dir seit dem Tage, an dem Du zu uns kamst. Du stellst zu viele Fragen. Selig sind die geistlich Armen, spricht der Herr, denn ihnen gehört das Himmelreich. Es ist verboten zu zweifeln. Zweifel ist schon Verrat am wahren Glauben.»

Doch dann glätteten sich ihre Züge und ein halbes Lächeln trat auf die Lippen der älteren Frau:

«Und doch, Gott vergebe mir, wieviel Freude hast Du mir mit Deinem scharfen Verstand gemacht in all den Jahren. – So, und jetzt komm!»

Während sich die anderen Nonnen zum Morgenmahl in das Refektorium begaben, folgte Agnetha der älteren Frau hinaus auf den Wirtschaftshof. Nur selten führten ihre Aufgaben sie sonst hierher. Um so faszinierender war es zu beobachten, wie hier draußen für die Dienstleute des Klosters ein neuer Arbeitstag begann.

Die Farbe des Himmels über dem roten Ziegeldach der Klosterkirche begann sich von dunklem Grau in ein tiefes Blau zu verwandeln. Es würde ein strahlender Herbsttag werden.

Die Stallungen des Klosters waren in einem langgestreckten, niedrigen Gebäude untergebracht, das völlig schmucklos aus luftgetrockneten Lehmziegeln aufgeführt und in jedem Detail allein auf seine Funktion hin ausgerichtet war.

Agnetha fragte sich, ob die Stallknechte bereits ihre morgendliche Arbeit aufgenommen hatten, oder ob der Besuch des päpstlichen Legaten noch unentdeckt geblieben war. Doch schon ein zweiter Blick beantwortete ihre Frage.

Während einer der Burschen dabei war, einen Jährling abzustriegeln, unterhielt er sich mit einem zweiten Mann, der dem Pferd liebevoll die Kuppe kraulte. Selbst Agnetha, die von Pferden herzlich wenig verstand, erkannte, daß es ein herrliches Tier war. Dieser zweite Mann war niemand anders als Magister Wasmod.

Lange bevor die beiden Frauen die Stallungen erreichten, hob er den Kopf und beobachtete unbewegten Gesichtes ihr Näherkommen. Jetzt, im klaren Morgenlicht, erkannte Agnetha, daß ihr erster Eindruck sie in der Tat nicht getrogen hatte. Sein Gesicht war das eines Vierzigjährigen.

Als sie heran waren, schickte die Priorin den Knecht mit einer einfachen Bewegung ihrer Hand fort und wartete, bis er, das Pferd mit sich führend, im Stallgebäude verschwunden war.

«Eure Schwester, Magnifizenz.»

Wasmod nickte stumm und streckte ihr seine Hand entgegen. An einem der Finger glänzte ein kostbarer Ring. Als sich Agnetha niederbeugte, um ihn zu küssen, erkannte sie in dem ansonsten unbekannten Siegel den Schlüssel des Heiligen Petrus.

«Seid gegrüßt, Schwester!» sagte Wasmod von dem Knesebeck und berührte ihre Stirn, als sie zu ihm aufsah.

«Magnifizenz!» sagte sie leise.

Er nickte wortlos und half ihr auf, um sie eingehend zu betrachten.

«Ich denke, ich hätte Euch wiedererkannt», sagte er schließlich, und es schien, als wolle er noch etwas hinzufügen, aber dann wiederholte er nur: «Ich denke, ich hätte Euch wiedererkannt.»

Eine erstaunliche Leistung, fand Agnetha. War nicht der größte Teil ihres Kopfes mitsamt den Wangen, dem Kinn und dem größten Teil der Stirn bis knapp oberhalb der Augenbrauen von der zeremoniellen Haube des Ordens bedeckt?

Schließlich fügte er doch noch hinzu: «Die Jahre hier im Kloster haben es gut mit Euch gemeint.»

Ehe Agnetha etwas erwidern konnte, kam die Priorin ihr zuvor: «Ich erinnere mich noch gut des Tages, an dem Euer Vater sie zu uns brachte.»

Überrascht blickte Wasmod sie an, als habe er ihre Anwesenheit bereits vergessen. Mit einer knappen Geste streckte er ihr die Hand mit seinem Ring entgegen.

«Ihr habt gute Arbeit geleistet, ehrwürdige Mutter. Aber ich werde Euch jetzt nicht länger von Euren heiligen Pflichten abhalten.»

Die Priorin erstarrte. Stumm beugte sie sich über den Ring. Agnetha hatte nicht den Eindruck, als ob ihre Lippen ihn wirklich berührten. Lächelnd legte der Legat die Hand auf ihre Stirn. Sie erhob sich und verschwand mit einem wortlosen, kaum angedeuteten Nicken des Kopfes.

«Warum habt Ihr das getan, Magnifizenz?» fragte Agnetha aufgebracht, kaum daß die ältere Frau außer Hörweite war. «Sie ist eine gute Frau. Die ganzen Jahre hat sie mich, mein Gott, hat sie alle Schwestern behandelt, als wären wir ihre eigenen Töchter.»

«Sonst wäre sie zu Unrecht Priorin», erwiderte er ohne Reue. Doch dann wurde seine Miene etwas weicher. «Worüber wir beide sprechen, hat sie nicht zu interessieren. Sie weiß schon mehr als gut für sie ist. Und jetzt hört mir zu, denn ich habe wenig Zeit und keine Lust, etwas zweimal zu erklären. Ich bin in einer wichtigen Mission unterwegs, von der auch Ihr kein Wort mehr erfahren werdet, als Ihr wissen müßt. Ich brauche Eure Hilfe. Die Priorin hat mir jede Unterstützung zugesagt und ich wünsche, daß Ihr mich begleitet. Ihr werdet Pergament, Tinte und lateinische Texte brauchen. Und wenn Ihr persönliche Gegenstände habt, so laßt sie bitte holen, denn ich will sobald als möglich aufbrechen.»

Agnetha stockte der Atem. Ich bin in einer wichtigen Mission unterwegs – ich brauche Eure Hilfe. Deswegen war er gekommen. Nicht, um seine Schwester zu sehen, sondern weil er als einer der mächtigsten Männer der Kirche ausgerechnet ihre Hilfe brauchte? Heilige Mutter Maria, wozu? Wie sollte sie, die seit eineinhalb Jahrzehnten die Welt jenseits der Klostermauern kaum betreten hatte, ihm bei einer wichtigen Mission behilflich sein?

Agnetha biß sich auf die Lippen. Mit welcher Machtvollkommenheit ein päpstlicher Legat ausgestattet war, wußte sie natürlich, obwohl sie nie damit gerechnet hatte, jemals einem zu begegnen. Und noch dazu ihrem eigenen Bruder, der sie nun mit so schroffen Worten aufforderte, alles stehen und liegen zu lassen und mit ihm zu kommen.

Als folgsame Tochter der Kirche mußte sie ihm gehorchen. Sie war glücklich mit ihrem Leben als Nonne. Aber Nonne zu sein, bedeutete zuallererst, eine ancilla domini zu sein, eine Magd des Herrn, die den Befehlen der Heiligen Kirche ohne Fragen gehorchen mußte. Aber er ist nicht die Kirche, dachte sie, er ist mein Bruder.

«Wie... wie lange?»

«Das kann ich nicht sagen», erwiderte er ungeduldig. «Ich muß mich wiederholen: Worauf Ihr Wert legt, solltet Ihr mitnehmen.»

«Dann würde ich gerne ein paar Dinge holen und mich von meinen Schwestern verabschieden.»

«Nein. Auf gar keinen Fall geht Ihr zu den Nonnen zurück. Wenn Ihr etwas braucht, schickt einen der Knechte. Und rasch.»

Sie wandte sich ab, wütend, furchtsam und verwirrt. Agnetha fühlte, daß ihre Augen sich mit Tränen füllten.

Eine Stunde später befanden sie sich bereits auf freier Landstraße, und das Kloster, in dem sie den größten Teil ihres bewußt erlebten Lebens verbracht hatte, war längst hinter einem niedrigen Hügel verschwunden.

Seltsam, dachte Agnetha, welch geringen Aufwand es braucht, etwas zu verbergen, das gerade noch die ganze Welt ausmachte.

Die Stallknechte hatten offenbar Anweisung von der Mutter Priorin erhalten, dem Legaten jeden seiner Wünsche zu erfüllen. Agnetha wußte nicht, für wen sie den unauffälligen Reisenden hielten; sie begegneten ihm jedenfalls mit Ehrerbietung. Magister Wasmod hatte nur einige kurze Worte mit den Männern gewechselt, doch sie genügten, um Agnetha zu der Überzeugung kommen zu lassen, daß er von Pferden einiges verstand. Jetzt saß sie in einem weichen Sattel auf einem recht sanften und vor allen Dingen sehr folgsamen Zelter. Pferd und Sattel waren Besitz der Mutter Priorin, wie sie sehr gut wußte; ihr Bruder hatte mit sicherem Blick das beste Tier ausgewählt.

Es war fast ein Jahr her, daß sie zuletzt im Sattel gesessen hatte, und sie empfand es als nicht geringe Überraschung, daß sie sich überhaupt auf dem Rücken eines noch so sanften Pferdes halten konnte. Die Anlässe, zu denen sie das Kloster seit dem Ende ihrer Novizinnenzeit überhaupt einmal verlassen hatte, ließen sich an den Fingern ihrer Hände abzählen. Das letzte Mal war das im vergangenen Winter gewesen, beim Tode ihres Vaters. Der Weg zur Burg Knesebeck war ihr damals ganz besonders lang erschienen – und sie war zu spät gekommen. Als sie auf dem Rückweg mit dem Leichenzug wieder in das Kloster einritt, hatte sie sich nichts mehr gewünscht, als es nie wieder verlassen zu müssen und den Rest ihres Lebens mit ihren Schülerinnen, ihren Manuskripten und den Büchern des Thomas von Aquin verbringen zu dürfen.

Und nun ritt sie an der Seite eines Mannes davon, der ihr fremder erschien, als es ein Fremder je hätte sein können, und noch immer wußte sie nicht den Finger darauf zu legen, was er eigentlich von ihr wollte und wohin ihr Weg sie führen würde.

Sie hatten den Reitpfad in nördlicher Richtung gewählt, was bedeutete, daß das Ziel nicht die Burg ihrer Familie war. Bisher hatte sie es nicht gewagt, Wasmod zu fragen, ob er vor seiner Ankunft im Kloster seinen Brüdern und der väterlichen Burg einen Besuch gemacht hatte. Sie bezweifelte es.

Nachdenklich betrachtete sie das Hinterteil seines Pferdes, das in gemächlicher Gangart hin und her schwankte. Das Tier sah edel aus, ein sehr großer, dunkler Wallach. Vermutlich war er zu beachtlichen Leistungen fähig, wenn der Reiter in Eile war. Aber seit sie das Kloster verlassen hatten, eben bevor die Nonnen ihr Morgenmahl beendet hatten und das Leben im Kloster wirklich begann, schien der Legat es nicht mehr besonders eilig zu haben. Er ließ das Packpferd ihre Reisegeschwindigkeit bestimmen, auf welchem die Stallknechte zu seinem eigenen Reisegepäck nun auch Agnethas wenige Habseligkeiten – hauptsächlich Tinte, einige Fetzen Pergament und Manuskripte, die sie abends bei Kerzenlicht aus den alten Bänden der Klosterbibliothek abgeschrieben hatte – verschnürt hatten.

Agnetha war hier früher schon entlanggeritten. Sie versuchte sich zu erinnern. Wenn sie dieser Straße nach Norden folgten, würden sie nach einigen Stunden an einen Kreuzweg kommen, an dem sich ihnen verschiedene Möglichkeiten boten.

Sie konnten sich rechts halten und der Handelsstraße folgen, die zuerst zur Burg Langenapel führte, der Festung ihres Vetters Werner, der, wie die Rede im Kloster ging, nach dem Verlust der mächtigen Stadt Akkon im Heiligen Land mit seinen Tempelrittern in seine Heimat zurückgekehrt war. Hinter Langenapel führte der Handelsweg weiter nach Salzwedel. Das war eine der Städte der Markgrafen von Brandenburg. Es konnte tausend Dinge geben, die ein päpstlicher Legat dort zu regeln hatte. Gerüchten zufolge gab es eine Fehde zwischen den Markgrafen und den Herzögen wegen ständiger gegenseitiger Überfälle. Vielleicht sollte Wasmod von dem Knesebeck in dieser Sache vermitteln. Aber wie konnte eine schriftkundige Augustinerin ihm dabei von Nutzen sein?

Ritten sie weiter geradeaus, so würde ihr Weg sie entweder in die Grafschaft Lüchow führen oder schließlich nach Lüneburg, wo Herzog Otto herrschte, den man den Strengen nannte, ein ebenso kriegslustiger wie mächtiger Landesherr, der mit der halben Welt in Unfrieden lebte. Der letzte der Lüchower Grafen war der Vogt ihres Klosters und hatte sich verpflichtet, es gegen jedweden Angreifer zu beschützen. Doch er war alt und jetzt, da sein Tod absehbar war, würden sowohl Herzog Otto als auch die Markgrafen versuchen, sich die Grafschaft einzuverleiben. Auch in diesem Konflikt hätte sich ein Abgesandter des Papstes als Vermittler angeboten. Aber wieder wußte sie nicht zu sagen, wie sie ihn dabei hätte unterstützen können.

Wenn sie sich schließlich linker Hand hielten, würden sie einen Landstrich erreichen, auf den Herzog Otto ebenfalls seit langer Zeit ein Auge geworfen hatte. Dort dehnte sich ein großer See, an dessen jenseitigem Ufer sich die Burg und der Marktflecken der Ritter von Bodenteich erhob, der direkten nördlichen Nachbarn von Agnethas eigener Familie. Die Ritter von Bodenteich waren herzogliche Vasallen, doch sie pflegten auch Kontakte zu den Markgrafen.

Was der Magister plante, war nicht absehbar. Die größte Wahrscheinlichkeit besaß nach Agnethas Einschätzung die Stadt Salzwedel. Sie war die bedeutendste Stadt der Umgebung. Was immer er auch vorhatte, es gab sicherlich viele Möglichkeiten, dort anzusetzen.

Seit sie den umfriedeten Klosterbezirk verlassen hatten, hatte keiner von ihnen ein Wort gesprochen. Agnetha hatte beschlossen, daß sie jedenfalls das Schweigen nicht brechen würde.

Er weiß ganz genau, wie neugierig ich bin, dachte sie, aber er befindet sich in der überlegenen Position. Er weiß etwas, das ich erfahren möchte.

Aber es hatte auch seine Vorteile, daß sie für einen Augenblick ihren eigenen Gedanken überlassen blieb. Auch ohne weitere Enthüllungen gab es mehr als genug, das sie zu bedenken hatte. Und darüber hinaus mußte sie sich, widerwillig beinahe, eingestehen, daß sie den Ritt an der frischen Luft doch ein wenig genoß.

Der feuchte und kühle Morgen hatte sich in einen sonnigen, milden Herbsttag verwandelt. In den letzten Tagen war kein Regen gefallen, so daß die Straße sich in gutem Zustand befand und sie nicht auf jeden Schritt der Pferde achten mußten.

Ihre Reise ging durch waldiges Gelände, seit sie das Klosterdorf verlassen hatten. Das Laub hatte bereits eine prachtvolle Färbung angenommen. Die Bäume standen Spalier wie eine Ehrenwache in schimmernden roten und goldenen Rüstungen. Es waren zum größten Teil Buchen, deren würziger Duft bis in Agnethas Nase stieg, was sie daran erinnerte, daß sie seit dem Nachtmahl am vorangegangen Abend weder einen Bissen gegessen noch einen Schluck getrunken hatte.

Was soll's, dachte sie. Aus der Fastenzeit war sie härtere Entbehrungen gewohnt. Der Magister würde eine Pause machen, sobald es ihm angemessen erschien.

«Ihr macht den Eindruck, als schliefet Ihr mit offenen Augen, Schwester.»

Sie blickte auf. Wasmod hatte sein Pferd zurückfallen lassen und ritt an ihrer Seite. Hatte sie wirklich geträumt? Die Nacht war kurz und unruhig gewesen. Und weiß Gott, wie sich gezeigt hatte, waren ihre Ahnungen nicht aus dem Ungefähr gekommen.

«Verzeiht, Magnifizenz», sagte sie. «Ich hatte es nicht bemerkt.»

«Unachtsamkeit ist jetzt noch keine Sünde, Schwester. Aber bald könnte sie es sein. Ich will Euch jetzt erzählen, wohin wir unterwegs sind und was ich dort zu erledigen habe. – Möchtet Ihr vorher etwas essen? Der Stallknecht hat uns Brot und Äpfel eingepackt.»

Sie nickte: «Und etwas Wasser?»

«Oh... ich habe ein wenig Apfelwein. Trinkt Ihr Wein?»

«Nur zum Heiligen Abendmahl.»

«Ich fürchte, heute müßt Ihr eine Ausnahme machen.»

Er zog das Packpferd an ihre Seite und suchte nach den Vorräten. Schließlich reichte er ihr einen ledernen Schlauch, der augenscheinlich bis oben hin mit Wein gefüllt war. Eine Sekunde später hielt er ihr einen dicken Herbstapfel hin. Er stammte nicht aus dem Klostergarten, sondern man hatte ihn aus jenem von der Schwester Cellerarin wie ihren Augapfel gehüteten Vorrat genommen, der allein der Priorin und ihren höchsten Gästen vorbehalten war. Agnetha betrachtete die unerhörte Kostbarkeit.

«Nun beißt schon hinein», lachte er. «Er ist nicht vergiftet. Jedenfalls nicht von mir. Aber laßt Euch Zeit. Es kam mir darauf an, nicht vor den Augen des ganzen Dorfes aus dem Klostertor zu reiten. Obwohl ich das Kloster seit einer halben Ewigkeit nicht mehr aufgesucht habe, mag es dort Menschen geben, die mich erkennen würden – und das könnte unserer Sache schaden.»

Er kramte in der Satteltasche.

«Mögt Ihr Nüsse? Sie sind vom letzten Jahr, aber gut.» Er kicherte. «Ein echter Kardinal hat sie für mich gesammelt und sie haben mich von Orvieto bis hierher begleitet.»

Agnetha war verwirrter denn je. Seine freundlichen Worte überraschten sie nicht weniger als seine vorausgehende Distanziertheit. Die Nüsse nahm sie.

Es war eine ihr unbekannte Art mit mürber Schale, die sich ohne Schwierigkeiten zwischen den Fingern öffnen ließ. Ein wenig mißtrauisch steckte sie einen der Kerne in den Mund. Er schmeckte ein wenig würzig und fremdartig, aber gut.

«Warum gibt Euch ein Kardinal Nüsse?»

«Damit ich unterwegs etwas zu essen habe, denke ich.»

«Ist er ein Freund von Euch?»

Er lachte: «Ach Schwester, am päpstlichen Hof weiß man das nie so genau. Aber ich denke schon, daß Gerhard von Parma mein Freund ist.»

«Und er ist ein mächtiger Mann?»

«Nun, er ist Kardinal. Kein so bedeutender wie Benedetto Caetani, der vielleicht der nächste Papst wird, aber immerhin.»

Sie nickte und zwang sich, einen Augenblick zu schweigen. Kaum wurde er gesprächiger, vergaß sie all ihren rechtschaffenen Zorn und begann, ihn mit Fragen zu löchern. Er mußte sie für eine schrecklich schwatzhafte und neugierige Person halten.

«Und wie ist es mit dem Papst?»

«Nikolaus IV.? Gott gebe seiner Seele Frieden. Der war ein mächtiger Mann.»

«Das meine ich nicht. War er Euer Freund?»

Er wollte sofort antworten, doch dann hielt er sich zurück und überlegte einen Augenblick, wobei seine Stirn sich in Falten legte. Das machte ihn ihrem Vater ähnlich, registrierte Agnetha, wie er in seinen letzten Jahren ausgesehen hatte.

Schließlich nickte Wasmod:

«Doch, ich denke, er war mein Freund. Als Girolamo, ich meine natürlich, seine Heiligkeit, Papst Nikolaus – das erste Mal, daß ein Bruder vom Orden des Heiligen Franziskus dieses Amt bekleidet hat

– und ich uns kennenlernten, erfreute er sich bereits der päpstlichen Gunst, während ich einem untergeordneten Kanzlisten als Sekretär diente. Immerhin, ich saß im päpstlichen Palast in Orvieto – das war noch der alte Bau, der dann über Martin IV. einstürzte. Ein furchtbar häßliches und heruntergekommenes Gemäuer! Ihr hättet es freiwillig wohl kaum betreten! Ja, ich denke, man kann wirklich sagen, daß Nikolaus IV. mich zu dem gemacht hat, was ich heute bin. Im wahrsten Sinne des Wortes.»

«Und er hat Euch hierher geschickt?»

Sofort wurden seine Augen wieder ernst, doch er nickte.

«Sicher, hierher nach Deutschland. Er sandte mich über die Alpen, als letztes Jahr die Nachricht vom Tod König Rudolfs nach Orvieto gelangte. Der Kardinalbischof von Tusculum weilte zwar damals auf dieser Seite der Aplen, doch der Heilige Vater traute ihm noch weniger über den Weg als den Deutschen, und er wollte einen Vertrauten, der die Wahl des Nachfolgers im Auge behielte. Nun, mit dem neuen König wird es wohl keine Schwierigkeiten geben. Adolf von Nassau ist eigentlich nur ein kleiner Graf, zu unbedeutend, um der Mutter Kirche Ungelegenheiten zu bereiten.

Aber es gab noch andere Dinge, die ich zu regeln hatte, und noch ehe ich nach Italien zurückkehren konnte, erreichte mich die Nachricht, daß Papst Nikolaus gestorben war. Der Herr führe seine Seele in sein ewiges Reich! Mein offizieller Auftrag ist jetzt abgeschlossen. Eure Hilfe brauche ich für eine andere Sache. Fühlt Ihr Euch ausreichend gestärkt?»

Sie nahm einen langen Schluck von dem Apfelwein. Er schmeckte ungewohnt, aber gut. Ein wenig hatte sie geschwindelt, als sie behauptete, nur zum Heiligen Abendmahl Wein zu trinken. An manchen Tagen war die Mutter Priorin großzügig, dann bekamen sie schon einmal einen Becher zum Mittagstisch. Aber sie wußte, wie schnell er ihr zu Kopfe stieg.

Sie nickte: «Erzählt!»

«Also gut. Zum ersten Mal von dieser Angelegenheit erfahren habe ich im Sommer am herzoglichen Hof in Lüneburg. Ich hatte dort versucht, zwischen Herzog Otto, den man den Strengen nennt, und seinen Verwandten zu vermitteln – ohne viel Erfolg, fürchte ich. Weder bei Otto noch bei Herzog Heinrich von Braunschweig, seinem Vetter, scheint mir zur Zeit das Interesse an friedlichen Verhandlungen sonderlich ausgeprägt. Dieser Otto führt Krieg gegen jeden einzelnen seiner Nachbarn, und das schon seit Jahren..., ach, was rede ich: mit seinen Nachbarn, seinen Verwandten, ja manchmal sogar mit seinen eigenen Vasallen. Ich fürchte, es bereitet sich etwas vor, Schwester. Otto der Strenge ist ein Mann, der nicht genug bekommen kann: Er wird nicht eher ruhen, so zumindest schätze ich ihn ein, bis er alle die kleinen ritterlichen Herren des Grenzlandes unterworfen hat. Und dann wird er auf neuen Krieg sinnen, gegen Braunschweig, gegen die Mark. Den Argumenten des Friedens sind solche Männer leider nicht zugänglich.

Jedenfalls hatte ich nur wenig Zeit und war schon wieder im Aufbruch, als ich die bewußte Nachricht erhielt. Von wem sie stammte, tut nichts zur Sache, ich hatte jedenfalls allen Grund, sie sehr ernst zu nehmen. Sie berichtete von einem Vorfall, der sich nicht weit von hier zugetragen hat, in der Nähe des Burgfleckens Bodenteich nämlich. Nach allem, was ich in der Eile erfahren konnte, mochte es ein Fall für den neuen Inquisitor sein, der sich wie es heißt zur Zeit am Hofe Herzog Ottos aufhält, doch ich hatte...», er sah sie einen Augenblick abwägend an, «sagen wir, ich hatte ein paar recht gute Gründe, nicht sofort die Inquisition und den Orden des Heiligen Dominikus zu unterrichten. Denn natürlich gehört der Inquisitor diesem Orden an.

Ich entschloß mich, mir die Sache selbst einmal anzusehen, sobald ich die Zeit dazu fand. Aber als ich nach ein paar Wochen wieder nach Lüneburg kam, wartete bereits eine neue Nachricht auf mich. Und sie offenbarte mir, daß ich, möge der Herr mir vergeben, schon zu lange gewartet hatte.»

Er fuhr sich über den Mund. Wie ein Blitzstrahl traf Agnetha die Erinnerung: Sie sah Wasmod und sich selbst in der Kemenate der väterlichen Burg. Sie war vielleicht sieben Jahre alt, während er bereits die härteren Züge eines Erwachsenen und ein priesterliches Gewand trug. Auf seinen Knien lag das Manuskript, an dem sie geübt hatten, sie erinnerte sich genau, es war ein komplizierter theologischer Text gewesen, ein Traktat des Bischofs Anselmus von Canterbury. Beide waren sie aufgeschreckt, als plötzlich ihr Vater in das Zimmer gestürmt kam und ihnen ohne jede Vorbereitung von dem Überfall auf der Alten Salzstraße berichtete, dem Überfall, der ihrer Mutter das Leben gekostet hatte.

Es war die gleiche Geste. In der gleichen Weise hatte Wasmod den Mund hinter der Hand verborgen, als wolle er verhindern, daß eine Äußerung der Trauer oder des Schmerzes über seine Lippen kam.

Dann hatte er sich schweigend abgewandt und den Raum verlassen. An mehr konnte sie sich nicht erinnern.

Dieselbe Geste. Was auch immer jetzt in Bodenteich geschehen war, es ging ihm nahe. Gab er sich selbst die Schuld dafür?

«Was es auch immer war, das verhindert hat, daß Ihr schon früher eingreifen konntet, Wasmod. Ihr konntet nicht anders handeln, wenn Ihr in päpstlicher Mission unterwegs wart.»

«Das weiß ich», murmelte er. «Und ich weiß es doch auch nicht. Hätte ich den offiziellen Weg gewählt, hätte ich vielleicht ein Leben retten können: Ich hätte vielleicht verhindern können, daß ein Mensch, den ich über alle Maßen schätzte, getötet wurde und ein finsterer Schatten über dieses Land fällt. Über ein Land, das, wie ich in den letzten Tagen festgestellt habe, irgendwie noch immer meine Heimat ist. – Aber der Reihe nach: Die Botschaft, die mich erreichte, berichtete von einem Überfall auf der Handelsstraße, die von Salzwedel her in Richtung Sonnenuntergang verläuft. Natürlich mußte ich sofort an unsere Mutter denken, der Herr gebe ihr Frieden. Auch Ihr erinnert Euch sicher noch daran, wie unser Vater und seine Standesgenossen mit dem alten Herzog an der Spitze damals mit dem Raubgesindel aufgeräumt haben. Fast zwanzig Jahre waren die Straßen sicher.

Aber es scheint diesmal etwas anderes zu sein. Zwei Tage vor Himmelfahrt wurde im Flecken Bodenteich ein Bruder vom Orden des Heiligen Franziskus erwartet, ein Mann, der nach Gottes Willen mit der Gabe der Predigt und der geistlichen Rede wahrhaft reich gesegnet war. Wohin er auch kam, war es den Menschen eine Freude, seinen erbaulichen Worten zu lauschen und am Ende seiner Rede einzustimmen in das Lob unseres Herrn Jesus Christus.

Aber die wackeren Bürger von Bodenteich warteten an diesem Tage vergebens. Stattdessen machten Wanderer einen schrecklichen Fund. Nicht weit von einer Siedlung, die den Namen Schostorf trägt, am Nordufer des Bodenteicher Sees, stießen sie auf seinen entseelten Körper. Es hätte die Tat gewöhnlicher Straßenräuber sein können, wenn nicht...»

Er machte eine Pause und sah Agnetha an. Sie erinnerte sich jetzt daran, im Sommer von diesem Überfall gehört zu haben. So abgeschlossen die Nonnen auch lebten, früher oder später erreichten die Gerüchte aus der Außenwelt sie doch. Worauf der Magister hinauswollte, vermochte sie jedoch nicht zu sagen.

«Man hat im Kloster davon gesprochen. Doch ich wüßte nicht, daß von etwas anderem als gewöhnlichem Straßenraub die Rede gewesen wäre.»

«Ritter Wilbrand von Bodenteich hat alle Eingeweihten reich beschenkt und um ihr Stillschweigen gebeten. So konnte er verhindern, daß die näheren Umstände öffentlich bekannt wurden. Er kann es sich nicht leisten, daß die Handelszüge die Straße durch seinen Flecken meiden. Ich selbst wurde natürlich von meinem Vertrauten auf das Genaueste über die Ereignisse unterrichtet. Er wird uns eine wichtige Hilfe sein, wenn wir in Bodenteich anlangen. Denn dorthin geht natürlich unsere Reise.

Was nun den Überfall angeht: Der Körper unseres armen Bruders in Jesus Christus war von seinen Mördern auf widerwärtige Weise zugerichtet worden. Sie hatten seinen Leib gewaltsam geöffnet und seiner edlen Brust das Herz entrissen, das Zeit seines Leben voll heißer Inbrunst für den Glauben geschlagen hatte.

Auf dem Körper des Toten fand man, gezeichnet mit seinem eigenen Blut, teuflische Symbole und Worte, um dem Getöteten nicht nur das Leben, sondern auch das Heil seiner unsterblichen Seele zu rauben. Natürlich erkannte ich, was jeder erkennt: Es war Hexerei, Schwester, es war Nigromantie, Schwarze Magie. Trotzdem griff ich nicht ein, sondern entschied, daß es wichtiger sei, zuerst meine anderen Geschäfte zu erledigen. Ging es nicht auch dort um eine wichtige Sache? Hatte sie mir nicht der Heilige Vater selbst ans Herz gelegt?

Als ich nun vor einigen Tagen an den herzoglichen Hof zurückkehrte, erreichte mich die Nachricht von einer weiteren Freveltat. Wieder hatte es einen friedlichen Mann der Kirche getroffen und wieder hatte man seinen Leichnam auf schändliche Weise entweiht. Was mich aber am schwersten traf und nun das Maß meiner Schuld voll macht, war, daß dieser zweite Tote Vater Dietrich war, einstmals der Probst des Hospitals vom Heiligen Geist vor den Toren von Salzwedel, mein Lehrmeister in den ersten Jahren meines Studiums der Heiligen Schrift.

In seiner Arglosigkeit und seinem Sanftmut, in seinem Vertrauen darauf, daß die Macht Gottes mit den Machtlosen ist, war er zu Fuß und ohne jede Begleitung die Straße nach Bodenteich entlanggewandert. Wie ich vermute, hatte sich die Nachricht vom grausamen Tod jenes ersten Mönches, des Franziskanerpredigers, doch noch in der Umgegend verbreitet. Doch bevor man sich entschloß, ein förmliches Inquisitionsverfahren einzuleiten, muß Vater Dietrich darauf bestanden haben, den Vorfall inoffiziell zu untersuchen. Wohl aufgrund der großen Weisheit seines Alters wird ihm dieser Wunsch gewährt worden sein.

Er starb zwar als Märtyrer für die heilige Kirche, Schwester, doch auch sein Körper zeigte die Spuren eines teuflischen Rituals. Wir müssen befürchten, daß er Schaden nicht nur an seinem Leibe, sondern auch an seiner unsterblichen Seele genommen hat. Und ich sehe nur eine Möglichkeit, diese unsterbliche Seele zu retten: Wir müssen diese Diener des Satans finden. Finden und bestrafen.»

Er schwieg, die Lippen fest aufeinandergepreßt. Seine Augen schienen durch Agnetha hindurchzustarren, auf ein nur ihm sichtbares, schreckliches Bild.

«Heilige Mutter Maria», flüsterte sie.

Keiner von beiden sprach ein Wort. Die Pferde suchten sich selbst ihren Weg auf dem ausgetretenen Pfad. Der Wald war für den Moment zurückgewichen. Hohes Gebüsch begrenzte den Wegesrand, Heidekraut und gewaltige Farnstauden. Fasziniert betrachtete Agnetha die Spinnennetze, die sich in aufregenden Bögen von Pflanze zu Pflanze spannten und in denen noch der morgendliche Tau glitzerte, tausendfach gebrochen vom Licht der Sonne, die mittlerweile über die Wipfel der Bäume gestiegen war.

Agnetha fuhr sich mit der Zunge über die Lippen. Ihr Bruder hatte den Kopf abgewandt und schien völlig in der Betrachtung der Mähne seines Pferdes aufzugehen.

«Wir beide?» fragte sie.

Er sah sie ernst an: «Wir beide, Schwester. Wir beide werden dieses abscheuliche Verbrechen aufklären. Mehr denn je bin ich entschlossen, dies auf gar keinen Fall den Dominikanern zu überlassen. Ich habe unseren Vater und unsere Brüder nie verstanden, wenn ihnen jede Kränkung ihrer Ehre Grund zu einer Fehde gab. Als könne ein Tropfen vergossenen Blutes ungeschehen gemacht werden durch einen Ozean aus Blut. Es ist eine verrückte Welt, in der wir leben: Unser Vater hat den Herren von Saldern einmal Blutrache geschworen, weil einer von ihnen seinen Jagdhund beleidigte, erinnert Ihr Euch? Blut ist geflossen um eine solche Lächerlichkeit, und alle Proteste der Kirche konnten es nicht verhindern. Aber dieses abscheuliche Verbrechen, gibt es uns Grund zur Rache?

Der Herr lehrt uns, die linke Wange hinzuhalten, wenn wir auf die rechte Wange geschlagen wurden, und doch... und doch kann ich in diesem Augenblick nur an das eine denken. Ich will, daß dieses Hexenpack auf dem Scheiterhaufen brennt.»

Äußerlich wirkte er völlig ruhig, doch obwohl Agnetha ihn ein halbes Leben nicht gesehen hatte spürte sie die Anspannung hinter seinen Worten. Ein paar Stunden erst war es her, daß sie ihn aus den Schatten der Klosterkirche beobachtet hatte... doch welch unterschiedliche Seiten seines Charakters hatte er ihr seitdem präsentiert: Höflichkeit, Arroganz, Kälte, freundliche Herablassung und nun dieser tiefe Haß. Was mochte sie als nächstes erwarten?

«Ihr seid päpstlicher Legat, Wasmod, nicht im Traum fiele es mir ein, dem zuwiderzuhandeln, was der Beauftragte der Heiligen Kirche geschweige denn mein eigener Bruder von mir verlangt, doch ich verstehe noch immer nicht, wie genau ich Euch bei der Bestrafung dieser Männer helfen könnte. Warum habt Ihr nicht einfach um eine Abteilung herzoglicher Lanzenreiter gebeten? Mein Gott, Herzog Otto würde Euch diese Bitte doch sicher niemals abschlagen.»

Müde blickte er sie an: «Ihr seid nicht die erste, die mir so etwas vorschlägt, Schwester, aber es hätte keinen Sinn.

Zum einen wissen wir noch nicht einmal genau, wen wir suchen. Den wenigsten Hexern sieht man ihre teuflischen Absichten und Taten an. Praktisch jeder Mann und jede Frau in Bodenteich und der ganzen Umgegend kann in diese Sache verwickelt sein.

Zum anderen, selbst wenn wir sie aufgespürt haben, die Urheber dieser... entsetzlichen Greuel, so wüßte ich nicht, was herzogliche Söldner gegen diesen Teufelsspuk ausrichten sollten.

Davon abgesehen bin ich sehr vorsichtig damit, wen ich in diese Angelegenheit einweihe. Otto der Strenge ist leider ein Mensch, bei dem man befürchten muß, daß er selbst bei solch schrecklichen Geschehnissen zuallererst auf seinen eigenen Vorteil aus wäre und ihn vor das Wohl der Heiligen Mutter Kirche stellte.

Nein, Schwester, wir können uns nur auf eines verlassen, auf die Macht des göttlichen Wortes und der Heiligen Kirche. Man muß diese Teufel mit ihren eigenen Waffen schlagen. Verborgen und unerkannt werden wir uns an ihre Fersen heften wie es selbst die domini canes, die Spürhunde des Herrn, nicht besser verstünden.»

«Aber es wird doch mit Sicherheit Aufsehen erregen, wenn der päpstliche Legat Bodenteich besucht!»

«Ich habe nicht vor, mich zu erkennen zu geben. Wilbrand von Bodenteich hat mich seit beinahe zwei Jahrzehnten nicht mehr zu Gesicht bekommen. Schaut Euch doch an, in welcher Kleidung ich reise! Wer sollte in den Gewändern eines armen Bettelmönches den Sondergesandten des Papstes vermuten?

Ritter Wilbrand von Bodenteich lebt mit seinen drei unmündigen Kindern und ohne Gemahlin auf seiner Sumpfburg. Bezüglich der Tochter hat er sich für ein geistliches Leben entschieden, ohne daß er sie bereits jetzt ins Kloster geben möchte. Doch auch die beiden Söhne brauchen dringend Unterweisung in den Worten der Heiligen Schrift.»

«Ihr Lehrer... das wollt Ihr sein?»

Er grinste wölfisch: «Aber nein, meine Liebe. Wie sollte ich denn dann die Spuren der Hexer und Nigromanten verfolgen? Auf Burg Bodenteich werde ich ein einfacher Klosterbruder sein. Bruder Bjørn vom Orden der Minderen Brüder, dem ich ohnehin als Laienbruder angehöre. Oh nein, ich wüßte wirklich niemanden, der eine bessere Lehrerin abgeben könnte als Ihr, Schwester!»

Dem gibt es wohl nichts mehr hinzuzufügen, dachte Agnetha, wahrscheinlich sollte ich mich noch geschmeichelt fühlen, daß er dabei sofort an mich gedacht hat.

Insgeheim mochte vielleicht doch der Wunsch, seine Schwester wiederzusehen eine Rolle gespielt haben, doch ganz sicher war sie sich nicht. Auf ihre Loyalität konnte er sich natürlich verlassen, aber jede einzelne der Klosterdamen hätte sich ebenso widerspruchslos den Worten des päpstlichen Legaten gefügt.

Andererseits: Ich bin eben die beste Lateinlehrerin im Umkreis von ein paar Tagesreisen. Warum sollte ich das leugnen? Hochmut ist natürlich eine Todsünde, aber ist es nicht auch eine Sünde – und vielleicht eine viel größere – die Gaben, mit denen der Herr uns ausgestattet hat, zu verleugnen und gering zu schätzen? Und kann ich mich nicht glücklich schätzen, daß ich weiterhin das tun kann, was ich mein ganzes Leben lang getan habe und das aufzugeben mir so schwer gefallen wäre?

Das Kloster war ihre Heimat gewesen und würde es wohl ihr Leben lang bleiben. Aber war es eine Sünde, daß sie angesichts der abscheulichen Ermordung zweier heiliger Männer nun voller Erwartung ihres neuen Lebens auf Burg Bodenteich war? Eines Abenteuers an der Seite des seit ihrer Kinderzeit bewunderten Bruders, der ihr noch immer wie eine Gestalt aus einem Märchen oder einer Heiligenlegende erschien? Eines Mannes, für den ein leibhaftiger Kardinal Nüsse sammelte?

Schweigend ritten sie nebeneinander her, jeder in seine ganz eigenen Gedanken versunken. Agnetha beobachtete den Magister aus dem Augenwinkel. In seinem Sattel saß er so sicher wie in einem bequemen Lehnstuhl. Von Zeit zu Zeit bewegten sich, so schien ihr, seine Lippen. Dachte er nach? Oder betete er? Seit ihrer Kinderzeit kannte sie die Geschichte aus dem Leben des heiligen Bernhard, der einmal einen ganzen Tag lang am Ufer des Genfer Sees entlanggeritten war und am Abend, als seine Reisegefährten sich über den See unterhielten, gefragt hatte: «Welcher See?» Er hatte ihn nicht bemerkt, so sehr war er in seine Gebete vertieft gewesen.

Aber bei aller Bedeutung in der kirchlichen Hierarchie – war ein hoher Würdenträger der heutigen Kirche wie ihr Bruder noch mit einem vergeistigten Mann wie dem heiligen Bernhard von Clairvaux zu vergleichen? Der in sich gekehrte Geistliche aus ihrer Kinderzeit schien nur noch wenig zu tun zu haben mit dem machtbewußten Kirchenfürsten, der an ihrer Seite ritt.

«Ich weiß so wenig von Euch, Wasmod, nicht einmal, welche Diözese Euch seine Heiligkeit zugeteilt hat», fragte sie geradeheraus, auch um das Gespräch wieder in Gang zu bringen. «Wart Ihr jemals dort? Wann habt Ihr die Bischofsweihe empfangen, schon bei Eurer ersten Reise nach Italien?»

Er sah überrascht zu ihr herüber:

«Die Bischofsweihe?» Er lachte. «Nein, niemals. Streng genommen bin ich nicht einmal Priester. Ich habe nicht mehr empfangen als die niederen Weihen. Mehr schien zu keinem Zeitpunkt... erforderlich. Nicht für die Aufgaben, die ich versehe. Die Freien Künste habe ich studiert, Schwester, die artes liberales. Das trivium und das quadrivium.»

«Grammatik, Rhetorik, Dialektik», murmelte sie.

«Genau», bestätigte er lächelnd und vollendete: «Arithmetik, Geometrie, Musik und Astronomie.»

«Ich glaubte, als Legat wäret Ihr fast so etwas wie ein Kardinal der Heiligen Kirche...»

Er lachte: «Ihr dürft mich nicht mit den mächtigen Kardinallegaten verwechseln, wie sie Gregor IX. oder Innozenz IV. vor einem halben Jahrhundert während ihrer Kämpfe mit Kaiser Friedrich und den Hohenstaufen nach Deutschland gesandt haben.»

Verständnislos blickte sie ihn an.

«Schaut Euch das hier an», sagte er und zog den Ring von seinem Finger. Ehrfürchtig nahm sie ihn entgegen und betrachtete ihn.

«Nun, was seht Ihr?»

«Ich sehe ein Wappen: da ist der Schlüssel des Heiligen Petrus, dann das Einhorn unserer eigenen Familie, doch daneben – ich kann es nicht genau erkennen – drei Lilien?»

Der Magister nickte.

«Und zwei Sterne, durch einen Balken voneinander getrennt?»

«So ist es.»

«Und was hat das zu bedeuten?»

«Nun, die Lilien und die Sterne sind Bestandteil des persönlichen Wappens, das der Franziskanerbruder Girolamo Masci während seines Pontifikats als Nikolaus IV. führte.» Seine Stimme wurde ernst: «Ich bin – oder war – ein Legatus natus seiner Heiligkeit Papst Nikolaus. Das ist viel weniger oder auch weit mehr als ein Kardinal. Meine Aufgaben sind in ihrem Umfang umgrenzt und im übrigen natürlich streng geheim. Meine Vollmachten fußen auf der apostolischen Macht seiner Heiligkeit, und mit seinem Tod und der Wahl eines Nachfolgers, von der ich indes noch keine Kunde habe, endet im Grunde auch meine Würde. Allerdings erwarte ich, daß Kardinal Caetani, so die Wahl des Kollegiums auf ihn fällt, meine Vollmachten erneuern wird. Auch wenn ich ihn nun vielleicht nicht unbedingt meinen Freund nennen würde, so ist er doch ein sehr kluger Mann.»

Perplex sah sie ihn an:

«Und dann würdet Ihr weiter über die Wege der Heiligen Kirche mitbestimmen ohne selbst ein Kirchenmann zu sein, nur mit einem anderen Siegel auf dem Ring?»

«Zweifellos. In Orvieto nennt man mich einen homo politicus oder auch einen homo diplomaticus. Ein Theologe bin ich nicht. Ihr seid verwundert? Sinibaldo Fiesci, seine Heiligkeit Innozenz IV., war der vielleicht größte Kirchenjurist, der jemals gelebt hat, und Honorius IV. wurde erst am Tage vor seiner Krönung zum Priester geweiht. Ihr könnt es mir glauben, Schwester, ich war dabei.»

Er betrachtete sie nachdenklich. Seine Mundwinkel verzogen sich zu einem müden Lächeln.

«Heutzutage gibt es andere Dinge, die über die Eignung zu diesen Ämtern entscheiden: Eine juristische Ausbildung, ein mächtiger Förderer, ja, und sicher auch die richtige Herkunft. Papst Nikolaus war eine Ausnahme, der Sohn eines einfachen Schreibers aus Ascoli, aber auf ihn wird gewißlich ein Kandidat folgen, den die französischen Kardinäle unterstützen. Einst – noch unter Kaiser Friedrich, bevor er gebannt wurde – waren die Deutschen die Herren des Papsttums. Doch nun: Die Macht der Franzosen in Rom und Orvieto wächst und wächst, und die italienischen Kardinäle, all die Colonna, Savelli und Orsini, auch sie sind gelehrte Männer, Theologen, Kanonisten, Juristen..., doch ihre Entscheidungen sind nicht immer frei, sondern sind geprägt und müssen geprägt sein von politischen Rücksichten.

Die Reste der Kaiserlichen sind zerschlagen. Ich war dabei, als seine Heiligkeit vor zwei Jahren Karl den Lahmen von Anjou zum König krönte, den Sohn des Mannes, der vor einem Vierteljahrhundert das Reich Manfreds von Hohenstaufen und die Reste der deutschen Herrschaft über Italien auslöschte.

Die Kirche hat gesiegt, Schwester, wenn auch um einen wahrhaft hohen Preis. Der Verlust Palästinas, des Heiligen Landes, hat seiner Heiligkeit das Herz gebrochen. Ich war damals schon hier in Deutschland, doch es wurde mir berichtet: Er war nicht mehr derselbe nach der Nachricht vom Fall der Stadt Akkon. Aber wir werden alles zurückerobern, eines Tages.

Die Tempelritter werden diese Niederlage niemals vergessen. Unzählige von ihnen ließen sich lieber von den herabstürzenden Mauern erschlagen, als sich den Mameluken zu ergeben. Irgendwann wird das Banner des Kreuzes wieder über der Heiligen Grabeskirche wehen. Ich weiß es so sicher, wie Atem in mir ist. Aber dazu muß die Kirche stark sein und ihre Autorität unbestritten. Sie muß über den sich streitenden Parteien stehen und sich zu jeder Zeit alle Wege offen halten!»

Er verstummte unvermittelt, als habe er mehr gesagt, als er ihr eigentlich eröffnen wollte, doch dann fuhr er fort: «Hier liegt auch meine Aufgabe.»

Fasziniert hörte sie ihm zu, wie er von seinem Leben am päpstlichen Hof erzählte, von den gewaltigen Konzilien, den bunten Reiterzügen und dem großen Hofstaat, der dem Papst auf allen seinen Reisen folgte: von Rom nach Orvieto, von Orvieto nach Perugia, von Perugia nach Viterbo, in welcher dieser glanzvollen Städte der Heilige Vater eben gerade Hof hielt. Es war eine fremde, seltsame Welt, die sie ängstigte, zugleich aber auch gefangennahm. Mit dem stillen, ganz vom Gebet geprägten Leben im Kloster, mit einem Leben in Demut und Selbstverleugnung schien das wenig zu tun zu haben. Und doch hatte gerade Papst Nikolaus IV., der Mann, der jahrelang im Zentrum all dieser ungeheuren Machtentfaltung gestanden hatte, mehr als in alles andere seinen Stolz in den Titel «servus servorum dei» gelegt, Knecht der Knechte Gottes.

«Aber wenn man Euch hört: Bedenkt, Ihr redet von der Heiligen Mutter Kirche... «, meinte sie vorsichtig. «Wenn Ihr sagt, die Kaiserlichen seien endgültig aus Italien vertrieben – Kaiser Friedrich, den man den Antichrist nannte, und sein ketzerischer Sohn Manfred, sie sind lange tot, die Heilige Kirche hat gesiegt. Aber um welchen Preis? All diese Pracht, von der Ihr berichtet, und dieser Reichtum – wozu soll das dienen? Ihr wißt, was die Bettelmönche sagen: War nicht Jesus Christus, waren nicht die Apostel arm?»

«Einige Männer in Orvieto würden Euch entgegnen: Ad maiorem dei gloriam – All dies dient einzig der größeren Ehre Gottes. Oder schaut die Tempelritter an: Non nobis, domine – Nicht ihrer Ehre dienen Macht und Reichtum, sondern einzig und allein der Ehre Gottes.

Aber ich kenne auch andere: einen Eremiten, einen Greis, der im Gebirge jenseits von Rom lebt. Ein heiliger Mann wie Franziskus von Assisi selbst, obwohl er nicht einmal dessen Orden angehört. Er nennt sich Peter vom Berg Morrone und hält sich fern von den spitzfindigen Diskursen des Doktors von Aquin und der Franziskanerspiritualen und doch... in ihrer Reinheit erinnern mich seine Gedanken an die Euren...

Ich will nicht leugnen, daß ich ab und an selbst meine Zweifel habe. Doch sagte ich nicht eben: Ich bin kein Theologe. Die Welt ist eben so, wie der Herr sie gewollt hat. Nun, Schwester, Ihr seid wahrhaftig eine Magd des Herrn. Vermutlich werdet Ihr Euch auf Burg Bodenteich weit besser zurechtfinden als ich.»

«Weiß man dort überhaupt, daß wir kommen?»

«Schon seit Tagen. Auf mein Geheiß hat Eure Priorin einen Boten an Ritter Wilbrand gesandt. Er muß vorgestern abend angekommen sein. Ich wollte nicht die Gefahr eingehen, daß sie sich anderweitig nach einer Lehrerin umsehen. Man erwartet uns allerdings erst heute abend. Vorher werden wir noch einen anderen Besuch machen.»

«Dann soll es wohl so sein.»

«Es muß so sein, Schwester. Es ist der Wille Gottes.»

Gottes Wille, dachte sie, oder der Eure? Aber gab es da für ihn überhaupt einen Unterschied?

Um die Mittagsstunde hatten sie die waldige Gegend hinter sich gelassen und ritten durch eine bewegte Heidelandschaft. Zur Linken ging der Blick weit in die Ferne über Wälder, Wiesen, Weiden und ein oder zwei kleine Dörfer, die sich in flache Talsenken kauerten. Schon glaubte die Augustinerin, weit entfernt die gewaltige Wasserfläche des sumpfigen Bodenteicher Sees zu erkennen, an dessen Ufer die beiden frommen Kirchenmänner ihr grausames Ende gefunden hatten.

Nach einer Weile deutete Wasmod nach vorne: «Dort ist die große Weggabelung. Wenn wir in Richtung Sonnenuntergang ritten, könnten wir in ein oder zwei Stunden in Bodenteich sein, doch ich habe noch etwas anderes vor.»

Offenbar wartete er auf eine Frage von ihr, doch sie wußte, er würde auch so sprechen.

«Wir werden einen Verwandten besuchen, Schwester, den Ritter Werner von Langenapel.»

«Den Tempelritter?» fragte sie überrascht.

«Hält man ihn auch hier dafür?» gab er achselzuckend zurück. «Nun, ich kenne Ritter Werner seit vielen Jahren. Er steht dem Ritterorden der Templer sehr nahe, doch die offiziellen Gelübde hat er niemals geleistet. Ich nehme an, man war der Ansicht, er diene dem Orden besser, wenn er im Laienstand verbleibt.»

«Wer war dieser Ansicht?»

Er musterte sie anerkennend, doch dann schüttelte er lakonisch den Kopf: «Mächtige Männer.»

Wieder erwiderte sie nichts. Mittlerweile war offenkundig, daß es ihm Vergnügen bereitete, sie an seinem Wissen teilhaben zu lassen. Er schwieg; aber nicht lange, sondern nur bis sie die Kreuzung erreicht hatten.

«Es sind vielleicht zwei Wegstunden bis nach Langenapel, wir müssen uns also ein wenig beeilen, wenn wir noch etwas von Ritter Werners Mittagstisch bekommen wollen. Ihr könnt Euch auf erlesene Speisen freuen, Schwester. In Orvieto habe ich mehr als einmal gestaunt, welch wundersame Dinge Pilger und Kreuzfahrer aus dem Heiligen Land mitbrachten. Merkwürdige, unbekannte Tiere und Pflanzen, seltsame Gewürze, wie Ihr sie sicherlich noch nie auf Eurer Zunge geschmeckt habt.»

«Gewiß nicht in unserem Kloster. Mutter Mechthild besteht darauf, daß wir in diesen Dingen sehr zurückhaltend sind.»

Er nickte: «Sie ist mit Sicherheit eine weise Frau... in dieser Frage.»

Die Pause vor seiner letzten Bemerkung war eben lang genug, um deutlich zu machen, daß er die Fähigkeiten der Priorin auf anderen Gebieten weniger positiv beurteilte. Agnetha mußte daran denken, wie brüsk er Mutter Mechthild heute morgen fortgeschickt hatte. Über der angeregten Plauderei war sie nur allzu schnell bereit, zu vergessen, daß einer der mächtigsten Männer der Kirche neben ihr ritt.

«Ritter Werner war in der Stadt Akkon, bis sie gefallen ist?» fragte sie in der Hoffnung, das Gespräch wieder in Gang zu bringen und vielleicht staunenswerte Geschichten aus dem fernen Heiligen Land zu erfahren.

Der Magister zögerte: «Ich weiß es nicht genau. Vielleicht wird er uns selbst davon erzählen, obwohl wir nicht lange bleiben können. Die Tage werden schon kürzer und nach allem, was geschehen ist, möchte ich bei Einbruch der Dunkelheit unbedingt in Bodenteich sein. Ritter Werner war meines Wissens in den letzten Jahren verschiedene Male im Heiligen Land, doch ich denke, meist werden ihn seine Reisen nach Chastel Pelerin oder Tortosa geführt haben, in die großen Festungen der Tempelritter im Norden des Landes, die jetzt ebenfalls verloren sind.»

«Wart Ihr selbst jemals dort?»

«In den Templerburgen oder in Akkon?»

«Beides – wart Ihr jemals selbst im Heiligen Land?»

Er nickte: «Vor acht Jahren, kurz bevor die Ungläubigen den Frieden endgültig brachen, habe ich im Auftrage seiner Heiligkeit Martin IV. eine Reise zum Grabe des Herrn nach Jerusalem unternommen. Damals habe ich Ritter Werner getroffen. Er war Kapitän in Diensten des Königs von Aragon und führte eine Gruppe von Tempelrittern zu den Kreuzfahrern nach Akkon.»

«Er führte Tempelritter an, obwohl er selbst kein Tempelritter ist?»

Wasmod hob die Schultern: «Vielleicht sollte ich es so nicht ausdrücken. Er hat dem Orden des Tempels in vielfältiger Weise gedient und mit ihm Geschäfte gemacht. Wenn die Städte des Heiligen Landes nicht schon eher gefallen sind, dann hat auch Ritter Werner auf seine Weise einen Teil dazu beigetragen. Und er ist sogar noch reich geworden dabei.»

Sie sah ihn entsetzt an: «Ihr wollt sagen, er, ein Mann von Adel, hat sich verkauft wie die Krämer in den Städten!»

Der Magister lachte herzlich: «Schwester, Schwester! Es tut so gut, mit Euch zu sprechen. Ihr seid von einer solchen... herzerfrischenden

Reinheit. In Eurer Welt ist alles noch so... selbstverständlich. In Italien sieht man diese Dinge schon lange nicht mehr so eng. Mächtige Fürsten sind gleichzeitig reiche Kaufleute und umgekehrt. Diese Familien sind alle eng miteinander verwandt. Ritter Werner hätte die Tochter eines Grafen heiraten können, wenn er gewollt hätte, oder die eines erfolgreichen Handelsherrn, es hätte keinen besonderen Unterschied gemacht. Ein Kreuzzug ist heute vor allem ein großes Geschäft und ich weiß nicht, ob das jemals anders war. Und die Kirche ist der größte Geldgeber.»

«Und Eure Aufgabe im Heiligen Land...»

«Verhandlungen», sagte er knapp.

«Verhandlungen... etwa mit den Ungläubigen!»

«Nicht allein. Doch es ist gleichgültig. Sie sind gescheitert.»

«Aber wie kann die Kirche mit Ungläubigen verhandeln, anstatt sie zu bekämpfen!»

«Sie sind gescheitert, sagte ich», unterbrach er sie scharf. «Es ist nicht mehr von Bedeutung.»

Sie verstummte und sprach kein Wort mehr, bis Burg Langenapel in Sicht kam.

Werner von Langenapel war ein schlanker, aber nicht allzu hochgewachsener Mann, dessen Bewegungen man ansah, daß er seine Waffenübungen auch im Frieden keinen Tag lang vernachlässigte. Er trug Alltagskleidung, darüber jedoch den weißen Mantel des Templerordens. Wenn Agnetha die sein Alter betreffende Erinnerung nicht trog, mußte er der fünfzig schon näher sein als der vierzig, und doch vermittelte er den Eindruck eines bedeutend jüngeren Mannes. Seine Haut wies jene dunkle, fast olivfarbene Tönung auf, die die Augustinerin schon verschiedentlich bei frommen Pilgern beobachtet hatte, die aus dem Heiligen Land zurückgekehrt waren.

Auf die Nachricht von der Ankunft seiner Verwandten trat Werner rasch auf den Innenhof von Burg Langenapel hinaus und kam ihnen mit ausgebreiteten Armen entgegen.

Natürlich hatte nur Schwester Agnetha sich melden lassen, doch als der Herr der Burg Langenapel an ihrer Seite auch den päpstlichen Legaten erblickte, stutzte er nur den Bruchteil eines Augenblicks und schloß dann beide Besucher als lange vermißte Verwandte in die Arme, ohne sich darum zu scheren, daß es sich um eine Nonne und den Sondergesandten seiner Heiligkeit Papst Nikolaus IV. handelte. Werners Knechte hatten sich unauffällig zurückgezogen. Sie konnten frei sprechen.

«Kommt herein, Ihr beiden!» sagte er laut. «Agnetha! Schwester Agnetha, wie lange haben wir uns nicht gesehen?»

«Es müssen zwölf Jahre sein», rechnete sie nach. «Bevor Ihr ins Heilige Land aufbracht.»

«Natürlich. Es ist unglaublich: Ihr seid noch schöner als zuvor. Oder darf man so etwas einer Nonne nicht sagen?»

Verunsichert sah sie zu ihrem Bruder hinüber.

Wasmod lächelte: «Verzeiht, Ritter Werner, aber meine Schwester hat die vergangenen fünfzehn Jahre in den Mauern des Augustinerinnenklosters verbracht. Möglicherweise empfindet sie Eure gut gemeinten Worte daher als etwas... irritierend.»

Ritter Werner deutete eine Verbeugung an: «Verzeiht, Schwester Agnetha. Es war nur die Freude, Euch nach so langer Zeit so unverhofft wiederzusehen. Aber nun kommt alle beide mit in die Halle. Ich lasse Euch etwas zu essen auftragen. Köstlichkeiten könnt Ihr zwar auf die Schnelle nicht erwarten, aber wenn Ihr heute schon von den Augustinerinnen kommt, müßt Ihr einen solchen Hunger haben, daß Ihr das ohnehin nicht mitbekommt.»

Er ging ihnen voran und führte sie ins Innere der mehrstöckigen, aus gebrannten Ziegeln erbauten Kemenate, welche die Befestigungsanlagen von Burg und Dorf Langenapel weit überragte. Tatsächlich erhob sich der Wehrbau so hoch über die sumpfige Talsohle, daß die beiden Reisenden ihn bereits aus einer Wegstunde Entfernung erblickt hatten. Der große Saal von Burg Langenapel war fast leer, einzig zu beiden Seiten des zu dieser Jahreszeit ungenutzten Kamins waren zwei Banner angebracht: Das linke zeigte auf weißem Grund das rote Tatzenkreuz des Templerordens, das rechte das Wappen der Familie Ritter Werners, drei springende Füchse.

«Es ist Zeit für die Vesper», sagte der Verwalter des Templerordens. «Wollt Ihr das Gebet für uns sprechen, Magnifizenz?»

Der Magister nickte. Sie senkten die Köpfe und Wasmod von dem Knesebeck begann mit den rituellen Worten:

«In nomine patris et filii et spiritus sancti. Benedice, Domine, nos et haec tua dona quae de tua largitate sumus sumpti per Christum Dominum nostrum. Pater noster qui es in coelis sanctificetur nomen tuum, adveniat regnum tuum, fiat voluntas tua sicut in coelo et in terra...»

Für die Dauer des Vaterunsers fühlte sich die Nonne, welche die Bitte geschlossenen Auges in sich aufsog, wieder in die sicheren Mauern ihres Konvents versetzt. Es machte keinen großen Unterschied, daß es eine männliche Stimme war, die diese Worte sprach. Oft genug war es vorgekommen, daß hochrangige Besucher des Klosters mit der Ehre bedacht wurden, bei Tische das Vaterunser zu sprechen. Und doch war es anders als sonst. Die Luft war anders, der Hall der Worte, die vielfältigen Düfte, die Ritter Werners Festhalle durchströmten. Schlagartig kam ihr zu Bewußtsein, daß sie mit Ausnahme der Nüsse noch immer nichts gegessen hatte. Allein der Essensduft ließ ihr das Wasser im Munde zusammenlaufen.

«...et ne nos inducas in tentationem, sed libera nos a malo. Amen!»

Wasmod von dem Knesebeck hatte das Gebet beendet.

Der Burgherr rief Diener herbei, die ihm und seinen Gästen in Windeseile eine Auswahl von Speisen auftrugen, wie sie Agnetha nicht allein in ihren fünfzehn Jahren im Kloster hatte missen müssen, sondern die sie in dieser Fülle und Vielfalt wohl in ihrem ganzen Leben noch niemals erblickt hatte.

Verschiedene Sorten Wildbret, dazu gekochtes Huhn mit getrockneten Feigen und Mandelkernen, darüber hinaus eine herrlich verzierte, kristallene Schale, der ein verführerischer Duft nach Rosinen und den verschiedensten süßen Beeren entströmte. Der Magister und ihr Gastgeber bedienten sich von diesen Köstlichkeiten mit einer Beiläufigkeit, welche die Nonne erst recht in Verwirrung stürzte. Sie selbst wagte kaum zuzugreifen, nicht allein aus Staunen und Ehrfurcht vor den kostbaren Speisen, sondern auch, weil sie fürchtete, daß sie, war ihr Appetit erst einmal geweckt, nicht mehr würde innehalten können, die duftenden Spezereien in sich hineinzustopfen. Die beiden Männer würden sie für einen Vielfraß halten.

Heilige Mutter Maria, haben mir fünfzehn Jahre im Kloster noch immer nicht die Kraft gegeben, Verlockungen zu widerstehen?

Doch ihre beiden Verwandten waren mittlerweile bereits viel zu sehr in ihr Gespräch vertieft, um den Tischsitten der Augustinerin noch irgendwelche Aufmerksamkeit zu schenken. Nun, sie hatte seit dem Vorabend nur das gegessen, was der Magister ihr aus seinem Reisegepäck angeboten hatte. Und wenn die Äpfel und exotischen Nüsse ihr auch als wunderbarer Luxus erschienen waren, so verblaßten sie doch vor all den erstaunlichen Dingen, die sich vor ihren Augen auf Ritter Werners Tafel türmten, und so griff sie ohne weiteres

Zögern zu. Erstaunt kostete sie von den exotischen Saucen. Ein ungewöhnlicher, fremdartiger Geschmack kitzelte ihren Gaumen. Welchem unbekannten Gewürz mochte er zu verdanken sein: Ingwer, Pfeffer, Safran?

Während des Essens gab sie sich alle Mühe, kein Wort der Unterhaltung zwischen ihrem Bruder und Ritter Werner zu verpassen. Bisher hatten die beiden Männer indes hauptsächlich Höflichkeiten ausgetauscht.

«Ihr wißt, warum ich hier bin», stellte der Magister plötzlich fest. Es war keine Frage.

Ritter Werner schien nicht überrascht. Er nickte: «Ich ahne es.»

«Dann ist es gut. Wir können offen sprechen. Meine Schwester ist eingeweiht; sie wird mich nach Bodenteich begleiten. Ritter Wilbrand benötigt eine Lehrerin für seine Kinder.»

«Und Ihr selbst?»

«Bruder Bjørn», sagte er knapp, «ein Franziskaner.»

«Warum so umständlich? Überlaßt doch die Angelegenheit einfach der Inquisition!»

«Vater Dietrich war mein Lehrer – ich selbst und niemand anders wird die Umstände seines Todes untersuchen. Umstände, über die Ihr offenbar unterrichtet seid.»

Ritter Werner lächelte schief: «Wie kommt Ihr darauf?»

«Warum sonst erwähnt Ihr die Inquisition?»

«Natürlich.» Der Burgherr griff nach seinem Weinbecher.

«Ich nehme an, Vater Dietrich hat hier auf Langenapel Station gemacht, bevor er nach Bodenteich weiterreiste.»

«Das hat er. Genau wie vor ihm der Franziskaner. Und genau wie Ihr. Als der Franziskaner starb, befand ich mich noch in Orvieto. Ich war eben erst zurückgekehrt aus Outremer oder wie immer Ihr das bezeichnen mögt, was von unseren Stützpunkten im Orient jetzt noch übrig ist.» Er schüttelte kurz den Kopf, wie um eine schmerzvolle Erinnerung zu vertreiben. «Als der neue Großmeister des Tempels entschied, nach dem Fall von Akkon wären auch Tortosa und Chastel Pelerin nicht zu halten und das Heilige Land somit verloren, sah ich keinen Sinn mehr darin, länger dort zu bleiben. Gewiß, ich hätte in Italien bleiben können, wo die Prediger seiner Heiligkeit zu einem neuen Kreuzzug aufriefen. Einige meiner Gefährten haben eben das getan: der junge Bärennöther, der Sohn des Markgrafen. Nach dem Fall von Akkon lag er schwer wund darnieder und wir glaubten nicht, daß er es schaffen würde. Seine Begleiter überließen ihn der Pflege des Johanniterordens. Er muß wahrhaftig eine Bärennatur haben, das zu überleben.»

Agnetha folgte seinen Worten voller Neugier. Die Rivalität zwischen den Ritterorden der Templer und der Johanniter war eine bekannte Tatsache, doch hatte sie bisher noch nie von dem Markgrafen von Bärennoth, geschweige denn von seinem Sohn gehört.

Ritter Werner machte eine wegwerfende Handbewegung:

«Aber dann: Kaum waren wir in Italien gelandet, nahm sich eine Grafentochter seiner an und binnen Wochen war er genesen. Er hat Comtessa Silvia geheiratet und ist geblieben. Ihr Erbe soll beträchtlich sein, weite Ländereien in der Grafschaft Guagnano.»

Wasmod lächelte schief: «Ein impulsiver junger Mann. Ich muß an seinen Vater denken.»

Ritter Werner nickte: «Er ähnelt ihm sehr, dem alten Giselher, Gott schenke seiner Seele Frieden. Natürlich wäre es dem jungen Gunther mehr als recht gewesen, wäre ich dort bei ihnen geblieben, doch irgendwie zog es mich nach Langenapel zurück. Ich war solange nicht zu Hause gewesen. Und so reiste ich ab. Zunächst nach Rom und dann über die Berge hierher.

Eine Zeitlang hielten sich einige Tempelritter in Langenapel auf. Sie hatten mich begleitet; doch nun sind sie weitergereist, um beim Markgrafen um die Unterstützung eines neuen Kreuzzugs zu werben. Vielleicht ist es besser so: Die Menschen im Dorf taten sich etwas schwer, sich an sie zu gewöhnen... Nun, ich war lange fort, zu lange vielleicht. Ich fürchte, sie müssen sich sogar an mich wieder gewöhnen, der ich hier geboren bin. Doch das ist eine andere Geschichte...

Jedenfalls: Nachdem mir Vater Dietrich berichtet hatte, was dem Franziskaner widerfahren war, bot ich ihm an, die Ritter könnten ihn doch als seine Eskorte begleiten, doch er weigerte sich. Vielleicht hätte ich stärker darauf bestehen sollen, doch... Nun, es ist zu spät. Es fiel schwer, ihm zu widersprechen. Er war ein heiliger Mann.»

«Weiß Gott», murmelte Wasmod, «das war er.»

«Er starb für den Glauben, Magnifizenz. Hätte ein Mann wie er einen angemesseneren Tod finden können? Unter den Rittern des Tempels gilt es als großes Glück, diesen Tod zu erleiden.»

Der Magister sah ihn traurig an: «Er war ein frommer Mensch, Ritter Werner. Auch ohne diesen Tod, möchte ich meinen, hätte unser Herr ihm den Einzug in sein Paradies nicht verweigert. Ich kann dieses Ende weiß Gott nicht angemessen finden.»

«Ich sage nicht, daß wir darauf verzichten sollten, diese Schmach zu rächen. Es ist ein schreckliches Verbrechen geschehen, aber weit größer als meine Besorgnis, es werde nicht gerächt werden, ist meine Furcht, die Menschen, die bereits zwei Männer der Kirche abgeschlachtet haben, könnten es dabei nicht bewenden lassen.» Scharf fixierte er den Gesandten des Papstes: «Niemand weiß besser als Ihr, welche Bewandnis es mit Bodenteich hat. Es geschah auf Eure Veranlassung, daß sich Ritter Wilbrands Vater diese Last auf die Schultern lud. Legt Ihr Eure Hand ins Feuer, daß es da keinen Zusammenhang gibt?»

«Schweigt still!» fuhr der Magister auf. «Ich weigere mich, darüber zu sprechen, jetzt und hier und überhaupt. Es ist eine große Last, das bestreite ich nicht, doch diejenigen, die sie auf ihre Schultern luden, haben dies freiwillig getan. Männer, die es wissen müssen, haben mir geschworen, daß dieses Kapitel beendet ist. Das...» Er warf einen Seitenblick auf Agnetha, der es mittlerweile erhebliche Mühe bereitete, zu tun, als widme sie sich voll und ganz den Köstlichkeiten der Tafel und schenke der Unterhaltung der beiden Männer keine besondere Aufmerksamkeit. Schließlich schüttelte Wasmod entschieden den Kopf: «Ich weigere mich, auch nur seinen Namen zu nennen, doch ich vertraue den Männern, mit denen ich gesprochen habe. Für sie bestand kein irgendwie einsehbarer Grund, mich anzulügen. Er hat nichts damit zu tun.»

«Und doch fürchtet Ihr, sie hätten geirrt.»

«Wäre ich nicht sehr dumm, wenn ich es nicht täte?»

«Und deswegen bitte ich Euch, Magnifizenz, nehmt zumindest Ihr meine Hilfe an. Ich habe dieser Tage höchstens ein paar Waffenknechte zur Verfügung, die ich zu Eurer Begleitung abstellen könnte. Aber es wäre mir persönlich eine Ehre, Euch bis Bodenteich begleiten zu dürfen.»

Agnetha spürte den nachdenklichen Blick ihres Bruders auf sich, doch dann schüttelte er den Kopf: «Nein, Ritter Werner, es tut mir leid, aber das ist nicht möglich. Eine Nonne und ein einfacher Franziskaner, der sie begleitet, so soll es sein. Alles andere wäre einfach zu auffällig.»

«Sie ist meine Base!» protestierte der Gastgeber. «Warum im Namen des Herrn sollte ich sie nicht begleiten?»

«Weil sie nicht als Eure Base nach Bodenteich gesandt wird, sondern als einfache Nonne. Sie hat keinen Grund, Euch in Langenapel aufzusuchen, und außerdem habt Ihr nichts zu wissen von den genauen Umständen des Todes unserer beiden Brüder in Jesus Christus.»

«Aber wir wissen, daß sie ermordet wurden. Reicht das denn nicht aus?»

«Nein», sagte der Magister abrupt. «Meine Entscheidung ist gefallen. Wir werden nicht mehr darüber sprechen. Es sei denn...»

«Nun?»

Plötzlich war ein lauerndes Glitzern in die Augen des Legaten getreten.

«Es sei denn, Ihr habt ganz eigene Gründe, Euch mit dieser Angelegenheit zu befassen. Ihr erscheint mir ganz außergewöhnlich großzügig mit Euren Hilfsangeboten.»

Der Templer wich seinem Blick nicht aus: «Wir kennen uns seit vielen Jahren, Magnifizenz. Habe ich Euch jemals über meine Ziele und Beweggründe getäuscht? Ich biete Euch meine Hilfe an. Schlagt ein und ich geleite Euch nach Bodenteich, ohne Hintergedanken und ohne einen Gedanken an eine Gegenleistung.

Doch ich sage Euch auch, daß, wenn ich mehr für Euch tun soll, meine Hilfe ihren Preis hat. Denen, für die ich stehe, ist der Mann unwichtig. Mag er so weiterleben wie all die Jahre. In ihren Augen ist er ein Drache, dem die Zähne gezogen sind. Das Kleinod aber...»

Wasmod von dem Knesebeck erhob sich so abrupt, daß sich die Augustinerin beinahe an einer süßen, dunklen Weintraube verschluckt hätte. Seine Augen funkelten, doch er hatte seine Stimme völlig unter Kontrolle:

«Wir haben für den Ritt hierher länger gebraucht, als ich angenommen hatte. Die Dämmerung ist nicht mehr fern. Wir müssen aufbrechen.»

Gezwungenermaßen und mit einem bedauernden Blick auf die Köstlichkeiten, die nun zurückbleiben mußten, erhob sich auch Agnetha. Schließlich stand auch Ritter Werner auf und begleitete sie hinab in den Hof, wo die Stallknechte währenddessen die Reittiere versorgt hatten.

«Gebe Gott, daß Ihr Eure Entscheidung nicht bereut», sagte er zum Abschied. «Was auch geschieht, Ihr könnt meiner Hilfe gewiß sein.»

Der Magister sah ihn durchdringend an: «Ich sage es noch einmal: Ihr wißt, daß dies ein sehr gefährliches Geheimnis ist. Zu gefährlich auch für die Ritter des Tempels von Jerusalem.»

Ritter Werner wich seinem Blick nicht aus: «Und auch ich wiederhole mich: Wer auch immer hinter mir steht, Magnifizenz, ich biete Euch meine Hilfe an, doch seid Euch bewußt, daß sie ihren Preis hat.»

Der Magister blickte ihn sekundenlang wortlos an. Dann wandte er sich ab und ließ sich von einem Knecht in den Sattel seines Pferdes helfen.

«Lebt wohl, Vetter», sagte er und ritt zum Tor hinaus. Agnetha folgte ihm.

Dunkelheit, vollkommene Dunkelheit, und doch vollkommen nur auf den ersten Blick. Diffuse Helligkeit drang durch einen von außen kaum sichtbaren Schacht in das verborgene Gemach tief unter der Erde.

Nur ein einzelner schmaler Lichtstrahl fiel auf die Seiten des alten Folianten. Mondlicht, nur Mondlicht durfte das brüchige Pergament berühren. Der Finger des Nigromanten fuhr die Schriftzeilen entlang, verharrte, rutschte einige Zeilen tiefer und begann dann von Neuem am Beginn des Absatzes.

«Ata Gibor Leolam Adonai», murmelten seine Lippen die hebräischen Worte der Beschwörungsformel. Der alte Mann brauchte sie nicht abzulesen – sie waren ihm seit Jahren vertraut wie sein eigener Name. Doch der Thesaurus Nigromanticae, wie das Buch genannt wurde, eine wahre Schatztruhe der Schwarzen Kunst, war ein fester Bestandteil des Zaubers, und der Nigromant wußte ganz genau, wie wichtig die genaue Einhaltung des Rituals für das Gelingen seines Vorhabens war.

Das Verständnis für die einzelnen Phasen des Geschehens wurzelte in der Symbolik der magischen Handlung. Jede noch so nebensächliche Geste, jedes beiläufige, undeutlich nur gehauchte Wort einer längst ausgestorbenen Sprache, dem allen wohnte eine verborgene Bedeutung inne. Rückwärts gesprochene Gebete, Wortfetzen, aus der Bibel entlehnt, sie hatten ihren sehr speziellen Sinn.

Die Atmosphäre des engen, vollgestopften Raumes, verborgen tief unter mächtigen steinernen Mauern, war gesättigt von seltsamen Gerüchen. Der Nigromant beugte sich vor und nahm vorsichtig eine kleine Metallschale auf, von der ein besonders intensives Aroma ausging. Er hatte in ihr Kräuter verbrannt, das Blut eines seltenen Vogels und kleine Pergamentstreifen, auf denen er in der vergangenen Nacht bestimmte Sprüche festgehalten hatte.

Nur kurz huschte sein Blick über den entblößten Körper des jungen Mädchens, der regungslos im Zentrum des magischen Kreises ruhte. Die Augen des Mädchens waren geöffnet, starr wie die einer Toten, doch eine Tote hätte ihm heute wenig geholfen. Eine lebendige Jungfrau würde in dieser Nacht seine Brücke zu den okkulten Kräften auf der anderen Seite des Spiegels sein. Eine Jungfrau mußte es sein, denn auch Jesus Christus war von einer Jungfrau geboren worden. Nur vollständige Reinheit garantierte ausreichende Aufnahmefähigkeit für den Geist dessen, der sie in Besitz nehmen würde.

Es war keine einfache Aufgabe gewesen, im Burgflecken Bodenteich ein geeignetes Mädchen zu finden. Reinheit des Körpers war keineswegs gleichbedeutend mit Reinheit der Gedanken, das hatte der Nigromant mehr als einmal feststellen müssen. Wahre Jungfräulichkeit, so lehrte Albertus Magnus, forderte Reinheit und Heiligkeit bei unverletzter Scham des Leibes.

Die Hausmagd, mit welcher der Magier vor Monaten einen ersten Versuch unternommen hatte, hatte sich zwar körperlich als virgo intacta empfohlen, doch ihr Geist war bis oben hin angefüllt gewesen mit wollüstigen Fantasien. Die Entscheidung zur körperlichen Reinheit mußte eine bewußte sein und nicht erzwungen durch bloßen Mangel an Gelegenheit. Der Nigromant hatte das Ritual eben noch rechtzeitig unterbrechen können. Augenblicke später – und die volle Präsenz des Dämonen hätte ihn getroffen und höchstwahrscheinlich in Stücke gerissen. Längst arbeitete er mit Kräften, die viel zu stark und zu fremdartig waren, um sie, waren sie erst einmal in ihrer vollen Stärke erwacht, wirklich zu kontrollieren.

Das Mädchen, das er jetzt gewählt hatte, hatte seinen Wert schon mehrmals bewiesen. Auch dort gab es Fantasien, aber sie waren unklar, unbestimmt. Das Kind war die Tochter Bennos, des Müllers von Bodenteich, ein wirklich hübsches Mädchen von vielleicht vierzehn Sommern – der Nigromant hatte im Geist der Jungfrau gesehen, daß sie es selbst nicht genau wußte. Nur von dem Mädchen würde der Dämon heute nacht Besitz ergreifen. Der Nigromant selbst würde außerhalb des Kreises abwarten. Die Gefahr für sein eigenes Leben, seine eigene körperliche und geistige Gesundheit ließ sich so begrenzen.

Wenn das Mädchen auch heute nacht seinen Ansprüchen zu genügen vermochte, konnte sich der Hexenmeister endlich an ein Vorhaben wagen, das seine Fantasien bereits seit langer Zeit beschäftigte.

Für die Zukunft hatte er gewaltige Pläne, in denen die Jungfrau eine wichtige Rolle spielen würde. Die Müllertochter war also in einer gewissen – wichtigen – Beziehung tabu für ihn, was er bedauerte, denn in ihrem derzeitigen Zustand wäre es ihr kaum möglich gewesen, dem Nigromanten die Erfüllung seiner sexuellen Wünsche zu verwehren.

Er seufzte. Alles auf einmal ließ sich nicht haben. Sachte legte er die Metallschale mit den rauchenden Kräutern in einem bestimmten Abschnitt des magischen Kreises ab. Die genauen Seitenverhältnisse der Linien innerhalb des Kreises waren wichtige Elemente der Beschwörung.

«Salve crux sacra!» murmelte der Nigromant. «Sei gegrüßt, heiliges Kreuz!»

Ächzend ließ er sich zuerst auf ein, dann auf beide Knie nieder und legte sich schließlich lang auf den Boden hin, wobei er seine Arme nach beiden Seiten ausstreckte und so in einer Gebärde von äußerster Demut verharrte.

Nun kam der schwierigste Teil der gesamten Zeremonie. Er mußte seinen Geist völlig leeren, von allen zufälligen Gedanken und Emotionen freimachen und einzig auf die letzte Formel konzentrieren, die Formel, die so gefährlich war, daß ihre Worte nirgendwo niedergeschrieben werden durften und nur die mächtigsten Schwarzmagier sie von Mund zu Mund weitergaben.

Sein Verstand mußte wie ein leerer Kelch sein, ein Kelch, der sich Tropfen für Tropfen mit dem Wasser verborgenen Wissens füllte.

Der Dämon berührte ihn kaum am Rande. Er war eine unscharfe, bedrohliche Vision, eine Kraft von unsagbarer Macht und Bösartigkeit, aber gebannt in die Grenzen des magischen Kreises und wie durch einen Filter doppelt gesichert durch das Medium der reglosen Jungfrau.

Der geheime Raum wich weit zurück. Der Nigromant sah seinen Körper außerhalb des magischen Kreises liegen, wie eine Spiegelung des entkleideten Mädchenkörpers. Es war eiskalt in dem Kellergewölbe, doch die Gesundheit des Mädchens war sein geringstes Problem. Wenn ihr die Kraft fehlte, mit einer Erkältung fertigzuwerden, taugte sie ohnehin nicht für seine Zwecke.

Weiter, weiter hinaus trieb der Nigromant, sah die Burg der Ritter von Bodenteich im unvollkommenen Dunkel der Nacht in ihrem Bett aus sumpfigem schwarzen Wasser liegen, am Rande der trügerisch glatten Fläche des Sees, in dem in einem jeden Winter Bauernkinder ertranken. Der Nigromant sah den Damm, der den Sumpf durchquerte und hinüberführte in den Marktflecken und zur Handelsstraße, die den trägen Fluß an der Mühle überschritt und am Ufer des Sees entlang in die Richtung führte, in der sich erst in Stunden die Sonne über den Horizont erheben würde.

Seine Aufmerksamkeit folgte dem Lauf der Straße, tot und verlassen im kalten Licht der Sterne. Die Stelle, an der der Franziskanerbruder den Tod gefunden hatte, und nicht weit entfernt der Ort, an dem der Spürhund der Inquisition den Tod gefunden hatte – nach angemessenen Qualen.

Eben löste sich seine Aufmerksamkeit von der menschenleeren Piste, als der Geist des Nigromanten in der diffusen Finsternis eine Bewegung gewahrte. Sein geistiges Auge näherte sich im Bruchteil des Flügelschlages eines Nachtfalters.

Diese Beobachtung mochte wichtig sein. Niemand ritt sonst zu dieser Zeit auf der Straße, niemand, dem sein Leben lieb war.

Zwei Gestalten zu Pferde. Sie ritten eilig, doch einer der beiden Reiter schien stark aus der Übung zu sein... es war eine Frau, wie der Nigromant überrascht erkannte, eine junge Nonne, eine Augustinernonne. Und ihr Begleiter... er trug abgetragene Reisekleidung, doch das konnte den Beobachter nicht täuschen. Er kannte das Gesicht, doch er hatte es seit vielen, vielen Jahren nicht mehr erblickt.

Wasmod von dem Knesebeck, der päpstliche Legat. Der gefährlichste Mann im Umkreis von fünfhundert Meilen. Er durfte Burg Bodenteich auf gar keinen Fall lebend erreichen.

Der Nigromant zögerte nur noch für die Dauer eines Lidschlages. Was er irgendwann für die Zukunft geplant hatte, duldete nun keinen Aufschub mehr. Das große Wagnis, noch in dieser Minute mußte er es eingehen.

«Das Schlafende muß erwachen!» murmelte er. «Das Schlafende muß erwachen!»

Es war ein Fehler, einen so weiten Ritt an einem einzigen Tag zu versuchen, dachte Agnetha, und er weiß das.

Sie spürte es an der Schweigsamkeit, in die der Magister verfallen war, seit sie zum zweiten Mal die große Wegekreuzung passiert hatten. Ganz zweifellos wäre für ihn allein trotz des Umweges über Burg Langenapel der Ritt vom Augustinerinnenkloster bis zur Burg kein

Problem gewesen. Er hätte den Burgflecken vermutlich lange vor Sonnenuntergang erreicht.

Agnetha aber, seit Jahren ungeübt im Reiten selbst auf einem so sanften und folgsamen Tier wie dem Zelter der Mutter Priorin, verzögerte ihr Vorankommen. Wasmod war ein zu kluger Mann, um ihr die Schuld daran zu geben. Er wußte natürlich, wie der Alltag einer Nonne aussehen konnte und hätte ihre mangelnde Reiterfahrung in seiner Reiseplanung berücksichtigen müssen. Vermutlich verfluchte er nun seine Gedankenlosigkeit.

Längst war es finster, das letzte Dorf lag Stunden zurück und sie waren mutterseelenallein unterwegs auf der nächtlichen Straße, die jetzt bereits an der sumpfigen Wasserfläche des Bodenteicher Sees entlangführte. Doch noch waren es Stunden, bis sie den Schutz von Ritter Wilbrands Burg erreichen würden.

Eine nächtliche Reise war zu dieser Jahreszeit unangenehm selbst für einen erfahrenen Reiter. Die Pferde konnten straucheln, vom Weg abkommen. Ungeahnte Hindernisse konnten auftauchen. Wenn sich Agnetha aber erst daran erinnerte, was gerade auf dieser Straße in den vergangenen Monaten geschehen war, spürte sie den Schweiß, der trotz des eisigen Windes auf ihrer Stirn lag. Es war kalt, mit Sicherheit würde es später frieren.

Sie waren nur zu zweit. Sie waren unbewaffnet. Einer von ihnen war eine Frau, das sah man auf den ersten Blick. Außerdem waren sie Geistliche, das sah man ebenfalls auf den ersten Blick. Und die beiden Männer, die auf dieser Straße ermordet worden waren, waren ebenfalls Geistliche gewesen.

Agnetha fragte sich, ob auch der Magister Angst hatte. Ein Mann, der das Reisen gewohnt war, der mehr als einmal die Alpen überschritten hatte und nach Italien gereist war, in das seit Generationen von Bürgerkriegen zerrissene Land, konnte ein solcher Mann überhaupt noch Angst empfinden? Ob er wohl eine Waffe bei sich trug? Natürlich, Geistliche durften kein Blut vergießen, das war einer der Grundsätze der Heiligen Kirche, doch man war in dieser Hinsicht schon immer sehr großzügig gewesen. Hatte man Priestern und Mönchen zunächst lediglich erlaubt, sich mit Keulen zu bewaffnen, mit denen man einen Gegner töten konnte, ohne sein Blut zu vergießen, war dieses Gebot heute beinahe völlig in Vergessenheit geraten. Werner von Langenapel und seine Tempelritter waren doch das beste Beispiel. Ihre Tapferkeit hatte jahrzehntelang verhindert, daß auch die letzten von den Christen gehaltenen Festungen des Heiligen Landes in die Hände der Heiden fielen. Mit dem Wort des Herrn, daß selig allein die Sanftmütigen seien, ließ sich das indes schwer verbinden. Aber die Tapferkeit der Templer war eine Sache; der Magister dagegen mit einem Schwert in der Hand... es fiel ihr schwer, sich ein solches Bild auszumalen.

Und es war nicht allein der Tod der beiden Mönche. Da war noch mehr. Mit Bodenteich hatte es eine ganz spezielle Bewandtnis und der Magister war stärker darin verwickelt, als es auf den ersten Blick scheinen mochte, zumindest soviel hatte sie dem sonderbaren Gespräch der beiden Männer entnommen. Sie fragte sich...

«Horcht!»

Die Nonne schreckte auf. Er hatte leise gesprochen, doch in einem Ton, der keine Widerrede duldete. Ihr Herz jagte in die Kehle empor und begann dort in schmerzhafter Frequenz zu pochen.

Darum war er so schweigsam gewesen: Er hatte in die bedrückende Finsternis hinausgelauscht, auf die unfaßbare Bedrohung, die der Grund für ihre Reise war, den unbeschreiblichen Schrecken, der – seit Wasmods Bericht ständig in Agnethas Geist präsent – die Nacht mit seinem kalten Atem erfüllte. Sie verharrte, wagte kaum zu atmen, strengte ihr Gehör auf das Äußerste an, doch sie konnte kein verdächtiges Geräusch vernehmen.

Die Laute der Nacht waren hinter den Klostermauern anders gewesen. Im Dormitorium war das Murmeln, das unterdrückte Stöhnen der träumenden Schwestern allgegenwärtig, bei den Nachtwachen in der Klosterkirche dagegen war die Stille so intensiv, daß Agnetha oftmals das leise Knistern der Kerzenflammen zu vernehmen geglaubt hatte. Hier auf der Landstraße... das gleichmäßige Klappern der Pferdehufe, müde von der langen Tagesreise, der Wind, der die Zweige der Bäume bewegte, kleine wilde Tiere, die durch das Unterholz streiften, das Rauschen schwerer Flügel...

Agnetha lauschte. Dieses Rauschen. Sie war sich sicher, daß es vor einigen Augenblicken, bevor der Magister sie angesprochen hatte, noch nicht dagewesen war. Ein Vogel? Eine Nachteule?

Völlig unvorbereitet spürte sie einen festen Griff um ihre Hand, die die Zügel des Pferdes führte.

«Halt!» flüsterte Wasmod. «Bleibt stehen!»

Beunruhigt sah sie zu ihm herüber.

Stumm hob er den Kopf, drehte sich langsam um und spähte auf den See hinaus. Es war fast völlig dunkel, Agnetha konnte nur sehr wenig erkennen, doch sie hatte den Eindruck, als schnuppere er in die Nacht, als versuche er, die Witterung von irgend etwas aufzunehmen. Sekundenlang saß er völlig reglos im Sattel. Schließlich schüttelte er den Kopf und wandte sich wieder zu ihr um. Im Schimmer des Mondlichts konnte sie für einen Augenblick sein Gesicht erkennen. Es wirkte tief besorgt.

«Nein. Nein», murmelte er. «Vielleicht habe ich mich getäuscht.»

Sehr überzeugend klang das nicht, doch wußte sie überhaupt nicht, worum es ging, also schwieg sie.

«Kommt, weiter», sagte er. «Wir haben noch einen weiten Weg.»

Eine Weile ritten sie schweigend nebeneinander her. Tief in ihrem Unterbewußtsein glaubte Agnetha von Zeit zu Zeit, noch immer das Rauschen der schweren Flügel zu vernehmen, doch das mochte eine Sinnestäuschung sein, eine nachtdunkle Ausgeburt ihrer überreizten Fantasie. In einem aber täuschte sie sich nicht: Der Magister ritt jetzt bedeutend schneller. Hatte er schon seit ihrem Abschied von Ritter Werner auf ein schnelleres Tempo gedrängt, aber noch immer ihrer mangelnden Reiterfahrung Rechnung getragen, hielt er dies nun offenbar nicht mehr für geboten. Wagte er diese Rücksicht nicht länger?

Unvermittelt griff er nach dem Ärmel ihres Gewandes und zog sie zu sich heran.

«Wenn Ihr ein Licht aufblitzen seht, schlagt dem Pferd Eure Hacken in die Flanken und gebt ihm nicht eher Ruhe, als bis Ihr Burg Bodenteich erreicht habt. Seht Euch nicht um und haltet auf gar keinen Fall an – hört Ihr das: auf gar keinen Fall – ganz gleich was geschieht oder was Ihr seht. Ich befehle es Euch kraft meiner päpstlichen Vollmacht und als Euer Bruder! Vielleicht kann ich später nachkommen. Ihr kennt meinen Plan. Ich befehle Euch, ihn auszuführen, solange Ihr glaubt, das ohne Gefahr für Euer Leben tun zu können. Habt Ihr verstanden?»

«Ich...»

«Habt Ihr verstanden?» zischte er.

«Ja», schluckte sie. «Ja.»

Er nickte, drückte noch einmal – wie zum Abschied – ihren Arm und ließ dann los.

«Reitet jetzt weiter, als sei nichts geschehen. Es ist direkt hinter uns. Und jetzt kein Wort mehr.»

Ihre Finger waren urplötzlich eiskalt geworden und klammerten sich gefühllos um die Zügel des Pferdes. Aus dem Augenwinkel erkannte sie, wie sich Wasmod ein Stück zurückfallen ließ, und zugleich wurde auch das dunkle Rauschen der gewaltigen Flügel wieder lauter. Es mußte ein gigantischer Raubvogel sein – viel größer als der größte Adler, den sie jemals gesehen hatte. Aber welcher Adler jagte mitten in der Nacht?

Die Dunkelheit füllte sich mit diesem Laut, auch der Zelter schien ihn zu vernehmen. Das Pferd schnaubte unruhig. Agnetha zog den Zügel fester an und stieß einen kleinen Schrei aus, als das Tier für einen Augenblick verweigerte. Ihre erstarrten Finger hatten zu stark zugezogen. Das Roß schüttelte sich, doch es wurde ruhiger.

Hab Dank, mein Gott, für die Geduld der Pferdeknechte der Mutter Priorin.

Im nächsten Augenblick bäumte sich das Tier auf. Agnetha schrie aus Leibeskräften. Ein gewaltiger Sturm schien nach ihrem Gewand zu haschen. Ein schrilles Fauchen war in der Luft. Die Welt begann sich um sie zu drehen.

Mehr aus Panik denn in Erinnerung der Anweisungen des Magisters trieb sie dem Pferd ihre Hacken in die Weichen. Das Tier versuchte auszubrechen, doch eben in dem Augenblick, in dem die hell auflodernde Panik Agnetha endgültig zu überwältigen drohte, faßten seine Hufe wieder Tritt.

Ein blendender Lichtblitz. Das vereinbarte Zeichen. Agnetha wollte sich nach Wasmod umdrehen, doch sie wagte es nicht, ihre eben wiedererlangte Macht über das Pferd aufs Spiel zu setzen. Mit aller Kraft stieß sie ihre Stiefel in die Seiten des Tieres, das vor Schmerz und Empörung laut aufwieherte, aber augenblicklich in Galopp fiel – froh, sein Entsetzen angesichts des Schreckens der unerklärlichen Situation in Bewegung, in das vertraute Spiel der Muskeln und Sehnen umsetzen zu können.

«In nomine patris et filiis et spiritus sancti!» Die Stimme Wasmods. Eine beherrschte Stimme, dennoch spürte Agnetha, daß ihr Bruder in äußerster Bedrängnis war. Das Rauschen der gewaltigen Schwingen, das Schlagen der Flügel! Geräusche wie von einem Kampf. Das schrille Wiehern von Wasmods Pferd und ein anderer Laut – unbeschreiblich – weder menschlich noch tierisch, sondern... fremd, böse, dunkel.

«Weiche zurück, Diener des Satans, weiche zurück in die Finsternis die dich geboren hat!»

Sie konnte Wasmods Worte noch immer vernehmen, obwohl er längst hinter dem halb wahnsinnig davonjagenden Pferd zurückgeblieben war. Nicht eigentlich mit ihren Ohren schien sie sie wahrzunehmen, sondern mit einem staunenerregenden, unbekannten Sinn, oder besser vielleicht mit einer Kombination ihr völlig unvertrauter Sinne und Erfahrungen. Worte voller Macht, doch in zunehmender Panik gesprochen, Worte voller Macht, die durch die ganze Welt dröhnten, die den Schleier zerrissen, den dünnen Vorhang zwischen dieser Welt und...

Heilige Maria, Mutter Gottes. Wessen Gedanken sind das? Werde ich wahnsinnig? Hilf mir! Hilf mir!

Die Konzentration auf die Figur der Mutter des Heilands, die über den kleinen Altar ihres Vaters im schützenden Innern der Klosterkirche wachte, gab Agnetha soviel von ihrer Selbstkontrolle zurück, daß sie das in irrsinniger Geschwindigkeit dahinjagende Pferd zumindest auf dem richtigen Weg halten konnte. Doch die Nacht war verändert, verschwommen, von Schemen und undeutlichen Schatten erfüllt, die sich am Rande des Weges und über der düsteren Wasserfläche des Sees krümmten und auseinanderzogen, wenn sie genauer hinsah.

Ihre Stirn, ihr Hals waren von Schweiß bedeckt. Agnetha faßte nach ihrer Schulter, wischte sich den salzigen Schweiß vom Mund. Doch der metallische Geschmack, die zähflüssige Substanz, die sich auf ihrer Lippe verklebte, war kein Schweiß. Erst jetzt spürte Agnetha den Schmerz in ihrer Schulter, spürte das pulsierende Blut, das gierig aufgesogen wurde von ihrem dunklen Reisegewand, den Lebenssaft, der – unsichtbar im Dunkel der Nacht – eins wurde mit den Fasern des Stoffes wie ein Schatten in einem Reich der Dunkelheit.

Ermüdet murmelte der Nigromant die letzten Worte der Beschwörungsformel und beobachtete, wie die Kreatur, der seine Magie für Minuten die Möglichkeit gegeben hatte, den Schleier, der die Dimensionen voneinander trennte, zu durchschreiten, sich allmählich veränderte, undeutlich wurde, in nur noch schemenhaft erkennbare Fasern verwirbelte, die wie dunkler Nebel über den nächtlichen See davontrieben.

Doch noch durfte er die Barriere um den magischen Kreis nicht sinken lassen, noch waren die Wesen auf der anderen Seite dieser Grenze aufgebracht und warfen sich wütend gegen die magische Mauer, die einzig seine Kraft und sein Wissen aufrechterhielten.

Tief sog der Hexenmeister die Luft ein. Er mußte die Verbindung weiter aufrechterhalten, bis er genau wußte, daß Wasmod von dem Knesebeck tot war, daß sein entstellter Leichnam bis in alle Ewigkeit auf dem sumpfigen Grund des Sees ruhen würde. Zu allem Überfluß begann sich nun auch noch das Mädchen zu regen, die Tochter des Müllers, die die Stabilität seiner Verbindung mit jener fremden, seltsamen Welt garantierte. Der Hexenmeister wagte nicht, laut zu fluchen, denn das hätte die Wirksamkeit des Zaubers beeinträchtigen können, doch er konnte nicht verhindern, daß seine Gedanken für einige Augenblicke abgelenkt waren und die Fäden des Garns, aus dem dieser Zauber gesponnen war, seinen müden Fingern entglitten, während er mit der Rechten nach dem Gefäß an seiner Seite griff und eine Handvoll von der Asche berauschender Kräuter in das Innere des Kreises warf. Sofort beruhigte sich das nackte Mädchen wieder.

Schon war der Nigromant wieder mit seiner gesamten Konzentration präsent in jener Welt jenseits der Welten. Wasmod von dem Knesebeck... wo war er? Befriedigt glitt der magische Blick über das Ufer des Sees. Der Magister war verschwunden... nie wieder würde eine Spur von ihm gesehen werden.

Der Hexenmeister registrierte nicht mehr, daß sich der magische Nebel noch immer nicht völlig aufgelöst hatte. Die Ahnung einer Gestalt, undeutlich und schwach zunächst, begann sich zwischen den Bäumen am Ufer des Sees zu verfestigen. Man hätte sie für einen Schatten halten können, doch sie war dunkler als ein Schatten, viel dunkler.

Der Nigromant beendete den Zauber. Das Tor zwischen den Welten schloß sich und dic Dämonen der Finsternis heulten auf vor Enttäuschung. Gefangen hinter einem Vorhang, der stärker war als Eisen und Stein.

Die Gestalt am nächtlichen Ufer des Sees gewann immer mehr an Substanz. Sie zog Kraft aus allem um sich her, aus dem wimmelnden Getier des Unterholzes, aus dem spätsommerlichen, schon sterbenden Laub des Waldes, ja selbst aus dem leblosen, steinigen Boden. Es war eine menschliche Gestalt, oder zumindest einem Menschen ähnlich. Auch das Gesicht war menschlich, auch wenn es dem Betrachter schwer gefallen wäre, dieses Gesicht zu beschreiben. Die Augen hätte er sicherlich genannt... den merkwürdigen Ausdruck in diesen Augen. Die Gestalt war in ein dunkles Gewand gehüllt, doch der Schnitt des

Stoffes ließ sich nicht so recht ausmachen. Das Bemerkenswerteste war der lange dunkle Mantel, den der Mann – denn die Gestalt war offenbar männlich – um seine Schultern trug. Ein Mantel, der wie ein merkwürdiger Schleier wirkte, durchsichtig und doch wieder nicht.

Der Mann im Dunklen Mantel blickte um sich.

Er war ganz alleine auf der verlassenen Straße. Der See lag völlig reglos in der Dunkelheit der Nacht. Von dem verzweifelten Kampf, der vor Minuten an eben diesem Ort stattgefunden hatte, war keine Spur mehr zu sehen.

Die Schrift war ausgewischt, die Tafel konnte neu beschrieben werden. Und es war an der Zeit, die ersten Worte zu schreiben.

Der Mann im Dunklen Mantel schritt auf der dunklen Straße davon.

anno dominice incarnationis MCCXIIC
regnante domino Adolpho primo glorioso Romanorum rege augusto
secundo idus septembri
(12. September 1292)

«Wartet, ich zeige es Euch noch einmal.»

Seufzend, aber mit engelhafter Geduld, nahm Amme Annafrid die Webarbeit aus Rivas kindlichen Fingern. Die Knöchel des Mädchens waren rot angeschwollen vor Anstrengung und dem Ehrgeiz, jetzt endlich die schwierige Kunst des Webens zu erlernen. Auf einen winzigen Zug an der richtigen Stelle löste sich das Webstück auf und ein gewellter Faden rieselte zu Boden.

«Ihr dürft nicht versuchen, Euch dazu zu zwingen», sagte Amme Annafrid zum zwanzigsten Male. «Eure Hände müssen ganz locker sein, so ungefähr.»

Ihre auch im Alter noch geschickten Hände machten einige fast beiläufige Bewegungen, und neidisch beobachtete Riva von Bodenteich, wie sich aus dem knitterigen Faden ein ansehnliches Webstück formte.

«Kommt, kleine Herrin, versucht es noch einmal.»

Mit verzogenen Mundwinkeln nahm das Mädchen die Arbeit aus den Händen der alten Frau. Amme Annafrid legte die Hände in ihrem Schoß ineinander und betrachtete lächelnd die zweifelnd zusammengekniffene Stirn der Kleinen. Wie sehr sie in manchen Augenblicken ihrer Mutter ähnelte, Annafrids Herrin, die bei der Geburt Rivas gestorben war. Annafrid hatte schon Rivas Mutter das Weben gelehrt, war ihr nach der Heirat auf Burg Bodenteich gefolgt, hatte ihr ihr Leben lang gedient, ganz so wie jetzt ihrer kleinen Herrin.

Doch die Art der kleinen Riva war ganz anders als die ihrer Mutter, dachte Annafrid. Die Herrin war eine ruhige, in sich gekehrte Frau gewesen, immer ein wenig kränkelnd, stets geduldig und in sich gekehrt. Annafrid hatte immer geahnt, daß sie nicht sehr alt werden würde. Und sie hatte recht behalten.

Von den Kindern der Herrin und ihres Gemahls, des Ritters Wilbrand, war Adrian seiner Mutter am ähnlichsten. Er hatte wenig Freude an den Waffenspielen, die sein Bruder so schätzte. Am liebsten steckte Adrian mit Kaplan Ludolpho zusammen und ließ sich von ihm die Geheimnisse der Heiligen Schrift erklären, oder gar mit Aquila, dem Falkenmeister, der in seiner Behausung oben im Bergfried geheime Dinge hütete, von denen sie vielleicht am besten nicht zu viel wußte. Seit der Bote mit der Nachricht von der bevorstehenden Ankunft der schriftgelehrten Augustinernonne eingetroffen war, war Adrian voller Erwartung. Schon jetzt übertraf er die begrenzten Fähigkeiten des Kaplans im Verständnis der alten Schriften.

Sein Vater ließ ihn gewähren. Burg Bodenteich mit ihren umliegenden Besitzungen war kein besonders großer Besitz. Sie würde wohl an Adrians Bruder Gerolf gehen, wenn dieser sich für den Eintritt in ein Kloster entschloß, wie so mancher aus seiner Familie.

Versonnen fuhr ihre Hand ins Haar und tastete nach dem einst so prachtvollen, mittlerweile aber stark verblaßten roten Bändchen, das Ritter Wilbrands Vater ihr einst von einer seiner Reisen mitgebracht hatte. Es käme aus jenem fernen Land jenseits der Berge, hatte er ihr verraten, wo sich die Heilige Stadt Rom erhob, in der edel gewandete Menschen auf Straßenpflaster umhergingen, das, so hatte er jedenfalls behauptet, zum größten Teil aus purem Gold und Marmor bestand.

«Ist es so in Ordnung?»

Annafrid blinzelte und besah sich die Webarbeit. Sie war besser geraten als das vorige Stück, doch keineswegs zufriedenstellend. Wenn die Kleine nur endlich aufhörte, das Garn mit Gewalt in Form zwingen zu wollen, sich ihren Wünschen zu fügen. Diese Ungeduld... sie war eben doch eine wahre Tochter ihres Vaters.

«Ihr müßt das Garn spüren, Herrin. Die Richtung der Fasern... Ihr müßt ihm entgegenkommen und es wird sich von selbst in die richtige Ordnung legen.»

«Aber das ist langweilig!» protestierte Riva.

Annafrid seufzte. Hatte sie je etwas anderes behauptet?

«Es ist die Arbeit einer Dame, kleine Herrin. Eure Mutter, Eure Großmutter, Eure Ahnin, ja selbst die frommen Augustinernonnen in ihrem Kloster, sie alle müssen weben und spinnen. Das ist unsere Aufgabe, die Aufgabe der Frauen, wie es die Aufgabe der Bauern ist, für Euren Vater auf den Feldern zu arbeiten, oder die der Krieger, in den Kampf zu ziehen zur größeren Ehre Gottes, er sei gepriesen. Oder wie es die Aufgabe der Priester ist...»

«Was ist das für ein Lärm?»

Annafrid verstummte. Auch sie hatte das Rufen vernommen.

Ein wenig steifbeinig stand sie von ihrem Stuhl auf und verließ den

Platz vor dem Feuer, um hinüber zu den Fenstern der Kemenate zu gehen, wo das helle Licht des Herbsttages durch die halb geöffneten Fensterläden in den Raum fiel. Neugierig schob sie die Laden zur Seite.

Der Nachmittag war schon fortgeschritten, doch die Sicht war noch recht gut. Annafrid hatte von diesem Fenster aus einen Blick quer über den Burghof und auf den großen hölzernen Turm, der das Tor und die gesamte Burg beschützte. Das Räucherhaus, das Gesindehaus und die Stallungen lagen gegenüber, jenseits des Burghofes mit dem tiefen Brunnenschacht, doch von daher kamen die Geräusche nicht.

Annafrid kniff die Augenlider zusammen und blickte über die befestigten Wälle auf den Bohlendamm, der durch das Moor und die sumpfigen Wiesen führte und den einzigen Zugang zum Torturm und dem Burghof bot. Dort bewegte sich etwas.

Riva drückte gegen Annafrids Hüfte und schob die alte Frau ein Stück beiseite. Neugierig versuchte sie, ihre Nase über die Höhe des Fenstersimses zu bekommen, doch dazu war das Mädchen einfach noch zu klein.

Annafrid hob sie auf den Arm, obwohl ihre Knochen lautstark protestierten. Die Augen des kleinen Mädchens waren fast ein halbes Jahrhundert jünger als ihre eigenen.

Sie gab der Kleinen einige Atemzüge, um die Lage einzuschätzen.

«Was seht Ihr?»

«Einen Mann. Es ist der Dorfschulze... und einen zweiten Mann... einen Mann auf einem Pferd!»

«Einen Reiter?»

«Einen Reiter. Einen Reiter auf einem grauen Pferd. Er trägt einen weiten Mantel... er beugt sich weit vornüber. Ich glaube, er ist verletzt!»

Amme Annafrid setzte das Mädchen wieder ab.

«Euer Vater ist mit Eurem Bruder auf die Jagd geritten. Nur Adrian ist da. Kommt, laßt uns in den Burghof hinuntergehen. – Ihr wollt doch sicher sehen, wer das ist.»

Den letzten Satz fügte sie rasch an. Ihre Stellung auf Burg Bodenteich verbot es ihr, zuzugeben, daß sie mindestens so neugierig war wie das siebenjährige Mädchen. Die Kleine jedenfalls war glücklich über die unverhoffte Unterbrechung des Webunterrichts.

Würdevoll raffte Amme Annafrid ihr Gewand und folgte dem Mädchen hinab auf den Burghof.

Toste, der Torwächter auf dem gedrungenen, lehmverkleideten Turm, der das Tor der Burg Bodenteich bewachte, hatte sich in den Burghof umgewandt und deutete wild gestikulierend auf die Reitergruppe, die sich bereits der Burganlage näherte. Schon strömten aus allen Winkeln der weitläufigen Anlage Menschen zusammen und sammelten sich an der Innenseite der gewaltigen Torflügel.

«Eine Nonne! Es ist eine Nonne! Der Dorfschulze bringt sie her! Sie blutet wie ein angestochenes Schwein!»

Mit raschen Schritten kam von der Kapelle her ein hochgeschossener Junge heran, der eben aus seinem roten und weißen Wams herausgewachsen zu sein schien. Sein Gesicht trug zwar die so charakteristischen mäusehaften Züge vieler Heranwachsender, doch es war ihm zudem eine merkwürdige Ernsthaftigkeit eigen, eine Nachdenklichkeit, die auch den flüchtigen Betrachter schon auf den ersten Blick zum Innehalten zwang.

«Herr Adrian», begrüßte Toste ihn atemlos, «es ist eine Augustinernonne! Sie ist verletzt!»

«Das haben mittlerweile wohl alle hier mitbekommen», erwiderte Adrian mit leiser Stimme.

Er zögerte und wartete, bis von der Kemenate her kommend seine Schwester Riva in Begleitung der alten Amme Annafrid an seine Seite getreten war.

«Wenigstens lebt sie noch», sagte Adrian leise, so leise, daß nur Riva ihn verstehen konnte. Das Mädchen nickte wissend. Mit einer Bestimmtheit, die Adrian vage amüsierte.

«Öffnet das Tor!» sagte er laut.

Toste war vom Turm hinabgestiegen und winkte jetzt einen zweiten Mann herbei, der gleich ihm in einen Waffenrock gekleidet war, der ihm bis zu den Knöcheln reichte; weniger aufwendig gearbeitet als die Kleidung des jungen Adrian, doch ebenso in den Farben rot und weiß gehalten. Die beiden Männer stemmten sich in die gewaltige Winde, an der das schwere, eherne Fallgatter befestigt war, das sonst nur in Kriegszeiten geschlossen wurde. Gegenwärtig hatte Adrian diese Maßnahme lediglich angesichts der Abwesenheit des Burgherrn getroffen. Es herrschte Frieden im Grenzland.

Adrian wandte sich um, als er hinter sich die charakteristisch ungleichmäßigen Schritte seines alten Lehrers hörte, des Burgkaplans Ludolpho.

«Die Augustinernonne? Und verletzt?», fragte der Geistliche atemlos, ehe er noch ganz heran war. Der Schweiß perlte in Bächen über sein rot angelaufenes, feistes Gesicht. Mit dem Ärmel seiner fadenscheinigen Kutte wischte er ihn von der Stirn.

Adrian nickte stumm.

«Was sind das für Zeiten! Aber Dank sei dem Herrn», murmelte der Kaplan. «Wir danken Dir, oh Herr, daß Du sie zu uns gesandt hast, anstatt sie elend in der Wildnis verderben zu lassen.»

«Amen», sagte Amme Annafrid laut, während die anderen kaum die Lippen bewegten. Zu sehr waren sie von den Vorgängen am Tor gefangengenommen. Die Torwächter hatten das Fallgatter ganz geöffnet und waren mittlerweile dabei, den gewaltigen Riegel vor den hölzernen Torflügeln beiseitezuschieben. Endlich war auch dies vollbracht und knarrend wurden die Flügel geöffnet.

Die Menschen im Burghof wichen widerwillig ein Stück beiseite. Adrian und seine Begleiter traten einige Schritte vor.

Der Sohn des Herrn von Bodenteich kannte den Dorfschulzen, einen vierschrötigen Gesellen von rauher Schale und einem manchmal allzu ausgeprägten Sinne für handgreifliche Scherze. Doch wie sein Vater nicht müde wurde zu betonen, der Mann war absolut zuverlässig und vertrauenswürdig, wenn es um die Aufgaben ging, mit denen die Herren von Bodenteich ihn im Marktflecken betraut hatten. Adrian war einmal Zeuge gewesen, wie er die Zehntabgaben buchstäblich auf das Gerstenkorn genau abgerechnet hatte.

Heute war jedoch weder Pflichtbewußtsein noch Augenzwinkern aus seinem bärtigen Gesicht zu lesen. Der Schulze grüßte sie mit einem Nicken und führte einen sehr folgsamen, aber völlig erschöpften Zelter in den Burghof. Die Gestalt, die zusammengekrümmt mehr im Sattel hing als saß, trug ein Reisegewand in den Farben des Augustinerordens. Adrian trat näher, um einen Blick unter die Kapuze zu werfen, die sie sich tief ins Gesicht gezogen hatte. Die Nonne war noch jung, doch sie mußte mindestens ebenso erschöpft sein wie das Tier. Sie war bei Bewußtsein, doch ihr Blick glitt über Adrian hinweg. Es war ein Blick, der ihn erschauern ließ: Der Blick eines Menschen, der etwas Schreckliches gesehen hatte und noch nicht die Möglichkeit gefunden hatte, sich von diesem Schrecken zu befreien – so diese Möglichkeit überhaupt bestand.

«Schwester?» fragte Adrian. «Könnt Ihr mich hören, Schwester?»

«Sie wird nicht antworten, junger Herr», erwiderte der Schulze an ihrer Stelle. «Sie ist wach, aber ihr Geist schläft.»

Adrian wandte sich an den Mann:
«Wie schwer ist sie verletzt?»
«Eine Wunde an der Schulter, soweit ich sehen kann, doch sie erscheint nicht allzu schlimm. Jedenfalls ist sie nicht der Grund für ihren Zustand. Einer der Bauern ist ihr an der Straße nach Schostorf begegnet. Das Pferd muß sich selbst den Weg gesucht haben. Wer weiß, wie lange sie schon unterwegs ist. Sie hat kein Wort gesprochen. Seht Euch vor, junger Herr, es ist, als wäre da ein Dämon in ihrem Kopf.»
«Die Straße nach Schostorf», murmelte Adrian.
Der Schulze nickte. Er gehörte zu den wenigen im Dorf, die vom entsetzlichen Schicksal der beiden Geistlichen wußte. Aber immerhin: Die Nonne war am Leben. Vielleicht konnte sie ihnen sogar etwas über die Täter sagen. Wenn sie überhaupt je wieder etwas sagte.
Er nickte. «Kaplan, Amme, bringt die Schwester hinauf in die Kemenate und sorgt für ihre Verletzungen. Ich komme sofort nach.»
Der Kaplan winkte einen der Wächter heran, der ihm half, die Verletzte aus dem Sattel zu heben. Gemeinsam führten sie die völlig abwesende Frau hinüber zum Wohngebäude. Die Füße der Nonne taten müde Schritt für Schritt wie es von ihnen erwartet wurde, doch es gab sonst kein Anzeichen, daß die Frau irgendwie an dem Geschehen um sie teilnahm. Amme Annafrid und Riva folgten.
Adrian drückte die Zügel des Pferdes einem der Stallknechte in die Hand und wandte sich dann wieder an den Schulzen. Er bedeutete Meister Hagen, ihm einige Schritte in Richtung auf die Kapelle zu folgen. Das Gesinde stand noch immer auf dem Burghof und starrte auf die Tür der Kemenate, durch die die Nonne eben verschwand. Adrian gab Toste ein Zeichen.
«Los, an die Arbeit Männer! Genug gegafft!»
«Diesmal wird es sich jedenfalls nicht lange verbergen lassen», murmelte Adrian.
Der Dorfschulze nickte: «Ein Wunder, daß es uns überhaupt zweimal gelungen ist. Ihr habt getan, was Ihr konntet, junger Herr, Euer Vater hätte nichts anderes tun können.»
Für einen Augenblick flog verlegene Röte über Adrians Gesicht, doch rasch senkte er den Kopf und hatte sich wieder unter Kontrolle.
«Ich nehme an, das ganze Dorf hat sie gesehen.»
«Sogar ein paar Wanderer unterwegs. Es ist ein herrliches Pferd. Ein Glück, daß einer meiner Männer sie als erster gefunden hat. Sie

ist jung – und bei Gott nicht häßlich. Es gibt genug Gesindel, das sich nichts daran stören würde, daß sie eine Nonne ist.»

Adrian nickte. «Warum nur war sie allein unterwegs? Ich kann mir nicht vorstellen, daß ihre Priorin sie so völlig ohne Schutz ziehen läßt. Natürlich kann sie nichts von dem wissen, was den beiden Mönchen geschehen ist, doch eine Nonne, die ganz allein reist...»

Der Dorfschulze schüttelte den Kopf: «Habt Ihr genau auf das Pferd geachtet? Wie ich schon sagte, ein herrliches Tier, und es hatte keinerlei Gepäck auf dem Rücken. Sie muß zumindest ein Packpferd dabei gehabt haben. Aber eine Nonne, die allein mit Reitpferd und Packpferd reist, kann ich mir genauso wenig vorstellen. Sie muß einen Begleiter gehabt haben. Es würde mich nicht wundern, wenn wir heute noch einen Toten fänden.»

Die Amme wartete, bis die beiden Männer das Frauengemach verlassen und die Tür hinter sich geschlossen hatten. Erst dann beugte sie sich über die Verletzte, die der Kaplan und sein Begleiter auf ein Strohlager gebettet hatten, das die Mägde auf einen Wink der Amme rasch hergerichtet hatten.

«Sie ist noch immer nicht bei sich», murmelte sie. «Schwester? Könnt Ihr mich hören, Schwester?»

Die Nonne rührte sich nicht. Vorsichtig hob die alte Kinderfrau die dunkle Kapuze der Schwesterntracht und zog dann den helleren Stoff des Untergewandes vom Kopf der Ohnmächtigen. Überrascht bemerkte sie das golden glänzende Haar, das reich über das Stroh quoll.

«Sie ist schön wie eine Königin», flüsterte Riva.

Amme Annafrid sah zu dem kleinen Mädchen hinüber, das voller Staunen ebenfalls an das Lager getreten war.

«Heilige Mutter Maria, das ist sie», erwiderte die alte Frau. «Aber sie ist blaß wie eine Tote.»

Ihr Handrücken strich über das Gesicht der Bewußtlosen.

«Ihre Haut ist eiskalt. Ihr Mägde, holt Tücher und tränkt sie in heißem Wasser. Und bringt warme Decken. Das Mädchen erfriert ja – kein Wunder, wenn das arme Ding die ganze Nacht draußen war.»

Sachte berührte sie jetzt die Wunde an der Schulter. Das Blut hatte den dunklen Stoff des Reisegewandes an einer Stelle tiefschwarz gefärbt. Die Finger der Amme mühten sich, den Stoff ein wenig beiseite zu ziehen, doch sogleich begann die Verletzte unterdrückt zu stöhnen.

Als hätte sie sich verbrannt, zog die Kinderfrau ihre Hand zurück.

«Die Wunde sieht nicht so schwer aus. Aber offenbar hat sie große Schmerzen.»

«Warum wacht sie nicht auf?»

«Ich weiß es nicht, kleine Herrin. Vielleicht wurde sie von einer giftigen Waffe verwundet oder es ist wirklich ein Dämon, wie der Dorfschulze sagt. Vielleicht wacht sie auf, wenn ihr wärmer wird.»

Bekümmert kam Riva noch näher heran und blickte in das blasse Gesicht der Nonne.

«Wenn doch Aquila hier wäre!»

Die Amme runzelte die Stirn.

«Aquila? Der Falkner?»

«Genau. Der wüßte, was zu tun ist. Nicht nur bei den Jagdfalken, auch wenn eines der Pferde krank ist, läßt Vater ihn rufen. Und Adrian sagt, er versorgt auch die Leute vom Gesinde, wenn sich jemand verletzt hat. Aquila kennt sich aus mit Kräutern und Salben. Aber er ist mit meinem Vater auf der Jagd.»

Voller Mißbilligung zog die Amme ihre Nase kraus, was ihr das Aussehen einer alten Eule verlieh:

«Mutter Maria! Von diesem Aquila haltet Euch besser fern, kleine Herrin. Ich traue diesem Mann nicht. Er verbirgt etwas. Ich erinnere mich noch an den Tag, als er im Gefolge Eures Großvaters hier ankam. Aus Italien. Irgendwie ist er mir unheimlich... immer so düster. Habt Ihr ihn jemals lachen gehört?»

Sie verstummte plötzlich, als sei ihr erst jetzt eingefallen, daß sie mit einem Kind sprach. Stattdessen beugte sie sich wieder über die Verletzte.

Gleich darauf öffnete sich die Tür und zwei der Mägde trugen einen gewaltigen Kessel mit dampfendem Wasser in das Zimmer. Eine dritte legte ein großes Bündel rauhen Tuches neben dem Lager ab.

«Wickelt ihren Körper ganz darin ein», gab Amme Annafrid Anweisungen. «Beginnt an den Füßen und Händen und geht dann zum Herzen und zum Kopf hin vor. Vielleicht fürchtet sich der Dämon vor der Hitze und verläßt ihren Körper.»

Sie trat beiseite, damit die Mägde mit ihrem Werk beginnen konnten. Vorsichtig öffneten sie die Reisekleidung der Nonne und befreiten die Bewußtlose von dem kalten, klammen Stoff. Der Anblick des halb entblößten Körpers der jungen Frau ließ die Kinderfrau die Schätzung ihres Alters noch einmal einige Jahre nach unten korrigieren. Die Verletzte war schrecklich schmal... Die Amme hatte natürlich gehört, in welch harter Zucht die Augustinernonnen lebten, doch diese hier hatte es mit der Selbstkasteiung offenbar besonders weit getrieben.

Aber das würde sich jetzt ändern. Sie würde mit dem Koch reden. Solange Amme Annafrid für das Wohlergehen der Bewohner von Burg Bodenteich zuständig war, würde es hier keine übertriebenen Fastenrituale geben.

Nachdenklich blickte sie auf Riva hinab.

«Was würde denn Aquila in einem solchen Fall machen?» fragte sie.

Das kleine Mädchen hob die Schultern: «Er hat jede Menge Tränke und Salben. Aber bestimmt könnte er den Dämon auch einfach wegzaubern.»

Entsetzt schlug Amme Annafrid ein Kreuz vor ihrer Brust:

«Heilige Mutter Gottes! Kleine Herrin, das ist ja Hexerei. Habt Ihr jemals beobachtet, wie dieser Aquila gehext hat?»

Riva schüttelte den Kopf: «Nein.»

«Aber er zaubert?»

Das Mädchen hob die Schultern.

Seufzend schüttelte die Kinderfrau den Kopf. Vielleicht hatte Riva etwas aufgeschnappt, Geschwätz der Dienstboten. Aber sie würde in Zukunft besser ein Auge auf diesen Mann haben. Andererseits... Ritter Wilbrand schätzte ihn sehr... vermutlich in erster Linie wegen seiner Falkenkunst. Doch hatte die Amme nicht selbst Aquila und seine Falken mehr als einmal beobachtet und bewundert: Grenzte nicht gerade die Bereitwilligkeit, mit der die Vögel ihm gehorchten, manchmal an Magie?

Doch das alles half jetzt nicht weiter. Die Nonne ruhte reglos auf dem Lager, nun bis zum Hals in die wärmenden Tücher verpackt, doch noch war keine Veränderung zu bemerken. Ihnen blieb nur eines: Warten.

«Aquila, seht!»

Ritter Wilbrand von Bodenteich lachte und wies auf Gerolf, seinen jüngsten Sohn, auf dessen weit ausgestrecktem Arm der Jungfalke soeben nun doch noch gelandet war.

Der Falkenmeister nickte wortlos. Nur wer ihn sehr gut kannte –

und das traf auf Burg Bodenteich auf nicht einmal eine Handvoll Menschen zu – bemerkte den Stolz und die Genugtuung, die sich auf das rauhe, vernarbte Gesicht legten. Mit einem kaum angedeuteten Druck der Ferse brachte er sein Pferd an die Seite des aufgeregten jungen Mannes. Er spürte die Angst des Jungen, auch wenn sie dessen Vater völlig zu entgehen schien. Ritter Wilbrand hatte sein Pferd ebenfalls näher heran getrieben, ohne indessen die Unruhe des Jungfalken und seines Herrn zur Kenntnis zu nehmen.

Es war Gerolfs Wunsch gewesen, heute mit diesem Tier zu jagen, obwohl Aquila davon abgeraten hatte. Das Tier war, obgleich in Gefangenschaft geboren, noch nicht wirklich gezähmt.

«Vorsicht, junger Herr, ganz vorsichtig. Seht ihm in die Augen.»

Gerolf gehorchte, seine Zunge fuhr nervös über die Lippen. Aquila war jetzt so nahe heran, daß er den Schweiß sehen konnte, der sich über seinen Augenbrauen gebildet hatte.

«Ganz ruhig, Ihr macht das sehr gut. Laßt ihn nicht aus den Augen. Holt jetzt mit der anderen Hand die Haube hervor. Ganz langsam.»

Er hatte sein Pferd jetzt an Gerolfs Seite gebracht und war bereit, jederzeit einzugreifen, obwohl er hoffte, das würde nicht nötig sein. Der Junge hatte sich wirklich viel Mühe gegeben und den Erfolg verdient. Langsam näherte sich Gerolfs Hand mit der Haube dem Kopf des Falken. Irritiert trat der Vogel von einem Bein auf das andere, doch Aquila spürte keine Aggressivität in seinem Verhalten. Endlich zog Gerolf dem Falken die dunkle Samthaube über den Kopf.

«Wunderbar!» lachte Ritter Wilbrand und sein wohlgenährtes Gesicht glänzte vor Freude. «Hervorragend! Ab heute ist auch der jüngste Sohn des Herrn von Bodenteich ein Meister der Falkenkunst!»

Aquila nickte unbewegten Gesichts: «Ihr habt es genau richtig gemacht, junger Herr!»

Erst bei diesen Worten stieg dem jungen Gerolf Röte ins Gesicht. Diese Worte aus dem Munde Aquilas waren dem jungen Falkner offenbar ein größeres Lob als alle Jubelrufe seines Vaters.

«Zuerst... zuerst hatte ich Angst vor ihm», sprudelte es nun aus Gerolf heraus, «aber dann, als ich ihm in die Augen sah und merkte, daß er auch Angst hatte... es war, als ob wir plötzlich beide wußten, daß wir ja keine Feinde sind.»

Aquila nickte befriedigt. Das war in der Tat eine sehr wichtige Erkenntnis, und daß der Junge sie so spontan und von sich aus gewonnen hatte, ließ auf einen guten Falkner hoffen.

«Wenn Ihr ein wirklich guter Falkner werden wollt, junger Herr, müßt Ihr versuchen, den Falken zu verstehen. Er ist nicht irgendeine Waffe, die stumm den Befehlen gehorcht, die Euer Körper ihr gibt, sondern ein eigenes Wesen. Ein Stück weit müßt Ihr seinen Willen brechen, denn Ihr seid sein Herr, aber doch nur so weit, daß Ihr Euch fest auf ihn verlassen könnt, aber auch er Euch vertraut. Ihr dürft ihm niemals seinen Anteil der Beute vorenthalten und vor allen Dingen dürft Ihr ihm niemals, hört Ihr, niemals seine Ehre nehmen, denn der Falke ist ein sehr edles Wesen.»

«Genau wie ein aquila, mein alter Freund», lachte Ritter Wilbrand und schlug dem Falkner anerkennend auf die Schulter. «Genau wie der Adler. Nicht umsonst wurde Euch dieser Name gegeben. Aber genug mit dem Unterricht für heute. Jetzt wollen wir zur Burg zurückreiten und den Jagderfolg meines jüngsten Sohnes feiern.»

Aquila nickte, doch seine Aufmerksamkeit war bereits weit fort. Von den heidebedeckten Hügeln, wo der Herr von Bodenteich und seine Begleiter die Jagdfalken hatten aufsteigen lassen, ging der Blick weit hinab in das sumpfige Tal der Aue mit seinen kleinen Dörfern und auf den großen See jenseits davon. Und dort unten, am Ufer des Sees, klein wie die Bauklötze, die die Knappen den Söhnen Ritter Wilbrands geschnitzt hatten, als diese noch Kinder gewesen waren, war auch der Marktflecken Bodenteich zu erkennen und nahebei, von ihm getrennt durch trügerische Sümpfe, umgeben von morastigen Ausläufern des Sees, die heimatliche Burg.

«Weiß Gott, auch Eure Augen sind die eines Adlers», sagte Ritter Wilbrand zögernd, als Aquila nicht antwortete. «Was seht Ihr?»

«Ich weiß es nicht, Herr!»

Der Falkner zögerte, beugte sich weit im Sattel vor und strengte seine Augen noch stärker an, wobei er seinem Dienstherrn das Profil mit der scharf geschnittenen Nase zuwandte, die ihm eigentlich zu seinem Namen verholfen hatte.

«Es ist Unruhe auf dem Burghof», murmelte er. «Zwei Reiter kommen heran. Ich glaube... einer von ihnen ist der Dorfschulze.»

«Könnt Ihr zaubern, Aquila?» sagte der Ritter zweifelnd. «Ein Wanderer würde mindestens drei Stunden bis zur Burg brauchen. Ihr könnt das unmöglich erkennen. – Zwei Reiter? Vielleicht die schriftkundige Augustinernonne, die der Bote der Priorin uns angekündigt hat? Aber nachdem sie nicht wie verabredet gestern abend eingetroffen ist, hatte ich sie kaum vor dem späten Nachmittag erwartet.»

«Ich bin mir nicht sicher, Herr, aber ich glaube, es ist der Dorfschulze, aber er ist zu Fuß, und er führt ein Pferd am Zügel. Ja, und es sitzt jemand im Sattel. Jemand in einem weiten, dunklen Gewand.»

«Hmm, das könnte die Nonne sein. Aber mag dem sein wie es will, wir wollen ohnehin zur Burg zurück. Wenn sie es ist, gibt es einen Grund mehr zum Feiern.» Er wandte sich zu den übrigen Begleitern um: «Heute abend gibt es ein Fest, Männer. Und zum ersten Falkenwurf meines Sohnes holen wir eines der Starkbierfässer aus dem Keller. Zurück nach Haus!»

Wasmod von dem Knesebeck, Magister der Universität von Bologna und päpstlicher Sondergesandter im Lande jenseits der Berge, hatte lange Zeit das Gefühl, als ob er sich durch einen kalten grauen Nebel bewege, einen Nebel ohne Form und Begrenzung.

Entfernungen und Zeitabläufe schienen keine Bedeutung mehr zu besitzen – einzig das Hier und das Jetzt zählten. Und keines von beiden ließ sich so recht bestimmen.

Wasmod konnte sich nur an wenig erinnern: Das Brausen der schwarzen Schwingen, der Angriff des... schon versagte sein Gedächtnis ihm den Dienst. Er vermochte sich nicht mehr zu entsinnen, was genau ihn angegriffen hatte. Vielleicht war es eine natürliche Schutzvorrichtung seines Geistes, die ihn davor bewahrte, den Verstand zu verlieren. Es mußte etwas Schreckliches gewesen sein, das in jener Nacht am Rande des großen Sees über sie hergefallen war. Das Bild des Angreifers nun in seine Erinnerung zurückzurufen bedeutete vielleicht, dem Dämon Tür und Tor zu öffnen.

Die Welt des Nebels war eine fremde Welt, und doch erschien sie ihm auf merkwürdige Weise vertraut und einladend. Es gab viele Wahrheiten hier... lange gesuchte Antworten, abstraktes Wissen, von den Nebeln kaum verborgen und dem forschenden Geist binnen eines Lidschlages zugänglich. Seine Bedürfnisse waren gering, er verspürte keinen Wunsch, je wieder etwas anderes zu tun, als hier in der Welt des Nebels einfach nur zu existieren.

Und doch war da noch etwas anderes, wohl keine bewußte Erinnerung, eher eine unbewußte Gewißheit, daß ein Außerhalb nach wie vor existierte. Noch war dies nicht der Ort für Wasmod von dem Knesebeck... noch nicht.

Er konnte nicht beurteilen, wie viel Zeit vergangen war, als er sich nach einer Weile entschloß, dem diffusen Lichtschein zu folgen, der ihn in die Welt der Lebenden zurückrief.

Ritter Wilbrand und seinen Begleitern wollte der Ritt von den Heidehügeln des Jagdreviers bis in das fruchtbare Tal der Aue in deutlich kürzerer Zeit als gewöhnlich gelingen. Mochte die Aussicht auf das abendliche Fest die Männer verleitet haben, ihre Tiere zu höherer Geschwindigkeit anzuspornen, oder andererseits auch die Erwartung des Burgherrn, möglichst rasch die gelehrte Augustinernonne begrüßen zu können, eine Rolle gespielt haben, jedenfalls hatte sich die Sonne noch nicht allzu weit über die fernen Hügel geneigt, als sie an einem mit kräftigen Buchen durchsetzten Waldstück, das die Sippe Bennos, des Bodenteicher Müllers zur Schweinemast nutzte, die Fernstraße erreichten.

«Was ist das da drüben?» fragte Ritter Wilbrand und wies auf eine schnurgerade Schneise zur Linken, in der sämtliche Bäume umgeschlagen worden waren. «Das habe ich vor einigen Wochen aber noch nicht gesehen.»

«Der alte Meister Emil, Müller Bennos Urahne, hat sie schlagen lassen», nickte Aquila. «Aus Sorge vor Feuer.»

Erstaunt sah der Burgherr ihn an: «Was will er schützen? Der Fluß ist keine Viertelmeile entfernt und ansonsten gibt es hier nur Wald. Und er ist nicht besonders ergiebig, soviel ich weiß. Sei's drum, Meister Emil ist alt, mindestens...»

«Fast hundert.»

«Sind die Schweine heute ganz allein?» fragte Gerolf verwundert. «Für gewöhnlich schickt der Müller seine Tochter zu ihrer Hut.»

Sein Vater nickte. Er hatte schon seit einer Weile bemerkt, daß das Mädchen Gerolf schöne Augen machte, und sein Sohn ließ sich das offenbar gerne gefallen. Gerolfs verstorbene Mutter hätte hier vielleicht eingegriffen – sie hielt die Verlockungen eines außerehelichen Liebeslagers für ein Werk des Leibhaftigen und war deswegen immer sehr um das Heil der unsterblichen Seelen ihrer Lieben, und hier insbesondere der ihres Ehemannes, besorgt gewesen – aber er selbst sah dazu keinen Grund. Von einem jungen Edelmann wurde ein gewisses Maß an Erfahrung auf diesem Gebiet natürlich erwartet, bevor er in seine – natürlich standesgemäße – Ehe ging. Es gehörte sozusagen zu seinen Pflichten; da verhielt es sich nicht anders als mit der Falkenjagd. Und das Mädchen? Vermutlich erhoffte es sich ein angenehmeres Leben als Zofe auf der Burg... damit würde sie als Mutter eines ritterlichen Bastards rechnen können. Die alte Amme Annafrid etwa hatte zwar Ritter Wilbrands Bastardschwester tot zur Welt gebracht, doch hatte ihre reichlich strömende Milch mitgeholfen, Wilbrand selbst durch die gefährlichen ersten Wochen seines Lebens zu bringen, als seine eigene Mutter im Kindbett gestorben war.

«Dort drüben ist sie, die Müllerstochter», sagte er laut, «aber sie schläft ja! He, Mädchen, laß das nicht Deinen Vater sehen.»

Die Tochter Bennos, des Müllers von Bodenteich, die, den Rücken an einen alten Stamm gelehnt und den ein wenig schmuddeligen Arbeitskittel unzüchtig bis weit über die Knie hochgerutscht, eingedöst war, fuhr auf, als sie die Stimme des Burgherrn erkannte. Sie brauchte nur Augenblicke um die Lage einzuschätzen. Mit soviel Würde, wie es angesichts der Situation aufzubringen wußte, erhob sich das Mädchen und neigte den Kopf tief vor den Reitern, die in ihrem Ritt innegehalten hatten.

«Verzeiht, gestrenger Herr! Bitte sagt nichts davon meinem Vater. Es ist nur so, daß ich so schrecklich müde bin in letzter Zeit... obwohl meine Mutter sagt, ich schlafe lange genug.»

Ritter Wilbrand lachte nachsichtig: «Deine Mutter ist eine verständige Frau, Kind. Wer lange schläft, der weckt den Tod! Aber keine Sorge, von mir wird Dein Vater nichts erfahren. – Du kannst uns helfen: Sag mir, weißt Du, wen der Dorfschulze heute mittag auf die Burg gebracht hat?»

Das Mädchen nickte dienstfertig und berichtete mit großen runden Augen: «Es war eine ehrwürdige Schwester, Herr, eine Augustinernonne. Aber sie hat kein Wort gesagt, sondern im Sattel gesessen wie eine Tote. Sie ist verletzt, Herr, und im Dorf sagen sie, ein Dämon ist in sie gefahren!»

«Beim Arsch der Heiligen Elisabeth!» fluchte der Ritter und tauschte einen Blick mit dem an seiner Seite reitenden Aquila.

Der Falkner nickte grimmig: «Das rote Mal.»

Die Männer traten ihren Pferden die Hacken in die Weichen und achteten nicht mehr auf den frechen Blick, den die Müllerstochter dem jüngsten Sohn des Herrn von Bodenteich zuwarf.

Ritter Wilbrand wartete nicht ab, bis einer der Stallburschen herangekommen war, um seinem Herrn vom Pferd zu helfen, sondern sprang bereits kurz hinter dem Tor aus dem Sattel – ein wenig steif nach dem langen Ritt.

Ich werde nicht jünger, dachte er, als er zu Adrian hinüberschritt, der in den Hof hinabgekommen war, als ihm das Herannahen der Jagdgesellschaft gemeldet wurde, ein paar Jahre zurück und ich wäre von so einem Jagdausflug frischer zurückgekommen als ich losgeritten bin.

Vor der Tür der Kemenate begrüßten sich Vater und Sohn mit einem Nicken.

«Wo ist die Nonne?»

«Oben. Die Amme sorgt sich um sie.»

Der Burgherr sah ihn zweifelnd an.

«Wen sonst hätten wir holen sollen?»

Ritter Wilbrand nickte: «Sicher. Es ist in Ordnung. Jetzt will ich die Nonne sehen, komm mit. Gerolf, Aquila, Ihr auch.»

Die Männer folgten dem Ritter in das Wohnhaus, das neben dem Bergfried einzige steinerne Gebäude der Burganlage. Die Stärke von Burg Bodenteich lag nicht in unüberwindlichen Mauern, sondern in ihrer überaus günstigen Lage auf dem künstlichen Hügel inmitten von Sümpfen am Rande des großen Sees.

Wir haben keine bewaffnete Streitmacht der ganzen Welt zu fürchten, dachte der Ritter. Wenn Herzog Otto jemals ernsthaft mit seinem Vetter aneinandergerät, an Bodenteich wird sich Heinrich die Zähne ausbeißen. Aber was geschieht mit uns, wenn die Mächte der Finsternis ihre Hände nach uns ausstrecken? Er fröstelte. Dann Gnade uns Gott.

Im größten Raum der Kemenate, der seit der Zeit seines Großvaters den Frauen der Familie vorbehalten war, fanden sie die Verletzte. Die alte Amme hatte sie entkleiden und in wärmende Tücher hüllen lassen, doch Wilbrand hatte Zweifel, ob sie wußte, was weiter zu tun war.

Seiner Frau hatte sie damals jedenfalls nicht helfen können, als sie nach der Geburt Rivas nicht aufhören wollte zu bluten. Seine Lippen kniffen sich zu einem dünnen Strich zusammen, als er sich erinnerte. Sieben Jahre, dachte er, sieben Jahre, und er hatte nie wieder eine Frau angerührt.

Riva saß halb auf dem Lager der Nonne und hielt die Hand der Bewußtlosen.

Ein bedrückendes Erlebnis für das Kind, doch es war ein Teil der Welt, in der es lebte, und es gab keinen Grund, ihm diesen Teil länger vorzuenthalten. Er wußte den Ausdruck im Gesicht der Amme richtig zu deuten: Wenn nicht bald etwas geschah, würde die Nonne sterben.

Der Burgherr trat näher an das Lager heran – und hielt den Atem an. Selbst in ihrer Ohnmacht und gezeichnet von einer Erschöpfung, deren Quelle sie vielleicht niemals erfahren würden, war die junge Augustinerin wunderschön. Die goldene Pracht ihres Haares lag ausgebreitet auf dem groben Stoff wie ein kostbarer Fächer von der Farbe der strahlenden Sonne.

«Warum nur hat man ihr erlaubt, das lange Haar zu behalten», murmelte er.

Aquila trat an die Seite seines Herrn. Auch seine Stimme war leise: «Was wäre die größere Sünde: Die Ordensregel zu brechen oder die Welt einer solchen Schönheit zu berauben?»

«Ihr habt recht, Aquila, wie immer. Ich frage mich nur, ob ihre Priorin das genauso gesehen hat. Vielleicht geschah es aus Rücksicht auf ihren Bruder.»

Der Falkenmeister sah ihn fragend an.

Wilbrand hob die Schultern: «Ich wollte nicht zuviel sagen, ehe sie wohlbehalten auf der Burg angelangt war, Ihr wißt, wie die Leute reden. Geholfen hat es nichts. Dieses Mädchen ist jedenfalls die Schwester Wasmods von dem Knesebeck, des päpstlichen Legaten. Sie hat die letzten fünfzehn Jahre im Kloster der Augustinerinnen verbracht, als gewöhnliche Schwester ohne alle Sonderrechte, wie aus dem Brief der Priorin hervorgeht. Und sie ist eine Schriftkundige. Sie hat die Novizinnen unterrichtet. Zuerst hatte ich überlegt, das Angebot des Klosters abzulehnen. Wir suchten eine Lehrerin und Kinderfrau für Riva – und vielleicht auch für Adrian – doch die Familie dieses Mädchens ist, da wollen wir uns nichts vormachen, mindestens so bedeutend wie unsere eigene. Mein Gott, Legat Wasmod ist die rechte Hand des Heiligen Vaters. Aber dann dachte ich mir...»

«Es kann Eurer Tochter nicht schaden, von einer Dame aus ritterbürtigem Geschlecht erzogen zu werden.»

Der Burgherr nickte: «So ist es. Und nun hat sie sich aufgemacht, hierherzukommen, um meine Tochter zu unterrichten – und wenn wir ihr nicht helfen können, wird sie sterben.»

Riva blickte auf und sah ihren Vater flehend an. Zumindest glaubte Wilbrand das im ersten Augenblick, aber dann erkannte er, daß sie in

Wahrheit Aquila anblickte.
Zweifelnd musterte auch er den Falkner:
«Daran hätte auch ich denken können. Niemand, den wir so rasch erreichen könnten, versteht sich so gut auf die Heilkunst wie Ihr, alter Freund. Wenn wir einen Boten nach dem Medicus aus Oldenstadt senden, ist er nicht vor Morgen zurück. Und ob sie dann noch am Leben ist... was denkt Ihr, Amme?»
Annafrid zögerte einen Augenblick. Ritter Wilbrand konnte widerstrebende Gefühle aus ihrem Gesicht lesen, doch er wußte sie nicht einzuordnen. Vertraut sie Aquila nicht? Sie kennt ihn ein halbes Leben. Er ist fast ebenso lange auf der Burg wie sie.
Schließlich nickte sie: «Ich weiß es nicht, Herr. Wenn es ein Dämon ist, der sich in ihrem Kopf eingenistet hat...»
Aquila schüttelte ungeduldig den Kopf. Der Burgherr gab ihm ein Zeichen, zu sprechen.
«An den Dämon glaube ich nicht, solange ich ihn nicht mit eigenen Augen gesehen habe, Herr. Wenn dieses Mädchen das erblickt hat, was Probst Dietrich und den Franziskaner getötet hat, dann hat vielleicht allein die Angst es in diesen Zustand gebracht. Ihr Geist hat sich an einen weit entfernten Ort zurückgezogen. In meiner Heimat hält man solche Leute für heilig. Man glaubt, die Hand Gottes habe sie berührt.»
«Und Ihr wißt, was zu tun ist?»
«Leider nein, nicht wirklich. Als Jüngling, fast noch als Kind war ich Zeuge, wie ein großer Arzt in der Stadt Salerno in meiner Heimat mit einem solchen Mann verfuhr. Aber ich glaube nicht, daß ich selbst etwas für sie tun kann. Mit Tränken und Kräutern läßt sich in einem solchen Fall nur wenig bewegen. Man braucht vor allem Geduld, vielleicht wird sie dann von selbst erwachen...»
«Aber seht Ihr nicht, sie hat Fieber», sagte die Amme scharf – und ohne gefragt worden zu sein.
«Das sehe ich und dagegen kann ich ihr etwas geben», sagte Aquila. «Zum Teil liegt es sicher daran, daß sich die Wunde dort in ihrer Schulter entzündet hat. Wenn Ihr es wollt, Herr, kann ich mich gleich darum kümmern. Aber ich kann Euch nicht versprechen, daß ich ihr wirklich helfen kann. Ich bin kein Medicus. Vielleicht stirbt sie trotzdem, oder ich mache die Sache schlimmer anstatt besser.»
Wilbrand sah sich nach seinen Söhnen um, erntete von Adrian ein zögerndes, aber zustimmendes Nicken, von Gerolf dagegen nur einen

staunenden Blick. Die Amme starrte ihn abweisend an.
«Bitte Vater», flehte Riva, «laßt es ihn tun.»
Nachdenklich betrachtete er seine Tochter, dann ging sein Blick hinüber zu der reglosen Nonne. Sie war wunderschön. War es nicht Gottes Wille, daß sie alles taten, diese Schönheit am Leben zu erhalten?
«Tut was Ihr könnt, Aquila», sagte er schließlich. «Niemand wird Euch einen Vorwurf machen, wenn Eure Kräfte nicht genügen.»
Er sah die Amme scharf an und wiederholte: «Niemand!»

«'Und dies solltet ihr scheuen unter den Vögeln' spricht der Herr», rief Ludolpho, der Kaplan, «'daß ihr's nicht esset: den Adler, den Habicht, den Fischaar, den Geier, den Weih, die Nachteule, den Kuckuck, den Sperber mit seiner Art, das Käuzlein, den Schwan, den Uhu, die Fledermaus, die Rohrdommel, den Storch, den Reiher, den Häher mit seiner Art, den Wiedehopf und die Schwalbe.'»
Zweifelnd sah der Burgherr den gewaltigen Reiher an, den einer von Aquilas Burschen eben vom Rücken des Packpferdes hob.
«Es ist die erste Jagdbeute meines Sohnes, Kaplan», sagte er. «Er ist sehr stolz darauf.»
«Stolz ist eine der schwersten Sünden, Herr», erwiderte der Kaplan streng. «Euer Sohn hätte seine Zeit besser mit Beten verbracht als mit der Jagd nach weltlichen Genüssen.»
«Ohne derartige weltliche Genüsse würden wir alle verhungern, Bruder Ludolpho», sagte Aquila ruhig. Er stieg eben die hölzerne Außentreppe des Bergfrieds hinab und war auf dem Weg in die Kemenate. In der Hand trug er eine Reihe kleiner Stoffbeutel. «Ist das der Wunsch der Heiligen Mutter Kirche?»
Entrüstet wandte sich Ludolpho an den Falkenmeister: «Mag Eure Seele auch verloren sein, Falkner. Alle Welt weiß, daß die Menschen in Eurem verfluchten Land ohnehin dem Verderben anheimfallen werden, weil sie an der Seite Eures ketzerischen Königs den Heiligen Vater bekämpft haben. Aber so denkt doch wenigstens an unseren jungen Herrn!»
Aquila lächelte milde: «Wenn es dort so schrecklich ist, warum nur hält sich der Heilige Vater noch immer ohne Not in diesem verfluchten Land auf, Bruder Ludolpho? Er hat längst seinen Frieden mit denen gemacht, die vor einem Menschenalter König Manfred unter-

stützten. An seinem Hof würde man das gute Fleisch dieses Tieres jedenfalls nicht verkommen lassen.»

Der Kaplan starrte ihn böse an, doch Ritter Wilbrand trat begütigend zwischen die beiden Männer:

«Ich werde meinem Sohn seine Jagdbeute nicht verwehren, Kaplan. Ich bin mir sicher, daß wir nicht allesamt der Verdammnis anheimfallen, weil wir einen Bissen von dem Reiher nehmen. Es war nicht unsere Absicht, eine Sünde zu begehen. Bei aller Begeisterung über den Jagderfolg, aber ich kann ehrlich gesagt nicht so recht daran glauben, daß es Gerolf war, der sich den Reiher zur Beute erkoren hat, sondern eher schon der Falke selbst. Und für dessen unsterbliche Seele werdet doch auch Ihr wenig tun können, weiser Ludolpho, oder?»

Wutschnaubend und ohne Gruß wandte der Geistliche sich um und verschwand in Richtung auf die Burgkapelle.

«Macht Euch nicht zuviel Sorgen, Herr. Wenn der gebratene Reiher unsere Zeit im Fegefeuer verlängern sollte... Bruder Ludolphos Gebete werden es schon wieder gutmachen.»

Der Burgherr hob die Schultern: «Ihr solltet vorsichtiger sein, alter Freund. Dieser Mann wird Euch noch einmal auf den Scheiterhaufen bringen.» Aber dann mußte er doch lachen: «Und dann werdet Ihr geröstet wie unser Reiher!»

Beinahe lautlos betrat Aquila das Krankenzimmer. Die alte Amme wandte ihm den Rücken zu und betrachtete stumm die Bewußtlose. Vielleicht war sie auch eingenickt.

Der Falkenmeister lächelte traurig. Obwohl die Kinderfrau kein Wort gesagt hatte, er wußte, aus welcher Quelle sich ihre Voreingenommenheit speiste. Er war ein Fremder, noch nach einem halben Leben, das er mit diesen Menschen verbracht hatte, und er würde wohl bis zum Tage seines Todes ein Fremder bleiben. Er seufzte. Wenn die Menschen etwas nicht verstanden, dann vermuteten sie sogleich etwas Böses dahinter.

Aquila konnte lesen und schreiben, er wußte sich gewandt auszudrücken, sowohl in seiner eigenen Sprache als auch im Dialekt der Bewohner des Marktfleckens und seiner Burg. Er verfügte aus glücklicheren Zeiten über ein recht umfangreiches Wissen über die wahre Natur der Dinge, begriff die Zusammenhänge und das Wesen von Vorgängen, denen die Menschen auf Burg Bodenteich mit vor Staunen weit aufgerissenen Mündern gegenüberstanden und die sie in ihrer abergläubischen Angst nur zu gerne als Magie bezeichneten.

Vorsichtig legte er seine Hand auf die Schulter der Amme:

«Legt Euch zu Bett, Mütterchen», sagte er leise. «Ich kann mich jetzt um sie kümmern.»

Sie fuhr herum: «Aquila! Wie... wie seid Ihr hereingekommen?»

Wieder dieser Blick; dieser angstvolle, mißtrauische Blick. Der Falkenmeister lächelte müde:

«Ich bin nicht durch das Fenster geflogen, Mütterchen, und ich kann mich auch nicht unsichtbar machen. Eure Gedanken waren ein wenig auf der Reise und da habt Ihr mich nicht bemerkt.»

Ihr Blick wurde noch mißtrauischer, als sie die kleinen Stoffbeutel in seiner Hand sah.

«Was ist da drin?»

«Medizin. Kräuter für die Kranke.»

Sie erhob sich langsam: «Was für Kräuter? Ihr seid kein Arzt, Aquila!»

«Es liegt mir fern, etwas anderes zu behaupten. Es ist so, wie ich vorhin gesagt habe: Ich habe niemals eine Ausbildung erhalten. Ritter Wilbrand aber wünscht, daß ich für diese Frau tue, was ich kann, und ich glaube, daß ich ihr ein Stück weit helfen kann. Das ist alles.»

«Aber Eure Tränke...»

«Es ist keine Magie, Mütterchen», sagte er geduldig. «So glaubt mir doch. Wenn Ihr wollt, bleibt da und seht selbst, wie ich sie behandle.»

Sie zögerte, zog die Unterlippe zwischen die zahnlosen Kiefer, überlegte, was gefährlicher war: Die Kranke einem schwarzmagischen Ritual zu überlassen oder die Gefahr einzugehen, womöglich selbst dessen Zeugin zu werden. Schließlich nickte sie knapp und ließ sich wieder auf ihrem Stuhl nieder.

«Gut!» nickte Aquila. «Dann paßt auf: Ich habe hier vier verschiedene Kräutermischungen.» Er legte sie nebeneinander auf das Stroh des Krankenlagers. «Drüben in meiner Unterkunft bewahre ich noch weitere auf, doch ich glaube nicht, daß wir sie heute brauchen werden. Dieser erste hier», er deutete auf das erste Säckchen, «enthält die getrockneten Blätter des Abrotanums. Ihr werdet diese Pflanze als Stabwurz oder Eberraute kennen. Die Blattspitzen sind ein recht zuverlässiges Mittel gegen Entzündungen und fiebrige Leiden, wenn man sie im richtigen Verhältnis mit dem Inhalt dieses zweiten Beutels mischt. Es handelt sich um die Calendula, die Gold- oder Ringelblume. Ich kenne mindestens ein Dutzend verschiedene Arten der Calendula, und eine gewisse Form – die ich leider nur in Italien gefunden habe, und auch dort ist sie recht selten – ist wirksamer als die anderen. Aber diese hier wird es auch tun. Seht Ihr, das ist das ganze Geheimnis. Nun brauche ich nur noch ein kleines Gefäß, einen Mörser, um die Zutaten zu zerstoßen, und ein wenig Schmalz, um sie zu einer Salbe zu verarbeiten. Wenn es frisch bereitet wird, hilft das Mittel am besten.»

Zweifelnd sah sie ihn an. Was er bisher erzählt hatte, erschien ihr augenscheinlich weit weniger schrecklich als erwartet.

«Und die anderen beiden Beutel?»

«Vermutlich werden wir sie nicht brauchen. Sie sind nur zur Vorsicht, falls die Calendula nicht wirken sollte.»

Sie nickte verstehend: «Soll ich Euch das Schmalz holen – und eine Schale für die Salbe?»

«Das wäre sehr freundlich von Euch.»

Ein wenig beruhigt stand sie auf, warf noch einen – keineswegs sorgenfreien – Blick auf die Kranke, und verließ den Raum.

Aquila wartete einen Augenblick, dann setzte er sich seitlich auf das Lager der Bewußtlosen und beugte sich tief über ihr Gesicht. Die Haut war schneeweiß, um die Augen schien sie beinahe bläulich zu schimmern. Sachte hob er eines der Lider an und näherte die andere Hand schnell dem Auge. Zufrieden nickend registrierte er den Reflex. Dann ergriff er das Handgelenk der Schlafenden und begann den Puls zu zählen. Das Herz schlug rasch und regelmäßig, aber er erschrak, als er spürte, mit welcher Hitze ihr Körper brannte. Das Fieber war noch höher als er befürchtet hatte.

Mit der Untersuchung der Schulterwunde mußte er warten, bis die Amme zurück war, sonst würde sie womöglich glauben, er habe versucht, der Bewußtlosen Gewalt anzutun.

Ein anderer Mann als er hätte diese Situation vielleicht ausgenutzt: Das Mädchen war in der Tat wunderschön, so schön, daß es einem schier den Atem verschlug. Doch es waren gerade die winzigen Unregelmäßigkeiten, die die Aufmerksamkeit des Falkners auf sich zogen: Ihr Kinn war eine Spur zu schmal, auf der Stirn zeigten sich bereits kleine Fältchen, für die die junge Frau noch zu jung zu sein schien. Sie war eine Schriftkundige. Vielleicht rührten sie von den langen Abenden über einer alten Handschrift beim unzureichenden Licht einer einzigen Kerze.

«Wie ist Dein Name, fremde Schönheit?» fragte er leise. «Deinen Bruder kennt die ganze Welt, doch wer bist Du?»

«Aquila?»

Er wandte sich um. Adrian von Bodenteich stand im Zimmer und starrte ihn an. Das schmale, fast mädchenhafte Gesicht unter den dunklen Haaren spiegelte tiefe Besorgnis. Ich habe niemals einen Sohn gesehen, der seiner Mutter ähnlicher sah, dachte Aquila.

Hatte Adrian seine Worte verstanden? Er hatte so leise gesprochen. Wahrscheinlich hatte er nur Geflüster gehört. Der Falkner musterte den Sohn des Burgherrn. Hielt auch Adrian ihn für einen Hexer? Aquila mochte den Jungen, dies wäre ein unerwarteter Schmerz.

«Sind die Frauen in Eurer Heimat auch so schön?» fragte der Junge schüchtern.

Aquila schüttelte erleichtert den Kopf: «Nicht in dieser Weise. Meine Schwester etwa war zwar eine wahre Schönheit, doch sie war ganz anders als dieses Mädchen... klein, dunkel, nicht so schmal. Die meisten Frauen in meinem Land sind so, aber sie sind schön auf ihre Weise.»

«Diese Frau ist schön wie die Jungfrau Maria», flüsterte Adrian.

Aquila mußte ein Lächeln unterdrücken. Wenn sich Adrian die Skulptur der Mutter Maria in Bruder Ludolphos kleiner Kapelle zum Vorbild nahm, dann hatte er eine etwas seltsame Auffassung von Schönheit. Gegen das Ebenmaß der in Stein gehauenen Körper und Gesichter, die er in den Domen Italiens gesehen hatte, wirkten die ungeschlachten Figuren in den Gotteshäusern der Deutschen wie das grobe Werk von Barbaren. Die Schönheit der verletzten Nonne übertraf diese groben Gestalten bei weitem; in ihrem Ebenmaß, ihrer Blässe und Zerbrechlichkeit erinnerte sie den Falkenmeister an Skulpturen, die er in seiner Jugend in Salerno und Neapel gesehen hatte, jahrhundertealte Zeugen der dahingesunken Kulturen der Griechen und Römer.

«Ja, das ist sie», sagte er leise. «Ich wollte eben die Kräuter segnen, Adrian. Wollt Ihr mit mir beten? Sie wird unsere Gebete in den nächsten Tagen gut gebrauchen können.»

Glücklich nickte der Junge, froh, etwas tun zu können.

Aquila schloß die Augen und legte die Handflächen sacht auf die beiden kleinen Beutel: «Dir Gott, der Du am Anfang der Welt den grünenden Pflanzen befahlst zu wachsen und zu gedeihen, bringen wir in Demut flehend unsere Bitte: Segne und weihe diese Heilkräuter, die wir gesammelt haben, damit die Tränke und Salben oder die Wundpflaster, die daraus bereitet werden, der Seele und dem Leib Gesundheit bringen.»

«Amen!» murmelte Adrian.

Aquila nickte stumm und machte sich daran, die Schnüre der Beutel zu öffnen.

Es mochte um die sechste Stunde der Nacht sein und der Morgen war noch fern, als Aquila aus einem leichten Schlummer aufschreckte. Der Falkner brauchte weniger als einen Lidschlag, um sich zurechtzufinden. Er saß in einem Lehnstuhl zu Füßen des Krankenlagers.

Nachdem er im Beisein der alten Amme und Adrians von Bodenteich die Paste zubereitet und der Augustinernonne auf die Wunde gestrichen hatte, hatte die alte Kinderfrau auf seine Bitte hin noch einmal die Mägde gerufen, die der Kranken nach seinen Anweisungen kühlende Tücher um die Waden gewickelt hatten. Für einen Moment hatte es so ausgesehen, als würde die Amme das zu verhindern suchen. Ihre Argumente waren nicht ganz von der Hand zu weisen, denn schließlich war die in der vorangegangenen Nacht erlittene Unterkühlung ja gerade einer der Gründe für das Fieber der jungen Frau. Adrians Hilfe war es zu verdanken gewesen, daß sie die Amme aber schließlich doch noch überzeugen konnten.

Noch mehr als eine Stunde lang, als die anderen sich längst zur Ruhe begeben hatten, hatte er die Kranke genau beobachtet. Ganz sicher war er sich nicht gewesen, doch die Hitze in ihrem Körper schien bereits etwas zurückgegangen zu sein. Und hatte nicht das fein geschnittene Gesicht bereits ein wenig Farbe bekommen? Fürs erste beruhigt hatte er sich schließlich in den Lehnstuhl gesetzt. Dort mußte er eingeschlafen sein.

Die letzten Tage waren hart gewesen. Gerolf von Bodenteich war zwar ein gelehriger Schüler, ein junger Mann von weit mehr als nur durchschnittlicher Begabung was die Jagd anbetraf, doch die Verantwortung für seine erste Falkenjagd hatte für Lehrer und Schüler eine Menge Arbeit bedeutet. Dennoch: In den letzten Monaten, seit dem vorangegangenen Winter schon, glaubte Aquila zu spüren, daß seine Fähigkeiten in manchem um eine Winzigkeit nachließen. Doch noch schien er der einzige zu sein, der das bemerkte.

Er lächelte traurig. Ja, sollte es für einen Magier nicht eine Kleinigkeit sein, die Kräfte der verlorenen Jugend zurückzugewinnen?

Die einzige Lichtquelle im Raum, eine Pechfackel neben der Eingangstür des Gemachs, gab mehr Ruß als Helligkeit von sich. Der Qualm war so dicht, daß Aquila die Gestalt der Kranken kaum noch erkennen konnte. Die Luft in dem kleinen Zimmer schmeckte verbraucht und nach dem Atem der Krankheit. Aquila sehnte sich nach einigen kühlenden Atemzügen.

Der Falkenmeister trat an das auf den See hinausblickende Fenster und löste rasch den schweren Riegel. Mit einer kräftigen Bewegung stieß er die Fensterlade auf und überließ sich der feuchten Kühle der Nacht, die sich beruhigend auf sein Gesicht legte.

Der sumpfige See lag in beinahe vollkommener Finsternis unter einem bewölkten Himmel. Kaum war das Wasser als solches auszumachen, doch Aquila wußte, daß es da war, ebenso wie die Orte an den jenseitigen Ufern des Sees: Linker Hand Schostorf, wo die Handelsstraße entlanglief, rechter Hand Abbendorf und am weit entfernten gegenüberliegenden Ufer des langgestreckten Ovals voll sumpfigen Wassers und morastiger Untiefen Schafwedel, der größte der drei Orte. Die Bauern in diesen Dörfern waren ganz überwiegend Hörige Ritter Wilbrands, Lehnsmänner, die auf den Höfen, die ihnen der Herr von Bodenteich zur Bewirtschaftung zur Verfügung gestellt hatte, auf eigene Rechnung lebten und dem Burgherrn regelmäßige Abgaben zu leisten hatten. Anders als viele seiner Standesgenossen pflegte der Ritter seine Bauern als Menschen zu behandeln. Viele von ihnen hatten ihm ihr Leben zu verdanken, seit er nach zwei aufeinanderfolgenden Mißernten auf die volle Eintreibung seiner Einkünfte verzichtet hatte und den meisten Bauern so genug zum Überleben für sich und ihre Familien geblieben war.

«Ein toter Bauer ist ein sehr schlechter Bauer, alter Freund», hatte der Burgherr zu Aquila gesagt. «Was nützen mir volle Vorratskammern in diesem Winter, wenn im nächsten Jahr meine Dörfer veröden.»

Wenn er sich jedoch hintergangen fühlte, konnte Ritter Wilbrand sehr streng sein, fast grausam. So grausam, dachte Aquila, wie es die Welt von einem Mann wie ihm verlangt.

Doch nein, die Menschen im Land rund um Bodenteich wußten, was sie an dem Herrn der Burg hatten. Sie waren ihm in steter Treue verbunden, das jedenfalls hatte er bisher angenommen. Doch wer waren die Männer, die auf der Fernstraße Geistliche überfielen und zu Tode folterten?

Das war einmal zuviel. Diesmal läßt es sich nicht länger geheimhalten. Die Schwester des päpstlichen Legaten. Diesmal schicken sie die Inquisition.

Aquila beschloß, das Fenster eine Zeitlang geöffnet zu lassen. Die Kälte würde der Kranken mit Sicherheit weniger schaden als die verbrauchte, von den Ausdünstungen der Krankheit verseuchte Luft im Frauengemach.

Der Falkenmeister trat vom Fenster zurück und beugte sich über die Verletzte. Er war überrascht. Tatsächlich: Die Haut hatte deutlich mehr Farbe bekommen. Oder war es nur eine Sinnestäuschung im unsteten Licht der Fackel? Voller Hoffnung ergriff er die Hand der Bewußtlosen. Die Hitze war weiter zurückgegangen und als er nach dem Puls fühlte, ging er kaum schneller als der seine.

Fürsorglich strich er der jungen Frau das Haar aus der Stirn. Trotz der zurückkehrenden Lebenskraft waren der Augustinerin die Strapazen des Kampfes gegen die Schwäche ihre Körpers deutlich anzusehen.

Wie schön muß sie erst sein, wenn sie die Krankheit überwunden hat. Wie eine triumphierende Königin, die siegreich in ihre Heimat zurückkehrt.

Er schloß die Augen, doch das Bild, das er sah, war ein anderes: Helena, die Ehefrau und Königin Manfreds von Sizilien, die an der Spitze ihres glanzvollen Gefolges durch die blumengirlandengeschmückten Straßen von Trani ritt, während sich hunderte, tausende stolzer, begeisterter Menschen aus den Fenstern der Häuser beugten, um gemeinsam mit ihr den Sieg ihres Königs zu feiern. Der leuchtende Himmel Süditaliens, der sich hoch über die Stadt spannte wie eine Verheißung zukünftigen Glücks.

Seufzend öffnete Aquila die Augen. Das ist Vergangenheit, lange schon Vergangenheit. Ich werde nie nach Hause zurückkehren. Und was ist überhaupt mein Zuhause? Dort herrschen jetzt fremde Menschen. Dies hier ist jetzt meine Heimat.

Aber warum hatte er sich niemals erlaubt, wirklich heimisch zu werden, unten im Marktflecken ein eigenes Haus zu errichten, eine Familie zu gründen. Ritter Wilbrand hätte ihm jede Hilfe gegeben, die er sich nur wünschen konnte.

Es war eben niemals die richtige Frau gekommen, sagte er sich, in diesem Land von semmelblonden, rotgesichtigen Hünen. Mit schiefem Lächeln betrachtete er die Augustinerin, deren Bewußtlosigkeit allmählich in den Schlaf der Genesung überzugehen schien.

Und die erste, die mir gefällt, ist eine Nonne.

Eben wollte er sich wieder auf seinen Stuhl setzen, um die Kranke noch ein wenig aus der Distanz zu mustern, bevor auch er sich zu Bett begab, als ihm auffiel, daß der Schlaf der Augustinerin unruhiger wurde. Ihre Lippen bebten, ja, sie versuchten, Worte zu formen. Wieder beugte sich der Falkner über sie und diesmal hielt er den Atem an, um zu erlauschen, was die junge Frau im Schlafe sprach.

Zunächst spürte er nur den Hauch ihres Atems, getrübt von der Krankheit, doch ein oder zweimal glaubte er, einige Worte, abgehackte Sätze gar, zu verstehen.

«Bruder... mein Bruder... nein... kommt mit mir... bleibt nicht dort!»

Ihr Bruder? Aquila war überrascht. Magister Wasmod von dem Knesebeck selbst etwa? Doch sie hatte noch weitere Brüder, das wußte er. Die Ritter von dem Knesebeck lebten nur eine Tagesreise entfernt von Bodenteich. Oder meinte sie gar keinen leiblichen Bruder, sondern einen Geistlichen, einen Mönch?

Nach einer Weile beruhigte sie sich wieder. Der Alptraum war vorbei. Er hatte sie nicht geweckt, denn Schlaf war augenblicklich das Wichtigste für die Kranke.

Seufzend setzte er sich wieder hin. Ihm blieb nichts anderes, als zu warten.

anno dominice incarnationis MCCXIIC
regnante domino Adolpho primo glorioso Romanorum rege augusto
XVI. calendas octobri
(15. September 1292)

Ganz am Rande des Marktfleckens, dort wo jenseits der Mühle der Bachlauf der Aue in den sumpfigen See überging, und nur einen Steinwurf von der Burg entfernt, hatte Benno der Müller seinen Obstgarten angelegt. Auf einer langgestreckten Insel, die vom Hauptarm des Flusses, an dem die Mühle lag, und einem schmaleren Nebenarm gebildet wurde, erhob sich eine ganze Anzahl sehr stattlicher Obstbäume, Apfelbäume zumeist, während hinter der Mühle selbst im niedrigeren, halb wilden Buschwerk süße Beeren reiften.

Zwischen diesen Büschen bewegte sich an einem Abend wenige Tage nach Schwester Agnethas Ankunft auf Burg Bodenteich die Sillhouette Gerolfs von Bodenteich. Ritter Wilbrands jüngster Sohn fluchte unterdrückt, als sich sein einfacher Kittel in den Dornen eines Beerenstrauchs verfing. Unruhig sah er sich um. Niemand schien ihn gehört zu haben.

«Pssst! Junger Herr!»

Er sah auf und kniff die Lider zusammen. Die Stimme war irgendwo aus den Büschen heraus ertönt, doch er konnte dort niemanden erkennen.

«Hier! Direkt vor Euch!»

Erst jetzt erkannte er die Umrisse einer schlanken Gestalt, die sich für einen kurzen Augenblick aus dem Strauchwerk unmittelbar am Ufer der Aue erhob und gleich darauf wieder duckte. Gerolf drückte den Zweig eines Busches beiseite und sog die Luft ein, als dessen Stacheln schmerzhaft über seinen Arm kratzten. Dann hatte er sein Ziel erreicht und ließ sich ebenfalls zwischen die Sträucher fallen.

«Bist Du verrückt, Mädchen?» flüsterte er. «Dein Vater wird uns hören! Die Mühle ist keine zwanzig Schritt entfernt!»

Sie lächelte und der weiße Halbmond ihrer Zähne leuchtete im Licht des zunehmenden Mondes, der sich bereits über die Fläche des Sees erhoben hatte.

«Keine Sorge, junger Herr! Vergeßt nicht: Drüben am Wehr stürzt das Wasser mehrere Fuß tief. Lauscht – Man hört es bis hier. Es macht einen riesigen Lärm, und das Mühlenhaus hat zu dieser Seite keine Fenster!»

Gerolf kaute an seiner Unterlippe: «Und wenn Dein Vater noch einmal nach den Bäumen sehen will?»

«Bei diesem Licht? Und außerdem...» Sie sprach nicht weiter, sondern wandte sich ab, um wortlos auf den See hinauszublicken.

«Was hast Du?»

Sie drehte sich wieder zu ihm um und er sah, daß Tränen in ihren Augen glitzterten:

«Ich glaubte, Ihr wärt mein kühner Ritter, und wenn Vater käme, würdet Ihr schon mit ihm fertig werden.»

Betreten blickte er sie an: «Natürlich... Aber wir müssen es doch nicht unbedingt herausfordern. Ich habe keine Angst vor Deinem Vater.»

Aber vor meinem, fügte er in Gedanken hinzu. Weiß Gott, was er davon hielte, daß ich nachts über die Mauer hinter der Kapelle klettere und quer durch den Graben wate, um dieses Mädchen zu sehen.

«Oh, Ihr seid ja ganz naß!» sagte sie unvermittelt. Und tatsächlich, sie hatte recht. Normalerweise gelang es ihm, eine flache Stelle im Wasserlauf zu finden, an der ihm das Wasser kaum über die Knie reichte, wenn er sich vorsichtig bewegte, doch diesmal mußte er irgendwie vom Wege abgekommen sein. Jedenfalls war er plötzlich bis zu den Hüften im Wasser versunken, obwohl es heute eigentlich eher seicht war, denn es hatte seit Tagen nicht geregnet.

Das Mädchen streckte die Hände nach dem nassen Stoff des Kittels aus und wrang ihn zwischen den Fingern, wobei ihr Handrücken wie beiläufig seine bloße Haut berührte.

Die Müllertochter kicherte: «Ihr wißt, es gibt einige ziemlich gefräßige Fische da draußen. Seid froh, daß sie Euch nichts abgebissen haben.»

Gerolf wich ein Stück zurück. Röte stieg ihm ins Gesicht.

«Was erlaubst Du Dir!»

Sie richtete sich auf. Wollte er nicht zu ihr aufblicken, mußte er ein Gleiches tun. Doch auch so waren sie zumindest gleich groß, nur war sie bedeutend schmaler, während ihm Aquilas Reit- und Fechtunterricht bereits die breiteren Schultern eines Mannes verliehen hatte.

Verletzt funkelte sie ihn an: «Weswegen sonst seid Ihr hierher gekommen, junger Herr!»

Wieder sog er die Unterlippe zwischen die Zähne. Seine Hand hob sich wie von selbst und legte sich schwer auf die Schulter des Mädchens. Seine Finger strichen den Kittel zurück und entblößten eine Schulter. Ihre Haut war kühl unter seiner Handfläche, die aus irgendeinem Grunde zu glühen begonnen hatte wie im Fieber.

«Die Mühle hat wirklich keine Fenster zu dieser Seite?» flüsterte er und war überrascht, wie rauh seine Stimme klang.

Sie nickte stumm und strich auch den anderen Ärmel des Kittels von der Schulter. Sie hatte noch kaum die Formen einer Frau gewonnen, so daß der Stoff an ihrem Körper hinabglitt, bis sie ihn in Höhe des Nabels zurückhielt. Gerolfs Hand folgte dem Verlauf ihres Schlüsselbeins und wanderte tiefer, bis sie ihre Brust fand, die genau in seine Handfläche paßte.

«Verfluchtes Gesträuch! Ausreißen sollte man das! Alles ausreißen und verbrennen!»

Ein unwilliges Rascheln war zu vernehmen, gefolgt von einem lautstarken Hustenanfall.

«Mein Urgroßvater!» flüsterte das Mädchen.

Eben noch rechtzeitig riß die Müllerstochter ihr Gewand wieder an sich und duckte sich hinter den Büschen in das hohe Gras des Ufers.

Gerolf war nicht so schnell. Er starrte den Alten an, der auf einen Stock gestützt näher kam.

Völlig überrascht blieb Meister Emil, der Großvater der Müllersfrau, stehen, als er sich in der zunehmenden Dunkelheit plötzlich Ritter Wilbrands Sohn gegenüber sah, der fast einen Kopf größer war als er.

«Wer seid Ihr? Was tut Ihr hier?»

«Ich bin es, Meister Emil. Gerolf, Ritter Wilbrands Sohn!»

Meister Emil kam näher. Er war fast hundert Jahre alt und so sah er auch aus. Seine alten Augen wollten nicht mehr so recht und so mußte er sehr nahe herankommen, bis er beruhigt nickte:

«Tatsächlich!» Er hustete. So laut, daß ein paar Schritte entfernt im Fluß ein Schwarm Vögel aufflog. «Ihr seid es, junger Herr! Ich hätte Euch hier nicht erwartet, im Mühlengarten zu dieser Zeit.»

Obwohl die Worte höflich waren, hörte Gerolf doch das Mißtrauen in ihnen. Und zu allem Überfluß fühlte er sich auch noch verpflichtet, sich zu verteidigen – vor einem einfachen alten Dorfbewohner, der den Herren von Bodenteich seit den Tagen seines Großvaters diente.

«Ich wollte nach dem Rechten sehen, Meister Emil. Der Fluß führt wenig Wasser in diesen Tagen. Wenn es so weiter geht, bietet er nicht mehr ausreichend Schutz für die Burg und wir müssen das Wehr öffnen.»

«Das wird nicht nötig sein, junger Herr! Ihr wißt es: Ich selbst habe den Bau dieser Burg für Euren Großvater geplant. Niemand wird sie einnehmen, solange Männer da sind, sie zu verteidigen. Außerdem wird es noch morgen regnen, wenn ich den Zug der Wolken richtig zu deuten vermag. Und glaubt mir, das kann ich.»

Gerolf nickte. Meister Emil verstand etwas von diesen Dingen. Und sein eigenes Reden war ohnehin nur eine Ausflucht gewesen.

«Wenn es so ist, ist es ja gut», sagte er. «Dann werde ich mich wohl wieder...»

«Ihr habt nicht zufällig noch jemand anders hier gesehen?» fragte der Alte und wieder schüttelte ihn ein Hustenanfall.

Gerolf blieb stocksteif stehen. Meister Emil war halbblind. Er konnte das Mädchen unmöglich gesehen haben. Ritter Wilbrands Sohn schüttelte entschieden den Kopf: «Nein. Sollte ich?»

«Ich war mir nicht sicher», murmelte der Alte. «Manchmal sehe ich einen Mann... in meinen Träumen. Oder auch in diesem Zwielicht... einfach so. Von der anderen Seite.»

Gerolf starrte ihn an: «Ihr meint, aus Schostorf? Oder, Jesus Christus... aus dem Jenseits?»

«Unsinn! Sein Name ist... Valdemar. Genau. Valdemar ist sein Name. Ihr habt ihn noch niemals getroffen?»

«Nein. Noch nie», erwiderte Gerolf ehrlichen Herzens.

Meister Emil nickte: «Ich konnte auch nichts anderes erwarten. Verzeiht, daß ich Euch darauf angesprochen habe.»

«Es ist in Ordnung.» Er wandte sich zum Gehen, doch Meister Emil folgte ihm, bis sie an der Mühle die Straße erreicht hatten, die hinüber zur Burg führte. Der Alte machte sich schon daran, das Haus zu betreten, doch dann blieb er noch einmal stehen:

«Ach ja, junger Herr!»

Gerolf verharrte: «Ja?»

«Bitte erinnert mich daran, daß ich Euch einmal von meiner Frau erzähle, Gott schenke ihrer Seele Frieden. Als wir uns kennenlernten und sie in der Hochzeitsnacht den Brautkranz trug, da habe ich zu ihr gesagt: ‚Laß uns von der Liebe naschen!‘ Könnt Ihr Euch das vorstellen? ‚Laß uns von der Liebe naschen!‘«

Leise vor sich hin lachend verschwand der Alte im Haus.

Kopfschüttelnd schlug Gerolf den Weg zur Burg ein. Er würde sich eine Geschichte für Toste, den Torwächter, überlegen müssen, doch ihm würde schon etwas einfallen. Und wenn nicht: Wozu war er der Sohn des Burgherrn?

Bei dem Gedanken an das Mädchen breitete sich ein Lächeln auf seinem Gesicht aus. Es würde andere Nächte geben.

Laß uns von der Liebe naschen.

Sie wollte nicht fort von dem Ort, an dem sie sich gegenwärtig befand. Es war warm dort, sicher, und vor allem gab es dort keine Schmerzen. Doch da waren Stimmen, laut und schmerzhaft, die sie in die Wirklichkeit zurückrissen.

«Tatsächlich, alter Freund, sie erwacht! Ihr habt es tatsächlich geschafft! – Könnt Ihr mich hören? Schwester, könnt Ihr mich hören?»

Eine zweite Stimme, warm und dunkel mit einem unbekannten Akzent, der nach Ferne klang:

«Bitte laßt ihr noch einen Augenblick Zeit, Herr. Es wird gleich besser gehen.»

Ein widerwärtiger Geschmack auf ihrer Zunge. Ihre Lippen schmerzten, die gesamte Mundhöhle war rauh und trocken.

«Bitte... Wasser!»

Die Worte waren ihr selbst kaum verständlich und schon bereute sie, sie gesprochen zu haben. Ein stechender Schmerz, der ihr von der Schulter durch den ganzen Körper fuhr, ließ sie aufstöhnen.

«Hier habt Ihr ein wenig Wasser!» Wieder die fremde dunkle Stimme. «Trinkt vorsichtig!»

Agnetha spürte, wie ihr etwas an den Mund gehalten wurde. Es war kein Becher, sondern etwas Nasses, ein in Feuchtigkeit getränkter Schwamm. Dankbar nahmen ihre Lippen die Flüssigkeit auf, und einige Tropfen nur fanden den Weg in ihren Mund.

«Danke...»

Auch dieses Wort schmerzte, doch der Schmerz füllte nicht mehr ihr gesamtes Bewußtsein aus, sondern beschränkte sich auf die linke Brusthälfte. Eine der älteren Schwestern im Nonnenkonvent hatte immer über Schmerzen in der linken Brust geklagt, eine Enge um ihr Herz. Eines Tages war die alte Frau während der Exerzitien plötzlich zu Boden gefallen ohne einen Laut von sich zu geben. Sie war sofort tot gewesen.

Doch es war nicht das Herz, das Agnetha weh tat, sondern die Wunde... die Wunde, die ihr das schreckliche...

In diesem Augenblick hatten die wenigen Tropfen Wasser, die sie geschluckt hatte, ihren Magen erreicht. Die sofort einsetzende Übelkeit verdrängte jeden anderen Gedanken. Agnetha würgte und das vermehrte wiederum den Schmerz in ihrer Schulter.

«Ganz ruhig, ganz ruhig.» Die warme Stimme und eine Berührung an der gesunden Schulter, die bei aller Sachtheit Unterstützung und Trost versprach. «Es wird sofort besser. Versucht tief durchzuatmen.»

Gegen das Würgen ankämpfend versuchte Agnetha zu gehorchen, vergeblich zunächst, doch schließlich, nach zwei oder drei Atemzügen, spürte sie, wie die frische Atemluft die Übelkeit verdrängte und die Schmerzen für den Augenblick an den Rand ihres Bewußtseins verbannte.

«Es geht besser», murmelte sie.

Ihre Lider waren verklebt und brannten wie nach nächtelangem Schlaf. Mühsam öffnete sie die Augen, doch das Bild war trübe und undeutlich.

Die Umrisse mehrerer Gestalten, drei oder vier oder noch mehr, eine von ihnen weiter vorne als die anderen.

«Strengt Euch nicht zu sehr an», sagte die warme Stimme, und die vorderste Gestalt beugte sich noch weiter zu ihr herab. «Schlaft jetzt!»

«Aber ich habe doch gerade geschlafen...»

Sie konnte den Satz kaum vollenden, als bleierne Müdigkeit ihren Geist überfiel. Das letzte, das sie wahrnahm, war ein Paar entschlossener, auf irritierende Weise aber zugleich sanfter dunkelgrüner Augen, das sie besorgt anblickte.

Die Augen eines Menschen, dem man vertrauen konnte.

An die auf ihr erstes Erwachen folgenden Tage sollte sich Agnetha später nur sehr verschwommen erinnern. Anhand der Färbung des Lichtes in ihrem Krankenzimmer erkannte sie, daß mehrere Tage vergingen; wie viele es wirklich gewesen waren, würde sie erst später von Aquila erfahren.

Es war ein großer Raum mit hölzernem Fußboden und aus Backsteinen gemauerten Wänden, die aber reich mit bunten Teppichen behängt waren. Schon bei ihrem zweiten Erwachen war ihr klar, daß sie sich auf Burg Bodenteich befinden mußte, was man ihr auf ihre

Frage hin bestätigte. Der Raum hatte mehrere hohe Fenster, die die meiste Zeit über offen standen. Draußen rauschte Regen hernieder, Tag für Tag.

Sie schlief sehr viel, und die Perioden vollkommener Klarheit waren, wenn sie auch allmählich länger und häufiger zu werden schienen, doch noch begrenzt. Immerhin gelang es ihr zunehmend, den Raum und die Menschen um sich herum wahrzunehmen.

Da war eine mütterlich wirkende Frau, die ihr schneeweißes, zu einem strengen Knoten gebundenes Haar meist unter einer weit ausladenden Haube verbarg und die Annafrid genannt wurde. Die anderen Besucher behandelten sie höflich, aber nicht voll übertriebener Ehrfurcht, also handelte es sich vermutlich nicht um die Burgherrin, sondern um eine entfernte Verwandte oder eine vertrauenswürdige Dienerin.

Einen kräftigen, gedrungenen Mann mit kurz geschnittenem eisgrauen Bart hielt sie für Ritter Wilbrand von Bodenteich. Er tuschelte meistens einen Augenblick mit der alten Dienerin, bevor er an Agnethas Bett trat und sie eine Weile stumm betrachtete, ehe er sich mit einem aufmunternden Lächeln verabschiedete.

Zwei junge Männer, der ältere von ihnen mit dunklem Haar und einem traurigen und weichen, fast weiblich geschnittenen Gesicht, mußten die Söhne des Ritters sein. Das kleine Mädchen, Riva, das zumindest tagsüber fast ständig an Agnethas Bett wachte und sie mit glänzenden Augen musterte, war zweifellos seine Tochter.

«Ihr werdet doch ganz sicher wieder gesund?» fragte das Mädchen mehrfach und sah sie ernst, fast flehend an. Dann lächelte die Nonne mühsam und strich der Kleinen über das goldglänzende Haar, das dem ihren so ähnlich war, als wäre Riva ihre eigenen Tochter. Und selbst als Agnetha einmal mitten in der Nacht erwachte, fand sie Riva zusammengerollt am Fuße ihres Lagers wie eine schlafende Katze.

Von Zeit zu Zeit sah auch der Burgkaplan, ein stämmiger, hinkender Mann in einer dunklen Kutte im Krankenzimmer vorbei und sprach einige Gebete. Erleichtert stellte Agnetha fest, daß es sich nicht um die Sterbesakramente handelte, doch das zu erkennen war gar nicht so einfach, denn das Latein des Mannes war so schlecht, daß sie die Worte kaum verstehen konnte. Wenn die Bildung der Kinder des Burgherrn in den Händen dieses Mannes gelegen hatte, dann hatten sie eine Lehrerin wirklich bitter nötig.

Vermutlich gehörte der Mann zu der großen Schar der im Lande umherziehenden Kleriker, die als Ostiarius oder Akoluth nur die niederen Weihen erhalten hatten und ihr Studium aus dem einen oder anderen Grunde abgebrochen hatten. Agnetha glaubte nicht, daß die Burgkapelle besonders einträgliche Pfründen abwarf, die Erscheinung des Kaplans sah jedenfalls nicht danach aus. Aber der Geistliche machte einen freundlichen Eindruck und versäumte es niemals, am Ende für einen Augenblick ihre Hand zu ergreifen und ihr zu versichern, daß er sie in alle seine übrigen Gebete einschlösse.

Und dann war da noch Aquila.

anno dominice incarnationis MCCXIIC
regnante domino Adolpho primo glorioso Romanorum rege augusto
XIV. calendas octobri
(18. September 1292)

Es war, als Agnetha das zweite Mal erwachte. Ihr erschien es, als sei nur eine kurze Zeitspanne vergangen, seit jene wenigen, köstlich erquickenden und doch so peinigenden Wassertropfen ihre Lippen benetzt hatten. Doch das konnte nicht stimmen. Es war Nacht, in der Fensterlaibung verbreitete eine einzelne Kerze eine diffuse Helligkeit.

Zuerst glaubte Agnetha, man habe sie allein gelassen. Die einzige von ihrem Lager aus sichtbare Tür war verschlossen. Daneben schwere Wandteppiche, die sie im unentschiedenen Licht kaum erkennen konnte. Die Nonne wandte ihren Kopf ein wenig nach links, um auch den Rest des Zimmers in Augenschein nehmen zu können.

Er saß entspannt auf einem einfachen Schemel und musterte sie unverwandt. Sofort erkannte sie diese ganz besonderen grünen Augen wieder, von denen sie bis vor einem Augenblick nicht gewußt hatte, ob sie Wirklichkeit waren oder nur die Erinnerung an einen verwirrenden Fiebertraum.

Sie erwiderte seinen Blick offen, noch zu erschöpft, um sich um Anstandsregeln zu scheren.

Ein strenges, viereckiges Gesicht, das von den so auffälligen Augen geprägt wurde, wenn auch nicht so stark, daß nicht auch andere Merkmale zu einem ersten Eindruck beitrugen: Das Kinn fast hart und sehr bestimmt, die Lippen schmal und entschlossen, eine ziemlich große, aber soweit erkennbar ganz gerade, ja klassische Nase, um die Augen und Mundwinkel ein Netz von Fältchen, die aber weniger von einem fortgeschrittenen Alter des Mannes zu künden schienen als von einem harten, im Freien, ja in der Wildnis verbrachten Leben. Die Haare waren schneeweiß, daß es fast ein Schock war, und streng in den Nacken gekämmt, wo sie von einem Band zusammengehalten bis auf den Rücken fielen.

An der rechten Hand, die sehnig und gebräunt war und von einer Vielzahl kleinerer und größerer Narben übersät, gewahrte sie jetzt, als er sich über sie beugte, einen goldenen Ring mit einem funkelnden dunkelroten Stein, der Agnethas Blick fast ebenso in seinen Bann zog wie die geheimnisvollen Augen des Unbekannten. Es war nicht jene Art von Ring, mit dem sich eitle Gecken am herzoglichen Hofe schmücken mochten. Dergleichen hatte dieser Mann nicht nötig. Seine ganze Erscheinung vermittelte eine Ruhe und Männlichkeit, wie die Augustinerin sie noch bei niemandem gewahrt hatte.

Nach einer Weile wurde ihr bewußt, daß sie ihn noch immer anstarrte, und schlug die Augen nieder.

Als wäre er ein Pferd, das am Markttag zum Verkauf angeboten wird. War ich zu lange im Kloster? Habe ich die einfachsten Gesetze menschlichen Umgangs verlernt?

«Es geht Euch besser», stellte er fest. Sie lauschte auf den Klang seiner Stimme. Sie war weniger zurückhaltend und vorsichtig heute, doch von ihrer Wärme und Anziehungskraft hatte sie nichts eingebüßt.

«Ja, es geht besser», erwiderte sie, und erst jetzt bemerkte sie, daß das tatsächlich stimmte. Solange sie sich nicht zu hastig bewegte, hielt sich der Schmerz in ihrer Schulter in Grenzen.

Agnetha schluckte: «Ich bin... auf Burg Bodenteich?»

Er nickte: «Schon seit mehreren Tagen. Zuerst waren wir in großer Sorge um Euch, doch nach Eurem ersten Erwachen wußte ich, daß Eure Zeit noch nicht gekommen war.»

«Wer... Seid Ihr ein Medicus?»

Er schüttelte den Kopf: «Wir fürchteten, kostbare Zeit zu verlieren, wenn wir nach dem Heiler schickten. Ich habe Eure Verletzungen versorgt. – Man nennt mich Aquila», fügte er hinzu.

Sie stutzte.

«Aquila? Aquila, der Adler? Das ist doch nicht Euer richtiger Name?»

Er schüttelte den Kopf: «Jeder spricht mich hier so an.»

Sie schwieg und beobachtete, wie er eine Flüssigkeit in einen kleinen Holzbecher goß, den er ihr reichte.

«Trinkt das. Seid vorsichtig, aber so schlimm wie das letzte Mal wird es nicht werden.»

Zögernd nahm sie den Becher entgegen und führte ihn an die Lippen. Sie nahm einen Schluck in den Mund ohne zunächst zu schlucken. Der Trank hatte einen merkwürdigen Geschmack; bitter und süß zugleich, nach Erde und überreifen Früchten. Hinten am Gaumen brannte er ein bißchen. Agnetha schluckte.

«Was ist das?» fragte sie.

«Mismalvas, Goldrute, Arbotanum, Lilium natürlich, die Marienblume... und ein paar andere Dinge. In Eurem Kloster habt Ihr sicher wirksamere Mittel, doch es war das beste, was ich zur Hand hatte.»

«Es ist erstaunlich genug, der Mismalvas ist sehr selten soviel ich weiß.»

«Nicht, wenn man weiß, wo man suchen muß. Wollt Ihr versuchen, Euch aufzusetzen? Wenn Ihr wollt, kann ich Amme Annafrid rufen.»

Sie lächelte: «Eine Amme? Ich glaube, dafür bin ich ein wenig zu alt.»

Mit seiner Hilfe setzte sie sich ein wenig in dem Lager zurecht. Dabei stellte sie fest, daß sie nicht länger ihre Schwesterntracht trug sondern einen einfachen Kittel. Sie hoffte im Stillen, daß nicht Aquila ihr aus der Reisekleidung geholfen hatte, als sie bewußtlos war, sondern die Amme oder sonst eine Dienstmagd.

Ein oder zwei Minuten lang schwiegen sie beide, und ihr Körper hatte Zeit, sich an das seltsame Gefühl, aufrecht zu sitzen, zu gewöhnen. Sie fühlte sich besser, doch wenn sie geglaubt hatte, das Fieber sei fort, hatte sie sich getäuscht. Ein leichter Schwindel, hart am Rande ihrer Wahrnehmung, zeigte ihr, daß die Schwäche keineswegs überwunden war, sondern nur darauf wartete, zurückzukehren.

«Ist es so in Ordnung?»

Sie nickte: «Danke. – Aquila, ich möchte Euch einige Dinge fragen. Ich weiß nicht, wie lange ich diesmal wach bleibe. Sagt mir, wie lange genau bin ich hier?»

«Heute mittag waren es sieben Tage.»

Sie schluckte. Und was war mit ihrem Bruder? War Magister Wasmod ebenfalls auf der Burg? Hatte er sich zu erkennen gegeben? Sein Plan hatte anders ausgesehen.

«Ich hatte einen Begleiter. Bruder Bjørn, einen Franziskaner...»

«Ich vermutete das bereits. Ihr habt im Schlaf von ihm gesprochen.»

Sie sah ihn überrascht an. Hatte sie während ihrer Krankheit das Geheimnis des Magisters ausgeplaudert? Doch Aquila machte nicht den Eindruck, als hege er Zweifel an der Wahrheit ihrer Worte.

«Bruder Bjørn, er stand mir sehr nahe», sagte sie. «Ich bin in großer Sorge um ihn. Er ist nicht hier?»

«Die Männer aus dem Dorf haben entlang der Straße bis jenseits des Dorfes Schafwedel gesucht, aber nichts gefunden. Wollt Ihr mir erzählen, was geschehen ist? Fühlt Ihr Euch stark genug?»

Heiliger Antonius, wo ist er? Wäre er tot, so hätten sie ihn sicher gefunden wie die beiden anderen ermordeten Mönche auch. Aber wenn er lebt, warum kommt er dann nicht nach Bodenteich, um nach mir zu sehen?

Dieser Aquila macht den Eindruck eines anständigen Mannes. Wäre er das nicht, hätte man ihm wohl kaum mein Leben anvertraut. Aber ist es recht, ihm zu vertrauen, nur weil er mir sympathisch ist? Heilige Mutter Maria, gib, daß ich nicht das Kloster verlassen habe, um nun dem ersten Mann, den ich sehe, zu erliegen wie eine dumme Bauernmagd.

Sie nickte: «Es wird schon gehen. Aber ich kann mich an wenig erinnern, nur daß es schon Nacht war und wir bereits am Ufer des Sees entlangritten. Wir hatten einen... großen Umweg gemacht, doch mein Begleiter, Bruder Bjørn, wollte den Ritt unbedingt an einem Tag schaffen – er hatte jedoch nicht daran gedacht, daß ich seit Jahren kaum auf einem Pferderücken gesessen habe.»

«Dann ist dieser Bruder Bjørn ein sehr dummer Mann.»

Sie konnte kaum ein Lächeln unterdrücken: «Den Eindruck hatte ich eigentlich nicht – aber ich hatte auch kaum Gelegenheit, ihn kennenzulernen.»

Heilige Mutter Gottes, er ist vielleicht tot und der Gedanke an ihn amüsiert mich. Ich bin wirklich noch nicht ganz bei mir. Außerdem habe ich gerade eben gesagt, er habe mir sehr nahe gestanden, und nun kannte ich ihn kaum.

Sie versuchte sich der Ereignisse jenes Abends zu entsinnen:

«Als... als wir in der Nacht am See entlangritten, glaubte ich in der Ferne ein merkwürdiges Geräusch zu hören... wie ein gewaltiges Rauschen, ein Rauschen das immer näher kam. Wie ein gigantischer Vogel.»

«Eine Eule?»

«Nein. Nein, viel größer. Ein Adler, ein Falke...»

Aquila schien eine Winzigkeit zusammenzuzucken, doch als sie abbrach und ihn fragend ansah, nickte er ihr zu, weiterzusprechen.

«Aber noch bedeutend größer als jeder Vogel, den ich jemals gesehen habe. Es klang wie ein schreckliches Untier, als wäre ein Greif oder ein Drachen aus den Geschichten von König Artus zum Leben erwacht.» Sie schauderte.

«Aber Ihr habt ihn nicht gesehen?»

«Nein, und ich danke der Heiligen Mutter Maria, daß es so war,

Aquila. Ich glaube kaum, daß ich jetzt noch am Leben wäre, wenn ich diesem... was auch immer es war, so nahe gekommen wäre.»

Agnetha spürte, wie die Schwäche wieder in ihr aufzusteigen begann. Aquilas Trank hatte sie zwar gekräftigt, doch die Wirkung hielt anscheinend nicht sonderlich lange an.

«Kann ich noch einen Becher von Eurer Medizin haben, Aquila?»

Er zögerte: «Falls Ihr Euch zu schwach fühlt, sollten wir vielleicht lieber später über diese Dinge sprechen. Der Trank ist recht stark. Ihr seid sehr geschwächt, und ich halte es nicht für klug, Euch zuviel davon zu geben. Er könnte... unerwartete Wirkungen haben.»

«Es ist schon gut, es wird auch so gehen. Ich weiß nur noch sehr wenig... Bruder Bjørn rief mir zu, ich sollte davonreiten. Er muß sich diesem Ungeheuer entgegengestellt haben. Mein Pferd war halb wahnsinnig vor Angst. Es trug mich einfach davon.»

«Es wird von den Knechten unseres Herrn versorgt. Aber wie kamt Ihr zu Eurer Verletzung?»

«Ich weiß es nicht», murmelte sie und spürte bereits, wie sie in den Schlaf zurückglitt. «Ich war selbst halb ohnmächtig vor Furcht. Und da war etwas in der Luft... wie ein Nebel, ein magischer Nebel.»

Er half ihr, sich wieder bequemer hinzulegen. Dankbar lehnte sie sich zurück.

«Noch eine Frage, Schwester. Ich sitze seit Tagen hier an Eurem Lager und pflege eine namenlose Augustinerin. Ich weiß, daß Ihr die Schwester seiner Magnifizenz seid, des päpstlichen Legaten Wasmod von dem Knesebeck. Bitte sagt mir Euren Namen.»

«Schwester Agnetha», erwiderte sie, halb schon im Schlaf. Dabei hätte sie noch gerne seiner Stimme gelauscht. Nur noch wie durch einen Schleier nahm sie den Blick wahr, mit dem er sie ansah, als er den Namen wiederholte. Sie wußte ihn nicht einzuordnen diesen Blick, doch sie war sich sicher, daß noch niemand sie so angesehen hatte.

Mit seiner sanften Stimme nahm Aquila die Worte auf:

«Agnetha von dem Knesebeck.»

Der Falkenmeister saß den gesamten Rest der Nacht fast bewegungslos auf dem kleinen Schemel, den Rücken gegen die Wandteppiche und die kühle Wand der Kemenate gelehnt. Wer ihn nicht kannte, hätte annehmen können, er schlafe. Doch das war nicht der Fall.

Stumm musterte er die Schlafende, und von Zeit zu Zeit formten seine Lippen beinahe lautlos ihren Namen.

anno dominice incarnationis MCCXIIC
regnante domino Adolpho primo glorioso Romanorum rege augusto
XI. calendas octobri
(21. September 1292)

Die Nacht lag über dem Marktflecken wie eine erstickende Decke. Der ständige Regen, der die Äcker, die Wiesen und Wege in den vergangenen Tagen und Nächten in einer Weise durchweicht hatte, daß in den Dorfbewohnern schon Erinnerungen an Vater Ludolphos Erzählungen von der großen Sintflut wach geworden waren, hatte zwar seit dem Mittag aufgehört, doch den ganzen Tag über war es unmöglich gewesen, außerhalb der Häuser irgend etwas Vernünftiges anzufangen.

Die spektakuläre Ankunft der Augustinernonne hatte zwar eine gewisse Abwechslung geboten, doch kaum war Schwester Agnetha hinter den Wällen der Burg verschwunden, war den Dorfbewohnern die Winzigkeit und Enge ihrer kleinen Welt erst wirklich zu Bewußtsein gekommen. Der Dorfschulze, der vielleicht nähere Auskunft hätte geben können, schwieg hartnäckig. So ließ sich nur vermuten, daß es mit dieser Nonne etwas ganz Besonderes auf sich hatte. Doch solche Vermutungen konnten niemanden im Dorf so recht zufriedenstellen.

Benno der Müller war vielleicht der einzige, der mit der Arbeit dieses Tages wirklich zufrieden sein konnte. Obwohl auch er der Augustinerin neugierig durch das Dorf gefolgt war und sein Scherflein zum allgemeinen Klatsch beigetragen hatte, hatte er heute dennoch eine Arbeit hinter sich gebracht, die ihn sonst Tage in Anspruch genommen hätte.

Auf die Dürre des Sommers war in den letzten Tagen Regen im Überfluß gefolgt. Nach diesen Wolkenbrüchen war der Wasserstand des Mühlenteichs inzwischen zu gewaltiger Höhe angeschwollen, so daß der Müller am Morgen die Schleusen geöffnet hatte und das Wasser des Teichs durch einen kurzen Kanal auf das gewaltige Mühlrad strömen ließ. Rasch hatte er einige Männer aus dem Dorf zusammengerufen, arme Burschen, die sich über jede Arbeit freuten, die ihnen ein wenig einbrachte, und dann hatten sie damit begonnen, den seit Monaten eingelagerten Hafer langsam und stetig in das Mahlwerk rieseln zu lassen. Die ganze Familie hatte mitgeholfen, seine Frau, sein ältester Sohn, selbst seine Tochter. Die Schweine mußten heute ohne ihre Hüterin auskommen. Zumal sowieso niemand versuchen würde, die Tiere zu stehlen, da in dem aufgeweichten Boden die Spuren noch wochenlang zu sehen sein würden.

Heute abend hatten sie die Schleusen wieder geschlossen, und das knirschende Räderwerk war zum Stillstand gekommen. Benno wußte, daß die gesamte Anlage regelmäßig überprüft werden mußte, gerade wenn er wie heute eine gewaltige Flut auf das Rad gelenkt hatte, doch das hatte Zeit bis zum Morgen. Er lächelte zu seiner Tochter hinüber, die ihm eben einen zweiten Becher ihres köstlich gewürzten Apfelweins reichte. Natürlich, dieser Wein stieg zu Kopf, er würde heute Nacht schlafen wie ein Toter, doch das hatte er sich nun wirklich verdient.

Eine halbe Stunde später schien der Müller tief und fest zu schlafen. Seine Tochter, fast unsichtbar in ihrem versteckten Winkel hinter der Feuerstelle, wartete dennoch ab. Sie hatte bereits einen dunklen Wettermantel übergeworfen, eine sichere Kleidung, die sie immer dann benutzte, wenn sie sich des Nachts hinausstahl um sich draußen, jenseits des Dorfes, mit jenem etwas unheimlichen Mann zu treffen, der kostbaren Quelle eines Trankes, der die Zuneigung Gerolfs von Bodenteich sicherte.

Heute aber stand ein besonderes Ereignis bevor. Ihr geheimnisvoller Gönner hatte nicht verraten wollen, was es gerade mit dieser Nacht auf sich hatte. Es mußte schon äußerst wichtig sein, denn trotz ihrer Befürchtungen, man könne sie im hellen Licht des Vollmonds auf ihrem heimlichen Ausflug entdecken, hatte er unbedingt darauf bestanden, daß es diese Nacht sein mußte und keine andere.

Als sie sich endlich sicher war, daß ihr Vater in der Tat tief und fest schlief, sog sie entschlossen die rauchgeschwängerte Luft ein und drückte sich mit vorsichtigen Schritten an ihm vorbei. Er rührte sich nicht. Als sie die Tür erreicht hatte, schien er sich für einen Augenblick leicht zu regen, doch als sie innehielt und lauschte, war nur der gleichmäßige Laut seines Atems zu hören.

Der Nigromant hatte die Kapuze weit über sein Gesicht gezogen. Drei Kerzen aus schwarz gefärbtem Wachs beleuchteten die Szene. In ihre

Mitte, in das Zentrum des gewaltigen abgeflachten Steins, der die höchste Stelle des Galgenberges bezeichnete, hatte der Schwarzkünstler einen schweren goldenen Becher gestellt, einen goldenen Becher, der einmal den Altar einer rechtgläubigen Kirche geziert hatte. Dies war ein Kelch, der einmal den zum Blut Christi verwandelten Wein des Heiligen Abendmahls empfangen hatte und der nun zum Gefäß magischer Beschwörungen geworden war. Die Position des Kelches bezeichnete zugleich die Mitte eines mit Kreide in einen Kreis gezeichneten fünfzackigen Sterns. Die Beschwörung war vorbereitet; er wartete nur noch auf die Akteure des magischen Geschehens.

Ein Stück den Hügel abwärts konnte der Nigromant bereits das gedämpfte Licht erkennen, das von den schwarzen Kerzen in den Händen seiner Anhänger ausging, die in langer, gewundener Reihe dem ausgetretenen, und doch in der Schwärze der Nacht kaum erkennbaren Pfad folgten, der zum dunklen Altar auf dem Galgenberg oberhalb des Mühlenteichs hinaufführte. Nach all den Jahren hatte er es endlich geschafft: Zwölf dunkle Apostel, Männer und Frauen, hörten auf sein Wort. Zwölf Familien des Marktfleckens waren in seiner geheimen Gemeinde vertreten und mancher Familienvater ahnte nicht, daß seine Kinder zum Gefolge des Schwarzmagiers gehörten, daß seine Frau sich nächtens zum hohlen Klang satanischer Gesänge dem Nigromanten in fleischlicher Umarmung anvermählte. Und manche Ehefrau ließ sich nicht träumen, daß ihr Ehemann sich heute Nacht widernatürlichen Spielen hingeben würde.

Und es gab niemanden mehr, der ihn nun noch aufhalten konnte.

Der päpstliche Legat war tot. Der Nigromant war Zeuge gewesen, als die Kreatur der Finsternis Wasmod von dem Knesebeck die Böschung hinab und immer weiter an das Seeufer gedrängt hatte, als der Magister sich in die sumpfigen Pflanzen und den Morast verstrickte und in die Tiefe gesogen wurde, als seine Lebenssignale immer schwächer wurden und zuletzt ganz verstummten. Es war ihm ganz recht, wenn der Leichnam niemals gefunden wurde. Schwester Agnetha war bis auf weiteres wohl kaum in der Lage, den Menschen auf Burg Bodenteich die wahre Identität ihres Begleiters zu offenbaren.

Wasmod von dem Knesebeck würde als verschollen gelten. Wo auch immer er zuletzt gesehen worden war, der Ort war sicherlich weit von Burg Bodenteich entfernt. Vermutlich hatte der alte Geheimnistuer keinen Menschen über seine Reisepläne informiert. Ein Mann, der von gleich zu gleich mit Königen und Kardinälen verhandelte:

Wer würde sein Verschwinden mit den Ereignissen in einem unbedeutenden Marktflecken in Verbindung bringen?

Der Nigromant spürte das Kochen des Blutes in seinen Adern wie seit Jahren nicht mehr. Der Tod des Legaten hatte ihn in einen wahren Rausch versetzt. Jetzt konnte er wahrhaftig alles, alles tun.

Schweigend verharrte er, bis die schwarzgekleideten Apostel den dunklen Altar und den abgeflachten Stein auf der Spitze des Galgenberges erreicht hatten, wo ihr Meister sie erwartete. Ihre dunklen Kapuzen hatten sie tief in die Gesichter gezogen, doch dem Blick des Nigromanten konnten sie nicht verborgen bleiben. Zwölfmal umzogen sie den Stein, während der Meister mit kehliger Stimme einen Gesang anstimmte, der fast ohne Worte auszukommen schien. Immer langsamer wurde der Zug der Apostel, bis die Männer und Frauen schließlich verharrten und die Kapuzen aus der Stirn zurückstrichen.

Diese Männer und Frauen kannten sich aus ihrem täglichen Leben als Einwohner des Marktfleckens. Doch wann immer sie tagsüber einander oder gar ihrem geheimen Meister begegneten, niemals kam ein Wort, ja auch nur eine Andeutung zu den nächtlichen Zeremonien auf der Höhe des Leinenberges zur Sprache. Ihre Lippen waren versiegelt durch einen Schwur und ein Geheimnis, das viel älter war als alle Weisheit der christlichen Priester. Fast war es, als ob dies andere Menschen waren, Geschöpfe einer anderen, einer fremden und seltsamen Welt.

«Schwört im Namen des Weißen Wolfes, vor dem dieses Land erzitterte!» rief der Nigromant.

«Treue geloben wir Dir!» erwiderten die Apostel.

«Schwört im Namen des Schwarzen Hengstes, der dieses Land verheerte!»

«Gehorsam geloben wir Dir!»

«Schwört im Namen des Roten Drachen, der dereinst über dieses Land herrschte und wieder herrschen wird!»

«Den Dienst an ihm geloben wir Dir!»

Bei den letzten Worten griffen die zwölf Apostel nach den metallenen Fibeln, die ihre Mäntel auf der Schulter zusammenhielten. In einer einzigen Bewegung lösten ihre Hände die Verschlüsse und die Mäntel glitten auf dem Boden. Darunter waren die Männer und Frauen nackt. Fasziniert glitten die Augen des Nigromanten über die entblößten Körper – Männer und Frauen, alte und junge, die nur eines vereinte: der bedingungslose Glaube daran, daß die Mächte der Dunkelheit den Priestern der Heiligen Kirche überlegen waren. Oft genug hatten sie den Beschwörungen des Nigromanten beigewohnt. Unzählige Beweise seiner Kraft hatten sie gesehen. Zwei Gottesmänner hatten sie in den letzten Monaten unter seiner Führung den Mächten der Dunkelheit zum Opfer dargebracht, und sie ahnten, daß noch ein dritter Geistlicher, der Begleiter der Augustinerin, in das Reich des ewigen Feuers eingegangen war, wo seine Seele gepeinigt wurde bis an den jüngsten Tag.

Die Kräfte der Christen waren schwach, viel schwächer als die Macht des Roten Drachen und seines Hohepriesters, des Nigromanten. Die zwölf dunklen Apostel wußten, daß mit ihm auch sie selbst am Ende den Sieg davontragen würden.

«Heute nacht ist es soweit!» verkündete der Nigromant und begann um den abgeflachten Stein herumzugehen.

«Heute nacht wird es seinen Anfang nehmen!» sprach er und sah den Aposteln reihum in die Gesichter.

«Heute nacht wird unser Herr empfangen werden!» Mit der bloßen Hand löschte er die schwarzen Kerzen in den Händen seiner Getreuen, bis nur noch die zuckenden Flammen der drei Lichter rund um den magischen Kelch im Zentrum des abgeflachten Steines brannten.

«Durch eine reine Jungfrau empfangen werden», fügte er fast flüsternd hinzu.

«Wer?» flüsterten die dunklen Apostel. «Wann?»

«Bald!» zischte der Nigromant. «Und der Name des Mädchens soll von keinem von Euch ausgesprochen werden. Nie wieder, hört Ihr! Denn wenn es einmal geschehen ist, soll sie nicht mehr zu den Menschen gezählt werden, sondern zu den Schatten, die sich zwischen den Welten bewegen.»

Er schritt zwischen den Aposteln hindurch und richtete seinen Blick wieder auf den nächtlichen Marktflecken.

«Und jetzt schweigt und zieht Euch ein Stück zurück. Sie kommt!»

Der Nigromant verharrte. Keiner der zwölf Apostel, die sich vielleicht fünfzig Schritt entfernt unter dem weitausladenden Dach einer Hängeweide versammelt hatten und dort lautlos die Szene beobachteten, vermochte irgend etwas in der Dunkelheit zu erkennen. Einzig ihr Meister, dem Sinne zur Verfügung standen, die über die Sinne eines gewöhnlichen Menschen weit hinausgingen, einzig er gewahrte die schlanke, in den viel zu weiten Mantel gehüllte Gestalt, die durch die zunehmende Kühle der Nacht langsam den ausgetretenen Pfad hinaufstieg und sich der Opferstätte näherte.

Als sie vielleicht zwanzig Schritt von ihm entfernt war, blickte die Müllerstochter auf und der Nigromant wußte, daß ihre Augen ihn im Licht der verbliebenen Kerzen erspäht hatten.

«Habt Ihr mich erschreckt, Herr!» flüsterte sie, als sie ihn endlich erreicht hatte.

Er nickte stumm und legte den Arm leicht um ihre Schulter, während er sie die letzten Schritte zu dem abgeflachten Stein führte.

«Ich dachte schon, Ihr wäret nicht gekommen», sagte sie, und er konnte die Angst in ihrer Stimme ganz deutlich hören. «Es ist gefährlich hier draußen im Dunkeln. Warum konnten wir uns nicht wie sonst... Was ist das?» fragte sie überrascht, als sie den Kelch gewahrte, dessen goldener Mantel im Licht der Kerzen die Farbe von Lavagestein angenommen hatte.

«Das!» sprach der Nigromant mit lauter Stimme und hob den Kelch mit beiden Händen in die Höhe, «Das ist der Trank, der dir endgültig die Liebe Gerolfs von Bodenteich sichern wird.»

Zögernd wich sie einen Schritt zurück. Ihre Zunge strich unschlüssig über die Lippen. Angst spiegelte sich auf dem Gesicht des Mädchens.

Der Nigromant zog den Becher ein Stück zurück: «Es sei denn, du legst keinen Wert mehr darauf.»

«Doch. Doch! Natürlich.» Der Augenblick des Zögerns war vorüber.

Das Mädchen ließ es zu, daß er ihm den Kelch an die Lippen setzte.

«Und nun trinke langsam in drei tiefen Schlucken und laß keinen Tropfen des Tranks im Becher zurück.»

Sie nickte – so gut ihr das mit dem Becher an den Lippen gelingen wollte. Und dann tat sie wie geheißen.

«Amara tonta tyra post!» raunte der Nigromant, während sie den Kelch bis zur Neige leerte und dann absetzte. Vorsichtig nahm er ihn mit beiden Händen wiederum entgegen und stellte ihn zurück an seinen Platz im Zentrum der Kerzen und der magischen Zeichnung.

Dann betrachtete er regungslos das Gesicht des Mädchens. Sie erwiderte die Musterung, zunächst unbehaglich, doch dann schien sich ein Schleier über ihre Augen zu ziehen. Er hörte, wie sie einige rasche, erschrockene Atemzüge tat, gleich darauf aber stand sie völlig reglos.

Der Nigromant hob die Hand und ließ sie dreimal an den offenstehenden Augen des Mädchens vorübergleiten. Sie zeigten keine Reaktion. Erneut hob der Meister seine Hand und diesmal beschrieb sie das Zeichen des fünfzackigen Sterns:

«Hos firabis ficaliri elypolis!»

Mit einer raschen Bewegung löste er die Fibel ihres Mantels und ließ ihn zu Boden gleiten. Dann entfernte er auch die übrigen Kleidungsstücke, bis das Mädchen völlig entblößt vor ihm stand.

Endlich wandte er sich zu den Aposteln um und winkte ihnen, näherzutreten:

«Sie ist soweit! Wir können beginnen!»

Während sich die Nonne in ihrem improvisierten Krankengemach auf der Kemenate langsam zu erholen begann, nahm das Leben auf Burg Bodenteich wieder seinen gewohnten Gang.

Das große Fest, das Ritter Wilbrand zu Ehren von Gerolfs erster Falkenjagd versprochen hatte, war zum Leidwesen seines jüngsten Sohnes – und aller, die sich auf das Bier gefreut hatten – allerdings auf einen nicht näher bestimmten Zeitpunkt nach der Genesung der Nonne verschoben worden. Den erlegten Reiher hatte daraufhin das Gesinde verspeist.

Kaplan Ludolpho hatte das natürlich mitbekommen, und für einige Augenblicke hatte Aquila fast erwartet, er würde versuchen, die Dienstboten der Burg Bodenteich allesamt zu exkommunizieren, doch hatte er sich dann doch nur mit unheilschwangerer Miene abgewandt und war in seine Räume hinter der Burgkapelle verschwunden.

Das Befinden der Augustinerin machte Fortschritte, auch wenn das Fieber noch nicht wirklich fort war. Jetzt lernte Agnetha auch die übrigen Bewohner der Burg besser kennen. Sie alle behandelten sie zunächst mit größter Höflichkeit, ja Ehrerbietung, doch rasch gelang es ihr, das Eis zu brechen. Vor allen Dingen die kleine Riva hatte rasch Zutrauen zu ihr gefaßt und wich ihr nicht mehr von der Seite.

anno dominice incarnationis MCCXIIC
regnante domino Adolpho primo glorioso Romanorum rege augusto
IV. calendas octobri
(28. September 1292)

«Mechthild von Wohldenberg, die fromme Mutter Priorin der Augustinernonnen, sendet Euch einen Boten, Herr! Er klopft an die Tore und erbittet Eure Erlaubnis, eintreten zu dürfen!»

Toste, der Torwächter stand atemlos vor Ritter Wilbrand in der Festhalle und verneigte sich tief. Es war Bestandteil seiner Aufgabe, dem Burgherrn die Ankunft fremder Gäste anzukündigen, doch da sich dies nur sehr selten ereignete, pflegte der Wächter dementsprechende Auftritte, bei denen die ganze Aufmerksamkeit auf ihm ruhte, besonders hervorszustreichen.

Ritter Wilbrand, der soeben den ersten Bissen des Abendmahls zum Munde führen wollte, legte bedauernd sein Messer ab.

«Im Namen Gottes, er mag eintreten. – Und tragt ein Gedeck mehr auf.»

Der große Festsaal füllte das gesamte Untergeschoß eines alten Backsteingebäudes aus, das sich gegenüber dem Eingangstor der Burg an das massive Mauerwerk des Bergfriedes lehnte. Es war kein sehr freundlicher Raum, eher zugig und ungemütlich, das Mauerwerk geschwärzt von den ewig rußenden Pechfackeln, die des Abends die einzige Lichtquelle bildeten. Doch wenn sich hier die Familie des Burgherrn und das Gesinde zu den Mahlzeiten trafen, erinnerte es Ritter Wilbrand ein wenig an die Zeit, als seine Frau noch am Leben gewesen war und Burg Bodenteich ein etwas freundlicheres Gesicht gezeigt hatte.

Toste verließ den Raum, um dem Boten das Geleit zu geben. Aquila erhob sich und trat wie ein Leibwächter hinter den Stuhl des Burgherrn.

«Keine Sorge, mein alter Freund», lächelte der Ritter. «Oder glaubt Ihr, Mechthild von Wohldenberg plant einen Anschlag auf mein Leben? Es wird die Antwort der Damen auf meine Nachricht von dem Überfall sein. Sie werden wissen wollen, wie es Schwester Agnetha geht, das ist so sicher wie der Heilige Franziskus im Paradiese weilt.»

«Nichts ist mehr sicher in diesen Tagen, Herr», sagte Aquila knapp und wich keinen Schritt zur Seite.

Der Gesandte der Mutter Priorin trat ein. Ein gutgenährter Bursche, sicherlich aus einfachen Verhältnissen, doch mit einer Selbstsicherheit ausgestattet, die vermuten ließ, daß er gewohnt war, mit Persönlichkeiten höheren Standes zu verkehren. Er trug die Farben des Augustinerinnenklosters.

«Mutter Mechthild sendet Euch und den Euren ihren Segen, Herr», sagte der Mann mit einer Verbeugung zum Burgherrn hin. «Die Damen des Konventes sind äußerst bestürzt über den Vorfall, von dem Euer Brief uns berichtete, und sie beten zu Gott um die baldige Gesundung von Schwester Agnetha. Doch da sie sie bei Euch in den besten Händen wissen, sind ihre Seelen beruhigt und sie versichern Euch alle ihrer Zuneigung.»

«Wir danken der Mutter Priorin. Seid so gut und bringt ihr und allen Schwestern unsere besten Wünsche, wenn Ihr zum Kloster zurückkehrt.»

«Das werde ich gerne tun, sobald mich meine Reise wieder zu den Augustinerinnen führt. Doch noch ist es nicht soweit. Wenn Ihr erlaubt, Herr, möchte ich sofort wieder aufbrechen, denn es liegt noch ein langer Weg vor mir.»

«Aber es ist längst dunkel», erwiderte der Burgherr ehrlich überrascht.

«Das weiß ich Herr, doch ich habe noch weitere Botschaften zu überbringen, und dieser Auftrag duldet keinen Verzug.»

Ritter Wilbrand nickte: «Wenn es Euer Wunsch ist. Aber sagt den Mägden, sie sollen Euch ein wenig Proviant einpacken.»

«Dafür wäre ich dankbar.» Mit einer angedeuteten Verbeugung verabschiedete sich der Mann und verließ die Halle.

«Wirklich ziemlich merkwürdig», murmelte Ritter Wilbrand. Er sprach so leise, daß nur Aquila und der Kaplan ihn verstehen konnten. «Wohin will er mitten in der Nacht?»

«Vielleicht nach Oldenstadt?» erwiderte Ludolpho. «Viele der Konventualinnen haben Verwandte unter den Mönchen dort.»

Der Falkenmeister sah den Ritter ernst an: «Das ist es nicht, was Ihr glaubt, nicht wahr? Ihr denkt an den Herzog von Lüneburg?»

«Ich weiß es nicht», gestand Wilbrand. «Herzog Otto ist lange Zeit ruhig gewesen, doch das will wenig besagen. Soweit ich weiß, befindet er sich zur Zeit in seiner Burg in Celle, doch genau kann man das nicht wissen. Bei diesem Mann ist nichts sicher.»

«Fast nichts, Herr. Daß er Burg und Flecken Bodenteich mit Vergnügen seinem Herrschaftsgebiet einverleiben würde, dürfte wohl kaum in Zweifel stehen.»

Wilbrand nickte versonnen: «In der Tat. Ich habe ihm Treue geschworen, und in vielem erkenne ich seine Oberherrschaft an: Der Zoll, einige der Dörfer und Einkünfte – ich bin sein Vasall, wie auch mein Vater und Großvater die Vasallen der Herzöge gewesen sind. Und doch ist dieser Otto anders: Das genügt ihm nicht. Auf die Burg selbst kommt es ihm an. Sie ist mein freies Eigen. Auf sie kann er keinen Anspruch erheben.»

«Er wird sich damit nicht zufriedengeben, Herr. Doch was sollte ihm die Priorin des Augustinerinnenklosters mitzuteilen haben?»

«Ich weiß es nicht, Aquila, das vermag ich nicht zu deuten. Doch etwas Gutes wird es kaum sein.»

Ludolpho räusperte sich: «Ich glaube, Ihr seht Gespenster, Herr, wo es keine gibt. Sicherlich gibt es eine ganz harmlose Erklärung: Wie ich schon sagte, er ist wahrscheinlich auf dem Weg in eines der nördlich gelegenen Klöster, nach Oldenstadt oder Ebstorf.»

«Aber warum machte er es dann so dringend?» grübelte Wilbrand. «Zu dieser Jahreszeit ist ein Nachtritt alles andere als ein Vergnügen.»

Aquila überlegte noch einmal. «Vielleicht beweist es nur, daß wirklich niemand Verdacht geschöpft hat», sagte er mit gesenkter Stimme. «Wir haben zwei tote Geistliche, einen der spurlos verschwunden ist und eine Schwester, die offenbar nur durch die Gnade Gottes diesen Bestien entkommen konnte. Trotzdem schien der Mann nicht besorgt. Das kann nur bedeuten, daß die Priorin vom Tod der Mönche noch nichts erfahren hat.»

Doch Ritter Wilbrand war noch nicht zufrieden:

«Ich frage mich, warum die Priorin Schwester Agnetha bei uns in den besten Händen weiß. Der Mann hat nicht einmal nach ihrem Befinden gefragt. Schließlich sitzt sie nicht mit am Tisch. Mein Bote sollte den Schwestern nicht mehr verraten, als daß keine Gefahr mehr für ihr Leben besteht. Verzeiht, Aquila, aber ich hielt es für besser, wenn Mechthild von Wohldenberg nicht erfährt, daß kein Medicus, sondern unser Falkenmeister Schwester Agnetha versorgt.»

«Das war sicherlich die richtige Entscheidung, Herr», erwiderte der Falkner fast ohne Regung.

Der Kaplan räusperte sich: «Ich denke, ihre Gebete zu Gott unserem Herrn und ihre mildtätigen Werke füllen den Platz in den Herzen der ehrwürdigen Schwestern so vollständig aus, daß sie den Eindruck haben müssen, die Übel dieser Welt könnten sie überhaupt nicht mehr betreffen – selbst wenn eine von ihnen auf solch schreckliche Weise zum Opfer wurde.»

Aquila nickte: «Weniger salbungsvoll ausgedrückt: Es ist ihnen gleichgültig.»

Der Kaplan warf ihm einen haßerfüllten Blick zu und verkündete mit erhobener Stimme: «Ihr glaubt Euch mächtig, Falkenmeister, weil Eure windigen Kunststücke den sterblichen Leib dieser Frau gerettet haben. Aber sagt nicht der Herr: 'Was brächte es dem Menschen, gewönne er die ganze Welt und nähme doch Schaden an seiner Seele'.»

Aus den Reihen des Gefolges war ein leises Amen zu hören. Aquila wollte etwas erwidern, doch der Burgherr bat ihn mit einem raschen Kopfschütteln zu schweigen.

Der Falkenmeister erhob sich: «Wenn Ihr erlaubt, Herr, möchte ich nach der Augustinerin sehen. Das Fieber schwindet jetzt zwar von Tag zu Tag, doch sie bedarf noch immer der Pflege.»

«Ich danke Euch für Eure Sorge, Meister Aquila, und für Euren aufopferungsvollen Dienst. – Mir selbst», fügte er mit einem Blick auf den Kaplan hinzu, «und bitte verzeiht mir, Vater Ludolpho, liegt jedenfalls nicht allein das Wohl von Schwester Agnethas unsterblicher Seele am Herzen. Was wäre ich für ein Mensch, wenn ich nicht alles täte, einer jungen Frau zu helfen, die hierher unterwegs war, um meine Kinder die Geheimnisse des Lesens und Schreibens und der Heiligen Schrift zu lehren, und die dabei beinahe des Leben verloren hat.»

Der Kaplan biß sich auf die Lippen und schwieg.

«Noch etwas, Aquila», fuhr Ritter Wilbrand fort, bevor der Falkner den Raum verlassen konnte. «Wir haben noch immer nichts von diesem Bruder Bjørn, Schwester Agnethas Begleiter, gehört. Am Sonntag nach der Messe reite ich los, um den Anteil unseres Brückenzolls, der dem Herzog zukommt, zu seinem Vogt nach Oldenstadt zu bringen. Vielleicht werde ich die Reise diesmal weiter ausdehnen und mich ein wenig nach einem unbekannten Franziskaner erkundigen. Ich denke, es wird ein oder zwei Wochen in Anspruch nehmen.»

«Wenn es Euer Wunsch ist, kann ich das übernehmen.»

Der Burgherr schüttelte den Kopf: «Laßt mich nur machen, Aquila. Es ist noch nicht einmal Oktober und ich sitze seit fast zwei Wochen untätig hier herum. Meine alten Knochen können ein wenig Abwechslung gut vertragen. Ich werde Adrian die Verantwortung für die Burg

übergeben und verlasse mich wie immer auf Eure Unterstützung.»
«Es wird geschehen wie Ihr wünscht, Herr.»

anno dominice incarnationis MCCXIIC
regnante domino Adolpho primo glorioso Romanorum rege augusto
calendas octobri
(1. Oktober 1292)

Es war ein seltsames Gefühl, als Schwester Agnetha eines Morgens erwachte und sofort spürte, daß das Fieber endgültig fort war. Sobald sie die Augen aufschlug, bemerkte sie, daß sie noch immer in den Decken ihres Lagers in der Bodenteicher Burg ruhte. Und doch, es war ihr, als hätte sie allen Anlaß, sich freier und gesünder zu fühlen als je zuvor in ihrem Leben.

Eine herbstliche Brise strich durch die hohen Fenster in die Kemenate. Sie schmeckte nach der Frische morgendlichen Nebels; so ganz anders als die Luft im Innern des Augustinerinnenklosters. Die Nonne fragte sich, ob es der Dunst des großen Sees war, an dem sie gemeinsam mit ihrem Bruder entlanggeritten war, kurz bevor jener Abend eine so grauenhafte Wendung genommen hatte.

Ob ich diese schrecklichen Bilder je wieder aus meinem Geist verbannen kann?

Doch an diesem Morgen waren die Ereignisse jenes Tages weiter entfernt als je zuvor. Fast war es ihr, als sei dieser Morgen eine zweite Geburt, ein neues Blatt im Buch ihres Lebens, völlig unbeschrieben und begierig, die ersten Worte aufzunehmen.

Sie hörte ein leises Geräusch in ihrem Rücken. Ein Tonkrug oder eine Schale, die auf dem steinernen Bord der Fensterhöhlung abgesetzt wurde.

«Aquila!» sagte sie freudig überrascht. «Ich wußte nicht, daß Ihr hier seid. Ist es Zeit für die Medizin?»

Sie sah sich um, doch es war nicht der Falkenmeister, sondern Adrian, der schmalgesichtige ältere Sohn Ritter Wilbrands. Er hielt das Fläschchen mit der vorbereiteten Medizin in der Hand und sah sie überrascht an:

«Aquila ist mit meinem Vater ausgeritten», erwiderte der Junge, und die Nonne glaubte, einen Hauch von Enttäuschung aus seinen Worten zu hören; doch als er weitersprach, war davon nichts mehr zu spüren. «Aber er war vorher hier bei Euch. Er ist jeden Tag mehrmals hier. – Ihr seht gut aus...»

Sie mußte ein Lächeln unterdrücken: Er errötete und schlug verlegen die Augen nieder, als er sich verbesserte: «Ich meine, Ihr seht schon viel besser aus als in den letzten Wochen.»

«Ich fühle mich auch besser, viel besser. Am liebsten würde ich sofort aufstehen.»

Sie blickte sich um, doch ihre Kleider waren nirgendwo zu sehen.

Adrian sah sie voller Verlegenheit an, daß man glauben konnte, sie habe Anstalten gemacht, vor seinen Augen in ihrer Blöße von ihrem Lager aufzuspringen.

«Eure Gewänder liegen dort drüben in der Truhe hinter dem Kamin. Die Amme hat all Euer Gepäck dort verstaut. Aber... Aquila vermutete schon, daß es Euch heute besser gehen würde und Ihr vielleicht den Wunsch hättet, aufzustehen. Doch er bat mich, Euch das wenn möglich auszureden. Ihr seid noch sehr schwach, und die Luft, Ihr spürt es vielleicht, sie ist morgens schon sehr kühl.»

Agnetha nickte enttäuscht: «Ihr habt ja recht, alle beide. Es fällt mir nur sehr schwer, das einzusehen. Es war noch Sommer, als wir nach Bodenteich aufbrachen, mein Begleiter Bruder Bjørn und ich. Sagt mir, Adrian – Ihr seid doch Adrian von Bodenteich?»

Er lächelte erfreut: «Ihr erinnert Euch? Ihr wart noch so schwach, als ich das letzte Mal mit Euch sprach.»

«Doch, doch, ich erinnere mich an Euch und an alle anderen. Aber bitte sagt mir, gibt es Neuigkeiten über meinen Begleiter? Sein Name ist Bruder Bjørn und er gehört dem Orden des heiligen Franziskus an. Ist er womöglich hier auf der Burg?»

Traurig schüttelte Adrian den Kopf: «Leider nein, Schwester. Wir haben noch nichts über ihn in Erfahrung bringen können. Deshalb ist mein Vater heute morgen ausgeritten. Er wird ein paar Tage unterwegs sein, um sich selbst einmal umzuhören. Aquila begleitet ihn nur bis Oldenstadt und kommt heute abend zurück. Aber vielleicht kann er Euch dann schon etwas über Euren Begleiter erzählen.»

«Ja», sagte sie leise, «hoffentlich.»

«Seid nicht zu enttäuscht, Schwester Agnetha. Bestimmt geht es ihm gut. Schließlich haben sie diesmal...»

Er brach mitten im Satz ab.

Schließlich haben sie diesmal keine Leiche gefunden, dachte Agnetha. Aber das will er mir natürlich nicht erzählen. Wie der Magister sagte: Es muß ihnen schwer genug gefallen sein, es geheimzuhalten. Der Junge macht einen klugen und ehrlichen Eindruck, aber warum sollte er es mir zu diesem Zeitpunkt erzählen, da ich mich ohnehin um meinen Begleiter sorge und kaum halbwegs genesen bin. Aber wenn ich etwas erfahren will, muß ich jede Gelegenheit nutzen.

«Ich weiß vom Schicksal der beiden Mönche, Adrian. Vater Dietrich, der Propst des Klosters von St. Spiritus in Salzwedel, Gott weise seiner Seele den Weg in sein himmlisches Reich, dieser Vater Dietrich war kein Fremder in unserem Kloster.»

Überrascht sah er sie an: «Ich... ich wollte nicht. Ich meine...»

«Ich weiß, daß es gut gemeint war, Adrian», lächelte sie rasch. «Es ist schon in Ordnung. Aber natürlich mache ich mir Sorgen um meinen Begleiter. Das, was uns in jener Nacht angegriffen hat – ich weiß, daß ich Aquila und vielleicht auch Euch anderen schon davon berichtet habe, doch die letzten Wochen bekomme ich in meiner Erinnerung nur undeutlich zusammen. Eine Kreatur der Finsternis, ein gigantisches fliegendes... Ungeheuer. Es war, als wäre der große Drache, den der heilige Georg erschlug, wieder zum Leben erwacht, oder jenes Untier, gegen das jener Artusritter kämpfte, den man Iwein nennt. Ihr kennt die Geschichte?»

Adrian nickte: «Natürlich: Aquila hat sie uns oft erzählt, obwohl Vater Ludolpho sagt, die Erzählung sei angefüllt mit sündhaftem Tun.»

Sie überlegte: «Nun, Vater Ludolpho hat natürlich recht. Doch anders als die Georgslegende berichtet diese Geschichte ja auch nicht vom Leben eines Heiligen, sondern von dem eines ritterlichen Herrn. Und dieses Leben ist seiner Natur gemäß sündhaft wie das aller anderen Menschen auch.»

Er lächelte: «Jetzt sprecht Ihr fast wie Aquila.»

Wenn ich selbst schon spreche wie der undurchschaubare Falkenmeister, dann sollte ich meine Zunge vielleicht besser hüten. Bin ich doch noch so schwach, daß ich nicht weiß, was ich rede?

Sie wechselte das Thema: «Dieses Ungeheuer... Es ist etwas völlig anderes, ob man sich so eine Geschichte gemütlich am Abend in der Kemenate anhört, und ein warmes Feuer prasselt im Kamin, oder ob man ihm wirklich... Es ist, als ob Alpträume zum Leben erwachen. Sagt mir, glaubt Ihr, es kann dasselbe Ungeheuer gewesen sein, das Vater Dietrich angegriffen hat?»

Adrian schüttelte den Kopf: «Nein. Nein, bestimmt nicht. Ich habe meinen Vater an jenem Tag begleitet und Vater Dietrichs Leichnam mit eigenen Augen gesehen. Wenn Ihr wollt, kann ich Euch davon erzählen, aber Aquila hat gesagt, daß Ihr unbedingt etwas essen müßt.

Schaut, hier im Kamin hängt ein ganzer Topf mit Apfelgrütze, die Amme Annafrid extra für Euch gekocht hat.»

«Dann muß ich wohl ein wenig davon essen. Ehrlich gesagt, heute habe ich auch das erste Mal richtigen Hunger.»

Er strahlte, als er mit einer großen Kelle eine reichliche Portion der dampfenden Grütze in eine irdene Schale füllte und der Augustinerin zusammen mit einem Holzlöffel in die Hände drückte.

«Oh, die ist wirklich heiß», sagte Agnetha, als sie das Mahl entgegennahm. Doch die Grütze duftete so verführerisch, daß sie zunächst einmal das Reden sein ließ und sich mit soviel damenhafter Zurückhaltung wie sie angesichts des Hungergefühls, das unvermittelt in ihr aufstieg, aufzubringen vermochte, über die Speise hermachte. Sie hielt nur inne, um dann und wann einen Schluck – aus Rücksicht auf ihren Zustand offenbar verdünnten – Apfelweins aus einem Becher zu trinken, den Adrian ihr reichte.

Adrian hatte sich auf dem Schemel niedergelassen, auf dem sonst Aquila zu sitzen pflegte. Er hatte seine dünnen Beine bis unter das Kinn hochgezogen und hielt sie mit den Armen umfaßt, während er die Nonne mit großen Augen betrachtete ohne ein Wort zu sagen, bevor sie nicht die Mahlzeit beendet hatte.

Mühsam widerstand Schwester Agnetha der Versuchung, Ritter Wilbrands Sohn um einen Nachschlag zu bitten. Nicht allein, daß er sie dann vollends für eine Völlerin und einen Nimmersatt hätte halten müssen, nein, sie hatte noch andere Gründe: In ihren ersten Jahren im Kloster hatte eine ihrer Aufgaben darin bestanden, sich gemeinsam mit einigen ihrer Schwestern um die älteren Nonnen und die erkrankten Mitglieder des Konvents zu kümmern, und daher wußte sie nur zu gut, daß zu gehaltvolles Essen nicht gut war für einen Kranken, der noch das Bett hüten mußte.

Dankbar reichte sie die leere Schüssel an Adrian, der sie zurück auf die Kaminbank stellte. Erwartungsvoll sah sie ihn an.

«Es ist keine sehr schöne Geschichte, Schwester. Ihr glaubt, Ihr könnt sie ertragen?»

«Die Werke des Teufels sind nie sehr schön, Adrian», sagte sie leise, «und doch hat der Herr uns die Kraft gegeben, ihnen zu widerstehen, wenn wir uns nur darum bemühen.»

Nachdenklich sah er sie an. Zweifel lag in seinen Augen: «Dieser Vater Dietrich soll ein heiliger Mann gewesen sein, heißt es, und auch der Mann, der vor ihm getötet wurde, der Franziskaner, hat ein Leben nach Gottes Geboten geführt. Das hat ihnen beiden nichts genützt.»

«Soviel ich bisher weiß, starben sie als Märtyrer. Die heilige Kirche lehrt, daß ihr Opfer und alle Schmerzen, die sie dabei erlitten, ihnen im Paradies hundertfach vergolten werden.»

Er wirkte wenig überzeugt, doch er hob nur die Schultern, als wolle er sagen: Ich wünschte, mein Glaube wäre so stark. Innerlich beschloß sie, den Lateinunterricht für Ritter Wilbrands Kinder mit den Texten der großen Kirchenlehrer zu beginnen. Alle Kenntnis von Schrift und Sprache brachte keinen Nutzen ohne eine sorgsame und genaue Unterweisung in der Theologie.

Adrian legte die Stirn in Falten: «Wenn es so ist wie Ihr sagt, dann ist Vater Dietrich jetzt mit Sicherheit im Paradies, denn er hat für seinen Glauben den Tod gefunden.»

Er zögerte einen Augenblick, doch dann fällte er eine Entscheidung: «Dabei hätte es vielleicht verhindert werden können. Ich glaube, Vater und Aquila werden sich das nie verzeihen: Nach dem Tod des ersten Mönchs, des Franziskaners, hat mein Vater lange Zeit gemeinsam mit Aquila und Vater Ludolpho das Für und Wider abgewogen, ob es nicht besser sei, die Heilige Inquisition zu verständigen, um dem Spuk möglichst schnell ein Ende zu bereiten. Doch Aquila riet ihm, abzuwarten.»

Weil er zuvor den Magister verständigen wollte, dachte Agnetha. Oder aber weil er versuchte, die Ketzer zu schützen. Eines von beiden, nur welches? Er macht nicht den Anschein eines Ketzers, doch galt nicht auch Petrus Abaelard jahrelang als treuer Diener der Kirche? Der zweite Kaiser Friedrich und sein Sohn Manfred, sie erließen die schärftsten Gesetze gegen die Ketzer und doch wurden sie später selbst zu Feinden des wahren Glaubens, wie es heißt. Und Gerbert der Zauberer saß einst sogar auf dem Heiligen Stuhl in Rom.

«Und Euer Vater folgte diesem Rat?» fragte sie vorsichtig. «Dem Rat seines Falkenmeisters.»

Adrian sah sie verwundert an: «Aquila kennt die Heilige Inquisition wie niemand sonst in Bodenteich. Er hat in Italien selbst erlebt, wie die Dominikaner zu Werke gehen. Ob schuldig oder unschuldig: Wen sie erst einmal unter Verdacht haben, der endet zuletzt auf dem Scheiterhaufen. In Sizilien, heißt es, wo die Päpstlichen König Manfred den Thron geraubt haben, sollen sie ganze Dörfer verbrannt haben, nur weil sie einige wenige Menschen unter Verdacht hatten, vielleicht Ketzer zu sein. Vater war die Gefahr, daß das auch hier geschehen könnte, einfach zu groß.»

Weiß Gott, der Falkenmeister hat einen großen Einfluß auf Ritter Wilbrand. Doch ist es ein Wunder oder gar ein Verbrechen? Erstaunlich genug, daß sich ein kleiner Adliger einen solchen Dienstmann überhaupt leisten kann. Und Aquila ist nicht nur Falkner, sondern er kennt sich noch dazu mit Kräutern besser aus als mancher Medicus. Natürlich muß ein solcher Mann unter diesen Umständen eine wichtige Stellung einnehmen.

«Und dann wurde auch Vater Dietrich getötet?»

Adrian nickte, und es war deutlich zu erkennen, daß ihm nicht besonders wohl war in seiner Haut.

Natürlich, er fürchtet, daß ich nur versuche, ihn auszuhorchen. Und, Heilige Mutter Maria, was tue ich denn auch anderes? Er fürchtet, es könnte falsch sein, mir von Vater Dietrichs Tod zu erzählen, doch offenbar hat sein Vater es nicht eigentlich verboten.

«Es war an einem Morgen im Sommer», begann Adrian mit rauher Stimme. «Wir wußten, daß Propst Dietrich auf dem Wege nach Bodenteich war. Weiß Gott, wie er vom Tod des Franziskaners erfahren hatte – Vater hat jedenfalls alles getan, ihn geheimzuhalten. Werner von Langenapel, der Templerkomtur, hatte einen Boten gesandt, der uns über die bevorstehende Reise des Propstes berichtete. Ritter Werner ist ein mächtiger Mann, doch Vater Dietrich hatte das Geleit, das er ihm angeboten hatte, abgelehnt. Ein Fehler, wie sich zeigte.»

Agnetha nickte verstehend. Vater Dietrich hatte den gleichen Fehler begangen wie der Magister. Sie fragte sich, wie Werner von Langenapel sich fühlen mochte, nachdem er vom Verschwinden Wasmods erfahren und sich zum zweiten Mal gezeigt hatte, wie berechtigt seine Warnungen gewesen waren.

Hätte Vater Dietrich sein Angebot angenommen, so würde er noch leben. Er muß die Gefahr unterschätzt haben. Doch, verzeiht mir, Ihr Heiligen... bei heiligen Männern kann man sich nie sicher sein: Einige von ihnen sind ein wenig zu begierig darauf, daß der Märtyrertod ihr christliches Leben krönt und sie möglichst ohne den Umweg über das Fegefeuer ins Paradies versetzt. Vater Dietrich war so ein Mann... Aber der Magister gewiß nicht. Er ist dieses Risiko bewußt eingegangen, um unsere Tarnung nicht zu gefährden. Ein Grund mehr, seine Pläne nicht ohne Not zu enthüllen.

«Wir hatten die Ankunft Vater Dietrichs eigentlich für den vorangegangenen Abend erwartet», berichtete Adrian, «doch er war nicht gekommen, und auch der nächste Morgen und der gesamte Vormittag verstrichen ohne eine Spur von ihm. Wir begannen uns Sorgen zu machen.»

«Nicht verwunderlich nach dem, was mit dem Franziskaner geschehen war», bemerkte die Nonne.

Der Junge nickte: «Vater machte sich Vorwürfe und Aquila natürlich auch. Gegen Mittag ritten wir los, mein Vater, ich selbst, der Falkenmeister und drei oder vier Männer vom Gesinde. Wir kamen nicht weit, da erfuhren wir schon, was geschehen war. Auf der Straße, die von Schostorf her nach Bodenteich führt, kamen uns zwei Bauern entgegen, die einen grauenhaften Fund gemacht hatten. Sie führten uns zu einem Abschnitt des Weges jenseits von Schostorf, wo die Straße durch einen Hohlweg führt, zwischen den Hügeln am Rande des Sees hindurch.

Es ist eine fast menschenleere Gegend, zu unfruchtbar, um mit dem Boden viel anzufangen. Ein Ort wie geschaffen für einen Hinterhalt. Dort, vielleicht zweihundert Schritt entfernt von dem Platz, an dem ein paar Wochen zuvor der Körper des Franziskaners gefunden worden war, lag der Leichnam Vater Dietrichs.»

Und es kann nicht weit entfernt sein von der Stelle, an dem wir selbst überfallen wurden. Hatte Wasmod nicht noch kurz vorher gesagt, es sei nicht mehr weit bis nach Schostorf?

Adrian blickte sie hilfesuchend an: «Er sah grauenhaft aus, Schwester. Ich bete zu Gott dem Herrn, daß ich so etwas nicht noch einmal sehen muß. Vater sagt, daß Herz eines Kriegers müsse hart sein und dürfe keine Angst und kein Entsetzen empfinden bei einem solchen Anblick, obwohl er selbst, glaube ich, nicht weniger entsetzt war als wir anderen.

Ich... ich selbst... Schwester, ich weiß nicht, ob in meiner Brust wirklich das Herz eines Kriegers schlägt: Es war ekelerregend. Schon von weitem fiel mir der Geruch auf. Es roch nach... nach vergorenem Honig, ja, nach Honig, der zu lange in der Sonne gestanden hat. Wißt Ihr, es war sehr heiß an diesem Tag, und der Körper Vater Dietrichs muß vielleicht seit dem Mittag des vorangegangenen Tages dort im Freien gelegen haben. Da waren Tausende von Insekten, die sich über eine Art Lumpenbündel hermachten oder... dann glaubte ich, es sei der Kadaver eines Rehes, den ein Wilddieb einfach liegengelassen hatte, aber in Wahrheit wußte ich natürlich ganz genau, was es war.»

Adrian brach ab. Das Gesicht des Jungen war während seines Berichts blaß und blasser geworden. Nein, dachte Agnetha, er hat völlig recht: Aus ihm wird ganz gewiß nie ein Krieger werden. Heilige Mutter Maria, er ist empfindsam wie ein Mädchen.

Der Sohn des Herrn von Bodenteich erhob sich und tastete auf dem Kaminsims nach dem Krug mit dem Apfelwein und schenkte sich mit unsicheren Bewegungen einen Becher ein. Rasch führte er das Getränk an die Lippen und wandte sich erst dann wieder der Augustinerin zu.

Schwester Agnetha war nahe daran, ihn zu bitten, seine Erzählung abzubrechen. Von seinem eigenen Zustand abgesehen, sie hatte ernsthafte Zweifel, ob sie selbst, kaum ansatzweise genesen, imstande sein würde, die anstehende Schilderung zu ertragen.

Doch Adrian hatte sich ein Herz gefaßt, und nun, da sein Bericht bis zu diesem Punkt gediehen war, war es sicher besser für ihn, wenn er sich das schreckliche Erlebnis einmal von der Seele reden konnte.

«Sie... sie hatten ihm das Herz aus dem Leibe geschnitten, Schwester. So sehr wir uns auch abmühten – und wir suchten in einem weiten Umkreis danach – es war nicht auffindbar. Aquila fürchtet, diese Teufel haben es mitgenommen, um es in einem ihrer grausamen satanischen Rituale zu verwenden. Auch dic Augen hatten sie ihm aus dem Schädel gerissen. Sie hatten ihm den Bauch aufgeschlitzt und weiter unten seinen... seinen...»

Sie unterbrach ihn rasch: «Ich ahne wovon Ihr sprecht.»

Er nickte dankbar: «Er war kaum noch als Mensch zu erkennen, Schwester. Noch nie hatte ich so etwas... noch nie... überall war Blut und es stank... es war so ein widerlicher Gestank. Wir versuchten, die Insekten fortzujagen, die überall auf ihm und in ihm herumkrabbelten. Wo nicht ganz so viel Blut auf seinem Körper war, hatten sie merkwürdige, teuflische Zeichen auf die Haut geschrieben. Aquila hat sie am Abend, als Vater Dietrich in der Dorfkirche aufgebahrt war, alle abgezeichnet, falls die Heilige Inquisition den Fall nun doch untersuchen würde.

Vater Dietrich hat sicherlich nur wenig Gepäck gehabt, doch diese wenigen Habseligkeiten müssen sie ihm geraubt haben, jedenfalls fanden wir sie nicht wieder. Einzig seinen Mantel, eine Kutte aus dunklem, schweren Stoff, hatten sie zurückgelassen. Vater Ludolpho verwahrt sie jetzt in einer Truhe neben dem Altar, und einige der Dorfbewohner beten dort jeden Tag, denn sie verehren Vater Dietrich wie einen Heiligen.»

Schwester Agnetha nickte: «Er war ein wirklich frommer Mann. Dazu das Martyrium, das er als getreuer Diener der Kirche erlitten hat. Sie haben allen Grund, einen Heiligen in ihm zu sehen.»

«Aquila bat uns zurückzubleiben, als wir den Ort erreicht hatten, an dem der tote Körper lag. Er ist ein besserer Fährtenleser als jeder andere, den ich kenne.»

Das sollte er auch sein als Falkner, dachte Agnetha. Trotzdem: Gibt es irgend etwas, worin dieser Mann nicht Meister ist? Heilige Jungfrau, was macht ein solcher Mensch in Bodenteich?

Adrian brach ab und sah sie an.

«Sprecht nur weiter, ich höre zu.»

«Aquila hat die Stelle ganz genau untersucht und das dauerte eine Weile. Die ganze Zeit glaubte ich, ich müßte gleich ohnmächtig werden, doch das konnte ich doch nicht tun vor meinem Vater, und – ich weiß nicht wie, aber irgendwie habe ich durchgehalten.

Als er fertig war, meinte Aquila, er könne leider fast nichts mehr feststellen, doch immerhin sei mit Sicherheit zu sagen, daß Vater Dietrich wirklich an Ort und Stelle getötet worden ist und sein Körper nicht etwa nur dort abgeladen wurde. Ach ja, und es sind wohl mehrere Männer gewesen, die Vater Dietrich ermordet haben. Alle anderen Spuren waren durch die Bauern vernichtet worden, die ihn gefunden hatten. Natürlich unbeabsichtigt.»

«Natürlich. Und sie wußten auch nichts weiter zu sagen? Hatte niemand in der Nacht etwas gehört?»

Er zögerte einen Augenblick, doch dann besann er sich offenbar anders und schüttelte nur den Kopf: «Dazu ist das Dorf zu weit entfernt.»

Was wollte er wirklich sagen? Hätten sie etwas hören müssen? Schweigen sie... aus Furcht?

«Das Dorf mag weit entfernt liegen», sagte sie möglichst beiläufig. «Ich weiß es nicht: Wenn Vater Dietrich seinen Mördern keinen Widerstand geleistet hat, dann war dort vielleicht wirklich nichts zu hören. Doch es fällt schwer, zu glauben, daß irgend jemand das Ungeheuer überhören konnte, das Bruder Bjørn und mich selbst angegriffen hat.»

Adrian sah sie unbehaglich an, doch er sagte kein Wort.

Heilige Mutter Gottes, er selbst hat Angst! Wer oder was besitzt eine solche Macht, daß selbst der Sohn des Herrn von Bodenteich sich davor fürchtet?

Der schlaksige Junge erhob sich, um durch das Fenster auf den See hinauszublicken. Und zu Schwester Agnethas Überraschung begann er nach einem Moment, die Worte der Heiligen Schrift zu zitieren:

«Und ob ich schon wanderte im finstern Tal, fürchte ich kein Unglück, denn Du bist bei mir. Dein Stecken und Stab trösten mich.»

Rasch griff Agnetha sie auf: «Du bereitest vor mir einen Tisch im Angesicht meiner Feinde. Du salbest mein Haupt mit Öl und schenkest mir voll ein. – Was auch immer geschehen ist und noch geschehen mag, Adrian», sagte sie mit allem Nachdruck, «Ihr braucht keine Furcht zu haben, denn am Ende wird es die Macht Gottes sein, die den Sieg davonträgt. Der himmlische Vater ist auf unserer Seite.»

Er drehte sich zu ihr um und der Schmerz in seinen Augen war von einer Art, die es ihr schwer machte, seinem Blick standzuhalten: «Und was ist mit Vater Dietrich? Was ist mit dem Franziskaner?»

«Weder Euch noch mir ist es gegeben, jede von Gottes Entscheidungen zu verstehen», wiederholte sie getreulich die Antwort, die sie selbst so oft von der Mutter Priorin gehört hatte. «Wir wissen nur, daß sein Wille geschieht und die beiden heiligen Männer im Paradiese belohnt werden.»

'Es ist verboten zu zweifeln', hatte Mutter Mechthild gesagt. 'Zweifel ist schon Verrat am wahren Glauben.'

«Vielleicht...», begann er, doch dann schüttelte er den Kopf.

«Nein, sprecht weiter, Adrian. Was wolltet Ihr sagen?»

Doch er schüttelte erneut den Kopf: «Bitte, nicht jetzt, ehrwürdige Schwester. Ihr seid noch schwach. Ich werde der Amme sagen, daß Ihr jetzt wach seid.»

Eine Sekunde später hatte sich die Tür hinter ihm geschlossen und sie hörte nur noch seine Schritte, die die Treppe hinuntereilten.

Nicht jetzt, hat er gesagt. Aber vielleicht später?

Heilige Mutter Gottes, gib, daß es Wasmod gut geht und er irgendwo in Sicherheit ist; doch was soll ich solange tun? Er wollte nach Bodenteich, um herauszufinden, wer die beiden heiligen Männer getötet hat. Ich sollte nicht mehr sein als seine Tarnung. Und nun?

Wenn Zweifel eine Sünde ist, dann bin ich eine wahrlich sündhafte Frau, denn ich bin wie gelähmt vor Furcht und Zweifel. Heilige Jungfrau, was soll ich nur tun? Wenn ich herausfinde, was Adrian weiß, kann ich Wasmod damit helfen? Immerhin... man sorgt gut für mich, und was könnte ich wohl Besseres tun, als das, worum Ritter Wilbrand das Kloster gebeten hat: Die Lehrerin seiner Kinder zu sein.

Und wenn ich dabei etwas über die beiden getöteten Mönche erfahre, Gott erbarme sich ihrer Seelen, dann kann ich nur hoffen, daß ich damit dem Magister von Nutzen sein kann.

Wo immer er sich jetzt befindet.

anno dominice incarnationis MCCXIIC
regnante domino Adolpho primo glorioso Romanorum rege augusto
nono idus octobri
(5. Oktober 1292)

Immer bei Vollmond, wenn die Säfte in den Wurzeln, Kräutern und Gräsern besonders intensiv pulsierten, machte sich der Falkenmeister nach Einbruch der Dämmerung auf, um den Vorrat der heilenden Substanzen zu ergänzen, den er in seinen Räumen im Obergeschoß des Bergfrieds verwahrte.

Obwohl Aquilas in einen dunklen Mantel gehüllte Gestalt den Bewohnern des Marktfleckens an solchen Abenden eine vertraute Erscheinung war, war sein geheimnisvolles Tun zumindest für die Kinder eine nichtendenwollende Quelle unheimlicher Geschichten.

Mit einem stillen Lächeln gewahrte der Falkenmeister die Kinder des Dorfschulzen, die sich unbeobachtet glaubten in ihrem Versteck hinter einer Holzmiete, welche sorgfältig aufgestapelt am Haus ihres Vaters lehnte. Freundlich grüßte er zu ihrem Vater hinüber, der ihm auf der Straße von der Mühle hinauf entgegenkam, über der Schulter eine gewaltige Hacke.

«Was macht Euer Kohl, Meister Hagen?»

«Es wird eine gute Ernte, ohne Zweifel. Was denkt Ihr, hält das Wetter?»

«Noch zwei oder drei Tage. Länger gewiß nicht.»

«Dann werde ich die Ernte morgen wohl besser hereinholen.»

«Tut das.»

Aquila wollte seinen Weg fortsetzen, doch er merkte, daß Meister Hagen noch zögerte.

«Die Augustinerin...?» fragte der Dorfschulze.

«Habt keine Sorge. Es geht ihr besser: Sie ist jetzt mit Sicherheit außer Gefahr. Ihr werdet sie gewiß bald zu Gesicht bekommen. Seit sie aufstehen kann, ist sie geradezu versessen darauf, den Marktflecken kennenzulernen.»

«Ziemlich unternehmungslustig für eine Nonne.»

«Nun», Aquila zögerte. «Ich habe den Eindruck, sie ist eine, sagen wir, außergewöhnliche junge Frau.»

«Dann wird das ganze Dorf gespannt sein.»

«Ist es das nicht ohnehin?»

Meister Hagen lachte: «Mehr als Ihr Euch überhaupt vorstellen könnt, Aquila. Viel Erfolg auf Eurer Suche.»

Der Falkner nickte und setzte seinen Weg fort. An der Mühlenbrücke grüßte er kurz den Müller und schlug, nachdem er einen zweiten Steg überquert hatte, der über den schmaleren Nebenarm der Aue führte, zunächst einen im Unterholz kaum erkennbaren Pfad ein, der in ein sumpfiges Wäldchen führte, das an einer Stelle, an welcher der träge Flußlauf vergleichsweise schmal war, der Burg gegenüber lag.

Einige der Pflanzen, die er suchte, gediehen einzig in diesem morastigen Boden inmitten vermodernden Holzes und von Moos überwucherten Dickichts. Ganz vorsichtig mußte er in diesem Zwielicht einen Fuß vor den anderen setzen, denn was wie fester Erdboden aussah, mochte in Wahrheit nichts anderes sein als ein dünner Teppich schwimmender Schlingpflanzen. Viel zu oft hatte er erlebt, daß eines der Kinder aus dem Marktflecken ein Opfer dieses trügerischen Waldes geworden war.

'Der Knick' wurde dieses Wäldchen genannt, denn an dem Punkt, an dem es der Burg am nächsten kam, knickte der Lauf der Aue, der sich bisher nach Osten gerichtet hatte, nach Norden ab und das Flüßchen trat, nun Ilmenau genannt und allmählich breiter werdend, seinen Weg nach Norden an. Nach Oldenstadt und Lüneburg wandte es sich, bis es sich in den Elbstrom ergoß, mit dem vereint das Wasser in das große Meer floß, das Aquilas Augen nur ein einziges Mal erblickt hatten, als der Falkenmeister im Aufgebot von Ritter Annos Vater an einem Feldzug des Herzogs an die Küste teilgenommen hatte.

Er war dem Flußlauf jetzt nahe. Durch die Zweige der Bäume konnte der Falkner die Umrisse der Burg erkennen. Der gewaltige Schatten seiner eigenen Behausung, des Bergfrieds, war noch dunkler als die Nacht selbst. Lichter konnte der Falkner nur im am weitesten links gelegenen Gebäude erkennen, der Kemenate. War Schwester Agnetha noch nicht zu Bett gegangen? Vermutlich ging die Augustinerin die mitgebrachten Manuskripte durch, um zu prüfen, welche sich für ihren Unterricht besonders eigneten. Ihm selbst hatte die Nonne gestern die einzelnen Stücke erläutert. Es waren ausnahmslos Abschriften, die Schwester Agnetha in ihrer kleinen, diszplinierten Handschrift selbst angefertigt hatte. Zu seiner Überraschung handelte es sich nicht um ausschließlich theologische Schriften; ganz im Gegenteil sprach die Auswahl für die weit gespannten Interessen der jungen Frau. Der Gedanke an Schwester Agnetha rührte ein merkwürdiges Gefühl in ihm, doch mit nicht geringer Willensanstrengung drängte der Falkenmeister es zurück. Dies war wohl kaum der richtige Ort noch die richtige Zeit für solche Gedanken – wenn es für jene ganz speziellen Gefühle, die der Falkenmeister des Herrn von Bodenteich für eine Nonne, die noch dazu einer der einflußreichsten Familien der Region entstammte, empfand, überhaupt so etwas wie eine richtige Zeit und einen richtigen Ort gab.

Als Aquila genauer hinblickte, konnte er auch hinter den schießschartenartig schmalen Fenstern der kleinen Kapelle, dem Gebäude der Burganlage, das unmittelbar auf den Knick hinausging, ein Licht erkennen. Vater Ludolpho blieb heute abend offenbar länger auf der Burg. Die Nacht pflegte der Geistliche stets in seinem Pfarrhaus zu verbringen, das Ritter Wilbrands Vater ihm in den Ruinen einer alten Befestigung hinter der Dorfkirche errichtet hatte. Nun, mochte Ludolpho treiben, was er wollte, heute nacht hatte Aquila genug eigene Sorgen.

Er blickte hinauf zum Licht des vollen Mondes, das durch die schon herbstlich-kahlen Zweige der Bäume fiel. Seit Monaten lag eine düstere Ahnung auf der Seele des Falkenmeisters, ganz als sei das, was der Sommer und der Herbst gebracht hatten – der Tod der beiden Mönche und der Überfall auf Schwester Agnetha – nur das Vorspiel zu einem weit größeren Drama gewesen, das den Menschen von Bodenteich in den kommenden Wochen bevorstand.

Unwirsch schüttelte er den Kopf. Diese Grübeleien, die ihn in letzter Zeit so häufig überkamen, unwillkürlich und ohne daß es ihm zunächst bewußt wurde, sie hielten ihn von seiner eigentlichen Aufgabe ab. Sein Vorrat an einigen wichtigen Kräutern war im Verlaufe von Schwester Agnethas Erkrankung bedenklich zusammengeschmolzen, der heutige Abend mußte für Ersatz sorgen.

Der Falkenmeister löste seine Augen vom fast hypnotischen Anblick des vollen Mondes und heftete sie wieder auf den Erdboden. Sekundenlang war er wie blind und wagte es nicht, sich auch nur einen Schritt von der Stelle zu rühren. Es dauerte seine Zeit, bis die Sinne sich an das merkwürdige Zwielicht des Knicks gewöhnt hatten.

Nur dem geschulten Auge war es möglich, bei diesen Lichtverhältnissen die besonders wirksame Art des Tanacetums von anderen Abarten des Farns zu unterscheiden. Im vergangenen Jahr hatte selbst Aquila die begehrte Pflanze im Dickicht des Knicks vergeblich gesucht.

Er setzte vorsichtig Schritt vor Schritt, seine Füße balancierten über den feuchten Leib eines umgestürzten Baumriesen, während seine Hände sich fest um die Äste einer Weide schlossen. Hier ganz in der Nähe war es gewesen, wo er vor einigen Jahren eine gewaltige Staude des begehrten Tanacetums entdeckt hatte. Für gewöhnlich wählte der Falkenmeister nur einen Teil der Blätter des seltenen Gewächses aus, um der Pflanze selbst das Weiterleben zu ermöglichen. Doch anscheinend war er damals zu unvorsichtig gewesen, denn bei seinem nächsten Besuch im Knick hatte er die Farnstaude nicht mehr finden können.

Aquila zögerte. Zwei Schritte entfernt erkannte er die Reste eines halb vermoderten Baumstumpfes. Mit einem kühnen Sprung konnte er sie sicherlich erreichen, doch würde das bedeuten, die Hände von der Sicherheit des Weidenastes zu lösen, und nur zu leicht konnte man auf dem feuchten Holz des Knicks ausgleiten, wenn man sich nicht absicherte.

Er selbst würde kaum auf der Stelle ertrinken wie ein unvorsichtiger Bauernjunge, doch ein angenehmes Erlebnis war ein Sturz in das sumpfige Wasser gewiß nicht. Andererseits wehrte sich sein Stolz dagegen, unverrichteter Dinge umzukehren, und wenn sich Aquila auch nicht ganz sicher war, so glaubte er doch ein Stück entfernt bereits das gesuchte Gewächs auszumachen.

Ein leichter Wind kam auf und strich durch die Äste. Die Geräusche des abendlichen Waldes drangen lauter an die Ohren des Falkenmeisters. Die Geräusche des Waldes... und etwas anderes. Er verharrte, lauschte regungslos. Minuten vergingen und Aquila regte sich nicht von der Stelle. Einzig seine Hände veränderten von Zeit zu Zeit abwechselnd ihren Griff, um einen Krampf der Muskeln zu vermeiden.

Der Falkner war sich noch immer nicht sicher, doch nun glaubte er etwas erspäht zu haben, rechter Hand, wo der Boden des sumpfigen Waldes allmählich sicherer wurde und schließlich an den Nebenarm der Aue stieß. Mit einem Gefühl des Bedauerns warf er einen letzten Blick auf die Pflanze, die vielleicht ein Tanacetum war, doch dann löste er seine Hände vorsichtig vom Ast der Weide und stieg mit einem großen Schritt zurück auf den kaum erkennbaren Wildpfad, den er entlanggekommen war.

Die Umrisse des Gegenstandes, die er rechter Hand erspäht hatte, waren seinem Blick nun entzogen, doch er wußte, daß er sich nicht getäuscht hatte und in welche Richtung er sich bewegen mußte. So schnell wie es die im Unterholz eines nächtlichen Sumpfes notwendige Vorsicht zuließ, bewegte er sich vorwärts. Einmal zuckte er zurück, als ihm ein dorniger Zweig, den er in der zunehmenden Dunkelheit nicht bemerkt hatte, in die Stirn peitschte.

Schließlich hatte er den Wasserlauf erreicht und blickte hinüber auf das jenseits liegende freie Gelände, die schmale, langgestreckte Insel zwischen Haupt- und Nebenarm der Aue, die einen Teil des Obstgartens beherbergte, der Benno dem Müller gehörte. Die Apfelbäume des Müllers wirkten verkrüppelt, doch sie trugen die besten Früchte des gesamten Marktfleckens. Die Herbststürme hatten noch nicht wirklich eingesetzt, so daß der größte Teil des Laubes den Bäumen noch verblieben war. Das verworrene Muster der bereits zu Boden gefallenen Blätter war auf dem darunterliegenden Dunkel der feuchten Wiese in der zunehmenden Dunkelheit eben noch auszumachen.

Unter einem der Bäume lag ein teilweise entblößter menschlicher Körper.

Aquila verharrte. Ja, das war das Geräusch, das er vernommen hatte: Ein leises Wimmern, halb erstickte menschliche Schmerzenslaute, die der aufkommende Wind an sein Ohr getragen hatte.

Jetzt aber vermochte er sie nicht mehr zu hören, obwohl er soviel näher herangekommen war. An der Richtung des Windes konnte es nicht liegen, denn diese hatte sich nicht verändert, und die Brise hatte eher noch aufgefrischt. Nein, das Wimmern war verstummt. Noch konnte Aquila nicht erkennen aus welchem Grund, doch die menschliche Gestalt – er konnte sie nicht gut genug erkennen, um zu entscheiden ob Mann oder Frau – rührte sich nicht. Kam er schon zu spät?

Jedenfalls war keine Zeit für überflüssige Grübeleien. Der Flußarm war vielleicht fünf Fuß breit und das Ufer unsicher, außerdem war keine freie Stelle vorhanden, die es dem Falkner ermöglicht hätte, Anlauf zu nehmen. Trotzdem, der Weg zurück zur Brücke hätte kostbare Zeit gekostet, Zeit die er vielleicht nicht mehr hatte.

Der Falkenmeister sog tief die Luft ein und sprang.

Aquila spürte, daß sein Fuß zwar das gegenüberliegende Ufer erreichte, die Böschung bestand jedoch aus überhängendem Gras, das unter dem Gewicht nachzugeben drohte. Der Falkner brachte seine Arme nach vorne und verlagerte das Gewicht seines Körpers. Die Hände voran ließ er sich in die Hocke fallen und kam mit einer geschmeidigen Bewegung wieder auf die Füße.

Der Obstgarten des Müllers nahm fast die gesamte Fläche des langgestreckten Werders ein, der aber insgesamt nicht besonders groß war. Einen Steinwurf von Aquila entfernt lag der bewegungslose Körper, das bloße Fleisch leuchtete im Licht des Vollmonds.

Es war ein junges Mädchen, fast noch ein Kind, erkannte der Falkner, als er sich über den Körper beugte. Das Gesicht der Bewußtlosen lag im Schatten. Vorsichtig hoben seine Finger den Kopf ein wenig an.

Es war die Tochter Bennos des Müllers.

Aquilas Hand tastete am Hals des Mädchens nach einem Puls. Einen Augenblick lang konnte er keinen Herzschlag finden, doch dann spürte er die Schläge, viel zu langsam, unregelmäßig. Das Mädchen lag in tiefer Bewußtlosigkeit.

Was war mit Bennos Tochter geschehen? Ein Sturz von dem Apfelbaum, der sich über ihr erhob? Kaum eine Erklärung für die Bewußtlosigkeit, der Kopf schien unverletzt. Aquila musterte den Körper genauer. Tau lag auf der bloßen Haut. Nein, es war kein Tau – Blut, das langsam an den Oberschenkeln hinabrann.

«Gott im Himmel!» flüsterte Aquila.

Die Hände des Mädchens waren zu Fäusten zusammengeballt. Mühsam öffnete der Falkner die Rechte, selbst in der Bewußtlosigkeit hielt der Krampf an. Da befand sich etwas in der Handfläche... Pflanzenfasern.

Das Mondlicht reichte nicht aus, die Natur des Krautes zu erkennen, doch der charakteristische Geruch sagte dem Falkner genug: «Febrefugiam. Viel zu viel.»

Die einfachen Dorfbewohner nannten das Gewächs Mutterkraut, weil es in der richtigen Dosierung eine wirksame Hilfe sein konnte, um die Qualen einer Gebärenden zu lindern, doch vor allem ging ihm der Ruf voraus, eine ungewünschte Leibesfrucht beseitigen zu können.

In der Tat war es natürlich auch seinen weisen Lehrern in Salerno bekannt gewesen, daß sich die Wirkstoffe des Febrefugiams zu diesem Zwecke nutzen ließen, doch an einer christlichen Hochschule wurde natürlich nicht gelehrt, dieses spezielle Wissen auch anzuwenden. Abtreibung war eine schwere Sünde, gemeinem Mord vergleichbar.

Wie verzweifelt mußte das Mädchen gewesen sein, diesen Weg einzuschlagen? Und warum nur hatte dieses halbe Kind es getan? Der Müller war bei den Bewohnern des Marktfleckens ein angesehener Mann, doch auch wieder nicht so bedeutend, daß er sich nicht hätte glücklich preisen können, wenn seine Tochter den Bastard Gerolfs von Bodenteich zur Welt brachte. Denn wer sonst sollte der Vater sein? Ritter Wilbrand würde sich des Kindes mit Sicherheit annehmen. Warum also sollte sie...

Er verharrte: «Es sei denn», murmelte er, «es sei denn, es wäre nicht Gerolfs Kind.»

Er fluchte. Der Atem des Mädchens ging unruhig. Es schien zu erwachen. Aquila schlug ihm zuerst vorsichtig auf die Wange, dann kräftiger.

«Wer... Ich...»

«Du mußt aufwachen, Mädchen! Oder ich muß Deinen Vater rufen.»

Er wollte es wenn möglich vermeiden, die Familie des Müllers aufzustören. Benno war kein Wüterich, doch er war ein frommer Mann. Was auch immer sie sich bei ihrem Tun gedacht hatte, für eine Todsünde hatte er zweifellos noch weit weniger Verständnis als für ein uneheliches Kind, ganz gleich wer der Vater war.

Sie schlug die Augen auf, doch er war nicht sicher, ob sie ihn erkannte.

«Ich bin es, Mädchen, Aquila der Falkner. Ich kann Dir helfen, doch meine Kräuter habe ich auf der Burg. Du mußt versuchen, aufzustehen und zu laufen. Ich kann Dich hier nicht liegenlassen, es ist viel zu kalt, und ich kann Dich auch nicht ungesehen auf den Schultern in die Burg tragen. Wenn Du nicht laufen kannst, muß ich Dich zu Deinem Vater bringen.»

«Ich... ich kann...»

Aquila fluchte. Wieweit sie ihn auch verstanden haben mochte, sie versuchte sich zu erheben, doch nach einem Wimpernschlag brach sie mit einem Schmerzenslaut zusammen. Sofort floß das Blut stärker und verschmierte ihre Beine. Ihre Hand fuhr über die Schenkel. Wimmernd und mit weit aufgerissenen Augen streckte sie ihm die Handfläche entgegen.

Das Risiko, daß sie vor Schmerz zu schreien begann, durfte er nicht eingehen. Entschlossen zog er sie in die Höhe und umfaßte ihren

Rücken mit dem rechten Arm und hielt sie, die Hand unter ihrer Achsel, so aufrecht. Der Körper des Mädchens war eiskalt. Die Zeit lief ihnen davon. Vielleicht war es schon zu spät.

Sachte zog er den Saum des Kittels bis zu den Knöcheln des Mädchens herab und bedeckte die Blöße. Dann löste er an seinem eigenen Mantel die Spange, die das Übergewand am Hals zusammenhielt. So gut es ging, zog er den dicken Stoff so zurecht, daß er sie nun beide wärmte und zugleich vor fremden Blicken schützte. Es war schwierig, in dieser unbequemen Haltung zu laufen, doch es mußte gelingen. Aquila sah keine andere Möglichkeit.

So schnell es eben möglich war, bewegten sie sich auf den Hauptarm des Flusses zu. Durch eine schmale Pforte in der Hecke erreichten sie unmittelbar an der Mühle die Brücke, die den Wasserlauf überquerte. Der Falkenmeister mußte das Mädchen fast tragen, es befand sich wieder in einem Zustand, welcher der Ohnmacht sehr nahe kam, nur von Zeit zu Zeit vermochte es stöhnend ein oder zwei Schritte selbst zu tun.

Aquila betete, daß nicht in diesem Moment der Müller oder seine Frau auf die Straße blickten, denn noch war es nicht so spät am Abend, um sicher zu sein, daß im Dorf alle schliefen. Das Rauschen, mit dem der Fluß über das Wehr in den nächtlichen Sumpf hinabstürzte, mochte ihre schwerfälligen Schritte vielleicht übertönen. Rechter Hand zog das Licht des vollen Mondes eine hell leuchtende Bahn auf das nahezu unbewegte Wasser des Mühlenteichs.

Aufatmend erreichte er den Dammweg, der von der Dorfstraße zur Burg abzweigte. Der Körper des Mädchens schien immer schwerer zu wiegen. Die Last wäre leichter, wenn er sie wirklich über die Schultern legte, doch hätte das sofort jedermanns Aufmerksamkeit erweckt. Zu allem Überfluß kam ihnen nun auch noch eine Gestalt entgegen. Seufzend erkannte der Falkner den Kaplan.

«Aquila!»

«Einen schönen Abend, Vater Ludolpho», erwiderte er höflich und drückte das Gesicht des Mädchens gegen seine Schulter.

«Was habt Ihr... Wer...»

«Mein Mädchen und ich haben einen kleinen Abendspaziergang gemacht. Aber der Wind ist wohl doch rauher als wir gedacht hatten. Ihr solltet Euch beeilen, Vater. Ihr könntet Euch verkühlen.»

«Wer ist dieses Mädchen, Falkenmeister!» donnerte der Kaplan und trat näher heran. «Sie scheint mir sehr jung, viel zu jung für Euch!

Kennt Eure Geilheit gar keine Grenzen!»

«Natürlich kann ich mich irren, doch es würde mich doch sehr wundern, Kaplan, wenn ausgerechnet Ihr der einzige Priester der Heiligen Römischen Kirche wäret, der sich tatsächlich an seine Gelübde hält.»

«Verflucht sollst du sein, du ketzerischer Satan, wie kannst du es wagen...»

«Gute Nacht, Vater Ludolpho.»

Endlich waren sie an ihm vorüber, und auf dem schmalen Dammweg hinüber zur Burg war es Ludolpho nicht möglich, wieder an ihnen vorbei zu kommen und sich erneut in den Weg zu stellen. Auch schien der Kaplan von den Vorwürfen ausreichend getroffen. Rasch hörte Aquila seine Stimme leiser werden, als sie sich entfernten.

Dankbar langte er am Burgtor an, das er wider alle Hoffnung sogar noch offen vorfand – ob in Erwartung seiner Rückkehr oder weil Ludolpho gerade erst gegangen war, konnte ihm gleich sein. Mit offenem Mund starrte Toste sie an, der Ritter Wilbrands Geschlecht als Torwächter diente und in dem lehmverkleideten Turm über dem Torgebäude hauste.

«Sieh an, Meister Toste!» rief der Falkenmeister scheinbar gutgelaunt. «Zu so später Stunde noch bei der Arbeit!»

Voller Stolz zwirbelte der Pförtner sein Bärtchen: «In der Tat! Alle machen sich einen schönen Abend, nur Toste muß wieder arbeiten, selbst heute, am Heiligen Sonntag!»

Aquila nickte beipflichtend, wenn es ihm auch schwer fiel, ein Lächeln zu verkneifen, war es doch auf Burg Bodenteich ein offenes Geheimnis, daß Tostes wichtigste Aufgabe darin bestand, ankommende Gäste gleich am Tor mit einem Begrüßungsbecher aus Ritter Wilbrands Bierkeller willkommen zu heißen. Selbstverständlich stand dann auch ein Becher für den Torwächter selbst bereit.

Neugierig trat der Pförtner näher an den Falkenmeister und seine Begleiterin heran:

«Schau an, Meister Aquila, das scheint mir ja ein ziemlich junges Ding zu sein, das Ihr da mit auf die Burg bringt! Ho, Mädchen, laß mich doch einmal dein Gesicht sehen.»

«Ich denke, sie ist noch ein wenig schüchtern», erwiderte der Falkner rasch.

«Mein Geschmack wäre das nicht! Ein Weib muß fett und kräftig sein! Was wollt Ihr mit einer schüchternen Jungfrau, Falkenmeister?»

«Die Schüchternheit werde ich ihr schon abzugewöhnen wissen, mein Freund!» sagte Aquila und zwinkerte dem Torwächter zu. «Und die Jungfernschaft dazu!»

Toste gab ihm einen freundschaftlichen Schlag auf die Schulter und ließ die beiden passieren. Noch während sie den Burghof überquerten, folgte ihnen sein Lachen.

Der Aufstieg über die steile hölzerne Treppe, die zur Pforte des Bergfrieds führte, ging fast über Aquilas Kräfte. Seine Arme waren unglaublich schwer und fühlten sich an, als hätte man sie in Blei getaucht. Die Mühe, Stufe um Stufe emporzusteigen, schien zu viel für seine Beine. Stöhnend löste er den groben Schlüssel von seinem Gürtel, öffnete und schleppte das Mädchen ins Innere des gewaltigen Turmes.

Und dann, endlich, endlich, konnte er die Tür hinter sich verriegeln.

Von der Einstiegsluke aus mußte Aquila die Kranke über Holzstiegen im Innern des Turms noch zwei weitere Stockwerke hinauftragen. Dies gestaltete sich indes bedeutend einfacher als die vorangegangene nächtliche Wanderung, denn jetzt konnte er den Körper der Müllerstochter in der Tat auf seine Schultern heben.

Dennoch war es kein einfacher Weg im Stockdunkel des nächtlichen Bergfrieds. Erst als er mit seiner Last im obersten Stockwerk angelangt war, entzündete er eine der blakenden Fackeln in ihren Wandhalterungen.

Eine einfache Strohschütte, sein eigener Schlafplatz, war die einzige Ruhemöglichkeit im niedrigen obersten Stockwerk, unmittelbar unter der Aussichtsplattform des Bergfrieds. Hier legte der Falkenmeister das Mädchen ab, das längst wieder in die Ohnmacht zurückgesunken war.

«Febrefugiam», murmelte er und versuchte, sich zu entsinnen. Die gelehrten Doktoren in Salerno hätten auf Anhieb gewußt, was jetzt zu tun war, doch sie waren auch häufiger mit mißlungenen Abtreibungen konfrontiert als der Falkenmeister des Herrn von Bodenteich. Zudem konnten sie auf eine jahrtausendealte medizinische Wissenschaft zurückgreifen. In Salerno hatte auch Aquila in dem Exemplar des Herbariums lesen dürfen, das einem seiner Lehrer gehörte, doch leider befand sich jenes große Werk des Apuleius nicht unter den Manuskripten, die ihn in die Verbannung begleitet hatten.

Er mußte sich wohl oder übel auf sein Gedächtnis verlassen.

«Febrefugiam, das Mutterkraut. Sehr wirksam, aber zugleich ausgesprochen schwierig zu dosieren. Weiß Gott, wo sie es aufgetrieben hat, so selten wie die Pflanze ist. Sie blutet sehr stark, also hat sie zu viel genommen. Ein Gegenmittel, ein blutstillendes Gegenmittel.»

Aquila erhob sich vom Lager der Kranken und ging hinüber zu einem Regal, das bis zur Decke des Raumes reichte und in der Breite fast zehn Fuß maß. Hier bewahrte er Beutel und Gefäße mit den unterschiedlichsten Heilkräutern auf. Er verfügte über mindestens vier verschiedene Mittel, mit denen eine Blutstillung zu bewirken war, doch bei jedem einzelnen waren ganz spezielle, unerwünschte Nebenwirkungen zu bedenken.

Er schüttelte den Kopf. Nein, bevor er ihr etwas gab, mußte er wissen, ob sie den Fötus schon verloren hatte oder ob er sie, bereits abgestorben, womöglich von innen heraus langsam vergiftete.

Sacht berührte er die Schulter des Mädchens. Zu seiner Überraschung schlug es sofort die Augen auf.

«Du bist in Sicherheit, Mädchen, wir sind in meinen Räumen auf der Burg. Wir müssen sichergehen, daß das Kind nicht mehr in Dir ist.»

Sie nickte stumm.

Angespannt stieß der Falkner die Luft aus. So stark die Blutung auch war, zuerst mußte er nun gezwungenermaßen das Werk des Mädchens vollenden. Ob lebend oder tot... Seufzend ging er wiederum hinüber zum Kräuterregal und entnahm der allerobersten Reihe ein kleines Säckchen.

«Bilsenkraut natürlich.»

Er zögerte noch einen Augenblick und nahm einen zweiten, etwas größeren Beutel hinzu.

«Und den echten Gamander. Das Blut mag bereits vergiftet sein. Und ein wenig von der Katzenminze dazu.»

Das Bilsenkraut würde die Frucht mit Sicherheit aus dem Schoß des Mädchens lösen. Es hatte außerdem noch eine Reihe angenehmer Nebeneigenschaften: Es betäubte die Schmerzen und würde Bennos Tochter in einen leichten Rausch versetzen, so daß sie nicht allzuviel von dem, was um sie herum ablief, mitbekommen würde.

Aquila gab genau abgemessene Mengen der getrockneten Pflanzen in einen Mörser und begann damit, sie fein zu zermahlen. Als Salbe ließ sich diese Mixtur nicht verwenden. Er würde die Medizin dem Mädchen als Trank einflößen müssen.

Im untersten Fach des Kräuterregals bewahrte Aquila einen versiegelten Krug mit Honigmet auf, ein Geschenk Bennos des Müllers als Dank für Aquilas vielfältige Ratschläge. Welch grausamer Witz! Kopfschüttelnd gab der Falkenmeister einen Teil des Gebräus zu den zerstoßenen Kräutern. Die Wirkstoffe würden sich im Alkohol rasch auflösen und konnten so vom Körper der Kranken leichter aufgenommen werden.

Die Schüssel in der Hand beugte er sich über das Mädchen und hielt ihm den Trank an die Lippen.

Die Müllerstochter schlug die Augen auf. Sie sah jünger aus als je zuvor, dachte Aquila bei sich. Ihr Blick spiegelte Besorgnis, zugleich aber eine Ergebenheit in das Schicksal, die der Falkner auf dem Gesicht eines so jungen Menschen noch nie gesehen hatte. Das Mädchen trank ohne ein Wort und ließ sich dann zurückfallen.

Stumm betrachtete Aquila die Kranke. Er konnte nur noch abwarten, daß der Trank Wirkung zeigte. Die Stunden der Nacht waren mit seiner Krankenwache am Bett der Augustinerin kaum zu vergleichen. Schwester Agnethas Schwäche war von einer völlig anderen Art gewesen, bedrohlicher auf ihre Weise, doch die Nonne hatte auch alle Zeit der Welt, wieder zu Kräften zu kommen.

Wollte der Falkenmeister den Zustand der Müllerstochter vor den Augen ihrer Familie und der Dorfbewohner verbergen, so mußte das Mädchen bis zum Morgen wieder in seinem Bett im Mühlengebäude liegen und weit genug bei Kräften sein, zumindest die Morgenmahlzeit mit der Familie durchzustehen. Den Tag über, bei der Schweinehut im Buchenforst, würde die Kranke dann Gelegenheit haben, sich ein wenig zu erholen.

Grimmig betrachtete Aquila das Mädchen. Es würde gelingen. Es mußte. Sobald der Fötus ausgeschwemmt war, würde er einen Sud aus den Blüten der Achillea zubereiten, der die Blutungen zum Stoppen bringen würde. Ansonsten blieb ihm nichts anderes, als sein Vertrauen in die Selbstheilungskräfte des jungen Körpers zu setzen.

Nach einer Weile wurde die Müllertochter unruhig und begann wieder zu wimmern. Noch zögerte Aquila, ihr einen Knebel in den Mund zu geben, doch als die Schreie rasch lauter werden, wagte er nicht länger darauf zu verzichten. Die Gefahr, daß der Lärm die ganze Burg aufweckte, wurde einfach zu groß.

Die Wirkung des Bilsenkrauts setzte ein. Aquila hatte ausreichend frisches Wasser emporgeholt, das er in den unteren Stockwerken des

Turms für die Falken ständig bereithielt. Eine unangenehme und blutige Arbeit lag vor ihm.

Die Morgendämmerung war nicht mehr fern, als der Falkenmeister zum zweiten Mal in dieser Nacht in die Burg zurückkehrte. Von Toste dem Torwächter waren nicht mehr als ein oder zwei derbe Sprüche zu hören gewesen, als Aquila das Mädchen zurück ins Dorf gebracht hatte, und als er nun schließlich alleine die Burg betrat, war der Pförtner gegen einen Krug gebrannten Weines gerne bereit, über das nächtliche Abenteuer des Falkners zu schweigen.

Dennoch schüttelte Toste verständnislos den Kopf, als sich Aquila zum Gehen wandte:

«Ihr seid der einzige Mann, den ich kenne, der seine junge Buhle geheimzuhalten trachtet. Jeder andere würde mit dem jungen Ding protzen und prahlen! Und ausgerechnet Ihr, über den weiß Gott...»,

Toste brach bestürzt ab, doch Aquila schüttelte nur müde den Kopf. Er konnte sich sehr gut vorstellen, daß es kaum eine Obszönität gab, die das Gesinde der Burg ihm, der allein mit seinen Falken aber ohne Gefährtin im Bergfried lebte, nicht nachsagte. Tatsächlich hatte er seit seiner Jugend niemals mehr eine Frau getroffen, die ihm mehr bedeutet hatte als die geteilte Lust einer Nacht. Niemals... bis zu Schwester Agnethas überraschender Ankunft. Gerne hätte er die Art, in der sein Körper und Geist auf die Augustinerin reagierten, als die übliche, fast beiläufige Begierde abgetan, die eine hübsche junge Frau in einem Mann eben erregte; doch konnte er leugnen, daß ihn Schwester Agnethas forschendes Wesen, ihr offener, vielfältig interessierter Verstand ebenso ansprachen?

«Meister Aquila?»

Der Falkner sah auf und bemerkte, daß ihn der Torwächter besorgt musterte.

«Ist Euch nicht wohl, Meister Aquila?»

Er brachte ein Lächeln zustande: «Keine Sorge, mein Freund, es ist alles gut. Ich bin nur ein wenig erschöpft nach dieser wahrhaft anstrengenden Nacht.»

Toste nickte lachend: «Das glaube ich Euch aufs Wort! Dann wünsche ich Euch jetzt eine gute Nacht, wenn man das noch so nennen kann um diese Zeit!»

Aquila erwiderte den Wunsch und beeilte sich, über den Hof und in den Bergfried zu kommen. Es war nicht nötig, daß ihn weitere Burgbewohner bei seiner Rückkehr beobachteten. Er ging davon aus, sich auf Tostes Stillschweigen verlassen zu können – solange ihn niemand mit allzu direkten Fragen löcherte.

Endlich langte der Falkenmeister im Kaminzimmer des Bergfrieds an und ließ seinen Mantel müde von den Schultern gleiten. Darunter trug er noch immer den blut- und unratverschmierten Kittel, in dem er der Müllertochter beigestanden hatte, als die Wellen des Schmerzes einsetzten und ihr geschwächter Körper den schon abgestorbenen Fötus ausschwemmte. Erschöpft schlossen sich seine Augen bei der Erinnerung. Durch welche Hölle hatte das Mädchen gehen müssen, nur weil es nicht gewagt hatte, sich einer Heilkundigen anzuvertrauen? Es mußte doch wissende Frauen in der Umgebung von Bodenteich geben, die diesem halben Kind zumindest einen Teil der Schmerzen hätten ersparen können. Doch das war auch eine Frage der Entlohnung, und wenn das Mädchen nun wirklich keine dieser Frauen kannte... Schließlich war eine große Gefahr damit verbunden, an die Falsche zu geraten.

Für dieses Mal konnte er eigentlich zufrieden sein, denn für die Tochter des Müllers war es noch einmal gut gegangen. Hätte er irgendeine Möglichkeit gesehen, das Kind zu retten, so hätte er es getan. Doch die einzige Entscheidung, die ihm in dieser Nacht geblieben war, war die, entweder wenigstens die Schwangere zu retten oder aber die Mutter mitsamt dem Kinde sterben zu lassen.

Natürlich war er froh, daß er ihr hatte helfen können, doch er konnte es nicht wagen, seine überlegenen Fähigkeiten in aller Öffentlichkeit anzuwenden. Zu schnell waren unwissende, wenn nicht böswillige Menschen wie Vater Ludolpho und Amme Annafrid mit Anschuldigungen bei der Hand. Und nicht nur in Italien hatte der Falkenmeister die Scheiterhaufen der Heiligen Inquisition qualmen sehen.

Doch er wußte, daß sein Wissen ein gutes Wissen war, Wissen, um Kranken zu helfen.

Nur einem Menschen konnte er nicht helfen: Bruder Bjørn, Schwester Agnethas Begleiter, von dem nach wie vor jede Spur fehlte, ganz als sei er verschwunden vom Angesicht der Erde und hinübergewechselt in eine fremde, unbekannte Welt.

Aquila stutzte. Was war das für ein Gedanke? Hinübergewechselt in eine fremde, unbekannte Welt. Mußte das unbedingt das Paradies der Kirchenmänner sein oder das Fegefeuer und die ewige Verdammnis?

Nachdenklich glitt sein Blick über die Beutel und Fläschchen, über die Heilkräuter und Arzneitränke. Es gab eine Möglichkeit... Wer den Mut dazu hatte, der konnte das Tor öffnen, das die menschliche Existenz von jener anderen Welt trennte. Doch der Weg, den er dazu einschlagen mußte, war ein trügerischer und gefährlicher Pfad. Nur wenige Männer und Frauen besaßen die innere Kraft, ihn zu beschreiten. Aquila selbst hatte ihn ein oder zweimal erprobt, getrieben von der Neugier des Forschenden, doch schon nach einigen wenigen Schritten hatte er einsehen müssen, daß auch für ihn das Risiko einfach zu groß war, auf ewig verloren zu sein im Abgrund zwischen den Welten. Er hatte nicht mehr getan, als durch eine Türe zu spähen, die nicht mehr als einen Spaltbreit geöffnet war, und die Dinge, die er in jenem kurzen Augenblick gesehen hatte, hatten ihn nicht eben ermuntert, diese Pforte völlig aufzustoßen. Sein Los mochte ein einsames Leben in der Verbannung sein, doch auch dieses Leben war ihm kostbar.

Nein, es war ein zu gefährlicher Weg. Und wenn es der einzige Weg ist, auf dem die Spur einer Chance besteht, doch noch ans Ziel zu gelangen?

Aquila erhob sich und ging langsam am Kräuterregal entlang, wobei er vorsichtig zwei Beutelchen und eine kleine gläserne Phiole entnahm. Nachdenklich schob er ein in schweres Leder gebundenes Manuskript beiseite und stellte die Gegenstände nebeneinander auf seinen Arbeitstisch. Der Falkner betrachtete das winzige Fläschchen, das bis zur Hälfte mit einer fast durchsichtigen, bläulichen Flüssigkeit gefüllt war. Nächtelange Experimente und Destillationen waren erforderlich gewesen, um aus dem Hyoscyamus und bestimmten, seltenen Kräutern, die vor einem halben Leben aus den wilden Wäldern von Epiros in seine Hände gelangt waren, diesen Trank zu erzeugen, doch dafür war er wirksamer als nahezu alles andere, das sich in dem hohen Regal befand. Ein oder zwei Tropfen konnten das Leben eines schwer Verletzten oder einer in Fieberkrämpfen liegenden Gebärenden retten, aber dem falschen Mann die falsche Dosis verabreicht, und nichts auf Erden konnte seinen Tod verhindern.

Doch der Trank besaß noch eine zweite Eigenschaft. Und um ihretwillen hatte der Falkner die Phiole von ihrem Platz genommen. Die Säckchen mit den Kräutern waren nur Nebensache. Der Falkner nahm von beiden eine Handvoll, gab sie in eine Schale und goß sie mit heißem Wasser zu einem Sud auf. Dann wartete er, während sich das beruhigende Aroma des Aufgusses im Raum verbreitete. Dieser Sud würde verhindern, daß sein Magen die eigentlich wirksame Substanz aus der kleinen Phiole als Gift erkannte und sofort wieder auswürgte.

Als der Trank eine ausreichende Zeitspanne gezogen war, hob der Falkenmeister die Schale mit beiden Händen, setzte sie an die Lippen und schluckte die noch sehr warme Flüssigkeit in einem langen Zug. Sodann, ohne noch einen Augenblick länger zu zögern, zählte er ein halbes Dutzend Tropfen aus der Phiole ab, gab sie in einen Becher klares Wasser und trank auch dies.

Er wußte, daß ihm jetzt nur noch einige wenige Augenblicke verblieben, daher erhob er sich sogleich, legte den blutverschmierten Kittel beiseite und streckte sich auf seinem Lager aus. Während schon Schwindel von seinem Geist Besitz ergriff, zog er noch eine grobe wollene Decke über sich, ein fast hilfloses Manöver angesichts der Kälte, die seinen Körper bereits zu durchfluten begann.

Sein Bewußtsein trieb hinaus...

Aquilas Gedanken verwirrten sich. Sein Verstand wehrte sich, kämpfte dagegen an, die Führung einem wie zufälligen Drang zu überlassen, einem Davongleiten in unbestimmter Richtung. Doch ein letztes Aufblitzen des klaren Geistes: Er wußte, daß es vergeblich war.

Mit einem Seufzer vertraute er sich dem Strudel an, der ihn fortzog.

Das Ziehen und Zerren einander widerstreitender Kräfte, die seinen Geist mit grausamen Klauen packten wie die Zipfel einer Decke. Der Falkenmeister verspürte Übelkeit, doch nur ganz am Rande; sein Körper war bereits weit entfernt.

Er blickte um sich und fand sich im Hügelland jenseits des Flusses wieder, auf der heidebewachsenen Hochebene, auf der Gerolf von Bodenteich seine erste Beute als Falkner gemacht hatte. Der Himmel war wild bewegt, rasch zogen Wolkenfetzen dahin, und in Richtung Sonnenaufgang, über den Seewiesen, hatte sich der Himmel schwarz verfinstert.

Der Wind trug seltsame Laute an die Ohren des Falkenmeisters, doch es war etwas in diesem Wind. Unheimliche Geräusche, die er nicht allein über das Gehör aufnahm, sondern die in jeder imaginären Faser seiner körperlosen Existenz widerhallten und ihr hohles Echo tief in seine Seele entsandten.

Ein Schatten lag über diesem Land, unsichtbar in der wirklichen Welt, der Welt der festen Formen und Dinge und der lebendigen Menschen, aus der Aquila kam. Doch hier, im Gegenbild dieser Welt, gewannen halb bewußte Vorstellungen und Ahnungen, die man selbst am heimeligen Kaminfeuer im Rittersaal Wilbrands von Bodenteich nur flüstend beim Namen zu nennen wagte, eine nahezu stoffliche Gestalt.

Ein eisiger Hauch wehte den Falkenmeister an. Für einen Augenblick war ihm, als wehe der schneeige Atem des noch Monde entfernten Winters über dieses bloße Abbild seiner selbst, das sich unsicher und stolpernd zwischen den Welten bewegte. Die Laute waren jetzt sehr nahe. Sie klangen wie das hundertfach verstärkte und gebrochene Heulen hungriger Wölfe in einer frostklaren Winternacht.

Der Falkenmeister wollte fort von hier. Er wußte, daß diese Mächte gebannt waren und nicht mehr gefährlich für die Menschen in der wirklichen Welt, doch er wußte auch, daß irgend jemand oder irgend etwas die beiden Mönche getötet und Schwester Agnetha überfallen hatte. Und eben jetzt befand er sich an den Pforten eines Reiches, in dem die Macht jener Kreatur noch ungebrochen war. Wo sonst sollte er nach dem vermißten Bruder Bjørn suchen?

Aber es mußte auch eine andere Seite geben in dieser Welt des Schreckens, der Kälte und des Unheimlichen. Aquila schloß die Augen. Keine Welt konnte existieren, in der sich das Gute und Böse nicht die Waage hielten. Mit all seiner geistigen Kraft stellte er sich einen freundlicheren Ort vor, versuchte, sich an den Ort zu versetzen, der für ihn mehr als jeder andere Heimat, Zuflucht und Sicherheit bedeutet hatte.

Der Falkenmeister schlug die Augen wieder auf: Eine Welt der Nebel, unbestimmte Umrisse, verschwommene Bewegungen im verwirbelten Dunst, körperlos wie flüchtige Gedanken, und dann, schneller als der Flügelschlag eines Schmetterlings, eine Gestalt vor ihm, keine drei Schritte entfernt.

Aquila sah sich um: Er stand in einer Studierstube, einem winzigen Gemach mit nur grob behauenen steinernen Wänden. Der Falkenmeister kannte diesen Raum, eine bescheidene Klosterzelle in Salerno, doch er wußte, daß nicht allein dieses Studierzimmer, sondern das gesamte Kloster vor einem halben Leben bis auf die Grundmauern niedergebrannt waren, als die Päpstlichen in das Reich König Manfreds von Hohenstaufen eindrangen. Und auch die gebrechliche Gestalt des Mönches, der sich mit in Falten gelegter Stirn über ein Schreibpult beugte und jetzt unvermittelt aufsah, um ihn zu mustern... Auch sie erschien ihm vertraut.

«Ah!» sagte der Gelehrte. «Ihr seid es tatsächlich, junger Adler. Ich habe sofort Zeit für Euch! Laßt mir nur noch einen Augenblick, dies hier zu vollenden.»

Unvermittelt fand sich Aquila im Rücken des Mönches, ihm über die Schulter blickend. Doch er konnte nicht mehr als einen kurzen Blick auf ein in sorgfältiger griechischer Schrift ausgeführtes Manuskript werfen, bevor der Schreiber den Folianten entschlossen zuschlug und sich mit einem erfreuten Lächeln zu Aquila umwandte.

«So! Verzeiht mir, doch dies war ein Gedanke, den ich unbedingt festhalten mußte.»

«Vater Gennadios!» sagte Aquila leise.

«Wen habt Ihr sonst hier erwartet, junger Adler?» fragte der Alte amüsiert.

«Nicht mehr so jung wie bei unserer letzten Begegnung», murmelte der Falkenmeister und strich sich das lange Haar aus der Stirn. Doch erst in der Bewegung gewahrte er, daß die Farbe seines Haares ein dunkles Blond war, und daß er es offen trug wie in seiner Jugend.

«Wie kann das...»

Gennadios lächelte: «Die Heilige Schrift und die Kirchenväter lehren, daß die Menschen am Tage des Jüngsten Gerichts im Fleische auferstehen. Und ihr Leib wird das Alter haben, welches der Leib des Herrn hatte, als er am Kreuze starb. Einen ganz ähnlichen Effekt können wir an Euch beobachten: Ihr seht ganz genauso aus wie an dem Tage, an dem wir beide uns zuletzt begegneten.»

«Und Ihr...»

Gennadios lachte: «Ich natürlich auch. Doch das dürfte Euch doch kaum verwundern. Bei mir macht es ohnehin keinen großen Unterschied: Schließlich bin ich kurz darauf gestorben.»

«Dann ist dies... das Jenseits?»

Wieder lachte Gennadios mit einer glockenhellen Stimme, die nicht zu der hohen Zahl seiner Jahre zu passen schien:

«Es sieht nicht nach dem Paradies aus und ich denke, daß es auch nicht die ewige Verdammnis ist, auch wenn einige dieser Bücher in einem so schauderhaften Arabisch geschrieben sind, daß es wahrhaft eine Strafe ist, sie lesen zu müssen.»

«Das ist es, was Ihr hier tut? Ihr lest und schreibt?»

«So ist es. Und obendrein plaudere ich mit Euch.»

«Aber das ist doch ganz genau dasselbe, was Ihr getan habt, als Ihr noch lebtet!»

«Sicher, da habt Ihr recht. So ist das Wesen der Menschen: Sie neigen dazu, das zu tun, was sie ihr ganzes Leben lang getan haben. Warum sollte ich mich an diesem Ort umstellen? Ich bin der, der ich immer gewesen bin: Eures Vaters treuer Freund und Diener. Euer Lehrer und Mentor, offen für alle Eure Fragen.»

«Wahrscheinlich hat mein Weg mich deswegen zu Euch geführt», sagte Aquila nachdenklich.

«Ganz gewiß ist das so gewesen», erwiderte der Mönch ganz ruhig, und aus seiner Stimme sprach weder Hochmut noch falsche Bescheidenheit. «Aber nun solltet Ihr sie mir auch stellen, Eure Fragen, wenn sie so wichtig sind, daß Ihr Euch auf diese gefahrvolle Reise begeben habt. Sie sind nicht weit entfernt von hier, müßt Ihr wissen. Manchmal kann ich sie beinahe hören.»

«Ich weiß es, glaubt mir. Seit wir uns getrennt haben, waren sie mir immer nahe... in der einen oder anderen Form. Und doch scheine ich blind zu sein: Ich erkenne sie nicht einmal, wenn sie mir begegnen.»

«Wie könnte es auch anders sein, junger Adler», seufzte der Alte. Er streckte seine Hand aus und berührte sachte Aquilas Rechte, an der der schwere Ring mit dem großen roten Stein funkelte, intensiver noch, wie es der Falkner überrascht feststellte, als in der wirklichen Welt. Obwohl er wußte, daß er auf dieser Ebene der Wirklichkeit nicht körperlich anwesend war, glaubte er doch, einen Sinneseindruck wahrzunehmen. Etwas wie den Schatten einer mitfühlenden Liebkosung.

«Dies ist das Siegel Eures Schicksals», sagte Vater Gennadios leise.

«Doch darum bin ich nicht hier, ehrwürdiger Vater. Ich suche einen Mann aus meiner Welt. Einen Mann, der schmerzlich vermißt wird und um dessen Wohlergehen eine Frau, die ich...»

Er brach ab. Vater Gennadios dunkle Augen musterten ihn: «Sie verdient Euer Vertrauen, junger Adler. Aber noch sehe ich dunkle Zeiten für Euch voraus.»

«Auch ich habe dunkle Ahnungen, was die Zukunft anbetrifft. Dabei hat gerade diese Frau wahrlich schon genug erlitten. Wenn ich doch nur erfahren könnte, was jenem Vermißten widerfahren ist. Ich weiß nicht einmal, ob er überhaupt noch am Leben ist. Es heißt, sein Name sei Bruder Bjørn.»

Die Augen des Alten fixierten ihn scharf: «Aber Ihr zweifelt daran.»

Aquila zögerte: «Vielleicht tue ich das wirklich. Aber als dieser Mann verschwand, nicht weit entfernt von dem Ort, an dem ich jetzt lebe, nannte er sich jedenfalls Bruder Bjørn und trug den Habit eines

Franziskaners. Doch dieser Ort ist weit fort von hier. Ihr werdet ihn kaum kennen.»

«Täuscht Euch nicht, junger Freund», murmelte Gennadios. Seine Hände strichen über den metallbeschlagenen Lederdeckel des vor ihm liegenden Buches. «Ihr glaubt, die Bewegung im Raume und in der Zeit kennt nur die eine, Euch vertraute Richtung, doch das ist ein Phänomen Eurer Welt, oder besser: So glaubt Ihr, Eure Welt am besten erklären zu können. Aber das ist nicht so. Die Dinge sind wie sie sind, aber sie sind anders hier, auf der anderen Seite. In diesem Falle fällt es mir jedoch schwer, Euch zu helfen. Nur soviel: Bruder Bjørn ist tot, unwiderruflich tot. Doch möglicherweise gibt es Hoffnung für jenen anderen: Den, der sich hinter der Maske verbirgt. Er ist in Gefahr, junger Adler, denn er verbirgt sich noch immer. Vor den Augen seiner Feinde, aber auch vor denen seiner Freunde. Und seine Tarnung ist von einer Art, die auch Eure scharfen Augen nicht durchschauen werden. Fragt mich nicht, was diese Worte bedeuten. Ich verstehe sie nicht. Das sind die Unbillen Eurer Welt, nicht der meinen. Möglicherweise könnte Valdemar... Doch Ihr seid erschöpft und ich fürchte, Eure Kraft wird nicht genügen, zu ihm zu gelangen.»

Er brach ab und zögerte einen Augenblick, doch dann schüttelte er den Kopf:

«Vielleicht hilft Euch das Wenige, das ich Euch sagen konnte, junger Adler. Ihr seid ein großes Wagnis eingegangen und Ihr werdet gering dafür belohnt. Doch das ist nicht meine Entscheidung. Und nun müßt Ihr gehen.»

Die letzten Worte waren kein Befehl, sondern eine Feststellung. Und Aquila spürte bereits, daß die Vision schwächer wurde. Er schloß die Augen und glitt in traumlosen Schlaf.

anno dominice incarnationis MCCXIIC
regnante domino Adolpho primo glorioso Romanorum rege augusto
sexto idus octobri
(8. Oktober 1292)

Drei Tage nachdem der Falkenmeister spät in der Nacht mit seiner heimlichen Geliebten auf die Burg zurückgekehrt war – ein Vorfall, der unter dem Gesinde dann doch für nicht geringes Aufsehen gesorgt hatte – erhielt Toste, der Torwächter, die Erlaubnis, für einige Tage in die Stadt Salzwedel zu reiten, um an den Feierlichkeiten zur Hochzeit seiner Schwester teilzunehmen.

Toste war guten Mutes. Selbstzufrieden zwirbelte er das kleine Bärtchen auf seiner Oberlippe. Der Bräutigam, Toste hatte ihn im Frühjahr kennengelernt, war ein erfolgreicher Panzerschmied in der Altstadt Salzwedel. Eine wahrlich gute Partie. Der Mann war bereits in den Fünfzigern und hatte schon zwei Ehefrauen begraben, doch er brauchte eine Mutter für seine unmündigen Kinder. Als Toste erfahren hatte, daß seine Schwester das Gefallen des Schmiedes gefunden hatte, war er gerne zum Einverständnis bereit gewesen.

Der Tag seiner Reise war gut gewählt. Am Himmel zeigten sich zwar einige Wolken, doch es war absehbar, daß es bis zum Abend trocken bleiben würde. Die Luft war angenehm, eine leichte Brise wehte, mit einem Wort: Ein Morgen wie gemacht für einen langen Ritt. Bequem ließ er das Pferd dahintraben. Die Wegstrecke war ohnehin zu weit, um sie an einem einzigen Tag zu bewältigen. Wahrscheinlich würde Toste im Schutz von Langenapel übernachten.

An den Häusern von Schostorf ließen Fischer ihre Boote zu Wasser. Toste grüßte herüber. Niemand konnte sagen, wie lange das ruhige Wetter anhalten würde, und wenn es auch erst Oktober war: Der lange, eisige Winter war nicht mehr fern. Und es würde ein kalter Winter werden: Immer wieder in den letzten Wochen war ein unheimliches Krähen und Schreien am Himmel vernehmbar gewesen. Schon hatten sich die Kraniche auf ihren Zug in den Süden begeben.

Toste verscheuchte die trüben Gedanken. Noch meinte das Wetter es gut mit ihm und er würde den Reisetag nutzen.

Hinter Schostorf trat die Straße in eine Senke ein, und ein sanfter Hügelkamm nahm ihm vorübergehend den Blick auf den See. Im

Schatten war es bereits kühler, als man in der Wärme der Morgensonne zu glauben bereit war. Mit einem freundschaftlichen Klaps ermunterte der Torwächter sein Reittier zu einer schnelleren Gangart.

Kaum daß die Handelsstraße die Senke wieder verließ, trat sie in waldiges Gelände ein. Der Boden war feucht, zu feucht, als daß größere Bäume sich hier hätten halten können; über allem lag ein unangenehmer Schimmer und ein Hauch von Moder. Toste zog die Nase kraus. Dieser Teil seines Reiseweges war nicht eben der angenehmste.

«Seid gegrüßt, Fremder!»

Überrascht sah der Torwächter auf. Reflexartig fuhr seine Hand zu dem kurzen Dolch an seinem Gürtel, doch er ließ sie sogleich wieder sinken, als er gewahrte, wer ihn angesprochen hatte.

Ein Mann in einem dunklen Gewand, ein Mönch vermutlich, wenn ihn Toste auch keinem Orden zuzuordnen wußte, saß am Rande des Weges auf einem umgestürzten Baumstamm. Der Mann hatte die Beine übereinandergeschlagen und stützte den Ellenbogen darauf, wobei er das Kinn in die Fläche seiner Hand lagerte. Interessiert beobachtete er den Reiter.

«Gruß auch Euch, ehrwürdiger Vater», sagte Toste eilig und zügelte sein Pferd. «Verzeiht, daß ich Euren Gruß nicht sofort erwiderte. Ich hatte Euch nicht gesehen.»

«Ich mache Euch keinen Vorwurf», erwiderte der fremde Wanderer. «Es ist eine schattige Stelle hier. Da kann dem ungeübten Auge manches entgehen.»

Toste nickte. Der Fremde hatte recht. Er saß tatsächlich an einem sehr schattigen Ort. Zwischen den Bäumen herrschte ein düsteres Halbdunkel. Ein Licht beinahe wie aus einer anderen Welt. Für einen Augenblick kam ihm der Gedanke, den Fremden zu fragen, warum er nicht an einem freundlicheren Platz Rast machte, doch als er den Mund öffnete, hatte er aus irgendeinem Grunde vergessen, was er sagen wollte.

«Nein, ich mache Euch keinen Vorwurf», wiederholte der Fremde. «Doch ich habe Sorge um Euch, der Ihr hier so unbesonnen umherreitet, mein Sohn. Es ist eine gefährliche Straße, auf der Ihr reist. Wißt Ihr das denn nicht?»

Toste zögerte. Bei allem Rätselraten um den Verbleib von Schwester Agnethas Begleiter hatte Ritter Wilbrand allen, die bei der Auffindung von Vater Dietrichs entstelltem Leichnam Zeugen geworden waren oder Näheres über den Tod des Franziskaners und das Verschwinden von Bruder Bjørn wußten, mit strenger Miene befohlen, vorsichtig zu sein, wenn sie diese Dinge Fremden gegenüber erwähnten. Nun, der Fremde war ein Mönch, vielleicht gar ein Franziskaner, also vom selben Orden wie der verschwundene Bruder Bjørn... Trotzdem hatte Toste ein merkwürdiges Gefühl bei diesem Mann.

Etwas in seinem Gesicht... in seinen Augen. Toste spürte, wie der Blick des Fremden freundlich auf ihm ruhte. Der Mönch schien zu lächeln, obwohl seine Lippen sich nicht verzogen. Toste kniff die Augen zusammen... es war schwierig, auf die Lippen zu achten, weil dieser seltsame Blick so beherrschend war. Die Schatten zwischen den krüppeligen Bäumen waren so unstet, das Licht so unbestimmt. Es klang verrückt, aber Toste hätte in diesem Augenblick nicht einmal zu sagen gewußt, ob der Fremde überhaupt einen Mund hatte.

«Vielleicht erzählt Ihr mir am besten alles, was Ihr über diese Sache wißt», sagte der Fremde mit einer großen Freundlichkeit in der Stimme.

Toste gab seinen Widerstand auf. Er gehorchte und berichtete alles, was er vom Tod der beiden Kirchenmänner, vom Verschwinden Bruder Bjørns als auch vom Zustand der Augustinerin wußte und was es sonst Wissenswertes über die Menschen auf Burg Bodenteich zu sagen gab. Genau besehen konnte er in diesem Augenblick auch keinen Grund erkennen, aus dem er über die nächtlichen Ausflüge des Falkenmeisters hätte schweigen sollen. Dann verabschiedete er sich mit einem Gruß und ritt seines Weges. Und noch bevor er die nächste Wegbiegung erreichte, hatte er die Begegnung vergessen.

Befriedigt lehnte sich der Mann im Dunklen Mantel auf dem umgestürzten Baumstamm zurück.

Ein Schritt weiter. Er wußte nun, was zu tun war.

Der Falkenmeister konnte zufrieden sein. Schwester Agnethas Gesundung machte die besten Fortschritte. Die einzige, der es nicht schnell genug gehen konnte, war die Nonne selbst. Noch einmal war es Aquila unter strengen Blicken gelungen, die Augustinerin daran zu hindern, sich von ihrem Lager zu erheben, doch nur unter der Bedingung, daß er am folgenden Tage keine Einwände mehr erheben würde – vorausgesetzt, ihr Zustand würde sich weiter stabilisieren.

Zur allgemeinen Erleichterung war dies der Fall, und so ließ Aquila es schließlich zu, daß Amme Annafrid und die kleine Riva die Gewänder der Nonne aus der Truhe neben dem Kamin holten und Schwester Agnetha vorsichtig ankleideten. Die Augustinerin verspürte zwar ein ungewohntes Brausen in ihrem Kopf, als sie zum ersten Mal seit Wochen die Kemenate verließ und langsam die hölzerne Treppe hinabstieg, doch als sie durch die niedrige Außentür ins Freie trat, da war ihr, als müßte sie schier betrunken werden von der kühlen, klaren Luft.

Unter den besorgten Blicken der Burgbewohner führte die Amme sie die wenigen Stufen in den Hof hinab, wo Aquila und die Söhne Ritter Wilbrands sie bereits erwarteten.

Der Falkenmeister musterte sie: «Ihr fühlt Euch also wirklich gut genug zum Aufstehen?»

«Gut genug zum Aufstehen fühlte ich mich gestern», erwiderte sie und war sich im selben Augenblick bewußt, daß ihr Ton zu scharf gewesen war, doch nun war es geschehen. Sie mußte es in einen Scherz wenden. «Heute fühle ich mich so gut, daß ich wieder in den Sattel steigen und bis nach Oldenstadt reiten könnte, wenn Ihr es verlangtet.»

Er nickte ohne Lächeln: «Dann mögt Ihr eine Weile auf dem Burghof umhergehen, wenn es Euer Wunsch ist. Aber nicht länger als ein paar Minuten.»

Zur Rechten und zur Linken auf die Arme Adrians und der Amme gestützt, begann Schwester Agnetha das Burggelände zu erkunden, während die Augen des Falkenmeisters sie aufmerksam betrachteten.

«Genauso sieht er seine Jungvögel an, wenn er sie das erste Mal aufsteigen läßt», sagte Adrian fröhlich, aber so leise, daß Aquila ihn nicht hören konnte. «Fühlt Euch geschmeichelt, Schwester!»

Sie seufzte: «Ich bin ihm wirklich dankbar für seine Sorge, Adrian, doch glaubt mir, ich bin kein unerfahrener Jungvogel. Bevor ich ins Kloster ging, habe ich ein Leben geführt wie Ihr hier auf Bodenteich auch. Ich habe reiten und jagen gelernt wie meine Brüder. Ich bin nicht zerbrechlich und es geht mir wirklich schon viel besser!»

«Vater hat Eurer Priorin versprechen müssen, für Euch zu sorgen wie für seine eigene Tochter, und, glaubt mir, er würde es niemals verzeihen, wenn Eure Krankheit aufgrund unserer Unvorsichtigkeit auch nur einen Tag länger dauerte. Also macht vorsichtig einen Schritt vor den anderen.»

In ihr Schicksal ergeben gehorchte sie und ließ sich an den Stallungen und Wirtschaftsgebäuden entlangführen, die den Burghof säumten, im hinteren Teil hinter den Ästen eines mächtigen Baumes verborgen. Die Gebäude waren aus Holz und Flechtwerk aufgeführt; es war nicht notwendig, daß sie Jahrhunderte hielten. Bergfried und Kemenate waren dagegen aus Feldgestein und gebrannten Ziegeln erbaut, während die kleine Burgkapelle zwar auf einem steinernen Sockel ruhte, doch unter dem Lehm ihrer Wände ahnte man ebenfalls die Birkenreiser. Eine schlanke, fast völlig schwarze Katze, nur auf der Stirn mit einem weißen Mal gezeichnet, lag ausgestreckt vor der Eingangspforte und genoß die frühherbstliche Sonne.

«Ihr werdet auf Schwester Agnetha acht geben, junger Herr?» fragte Aquilas Stimme.

Der Falkenmeister war von hinten an sie herangetreten. Er führte jetzt ein fuchsbraunes Pferd am Zügel, ein eher kleines, aber herrlich elegantes Tier, wie Agnetha sofort bemerkte. Auf Aquilas linkem Arm saß, das Haupt unter der undurchdringlichen Haube stolz erhoben, ein schlanker Falke.

«Ihr wollt ausreiten?» erwiderte Adrian überrascht.

«Nicht nur Schwester Agnetha, auch Corrado hier braucht ein wenig Auslauf», sagte der Falkner und tätschelte die Flanke des Pferdes. «Es wäre eine Sünde, das schöne Wetter nicht zu nutzen.»

Er hob den Arm, auf dem der Falke ruhte, ein wenig an: «Dieses Jungtier hier ist störrisch und eigenwillig, doch Ihr solltet seine Schwingen sehen, wenn er sie ausbreitet, selbst im Spiel! Wenn es gelingt, ihn auszubilden, wird er ein Jäger werden, dem so leicht keine Beute widerstehen kann.»

Adrian nickte und betrachtete den Falken – ein wenig furchtsam, wie Agnetha fand. Einer Eingebung folgend streckte sie den Arm aus und strich dem Falken sacht über das weiche Brustgefieder. Zu ihrer Genugtuung stellte sie fest, daß die Hand nicht im geringsten zitterte.

Der Falkenmeister nickte anerkennend, und wenn sich auch kein Lächeln auf sein Gesicht stahl, so hatte die Nonne doch keinen Zweifel, daß der Ausdruck in seinen Augen als Belustigung zu interpretieren war.

«Euer Vater jagte auch mit Falken, vermute ich?»

Sie nickte: «Mein Vater und nach ihm mein Bruder Paridam. Soviel ich weiß, hält er sich noch immer einige Vögel. Aber keiner, den ich je gesehen habe war so schön wie dieser.»

«Seine Vorfahren stammen aus Italien. Wie die meinen.»

«Ein faszinierendes Tier.»

«Das ist er. Wenn Ihr erlaubt, junger Herr, möchte ich jetzt aufbrechen. Vielleicht schaue ich noch beim jungen Herrn Gerolf vorbei, der seit dem Morgen auf der Falkenbeize weilt. Euer Bruder wird bereits warten, und es ist eine ganze Strecke bis zu den Sümpfen wo die Reiher nisten. Es ist Oktober, und es wird schon früh dunkel.»

«Natürlich. Ich werde auf Schwester Agnetha acht geben.»

«Ich danke Euch.»

Mit einer fließenden Bewegung stieg er in den Steigbügel und ließ sich in den Sattel gleiten.

Er bewegt sich wie ein Zwanzigjähriger, dachte Agnetha, doch seine Haare sind schneeweiß...

Die Hand zum Gruß erhoben, ließ Aquila den Zügeln Raum und war Sekunden später durch das Tor verschwunden. Nachdenklich ruhte ihr Blick auf dem Torhaus.

Welches Geheimnis umgibt diesen Mann? Heilige Mutter Maria, ist es recht, wenn ich es als Teil von Wasmods Vermächtnis betrachte, das herauszufinden? Habe ich nicht alle Zeit der Welt dazu?

«Ob Ihr mir wohl in die Kapelle helft, Herr? Ich möchte Gott für meine Rettung danken.»

Ritter Wilbrands Sohn brauchte einen Augenblick, bis er begriff, daß die Worte der Nonne ihm galten.

«Selbstverständlich, Schwester! Ich hätte längst daran denken müssen. Kommt, es sind nur noch ein paar Schritte, und dort könnt Ihr Euch hinsetzen.»

Vorsichtig betraten sie den halbdunklen, niedrigen Raum des kleinen Gotteshauses, Agnetha noch immer auf die Schultern Adrians und der Amme gestützt.

«Vater Ludolpho ist heute nachmittag nicht hier», sagte Adrian, als sie sich nebeneinander auf der vordersten Bank niedergelassen hatten, nur wenige Schritte entfernt vom Altar, den eine einfache Schnitzarbeit zierte, in der Agnetha die heilige Jungfrau erkannte. «Er ist am Morgen nach Schafwedel aufgebrochen, wo eine alte Frau im Sterben liegt. Aber wenn Ihr vielleicht ein wenig allein sein möchtet...?» fragte er vorsichtig.

«Ich wäre Euch wirklich dankbar, Adrian.»

«Das dachte ich mir. – Kommt, Amme.»

Er erhob sich, doch Annafrid folgte nur zögernd. Als sie bereits an der Türe war, drehte sie sich noch einmal um:

«Wir lassen Euch allein, Schwester, doch zuerst werde ich Euch warme Decken holen.»

Als sie allein war, sog Agnetha tief die Luft ein. Es ging ihr besser, das stimmte in der Tat, doch sie hatte sich so sehr daran gewöhnt, abgeschlossen in der Kemenate zu leben, nur von Zeit zu Zeit von Aquila oder anderen ihr vertraut gewordenen Menschen besucht, daß die Begegnung mit so vielen neuen Gesichtern, mit all den Menschen auf dem Burghof geradezu eine Anstrengung darstellte.

Warum verwirrt es mich so? Auf eine Weise ist es doch gar nicht so viel anders als im Kloster. Zumindest auf dem Wirtschaftshof konnte man doch jeden Tag Fremden begegnen. Ist es nur, weil dort im Kloster alles seine feste Ordnung hatte, weil jeder einzelne Tag von Beginn an in seiner Form festgelegt war, in seinem immer gleichen Ablauf: Die rituellen Gebete zur genau festgesetzten Zeit, der Chorgesang mit Schwester Ingrid, das Studium der Schriften in der Bibliothek. Die Fremden, die ins Kloster kamen, waren am Ende des Tages wieder verschwunden ohne unser Leben zu verändern. Und hier ist das anders. Ritter Wilbrand, Adrian, und Aquila... warum vor allem Aquila? Sie alle werden mein Leben verändern.

Es war lächerlich: Wie sehr konnte es sich denn noch verändern? Ihr Bruder, die rechte Hand seiner Heiligkeit Papst Nikolaus, war mitten in der Nacht in ihr Leben eingedrungen, hatte ihr knappe Anweisungen erteilt und sie aus ihrer Welt herausgerissen. Noch am selben Abend war eine höllische Kreatur über sie hergefallen, hatte ihrem Bruder Gott weiß was angetan und sie selbst um ein Haar getötet. Die letzten Wochen hatte sie zwischen Leben und Tod schwebend verbracht, und da machte sie sich allen Ernstes Gedanken um künftige Veränderungen?

Besser sollte ich meine Zeit im Gebet verbringen, wie ich es angekündigt habe.

Sie seufzte und wandte ihren Blick wieder der Skulptur der heiligen Jungfrau zu. Mochte es das mangelnde Ausdrucksvermögen des Künstlers sein oder ein Effekt des behaglichen Lichtes, das in einem merkwürdigen Winkel in den kleinen Altarraum fiel: Sie hatte das Gefühl, als habe die Gottesmutter ihre Lippen leicht gekräuselt und mustere sie halb spöttisch, halb mitleidig, als wisse sie ganz genau, was in der Augustinerin vorging und vielleicht sogar noch mehr – die Ereignisse, die der Mantel der Zeit noch vor ihr verhüllte.

«Schwester Agnetha?»

Adrian bückte sich und trat durch die niedrige Eingangspforte in den Kapellenraum. Über dem Arm trug er eine der Decken von Agnethas Krankenlager. Der Junge reichte sie ihr mit ernster Miene.

«Ihr hättet Euch nicht so zu beeilen brauchen, Adrian. Mir ist nicht kalt.»

«Mein Vater hat uns befohlen, es Euch an nichts fehlen zu lassen.»

Aufmerksam wachte Ritter Wilbrands Sohn darüber, daß sie sich bis zum Hals in den wärmenden Wollstoff hüllte. Sie lächelte: Er hatte natürlich recht gehabt; es war angenehmer so.

Unschlüssig stand Adrian vor ihr.

«Bitte bleibt doch», bat sie ihn. «Ihr habt mir vor einigen Tagen versprochen, mir noch etwas zu erzählen.»

«Sicher.» Er nickte und ließ sich nach einem Blick zur Tür neben ihr in der Bank nieder. «Ich hatte mir schon gedacht, daß Ihr Euch daran erinnern würdet. Deswegen habe ich der Amme die Decke abgenommen.» Er befeuchtete die Lippen mit der Zunge.

Plötzlich wurde sie von Furcht ergriffen: «Geht es um meinen Begleiter?»

Er schüttelte den Kopf: «Nein. Wir haben noch nichts über ihn erfahren. Gestern abend kam ein Bote von meinem Vater, aber bisher gibt es keine Neuigkeiten. Mein Vater ist von Oldenstadt aus nach Ebstorf und Medingen weitergeritten, um zu erfahren, ob man dort in den Klöstern etwas von Bruder Bjørn gehört hat, doch er war nirgendwo erfolgreich. Aber vielleicht erfährt er ja in Lüneburg etwas.»

«Bei Herzog Otto?»

«Soweit ich weiß, ist der Herzog zur Zeit nicht in Lüneburg. Er reist durchs Land, Aquila vermutet, er bereitet wieder einen Krieg gegen seinen Vetter vor.»

Agnetha nickte, doch gottlob bemerkte er nicht, daß sie etwas wußte, das sie eigentlich nicht wissen konnte. Offensichtlich war auch diese Mission des Magisters gescheitert, ganz wie es Wasmod selbst schon vermutet hatte.

«Nein, es geht nicht um Euren Begleiter, Schwester, sondern... Ich weiß nicht, ob Ihr es wirklich hören wollt: Es gibt vielleicht jemanden, der mehr über diese Hexerei weiß, die die beiden heiligen Männer getötet hat.»

«Hier in Bodenteich?» fragte sie überrascht.

Er nickte: «Aber er ist sehr alt. Manche sagen, er sei nicht mehr ganz bei Verstand. Es ist Meister Emil, der Großvater der Müllersfrau. Er ist fast hundert Jahre alt, und den größten Teil seines Lebens hat er hier in Bodenteich verbracht. Aber als junger Mann war er auch in Italien und sogar mit dem Kaiser Friedrich in der heiligen Stadt Jerusalem. Aquila sagt, was er von seiner Zeit in Italien erzählt, ist die volle Wahrheit, nur in der Gegenwart findet er sich nicht mehr so ganz zurecht.»

Agnetha schlug das Zeichen des Heiligen Kreuzes vor ihrer Brust: «Und dieser Mann weiß Bescheid über Hexerei?»

Adrian hob unbehaglich die Schultern: «Ich habe es niemals gewagt, ihn zu fragen. Aber früher hat er den Kindern aus dem Dorf immer unheimliche Geschichten erzählt.»

Die Augustinerin sah ihn zweifelnd an: «Das tun viele alte Leute.»

«Natürlich, genau so habe ich auch immer gedacht. Aber nachdem dann der Franziskaner getötet worden war und Vater Dietrich... Benno der Müller war bei denen, die uns an dem Tag, an dem Vater Dietrichs Leichnam gefunden wurde, nach Schostorf begleiteten. Vater wird das nicht gefallen haben, aber offenbar hat er zu Hause davon berichtet. Und ein paar Tage später bestand Meister Emil darauf, mit Vater darüber zu sprechen. Er sagte, der alte Zauber draußen in den Wäldern sei wieder geweckt worden. Ich war dabei und habe alles mit angehört, doch Vater wollte davon nichts wissen. Er war zwar freundlich zu dem alten Mann, hörte sich seine Geschichte an, doch später meinte er nur, Meister Emil habe eben seine Sinne nicht mehr beieinander und sähe Gespenster.»

«Und Ihr glaubt das nicht.»

«Die beiden heiligen Männer sind tot, und wenn bei ihrem Tod wie auch bei dem Überfall auf Euch und Euren Begleiter Hexerei im Spiel war, was soll ich denn da sonst glauben?»

Agnetha nickte verstehend. Sie zog die wärmende Decke fester um sich, denn auf einmal kam ihr das Licht in dem kleinen Kirchenraum gar nicht mehr so behaglich vor.

Der Tag neigte sich bereits dem Abend entgegen. Amme Annafrid und die kleine Riva waren hinunter in den Marktflecken gegangen; Schwester Agnetha befand sich allein in der Kemenate. Die Augustinerin stand am Fenster, wo das Licht noch ausreichte, in der Schrift des Thomas von Aquin zu lesen, die sie zur ersten Lektüre für die Kinder Ritter Wilbrands ausgewählt hatte. Doch anstatt sich ihrem Buch zu widmen, war sie versunken in die Betrachtung des unbewegten Sees, der im Abendlicht seltsam grundlos schien und auf dessen stumpfer Oberfläche der Schatten des Bergfrieds langsam vorankroch.

Sie legte das Buch in der Fensterhöhlung ab, als das Klopfen an der dicken hölzernen Tür ihr verriet, daß Adrian mit ihrem Besucher eingetroffen war.

«Tretet ein!»

Adrian öffnete die Tür so weit es ging und half dann dem ältesten Mann in den Raum, den die Augen Schwester Agnethas jemals erblickt hatten. Meister Emil mußte einmal ein stattlicher Mann gewesen sein; selbst jetzt, wo er tief gebeugt ging, reichte er Ritter Wilbrands Sohn noch bis zur Schulter. Seine Züge waren hart und eckig und jetzt durch tiefe Falten geprägt, doch nicht ohne Adel. Die auffallend hellen Augen blickten konzentriert, als er sich jetzt, nicht ohne zuvor eine Verneigung anzudeuten, mit Adrians Hilfe auf der Kaminbank niederließ. Es lag ein Feuer in ihnen, das die Nonne an Magister Wasmod erinnerte.

Agnetha neigte leicht den Kopf:

«Ich muß Euch danken, Meister Emil, daß Ihr Euch den weiten Weg bis hierher gemacht habt, um mit mir zu sprechen.»

«Ihr seid krank», sagte er unwirsch. Seine Worte waren nur mühsam zu verstehen. Halb las sie sie von seinen Lippen. «Ruht Euch aus, solange Ihr könnt. Ihr werdet Eure Kräfte brauchen.»

Sie fröstelte. Die Worte klangen wie eine Verheißung.

Adrian hatte sich neben den alten Mann gesetzt: «Zuerst nahmen wir an, Schwester Agnetha sei von demselben Wesen überfallen worden, das auch die beiden Mönche getötet hat. Doch nun hat sie mir etwas anderes erzählt: Eine geflügelte Kreatur, ein Wesen so entsetzlich wie jenes aus der Geschichte von Ritter Iwein, habe sie und ihren Begleiter überfallen.»

Meister Emil richtete seinen durchdringenden Blick auf sie:

«Ich habe von dieser Bestie gehört, und einmal, da hätte ich sie fast gesehen. Wir waren im Wald, zu zweit, nur ich und Kloppodek.»

Meister Emil sprach zwar laut, doch er hatte keinen einzigen Zahn mehr im Mund, und so war es unerhört mühsam, auch nur den Sinn der Worte zu erfassen.

«Wer?» fragte Adrian.

«Kloppodek!» Der alte Mann schrie noch lauter, wurde dadurch allerdings um keinen Deut verständlicher. «Kloppodek! Er starb an den Blattern, als Euer Vater ein Kind war!»

Schwester Agnetha sah fragend zu Adrian hinüber, doch Ritter Wilbrands Sohn schüttelte nur stumm den Kopf. Er hatte den Namen noch nie gehört.

«Ich und Kloppodek», wiederholte der Alte und fügte, wie verbessernd hinzu, «Kloppodek und ich. Es hatte die ganze Woche geregnet. Wir suchten nach Pilzen. Jetzt kann ich nicht mehr in den Wald, aber ich kann Euch sagen, wo Ihr die besten findet. Wollt Ihr es wissen?»

Adrian sah sie hilflos an.

«Später vielleicht», sagte Agnetha. «Ihr wolltet uns eben erzählen, was Ihr und Kloppodek gesehen habt, damals im Wald.»

«Ich hab's nicht gesehen!» fuhr er auf. Die Mauern der Kemenate waren dick, doch mittlerweile fragte sich die Augustinerin, ob man seine Worte nicht sogar unten auf dem Burghof hören konnte.

«Ich hab's nicht gesehen, nur gehört. Kloppodek hat's gesehen!»

«Und was hat er gesehen?»

«Ihn hat er gesehen, und ich bin mir gottverflucht sicher, daß er ihn niemals vergessen hat!»

Agnetha unterdrückte den Impuls, ihn wegen der Verwünschung zu schelten und machte stattdessen unauffällig ein Kreuzeszeichen vor der Brust.

«Ihr tut gut daran, Euch zu bekreuzigen, Schwester! Er ist fürchterlich, schlimmer als alles, was Euch jemals begegnet ist.»

Ein Hustenanfall unterbrach seine Worte. Der ausgemergelte Leib des alten Mannes wurde durchgeschüttelt wie ein blätterloser Baum im Wintersturm.

«Vielleicht ist er Schwester Agnetha ja begegnet», warf Adrian vorsichtig ein, als Meister Emils Husten sich beruhigt hatte.

«Wer ist ihr begegnet?»

Der Junge seufzte: «Ihr erzähltet uns, was Euch und Kloppodek im Wald begegnet ist.»

Der alte Mann schwieg. Sein Blick war zum Fenster gerichtet.

«Meister Emil?»

Der Alte rührte sich nicht. Seine Gedanken schienen meilenweit fort zu sein.

Agnetha versuchte es noch einmal: «Meister Emil, ist Euch nicht wohl?»

«Mein Darm tut weh.»

Agnetha schloß die Augen. Es hat keinen Sinn. Er weiß nicht mehr, was er redet. Vielleicht hat Adrian ja sogar recht und es war einmal etwas hinter dieser Geschichte, doch jetzt... Wir quälen den alten Mann nur. Es hat einfach keinen Sinn.

«Kloppodek hat ihn in seiner wahren Gestalt gesehen», sagte Meister Emil plötzlich. «Es ist eine gefährliche Wahrheit. Sehr gefährlich. Doch vielleicht ist es noch viel gefährlicher, die Wahrheit über ihn nicht zu kennen.»

Agnetha öffnete die Augen. Meister Emils Blick war wieder völlig klar. Er sah sie fest an:

«Die Wahrheit über den Roten Drachen.»

Adrian nickte mit zusammengekniffenen Lippen.

Agnetha löste sich vom Fenster: «Den Roten Drachen?»

Meister Emils laute Stimme fuhr sie ungehalten an: «Wollt Ihr es nun hören oder nicht? Dann unterbrecht mich nicht andauernd! Der Rote Drache habe ich gesagt! Jedes Kind in Bodenteich kennt die Geschichte!»

Die Stimme des Alten brach. Ein neuer Hustenkrampf schüttelte ihn. Besorgt beobachtete die Augustinerin, wie seine Hände fahrig an den Schnüren zupften, die das Gewand am Hals zusammenhielten. Endlich schien er wieder ausreichend Luft zu bekommen, doch er sah blaß aus wie der Tod.

«Laßt doch mich die Geschichte erzählen», bat Adrian. «Ich habe sie so oft von Euch gehört, und Ihr könnt mich ja unterbrechen, wenn ich etwas Falsches sage oder Wichtiges auslasse.»

Zweifelnd sahen die Augen des Alten ihn an, doch schließlich nickte Meister Emil. Sein Gesichtsausdruck verriet der Nonne nur allzu deutlich, daß er einfach nicht in der Lage war, die Geschichte selbst zu erzählen.

«Die Geschichte von den Drei Dämonen beginnt vor vielen Jahrhunderten», begann Ritter Wilbrands Sohn. Seine Augen waren geschlossen, ganz auf die Details der Erzählung konzentriert. «Damals, als die Menschen in den Dörfern rundumher noch Heiden waren, beteten sie blutrünstige Götter an; solche, die die Kirche heute Dämonen nennt. Doch damals kannte niemand hier unseren Herrn Jesus Christus und den Glauben an ihn, die bösen Götter dagegen waren allmächtig: Es waren drei gewaltige Ungeheuer, die im Wald und im Hügelland hausten, drüben in Richtung Sonnenuntergang, jenseits des Flusses: der Weiße Wolf, der Schwarze Hengst und der Rote Drache. Sie waren oft eine entsetzliche Plage für die Menschen, denn immer wieder fielen sie über die Höfe und die Dörfer her. Dann töteten sie das Vieh und oft genug auch die Menschen selbst.»

Agnetha sah zu Meister Emil hinüber. Der alte Mann schloß die Augen, und schon befürchtete Schwester Agnetha, sein Geist habe sich erneut verdunkelt, doch als er sie wieder anblickte, gewahrte sie den Schmerz in seinem Blick, und ihr wurde klar, daß es nur die Erinnerung an jenes Geschehen war, von dem Ritter Wilbrands Sohn berichtete. Ein Geschehen, dessen Zeuge er zwar nicht selbst gewesen war, das jedoch in Adrians Worten eine so unheimliche Präsenz gewann, daß die Nonne spürte, wie sich trotz der eher spätsommerlichen als herbstlichen Brise, die durch die hohen Fenster in den Raum drang, die kleinen Härchen auf der Haut ihrer Unterarme aufstellten.

Der hochgeschossene Junge hatte den Moment ihrer Abwesenheit bemerkt. Er sah sie fragend an und fuhr in seiner Erzählung fort:

«Damals gab es böse Menschen unter den Bewohnern der Dörfer im Tal der Aue und an den Ufern des Sees, der einst viel größer war als heute und in jenen anderen See, der in Richtung Mittag zwischen Bodenteich und dem Städtchen Wittingen liegt, überging. Diese Menschen trachteten danach, sich die Furcht der Bauern vor den Dämonen zunutze zu machen und auf diese Weise zu Macht und Ansehen zu gelangen. Die einzige Möglichkeit, so sagten sie, dem Wüten ihrer Götzen Einhalt zu gebieten, sei, ihnen freiwillig Opfer darzubringen – Menschenopfer. Die Dorfbewohner, gelähmt und hilflos in ihrer Furcht vor den Drei Dämonen, wählten einen der ihren oder auch mehrere aus und brachten sie auf einen der Hügel oberhalb des Flusses, wo sie bereits von dem Anführer jener bösen Menschen und seinen Gefolgsleuten erwartet wurden. Was dann geschah, weiß niemand, jedenfalls wurden diejenigen, die man in die Gewalt der Götzendiener gegeben hatte, nie wieder gesehen.

Und so ging es viele Jahre lang. Obwohl die Dämonen die Opfer offenbar annahmen, ließen sie sich doch nicht davon abhalten, immer und immer wieder über die Dörfer und ihre Bewohner herzufallen. Die Opfer zu verweigern wagten sie dennoch nicht, denn war nicht zu befürchten, daß dann der Zorn jener abscheulichen Wesen erst recht geweckt würde? So wurden die Götzendiener stärker und stärker, und die Menschen fürchteten sie nicht weniger als die Dämonen selbst.»

«Eine entsetzliche Geschichte», flüsterte Schwester Agnetha. «Und das alles hat sich in Bodenteich zugetragen?»

«Ihr hört nicht zu, Schwester», unterbrach der Alte unwirsch. «Niemand hat von Bodenteich gesprochen!»

Adrian nickte: «Bodenteich gab es damals noch nicht. An dieser Stelle erhoben sich nur ein paar Hügel aus dem See, und niemand wagte es, den Fuß auf diese Inseln zu setzen, denn die Dämonen waren viel zu nahe. Doch dann kam die Botschaft vom Glauben an unseren Herrn Jesus Christus in dieses Land, und Heilige Männer erbauten eine kleine hölzerne Kirche an genau der Stelle, an der bisher die heidnischen Menschen ihre finsteren Messen gefeiert hatten. Sie verkündeten die frohe Botschaft, und die Menschen schöpften Hoffnung. Konnte es einen Gott geben, der mächtiger war als die Dämonen, die sie seit so langer Zeit bedrückten? Die Götzendiener sahen den Erfolg der Heiligen Männer voller Neid, denn wurde nicht ihre eigene Macht über die Seelen der Menschen auf diese Weise in Frage gestellt? Das wollten sie auf gar keinen Fall zulassen. Wieder fielen die Dämonen über die Dörfer her. Sie mordeten und verwüsteten das ganze Land. Nun begannen die Menschen zu zweifeln. Sie fürchteten, die Götzen seien doch mächtiger als Jesus Christus, unser Herr. Und die Götzendiener verführten die einfältigen Menschen, so daß sie sich erhoben und die Heiligen Männer, die ihnen den Glauben an Jesus Christus bringen wollten, allesamt erschlugen und ihr kleines Gotteshaus niederbrannten. Und damit die Diener Gottes nie wieder Fuß fassen sollten in diesem Land, schändeten sie diese Stätte und machten sie zu einem Ort der Anbetung ihrer teuflischen Dämonen. Sie besudelten den Ort mit entsetzlichen Schriftzeichen, die den Namen ihres Gottes buchstabierten. Genau wie den Körper Vater Dietrichs», sagte Adrian leise.

«Was sagt Ihr?» ließ Meister Emil hören. «Sprecht lauter! Und beeilt Euch, mein Darm tut weh! Ich will nach Hause!»

«Ich werde mich beeilen!» sagte Adrian etwas lauter. «Wo war ich... Ja, die Götzendiener hatten die kleine Kapelle vernichtet und alle Heiligen Brüder erschlagen. Es sah ganz so aus, als sei mit ihnen auch der Glaube an unsern Herrn Jesus Christus in diesem Lande gestorben, doch da war die Freude der Heiden voreilig.»

«Nicht mehr Heiden», unterbrach ihn Schwester Agnetha, «Ketzer! Wer sich zum Glauben an Jesus Christus bekehrt hat und wieder von ihm abfällt, ist nach den Geboten der heiligen Kirche ein Ketzer. Die Heiden, heißt es, könnten vielleicht gerettet werden, doch wer das Wort Jesu Christi vernommen hat, sich taufen läßt und später abtrünnig wird und wieder die falschen alten Götter verehrt, der wird der ewigen Verdammnis anheimfallen. Für ihn gibt es keine andere Rettung, als die tiefste Demütigung vor Jesus Christus und der Heiligen Kirche.»

«Ich fürchte, das hat diese Ketzer nicht besonders bekümmert», erwiderte Adrian ungeduldig. «Sie erschlugen die Priester, weil sie ihre eigenen Götter für mächtiger hielten, und tatsächlich: Ihre Macht war so groß wie eh und je, und die Menschen in den Dörfern an der Aue und am großen See bebten und zitterten bei dem Gedanken an den Weißen Wolf, den Schwarzen Hengst und den Roten Drachen, die aufs Neue die Dörfer heimsuchten, Jahr um Jahr, wieder und wieder. Bis, eines Tages... In der langen Zeit, die seit dem Tod der Missionare vergangen war, hatte sich im Lande ringsum der Glaube an Jesus Christus weiter ausgebreitet, und anders als hier, in dem Landstrich, der die drei großen Dämonen verehrte, war der wahre Glaube siegreich geblieben. Und so kam es, daß erneut Heilige Männer in dieses Land kamen. Und diesmal kamen sie nicht allein. Tapfere Ritter begleiteten sie, Gefolgsleute des Herzogs, und unter ihnen waren auch meine Vorfahren.»

«Und auch in Euren Adern fließt ihr Blut, Schwester Agnetha», unterbrach Meister Emil.

Die Augustinerin nickte, verwundert über das Wissen des Alten: «So muß es sein: Meine Urgroßmutter war zur Hälfte eine von Bodenteich.»

Überrascht sah Adrian sie an: «Dann sind wir verwandt?»

«Wußtet Ihr das nicht? Euer Vater weiß es bestimmt. Es ist zwar keine besonders nahe Verwandtschaft, doch selbst wenn ich keine Nonne wäre, ich dürfte weder Euch noch Euren Vater heiraten.»

Adrian zögerte einen Augenblick, ganz als müsse er sie jetzt mit völlig anderen Augen betrachten, doch als Meister Emil erneut zu maulen begann, beeilte er sich, seine Erzählung fortzusetzen.

«Mit dem Schwert wurden die üblen und ketzerischen Menschen dem Kreuz unterworfen. Und nun zeigte sich, daß selbst die mächtigen Dämonen der verbündeten Tapferkeit der Herren von Bodenteich und der Weisheit und Macht des Wahren Glaubens unterlegen waren. Zwei dieser schrecklichen Ungeheuer wurden damals durch Bodo von Bodenteich erschlagen, unserem Urahnen, nach dem der Marktflecken seinen Namen hat. Es geschah, als er alleine durch das Hügelland ritt: Den Schwarzen Hengst und den Weißen Wolf, er hat sie alle beide erschlagen. Aber noch im Tode zeigte sich ihre schreckliche Macht, denn sobald er sie erschlagen hatte, verschwanden sie, ohne auch nur eine Spur zu hinterlassen, nicht von ihrem bösen Blut und auch kein Kadaver blieb zurück.»

«Und kein Beweis, daß er sie wirklich erschlagen hatte?» warf Agnetha vorsichtig ein.

Überrascht sah er sie an: «Ihr wollt doch nicht... Die Dämonen waren von diesem Tage an verschwunden, Schwester Agnetha! Niemand hat sie je wieder gesehen. Da kann es gar keinen Zweifel geben. Und mit den Dämonen verschwand auch der Irrglaube an sie und die Furcht der Menschen vor ihnen. Endlich wurde das Land Bodenteich ein christliches Land. Damals errichteten meine – unsere – Vorfahren auf der Anhöhe hinter der alten Dorfkirche, wo jetzt Vater Ludolphos Pfarrhaus steht, und nur ein paar hundert Schritte entfernt von dem Ort, an dem einst das Gotteshaus jener Heiligen Märtyrer verbrannt war, die erste Burg Bodenteich, und der Marktflecken entstand.»

«Und der Rote Drache?»

Adrian überlegte und sah hilfesuchend zu Meister Emil hinüber: «Ja, das ist tatsächlich merkwürdig. Wenn ich mich recht erinnere, heißt es in der alten Geschichte sogar, unser Urahne habe alle Drei Dämonen erschlagen.»

Ein neuer, würgender Hustenanfall schüttelte den Alten: «Ja... denn das glaubte er. Und lange Zeit schien es auch so, als habe er recht damit. Doch die Macht der Dämonen muß noch weit größer gewesen sein, als alle Menschen gedacht hatten, denn nach undenklicher Zeit, so scheint es, ist sie wieder erwacht.»

«Und Ihr und Kloppodek seid den Drei Dämonen im Wald begegnet.»

Der Alte hustete und diesmal schien es, als wolle der Krampf überhaupt nicht mehr enden. Adrian klopfte ihm vorsichtig auf den Rücken, doch Meister Emils Hand stieß ihn mit bemerkenswerter Energie beiseite. Schließlich hatte sich der Alte soweit beruhigt, daß er wieder sprechen konnte, wenn die Worte auch eher einem Flüstern gleichkamen und selbst dies ihm sichtlich Mühe bereitete.

«Dem Roten Drachen... nur dem Roten Drachen. Die beiden anderen sind wirklich tot, aber dieser lebt. Schon einmal ist er erwacht, vor bald sechzig Jahren, als auch der heidnische Glaube in diesem Land wieder zum Leben erwachte. Wir hörten ihn, wie er in seinem Zorn durch die Wälder streifte und Kloppodek... er hat ihn wirklich gesehen. Doch er hat bis zu seinem Tod niemals darüber gesprochen, nicht einmal mit mir.»

«Und woher wißt Ihr dann so genau, daß es der Drache war, den Kloppodek gesehen hat?»

Er fuhr auf: «Wärt Ihr dabei gewesen und hättet Ihr gehört, was ich gehört habe, dann wäret Ihr Euch auch sicher!» Meister Emils Hand fuhr an die Brust.

«Ich bringe ihn besser nach Hause», sagte Adrian leise. «Den Rest kann ich Euch auch allein erzählen. Ich kenne auch den Ort im Wald, wo er dem Drachen begegnet ist, eine ganze Strecke in die Hügel hinein in Richtung Sonnenuntergang.»

Noch einmal raffte der Alte seine Kräfte zusammen:

«Ihr müßt vorsichtig sein, Schwester, sehr vorsichtig. Wie damals ist er auch heute wieder erwacht, aber er ist stärker, viel stärker. Sein Bote ist schon auf dem Weg... er ist in den Wäldern gesehen worden. Kräfte stehen ihm zu Gebote, die wir in unseren finstersten Träumen nicht erahnen können. Und er hat Verbündete, hier in Bodenteich. Mächtige Verbündete...»

Er sprach nicht weiter. Sein Blick, der wie beschwörend auf der Augustinerin geruht hatte, wanderte davon.

«Bring mich nach Hause, Junge! Mein Darm tut weh!»

Adrian half dem Alten beim Aufstehen.

Er geht in einer Ehrfurcht mit ihm um, als wäre Meister Emil sein eigener Großvater und nicht nur ein einfacher Handwerker. Adrian würde einen Priester abgeben, wie die Kirche ihn sich nicht besser wünschen könnte.

Aquila lachte. Es war ein wildes und stolzes Lachen, in dem eine Ungezähmtheit lag, die den zufälligen Beobachter hätte innehalten und vielleicht gar erschauern lassen. Ein herrliches Gefühl erfüllte den Falkenmeister. Er fühlte sich eins mit der Schöpfung. Mochten Wissenschaftler wie Vater Gennadios, der weise Albertus, den man Magnus den Großen nannte, oder der gelehrte Doktor von Aquin und seine Nachfolger über die Natur der Schöpfung spekulieren, Aquila würde sie nicht daran hindern. Niemand schätzte den Wert der Wissenschaft höher ein als er, doch keiner der gelehrten Magistri und Doctores der Universitäten würde jemals erfahren, was für ein Erlebnis es war, das Spiel von Corrados Muskeln zu spüren, wenn der kraftvolle Hengst zum Sprung über einen Graben oder einen umgestürzten Baum ansetzte, das Rasen des Herzens in dem Augenblick bevor die

Hufe des Tieres wieder festen Halt gefunden hatten, das rauhe Spiel des Windes auf der Haut des Gesichts. Obwohl Aquila gelogen hatte und es auf diesem Ausritt nicht in erster Linie auf die Erziehung des jungen Falken ankam, so brachte er es doch nicht über sich, an einem so klaren und frostigen Nachmittag ohne Umschweife auf sein eigentliches Ziel loszureiten. Ein Stück hinter Abbendorf hatte er das Tier in die Lüfte aufsteigen lassen und sich am majestätischen Dahingleiten des Falken erfreut. Er war noch sehr jung, stolz und halb ungezähmt, aber welch eine Kraft steckte in einer jeden seiner Bewegungen.

Sein wilder Ritt hatte den Falkenmeister rund um den sumpfigen See geführt, durch die kleinen Dörfer Abbendorf und Schafwedel, wo er an einer sumpfigen Furt die Ausläufer des moorigen Gewässers durchquert hatte. Dann hatte er, sich wieder gen Sonnenuntergang wendend, den Hohlweg und die Stelle passiert, an der die Überfälle stattgefunden hatten. Doch heute war dort nichts Auffälliges zu beobachten, abgesehen von der Tatsache, daß es hier, zwischen den Schatten, noch einige Grade kälter war als unmittelbar am Rande der großen Wasserfläche. Nun jedoch hatte er auch Abbendorf durchquert und näherte sich aufs neue Bodenteich.

Die Häuser des Burgfleckens lagen noch im hellen Nachmittagslicht, doch wenn der Falkenmeister über die Schulter zurückblickte, konnte er erkennen, daß sich der Himmel im Osten bereits trübte. Es war ein sonniger Tag, aber es war nun einmal Oktober. Sicherlich zu früh für andauernden Schneefall, doch gewiß nicht zu früh für einen empfindlichen Frost. Die Tage wurden kürzer, zu dieser Jahreszeit war das am stärksten zu bemerken.

Dort drüben erhob sich der Burghügel aus dem brackigen Wasser. Die Sonne stand zu ungünstig, um Einzelheiten zu erkennen, doch Schwester Agnetha mußte längst in ihre Kemenate zurückgekehrt sein. Sie war heute tapfer gewesen, dennoch war es dem Falkenmeister nicht entgangen, daß sie noch nicht halb so stark war, wie sie vorgab. Wie aber sollte er der Augustinerin übelnehmen, daß sie endlich wieder freie Luft atmen wollte und ihrem komfortablen Gefängnis zu entkommen wünschte? Den Winter über würde sie selbst als Gesundete noch lange genug an die Frauengemächer gefesselt sein. Aquila nickte stumm: Er würde ihr so viel Freiheit gewähren, wie er eben verantworten konnte.

Doch noch waren nicht der Marktflecken und Ritter Wilbrands Sumpfburg sein Ziel, noch war er nicht zum eigentlichen Grund seines Ausritts gekommen.

Nur ungern und bangen Herzens hatte er die Müllerstochter in den frühen Morgenstunden jener ereignisreichen Nacht zum Mühlenhaus begleitet. Der Burgwächter hatte ihm keine Schwierigkeiten gemacht. Toste war nicht das Problem. Er war ein derber, ein einfacher Mann, der dem Falkenmeister seine Liebschaft nicht mißgönnte, auch wenn sich Aquila entschieden weigerte, ihm den Namen des Mädchens zu verraten. Sie hatten die Mühle damals glücklich erreicht, doch das ungute Gefühl, das Aquila in dem Augenblick ergriffen hatte, als er das Mädchen wie eine willenlose Puppe ins Haus wanken sah, hatte ihn seitdem nicht mehr verlassen.

Sie hatten vereinbart, daß das Mädchen in den folgenden Tagen wie gewohnt in den Eichenforst zur Schweinehut gehen würde; dort würde es für sich allein die beste Möglichkeit haben, sich zu erholen. Der Falkenmeister konnte nur hoffen, daß es der Kranken gut genug gegangen war, ihren Eltern ihren wahren Zustand zu verheimlichen.

Benno ist ein frommer Mann, dachte Aquila, er darf niemals erfahren, was seiner Tochter geschehen ist.

Der Falkner hatte heute morgen eine wie zufällige Unterhaltung mit Gerolf geführt. Wenn er es jemals in Erwägung gezogen hätte, jetzt glaubte er jedenfalls nicht mehr daran, daß sich das Mädchen Ritter Wilbrands Sohn hingegeben hatte. Sein Gefühl sagte ihm, daß sich etwas anderes hinter ihrem Zustand verbarg, etwas Dunkleres... Es fiel schwer, inmitten der frostklaren Luft daran zu denken; doch nicht alle Dinge waren klar sichtbar, nein, nicht einmal an einem solchen Tag. Es gab andere Dinge, verborgene Dinge...

Der Reiter erreichte nun die Handelsstraße, die rechter Hand nach Oldenstadt und linker Hand in den Marktflecken führte. Er wandte sich nach links und überquerte die Aue an einer seichten Stelle, wo das Wasser grau und trügerisch war, doch Corrado war ein vorsichtiges Tier, erfahren in der Durchquerung derartiger Hindernisse. Unruhig bewegte sich der Falke, der jenseits von Schostorf wieder zu seinem Herrn zurückgekehrt war und nun unter seiner Haube auf Aquilas Schulter verharrte.

Aquila zügelte sein Roß, sobald die Hufe des Tieres wieder sicheren Grund griffen. Die Haube mochte dem Falken seinen Blick nehmen, die Instinkte des stolzen Vogels aber waren wach wie immer. Angespannt musterte der Falkenmeister das dichte Buschwerk, das zu beiden Seiten hart an den Weg herantrat. Eine ideale Stelle für einen

Hinterhalt. Für einen Augenblick glaubte er, etwas zu erkennen: Eine dunkle Gestalt... einen Schatten... Doch nein, er täuschte sich. Das Laub leuchtete in verschwenderisch bunten Farben und hing noch reich an den Büschen und Bäumen. Selbst zu dieser Tageszeit glitzerten hier und da Tautropfen.

Noch einen Atemzug zögerte Aquila, doch er war sich bereits sicher, daß seinem prüfenden Blick nichts entgangen war. Keine gedungenen Mörder, die ihm fünfhundert Schritte vom Dorfrand entfernt auflauerten. Die Bedrohung, die der Falke ebenso spürte wie sein Herr, war von völlig anderer Natur und sie war weiß Gott nicht neu und unbekannt. Sie war allgegenwärtig seit dem Tag, an dem Ritter Wilbrands Vater ihn in seinen Haushalt aufgenommen hatte. Die Menschen in Bodenteich ehrten und schätzten ihn auf ihre Weise, aber es konnte ihn doch niemals darüber hinwegtäuschen, was er wirklich war: Ein Fremder in einem fremden Land. Ein Verbannter, für den Rest seines Lebens gezwungen, mit einem fremden Namen zu leben.

Mit sanftem Druck gab er Corrado zu verstehen, daß er seinen Weg fortzusetzen wünschte. Der befestigte Weg führte in weitem Bogen um die sumpfigen Ausläufer des Knicks herum und erreichte auf diese Weise die Mühle, doch Aquila schlug bald hinter der Furt einen schmaleren Pfad ein, der sich in den dichten Forst hineinzog. Die Erinnerung an seine Heimat hatte den Falkenmeister nachdenklich gemacht. Von der Hochstimmung angesichts des wilden Rittes durch die Herbstsonne war nichts geblieben, als er am Eichenwald anlangte.

Zunächst konnte er weder Bennos Tochter sehen noch ihren Urahnen, den alten Meister Emil, der sie manchmal zur Schweinehut begleitete. Besorgt brachte er Corrado zum Stehen und stieg aus dem Sattel. Im selben Augenblick kam das Mädchen zwischen den Bäumen hervor.

Prüfend blickte er in das Gesicht des Mädchens. Die Farbe schien ihm blasser als gewöhnlich, doch mußte er sich gestehen, daß er Bennos Tochter mit Ausnahme jener Nacht niemals so bewußt betrachtet hatte. Zumindest auf den ersten Blick war das, was in der Nacht geschehen war, nicht auszumachen.

«Es geht Dir besser», sagte er anstelle einer Begrüßung.

Sie nickte stumm und ließ sich vorsichtig zu Füßen einer gewaltigen Eiche nieder. Mit einer Geste bat sie den Falkner, es ihr gleich zu tun. Er nickte. Mochten die Schweine einstweilen für sich selbst sorgen.

«Ist Meister Emil nicht hier?» fragte er.

Sie schüttelte den Kopf: «Urgroßvater war nicht wohl. So ist er im Haus geblieben. Ich bin ihm nicht böse darum.»

«Das kann ich mir denken. Es hat niemand etwas gemerkt?»

«Mein Vater war zornig, daß ich am ersten Morgen so lange brauchte, bis ich mich auf den Weg machte. Aber meine Mutter schimpfte, er solle Rücksicht nehmen auf weibliche... weibliche...»

Sie fand das Wort nicht. Mit einem Nicken bedeutete er, daß er verstanden hatte. Wenn ihre Mutter wüßte, wie recht sie mit ihren Worten hatte... Er seufzte tief. So Gott wollte, war das Schlimmste überstanden.

«Du hast nicht mehr geblutet?»

Sie sah zur Seite: «Nein, es ist alles in Ordnung», sagte sie leise.

Er sah sie fest an: «Wer war es, Mädchen? Wer hat Dir das angetan?»

Sie wich seinem Blick aus: «Es... es waren mehrere. Ich kann mich nicht erinnern.»

Ihre Stimme brach. Aquila zögerte. Hatte er das Recht, sie weiter zu drängen? Was auch immer genau geschehen war, dieses Mädchen war auf eine Weise verletzt worden, die er niemals würde verstehen können.

«Du brauchst Dich vor mir nicht zu fürchten. Ich möchte Dir nur helfen.»

Sie weinte: «Ich kann mich nicht erinnern. Ich weiß es nicht, Meister Aquila. Bitte...»

Er seufzte: «Es ist in Ordnung. Es ist in Ordnung.»

Der Falkenmeister erhob sich und trat an die Seite Corrados, der in der Nähe graste. Es war nicht nötig, das gehorsame Pferd anzubinden. Aus den Satteltaschen entnahm der Falkenmeister einen kleinen Stoffbeutel, den er dem Mädchen reichte. Sie sah ihn fragend an.

«Es ist ein Aufguß. Du solltest ihn morgens und abends nehmen. Diese Menge sollte für eine Woche reichen. Wenn es Dir dann nicht besser geht, meldest Du Dich besser noch einmal bei mir. Es sei denn...»

«Es sei denn?»

«Die Augustinerin, Schwester Agnetha, versteht sich ebenfalls auf Kräuter und Arzneien. Falls Du lieber mit ihr sprechen möchtest...»

Sie schüttelte den Kopf: «Nein. Aber wenn ich zu Euch kommen darf?»

«Natürlich.» Er blickte sie noch einen Augenblick an und wandte sich dann wieder dem Pferd zu. Ob er einen letzten Versuch unternehmen sollte, von ihr zu erfahren, was wirklich vorgefallen war? Nein, es wäre ein Fehler. Das Mädchen machte auch so eine Zeit durch, die wahrlich hart genug war. Was tatsächlich geschehen war, war ein Teil der allgemeinen, unfaßbaren Bedrohung, die er in allen Dingen spürte. Nicht mehr und auch nicht weniger. Entschlossen stieg er in den Sattel.

«Meister Aquila?»

«Ja?»

«Warum tut Ihr das alles für mich?»

«Dazu habe ich es gelernt», sagte er ernst. «Aus diesem Grund wird dieses Wissen weitergegeben: um Menschen damit zu helfen.»

«Möge Gott es Euch lohnen, Meister Aquila. Ich kann es nicht.»

Er nickte: «Möge er es tun.» Der Falkner blickte zum Himmel hinauf. Der von Westen aufziehende Dunst war nähergerückt. Es war mehr als eine abendliche Trübung. «Nutze den Tag, um ein wenig zu ruhen. Die nächsten Tage wird Dein Vater Dich kaum auf die Hut schicken können.»

Sie folgte seinem Blick: «Das Wetter schlägt um?»

«So ist es. Das klare Wetter ist vorüber. Ein Sturm zieht auf.»

Er kniff die Augen zusammen und blickte noch einmal in die Ferne. Dann wiederholte er wie zu sich selbst: «Ein Sturm zieht auf.»

anno dominice incarnationis MCCXIIC
regnante domino Adolpho primo glorioso Romanorum rege augusto
quarto idus octobri
(10. Oktober 1292)

Zwei Tage später betrachtete Schwester Agnetha ihre Schützlinge, die sich um das Lesepult geschart hatten, welches man des besseren Lichtes wegen vor ein auf den See hinausgehendes Fenster der Kemenate geschoben hatte. Es war ein trüber Tag; nicht mehr so stürmisch wie der vorangegangene, doch der Himmel war von düsteren, rasch dahinziehenden Wolken bedeckt, und den größten Teil des Vormittags hatte es ausgiebig geregnet.

Die Augustinerin war glücklich, daß ihr Aquila nun endlich – widerstrebend und wie immer in Sorge um einen Rückfall – gestattet hatte, den Unterricht aufzunehmen.

Die Nonne hatte die Stunden am Tage von Ritter Wilbrands Aufbruch mit dem Text begonnen, aus dem auch sie selbst das Lateinische erlernt hatte, einem nicht eben einfachen aber hochinteressanten Text aus den «Confessiones» des Heiligen Augustinus von Hippo, der bei den Augustinerinnen besondere Verehrung genoß, und sie hatten nach ein paar Tagen bereits den größten Teil des ersten, eng beschriebenen Pergamentbogens übersetzt.

Gerolf, der jüngste Sohn des Burgherrn, hatte zwar gemault und verlangt, mit den Geschichten zu beginnen, die Julius Cäsar über seine Kriege verfaßt hatte, doch Agnetha hatte sich strikt geweigert: Dieser Cäsar war ein Heide gewesen, und wenn Könige und Fürsten ihn heute noch als ihr Vorbild betrachteten, dann war das ihre Sache, die Kinder des Herrn von Bodenteich würden seine bluttriefenden Schlachtenberichte jedenfalls nicht zu lesen bekommen – sie hatte auch erst gar keine derartige Handschrift mitgebracht. Sie hatte Glück gehabt, daß sich ihre kostbaren Manuskripte auf der Reise am Sattel ihres eigenen Pferdes befunden hatten und sie sie überhaupt noch besaß. Es waren keine aufwendigen Bildhandschriften, sondern kaum mehr als Notizen auf zweitklassigem, schadhaftem Pergament – alles andere war schlichtweg unerschwinglich – doch sie hätte nicht gewußt, was sie ohne sie hätte anfangen sollen.

Agnetha trat einen Schritt näher und blickte über Gerolfs Schulter auf die erst halb beschriebene Wachstafel, auf der die Kinder ihre Übersetzung notiert hatten. Gelangweilt stützte Gerolf den Ellenbogen auf das Pult.

Der jüngste Sohn Ritter Wilbrands war nicht recht bei der Sache. Er hatte von den dreien das geringste Interesse, die Kunst des Lesens und Schreibens zu studieren. Agnetha war Zeugin gewesen, als Ritter Wilbrand seinem Sohn einen langen Vortrag darüber gehalten hatte, wie wichtig dieses Wissen auch für einen Herrn von Adel sein konnte. Der Herr von Bodenteich handelte hier ausgesprochen einsichtsvoll für einen Mann seines Standes. Die wenigsten seiner Standesgenossen wußten den Wert von Bildung angemessen zu würdigen.

Adrian und Riva dagegen waren mit Feuereifer bei der Sache. Natürlich hatte der Junge seiner Schwester mehrere Jahre des Unterrichts bei Vater Ludolpho voraus, doch seitdem die Augustinerin miterlebt hatte, wie der Burgkaplan die kleine Gemeinde der Burgbewohner in einem grauenhaften Kauderwelsch gesegnet hatte, in welchem sich kaum noch ansatzweise Elemente der lateinischen Sprache verbargen, machte sie sich keine Illusionen mehr über die Qualität der Ausbildung, die Adrian genossen haben konnte.

Um so mehr strengte er sich jetzt an. Adrian war ehrgeiziger als seine Schwester. Wenn er bei einer Übersetzung auf ein Problem gestoßen war, so ließ es ihm keine Ruhe mehr, bis er es gelöst hatte. Riva dagegen konnte die schwierigsten Passagen oft ganz spontan übersetzen, ohne lange darüber nachzudenken. Die Kleine war ein Phänomen. Wäre sie ein Mann gewesen, hätte sie in die Dienste des Herzogs, des Bischofs oder gar des Königs treten und es dort weit bringen können. Doch so... schon jetzt erblickte Agnetha in dem kleinen Mädchen, das ihr so ähnlich war, ihre zukünftige Nachfolgerin in der Schreibstube des Klosters.

«Aber nur so ergibt es einen Sinn!» protestierte Gerolf laut und schreckte die Nonne aus ihren Gedanken.

Gerolf sah sich hilfesuchend nach ihr um: «Könnt Ihr uns nicht sagen, wie es richtig heißt, Schwester? Bitte?»

Sie lächelte nachsichtig: «Schaut es Euch noch einmal an. Genau über dieser Stelle habe ich damals auch einen ganzen Nachmittag lang gegrübelt.»

Ich hoffe doch, ich habe die Handschrift richtig kopiert. Wenn ich beim Abschreiben einen Fehler gemacht habe, können sie nicht auf die richtige Lösung kommen.

Sie wollte den Kindern eben einen vorsichtigen Hinweis geben, als an die Tür geklopft wurde. Ihr Herz machte einen Sprung: Sie kannte dieses Klopfen.

«Kommt herein, Aquila!»

Die Tür öffnete sich und der Falkenmeister trat ein. Er trug ein grünes Jagdgewand und ebensolche Beinkleider und setzte eben eine dazu passende Kappe ab, als er sich zu ihnen gesellte. Was bei anderen Männern vielleicht geckenhaft gewirkt hätte, konnte bei dem Falkenmeister nur noch jene markant-exotische Attraktivität steigern, die Agnetha von Anfang an aufgefallen war.

Agnetha hatte ihn noch nie in eine andere Farbe gekleidet gesehen als in verschiedene Schattierungen von grün. Bei der Rückkehr von seinem Ausflug mit dem Jungfalken hatte sie ihn darauf angesprochen.

«Grün steht für das ewige Leben», hatte er schlicht erwidert. «Mein Vater hat niemals etwas anderes getragen, obwohl die Farben unserer Familie andere waren.»

«Aber das ist finsterer Aberglaube, Aquila, das ist fast Ketzerei! Es ist Verrat an Gottes Wort, sich auf diese Weise ein längeres Leben erschleichen zu wollen.»

«Bei meinem Vater hat es jedenfalls nicht funktioniert», hatte er erwidert, und Agnetha war erschüttert gewesen, als sie die Bitterkeit in seiner Stimme hörte. Sie hatte ihn darauf ansprechen wollen, doch er hatte rasch das Thema gewechselt.

Heute machte er einen aufgeräumteren Eindruck. Sein Mund schien beinahe zu lächeln, als er sie begrüßte, nur um die Augen lag die gewohnte Traurigkeit, die einfach nicht weichen wollte.

Er trat an das Pult und überflog den Text. «Augustin von Hippo?» fragte er. «Seine Bücher werden auch in Italien geschätzt. Seine Gedanken waren einmal hochgeschätzte Einsichten. Nur daß in meiner Heimat heute Männer das Sagen haben, die das Denken am liebsten ganz verbieten würden, wenn sie es könnten», fügte er ernster hinzu.

Heilige Mutter Maria, wie alt mag er nur sein? Amme Annafrid meinte, er sei vor mehr als zwanzig Jahren nach Bodenteich gekommen. Und all sein Wissen muß er vorher erworben haben, in seiner Heimat. Kaum eine Handvoll meiner Schwestern konnte genug Latein, um die Confessiones zu lesen. Die Falkenkunst... seine Kenntnisse der Kräuter und Salben... vielleicht wurde er auf einer Klosterschule erzogen. Aber es braucht ein halbes Leben, all dies zu studieren. Sicher, seine Haare sind schneeweiß, doch sonst: Ich hätte ihn vielleicht auf Mitte der Dreißig geschätzt.

Sie wurde in ihrer Betrachtung unterbrochen, als Aquila halb an sie, halb an die Kinder des Burgherrn gewandt fortfuhr:

«Eine Handelskarawane macht Station auf dem Markt vor der Dorfkirche. Eigentlich wollte ich die beiden Junker fragen, ob sie mich hinab auf den Markt begleiten, doch wie ich sehe, ist die heutige Lektion noch nicht beendet.»

Sein Gesicht nahm einen überraschten Ausdruck an, ohne daß die Nonne zunächst zu sagen wußte, was der Auslöser war. Doch gleich darauf fiel es auch ihr auf: Weder einer der beiden Söhne des Burgherrn noch die kleine Riva machten einen Versuch, um den Rest des Unterrichts herumzukommen. Adrian und Gerolf sahen nicht einmal von der Handschrift auf, während sich Riva nur kurz umdrehte:

«Nehmt doch Schwester Agnetha mit, Aquila. Sie kennt das Dorf noch gar nicht. Und wenn Ihr zurückkommt, sind wir mit allem fertig.»

Und schon war sie wieder bei der Handschrift.

«Erstaunlich!» murmelte der Falkenmeister. Er besann sich. «Und was sagt Ihr? Kommt Ihr mit?»

Überrascht sah sie ihn an: «Erlaubt Ihr es denn?»

«Wieso ich?»

«Ihr habt mich schließlich geheilt. Als ich gestern mit Amme Annafrid hinunter zum See gehen wollte, um den Fischern zuzusehen, habt Ihr mich so böse angeschaut, daß ich nicht wagte, noch einmal zu fragen.»

Er schob das Kinn vor: «Das war nicht meine Absicht. Was Ihr tut, ist Eure Entscheidung, ehrwürdige Schwester. Und wenn ich es denn jemals war, jetzt bin ich nicht mehr Euer Hüter.»

Und doch hat er sich Sorgen um mich gemacht, dachte sie, und nun mag er es nicht zugeben.

Doch sie ging nicht darauf ein:

«Wenn es so ist, dann komme ich gerne mit. Gebt mir nur die Zeit, meinen Mantel zu holen.»

Er nickte bedächtig. Und diesmal war sie sich fast sicher, daß sich für einen Augenblick ein Lächeln auf seine Lippen verirrt hatte wie ein seltener Gast.

Der Marktflecken Bodenteich war eine kleine Ansiedlung im Schutze der Burg, doch durch die moorigen Ausläufer des Sees von dieser getrennt. Erreichbar war sie vom befestigten Wohnsitz der Ritter von Bodenteich aus einzig über den schmalen künstlichen Damm, den Ritter Wilbrands Vater hatte anlegen lassen.

Als Agnetha den Damm nun an der Seite des Falkenmeisters überquerte, nahm sie das Dorf zum ersten Mal bewußt wahr. An den Tag ihrer Ankunft war ihr keine Erinnerung geblieben, und von den Fenstern der Kemenate aus hatten es ihre Augen nicht vermocht, den dichten Nebelschleier zu durchdringen, der selbst zur Mittagszeit über dem Moore lag.

Die Häuser, Höfe und Hütten gruppierten sich auf einer Landzunge zwischen der ausgedehnten Wasserfläche des großen Sees und einem Mühlenteich, der das Wasser der Aue noch einmal aufstaute, kurz bevor es sich in die sumpfige Niederung des Sees ergießen konnte. An der Mühle selbst überquerte eine hölzerne Brücke den kleinen Fluß. Allen Reisenden und Wanderern, vor allem aber den Handelstrecks, die in Richtung Lüneburg unterwegs waren, blieb nichts anderes übrig, als diese Brücke zu benutzen, an der die Dienstmänner Ritter Wilbrands den Wegezoll kassierten. Diesen Einnahmen und dem vom Herzog verliehenen Recht, mehrmals im Jahre vor der Dorfkirche einen Markt abzuhalten, hatte die Ansiedlung ihren bescheidenen Wohlstand zu verdanken. All dies war ihr seit ihrer Kindheit bekannt, denn wenn sie es auch nie besucht hatte, lag Bodenteich schließlich kaum mehr als eine gute Tagesreise von Burg Knesebeck entfernt.

«Nun, was haltet Ihr von Bodenteich?» fragte Aquila, als sie sich dem Ende des Damms und den ersten hölzernen Häusern des Dorfes näherten. Auf einer abgeteilten Koppel mühte sich ein Schimmel, auf dem aufgeweichten Boden Gras zu finden. Es war ein edles Tier. Als sie sich näherten, spürten sie, wie es sie aufmerksam musterte.

«Das erinnert mich an meine Kindheit», murmelte Agnetha nach einer Weile.

«Ihr seid auf Burg Knesebeck geboren?»

«Meinem Vater gehörte die Hälfte der Burg und des Dorfes, das sie umgibt. Es ist ein kleines Dorf, kleiner noch als Bodenteich, doch wir hatten auch eine Mühle mit einem Teich und eine kleine Kirche. Und natürlich Pferde.»

Er sah sie forschend an. Bei dem Gedanken an die Pferde mußte sie ihre Stimme unbeabsichtigt gehoben haben.

«Ihr müßt das alles im Kloster sehr vermißt haben.»

Sie wollte gerade verneinen, doch unvermittelt wurde ihr klar, daß er recht hatte.

«Ja», sagte sie überrascht. «Obwohl das Kloster die größte Pferdezucht der ganzen Gegend besitzt. Ich bekam die Tiere kaum einmal zu Gesicht. Ja, ich habe es tatsächlich vermißt, besonders die Pferde und das Reiten durch das weite Sumpfland an der Seite meiner Brüder. Aber, es ist seltsam, irgendwie... mit der Zeit habe ich das wohl vergessen. Nachdem ich dem Konvent beigetreten war, bestand kaum einmal die Notwendigkeit, im Sattel zu sitzen, und wenn es sich tatsächlich einmal ergab... naja, es war eben nötig, zu einem bestimmten Ort zu gelangen. Meistens begleitet von bewaffneten Wächtern. Es – war nicht das gleiche. Versteht Ihr?»

«Ich denke schon. Das ist kein Leben, das ich führen möchte. So... eingesperrt.»

Nachdenklich betrachtete sie den Schimmel, der nun, als ihm klar geworden war, daß sie nicht seinetwegen gekommen waren, wieder zu grasen begann.

«So habe ich es eigentlich gar nicht empfunden. Es war nicht mein Wunsch, aus dem Kloster fortzugehen. Ich war glücklich dort bei meinen Schwestern, bei meinen Schülerinnen und meinen Handschriften. Die Augustinerinnen haben sie seit der Zeit des Heiligen Bernhard gesammelt und sorgfältig verwahrt. Ich habe alles gelesen, was mir in die Hände kam. Die großen Kirchenlehrer, philosophische Schriften, medizinische Traktate. Manchmal... manchmal ertappte ich mich selbst dabei, wie mich nicht nur Demut und Dankbarkeit erfüllte, sondern ein sündhafter Stolz auf mein Wissen.»

«Unter uns Sterblichen kann die Wissenschaft kaum so wachsen, daß sie nicht noch weitere Vermehrung vertrüge.»

«Das habe ich schon einmal gelesen... Woher stammen diese Worte?»

«Es geht noch weiter, Schwester: 'Alle Wissenschaft stammt von Gott allein und geht aus seinem Geschenk hervor; darum ist sie nach unserer Überzeugung gut. Das ist der erste Schlüssel zur Weisheit, das ständige, immer neue Fragen.' Erinnert Ihr Euch?»

Sie zögerte: «Das ist... Heilige Mutter Maria, das sind die Worte des Petrus Abaelard, Aquila, des großen Ketzers!»

«Immerhin scheint auch Ihr sie gelesen zu haben.»

Sie sah ihn zornig an: «Ich habe die Entgegnung des heiligen Bernhard gelesen, in der er die Irrlehren dieses Abaelard verwarf! Nur daher kenne ich die Worte!»

Das war nicht die ganze Wahrheit, denn sie hatte auch einige von Abaelards eigenen Schriften studiert, jedenfalls so lange, bis die Mutter Priorin sie ihr weggenommen hatte. Sie hatte diese Bücher ganz einfach als ungeeignet für die stets zu Fragen und Zweifeln geneigte junge Nonne empfunden. Die Bücher des Anselm von Canterbury dagegen hatte Mechthild von Wohldenberg der jungen Agnetha ganz bewußt in die Hände gelegt, in der Hoffnung, daß sie in diesen wenn nicht die Antworten auf ihre drängenden Fragen, so doch zumindest eine Autorität fand, die ihr endlich klar machte, daß sie nicht länger ihren Schwestern und jedem greifbaren Gelehrten mit ihren ständigen Zweifeln auf die Nerven fallen durfte. Bisher hatte Agnetha geglaubt, der Plan der Mutter Priorin sei erfolgreich gewesen...

Doch der Falkenmeister hatte sie ertappt und die verborgene Erinnerung in ihr wieder geweckt.

Aquila blickte sie aufmerksam an. Seinen Gesichtsausdruck vermochte sie nicht zu deuten.

«Wollt Ihr abstreiten, daß Ihr die Worte eben, als Ihr sie hörtet, ohne weiteres für rechtgläubig gehalten habt?»

«Ich bin nur eine einfache Augustinerin, Aquila. Hätte es dem Herrn gefallen, mir die Gabe zu verleihen, spitzfindige theologische Diskurse spontan zu durchschauen, so hätte er mich als Theologen erschaffen.»

«Immerhin», erwiderte er beiläufig, und das Lächeln war mehr in seiner Stimme als auf seinen Lippen auszumachen, «nach dem, was Ihr sagt, fühlt Ihr Euch doch zumindest kompetent genug, den Sinn von Gottes Schöpfung zu interpretieren – zumindest was seine Absichten mit Eurer Person anbetrifft.»

Agnetha spürte, wie Röte in ihre Wangen stieg. Sie vermochte nicht zu differenzieren, ob es Scham oder Zorn war, der sie hervorrief. Seit ihrer Ankunft auf der Burg hatte sie nicht gebeichtet. Was war nur aus ihr geworden? Es machte Mühe, all die Sünden des Geistes im Gedächtnis zu behalten, so groß war ihre Verderbtheit.

«Eines verstehe ich nicht, Schwester: Wenn Ihr Eure Bücher so liebtet, warum habt Ihr Euch dann entschlossen, nach Bodenteich zu kommen?»

«Ich...» Sie biß sich auf die Lippen. Das war es, was ihr seit Tagen auf der Seele lastete: Sollte sie Aquila einweihen? Der Vertraute ihres

Bruders auf Burg Bodenteich... Sie war sich mittlerweile fast sicher gewesen, daß niemand anders als Aquila dieser Mann war. Doch die Worte, die er eben gesprochen hatte, waren die eines Versuchers, ja, im Grunde waren sie ketzerisch und grausam gewesen. Und warum sprach der Falkenmeister sie nicht offen auf ihren Bruder an, er hatte mehr als einmal und gerade jetzt wieder Gelegenheit dazu gehabt.

«Ich weiß es nicht», sagte sie schließlich. «Es war der Wunsch meiner Priorin und ich hatte keine Wahl. Versteht mich nicht falsch», fügte sie eilig hinzu, «es ist eine Freude, Adrian und Riva – und auch Gerolf – zu unterrichten. Ihr alle behandelt mich, als wäre ich eine Königin.»

«Euer Gebaren ist auch das einer Königin.»

Er verstummte und sie hatte das unbestimmte Gefühl, als wolle er noch etwas hinzufügen, halte die Worte aber im letzten Augenblick zurück.

Erinnert er sich daran, daß ich Nonne bin? Heilige Mutter Maria, wünsche ich mir in meinem Herzen, er hätte weitergesprochen?

Stumm setzten sie ihren Weg fort. Der befestigte Weg, der über den Damm in das Dorf führte, war nur kurz. Ein oder zwei niedrige Häuser standen zu beiden Seiten. Agnetha erkannte rechter Hand eine Schmiede. Dann erreichten sie den Marktplatz und die Hauptstraße des Fleckens.

Eine kleine Pfarrkirche, der Sockel aus behauenen Feldsteinen, das eigentliche Mauerwerk aber aus gebranntem Backstein errichtet, erhob sich über die bescheidenen Häuser der Bewohner von Bodenteich. Rechter Hand erstreckte sich ein freier Platz zwischen der Kirche und einer Reihe etwas stattlicherer Häuser. Wo die Häuser Raum ließen, konnte Agnetha, halb verdeckt durch das Astwerk kahler Bäume, den Mühlenteich ausmachen.

Seit dem Mittag hatte es nicht mehr geregnet. Die Luft war noch immer kalt und feucht, doch für den Nachmittag schien von oben her keine neue Nässe nachzukommen. Eben jetzt wagte sich sogar für einen Augenblick die Sonne zwischen den dahineilenden Wolken hervor. Die Augustinerin verspürte in sich wieder jenes Gefühl von Lebendigkeit und Freiheit wie an dem Morgen, an dem sie zum ersten Mal fieberfrei erwacht war. Das so plötzlich eingetretene unangenehme Schweigen betrübte sie. Sie versuchte, das Gespräch wieder in Gang zu bringen.

«Aber sagt mir, Aquila, bei wem habt Ihr reiten gelernt? Ich habe noch nie jemanden so im Sattel sitzen sehen. Und Ihr gebt diese Art an den jungen Gerolf weiter, nicht wahr?»

Er nickte: «Auch an Adrian, doch er hat weniger Interesse daran. Mein Lehrer... erschreckt nicht, Schwester, mein Lehrer war ein Sarazene, ja, ein Moslem aus der Stadt Lucera in meiner Heimat. Der Kaiser Friedrich hatte die Sarazenen dort angesiedelt als seine Leibgarde, und nach seinem Tode dienten sie seinem Sohn Manfred, der oft bei ihnen weilte.»

Entsetzt sah sie ihn an: «Manfred dem Ketzer?»

Er seufzte: «So behaupteten seine Feinde. Auch von seinem Vater hatte man schon in dieser Weise gesprochen, weil er das verteidigte, was ihm rechtmäßig zukam. Gegen jeden Gegner – und sei es auch der Papst. Ich weiß, daß Euch das als Ketzerei erscheinen muß.»

Sie dachte an die Worte ihres Bruders über den päpstlichen Hof in Orvieto. Kämpfte nicht auch die Kirche längst mit der Waffe in der Hand?

«Nun», sagte sie zögernd, «es ist alles eine sehr lange Zeit her. Es fällt mir schwer, in dieser Sache ein Urteil zu sprechen. Und es kommt mir auch nicht zu, an der Entscheidung der Heiligen Mutter Kirche zu zweifeln.»

«Aber?»

«Der Hof König Manfreds kann nicht völlig von Bosheit erfüllt gewesen sein, wenn ein Mann wie Ihr dort gelebt hat.»

Er nickte anerkennend: «Das war eine sehr kluge Antwort, Schwester. Aber mir wäre auch nie in den Sinn gekommen, Euch für eine dumme Frau zu halten. Nein, der Hof König Manfreds in der Stadt Foggia war etwas, das... ich kann es nicht beschreiben. Ich war noch ein Kind und so vieles ist mir erst später klar geworden. So vieles, das ich als selbstverständlich hinnahm... Ich bin mir fast sicher, auch Ihr hättet es geliebt. All die alten Handschriften. Aus dem Rom der alten Kaiser. Aus dem alten Griechenland. Manuskripte, die hier in Deutschland seit einem halben Jahrtausend verschollen sind und die arabische, jüdische und griechische Fürsten, Handelsherren und Wissenschaftler dem König zum Geschenk machten.

Obwohl ich noch fast ein Kind war, war es keineswegs außergewöhnlich, daß man mir kostbare und bedeutende Werke zur Lektüre anvertraute: den über tausend Jahre alten Tetrabiblos des Ptolemäus, sein Centiloquium oder die Einführung in die Astrologie des Sarazenen Abu Mashar. Bücher, für deren Besitz mächtige Fürsten und reiche Klöster Wagenladungen voll Silber hingeben würden.»

«Aber die Männer, die sie verfaßt haben, waren Heiden!» protestierte die Augustinerin schwach.

«Auch Aristoteles oder Vergil waren Heiden und trotzdem sind sie in der Römischen Kirche über alle Maßen angesehen. Doch was soll's, es ist so lange her. Ich weiß nicht, was nach dem Tode König Manfreds mit den Büchern geschah. Vielleicht wußten ja einige der Franzosen, die sein Königreich im Auftrag des Papstes eroberten, sie zu schätzen, doch das meiste muß verlorengegangen sein. Wir konnten nichts dagegen tun.»

«Ihr meint...»

Er sah sie traurig an: «Laßt uns heute nicht länger über diese Dinge sprechen. Der Winter ist noch lang und es gibt noch Abende genug, an denen ich Euch, wenn Ihr es wünscht, von Italien berichten kann. Seht Euch jetzt lieber Bodenteich an!»

Auf dem Marktplatz mußten die Einwohner von Bodenteich fast vollzählig versammelt sein, zweihundert Menschen vielleicht, Männer, Frauen und Kinder, zumeist in einfache bäuerliche Kittel gekleidet. Gespannt warteten sie auf den Zug der Kaufleute, von dem indes noch nichts zu sehen war. Agnetha spürte, wie sie angestarrt wurde. Alle hatten von der geheimnisvollen Nonne gehört, doch seit dem Tage ihrer so spektakulären Ankunft hatte sie außerhalb der Burg niemand zu Gesicht bekommen.

«Aquila!»

Zwei Männer hatten sich aus der Volksmenge gelöst und kamen auf sie zu.

«Der kleinere von beiden ist Benno, der Müller, der größere mit dem Bart Meister Hagen, der Dorfschulze.»

«Der Mann, der mich auf die Burg gebracht hat?»

«So ist es. Ihr solltet ihm danken.»

«Das hätte ich auch ohne Euren Rat getan, Aquila.»

Überrascht sah er auf sie herab und – lächelte? Es war immer etwas Irritierendes an diesem Lächeln, bei dem man sich nie ganz sicher sein konnte, ob es wirklich eines war. Agnetha wollte etwas erwidern, doch schon waren die Männer heran.

«Meister Hagen und Benno der Müller, Herrin», stellte der Falkenmeister vor. Seine Stimme war plötzlich eine völlig andere, distanziert, fast kalt.

«Schwester Agnetha aus dem Kloster der Augustinerinnen», fügte er, an die beiden Männer gewandt, an. «Die Schwester des berühmten Magisters Wasmod und des Ritters Paridam von dem Knesebeck.»

«Zuallererst die Tochter Gottes», unterbrach sie ihn. «Wie wir alle die Kinder Gottes sind.»

Wieder das halbe, ein wenig belustigte Lächeln des Falkenmeisters. Doch Agnetha blieb keine Zeit, darüber nachzudenken.

«Voller Freude sehe ich, daß Ihr vollständig genesen seid, Herrin», sprach der Dorfschulze sie an. Er war ein hagerer Mann von vielleicht vierzig Jahren, das lange Haar und den Bart auf Oberlippe und Kinn schon von grau durchzogen. Sein Lächeln war freundlich und verbarg nicht die Erleichterung, die Augustinerin bei guter Gesundheit zu sehen.

«Wie mir berichtet wurde, habe ich das nicht zuletzt Eurem raschen Handeln zu verdanken, Meister Hagen. Ich schulde Euch Dank.»

«Es war mir eine Ehre, Herrin.» Er deutete eine höfliche Verbeugung an, doch es war nicht zu übersehen, daß das nicht seine Welt war. Sie dankte ihm für seine guten Wünsche.

Sie wechselten ein paar Worte über ihre Gesundheit, bevor sich der Müller an Aquila wandte:

«Ich habe eine Frage an Euch, Herr. Es geht um ein Problem mit meinen Obstbäumen. Ich weiß nicht, wen ich sonst danach fragen soll: Einige der Bäume sind alt und wollen nicht mehr tragen. Wann ist die beste Zeit, sie zu schlagen? Im Monat Hornung, spätestens zu Mittfasten, so habe ich es gelernt. Vorige Woche sprach ich drüben am Mühlenteich mit einem Mann... einem Wanderer. Komisch, ich kann mich sonst kaum noch an ihn erinnern, aber er trug einen langen dunklen Mantel. Jedenfalls, dieser Mann meinte, daß die Zeit, zu der der erste Frost kommt, also gerade im Augenblick, die rechte Zeit sei. Ist das wahr?»

Aquila hob die Schultern: «Ich bin nicht der Herrgott im Himmel, Mann. Ihr dürft nicht alles von mir erwarten. In meiner Heimat schlägt man die Bäume nach dem ersten Vollmond im Monat Januar, oder Hartung, wie Ihr es sagen würdet. Die Säfte haben sich dann weit in den Boden zurückgezogen. Aber ich weiß nicht, wie es sich mit den Bäumen hier verhält. Der Frost kommt so schrecklich früh. Ich glaube, ich werde mich nie daran gewöhnen solange ich lebe.»

Dankbar nickte der Müller: «Ihr habt mir einen großen Gefallen getan, Herr. So werde ich es machen.»

«Ich übernehme keine Garantie, Benno!»

«Das braucht Ihr auch nicht, Herr!»

Im gleichen Augenblick wurden Rufe laut, daß sich der Handelszug nähere. Die beiden Männer verabschiedeten sich und kehrten zu ihren Familien zurück. Agnetha erkannte an Bennos Seite eine Frau mittleren Alters und eine Schar halb erwachsener Kinder, darunter ein blaßgesichtiges junges Mädchen, das sie schon einmal auf der Burg gesehen zu haben glaubte. Und außerdem, sie sah genauer hin: Tatsächlich, auf den Arm der Müllerfrau gestützt war auch Meister Emil auf dem Markt erschienen, um den Einzug der Handelsleute zu verfolgen. Die Nonne lächelte ihm zu, doch er schaute nicht zu ihr herüber. Offenbar konnte er sie nicht erkennen. Der Alte sah aus als ob er fröre, obwohl man ihm ein warmes Fell um die Schultern gelegt hatte.

Der Falkner und die Nonne verharrten an der Abzweigung des Weges zur Burg, wo die Hauptstraße eine Kurve beschrieb. Von hier aus hatten sie einen noch besseren Blick als die Menschen auf dem Marktplatz. Die Augustinerin stellte fest, daß die meisten von ihnen einen respektvollen Abstand hielten.

«Ich habe selten ein solches Vertrauen gesehen», sagte Agnetha.

Der Falkner sah sie verwirrt an: «Ach so, wegen Benno.» Aquila seufzte: «Verzeiht, ich war mit den Gedanken woanders. Dieser Fremde in seinem dunklen Mantel... Mir ist, als müßte ich mich an etwas erinnern. – Aber dazu wird später noch Zeit sein.»

Er schüttelte den Kopf. Es wirkte eher, als wolle er eine Erinnerung vertreiben, als sie wiederzuerwecken.

«Aber was sagtet Ihr? Vertrauen? Ihr meint den Müller? Es ist nicht so einfach, Schwester: Wenn ich mich geirrt habe, wird er mir die Schuld geben. So ist es immer. Da kann ich machen, was ich will.»

«Woher habt Ihr all dieses Wissen, Aquila. Vom Hofe... dieses Königs?»

«Wie gesagt, ich war noch ein Kind, doch dort war es ganz selbstverständlich, daß sich jedermann mit solchen Dingen beschäftigte. Gerade auch die Falknerei. Der Kaiser selbst, König Manfreds Vater, hat ein sehr gelehrtes Buch über die Pflege und Aufzucht der Falken und über die Kunst mit ihnen zu jagen verfaßt. Er hatte einen Grundsatz, dem er stets gefolgt ist: Er glaubte nur das, was er mit eigenen Augen sehen konnte!»

«Aber das ist Ketzerei, Aquila! Der Herr hat die gesamte Welt geschaffen, das, was wir sehen und mit unseren Händen greifen können, aber auch das, was für die Augen der Menschen unsichtbar bleibt. Es ist Verrat am christlichen Glauben, daran zu zweifeln. Den Kräften des Mondes mehr zu trauen als der Macht des Herrn!»

«Aber wenn er die ganze Welt erschaffen hat, Schwester, hat er dann nicht auch den Mond erschaffen? Vielleicht ist ja gerade der erste Vollmond des neuen Jahres sein Zeichen an uns, daß es Zeit ist, die Bäume zu beschneiden.»

«Das weiß ich nicht. Aber es ist nicht Eure und meine Aufgabe, seine Zeichen zu deuten, Aquila, sondern die der Heiligen Mutter Kirche.»

Er lächelte sie breit an. Es war das erste Lächeln, bei dem sie sich wirklich sicher war.

«Seht Ihr, Schwester. Eben das ist das große Problem, das der gute Vater Ludolpho mit mir hat: Ich ziehe es vor, selbst zu deuten und zu denken.»

Der Einzug der Kaufleute in den Marktflecken Bodenteich war auch für die Augen Agnethas ein beeindruckendes Schauspiel. Die zeremoniellen Feiern in der Klosterkirche mit den farbigen Gewändern, in denen die hohen Geistlichen einherschritten, dem im gedämpften Licht der Kerzen schimmernden Gold auf den kostbaren Reliquien, die durch die Reihen der Gläubigen getragen wurden, waren auch jedes Mal ein Fest für die Augen gewesen, doch in einer anderen Weise.

An der Spitze des Handelzuges ritt auf einem kräftigen Rappen einer der fettesten Männer, die Agnetha jemals zu Gesicht bekommen hatte. Sein runder Leib steckte in einem samtig glänzenden blauen Wams, das selbst einem König oder Bischof Ehre gemacht hätte. Auf dem Kopf trug er eine Kappe von grünem Stoff, in der eine gewaltige Feder steckte. Eine denkbar ungeeignete Reisekleidung.

«Na, was sagt Ihr, Schwester?» fragte Aquila. «Da seht Ihr doch mindestens drei Todsünden auf einmal: Überheblichkeit, Völlerei und vermutlich auch Habgier.»

Sie nickte stumm. Er hatte die Worte ruhig gesprochen, mit einer so geringen Spur von Belustigung, daß sie diese ignorieren konnte.

Auf den reichen Kaufherrn folgten zwanzig oder dreißig Packpferde, die, je zwei nebeneinander, müde von der Reise auf den Markt zutrabten. In unregelmäßigen Abständen ritten bewaffnete Knechte neben den Lasttieren her. Der Kaufherr mußte in der Tat ein reicher Mann sein: Sie trugen Gewänder in der gleichen blauen Farbe wie ihr

Brotgeber, allerdings aus einfacherem Stoff.

«Das kommt ihm nicht zu», murmelte Agnetha. «Ich meine, ein solches Gefolge... er ist weder ein Priester der Heiligen Mutter Kirche noch ein Mann von Adel.»

«In Italien macht man sich über so etwas schon seit langer Zeit keine Gedanken mehr, Schwester.»

«Und der Adel läßt das zu?»

«Die Kaufleute in vielen unserer Städte sind so mächtig geworden, daß sie den Adel aus ihren Mauern vertrieben und die Macht an sich gebracht haben.»

«Und niemand hat das verhindert?» fragte sie aufgebracht.

«Niemand hatte die Macht dazu, Schwester. Der Kaiser, vor allem aber der Papst haben Bündnisse mit ihnen geschlossen. Wenn der Papst nicht die Franzosen und die Städte auf seine Seite gebracht hätte, wäre König Manfred wohl noch am Leben. Wären die norditalienischen Söldner nicht gewesen, so hätten sich die Felder vor der Stadt Benevent nicht rot gefärbt vom Blut der Hohenstaufen am Tage der letzten Schlacht.»

Sie blickte ihn an. Seine Lippen waren hart zusammengekniffen. Dem Tag, an dem er seine Heimat verlor. Er wird es nie verwinden, dachte sie, es würde mich nicht wundern, wenn er anfinge zu weinen.

Agnetha wandte den Blick ab.

Nach einer Weile hatte der gesamte Zug den Marktplatz erreicht und wurde vom Dorfschulzen begrüßt, der nun daran ging, im Namen Ritter Wilbrands und des Herzogs den Brückenzoll zu erheben. Auf dem Reiseweg des Handelszuges war Bodenteich kein Etappenziel; die Reisenden würden ihren Zug in Kürze fortsetzen.

Der Kaufherr überließ die Abwicklung der Formalitäten seinen Begleitern und kam mit stolzen Schritten auf Aquila und Agnetha zu.

«Mein Gruß dem Boten des Herrn von Bodenteich», sagte er ohne auch nur den Ansatz einer Verbeugung. Dabei legte er in das Wort 'Bote' eine Betonung, daß es fast einer Beleidigung gleichkam, so als wäre der Kaufherr es gewohnt, mit dem Burgherrn selbst zu verhandeln. Dann fügte er hinzu: «Ehrwürdige Schwester.»

Aquila erwiderte seinen Gruß. Agnetha hatte den Eindruck, als wolle sich der wohlgenährte Kaufherr sogleich an den Falkner wenden, doch dann sprach er zunächst sie an. Sein Tonfall war höflich, aber geschäftsmäßig und bestimmt:

«Wir haben noch eine weite Reise vor uns, Schwester, und die

Straßen sind gefährlich. Mein Name ist Benjamin von der Hanse der deutschen Kaufleute in der Stadt Lüneburg. Seit sieben Jahren bin ich Laienbruder Eures Ordens. Betet für mich und den Erfolg unseres Zuges.»

Agnetha nickte wortlos. Das Kloster war auf die Spenden auch solcher Männer angewiesen. Eher geht ein Kamel durch ein Nadelöhr, als daß ein Reicher des Paradieses teilhaftig wird. Das ist weiß Gott jemand, der die Fürbitte sämtlicher Heiligen gebrauchen kann.

Brüsk wandte er sich ab:

«Ich habe einen Brief für den Herrn von Bodenteich.»

Seine Rechte langte in die Taschen seines Wamses.

«Sieht so aus, als würdet Ihr hohen Besuch bekommen.»

Die Männer tauschten noch eine Weile Belanglosigkeiten, wobei es dem Handelsherrn augenscheinlich einzig darauf ankam, seinen wachsenden Reichtum zur Schau zu stellen, während Aquila bemerkenswert ruhig und höflich blieb und sich bemühte, möglichst viele Neuigkeiten zu erfahren. Als das Gespräch auf ihren vermißten Begleiter kam, schlug Agnethas Herz schneller, doch von einem eventuell verletzten Priester, sei sein Name Bruder Bjørn oder ein anderer, hatte der Kaufherr nichts vernommen.

«Was hat er damit gemeint?» fragte Agnetha, als sie sich auf den Rückweg zur Burg machten. «Wir würden hohen Besuch bekommen.»

«Ich glaube, ich ahne es», murmelte Aquila versonnen. «Aber warten wir es ab.»

Seine plötzliche Wortkargheit überraschte sie. Seitdem sie sich von Benjamin von Lüneburg verabschiedet hatten, waren die Antworten des Falkenmeisters einsilbig geworden. Offenbar war er nicht länger an einer Unterhaltung interessiert.

Er ahnt etwas, weiß Gott. Mehr als das. Er muß sich fast sicher sein. Und, bei der Reinheit des heiligen Antonius, es muß eine sehr schlechte Nachricht sein.

Auf der Burg war bereits abendliche Ruhe eingekehrt, als sie zurückkehrten. Aquila verabschiedete sich eilig mit dem Hinweis auf dringende Geschäfte, die er noch zu erledigen hätte, bevor am Abend der Burgherr zurückkehre. Dann ging er rasch in Richtung auf die Stallungen davon, ohne sich auch nur die Mühe zu machen, sie hinauf in die Kemenate zu begleiten.

Hoher Besuch? Wer sollte das sein – mein Bruder?

Sie vermochte das Gefühl aufkeimender Hoffnung nicht zu unterdrücken. Erst jetzt wurde ihr wirklich klar, in welchem Maße Verkrampfung und Unsicherheit seit ihrer Ankunft von ihr Besitz ergriffen hatten. Es war nicht nur die Sorge um das Leben des Magisters, sondern zugleich auch die Ahnung, ringsum von Feinden umgeben zu sein, ohne daß sie diese auszumachen wußte. Was hätte ihr Bruder von ihr erwartet? Daß sie in das Kloster zurückkehrte? Zweifellos wäre das die klügste Entscheidung gewesen, doch Wasmod von dem Knesebeck war nicht umsonst als brillanter Menschenkenner bekannt. Er mußte geahnt haben, daß sie das nicht tun würde. Würde er nun also selbst nach Bodenteich kommen, um ihr beizustehen? Ganz offen und mit der vollen Macht seines Amtes?

Und es war noch etwas anderes, das sie über alle Maßen in Besorgnis stürzte: Wenn Aquila in Sorge war über die bevorstehende Ankunft des Magisters, so konnte das doch nur eines bedeuten: Er war eben nicht der Vertraute ihres Bruders, sondern ein Ketzer und Hexenmeister. Sicher, gerade heute Nachmittag hatte er wieder Dinge zu ihr gesagt, die er vor den Ohren eines Gerichtshofes der Inquisition niemals wiederholen durfte; doch der Falkenmeister ein Diener der Finsternis? Das konnte, das wollte sie nicht glauben.

Nachdem Agnetha die Übersetzungsarbeit ihrer Schüler durchgesehen hatte, stand sie lange nachdenklich am Fenster der Kemenate und beobachtete den Abend, der sich über die schweigende Wasserfläche senkte wie die diffuse Ahnung kommenden Unheils. Weit entfernt, an den jenseitigen Ufern des Sees, waren einzelne verschwommene Lichter zu erkennen, denen jedoch Kraft und Stetigkeit fehlten, so daß sie keinen Gegenpol zu der Finsternis darstellten, sondern diese in ihrer erdrückenden Ausschließlichkeit noch betonten. Nach einer Weile begann es wieder zu regnen, langsam, stetig und einschläfernd.

Stunden waren vergangen, als unterdrücktes Rufen vom Burghof her die Ankunft Ritter Wilbrands verkündete. Minuten später vernahm sie eilige Schritte auf der Treppe und gleich darauf trat der Burgherr ein, gefolgt von seinen Söhnen, dem Falkner und dem Kaplan. Der graue Reisemantel spannte sich durchnäßt und unordentlich um seine Schultern. Müde schlug der Burgherr die Kapuze in den Nacken zurück.

Stirnrunzelnd nahm er das Schreiben aus Aquilas Hand entgegen, trat in den Lichtkreis der Fackel, betrachtete das Siegel und reichte den Brief dann ungeöffnet an Aquila weiter.

Der Falkner schüttelte den Kopf: «Schwester Agnetha ist in Eurer Kanzleisprache gewiß die Kundigere von uns beiden.» Seine Stimme war völlig ernst.

Ritter Wilbrand hob die Schultern:

«Dann seid so gut und lest vor, Schwester.»

Sie brach das Siegel und öffnete das Schreiben. Es war eine enge, gerundete Schrift, nicht zu vergleichen mit den kunstvollen Buchstaben, die die Klosterschülerinnen seit zwei Generationen lernten und die sie selbst nun an die Kinder des Herrn von Bodenteich weitergab.

«In nomine sanctae et individuae trinitatis», begann sie.

«Bitte gleich in deutscher Sprache, wenn es möglich ist», bat der Burgherr und ließ sich schwer auf einem Stuhl nieder. Agnetha überflog das Schreiben. Sie hatte Mühe, einen überraschten Ausruf zu unterdrücken, doch dann übersetzte sie mit einer schlafwandlerischen Sicherheit, die einzig aus ihrer jahrelangen Übung rührte.

«Im Namen der Heiligen Dreifaltigkeit entbieten wir, Otto, aufgrund der Gnade des göttlichen Waltens Herzog von Braunschweig und von Lüneburg, unseren allerchristlichen Gruß an Wilbrand, genannt von Bodenteich, gestrenger Ritter. Da das Gedächtnis der Menschen aufgrund der schändlichen Sünde des Urvaters Adam kurz ist, haben wir uns entschlossen, diese Nachricht dem Pergament anzuvertrauen: Wisse, Ritter Wilbrand, daß wir geruhen, am Abend vor dem Feste des Heiligen Martin von Tours auf Deiner Burg einzutreffen und dort für mehrere Tage zu verweilen. Sorge dafür, daß diese Burg zu unseren Zwecken vorbereitet ist. Gegeben auf unserem Hof zu Celle. Mit Grüßen in Jesus Christus unterzeichnet Otto, vorgenannter Herzog.»

Nachdenklich blickte der Burgherr zu Aquila: «Ihr wißt, was das bedeutet?»

«Das weiß ich Herr. Jetzt reist er nach Norden, doch er bewegt sich dabei hart an der Grenze entlang, und das kann nur bedeuten, daß er etwas sehr Großes vorbereitet. Sein Ziel liegt sicherlich im Süden. Das bedeutet Krieg. Krieg gegen seinen Vetter.»

Wilbrand seufzte: «Nun gut, offenbar soll es so sein. Wir haben es lange kommen sehen.»

«Es gibt jetzt viel zu tun, Herr», mahnte der Kaplan. «Es sind nur noch sechs Wochen bis Sankt Martin. Ihr müßt alles für die Ankunft des Herzogs vorbereiten.»

«Sicher, sicher. Aquila, seid so gut und übernehmt das für mich. Zumindest bis morgen. Der Ritt war anstrengend und ich bin müde. – Schwester, es tut mir leid, aber unsere Hoffnungen wurden aufs Neue enttäuscht. Bruder Bjørn bleibt verschollen vom Angesicht der Erde, als hätte es ihn niemals gegeben.»

Womit er nicht ganz unrecht hat, dachte Agnetha. Aber vielleicht bedeutet das alles ja nur, daß der Magister seine Verkleidung aufgegeben hat. Dann können wir natürlich lange nach einem Franziskanermönch suchen. Vielleicht ist er längst wieder offiziell als päpstlicher Legat unterwegs, oder er hat eine neue Tarnung. Mag sein, daß er einen neuen, dringenden Auftrag erhalten hat und ihm nun die Zeit fehlt, sich um mich zu kümmern. Heilige Mutter Maria, gib, daß es so ist.

«Ein Gutes hat dieser Tag jedenfalls gebracht», fuhr der Burgherr fort, «Ihr, Schwester, seid wieder gesund. Und was den Besuch des Herzogs anbetrifft: Wir werden ihn angemessen empfangen. Musik, Unterhaltung, ein Festmahl, auch wenn der Anlaß wohl kein erfreulicher ist. Nun sollen die Männer immerhin zu ihrem Starkbier kommen.»

Auf dem höchsten Punkt des Burghügels, gegenüber der Burgkapelle, erhob sich der gewaltige Rundbau des Bergfrieds mit seinen meterdicken steinernen Mauern, an die sich zur Linken die Festhalle und zur Rechten die Kemenate lehnte. Der Einstieg in diese letzte Zuflucht der Burgbewohner für den Fall der Einnahme der Burg durch einen Angreifer befand sich mehrere Meter über dem Boden und war nur über eine schmale hölzerne Treppe zu erreichen, die im Notfall rasch abgebrochen werden konnte, um so den nachdrängenden Feinden den Zugang zusätzlich zu erschweren.

Früher war der Bergfried in Friedenszeiten als Stau- und Lagerraum genutzt worden, denn das massive Mauerwerk sorgte dafür, daß auch in der größten Sommerhitze im Innern des Baus eine erträgliche Temperatur herrschte. Schon seit einem halben Menschenleben aber befand sich nun im Bergfried der Burg Bodenteich die Unterkunft der Jagdfalken und ihres Meisters. Die unteren beiden Etagen waren den Vögeln vorbehalten, wobei ein gesonderter, speziell abgedunkelter Raum nahe dem Einstieg die Jungvögel aufnahm, die noch wild und ungezähmt waren und sich erst langsam an das Leben in der Gefangenschaft gewöhnen mußten.

Einzig der große Raum, der das gesamte oberste Stockwerk des Bergfrieds einnahm, war Aquila vorbehalten. Alle Bewohner der Burg kannten das schwache Licht, das oft bis spät in die Nacht durch die Fensteröffnung schien, doch nur eine Handvoll, zu ihr gehörten Ritter Wilbrand und Adrian, hatten die Behausung des Falkenmeisters jemals von innen gesehen. Der niedrige Raum war bis unter die hölzerne Decke mit allerlei Gegenständen angefüllt, die ein gewöhnlicher Besucher kaum beim Namen hätte nennen können: Zum Teil kostbare Erinnerungen an Aquilas Heimat, zum Teil Dinge, die er nach langer Suche irgendwo in Deutschland erworben hatte, zum Teil aber auch Gerätschaften, die er selbst in mühevoller Arbeit hergestellt hatte, wie etwa eine komplizierte Apparatur, mit der Kräuteressenzen erhitzt werden konnten. Dieser Vorgang entzog einen Teil der Flüssigkeit und die Wirksamkeit der Inhalte ließ sich so verstärken.

Heute abend, einige Stunden nachdem die Botschaft des Herzogs den Burgherrn erreicht hatte und nun vermutlich bereits im Dorf die Runde machte, lehnte der Falkenmeister beim Licht einer einzigen Wachskerze über seinem Schreibpult und grübelte über einem halbbeschriebenen Pergament. Der Falkner überlegte sorgfältig, bevor er die nächsten Worte niederschrieb. Das Pergament war kostbar, in diesen Tagen mehr denn je, und er hatte sich nicht, wie Schwester Agnetha, in einer gut ausgestatteten Klosterbibliothek bedienen können, sondern war auf einen begrenzten und stetig schrumpfenden Vorrat an Schreibmaterial angewiesen, den er vor einigen Jahren für ein kleines Vermögen von einem reisenden Händler in Oldenstadt erworben hatte.

Liebevoll strichen seine Finger über die Blätter eines zweiten Manuskripts, die er auf dem Pult ausgebreitet hatte. Sie bestanden nicht aus Pergament, sondern aus einem sehr viel empfindlicheren Material, das Papyrus genannt wurde. Diese Schreibunterlage hatten schon die Römer verwandt zu der Zeit, als noch die ganze Welt vor der Macht des gewaltigen Imperiums erzitterte. Und vor ihnen hatte es andere gegeben... die kultivierten Griechen... die Erbauer der erstaunlichen Wunder im alten Ägypten.

Doch dann war das Land Ägypten, die Heimat des Papyrus, in die Hände der Moslems gefallen, und die christlichen Skriptorien hatten sich auf Pergament umstellen müssen, ein sehr teures und zudem nur bedingt geeignetes Material, das aus Tierhäuten gewonnen wurde. Erst der Kaiser Friedrich hatte die Papyrusstauden auf der Insel Sizilien heimisch gemacht, in der Umgebung der Stadt Syrakus. Seitdem wurde in Süditalien neben dem Pergament auch wieder das ältere Material verwandt.

Diese Blätter hatte Aquila nicht selbst beschrieben. Sie stammten aus einem Skriptorium in Salerno, jener bedeutenden süditalienischen Stadt, die die längst legendäre medizinische Universität beherbergte. Wenn Aquila die Augen schloß, erinnerte er sich gut an einen der ersten Sommer, die er bei Vater Gennadios in Salerno verbracht hatte. Es war das Jahr des letzten großen Sieges der Hohenstaufen gewesen, das Jahr der Schlacht von Montaperti. Aquila war dreizehn Jahre alt gewesen, und wie gerne wäre er mit dem von König Manfred entsandten Ritteraufgebot zu jenem Feldzug in die Toskana aufgebrochen, doch sein Vater, der zu Beginn jenes Sommers ebenfalls in der Stadt weilte, hatte es ihm streng untersagt und darauf bestanden, daß er stattdessen seine Studien mit Vater Gennadios fortsetzte.

Ernst hatte sein Vater ihn angesehen: «Wenn Du glaubst, mein Sohn, das allein ist die Aufgabe eines höfischen Ritters, zu kämpfen und zu streiten wie man das im Norden und in Frankreich tut, dann irrst Du. Am Hofe des Kaisers war niemand so hoch angesehen wie derjenige, der über einen klaren Geist verfügte und es zu hoher Meisterschaft in der Kunst und in der Wissenschaft gebracht hatte. Wie die Dinge stehen, wird sich die Gelegenheit zum Kampf noch oft genug ergeben, die Gelegenheit zum Lernen aber vielleicht nie wieder!»

Der traurige Blick seines Vaters hatte Aquila die Augen niederschlagen lassen. Im Nachhinein war es ihm oft erschienen, als habe eine düstere Vorahnung in diesen Worten gelegen. Und tatsächlich sollte sich die Gelegenheit zum Kampf schon wenige Jahre darauf ergeben: Die Schlacht von Benevent war Aquilas erster Kampf gewesen. Er war stolz gewesen, diesmal an der Seite seines Vaters zu reiten. Doch es war bei diesem einen Mal geblieben: Am Abend jenes Tages hatten die Hohenstaufen ihr Reich verloren und auch der Körper seines Vaters war auf dem blutigen Schlachtfeld zurückgeblieben.

«Die Gelegenheit zum Lernen ergibt sich vielleicht nie wieder», wiederholte der Falkner jetzt leise, als er die angespitzte Feder auf dem Pergament ansetzte. Was er über die Medizin und das Wesen der Natur wußte, war nur ein winziger Bruchteil dessen, was in Salerno gelehrt wurde. Und doch war es in vielem dem Wissen der deutschen

Ärzte überlegen. Der Schatz, den diese Manuskripte bedeuteten, war für einen Liebhaber der Bücher mehr wert als das gesamte Herzogtum. Und noch immer war Aquila dabei, sie nach seinen eigenen Erfahrungen und Beobachtungen zu ergänzen, neu zu überdenken, zu korrigieren und zu vervollständigen. Manches hatte er sorgfältig berechnet, anderes in aufwendigen Experimenten herausgefunden und wieder anderes hatte, der Not gehorchend, die kurz entschlossene praktische Anwendung erweisen müssen.

Der Falkenmeister legte die Feder beiseite. Versonnen fuhren seine Finger über den funkelnden roten Stein seines Rings.

Er hatte die Tochter Bennos des Müllers nicht mehr gesehen, seit er sie bei der Schweinehut besucht hatte. Ob er sich darauf verlassen konnte, daß sie wirklich zu ihm kam, wenn sich Schwierigkeiten ergaben? Vielleicht sollte er doch besser nach ihr sehen. Bennos Vorhaben, die Obstbäume zu beschneiden, sollte Grund genug hergeben, den Müller und seine Familie aufzusuchen.

«Aquila! Aquila!»

Ein lautes Pochen an der Außentür seiner Unterkunft. Rufe aus der Tiefe des Burghofes. Der Falkenmeister blickte auf. Die Stimme war ihm vertraut.

«Adrian? Junger Herr, seid Ihr es?»

«Ja, Aquila, bitte macht mir auf!»

Seufzend legte der Falkenmeister die Feder beiseite. Er mochte Adrian. Der Junge war zwar ein eher passabler Falkner und auch auf das Reiten verstand sich Gerolf inzwischen besser als sein älterer Bruder, doch jener war nachdenklicher und in vielem ehrgeiziger. Nach allem, was er bisher von Schwester Agnetha gehört hatte, machte er sich auch im Lateinunterricht bestens. In Italien wäre vielleicht ein Gelehrter aus ihm geworden, hier in Deutschland erwartete ihn nicht mehr als der Besitz einer Sumpfburg am Rande des Nirgendwo.

Aquila schob den Riegel beiseite und öffnete die Tür. Der Regen wurde stärker und stärker, und die Luft war erfüllt von der Feuchtigkeit. Ein unangenehmer Wind fauchte durch die Nacht.

«Kommt doch herein, Ihr erkältet Euch! Was in aller Welt treibt Euch so spät am Abend hier herauf? Etwas sehr Wichtiges, vermute ich.»

Adrian nickte: «Ich muß Euch etwas Wichtiges fragen.»

«Dann ist es gut. Setzt Euch doch erst einmal. Mögt Ihr einen Becher heißen Apfelwein?»

«Gerne», sagte Adrian bibbernd. Aquila unterdrückte ein Lächeln.

«Ihr scheint nicht bemerkt zu haben, was für ein scheußliches Wetter da draußen ist. Wissenschaftliche Neugier ist zwar eine gute Sache, doch man sollte damit nicht übertreiben und die Welt um sich herum ganz vergessen wie der heilige Bernhard, der vor lauter Nachdenklichkeit und Frömmigkeit nach einem Jahr im Kloster noch nicht zu sagen wußte, ob die Decke des Novizenschlafsaals nun gewölbt oder flach war.»

«Aber wenn er ein heiliger Mann war, sollte man sich dann nicht bemühen, es ihm gleichzutun?»

Der Falkenmeister erhob sich und ging hinüber zur Feuerstelle, über der an einem Haken ein Topf mit Apfelwein hing. Er füllte einen Holzbecher und reichte ihn dem jungen Mann.

«Eine gute Frage. Wenn Ihr meine ehrliche Antwort hören wollt, Adrian, dann kann ich Euch nur sagen, daß sich eben nicht jeder Mensch dazu eignet, ein heiliger Bernhard zu sein. In diesem Fall bin ich da sogar einer Meinung mit der heiligen Kirche.»

«Die Kirche will nicht, daß wir ein frommes Leben führen?»

«So würde ich es nicht ausdrücken, aber ein Kirchenvolk, das nur aus Heiligen bestände, wäre ihr mit Sicherheit ein Greuel. Schon ein einziger Heiliger Franziskus war eine größere Gefahr für die Kirche als ein ganzes Heer fanatischer Heiden. Ein Dreivierteljahrhundert hat der Papst gebraucht, den Franziskanern auszureden, genauso sein zu wollen wie ihr Stifter.»

«Arm und gottesfürchtig?»

«Vielleicht auch das, vor allem aber störte ihn, daß sie frei und ungebunden umherzogen und zu den Menschen predigten in einer Sprache, die diese Menschen verstehen konnten.»

«Und das ist dem Papst nicht recht?»

«Ich weiß nicht, was Nikolaus IV. davon hielt, der ja selbst Franziskaner war, aber in Orvieto gibt es viele Männer, mächtige Männer innerhalb der Kirche, die sich lieber den rechten Arm abschlagen ließen, als in ihrer Diözese solche Wanderprediger zu dulden. Aber seid Ihr deswegen zu mir gekommen?»

Adrian hatte einen Schluck von dem Apfelwein getrunken, während er dem Falkenmeister zuhörte. Jetzt setzte er den Becher so plötzlich ab, daß er sich etwas von der heißen Flüssigkeit über die Hand schüttete.

«Nein. Nein, Aquila. Ich wollte Euch nach dem Herzog fragen.

Mein Vater meinte, Ihr könntet das von einer höheren Warte aus berichten als er selbst.»

Aquila lächelte müde: «Euer Vater traut mir wie üblich sehr viel zu. Laßt uns sehen, ob ich das Vertrauen erfüllen kann, daß er in mich setzt. Ich bin dem Herzog nur zweimal in meinem Leben begegnet, und beide Male befand ich mich im Gefolge Eures Vaters. Er selbst kennt Herzog Otto viel besser als ich. Also stellt Eure Fragen!»

Adrian strich sich die langen Haare aus der Stirn. Wieder einmal erstaunte den Falkenmeister die ungeheure Ähnlichkeit des Jungen mit seiner Mutter. Die Anwesenheit Agnethas auf der Burg begann endlich die Lücke zu schließen, die der Tod von Ritter Wilbrands Frau hinterlassen hatte. Wenn das Wort des Falkners dem Burgherrn für gewöhnlich auch sehr viel galt, zu einer zweiten Ehe hatte ihn selbst Aquila nicht überreden können, zu tief war die menschliche Bindung in dieser eigentlich aus politischen Absichten geschlossenen Ehe gewesen.

«Herzog Otto», begann der Junge, «ist Herzog von Lüneburg.»

«Das stimmt.»

«Und er ist auch Herzog von Braunschweig.»

«Auch das stimmt.»

«Aber warum gehört dann Braunschweig nicht zu seinem Herzogtum?»

«Oh, es gehört schon dazu. Wenn Ihr möchtet, kann ich Euch die Geschichte erzählen, so wie ich sie mir zusammenreime. Sie ist ein wenig verzwickt.»

«Mein Vater hat gesagt, ich kann mir Zeit nehmen, bis alle meine Fragen beantwortet sind.»

Aquila lächelte: «Bei Eurer Wißbegier können wir da wieder einmal die ganze Nacht hier sitzen, was?»

Adrian nickte: «Ich glaube nicht, daß ihm das besonders auffallen würde, soviel wie er zur Zeit zu tun hat.»

«Euer Vater ist ein sehr umsichtiger Mann, Adrian. Er verdient Eure Ehrlichkeit und Euer Vertrauen. Aber nun hört mir gut zu, damit Ihr sagen könnt, Ihr hättet etwas gelernt. Als sich vor zwei Generationen die herzogliche Familie mit dem Kaiser verständigte, dem zweiten Kaiser Friedrich...»

«Dem Vater Eures Königs Manfred?»

«Ganz genau. Kaiser Friedrich II. gab dem Großvater unseres Herzogs Otto den Titel eines Herzogs, des Herzogs von Braunschweig und Lüneburg.»

«Dieser Großvater hatte demnach also zwei Herzogtümer: Braunschweig und Lüneburg.»

Aquila schüttelte den Kopf: «Eben nicht. Die Herzogswürde hing und hängt noch heute vom Besitz beider Städte ab. Der Kaiser hat streng verboten, das Herzogtum jemals zu teilen.»

«Aber ist nicht genau das geschehen?»

«Ja und nein. Es wurde geteilt, zweimal schon, doch wie es aussieht, sind bis heute alle Seiten unzufrieden. Gemeinsam behielten sie nur einen Teil der Stadt Braunschweig, um damit zu zeigen, daß das Herzogtum im Grunde noch ein einziges ist. So kann kein Kaiser etwas gegen sie unternehmen.»

«Aber es gibt doch keinen Kaiser mehr.»

«Nein, nicht mehr seit dem Tode Kaiser Friedrichs, doch die deutschen Könige betrachten sich als seine Nachfolger, auch wenn seit einem halben Jahrhundert keiner von ihnen die Kaiserkrone empfangen hat.»

«Und was sind das für Rechte in Braunschweig?»

«Ihr stellt Fragen! Das entzieht sich meiner Kenntnis. Ich bin kein Jurist, Adrian, doch meines Wissens handelt es sich unter anderem um die Einsetzung von frommen Stiftsherren an der Sankt Blasiuskirche auf der Braunschweiger Burg.»

«Davon habe ich schon gehört...»

«Wahrscheinlich von Schwester Agnetha. Ihr Bruder, der päpstliche Legat Wasmod, ist dort Stiftsherr.»

Adrian nickte: «Und wer ist der Verwandte, gegen den Herzog Otto Krieg führen will?»

«Sein Name ist Heinrich und man nennt ihn 'den Wundersamen'. Er ist nicht viel anders als Otto der Strenge. Seitdem er seinen Teil des Herzogtums übernommen hat, liegt er mit der halben Welt im Streit, und es wundert mich eigentlich nicht besonders, daß sich seine Gegner jetzt gegen ihn verbündet haben.»

«Und was haben die Markgrafen damit zu tun?»

«Die Markgrafen von Brandenburg haben ihre ganz eigenen Interessen in unserer Gegend. Viele Adelsfamilien wie die Eure oder auch die Herren von dem Knesebeck, die Familie Schwester Agnethas, sind sowohl Lehnsmänner der Herzöge als auch der Markgrafen. Herzog Heinrich hat in den letzten Jahren mehrfach die Altmark überfallen, die eigentlich den Markgrafen gehört. Wenn es zum Krieg kommt, wird es darum gehen, Heinrich einige seiner wichtigsten Burgen abzunehmen, doch die liegen ein ganzes Stück südlich von hier. Was mir viel mehr Sorgen macht...»

Er zögerte. Adrian blickte ihn fragend an.

«Was mir viel mehr Sorgen macht, Adrian, ist Herzog Otto selbst. Es ist kein Geheimnis, daß er selbst seinen eigenen Rittern mißtraut. Ihr könnt Euch vielleicht daran erinnern; es war vor sieben oder acht Jahren, als Herzog Otto an der Spitze seiner Ritter einen Fehdezug gegen die Markgrafen unternahm, die ihm damals noch feindlich gesonnen waren. Sein Heer war dem Gegner um ein Vielfaches überlegen... doch unmittelbar vor der Schlacht drohten ihm seine Ritter, sie würden ihm die Gefolgschaft aufkündigen, es sei denn, er wäre bereit, ihnen große Zugeständnisse zu machen. Auch Euer Vater war unter diesen Männern.

Herzog Otto sagte zu – gezwungenermaßen. Als die Fehde aber gewonnen war, wandte er sich gegen seine eigenen Ritter und züchtigte sie auf das Härteste. Und er ist weit entfernt davon, ihnen jetzt zu trauen. Er ist kein dummer Mann, müßt Ihr wissen. Wer ihn nicht kennt, der ist schnell versucht, ihn für einen fröhlichen und umgänglichen Menschen zu halten. Doch das ist er gewiß nicht, auch wenn er es liebt, sich so darzustellen. Die Wahrheit ist, es gefällt ihm nicht, daß ein Mann wie Euer Vater über eine so wichtige Burg inmitten des Grenzlandes fast selbständig gebietet. Nur ihm, dem Herzog, käme das eigentlich zu, das jedenfalls ist seine Auffassung. Die großen Burgherrengeschlechter sollen das Land lediglich in seinem Namen verwalten. Er kann sie absetzen, wenn sie dieser Aufgabe nicht in der Weise nachkommen, wie er sich das vorstellt. Im Land um Bodenteich...»

«...hat es in drei Monaten drei Überfälle auf Geistliche gegeben und wir haben das nicht verhindern können.»

Der Falkenmeister blickte ihn besorgt an: «So ist es. Offiziell kommt der Herzog als Gast nach Bodenteich. Er will sich die Unterstützung Eures Vaters in der bevorstehenden Fehde sichern. Doch weit günstiger als die freiwillige, erkaufte oder gar erzwungene Unterstützung eines selbständigen Herrn von Bodenteich käme ihm ein Bodenteich, dessen Burgherrn er wegen erwiesener Unfähigkeit abgesetzt hat und das er unmittelbar unter seine Kontrolle bringen kann.»

«Dann stehen uns schwierige Zeiten bevor.»

«Ihr sagt es, junger Herr. Wir müssen sehr vorsichtig sein.»

Der Kaufherr Benjamin von der Hanse war todmüde.

Der Ritt war lang und anstrengend gewesen. Kaum daß der Handelszug den Marktflecken Bodenteich hinter sich gelassen hatte, schon hatte der Himmel – er wußte nicht zu sagen zum wievielten Mal in diesen Tagen – seine Schleusen geöffnet, und ein wahrhaft ergiebiger Regen hatte das Tal der Aue in eine einzige Schlammpfütze verwandelt. Die Bauern mochte der Regen freuen, doch jedem, der auf den aufgeweichten Straßen unterwegs war, mußte ein Fluch näher gelegen haben als ein Dankesgebet.

Hinzu kam, daß nicht weit vom Wege die Burg der Herren von Boldensen lag. Ritter Gebhard, der Edelherr von Boldensen, stammte zwar aus einer Familie, die weit älter und – zumindest in der alten Zeit – weit mächtiger war als das Geschlecht Wilbrands von Bodenteich, doch im Gegensatz zu diesem war er, wie einige Kaufleute der Lüneburger Hanse zu berichten wußten, einem kleinen Straßenraub nicht unbedingt abgeneigt, wenn sich die Gelegenheit ergab. Und eine sich langsam durch den Schlamm eines kaum erkennbaren Handelsweges quälende Handelskarawane war mit Sicherheit eine gute Gelegenheit.

Erst als in der zunehmenden Dämmerung das Kloster Oldenstadt am Rande der neugegründeten herzoglichen Stadt Löwenwalde in Sichtweite gekommen war, hatte Benjamin von der Hanse aufgeatmet. Der Prior des Klosters war sein alter Freund und Handelspartner und hatte sie gastfreundlich aufgenommen. Prior und Mönche hielten sich nicht mit übertriebener Strenge an ihre Regel. Dies galt insbesondere, was die Keuschheit anbetraf, doch das wahrhaft fürstliche Mahl, welches dem Prior und seinem wohlhabenden Gast aufgetragen wurde, bewies Benjamin, daß offensichtlich auch Frau Armut ihre Heimstatt im Kloster Oldenstadt verloren hatte. Wohlig streckte er seine Beine aus und brachte die Füße ganz nahe an das wärmende Feuer im Kamin des Priors.

Ein oder zwei Becher von dem süßen Südwein, den Benjamin seinem Gastgeber zum Dank für die Unterkunft überlassen hatte, das war die verdiente Belohnung für diesen Tag gewesen.

Sachte ließ der Kaufmann den Rest seines Weines in dem hölzernen Becher hin und her schwappen, wobei er das Gefäß dicht an seine rotgeäderte Nase brachte und tief den aromatischen Duft einsog.

«Aus Italien, mein Freund, süß und saftig wie die Lippen einer glutäugigen Schönheit.»

Der Prior lachte. Sein Leibesumfang konnte sich mit dem seines Handelspartners messen.

«Ich bin niemals dort gewesen, leider. Aber ich kannte eine der Zofen aus der Gesandschaft, die für König Alfons um die Krone warb... vor einem halben Leben. Eine feurige Spanierin.»

Die Augen des Kirchenmannes schlossen sich, und ein versonnenes Lächeln breitete sich auf seinem Gesicht aus.

«Das war ein wahrhaft williges Weib...»

Sinnend trank er einen Schluck von seinem Wein, und auch der Handelsherr leerte seinen Becher bis zur Neige. Sofort war eine junge Schankmaid an seiner Seite, bereit, das Gefäß wieder zu füllen. Benjamin winkte rasch ab.

«Nein, nein, es war wirklich ein erschöpfender Ritt heute.»

«Wirklich?» fragte der Prior enttäuscht. «Ihr werdet doch nicht etwa alt, mein Freund, daß Ihr Euren eigenen Wein nicht mehr vertragt? Doch wenn es schon nicht der Wein sein soll, so kann ich Euch doch vielleicht andere Zerstreuungen anbieten, die für Eure Entspannung sorgen können, solange Ihr mein Gast seid.»

Er winkte das Schankmädchen, das sich unauffällig entfernt hatte, wieder herbei.

«Gertrud hier ist vielleicht keine Eurer zarten Südländerinnen mit Augen schwarz und glänzend wie Kohle, doch ich kann Euch versichern, daß ihre Fähigkeiten auf diesem Gebiet wahrhaft erstaunlich sind. Zeig dich, Mädchen.»

Die Schankmaid Gertrud trat vor die beiden Männer hin. Sie war nicht mehr ganz jung, sondern zählte vielleicht zwanzig Lenze, doch ihre Züge hatten noch die ganze Weichheit der Jugend. Das Gesicht war rundlich, eine Spur zu rundlich vielleicht für den Geschmack mancher Männer, doch Benjamin gehörte sicherlich nicht zu ihnen. Die Augen waren groß und gut geschnitten, soweit sich das bei dem unbestimmten Feuer des Kamins sagen ließ. Doch wen interessierten schon die Augen? Ihr Haar hatte die Farbe von reifem Korn. Sie wäre eine Schönheit gewesen, hätte nicht ein raffgieriger Zug um die Mundwinkel diesen Eindruck verdorben.

Mit einer langsamen Bewegung öffnete die Maid die Schnüre, die ihren Kittel über der Brust zusammenhielten. Der Stoff glitt zu Boden. Darunter trug sie nichts. Der Blick des Mädchens war herausfordernd auf Benjamin gerichtet. Der Kaufherr zweifelte nicht daran, daß dies nicht die erste derartige Vorstellung für Gertrud war. Seine Augen glitten über ihre vollen Brüste, die ausladenden Hüften...

Der Kaufherr beugte sich in seinem Stuhl vor: «Wahrhaftig, mein alter Freund, ein Geschöpf, das selbst einen Heiligen zur Sünde verleiten könnte. Aber ich bin tatsächlich zu müde heute. Morgen vielleicht... Wenn der Regen anhält, ist an eine Weiterreise kaum zu denken, und dann werde ich den ganzen Tag Zeit haben, die sich auf das Angenehmste vertreiben läßt. Aber nein, nicht mehr heute...»

Der Prior lächelte: «Sie wird für Euch bereit sein, wann immer Ihr es wünscht.»

Der Kaufmann und sein Gastgeber wünschten einander eine ruhige Nacht. Schwerfällig erhob sich Benjamin von der Hanse und schickte sich an, den Raum zu verlassen.

Doch dann, schon auf der Schwelle, wandte er sich noch einmal um: «Ach, wißt Ihr was: Schickt sie doch schon heute abend. In einer halben Stunde wäre mir recht!»

Der Prior grinste wissend und warf einen anzüglichen Blick auf die Maid: «So soll es geschehen, mein Freund!»

Benjamin verließ die Gemächer seines Gastgebers und machte sich auf den Weg in die klösterlichen Aborte, die unmittelbar auf ein kleines Bächlein hinausgingen. Eine segensreiche Einrichtung. In Lüneburg war selbst in den Häusern der meisten Patrizier und der reichen Kaufleute – sein eigenes eingeschlossen – der Gestank der Senkgruben allgegenwärtig. Ein Problem, mit dem die Oldenstädter Mönche nicht zu kämpfen hatten.

Von hier aus war es nicht weit bis in den Gästeflügel. Gähnend schloß Benjamin die Türe der Besucherzelle hinter sich. Sie hatte sogar einen Riegel.

«Gott zum Gruß!»

Der Kaufherr fuhr herum. Eine eisige Hand griff nach seinem Herzen.

«Was zum...»

Auf seinem Nachtlager saß ein Mönch in einem langen dunklen Mantel und nickte dem Eingetretenen höflich zu. Seine Augen – ganz bemerkenswerte Augen – fesselten sofort die Aufmerksamkeit des Hansekaufmanns.

Benjamin fing sich. Seine Stimme zitterte mit seinem fleischigen Kinn um die Wette: «Was zum Teufel tut Ihr hier!»

«Wir werden uns ein wenig unterhalten», sagte der Mönch freundlich.

Der Kaufherr entsann sich seines Gesprächs mit der Augustinerin und dem Falkenmeister am Nachmittag in Bodenteich:

«Seid Ihr... Bruder Bjørn?»

Lächelnd schüttelte der abendliche Besucher den Kopf. Seltsam, woher wußte Benjamin, daß er lächelte? Er konnte den Blick nicht von den merkwürdigen Augen des Mannes nehmen.

«Ich sollte mich etwas anders ausdrücken: Ich werde Euch einige Fragen stellen und Ihr werdet antworten.»

«Das werde ich nicht!» fuhr der Kaufmann auf. «Was erlaubt Ihr Euch! Ich werde mich bei Eurem Prior beschweren! Verlaßt auf der Stelle diesen Raum!»

«Ich fürchte, das kann ich nicht tun», sagte der Mann im Dunklen Mantel bedauernd und machte eine beiläufige Bewegung in Richtung auf die Tür.

Der Kaufherr griff nach dem Riegel, um die Tür zu öffnen, doch der hölzerne Balken ließ sich keinen Zoll bewegen. Gehetzt sah er sich um.

«Ihr werdet diese Türe nicht öffnen, bevor Ihr meine Fragen nicht beantwortet habt», sagte der Mann im Dunklen Mantel. Benjamins Hand fuhr ans Herz. Der Fremde, der vor einem Wimpernschlag noch auf dem Bett gesessen hatte, stand unvermittelt neben ihm.

«Heiliger Herr Jesus, das ist Zauberei! Ich werde um Hilfe...»

«Das werdet Ihr nicht.» Die Stimme war gleichbleibend freundlich, doch im gleichen Augenblick spürte der Kaufherr, wie eine unsichtbare Hand sich im Innern seiner Brust zur Faust ballte und die Luft aus seinen Lungen preßte. Er war nicht mehr imstande, zu schreien oder auch nur ein gehauchtes Wort hervorzubringen.

Der Fremde ließ sich wieder auf dem Lager nieder, während Benjamin im Raum stehend verharrte, einen Schritt von der Tür entfernt.

«Ihr spart besser Euren Atem, Benjamin von der Hanse. Ihr werdet nur auf meine Fragen antworten, und Ihr werdet mir nichts verschweigen, was Ihr wißt. Habt Ihr mich verstanden?»

«Ja.»

Der Kaufmann wollte noch etwas hinzufügen, aber sogleich war seine Kehle wieder wie zugeschnürt.

«Habt Ihr heute in Bodenteich eine Nonne gesehen, eine Augustinerin?»

«Ja.»

«Habt Ihr mit ihr gesprochen?»

«Ja. Sie fragte mich, ob ich irgend etwas von einem verletzten Mönch gehört hätte, Bruder Bjørn, ihrem verschollenen Begleiter.»

«Und, habt Ihr?»

«Nein.»

Neben dem Bett stand eine Schale mit kandierten Walnüssen, eine Aufmerksamkeit des Priors für seinen Gast. Der Mann im Dunklen Mantel ließ seine Finger über der Schale kreisen und nahm dann eine der Nüsse heraus, um sie interessiert zu betrachten.

«Habt Ihr in letzter Zeit irgend etwas Ungewöhnliches vernommen in Zusammenhang mit dem Marktflecken Bodenteich? Irgend etwas Beunruhigendes?»

«Nein.»

«Also überhaupt keine Neuigkeiten, mein Guter? «

Der Fremde seufzte und stellte die Nüsse beiseite.

«Ihr solltet nicht zu viele davon essen, mein Freund», bemerkte er in Richtung auf den noch immer gelähmten Kaufherrn. «Dann lebt Ihr länger.»

Er erhob sich, stellte sich vor Benjamin hin und drehte dessen Kinn in seine Richtung, so daß dieser ihm direkt ins Gesicht sehen mußte. Die Hände des Fremden waren eiskalt; eine Empfindung, die für einen Augenblick selbst den Schmerz in der Brust des Kaufherrn verdrängte.

«Aber verzeiht mir, ich muß mich erneut verbessern: Ihr würdet länger leben. Wenn Ihr diesen Raum je wieder verlassen würdet.»

Erneut machte er eine beiläufige Handbewegung. Die eiskalte Faust in Benjamins Innern umklammerte nun nicht nur die Lungen, sondern umschnürte auch sein Herz. Ein zerreißender, zerquetschender Schmerz, der ihm in Sekunden die Sinne raubte. Das Letzte, das er wahrnahm, war, wie der Mann im Dunklen Mantel mühelos den Riegel beiseite schob, die Tür öffnete und leichten Schrittes den Raum verließ. Die Nüsse ließ er zurück.

Als der Prior und die Brüder seines Konvents, herbeigerufen von den Schreien der Schankmaid Gertrud, sich eine Viertelstunde später entsetzt über den entseelten Leib Benjamins von der Hanse beugten, war er noch warm, doch im Raum herrschte eine Kälte, die sich niemand von ihnen zu erklären wußte.

anno dominice incarnationis MCCXIIC
regnante domino Adolpho primo glorioso Romanorum rege augusto
septimo idus novembri
(7. November 1292)

Nach dem Besuch der Marktleute hielten die Herbststürme und die Regenfälle tagelang an. Die einzelne große Kastanie im Hof der Burg hatte ihre Blätter bereits in tiefes Gelb und Braun getaucht und bis weit in die Vormittagsstunden hinein war es im Freien so kalt und war der Wind so eisig, daß Agnetha die Kemenate niemals verließ, wenn es nicht unbedingt sein mußte.

Den Vormittag verbrachte sie für gewöhnlich mit der Durchsicht der Arbeiten ihrer Schüler oder mit der Lektüre der mitgebrachten Handschriften. Zudem hatte sie sich mit der alten Amme angefreundet, in deren Gesellschaft allmählich ihr in den Jahren im Kloster lang vergessenes Interesse an all den weiblichen Handarbeiten zurückkehrte; am Spinnen und Weben, Dinge, die sie in ihrer Kindheit erlernt hatte und die in den Mauern des Klosters ebenso gepflegt wurden, doch hatten ihr selbst ihre Aufgaben in der Bibliothek keine Zeit dazu gelassen, so daß jene weiblichen Künste nun einer fremden Welt anzugehören schienen – ganz wie die wilden Ritte an der Seite ihrer Brüder über die heidebewachsenen Hügel von Knesebeck.

Die kleine Riva war hocherfreut, daß die Eintönigkeit der langen Spinnstunden nun durch die Anwesenheit der Nonne nachhaltig unterbrochen wurde. Amme Annafrid ihrerseits ließ Schwester Agnetha mit nicht geringem Stolz an ihrem Wissen um die weiblichen Künste teilhaben.

Gegen Mittag verließ die Nonne die Kemenate, um ein wenig auf dem Burghof umherzugehen. War es wirklich reiner Zufall, daß sie dabei jedes Mal dem Falkenmeister in die Arme lief? Aquila war um diese Zeit von seinem morgendlichen Ausritt mit den Jungfalken zurückgekehrt und kam der Augustinerin für gewöhnlich aus den Stallungen entgegen, wo er sein Pferd versorgt hatte, oder aber er hatte den Vormittag damit verbracht, die Ausbesserungsarbeiten zu leiten, die allenthalben anstanden, um die Burg auf den bevorstehenden Besuch des Landesherrn vorzubereiten.

Wenn sie sich begegneten, ergab sich stets eine längere Unterhaltung.

Dann holte Aquila eine warme Decke aus den Ställen und bedeckte damit eine steinerne Sitzbank neben dem Aufgang zur Kemenate. Oft genug kam es vor, daß sie dann eine Stunde oder länger einfach nur dasaßen und erzählten. Es war merkwürdig: Manches Mal wußte Agnetha später gar nicht zu sagen, worüber sie sich eigentlich unterhalten hatten.

Meistens berichtete der Falkenmeister von seinen Reisen, besonders von den Jahren in Italien, für die sie sich besonders interessierte. Immer wieder versuchte sie herauszufinden, ob der Falkner irgendwann ihren Bruder kennengelernt hatte, doch jedesmal weigerte er sich, die Brücken, die sie ihm gebaut hatte, zu beschreiten. Aber wer anders als Aquila konnte der Vertraute des Magisters auf Burg Bodenteich sein?

Der Falkenmeister war ein überaus geistreicher Gesprächspartner. Es war eine merkwürdige Fügung, daß ein Mann seines Wissens sein Leben als Gefolgsmann eines kleinen Adligen auf einer weit abgelegenen Sumpfburg verbrachte. Aber Aquila schien mit diesem Leben ganz zufrieden. Das Verhältnis zwischen ihm und dem Burgherrn war von tiefer Freundschaft und Vertrautheit geprägt. Allerdings war es gerade Aquila, der immer wieder betonte, ein bloßer Dienstmann des Ritters zu sein, was Wilbrand indes gänzlich ignorierte.

Zu ihrer anfänglichen Überraschung holte der Falkner mehrfach Handschriften aus seiner Unterkunft hervor und erklärte sie der Nonne. In seine Räume im Bergfried wurde Agnetha allerdings niemals eingeladen, und sie hatte keinen Grund, ihn zu drängen... ausgenommen ihre ungeheure Neugier auf alles, was mit diesem ungewöhnlichen Mann zusammenhing. Es war eine Sünde, das wußte sie, und sie scholt sich im Stillen.

Aquilas Handschriften waren wundervolle Stücke. Sie stammten aus Italien, und eine von ihnen war sogar auf Papyrus geschrieben, dem alten Schreibmaterial der Römer und der Pharaonen. Ein einzelnes Blatt aber, das mit einem Text und farbigem Figurenschmuck versehen war und das er ihr eines Mittags, weniger als eine Woche bevor der Tag, für den der Herzog seine Ankunft angekündigt hatte, herangekommen war, zeigte, faszinierte sie mehr als alle übrigen Stücke zusammengenommen.

Der Text handelte von der Aufzucht von Falken, die in der Gefangenschaft aufwuchsen. Er war in einer sehr sauberen, aber ungewöhnlich leichten, geschwungenen Schrift geschrieben. Einzelne Worte waren in golden glänzenden Buchstaben hervorgehoben. Die Initialen der einzelnen Absätze hatte der Künstler wundervoll verziert, so daß sie selbst bereits eine Illustration des im Text Erzählten bildeten. Fantasievoll gewundene Ranken und Ornamente, teilweise ausgeführt in einer äußerst kostbaren und seltenen Farbe, einem kristallen leuchtenden Blau, das nur in einem einzigen Buch der Bibliothek des Nonnenklosters Verwendung gefunden hatte, diese Ranken wanden sich verschwenderisch oberhalb des Textes und zu seiner Linken hinab.

Die eigentlichen Malereien waren unbeschreiblich: Figuren von Menschen und Tieren; Gestalten, die bis in die winzigsten Details hinein in einer Sorgfalt und Liebe ausgeführt waren, daß, hätte Agnetha auch nur eine einzelne Hand einer der dargestellten Figuren gesehen, schon dieser Anblick sie Staunen gemacht hätte. Die Figuren waren von einer Zartgliedrigkeit, von einer Zerbrechlichkeit und Eleganz, wie Agnetha sie noch nie gesehen hatte. Die Farben schienen in einem Augenblick durchsichtig und dann doch wieder von einem Strahlen und Leuchten erfüllt, als blicke man auf einen Tautropfen, der zitternd auf dem Blütenblatt einer Frühlingsblume ruht.

«Das ist... wunderschön», flüsterte die Augustinerin. «Noch nie habe ich so etwas... es ist wunderschön.»

Aquila nickte wortlos, doch er war ihr mittlerweile vertraut genug, daß er den ungeheuren Stolz und das Entzücken, das auch er beim Betrachten der Handschrift empfand, nicht vor ihr verbergen konnte.

«Sagt, Aquila, in welchem Kloster Eurer Heimat wurde das angefertigt? Wißt Ihr das?»

Er schüttelte den Kopf: «Diese Handschrift wurde in keinem Kloster angefertigt.»

«Was?» Seine Antwort überraschte sie so sehr, daß sie die Augen für einen Augenblick von dem Blatt löste.

«Es stammt aus Neapolis, der größten Stadt im Königreich Sizilien. Der Kaiser Friedrich hat dort vor zwei Menschenaltern eine Universität gegründet. Er wollte dort vor allem Juristen ausbilden, um nicht von der großen Hochschule in Bologna abhängig zu sein, wo die Magister dem Papst allzusehr ergeben sind.»

Sie mußte an ihren Bruder denken. Doch längst hatte die herrliche Arbeit ihre Augen wieder gefangengenommen.

«Doch es blieb nicht beim Studium der Rechte. Längst werden die Freien Künste in Neapolis gelehrt. Sie sind dort ebenso zu Hause wie die Buchmalerei... Ein schlechter Wissenschaftler, der seine Gedanken nicht auf das Pergament zu bringen weiß.»

«Und an dieser Universität entstehen solche herrlichen Bücher?»

«Nicht an der Universität selbst. Zur Zeit König Manfreds haben sich nach dem Ende ihres Studiums einige Männer und sogar Frauen zusammengetan und eine Schreibwerkstatt begründet. Sie nehmen die Aufträge von Männern an, die sich das leisten können. Nicht nur Werke wie dieses... Sie haben wundervolle Bibeln geschaffen. Jede von ihnen eines Königs würdig.»

«Man muß auch reich sein wie ein König, um eine solche Kostbarkeit zu besitzen. Schon dieses Blatt, Aquila, wie kommt Ihr nur zu einem solchen Schatz...?»

«Mein Vater hatte vertrauenswürdige Diener und Freunde, die vieles in Sicherheit bringen konnten, bevor die Päpstlichen das Kastell erreichten, in dem diese Dinge verwahrt wurden. Das meiste davon mußte ich verkaufen.»

«Ihr liebt die Bücher, Aquila. Ihr müßt es sehr bedauert haben.»

«Ich wäre ein Lügner, wenn ich das leugnete, aber diese Bücher wären mir doch nur hinderlich gewesen in den folgenden Jahren, als ich noch nicht bereit war, einzusehen, daß die Welt, in der ich gelebt hatte, verloren war. Ein Neffe König Manfreds kam zu dieser Zeit aus Deutschland und versammelte die Anhänger der Hohenstaufen um sich. Herzog Konrad von Schwaben, ein Jüngling noch. Corradino oder auch Konradin nannten wir ihn, den jungen Konrad, Enkel Kaiser Friedrichs. Er war zwei oder drei Jahre jünger als ich. Was mir noch an Schätzen geblieben war, gab ich für Söldner aus, die ich ihm zuführte.»

Er schwieg einen Augenblick und fügte dann wie in Gedanken hinzu: «Es waren nur kärgliche Reste, die ich behielt. Und den Ring meines Vaters.»

Sie betrachtete den schweren Ring mit dem roten Stein an Aquilas Hand, doch er machte keine Anstalten, ihr mehr darüber zu berichten, und sie mochte nicht darauf drängen. Der Falkner seufzte und schüttelte den Kopf:

«Es half nichts, Schwester, wir wurden geschlagen, kaum daß wir die Grenzen des Königreichs, in dem jetzt von des Papstes Gnaden die Franzosen herrschten, überschritten hatten. Corradino wurde auf der Flucht gefangen und auf dem Markt von Neapolis öffentlich enthauptet, vor den Augen des Volkes, dessen Könige seine Vorväter gewesen waren. Mir wäre es nicht anders ergangen, doch ich entkam ihnen, wie ich schon in Benevent entkommen war. Wochenlang hielt ich mich versteckt, bis ich auf andere Überlebende der Schlacht traf, unter ihnen viele Sarazenen. Wir versteckten uns in den Bergen und versuchten, den Widerstand gegen die Franzosen fortzusetzen. Aber es war sinnlos. Wer König Manfred gedient hatte, konnte froh sein, wenn man ihm das nackte Leben ließ. Nur eine Handvoll wagte es überhaupt, Widerstand zu leisten. Männern wie dem Markgrafen von Bärennoth verdanke ich, daß ich überhaupt noch am Leben bin.»

Der Markgraf von Bärennoth. Agnetha lauschte den Worten nach. Wo habe ich diesen Namen schon einmal gehört?

Doch Aquila sprach bereits weiter:

«Schließlich ging ich fort, nach Norden, wo einige Städte die Hohenstaufen lange Zeit unterstützt hatten. Ihnen bot ich mein Schwert und mein Wissen.

Jahrelang lebte ich so, wenn auch in der ständigen Angst vor den Nachstellungen der Franzosen. Sie schienen zu wissen, daß ich noch am Leben war. Doch dann traf ich auf einem Feldzug auf deutsche Ritter mit ihrem Gefolge. Unter ihnen befand sich Ritter Wilbrand, der auf der Suche nach seinem Vater war. Leider konnte ich ihm nur sagen, daß sein Vater, Ritter Anno von Bodenteich an der Seite Corradinos den Tod erlitten hatte. Später ging ich mit ihm über die Alpen, und so wurde Bodenteich wenn auch nicht meine Heimat, so doch der Ort, an dem ich lebe.»

«Und Italien? Könntet Ihr Euch niemals vorstellen, dorthin zurückzukehren? Es sind so viele Jahre vergangenen seit dem Tod Eures Königs Manfred. Ich könnte mir vorstellen, daß diejenigen, die jetzt dort herrschen, glücklich wären, einen Mann wie Euch an ihrem Hofe aufnehmen zu dürfen.»

Er sah sie ernst an und die Linie seiner Lippen war hart und schmal: «Das wird niemals geschehen, Schwester Agnetha. Mögen andere ihren Frieden mit ihnen machen, ich will es nicht und ich kann es nicht.»

Sie zögerte für einen Lidschlag, doch dann versuchte sie es noch einmal:

«Ihr müßtet ja nicht am Hofe leben. Vielleicht könntet Ihr an jener Medizinschule in der Stadt Salerno, von der Ihr mir berichtet habt, Euer Wissen weitergeben! Euer Vater mag tot sein, doch wer weiß... Euer alter Lehrer, von dem Ihr mir schon so viel erzählt habt, oder jener Markgraf, von dem Ihr gerade eben spracht, Eure Verwandten und

Freunde?»

«Meine Verwandten und Freunde sind tot oder schmachten in den Kerkern der neuen Herrn Italiens. Und mein Lehrer... Vater Gennadios ist tot.» Er zögerte für die Dauer eines Lidschlags, doch dann wiederholte er: «Er ist tot, Schwester Agnetha, lange Zeit schon tot.»

«Er muß ein überaus weiser Mann gewesen sein, wenn Ihr so viel Wissen von ihm erworben habt.»

«Vater Gennadios wurde in der Kaiserstadt Konstantinopel geboren und erzogen. Später lebte er in Epiros, dem Fürstentum, in dem die Familie von Königin Helena herrschte, König Manfreds Gemahlin. Schon Kaiser Friedrich verehrte ihn als einen großen Gelehrten und schrieb ihm viele Briefe, in denen er ihn um Aufklärung der Wunder des Universums bat. Und er erhielt höchst wundersame und verblüffende Antworten, denn Vater Gennadios wußte um vielerlei Geheimnisse. Er hatte die Schriften der alten Griechen wie auch die Überlieferung der Muslime studiert. Wie kein anderer war er in der Lage, über den Horizont menschlichen Verstehens hinwegzublicken auf die Wahrheiten, die dahinter liegen, weit jenseits unseres Verständnisses...»

Der Falkenmeister brach ab. Agnetha sah ihn skeptisch an:

«Dieses Streben erscheint mir noch ketzerischer als das, was jener Petrus Abaelard gelehrt hat: Abaelard wollte seine Wissenschaft nutzen, Gottes Schöpfung zu erforschen und zu erkennen, doch er ging in seinen Methoden zu weit. Euer Vater Gennadios aber... Ihr sagt selbst, er war gar nicht erst bereit, die Grenzen, die unser Herr Jesus Christus unserem Verständnis gesetzt hat, zu akzeptieren: ‚Selig sind, die geistlich arm sind!' spricht der Herr.»

«Hat der große Aristoteles, den die Kirche einen Christen im Herzen nennt, haben Augustinus und der Doktor von Aquin nach diesem Gebot gelebt?»

Zögernd schüttelte sie den Kopf: «Nein, haben sie nicht. Doch ihr Ziel war, die göttliche Schöpfung zu verstehen, nicht aber, mit Hilfe heidnischer Schriften hinter die Grenzen zu blicken, die Gott selbst unserem Verständnis gesetzt hat.»

Er lächelte traurig: «Und wer bestimmt diese Grenzen, Schwester? Die Kardinäle in Orvieto und ihr neuer Papst, wenn sie sich denn endlich geeinigt haben? Ihr nennt es heidnische Schriften, doch in Wahrheit sind es ebenfalls Bücher des großen Aristoteles. Doch diese Gedanken sind in den Königreichen der Christenheit schon seit langer

Zeit in Vergessenheit geraten, Ibn Rudsch aber, der große Gelehrte der Moslems, den die Kirche als Averroes kennt, hat sie in seine Sprache übersetzt. Und Vater Gennadios hat sie ins Griechische und Lateinische übertragen.»

«Und diese Übersetzungen existieren noch immer?»

Er schüttelte den Kopf: «Und größere Geheimnisse dazu. Schriften von des Kaisers eigener Hand. Doch ich denke, es ist besser, Ihr wißt nicht, wo sie sich gegenwärtig befinden.»

«Aquila! Ihr wollt mir doch nicht sagen... Aquila, ich muß es wissen!»

Der Falkenmeister sah sie sehr ernst an: «Bitte! Ich bitte Euch: Vergeßt, was ich Euch gesagt habe. Dieses Wissen und die Neugier nach diesem Wissen kann das Leben von Menschen zerstören. Seht mich doch an: Mein Dank ist ein Leben in der Verbannung, ständig verfolgt und unendlich fern dem Land meiner Geburt.»

«Es ist ein bemerkenswertes Leben, das Ihr geführt habt, Aquila. Wild, gefährlich und einsam.»

Er sah sie ernst an. In seinen Augen lag eine Trauer, die in der Tiefe immer spürbar war, die in diesem Augenblick aber beinahe an die Oberfläche trat:

«Ich habe es mir so nicht erwählt, Schwester.»

Der ständige Regen hatte den Pegel des Mühlenteichs in wahrhaft bedrohlichem Maße ansteigen lassen. Stundenlang standen Benno der Müller und der Falkenmeister in diesen Tagen an der großen Schleusenanlage und überlegten, wie sie der gefährlichen Lage Herr werden sollten. Schließlich ließ sich der Müller bereden, das gewaltige Wehr zu öffnen, auch wenn dies ein nicht geringes Risiko für die Stabilität der Mühle, des Mühlenhauses und vor allem für Bennos Garten bedeutete.

Mit finsteren Mienen sahen die beiden Männer von der Brücke aus zu, wie die schwarzbraunen Fluten den Engpaß auf Höhe des gewaltigen Mühlrades passierten und in das tiefergelegene Gelände des Obstgartens strömten. Die niedrige Uferböschung bedeutete kein Hindernis. Es dauerte keine Viertelstunde, bis das niedrige Land hinter der Mühle mit seinen kleinen Büschen und Beerensträuchern knietief unter Wasser stand.

«Ich hoffe nur, das Haus hält diesem Druck stand», murmelte Benno.

«Es wird halten», sagte Meister Emil, dem sein Bauch seit Wochen üble Schmerzen bereitete, was den Alten jedoch nicht daran hinderte, sich an diesem Tage zu ihnen zu gesellen. «Du kannst Dich nicht daran erinnern, Benno, aber Dein Vater hat das Haus nach meinen Plänen errichtet. Es ruht auf zweihundert Zoll langen Pfählen.»

Zweifelnd sah der Müller ihn an: «Gebe Gott, daß Du mit Deiner Prophezeihung richtig liegst, Väterchen. Holz altert.»

«Es ist gutes Holz», widersprach der Alte. «Kloppodek und ich haben es selbst geschlagen. Ich habe es bewußt für dieses Haus ausgewählt, jeden einzelnen Baumstamm.»

Aquila nickte: «Ihr scheint alles, was Ihr tut, sehr genau zu bedenken.»

«So ist es. Wenn ich Bäume schlage, dann will ich mit ihnen ein Haus errichten. Und selbst wenn ich eine Schneise in den Wald schlagen lasse, auch wenn es Euch jungen Leuten nicht in den Kopf will, dann habe ich auch dafür meine sehr guten Gründe.»

Zweifelnd sah Aquila ihn an, doch der Alte gähnte nur und öffnete weit seine zahnlosen Kiefer. Dann hob er die Schultern, was ihm für einen Augenblick das Aussehen eines sehr alten Raubvogels verlieh.

«Ich vielleicht nicht, aber Ihr werdet's erleben. Dann werdet Ihr an meine Worte denken. Und nun müßt Ihr auf mich verzichten. Mein Darm tut weh!»

Was die Pfahlkonstruktion der Mühle anbetraf, sollte Meister Emil recht behalten. Zwar blieb der Strauchgarten und auch der größte Teil der Flußinsel, auf der Bennos Apfelbäume wuchsen, tagelang überflutet, doch die Fundamente des Mühlenhauses hielten stand, wenn Benno auch einige Ausbesserungen an der Mahlanlage ausführen mußte.

Als den einzig wirklich Leidtragenden betrachtete sich Gerolf von Bodenteich, denn das Wasser im Burggraben und den Flußarmen war nun so tief und trügerisch und obendrein unangenehm kalt, daß er nicht mehr heimlich hinübergelangen konnte, um die Müllertochter zu sehen.

Tatsächlich hatten sie sich schon seit jenem Abend nicht mehr getroffen, an dem Meister Emil ihre Verabredung so überraschend gestört hatte. Ein oder zweimal hatte Gerolf das Mädchen aus der Ferne erblickt, doch wenn er nähergekommen war, war Bennos Tochter jedes Mal rasch im Mühlenhaus verschwunden, und er wußte nicht zu sagen, ob sie ihn überhaupt gesehen hatte. Aber hatte er es nötig, einer

Müllertochter nachzulaufen? Er war der Sohn Ritter Wilbrands von Bodenteich. Jedes Mädchen im Dorf wäre ihm zu Willen gewesen, entweder mit Vergnügen, oder doch weil es sich dem Sohn des Burgherrn eben nicht zu verweigern hatte.

Die ersten Tage des November waren erfüllt von dichtem Nebel bis in die Mittagsstunden und einem unangenehmen Nieselregen, der den Wasserspiegel des großen Sees wie des Mühlenteiches zwar nicht mehr wesentlich ansteigen ließ, aber doch zu keiner Zeit wirklich aufhören wollte und den Wanderer nach und nach bis auf die Haut durchnäßte. Außerdem wurde es Tag für Tag etwas kälter. Die Monate des goldenen Herbstlaubes waren vorüber.

Die Nachmittage waren geprägt von Schwester Agnethas Lateinunterricht. Trotzdem ritt Gerolf jeden Vormittag mit seinem Falken aus, um das Tier weiter in der Jagd zu schulen. Manchmal begleiteten ihn sein Vater oder Aquila, doch meistens ließen dem Falkenmeister die Vorbereitungen des herzoglichen Besuches keine Zeit dazu. Burg Bodenteich wurde in diesen Wochen mit einer Sorgfalt herausgeputzt, daß Ritter Wilbrands Sohn die Stätte seiner Geburt manches Mal kaum wiedererkannte. Seit einigen Tagen hatte Aquila sie sogar aus dem Rittersaal ausquartiert, dessen Wände einen neue Schicht Kalk benötigten, und sie mußten allesamt in Schwester Agnethas Kemenate zu Abend essen.

Einer seiner Ausritte führte Gerolf bis in das Hügelland hinaus und auf die Hochebene, auf der er am Tage von Schwester Agnethas Ankunft zum ersten Mal den Falken geworfen hatte. Hier oben war der Wind frischer als unten im Marktflecken und im Tal des Flüßchens, doch es war eine Freude, den Vogel in den Lüften kreisen zu sehen. Ritter Wilbrands Sohn kam sich an diesem Morgen vor wie der König dieses wilden, weiten Landes. Er schien der einzige Mensch auf der Welt zu sein, allein in den mit hartem, trockenem Gras und Heide bewachsenen Hügeln, deren winterharte Vegetation sich im Rhythmus des Windes wiegte.

Der junge Edelmann war aus dem Sattel gestiegen und streifte eine Weile zu Fuß durch das herbstliche Gras, das jetzt, da die Hirten das Vieh auf die im Tal gelegenen Weiden hinabgetrieben hatten, weit in die Höhe geschossen war. An einigen Stellen war es höher als Gerolf selbst, und er mußte sein Schwert ziehen, um sich überhaupt einen Pfad zu bahnen. Für eine Weile hatte er tatsächlich die Orientierung verloren, doch jetzt seufzte er dankbar, als er wieder den Kamm des

Hügels erreichte, wo er sein Roß an einer der wenigen hohen Birken angebunden hatte.

Doch das Pferd war nicht mehr allein.

Ein dunkel gekleideter Mann lehnte am Stamm des Baumes, ein Mann in einem langen dunklen Mantel, wie ihn die Bettelmönche trugen, und mit dem breitkrempigen Hut eines Wanderers. Erstaunt blieb Gerolf stehen. Er hatte den Hügel nur für kurze Zeit nicht im Blick gehabt, jedenfalls nicht lange genug, um dem Mönch zu gestatten, den Kamm unbemerkt zu erklimmen... es sei denn natürlich, er sei von der rückwärtigen Seite her gekommen, doch das war keine Gegend, in der sich Reisende für gewöhnlich aufhielten. Auf viele Wegstunden dehnte sich dort ein ödes, wasserloses Gebiet, in dem nichts lebte als angeblich die Schreckgespenster vergangener Zeiten, von denen Meister Emil zu erzählen wußte.

Gerolf überwand seine Überraschung und trat auf den Fremden zu, der sich nun von dem Baum löste und ihm abwartend entgegenblickte.

Ritter Wilbrands Sohn betrachtete den Fremden: «Bruder Bjørn?»

Der Fremde schüttelte sanft lächelnd den Kopf: «Leider nein, junger Herr. Doch ich scheine diesem Manne sehr ähnlich zu sehen. Ihr seid nicht der erste, der mich für ihn hält.»

«Verzeiht, ehrwürdiger Bruder», bat Gerolf, der sich jetzt sicher war, einen Mönch vor sich zu haben. «Diese Gegend ist gefährlich für Reisende. Auch für Euch. Ich weiß nicht genau, wie er aussieht, aber wir suchen schon seit Wochen nach einer Spur von diesem Bruder Bjørn, doch es ist, als sei er im Boden versunken.»

«Eine interessante Theorie.»

Der Fremde schwieg und Gerolf hatte die Gelegenheit, ihn genauer zu betrachten. Seine Gesichtszüge waren indes nur schwer auszumachen: Der breitkrempige Hut verbarg den oberen Teil seines Antlitzes; einzig die Augen waren genau zu erkennen. Es waren höchst merkwürdige Augen, die Gerolfs Blick völlig gefangennahmen und festhielten wie in einem magischen Bann. Für einen Augenblick spürte Ritter Wilbrands Sohn Panik in sich aufsteigen, doch gleich darauf war alles, was er fühlte nur noch eine eigentümliche Gleichgültigkeit. Der Fremde war ein einfacher Geistlicher, ein Mönch auf der Wanderschaft. Niemand, vor dem man sich fürchten sollte. Niemand, vor dem er Geheimnisse zu wahren hatte.

«Es ist also keine Leiche gefunden worden?» fragte der Mann im

Dunklen Mantel.
«Nein.»
«Aber die Nonne ist auf der Burg. Stellt sie Fragen?»
«Sie spricht viel mit dem Falkenmeister. Und sie hat auch mit Meister Emil gesprochen.»
«Wer ist das?»
«Nur ein alter Mann. Manchmal ist er nicht mehr ganz bei sich. Er erzählt von früher: Von seiner Frau und von Dämonen und...»
Die Augen des Fremden zogen sich zu schmalen Schlitzen zusammen, doch sie büßten dadurch nichts von ihrer bezwingenden Macht ein.
«Hat er je von einem Mann mit dem Namen Valdemar erzählt?»
«Valdemar... Ja! Er sieht ihn manchmal in seinen Träumen, aber er kann auch einfach so erscheinen. Aus dem Zwielicht heraus.»
Er zögerte. Der Blick des Fremden hielt ihn noch immer fest, doch der Mann im Dunklen Mantel schien nun fast verunsichert. Seine Aufmerksamkeit ließ nach.
Gerolf brachte einige Worte hervor: «Seid Ihr Valdemar?»
Der Mann im Dunklen Mantel war noch immer nicht völlig bei der Sache: «Man hat mir zu verschiedenen Zeiten die unterschiedlichsten Namen gegeben. Einige von ihnen kennt Ihr bestimmt, doch Valdemar war gewiß nicht darunter.»
Er zögerte noch einen Augenblick, dann verstärkte sich die Intensität seines Blickes wieder und jeder bewußte Gedanke entwich aus Gerolfs Geist:
«Wir haben uns niemals getroffen. Ihr werdet zurück in den Marktflecken reiten und Euch an nichts erinnern.»
Gerolf antwortete nicht. Es war unnötig.
Eine Viertelstunde später schlug Gerolf auf seinem Pferd den Weg ein, der ihn zurück ins Tal des Flüßchens und nach Bodenteich führte.
Der Fremde war verschwunden.
Wie fortgenommen vom Angesicht der Erde.

anno dominice incarnationis MCCXIIC
regnante domino Adolpho primo glorioso Romanorum rege augusto
vigilia Sancti Martini
(10. November 1292)

Am Tage vor Sankt Martin klarte das Wetter noch einmal auf, und als Schwester Agnetha an diesem Morgen aus dem Fenster der Kemenate auf den See hinausblickte, schien beinahe so etwas wie eine Ahnung des vergangenen Sommers in der Luft zu liegen.

«Das ist mit Sicherheit der späteste Spätsommer, den ich je erlebt habe», sagte Amme Annafrid kopfschüttelnd.

Schwester Agnetha lächelte: «Wenn der Spätsommer das Echo des Sommers ist, dann ist das hier allerhöchstens das Echo des Echos. Im Schatten muß es eisig sein.»

Die ältere Frau war gerade im Begriff gewesen, frisches Stroh auf dem Boden zu verteilen, doch nun hielt sie inne:

«Wenn Ihr erst so alt seid wie ich, Schwester Agnetha, dann werdet Ihr sicher auch schneller bereit sein, einen schönen Herbsttag für den Sommer zu nehmen. Wenn man nicht mehr so viel Zeit hat, darf man nicht wählerisch sein. Nutzt Euren Frühling, solange er währt!»

Agnetha hatte in den vergangenen Wochen eine tiefe Zuneigung zu der alten Frau gefaßt. Jetzt aber sah sie sie überrascht an.

Die alte Amme brach ab: «Verzeiht, ich vergaß...»

Sie vergaß, daß ich eine Nonne bin. Was ist das, ein Kompliment oder sollte ich verärgert sein? Wenn ich ehrlich bin, dann ist es das schmeichelhafteste, was sie überhaupt sagen konnte. Sie hat mit mir gesprochen wie mit irgendeinem hübschen jungen Mädchen. Darf mich das freuen oder ist es Eitelkeit, Freude über die Schönheit des vergänglichen Körpers?

«Es ist gut, Mütterchen. Ihr habt ja recht. Vielleicht sollten wir den Unterricht heute ausfallen lassen. Zumindest die Kinder sollen das schöne Wetter genießen.»

Sie zögerte noch, doch im selben Augenblick wurden laute Schritte auf der Treppe hörbar, die rasch näherkamen. Schwester Agnetha erkannte den eiligen Gang Adrians. Der Junge schien selbst in der kurzen Zeit, die sie sich auf Burg Bodenteich aufhielt, ein Stück gewachsen zu sein. Er hatte Probleme mit diesen ungewohnt langen Armen und Beinen, und die Augustinerin hatte, wenn sie seiner ansichtig wurde, schon mehr als einmal befürchtet, im nächsten Augenblick müßte er über seine eigenen Füße stolpern.

«Schwester Agnetha! Schwester Agnetha!»

Die Tür wurde aufgerissen und Adrian stürmte atemlos ins Zimmer. «Kommt mit hinunter in den Hof! Das müßt Ihr Euch ansehen!»

Schon war er wieder durch die Tür verschwunden und sie hörten seine raschen Schritte die Treppe hinabpoltern. Die Nonne tauschte einen verständnislosen Blick mit der Amme, dann machten sich die beiden Frauen gemessenerer Schrittes auf den Weg hinab in den Burghof.

Schwester Agnetha hatte im ersten Augenblick natürlich an den Magister gedacht. Die Überlegung, er könnte einfach nur seine Verkleidung gewechselt haben, hatte zwar ihre Hoffnung vermehrt, doch die Ungewißheit über das Verbleiben ihres Bruders war weiß Gott nicht von ihr genommen. Wasmod von dem Knesebeck war ein impulsiver Mann, und ihn jetzt an der Spitze eines prächtigen Gefolges in den Burghof reiten zu sehen, hätte sie auch nicht mehr überrascht als sein klammheimliches Erscheinen im Kloster der Augustinerinnen.

Doch als die beiden Frauen aus der Kemenate in den Hof hinaustraten, war von dem päpstlichen Legaten keine Spur zu sehen.

Stattdessen erwartete sie Aquila. Der Falkenmeister saß in grüner Reisekleidung auf dem Rücken Corrados, seines prächtigen Fuchses. Am Zügel führte er ein zweites Pferd: Den Schimmel, den er und Agnetha kurz vor dem Eintreffen der Kaufleute auf ihrem Weg ins Dorf bewundert hatten. Das Tier war für einen Ritt gesattelt, jemand hatte sich die Mühe gemacht, ihm die Mähne sorgfältig zu bürsten und sogar leuchtende grüne und rote Bänder hineinzuflechten.

«Adrian!» fragte Agnetha überrascht. «Ist das Euer Pferd?»

Der Sohn des Burgherrn schüttelte sichtlich überrascht den Kopf: «Nein, warum?»

«Ich dachte...»

«Das Tier gehört Euch», sagte eine Stimme hinter ihr. Sie blickte sich um und sah Ritter Wilbrand, der hinter ihr ebenfalls aus der Kemenate getreten war. «Mein Falkner berichtete mir, wie gerne Ihr als Kind geritten seid und wie Ihr dieses Pferd bewundert habt. Ihr habt ein gutes Auge, Schwester. Wenn Fernando, das ist sein Name, auch auf keinen stolzen Stammbaum zurückblicken kann, so ist er doch ein wahrhaft zuverlässiges und ausdauerndes Tier. Nicht so wild und kräftig wie die Rösser, die meine Männer in den Kampf tragen, doch wenn Ihr lange nicht geritten seid, sicherlich genau das richtige Pferd für Euch.»

«Aber... das kann ich nicht...»

«Papperlapapp. Ich weiß, daß das Tier, auf dem Ihr hergekommen seid, nicht Euch gehört, sondern Mechthild von Wohldenberg, Eurer Äbtissin. Und dieses Pferd muß auch für Euren Geschmack zu sanft gewesen sein.»

«Ich bin Nonne, Herr, wir dürfen keinen Besitz haben.»

«Erzählt mir nichts!» sagte er streng «Ihr seid keine Franziskanerin, Schwester Agnetha. Muß ich Euch die Regeln des Ordens des Heiligen Augustinus auslegen, dem Ihr angehört? Ihr seid weit von Eurem Konvent entfernt und selbstverständlich dürft Ihr ein Pferd haben. Und natürlich dürft Ihr es auch reiten!»

Ihr Blick ging zwischen Ritter Wilbrand, Aquila und dem aufgezäumten Pferd hin und her. Ihre Zunge war wie am Gaumen festgeklebt. Das konnte es nicht geben! Fernando warf den Kopf in den Nacken und ließ ein ungeduldiges Wiehern hören.

«Kommt!» sagte Aquila. Es war das erste Wort, das er sprach.

Wie im Traum trat Agnetha auf das Pferd zu und registrierte kaum, daß es Ritter Wilbrand selbst war, der ihr in den Sattel half. Im nächsten Augenblick schon saß sie, wiewohl im Damensitz, fest auf dem Rücken des Tieres, und sogleich spürte sie eine Vertrautheit mit diesem Pferd, wie sie sie seit ihrem Eintritt in den Konvent nicht mehr gekannt hatte.

Aquila stieß einen lauten Ruf aus und gab seinem Pferd einen leichten Klaps. Agnethas Tier schloß sich wie von selbst an, und nebeneinander galoppierten sie durch das offene Burgtor hinaus in den sonnigen Morgen.

Aquila und Schwester Agnetha schlugen hinter der Brücke an der Mühle nicht den Weg zur Furt und in Richtung Oldenstadt ein. Die Aue beschrieb hinter dem sumpfigen Knick-Wäldchen einen großen Bogen, dem der Fernhandelsweg folgte, während ein schmalerer Reitweg unmittelbar nach Norden führte. Es war derselbe Weg, auf dem Ritter Wilbrand und seine Begleiter am Tage, an dem die Augustinerin nach Bodenteich gekommen war, die Tochter des Müllers schlafend angetroffen hatten.

Der Morgen war in der Tat kühl, doch Agnetha genoß es, nach all den Tagen der körperlichen Ruhe endlich wieder den Wind auf ihrem Gesicht zu spüren. Als der Weg so schmal wurde, daß sie nicht mehr nebeneinander reiten konnten und Aquila sein Pferd nach vorn brachte, schob sie ihre Haube weit aus der Stirn zurück. Es war nicht dasselbe Gefühl wie einst als Kind, als sie mit offenem Haar mit ihren Brüdern um die Wette über die Wiesen unterhalb von Burg Knesebeck geritten war, doch es kam dem näher als irgend etwas, das sie in den vergangenen fünfzehn Jahren erlebt hatte. Wie aufregend prickelte die morgendliche Kühle auf ihrer Haut.

Aquila wandte sich im Sattel zu ihr um. Ein verwegenes Lächeln lag jetzt auf seinen Zügen. Ein Lächeln, das ihn noch um vieles anziehender machte. Heilige Mutter Maria, ich muß unbedingt zur Beichte. Es ist so viel zusammengekommen.

«Es ist Euch nicht zu schnell?»

Sie schüttelte den Kopf, obwohl sie alle Mühe hatte, sich im Sattel zu halten. Zu ungewohnt war dieser schnelle Ritt nach all den Jahren. Doch ihr Herz jubelte und um nichts in der Welt hätte sie den Falkenmeister gebeten, jetzt langsamer zu werden.

Sie passierten den Buchenhain, in dem offenbar die Schweine des Dorfes gehalten wurden. Agnetha sah ein Kind oder junges Mädchen, das an den Wegesrand gelaufen kam und ihnen zuwinkte. Die Augustinerin war zu sehr damit beschäftigt, sich bei diesem Galopp im Sattel zu halten, um die Hand zum Gruß zu heben, doch ihre leuchtenden Augen waren Erwiderung genug.

Gleich darauf, so schien es ihr, stießen sie wieder auf den Lauf des kleinen Flüßchens und folgten ihm durch zwei Dörfer; hinter dem zweiten passierten sie den Wasserlauf durch eine seichte Furt. Agnetha lachte laut auf, als das Wasser unter den Hufen des Pferdes aufspritzte, doch schon hatte der Schimmel am jenseitigen Ufer sicheren Tritt gefaßt. Fernando war in der Tat ein herrliches Tier; Müdigkeit schien ihm völlig unbekannt zu sein. Weder seine Trittsicherheit noch seine Begeisterung für den schnellen Galopp hatte merklich nachgelassen, obwohl längst Schweiß auf seinen Flanken glänzte und die Bänder in seiner Mähne, die sich zum Teil gelöst hatten, wie bunte Banner im Winde peitschten.

Endlich, das letzte Stück des Weges hatte sie steil bergan geführt, verlangsamte Aquila das Tempo. Die Pferde fielen in Trab, und alsbald kamen sie auf eine Lichtung, die groß genug war, daß die Sonne das noch taufeuchte Gras bereits mit ihren Strahlen benetzte. Aquila verhielt sein Pferd und sprang aus dem Sattel. Er legte seine Lippen an das Ohr des Tieres und flüsterte einige Worte.

Agnetha lachte atemlos: «Sagt bloß, er kann Eure Worte verstehen!»

Der Falkner hob die Schultern: «Jedenfalls versteht er, was ich von ihm will. Er wird ein wenig von dem frischen Gras fressen, sich aber nicht zu weit entfernen.»

Er trat an ihr Pferd und bot ihr seinen Arm an. Dankbar hielt sich Agnetha fest und ließ sich aus dem Sattel helfen. Sein Arm war hart und zuverlässig wie der starke Ast eines gutgewachsenen Baumes. Im Kloster der Augustinerinnen hatte sie oft monatelang keinen Menschen berührt, auf Burg Bodenteich hingegen erschienen Berührungen als eine Selbstverständlichkeit, als eine Notwendigkeit des Arbeitsprozesses und des täglichen Lebens. Dennoch, die deutlich spürbare Anspannung der Muskeln unter dem glatten Stoff von Aquilas grünem Reitgewand, der eher zu ahnende Duft seines Schweißes nach der Anstrengung des Ritts erschienen ihr berauschend wie der schwere Duft von Sommerblüten.

Als er sie auf den Boden stellte, stießen sie beinahe mit den Nasen aneinander. Agnetha lachte wieder, doch sein Mund war plötzlich so nahe, daß sie seinen Atem spüren konnte. Für einen Augenblick glaubte sie...

Aquila stellte sie sicher auf die Füße und wandte sich dann rasch ab, um nach seinem Pferd zu sehen. Agnetha spürte, wie das Herz ihr in der Kehle jagend pochte.

«Ich dachte, er läuft nicht weg?»

«Das tut er auch nicht», erklärte der Falkner, ohne sich umzuwenden. «Doch ich brauche etwas, das er auf dem Rücken hat. Das Gras ist feucht und kalt. Wenn uns jetzt auch warm ist – schaut, dort drüben am Waldrand liegt im Schatten noch der Reif.»

Sie sah hin und nickte. Hatte sie nicht heute morgen selbst der Amme widersprochen, als die den Tag als späten Sommer lobte? Doch an den Winter mochte sie jetzt nicht denken. Sie hatte sich seit so vielen Jahren nicht so lebendig gefühlt wie an diesem Morgen.

Aquila löste ein verschnürtes Bündel aus seinem Sattelgurt. Mit einem raschen Blick wählte er eine geeignete Stelle und breitete dann eine einfache Decke im Gras aus.

«Ich habe frische Milch», sagte der Falkner einladend, «getrocknetes Brot, hart aber gesund, und dort drüben zwischen den Bäumen wachsen Schlehen. Mögt Ihr uns welche holen?»

Lächelnd holte er eine kleine Holzschale aus seinem Bündel hervor.

«Oh ja», lachte Agnetha, als sie sich vorsichtig auf der Decke niederließ. «Es ist wie in einem verzauberten Traum. Es gab eine ganz ähnliche Stelle im Wald nahe Knesebeck. Wir ritten gemeinsam in den Wald. Meine Brüder gingen auf die Jagd und Wasmod und ich sammelten Beeren und bereiteten das Lager vor.»

Sie verstummte. Wasmod. Der Name war ausgesprochen.

Aquila sah sie bedächtig an. Er schien auf irgend etwas zu warten. Sekundenlang war sie sich sicher, er würde nun – endlich – etwas sagen, doch der Falkenmeister musterte sie nur eindringlich und wortlos.

Heilige Mutter Maria, wenn er der Mann ist, von dem der Magister gesprochen hat, warum spricht er mich nicht offen an? Aber wenn nicht Aquila, der wie Wasmod in Italien gewesen ist, wer soll es dann sein?

«Dann werde ich mich wohl auf die Suche machen», sagte sie schließlich und ergriff die Holzschale. Er nickte wortlos.

Die Augustinerin schritt nachdenklich durch das taufeuchte Gras. Durch ihre dünnen Schuhe konnte sie seine Kühle und Nässe spüren, doch auch dies erschien ihr als eine der verschwenderischen Gaben des Herrn an diesem Morgen.

Mein Gott, wie lange ist das her, daß ich mit bloßen Füßen durch nasses Gras gelaufen bin... oder durch den feinen Sand am Rande von Knesebeck. Fünfzehn Jahre? Was für ein Kind war ich doch noch, als ich zu den Augustinerinnen kam. Ein ganzes Leben der Disziplinierung, und nun reite ich wie eine Amazone ohne Anstandsdame mit dem Falkner des Herrn von Bodenteich durch den Wald. Und was das Schlimmste daran ist, ich spüre, daß mein Herz glücklicher, freier schlägt als jemals beim Lob des Herrn im Nonnenchor, ja selbst als bei der Meditation über den Texten des Heiligen Augustinus.

Agnetha bückte sich und pflückte vorsichtig eine Handvoll Beeren aus einer Kolonie Brennesseln hervor. Es war recht mühselig. Die Pflanzen wuchsen nicht besonders dicht, doch dafür wiesen wenigstens die einzelnen Beeren eine beachtliche Größe auf.

Zwischen den Bäumen war es empfindlich kalt. Die Augustinerin verspürte auch wenig Verlangen, sich in das Dickicht der Fichten vorzuarbeiten. Lieber blieb sie am Rande der Lichtung. Schließlich hing nicht ihr Überleben von der Ausbeute ab.

Als sie zu der Decke zurückkehrte, hatte Aquila zu ihrer Überraschung nicht nur einen Schlauch mit Milch und das versprochene Brot bereitgelegt, sondern sie hörte bereits aus einiger Entfernung, daß der Falkner dabei war, ein kleines Instrument, eine Laute, zu stimmen. Neugierig ließ sie sich ebenfalls auf der Decke nieder und betrachtete seine geschickten Finger. Man sah, daß dies eine Arbeit war, die er gewohnt war.

«Ich wußte nicht, daß Ihr auch ein Musiker seid.»

Er hob die Schultern: «Falkner, Musiker, Medicus, von allem ein bißchen, aber nichts kann ich richtig. Eine angemessene Beschäftigung für einen reichen Herren, sollte man meinen, aber kaum für einen Dienstmann.»

«Eure Heilkunst hat mir das Leben gerettet!» protestierte Agnetha. «Und ich glaube kaum, daß es diesseits der Berge einen Falkner gibt, der Euch gleichkommt. Und was den Dienstmann anbetrifft: Ihr wißt genau, daß Ihr viel mehr geltet auf Burg Bodenteich. Ritter Wilbrand hat soviel Hochachtung vor Euch wie vor einem Königssohn!»

Sein schiefes Lächeln erschien ihr dieses Mal geradezu selbstquälerisch. Leise, halb sprechend sang er ohne jede Begleitung die Worte eines alten Liedes, an das sie sich dunkel erinnerte:

«Ich hab nicht Jagd- und Federspiel,
auch Rosse hab ich nicht so viel,
als daß ich zum Turniere ritte
und stolz um Macht und Länder stritte.
Kenn keine edlen, stolzen Frauen,
die einmal freundlich auf mich schauen.
Mein abgerissenes Gewand
bringt mir nur Spott in diesem Land.»

Sie wollte sich das nicht länger anhören: «Ihr wißt, wie sehr Ritter Wilbrand und alle Menschen in Bodenteich Euch schätzen. Ich bezweifle nicht, daß auch Euer Gesang sich nicht zu verstecken braucht.»

Er hob noch einmal die Schultern: «Manchen Ohren ist er nicht fröhlich genug. Wartet ab, bis Ihr ihn gehört habt.»

Er hielt die Laute dicht an sein Ohr und schlug noch einmal alle Saiten gemeinsam an. Dann nickte er befriedigt.

«Wollt Ihr wirklich etwas hören?»

«Bitte, Aquila. Ich habe diese Art von Musik so lange vermißt.»

Ja, das habe ich tatsächlich. Warum sind mir all diese kleinen Dinge in den fünfzehn Jahren niemals zu Bewußtsein gekommen? Bemerke ich alles das, was ich vermißt habe, wenn ich kurz davor stehe, es wiederzuentdecken? Aber habe ich es dann überhaupt vermißt? Ist es nicht die Eitelkeit der sündhaften, sterblichen Welt, die mich jetzt wieder an sich reißen will?

Aquila schien ihre Nachdenklichkeit zu bemerken:

«Selbst der heilige Franziskus hat diese Musik geliebt, Schwester Agnetha. Bis zu seinem Tod erinnerte er sich voller Glückseligkeit an all die nutzlosen kleinen Melodien, die er in seiner Jugend gesungen hatte. Und zum Teil waren sie mit Texten verbunden, die ich Euren ehrwürdigen Ohren niemals zumuten würde.»

Neckte er sie? Agnetha war sich nicht ganz sicher. Sie lächelte dankbar. Seine Argumentation war wie üblich von einer Art, die ihre Gewissenszweifel dahinschmelzen ließ wie die Sonne den frisch gefallenen Schnee im Monat Mai.

«Aber singt zuerst etwas Fröhliches, Aquila. Etwas, das zu diesem Morgen paßt.»

Er nickte, überlegte einen Augenblick und schlug dann den ersten Akkord an. Sofort erkannte sie, daß er in der Tat ein recht guter Musiker war, kein Virtuose zwar, dazu dürfte ihm sicherlich die Übung fehlen, doch ein begabter Laie allemal. Und als er seine Stimme erhob, staunte sie über die Sicherheit und Ausdruckskraft, für die zweifellos auch Schwester Ingrid, die Sangmeisterin des Augustinerinnenklosters, Worte der Anerkennung gefunden hätte – auch wenn seine tiefe Stimmlage für die Chöre der Heiligen Messe wohl nur bedingt geeignet war.

«Im Lindentale auf der Heiden,
wo unser beider Lager war,
da könnt ihr finden, von uns beiden
zerdrückter Blumen bunte Schar.
Nah dem Wald im schatt'gen Tal,
tandaradei,
Schön sang da die Nachtigall.»

Agnetha kannte diese Art von Liedern und sie wußte, daß sie keine plumpen Annäherungsversuche darstellten. Sie schilderten unerfüllbare Träume und Wunschvorstellungen. An den Fürstenhöfen wurden sie zumeist gesungen; vor den Ohren des versammelten Hofes wurden noch bedeutend eindeutigere Angebote an die Fürstin gerichtet – in der Hoffnung, sie werde den Sänger großzügig entlohnen. Sie gehörten zum Spiel dieser Höfe, und ein Fürst durfte sich glücklich preisen, wenn ein berühmter und bedeutender Sänger seine Gemahlin mit einem solchen Lied beehrte.

Doch obwohl sie all dies wußte, all die Jahre bei den Augustinerinnen und die Anstrengung des Rittes ließen ihr nun die Röte in die Wangen steigen.

«So lag er bei mir, wüßt das einer,
da schämte ich mich unsagbar,
Erfahren darf es darum keiner,
als bloß ein Vöglein, das uns sah.
Und dieses kleine Vögelein,
tandaradei,
das mag sehr wohl verschwiegen sein.»

Wie als Antwort hatte sich während der zweiten Strophe ein Buchfink nahe ihres Lagers niedergelassen und beäugte sie neugierig, als warte er nun darauf, daß der Falkenmeister seinen Gesang wieder aufnähme.

«Ein schönes Lied, Aquila, fast scheint es mir, als hätte ich es schon einmal irgendwo gehört.»

«Das mag gut sein. Es ist ziemlich verbreitet, doch ich mußte einige Worte verändern, da man es in dieser Gegend sonst nicht verstehen könnte. Soweit ich weiß, stammt es aus dem Land der Herzöge von Österreich.»

«Wißt Ihr, wer es zuerst gesungen hat?»

«Ich glaube, es war Herr Walther von der Vogelweide, der größte Eurer deutschen Sänger. Ein erstaunlicher Mensch! Ich kenne mindestens zwanzig oder dreißig Lieder, die angeblich von ihm stammen. Er muß ein sehr fleißiger Mann gewesen sein, wenn er sie wirklich alle selbst verfaßt hat.»

Agnetha lehnte sich zurück und stützte sich auf den Handflächen ab. Sie ließ die Sonne auf ihr Gesicht scheinen. Wenn sie die Augen schloß, konnte sie sich wirklich der Illusion hingeben, es sei ein warmer Sommertag. Der Duft der Pflanzen, der Gesang der Vögel, selbst die beiläufigen Töne, die Aquila auf seinem kleinen Instrument anschlug, als er die Saiten neu stimmte... alles erinnerte an die unbeschwerten Sommertage auf Burg Knesebeck.

Auch Aquila hatte die Augen in die Ferne gerichtet, doch sein Blick ging in die Weite der Landschaft, die sich nach Norden hin, wo die

Baumgrenze ein Stück den Hang hinab zurückwich, vor ihnen entfaltete. Am Lauf der Aue lag dort ein weiteres Dorf mit einer Kapelle oder einer kleinen Kirche.

«Gerade heute morgen, Schwester, jetzt, da wir hier beieinander sitzen, dachte ich bei mir, daß Eure Heimat ihre ganz eigene Schönheit hat», murmelte er.

«Meine Heimat?» Sie lachte. «Ich kenne nicht viel mehr als die Burg meiner Familie, das Augustinerinnenkloster und nun Burg Bodenteich. Als Konventualin ist man nicht besonders viel auf Reisen. Ihr kennt diese Gegend weit besser als ich. Und Eure Augen haben so viel mehr gesehen. Bitte singt mir doch etwas aus Eurer Heimat vor. Ihr habt versprochen, mir noch mehr von Italien zu erzählen.»

Er sah sie ernst an. Die Trauer in seinen Augen schnitt ihr ins Herz. Es war nicht richtig, diesen Mann an all das zu erinnern, was er verloren hatte, nur um ihre kindische Neugier zu befriedigen.

«Nein, Schwester, Ihr wißt, ich erzähle gerne davon», sagte er rasch, und wieder war es fast so, als habe er ihre Gedanken gelesen. Sie mußte sich Mühe geben, ihn nicht zu unverblümt anzustarren. Er war ein faszinierender Mann, doch manchmal fast ein wenig unheimlich. Oder war es gerade das, was die Faszination ausmachte?

«Italien... ich kann Euch immer nur von dem Italien erzählen, das ich einmal kannte, einem Land, das von Bürgerkriegen und Kämpfen zerrissen war. Und doch war dies auch ein Land, in dem Kunst und Wissenschaft gern gesehene Gäste waren. Heute ist dieses Land eine andere Welt geworden. Eine Welt, die mir fremd ist. Es erstickt unter der Tyrannei der Kardinäle und ihrer französischen Lakaien. Verzeiht, aber ich gehe davon aus, Ihr wollt die Wahrheit hören.»

«Das will ich, Aquila. Doch... diese Bitterkeit. Warum nur haßt Ihr die Kirche so?»

«Es ist nicht die Kirche, die ich hasse, Schwester. Sie hat viele ehrenhafte und fromme Männer und Frauen hervorgebracht, schaut nur Euren eigenen Bruder an.» Für einen Augenblick hielt sie den Atem an, doch er war bereits über den Gedanken hinweg. «Aber diejenigen, die jetzt die Stimme – und die Faust – der Kirche in Italien sind, die sind keine ehrenhaften Männer. Die sind Mörder und Folterknechte. Nach der Schlacht von Benevent fiel Königin Helena, die Witwe König Manfreds diesen Leuten durch Verrat in die Hände und mit ihr ihre Kinder. Das älteste von ihnen war sieben Jahre alt. Karl von Anjou, König von des Papstes Gnade, ließ sie alle, so heißt es, in die tiefsten Kerker der Bergfestung werfen, die noch Kaiser Friedrich in den Bergen nahe Bari gebaut hat.»

Agnetha fröstelte vor dem nur schwer beherrschten Haß, der aus seinen sonst so besonnenen, fast sanften Augen sprühte. Sie bereute bereits, das Thema überhaupt angesprochen zu haben.

«Immerhin», wagte sie einzuwenden, «er hat sie nicht getötet.»

«Oh nein», sagte er und war wieder völlig ruhig. «Oh nein. Er befahl, sie in Ketten legen und in den Kerker seiner finstersten Festung werfen zu lassen. Er befahl ihnen, zu leben. Zu leben, wie es heißt, einzig um zu sterben.»

Die ohnmächtige Trauer in seinen Augen war schlimmer als der Haß noch wenige Augenblicke zuvor. Sie wandte den Blick ab und betrachtete unverwandt die Reste des Reifs auf dem herbstlichen Waldboden.

Zu ihrer Überraschung fuhr Aquila nicht fort, sondern schlug von Neuem seine Laute an:

«Kein Herr liebt heut die Ehre,
und gibt in rechter Milde,
wie einstmals König Manfred,
des Ruhmes schönstes Bilde.
Am Tag des letzten Kampfes
sah man voran ihn reiten,
sein Leib sank auf die Wallstatt
nach ritterlichem Streiten.
All Ehr' und edle Taten
sind seit dem Tag verloren,
der beste Mann getötet,
den je ein Weib geboren.»

Er ließ die Laute sinken. Seine Augen blickten an der Augustinerin vorbei in die Weite des Landes.

«Sicher wunderschön, Aquila, besonders für die Ohren eines Kriegers, aber auch so traurig, ja fast verzweifelt. Ist auch dies ein Lied des Walther von der Vogelweide?»

Der Falkner schüttelte den Kopf: «Von wem das Original stammt, weiß ich nicht. Der Mann, der es mich lehrte, vermutete, ein gewisser Peire Vidal, ein provencalischer Troubadour, habe den Text gedichtet. Ihr würdet seine Sprache nicht verstehen. Die Übersetzung ist von mir. Es geht noch weiter.»

Aquila hob wieder an, doch er verstummte, kaum daß er die ersten

Töne angestimmt hatte.

«Was ist mit Euch?»

«Still! Ich... dachte, ich hätte etwas gehört.»

Am Waldrand flog ein Schwarm Vögel auf. Aufmerksam musterte der Falkner die Stelle, an der der Schwarm geruht hatte. Seine Stirn legte sich in konzentrierte Falten, als er seine Augen auf das Äußerste anstrengte, um mehr erkennen zu können.

«Zurück zum Pferd!» befahl er plötzlich. «Schnell, Schwester.»

«Warum!»

«Zum Pferd, habe ich gesagt!» flüsterte er mit schneidender Stimme.

Sie erhob sich und machte Anstalten, wieder in den Damensattel zu steigen.

«Könnt Ihr noch im Männersitz reiten?»

Überrascht sah sie ihn an: «Ich denke schon!»

«Dann tut es!» Er half ihr auf den Rücken des Pferdes, während er sich gleichzeitig sichernd nach allen Seiten umsah.

«Ist jemand hier?» fragte sie leise.

«Ich weiß es nicht», gestand er, «aber wenn wir es genau wissen, ist es vielleicht zu spät. – Ihr reitet jetzt den Weg zurück nach Kuckstorf, das ist das letzte Dorf durch das wir gekommen sind. Ihr werdet vorher auf keinen Fall anhalten, erst in diesem Dorf. Dort solltet Ihr sicher sein. Schickt sofort einen der Bauern zur Burg, damit sie Euch Bewaffnete senden, die Euch zurück nach Bodenteich geleiten. Achtet nicht auf mich, ganz egal was geschieht!»

Agnetha frösteltete. Es war ein Frösteln, das nichts mit der Kühle des Morgens zu tun hatte sondern mit den Worten, die Aquila eben gesprochen hatte. Es waren fast dieselben, mit denen ihr Bruder sie in jener Nacht fortgesandt hatte. In jener Nacht, die vielleicht die Nacht seines Todes gewesen war.

Heilige Mutter Maria, nicht noch einmal! Nicht Aquila! Nicht dieser Mann!

«Verdammt, reitet los!» schrie Aquila. Mit der flachen Seite seines Schwertes hieb er auf die Flanke des Schimmels, der laut protestierend aufwieherte.

Während das gepeinigte Tier bereits davonstob, war es Agnetha, als ob sie, über die Schulter zurückblickend, am Waldrand eine Bewegung gewahrte, einen Schatten, der sich aus dem Dunkel der Bäume zu lösen begann und auf die Lichtung hinaustrat, wo Aquila ihn mit gezogenem Schwert erwartete.

Hatte Agnetha am Morgen geglaubt, sie habe den Hengst bereits an den Rand seiner Belastbarkeit gebracht, so wurde sie nun eines Besseren belehrt. Als spürte das Tier ihre Angst und Anspannung, jagte es mit halsbrecherischer Geschwindigkeit einen für ihre Augen nicht erkennbaren Weg ins Dorf hinunter, und dennoch erschien es der Nonne, als nehme es selbst jetzt noch Rücksicht auf seine Reiterin. Zweige und dünne Äste peitschten auf sie ein. Sie hob den Ärmel ihres Gewandes, um das Gesicht zu schützen, doch es hatte wenig Sinn. Im Nu waren ihre Unterarme wund und aufgerissen. Immerhin: Es gelang ihr, sich im Sattel zu halten, und so unangenehm die Schläge der Zweige auch sein mochten, niemals wurde sie von einem stärkeren Ast getroffen, der sie aus dem Gleichgewicht gebracht hätte.

Nur Augenblicke schienen vergangen zu sein, als bereits wieder das Wasser unter ihr aufspritzte und sie auf einen Dorfanger sprengte. Mühsam zügelte sie das Pferd.

Überrascht hielten zwei Bäuerinnen in ihrer Arbeit inne, als die Nonne Fernando vor ihnen zum Stehen brachte.

«Sofort... ein Bote... nach Bodenteich...»

Eilfertig halfen die Frauen Agnetha aus dem Sattel. Sie störten sich nicht an ihrer ungewöhnlichen Reithaltung und ihrem schweißverklebten Haar. Eine der Frauen holte rasch einen kleinen hölzernen Becher aus ihrem Kittel hervor und gab ihr zu trinken.

Agnetha hatte Mühe, Atem zu holen: «Ihr müßt sofort einen Boten zu Ritter Wilbrand senden. Der... Falkenmeister ist in Gefahr, oben auf dem Hügel. Er wird angegriffen.»

Die Frauen zögerten. Die jüngere von ihnen, noch fast ein Kind, strich ihr besorgt das Haar aus der Stirn.

«Tut es!» herrschte Agnetha sie an und unterdrückte im letzten Augenblick den Reflex, dem jungen Mädchen ins Gesicht zu schlagen.

Mutter Maria, wie spreche ich mit diesen Frauen, wie gehe ich mit ihnen um? Sie sah das stets beherrschte Gesicht Mechthilds von Wohldenberg vor sich und vermeinte wieder die Worte zu hören, die diese in den ersten Jahren ihres Aufenthalts so oft an die junge Agnetha gerichtet hatte:

«Ist das die Sprache, derer sich eine Schwester vom Orden des Heiligen Augustinus bedient?»

Doch das war ihr gleichgültig. Eine Viertelstunde entfernt kämpfte Aquila um sein Leben, und diese Frauen waren zu träge oder zu furchtsam, um das zu veranlassen, was unbedingt getan werden mußte.

«Ihr müßt!» stieß sie hervor und ihre Stimme überschlug sich. Das junge Mädchen wollte ihr wieder den Becher reichen, doch Agnetha stieß die Hand beiseite.

Eine Bewegung in ihrem Augenwinkel, ein Schatten, der sich rasch bewegte.

«Es ist in Ordnung», sagte eine Stimme.

«Aquila!»

Der Falkner sprang aus dem Sattel, kaum daß er sein Pferd zum Stehen gebracht hatte. Agnethas Furcht, ihre Panik war so groß gewesen, daß sie seine Ankunft erst im letzten Augenblick bemerkt hatte. Sie schoß in die Höhe, zu plötzlich, jetzt, da die Anspannung rasch von ihr wich. Sie taumelte. Der Falkenmeister stützte sie. Schweiß stand auf seiner Stirn. Es war das erste Mal, daß sie das bei ihm bemerkte. Auch er mußte sehr schnell geritten sein.

«Es ist in Ordnung, Schwester», sagte er, «ich habe mich wohl getäuscht. Es ist alles in Ordnung.»

«Ich dachte...»

«Ich weiß», lächelte er, «aber es wäre mir keine große Hilfe gewesen, wenn Ihr Euch den Hals gebrochen hättet – oder seht Ihr das anders?»

Sie schüttelte den Kopf. Die Erleichterung überschwemmte sie wie eine Welle.

Heilige Mutter Maria, ich werde doch nicht anfangen zu weinen.

Sie vergrub ihr Gesicht in seinem Gewand.

Ich danke Dir, er ist am Leben. Was wäre gewesen, wenn... Er ist ein so einzigartiger Mann, unersetzlich, vertraut wie ein alter Freund.

Sie hob den Kopf und blickte ihm in die Augen. Und was sie dort sah, traf sie wie ein Blitz; ein Blitz, den warnendes Donnergrollen längst schon angekündigt hatte, langes Donnergrollen, das sie wieder und wieder ignoriert hatte.

O mein Gott, er liebt mich. Und ich... Heilige Jungfrau, ich liebe ihn auch.

anno dominice incarnationis MCCXIIC
regnante domino Adolpho primo glorioso Romanorum rege augusto
die Sancti Martini
(11. November 1292)

Am frühen Nachmittag des Martinstages überquerte Schwester Agnetha unruhig den Burghof, entschlossen, endlich vor den Ohren Gottes und des Kaplans Ludolpho ihre Beichte abzulegen.

Seit sie sich auf Burg Bodenteich befand, hatte sie ihre geistlichen Pflichten sträflich vernachlässigt. Einen einzigen halbherzigen Versuch hatte sie unternommen und die kleine Burgkapelle aufgesucht, doch dann hatte sie über dem Gespräch mit Adrian – und wohl mehr noch angesichts der nachfolgenden Erzählung Meister Emils – ihre ursprünglichen Absichten völlig vergessen.

Das Leben im Kloster war so klar gegliedert gewesen in seinen sich stetig wiederholenden Zyklen von Gebet, Studium erbaulicher Schriften, nachdenklicher Versenkung und Gesang zum Lobe Gottes und seiner Heiligen. Auf Burg Bodenteich war dies alles anders. Wäre ihre Reise hierhin ohne Zwischenfälle verlaufen, so hätte sie sich vielleicht von ihrer Ankunft an auf einen neuen Rhythmus einstellen können; doch der Schock des nächtlichen Überfalls, die Ungewißheit über Wasmods Verbleiben und das lange Krankenlager hatten ihr ganzes Leben in allen seinen Einzelheiten, selbst in seinem gerade eben noch ganz selbstverständlichen Tagesablauf aus dem Gleichgewicht gebracht. Sie war ein Teil des Lebens auf Burg Bodenteich geworden.

Die Nachricht von der bevorstehenden Ankunft Herzog Ottos hatte nun auch dieses gewohnte Leben der Burgbewohner durcheinandergewirbelt. Überall war die Rede vom Krieg. Agnetha verstand nicht, woher alle Menschen rings um sie die Gewißheit nahmen, nun müsse sicherlich ein Waffengang mit Heinrich von Braunschweig bevorstehen. Nur wenige Nachrichten aus der Welt draußen waren in den letzten Jahren in das Kloster gedrungen, doch es war ihr nicht unbekannt, daß selbst einige ihrer eigenen Verwandten eher der Seite Heinrichs zuneigten. Würde die Burg ihrer Brüder, und würde dann auch Burg Bodenteich zum Kampfplatz werden? Alles schien in Bewegung, nichts von dem, was ihr ganzes Leben lang Geltung besessen hatte, gewährte noch Sicherheit. War es ein Wunder, daß sie völlig verwirrt war?

Oder ist das alles nur eine billige Entschuldigung? Ist es Unsinn, zu glauben, meine Verwirrung und Unruhe käme von diesen Dingen? Heilige Mutter Maria, ist die Antwort nicht viel einfacher? Ist es nicht schlicht Aquila? Wenn es sich so verhält, so ist es gewiß nicht seine Schuld. Ich bin es, die ihn als Braut Christi nicht begehren darf. Wie habe ich jemals Stolz auf meine Tugendhaftigkeit empfinden können, wo ich doch niemals einer Versuchung ausgesetzt war, seit ich ein kleines Mädchen war? Heiliger Antonius! Ich muß mit Vater Ludolpho sprechen!

Tatsächlich hatte der Falkner doch niemals auch nur eine Bemerkung zu ihr gemacht, bei der nicht alle ihre Brüder hätten zugegen sein dürfen. Ihm war nichts vorzuwerfen. Ihre Unvollkommenheit allein war es, die in seinen völlig harmlosen Blicken und Gesten etwas anderes erblicken wollte.

Aber auch das stimmte nicht: Auch er fühlte sich zu ihr hingezogen, ja, auch er begehrte sie. Sie wußte nicht, woher sie dieses Wissen nahm, doch es konnte keinen Zweifel geben. Der Unterschied war nur, daß Aquila offenbar mit dieser Situation besser umzugehen wußte.

Aber ist das ein Wunder? Schließlich hat er sein ganzes Leben unter Menschen zugebracht und nicht eingeschlossen in einem Kloster.

Dort drüben bei den Stallungen sah sie ihn, wie er Toste und den Burschen, die das Fest vorbereiteten, Anweisungen gab. Hatte sie jemals geglaubt, der Falkenmeister sei nur ein gewöhnlicher Dienstmann des Herrn von Bodenteich? Wenn das so gewesen war, so hatte sie sehr bald festgestellt, daß sie sich da vollkommen getäuscht hatte.

Ritter Wilbrand behandelte ihn wie einen engen Freund, hörte fast immer auf seine Ratschläge und versäumte niemals, seine Meinung anzuhören. Ein anderer Mann als der Falkner hätte sicherlich versucht, daraus Kapital zu schlagen, doch Aquila tat, als bemerke er überhaupt nichts davon und verhielt sich dem Burgherrn und allen anderen gegenüber so wie es einem gewöhnlichen Mitglied des Gesindes zukam. Das änderte nichts daran, daß Ritter Wilbrand ihm quasi sämtliche Aufgaben eines Burgverwalters übertragen hatte.

Sicher, als er nach dem sonntäglichen Gottesdienst davongeritten war, hatte der Ritter offiziell Adrian die Burg übertragen, doch der Junge würde nicht einmal die Anweisung geben, ein Huhn schlachten zu lassen, ohne vorher den Falkner um Rat gefragt zu haben.

Was hat er nur an sich, daß die Menschen so auf ihn reagieren? Sie blicken zu ihm auf, respektieren ihn, oder sie fürchten ihn, bei manchen hat man den Eindruck, als haßten sie ihn geradezu. Ist er sich dessen überhaupt bewußt? Tut er irgend etwas, um dieses Verhalten hervorzurufen?

Nachdenklich betrat Agnetha die Burgkapelle. Das kleine Gebäude am Rande des nördlichen Walles der Burg unterschied sich von außen mit Ausnahme des Feldsteinsockels nicht von den danebenliegenden Stallungen. Doch wurde nicht unser Herr in einem Stall geboren? Dies ist das Haus Gottes. Trotzdem, als sie sich unter der niedrigen Tür hindurchbückte, empfand sie nicht dieselbe Ehrfurcht wie beim Betreten der gewaltigen Basilika des Augustinerinnenklosters.

Es war ziemlich dunkel in dem schlichten Innenraum. Nur auf den Burghof hinaus besaß das Gotteshaus Fenster. In der vom Burghof aus nicht sichtbaren, gerundeten Apsis hinter dem Altar gab es eine Öffnung, die nicht breiter war als ihre Handfläche. Die auf den Flußlauf weisende Nordwand war völlig in sich geschlossen und für den Fall einer Belagerung zusätzlich verstärkt. Eine einzelne Kerze brannte auf dem schmucklosen Altartisch und flackerte, als Agnetha eintrat. Lächelnd betrachtete sie die geschnitzte Statue der Mutter Maria, die zur Linken des Altars auf einem niedrigen Podest ruhte. Sie erinnerte an die Schnitzereien in der Kapelle ihrer Familie in der Kirche des Nonnenklosters. Vielleicht hatte derselbe Künstler sie geschaffen.

Selbst die Natur konnte den Göttern kein Antlitz erschaffen so strahlend, wie es der Mensch den Göttern in Bildern erschuf, lehrte Hildebert von Tours. Aber er hatte die heidnischen Götter der Griechen und Römer gemeint, nicht die Andachtsbilder christlicher Kirchen. Und doch... Agnetha hatte in Aquilas Handschriften Nachzeichnungen heidnischer Kunstwerke aus der Stadt Rom gesehen, und sie war beeindruckt gewesen von der Realität ihrer Bewegung. Was mußte der Falkenmeister empfunden haben, dessen Augen vergleichbare Originale kannten?

Agnetha trat vor den Altar und bekreuzigte sich vor der Darstellung des Schmerzensmannes. Gesenkten Hauptes sprach sie das rituelle Gebet, und für einen Augenblick, nur für einen Augenblick, hatte sie wieder jenes Gefühl, das sie in der Sicherheit ihres Klosters empfunden hatte.

«Ehrwürdige Schwester?»

Sie wandte sich um. Vater Ludolpho war eingetreten und kam hinkend auf sie zu. Je weiter der Herbst voran schritt, desto schwerer schien ihm das Gehen zu fallen. Über die Natur seiner Krankheit hatten weder Amme Annafrid noch Aquila ihr etwas sagen können.

«Guten Morgen, Vater», erwiderte sie und neigte das Haupt. «Ich hatte Euch gesucht.»

Er nickte: «Das ist schön, ehrwürdige Schwester. Nun seid Ihr seit zwei Monaten bei uns und wir sind noch kaum dazu gekommen, uns zu unterhalten. – Bitte setzt Euch doch.»

Sie dankte dem Kaplan und setzte sich neben ihn auf eine Bank gegenüber dem Eingang des kleinen Gotteshauses. So konnten sie die Festvorbereitungen draußen im Hof beobachten, während sie sich unterhielten.

«Ich sehe voller Freude, daß unsere Gebete erhört wurden und Ihr offenbar völlig genesen seid.»

«Dank dem Herrn und Dank Aquilas Hilfe», erwiderte sie und schlug gleich darauf die Augen nieder, als er sie empört ansah.

«Ich will ehrlich zu Euch sein, Schwester, und ich hoffe daß Ihr ebenso ehrlich zu mir seid. Ihr könnt mir vertrauen, ich bin ein Freund Eures Bruders.»

«Ihr?» fragte sie überrascht.

Der Kaplan? Dieser Mann soll ein Freund Wasmods sein? Er kann kaum lesen und schreiben!

«Ja, Schwester, ich. Ich kenne Euren Bruder schon seit sehr langer Zeit, Jahre bevor er nach Italien ging und ein mächtiger Mann wurde. Und ich weiß auch, warum Ihr wirklich hier seid.»

Das war der entscheidende Satz. Sie hatte noch niemandem auf der Burg, noch nicht einmal Aquila, erzählt, daß ein völlig anderer Plan sich hinter ihrer Anwesenheit auf Burg Bodenteich verbarg. Hiervon konnte nur ein wirklicher Vertrauter des Magisters wissen.

«Mein Gott, Vater, warum habt Ihr mich dann nicht längst angesprochen? Was wißt Ihr von meinem Bruder?»

«Ganz ruhig, ganz ruhig, Schwester.» Er legte beschwichtigend seine gichtig verkrümmte Hand auf ihren Arm. «Es sieht zwar aus, als wären da draußen alle gut beschäftigt, doch die Wände haben Ohren auf Burg Bodenteich. Deswegen konnte ich mich Euch auch nicht früher offenbaren. Der Falkner hat gut aufgepaßt. Er war fast immer bei Euch.»

«Und Ihr traut ihm nicht?»

«Ich glaubte, das hättet Ihr inzwischen bemerkt. Ja, es stimmt, der Mann ist mir nicht geheuer. Ihr kennt ihn bisher nur von einer Seite: Er kennt sich aus mit Kräutern, viel zu gut, so sagen manche. Diesmal mag er sie eingesetzt haben, um Euch zu helfen, das nächste Mal vielleicht...»

Agnetha schluckte. Natürlich hatte sie bemerkt, wie oft das Thema gewechselt wurde oder Gespräche verstummten, sobald Aquila den Raum betrat, doch sie hatte das jener ganz besonderen Ausstrahlung zugeschrieben, die von ihm ausging, und eben dem Umstand, daß er die rechte Hand des Burgherrn war, jemand der zwar gerecht aber nicht eben zimperlich mit dem Gesinde umging. Noch nie hatte sie erlebt, daß jemand einen solchen Verdacht gegen Aquila offen aussprach.

«Ihr glaubt doch nicht, daß sich hinter all diesen... schrecklichen Geschehnissen Aquila verbirgt?» fragte sie fassungslos.

Eine eisige Hand schien sich um ihr Herz zusammenzukrampfen. Wie weit war ihre Blindheit gegangen?

«Ich weiß es nicht, Schwester, zumindest konnte ich es bisher noch nicht beweisen», gestand der Kaplan ein. «Deswegen wollte Euer Bruder ja nach Bodenteich kommen. Wir waren uns fast sicher, daß es der Falkner und niemand anders sein mußte, es fehlte einzig und allein der letzte Beweis. Aber wie es scheint, hat er mit seiner magischen Kunst herausgefunden, daß Ihr Euch der Burg nähertet. Ich fürchte sehr, Schwester, daß Euer Bruder nicht mehr am Leben ist. Sicherlich hat dieser Hexer auch versucht, Euch zu töten. Es ist ein Wunder, daß Ihr überlebt habt.»

«Aber weswegen hätte er mich dann gesundpflegen sollen?»

Er lachte bitter: «Aber er hat sich zuerst geweigert, Euch zu helfen, Schwester! Das hättet Ihr sehen sollen! Er sei kein Medicus, hat er gesagt und ein großes Spektakel veranstaltet. Dabei wußte er ganz genau, daß er der einzige im Umkreis einer ganzen Tagesreise war, der vielleicht Euer Leben retten konnte.»

«Aber er hätte mich sterben lassen können...»

«Und den Verdacht auf sich lenken? Nein, dafür ist er viel zu schlau! Stattdessen machte er sich lieb Kind bei Euch, gewann Euer Vertrauen. Und ich zweifle nicht daran, daß dieser Satan auch versucht hat, Euch zu seiner Hure zu machen!»

«Nein, das hat er nicht!» wehrte sie entschieden ab. «Er hat mich nicht einmal angefaßt.» Trotz allem fühlte sie das Bedürfnis, Aquila – und auch sich selbst – in Schutz zu nehmen.

«Oh, das hat er nicht nötig, Schwester! Seiner dämonischen Kunst stehen ganz andere Mittel zur Verfügung! Wißt Ihr denn überhaupt, wer er ist, dieser Aquila?»

Mit offenem Mund starrte sie den Kaplan an. Sein sonst so ruhiges, fast einfältiges Gesicht war zu einer grausamen Fratze verzerrt. Welche Angst hatte dieser Mann ausstehen müssen in der Überzeugung, daß er seit Jahren tagtäglich einem Hexer und Magier gegenüberstand, wissend und doch hilflos.

«Oh, Schwester, ich kann Euch sagen, wer Aquila ist: Ritter Wilbrand brachte ihn in seiner Sanftmut aus Italien mit, doch es war Sanftmut an der falschen Stelle. Dieser Aquila hat sein Schwert gegen den Heiligen Vater erhoben! Er hat an der Seite des ketzerischen Königs Manfred gekämpft! Manfred von Staufen, König von Sizilien, der Bastard des exkommunizierten Kaisers Friedrich, dessen Seele im ewigen Feuer der Hölle brennt! Einem Kreuzfahrerheer erst gelang es, den Teufel Manfred niederzuwerfen und die Stauferbrut zu zertreten. Seine Familie schmachtet noch immer in den Kerkern des Königreiches Sizilien. Doch nicht alle Schlangen wurden damals zertreten. Oh nein, einige der verderbtesten Anhänger dieses Manfred entkamen, und unter ihnen – Ritter Wilbrand weigert sich selbst in der Beichte offen darüber zu sprechen, aber so muß es gewesen sein – war auch Aquila. Einer der jüngsten, aber gewiß nicht der geringste dieser Teufel!»

«Aber ist das nicht alles lange Zeit vorbei, Vater?»

Seine Augen sprühten Blitze: «Lange Zeit vorbei, sagt Ihr? Und die ermordeten Heiligen Brüder? Und Euer eigener Bruder? Ist das auch lange her? Ich habe diesen Aquila lange beobachtet. Fast jede Nacht feiert er Götzendienste und spricht magische Zauber in seinem Hexentempel, ganz oben im Bergfried. Längst schon hätte ich versucht, ihm heimlich zu folgen, in der verzweifelten Hoffnung, Beweise zu finden, doch Ihr seht es selbst, der Herr in seinem für uns Menschen unerfaßbaren Ratschluß hat mir einen Körper gegeben, der mir diesen Dienst zu Seinem Wohle verweigert.»

Der Kaplan hielt inne, den gramerfüllten Blick noch immer auf Agnetha gerichtet. Endlich schlug er die Augen nieder und blickte hinaus auf den Burghof.

Es war so viel auf einmal. Ludolphos Worte waren schier unglaublich und doch mußte sie zugeben, daß die Beweise erdrückend waren, wenn man sie unvoreingenommen betrachtete.

Und sie mußte noch an etwas anderes denken, etwas das Vater Ludolpho nicht erwähnt hatte, weil er davon nichts wissen konnte: Das Rauschen gewaltiger Flügel in der Nacht am Rande des Sees... Flügel wie die eines Falken, aber um vieles größer als die eines Falken... oder die eines Adlers... Aquila.

Während Agnetha an ihrem Platz vor dem auf den See hinausgehenden Fenster stand und in den immer unfreundlicher werdenden Herbstnachmittag blickte, begann es zu regnen. Die halblauten Worte ihrer Schüler, die den heutigen Text besprachen, nahm sie kaum war. Am Vortag hatte sie ihnen ein neues Manuskript gegeben, einen Traktat aus der summa theologica des gelehrten Doktors von Aquin. Die Gedanken waren recht abstrakt, doch Thomas von Aquin hatte ein sehr klares und verständliches Latein geschrieben. Die Kinder des Burgherren waren jedenfalls fürs erste vollauf beschäftigt.

Sie sind heute soviel ruhiger als sonst, dachte sie, die bevorstehende Ankunft eines leibhaftigen Herzogs mit seinem Gefolge sollte ihnen doch weiß Gott Anlaß zur Aufregung geben. Adrian macht ein Gesicht, als stände der Jüngste Tag unmittelbar bevor. Spüren sie meine merkwürdige Stimmung und nehmen Rücksicht darauf? Oder ist es nur das schlechte Wetter, das ihnen auf das Gemüt drückt?

Agnetha wußte es nicht zu beantworten. Genauer gesagt konnte sie überhaupt keinen klaren Gedanken fassen, seit sie sich – in einer Knappheit, daß es kaum noch höflich war – von Vater Ludolpho verabschiedet hatte und, ihr Puls bis in die Kehle hinein jagend wie er das seit jener Nacht auf der Handelsstraße nicht mehr getan hatte, wieder in die Kemenate hinaufgestiegen war. Erst dort hatte sie bemerkt, daß sie überhaupt nicht dazu gekommen war, vor Vater Ludolpho ihre Beichte abzulegen. Aber konnte sie denn jetzt schon einschätzen, welche Sünden sie eigentlich begangen hatte? Nein, noch war sie weit davon entfernt, zu uneins mit sich selbst, um sich dem reinigenden Sakrament der Beichte zu unterziehen.

Zur Vesperzeit war Amme Annafrid zu ihr gekommen. Aquila habe angefragt, ob sie gemeinsam ein kurzes Mahl einnehmen wollten, bevor er mit seinen Männern am Schmuck der Festhalle letzte Hand anlegte. Agnetha hatte eine Mattigkeit vorgeschützt und die Amme gebeten, sie bei dem Falkenmeister zu entschuldigen. Sie konnte jetzt nicht mit ihm sprechen.

Alles schien in der Luft zu hängen. Wie sollte sie dem Falkner begegnen, wenn sie nicht einmal wußte, was sie von sich selbst halten sollte? Was hatte sie nicht für Worte mit Aquila gesprochen? Nicht nur seine eigenen Gedanken: Hatte er nicht auch sie dazu gebracht, an der Weisheit der Heiligen Mutter Kirche zu zweifeln? Sie war so weit gegangen, Positives über den Ketzerhof dieses Satans Manfred zu sagen. War das die teuflische Verführungskunst des Falkenmeisters, oder hatte es die gar nicht gebraucht? War es ein teuflischer Samen, der seit ihrer Geburt in ihrem Herzen ruhte? Sie hatte die Worte der Apostel, die die Frauen als schwach und verführbar brandmarkten, seit ihrer Kindheit gekannt und dennoch... in ihrem grenzenlosen Hochmut hatte sie bis zuletzt geglaubt, das alles träfe auf sie selbst nicht zu. Für eine Wissenschaftlerin hatte sie sich gehalten, die den Dingen auf den Grund gehen wollte, dabei war sie keinen Deut besser als jener Ketzer Abaelard, dcr in seiner – zweifellos vom Teufel eingegebenen – wissenschaftlichen Neugier den Weg, die Wissenschaft, für absolut erklärt und dabei sein Ziel, den Glauben, verloren hatte.

Und dann die Ereignisse dieses Morgens. Auf der Lichtung hatte sie sich dem Falkenmeister näher gefühlt als je zuvor einem Mann.

Was wäre wohl geschehen, wenn wir nicht unterbrochen worden wären, wenn nicht dieser Schatten... Himmel, im Dorf sagte er, er habe sich getäuscht, aber wenn so vieles andere gelogen ist, dann vielleicht auch das. Hat er sich mit irgend jemandem getroffen? Mit dem Nigromanten selbst? Heilige Mutter Maria, vielleicht war es so, vielleicht ist Aquila auch nur ein Verführter, gefangen von einer Macht, die stärker ist als selbst sein stolzer Wille.

Aber das konnte nicht sein, wenn das zutraf, was der Kaplan sagte. Er hatte dem Falkner von Anfang an mißtraut. Und das, was den Magister angegriffen hatte, war etwas wie ein Raubvogel gewesen. Und wer konnte sich besser darauf verstehen, eine solche Kreatur zu kontrollieren als Aquila?

Die Stunden des Nachmittags schleppten sich dahin. Noch vor Anbruch des Abends wurde der Herzog erwartet. Ritter Wilbrand schaute in der Kemenate vorbei und bat die Augustinerin, sich in einer Stunde auf dem Burghof einzufinden, um ihn als Teil seines Gefolges zum Rand des Dorfes zu begleiten, wo sie die Ankunft Herzog Ottos erwarten wollten.

Agnetha sagte natürlich zu. In einem Gefühl der Nachdenklichkeit blickte sie dem Burgherrn nach, als er den Raum verließ.

Natürlich wird auch Aquila dabei sein. Wenn ich noch eine Chance haben will, alleine mit ihm zu sprechen, so muß ich jetzt zu ihm gehen. Ist erst das gesamte herzogliche Gefolge auf der Burg einquartiert, wird es zu spät sein. Wir werden dann keine Gelegenheit mehr zu einer Unterredung bekommen. Woher nur nehme ich diese Überzeugung? Aber was gibt es überhaupt noch zu besprechen? Was, wenn seine magische Kraft ihm längst gezeigt hat, daß Vater Ludolpho mich ins Vertrauen gezogen hat, daß ich nun weiß, wer er wirklich ist. Wird er nicht versuchen, erneut Macht über mich zu erlangen... oder Schlimmeres?

Und doch war da eine Stimme in ihrem Herzen, klein und verborgen, aber nicht zum Schweigen zu bringen, eine Stimme, die ihr schwach, aber unüberhörbar befahl, nicht auf die Worte jenes größeren, weit stärkeren Teils ihres Ichs zu hören. Eine Stimme, die ihr sagte, daß dem Aquila, den sie kannte, all dies nicht zuzutrauen war, eine Stimme, die ihr sagte, daß dieser Mann zumindest eine Unterredung verdiente.

Otto, genannt der Strenge, Herzog von Lüneburg – und eigentlich auch von Braunschweig – war ein Mann um die dreißig. Seine Erscheinung war die eines Ritters, er machte eine höchst eindrucksvolle Figur im Sattel, sicherlich, doch der überdeutliche Hang zur Fettleibigkeit war kaum zu übersehen.

Als Ritter Wilbrand und seine Begleiter ihn an den ersten Häusern des Dorfes begrüßten, war der Herzog auf den ersten Blick kaum von den Männern seiner Leibgarde zu unterscheiden. Die Reiter trugen allesamt dunkle Wettermäntel und hatten die Kapuzen weit in die Gesichter gezogen. Erst als sich zwei von ihnen aus der Gruppe lösten und ihre Pferde auf den Herrn von Bodenteich zulenkten, erkannte ihn Schwester Agnetha an der kostbaren Fibel, die seinen Mantel zusammenhielt. An seiner Seite ritt ein vierschrötiger alter Krieger, offenbar ein Leibwächter.

«Bodenteich ist geehrt, Euch wieder in seinen Mauern begrüßen zu dürfen, Herr», wandte sich der Burgherr an Herzog Otto.

Der Angesprochene nickte: «Das weiß ich, Wilbrand, aber warum spart Ihr Euch diese Worte nicht bis heute abend. Für Diplomatie und

Zeremonie haben wir noch genug Zeit, und das können die frommen Kleriker sowieso besser als wir erledigen. Im Augenblick könnt Ihr mir die größte Freude mit einem guten Essen und einem heißen Würzwein machen. Wenn Ihr beides vorbereitet habt, will ich Euch immer meinen Freund nennen!»

Ritter Wilbrand lächelte: «Beides steht Euch zur Verfügung.»

Der Herzog nickte beruhigt: «Dann ist es gut. Und nachher will ich mit Eurem Falkenmeister sprechen, der mir schon einmal so gute Dienste geleistet hat. Ach, dort drüben ist er ja. Seid gegrüßt, Meister Aquila!»

Der Falkner neigte das Haupt und erwiderte den Gruß höflich: «Herr.»

Der Herzog wandte sich wieder Ritter Wilbrand zu: «Er mag kein Mann der vielen Worte sein, aber was er mir bei unserer letzten Begegnung berichtet hat, überstieg das Wissen meiner eigenen Falkner im selben Maße, wie die Höhe der Gebirge Italiens die Hügel unserer Heimat übertreffen. Ihr seid Euch ganz sicher, daß Ihr ihn nicht verkaufen wollt? Ich gäbe Euch ein halbes Dorf für ihn, mit Zehnt- und Gerichtsrecht.»

Wilbrand lächelte, aber er schüttelte den Kopf: «Er ist nicht mein Dienstmann, Herr, sondern mein Freund, ganz wie ich es Euch schon beim letzten Mal sagte. Ich kann ihn Euch nicht verkaufen. Er war ein Waffenbruder meines Vaters und nun ist er die gute Seele von Burg Bodenteich.»

Der Herzog gab sich geschlagen: «Ob er eine gute Seele ist, mögen andere als ich beurteilen, aber eine solche Meisterschaft in seinem Handwerk kann ich mir bei einem bösen Menschen kaum vorstellen. Falken sind keine dummen Tiere: Sie spüren die Bosheit der Schurken. Doch wie dem auch sei. Mir ist wirklich kalt, laßt uns reiten!»

Die Begleitung des Herzogs war kleiner als man auf Burg Bodenteich erwartet hatte, doch das bemerkten die Gastgeber erst, als die Reisenden bereits den durch die sumpfigen Ausläufer des Sees führenden Damm überquerten. Aquila hatte Nachtquartiere für fünfzig Personen vorbereiten lassen, doch jetzt stellte sich heraus, daß Herzog Otto nur ein Dutzend Bewaffnete und einige Geistliche und Diener bei sich hatte.

Schwester Agnetha ritt einige Meter hinter dem Herzog und dem

Burgherrn. Sie konnte jedes Wort ihrer Unterhaltung verstehen.

«Schnelligkeit ist im Augenblick wichtiger als alles andere», erklärte der Herzog, als sie vor dem Palas von den Pferden stiegen. Dieser Palas war ein festes Backsteingebäude gegenüber dem Tor, in dem sich sowohl die Festhalle als auch die Unterkünfte für die hochrangigen Gäste befanden.

«Die Herzogin ist mit ihren Damen in Celle geblieben. Dort ist sie zur Zeit besser aufgehoben als irgendwo anders. Die Straßen sind unsicher... aber das wißt Ihr wohl besser als jeder andere», fügte er mit einem scharfen Blick auf den Burgherrn hinzu.

Doch als dieser antworten wollte, hob der Herzog abwehrend die Hand: «Nicht jetzt, Wilbrand, wir wollen das heute abend in Ruhe besprechen.»

Er sah sich auf dem Hof um: «Die Burg ist jedenfalls in gutem Zustand, soweit ich das sehe. Ich gehe davon aus, daß auch die Vorratskammern gut gefüllt sind. Die Zolleinnahmen fließen reichlich, nehme ich an?»

«Wir können nicht klagen, Herr. Meister Hagen und Vater Ludolpho haben die Zahlen für Euch festgehalten, wenn Ihr sie sehen möchtet.»

«Das kann sich mein Kanzler ansehen, dafür habe ich ihn mitgenommen. Meine Geduld für diese Dinge war noch nie besonders groß. Anders als Ihr halte ich das Lesen für eine Kunst, die sich für den Adel nicht geziemt. Doch ich möchte Euch nun jemanden vorstellen.»

Er sah sich um und winkte einen seiner Begleiter heran, einen hageren, glatzköpfigen Mann mit stechendem Blick und einer leuchtendroten, kreuzförmigen Narbe auf der Stirn. Sein dunkler Rock reichte bis zum Boden, in den weitgeschnittenen Ärmeln verschwanden selbst die vor dem Bauch gefalteten Hände.

«Ritter Wilbrand, dies ist Bruder Edgar vom Orden des Heiligen Dominicus. Der Heilige Vater hat ihn zum Inquisitor für die Kirchenprovinz bestellt.»

Der Burgherr blinzelte, doch er hatte sich sofort wieder unter Kontrolle. «Bruder Edgar», sagte er ruhig und deutete eine Verbeugung an, «ich heiße Euch auf Burg Bodenteich willkommen.»

«Ich danke Euch, Ritter Wilbrand», erwiderte der Dominikaner knapp und ließ den Burgherrn keinen Augenblick aus den Augen.

Worauf wartet er, dachte Agnetha, die von der Erscheinung des Mannes ebenso eingeschüchtert war wie der Herr von Bodenteich.

«Es ist mir eine Freude, einen Ordensbruder des Doktors von Aquin auf Bodenteich begrüßen zu dürfen», fügte Wilbrand hinzu.

«Es wundert mich nicht, daß Ihr Thomas von Aquin erwähnt», sagte der Dominikaner. «Als Förderer der Wissenschaft und des Glaubens seid Ihr ein großes Vorbild für andere Männer Eures Standes. Wie ich höre, habt Ihr eine Lehrerin für Eure Kinder nach Bodenteich geholt, eine Augustinerin?»

Überrascht sah Wilbrand hinüber zu Schwester Agnetha.

Der Magister scheint nicht der einzige zu sein, der seine Spione auf Burg Bodenteich hat, dachte sie. Wie schnell haben die Dominikaner davon erfahren? Und was wissen sie noch?

«Schwester Agnetha ist eine sehr fromme und gelehrte Dame», erwiderte Wilbrand schließlich. «Soweit ich das beurteilen kann, machen meine Kinder sehr große Fortschritte.»

«Das ist erfreulich», nickte Bruder Edgar und blickte die Nonne an.

«Dies ist Schwester Agnetha, Herr», stellte der Burgherr rasch vor.

«Ehrwürdige Schwester», sagte der Dominikaner höflich und wandte sich dann rasch zu Wilbrand um. «Warum habt Ihr mir nicht die ganze Wahrheit gesagt?» fragte er streng.

«Ich...»

«Sie ist nicht nur fromm und gelehrt, Ritter Wilbrand», sagte er ohne Lächeln, «sondern auch wunderschön.»

Mit einer Verbeugung zu der Nonne wandte er sich um und betrat hinter seinem Herrn den Palas.

«Ein sehr gefährlicher Mann», sagte eine leise Stimme in ihrem Rücken. Sie wandte sich um. Aus Aquilas Gesicht sprach tiefe Besorgnis.

Das Gesinde der Burg hatte sich alle Mühe gegeben, das zur Ankunft des Landesherrn angesetzte Fest auf das Prächtigste auszurichten. Nicht umsonst hatte Herzog Otto den Herrn von Bodenteich schon Wochen im voraus von seinem bevorstehenden Besuch unterrichtet: Er erwartete einen standesgemäßen Empfang, eine Festtafel vor allen Dingen, und eine Beköstigung für sich und sein Gefolge, die seiner hohen Stellung angemessen war. Besonders Aquila, in dessen Händen auf Geheiß Ritter Wilbrands die Vorbereitungen gelegen hatten, war unermüdlich bei der Sache gewesen, und was er binnen Kurzem zustande gebracht hatte, konnte sich wirklich sehen lassen.

Aufgrund der Ereignisse des Tages hatte Schwester Agnetha den fertig hergerichteten Festsaal noch nicht zu Gesicht bekommen, und so war sie nicht weniger überrascht als die neu angekommenen Gäste, als sie den großen Raum nun an der Seite des Falkenmeisters betrat.

Die Veränderungen, die in der kurzen Zeit in dem an sich finsteren und nur von wenigen, auf den Burghof hinausgehenden Fenstern erhellten Saal vor sich gegangen waren, verschlugen ihr fast den Atem. Nicht nur, daß das gesamte Stroh, das den Fußboden wie üblich bedeckte, ausgetauscht worden war und daß die sonst kahlen Wände in regelmäßigen Abständen mit bunten Wandbehängen dekoriert waren – zu ihrer Überraschung erkannte sie darunter auch die Wandteppiche aus ihrer Kemenate, welche die Bedienten erst in der letzten halben Stunde angebracht haben konnten, denn am Nachmittag waren sie noch an Ort und Stelle gewesen – nein, am meisten verblüffte sie die Helle und Freundlichkeit des Raumes. Zusätzlich zu den Pechfackeln, die heute lediglich nahe der Fenster, wo ihr lästiger Qualm in den Hof abziehen konnte, in ihren Halterungen ruhten, hingen zwei gewaltige metallene Kandelaber von der Decke, gewaltige Schmiedearbeiten, von denen jede zwei oder sogar drei Dutzend Kerzen trug. Es war natürlich eine ungeheure Verschwendung: Nicht einmal die Kirche der Augustinerinnen konnte sich einen solchen Luxus leisten, und sei es zur größeren Ehre Gottes. Hinzu kam, daß sämtliche Wände der Festhalle frisch gekalkt waren. Die jahrzehntealten Rußstellen über den Fackelhaltern waren nicht mehr auszumachen. Etwa auf halber Höhe, vielleicht zwei Meter über dem Boden liefen Girlanden aus Stroh und bunten Bändern an sämtlichen Wänden entlang, und darunter standen abwechselnd Diener in den Farben der herzoglichen Familie und der Ritter von Bodenteich.

Der Herzog war einige Schritte in den Raum hineingetreten und blieb dann wie angewurzelt stehen, als er der Veränderungen gewahr wurde. Offenbar erinnerte er sich von seinem letzten Besuch her noch gut an die Räumlichkeiten. Seine Lippen waren staunend geöffnet, doch Agnetha glaubte auf seinem teigigen Gesicht auch einen Anflug von Begehrlichkeit auszumachen.

«Ich fürchte, Ihr habt es übertrieben», sagte sie leise zu Aquila. «Nun wird er nur um so mehr darauf aus sein, Bodenteich an sich zu bringen.»

«Das ist das Risiko», erwiderte der Falkner verhalten. «Aber es ist auch unsere größte Chance: ihn so zu beeindrucken, daß er jeden Gedanken an eine Machtprobe von vornherein aufgibt. Paßt gut auf: Ritter Wilbrand hat sich etwas ganz Besonderes einfallen lassen.»

Aquila löste sich von ihrer Seite und trat jetzt vor seinen Herrn und den Herzog, um ihnen, in die Rolle des Haushofmeisters schlüpfend, ihre Plätze anzuweisen. Agnethas Augen folgten seinen Bewegungen und jetzt erkannte sie auch, was er mit seinen Worten gemeint hatte.

Am Kopfende der großen Tafel, dort wo für gewöhnlich der Burgherr mit seiner Familie, Aquila, Ludolpho und seit ihrer Ankunft auch Agnetha selbst ihre Plätze hatten, war ein hölzernes Podest errichtet worden, vielleicht zwei Fuß hoch, zu dem einige Stufen hinaufführten. Auf den Brettern war ein gesonderter Tisch aufgestellt worden und hinter diesem zwei Stühle mit reich verzierten Lehnen, auch diese geschmückt mit den Farben der herzoglichen und der ritterlichen Familie.

Ritter Wilbrand zeigt, daß er dem Herzog in jeder Beziehung gleichkommt. Wo immer es möglich ist, empfängt er ihn nicht wie seinen Landesherren sondern wie einen gleichgestellten Nachbarn. Die Frage ist nur, ob der Herzog das mitmacht. Wenn er sich dagegen verwahren will, ist jetzt die Gelegenheit.

Herzog Otto blickte irritiert von Aquila zu dem Podest und dann auf Ritter Wilbrand. Der Burgherr nickte ihm höflich lächelnd zu.

Als sei es eine Auszeichnung, daß er als geehrter Gast an der Seite seines Gastgebers sitzen darf.

Einen Augenblick später hatte der Herr der Burg Bodenteich sein Spiel gewonnen. Der Herzog schritt an Aquila vorbei und erklomm das Podest. Seiner Miene nach hätte man allerdings annehmen können, er bestiege das Schafott. Ritter Wilbrand wartete, bis der Herzog Platz genommen hatte und folgte ihm dann. Währenddessen wies Aquila den übrigen Gästen ihre Stühle an.

Agnetha selbst wurde ein Platz an einer unmittelbar unterhalb des Ehrentisches aufgestellten Tafel angeboten, wo sich nun auch Aquila, die Kinder des Burgherrn, der Kaplan und die Amme zu ihr gesellten, sowie von den Begleitern des Herzogs Bruder Edgar und der Befehlshaber der Leibgarde, ein alternder, vierschrötiger Mann, dessen Gesicht von einer Narbe entstellt wurde, die sich quer über die linke Gesichtshälfte zog. Das linke Auge wurde von einem schmalen dunklen Tuchstreifen verdeckt.

«Ihr kennt Siverd von Saldern, Schwester Agnetha?» fragte Aquila.

Sie schüttelte den Kopf. Natürlich kannte selbst sie den Namen des halb berühmten, halb berüchtigten Söldnerführers, doch sie waren sich noch niemals persönlich begegnet.

«Schwester Agnetha aus dem Kloster der Augustinerinnen, Herr», wandte der Falkner sich an den ihm Gegenübersitzenden. «In ihren Händen liegt die Erziehung von Ritter Wilbrands Kindern auf Burg Bodenteich.»

Siverd von Saldern lächelte. Jedenfalls vermutete die Augustinerin, daß es ein Lächeln sein sollte, doch mehr als eine Grimasse brachten seine entstellten Gesichtszüge nicht zustande.

«Meine jüngste Tochter ist im vergangenen Jahr Eurem Konvent übergeben worden, Schwester. Seid Ihr ihr vielleicht begegnet?»

«Die Welt hinter unseren Klostermauern ist recht klein und übersichtlich, Herr. Natürlich kenne ich Eure Tochter. Sie gehört zu unseren fleißigsten Novizinnen. Soviel ich weiß, hat die Schwester Cellerarin sie in ihre Obhut genommen.»

Für gewöhnlich geschah eben dies mit den jungen Mädchen, die in den Novizinnenstand eintraten und beim besten Willen keine besondere Begabung für eine der vielfältigen Aufgaben zeigten, welche die Nonnen neben ihren geistigen Pflichten wahrnahmen. Doch das sagte sie dem alten Krieger natürlich nicht.

Das Gespräch verstummte, als sich Ritter Wilbrand erhob, um noch einmal einige Begrüßungsworte zu sprechen.

«Männer und Frauen von Bodenteich! Es ist uns eine Freude, heute nach mehr als zehn Jahren wieder unseren angestammten Herzog auf Burg Bodenteich begrüßen zu dürfen. Ich möchte, daß jeder Einzelne von Euch unserem Gast solange er sich hier aufhält mit derselben Treue und Aufrichtigkeit dient wie mir, denn auch ich will ihm aus Freundschaft dienen wie meinem Herrn.»

‚Wie meinem Herrn', sagt er. So unterwürfig das auch klingt, bedeutet es nicht zugleich, daß der Herzog eben nicht sein Herr ist? Er dient ihm nur aus Freundschaft und solange es ihm gefällt. Die Worte sind höflich und herausfordernd zugleich. Es ist nur eine Kleinigkeit, zu unbedeutend, um darüber in einen Streit auszubrechen. Und ich möchte wetten, daß der Herzog sie hinnimmt.

Der Herzog nickte stumm und gab Siverd von Saldern ein Zeichen, an seiner Stelle zu antworten.

«Unser aller Herr, Otto aus dem Geschlecht der Welfen, nach dem Walten der Gnade Gottes als zweiter seines Namens Herzog von Braunschweig und von Lüneburg, dankt Euch für Eure Worte, Ritter

Wilbrand. Wir sind geehrt durch die Aufnahme, die wir alle und insbesondere unser Herr auf Burg Bodenteich erfahren hat.»

Ritter Wilbrand hob seinen Becher, der auf dem Tisch vor ihm stand. «Auf das Geschlecht der Welfen und das Herzogtum. Mögen beide noch lange blühen.»

Siverd von Saldern blickte zum Herzog, der fast unmerklich den Kopf schüttelte. Der Söldnerführer setzte sich wieder ohne getrunken zu haben.

Was ist das? Bisher hat er nur die Worte aufgesagt, die er auswendig gelernt hat. Und nun? Erscheinen sie unangemessen? Eigentlich müßte er einen Trinkspruch auf die Ehre von Bodenteich ausbringen.

Verwirrt ging ihr Blick zu Aquila. Die Miene des Falkenmeisters spiegelte tiefste Besorgnis.

Zu ihrer Überraschung erhob sich nun Bruder Edgar:

«Die Ehre Gottes scheint mir der beste, wenn nicht gar der einzige Anlaß, um darauf sein Glas zu leeren», sagte er mit rauher Stimme. «Auf die Ehre und Gnade Gottes!»

Alle Anwesenden griffen den Spruch auf: «Auf die Ehre und Gnade Gottes!»

Agnetha setzte ihren Becher an die Lippen. Der Wein schmeckte bitter wie die Verheißung schlimmen Unglücks.

Auch was die Speisen selbst anbetraf, hatten die Gastgeber keine Kosten gescheut. Es gab verschiedene Sorten Fleisch und Geflügel – diesmal allerdings keinen Reiher – außerdem allerlei Gemüse und süße Grütze, die so dick war, daß der Löffel darin stehen blieb. Dazu wurde mit Wasser verdünnter Wein, Bier und Apfelwein gereicht. Wie auch der Falkenmeister trank Agnetha nur mäßig; sie erwartete, daß es noch an diesem Abend zu einem ernsten Gespräch mit dem Herzog kommen würde.

Die meisten der Bewohner der Burg Bodenteich waren während des Mahles in Gedanken versunken. Aquila und Schwester Agnetha aßen schweigend, und selbst die Kinder des Burgherren waren wie den ganzen Tag schon offenbar in eher gedrückter Stimmung.

Einzig Vater Ludolpho hatte von Anfang an das Gespräch mit Bruder Edgar gesucht und war nun, als die meisten von ihnen gesättigt waren, begierig, mehr zu erfahren von der Tätigkeit des neuen Inquisitors.

«Ihr wißt, daß wir uns hier in einer ganz besonderen Gegend befinden?» sagte der Kaplan, während er einen weiteren Bissen von den Schweinelendchen nahm, den besten übrigens, die Agnetha je gegessen hatte. Die Köche der Burg hatten sich wahrhaftig übertroffen.

Der Dominikaner sah Ludolpho ausdruckslos an.

«Ihr wißt nichts davon?» ergriff dieser die Gelegenheit. «Noch vor zwei Generationen, Bruder Edgar, gab es ganz hier in der Nähe echte Heiden. Nein, nicht allein Ketzer und Häretiker, die vom Glauben an unseren Herrn Jesus Christus abgefallen waren, wie sie Euch bei Eurer heiligen Pflicht begegnen, sondern Menschen, die ihre alten Götter verehrten, teuflische Drachen- oder Schlangengeschöpfe. Gar nicht weit von hier und trotz der Nähe des Augustinerinnenklosters, aus dem Schwester Agnetha zu uns gekommen ist.»

«Damals kamen Schwester Agnethas und auch Ritter Wilbrands Verwandte in dieses Land», ergänzte Aquila. «Auf den Rat des Bischofs von Halberstadt hin ließen sie in einem der betroffenen Dörfer eine Kirche errichten und der Spuk war ebenso schnell vorbei wie er begonnen hatte.»

«Immerhin», unterbrach Ludolpho, «der Vorfall verrät einiges über die Stetigkeit des Glaubens bei den Menschen in unserer Gegend, findet Ihr nicht auch, Bruder Edgar?»

«Ich habe mir noch kein rechtes Bild machen können», erwiderte der Inquisitor ausweichend, während er den Kaplan aber zugleich aufmerksam musterte. «Ich befinde mich noch auf der ersten Inspektionsreise durch das mir anvertraute Land. Herzog Otto war so freundlich mir zu gestatten, mich seinem Gefolge anzuschließen. In vielen Dörfern wird der Inquisitor der Heiligen Kirche nicht besonders gern gesehen.»

Auch diese Worte hatte er völlig ausdruckslos gesprochen. Er überließ es seinen Zuhörern, sich zu überlegen, ob auch Bodenteich zu diesen Dörfern zählte oder nicht.

Der Herzog und Ritter Wilbrand waren an den unteren Tisch getreten.

«Ich denke, es ist jetzt an der Zeit, die Fragen zu besprechen, die uns alle bewegen», sagte der Herzog. «Gibt es einen Raum, in dem wir ungestört reden können?»

«Ist es Euch recht, wenn wir hinauf in die Kemenate gehen, Schwester?» wandte sich der Burgherr an Agnetha. «Es ist wirklich kalt geworden und diesen Raum können wir beheizen.»

«Selbstverständlich.»

«Wenn es Euch recht ist», wandte sich Ritter Wilbrand wieder an den Herzog, «würde ich gerne Aquila und Vater Ludolpho zu meinen Bürgen machen.»

Der Herzog nickte: «Siverd von Saldern und Bruder Edgar werden mich begleiten. Und ich wäre erfreut über die Gesellschaft von Schwester Agnetha.»

Es wären drei und drei. Schon das klingt nach einer Verhandlung zwischen Gleichgestellten. Aber warum will er auch noch mich dabeihaben? Er wird sich doch denken können, daß ich eher den Bodenteichern zuneige. – Doch nein, Mutter Maria, ich bin Nonne, natürlich muß er das Gegenteil annehmen! Wo anders könnte ich stehen als auf der Seite der Heiligen Inquisition.

Mit einem Kopfnicken wies Ritter Wilbrand seine Söhne an, sich während seiner Abwesenheit der Gäste anzunehmen. Sie verließen die Festhalle und überließen das einfache Gefolge seinen Tafelfreuden. Nacheinander stiegen sie die schmale Holztreppe hinauf, die in das Innere der Kemenate führte, in den Raum, der Schwester Agnethas Krankenstube gewesen war und in dessen Ecke noch immer ihr Schlaflager aufgeschlagen war, jetzt diskret hinter einem Vorhang verborgen. Das Lesepult, an dem sie die Kinder des Burgherrn unterrichtete, stand vor dem mittleren der drei auf den See hinausgehenden Fenster, deren Laden man aber bereits vor Stunden geschlossen hatte, um die kalte, neblige Luft am Eindringen in den Raum zu hindern. An der den Fenstern gegenüberliegenden Wand war im Kamin ein Feuer entzündet worden. Dieser Kamin war eine äußerst sinnreiche Konstruktion, denn er beheizte zugleich auch die beiden Räume auf der gegenüberliegenden, auf den Burghof blickenden Seite des Hauses, in denen der Burgherr mit seinen Söhnen sowie die kleine Riva und Amme Annafrid schliefen.

Bruder Edgar trat an das Lesepult und nahm das Pergament auf, an dem sie zuletzt gearbeitet hatten. Agnetha beobachtete ihn, wie er mit gewissenhafter – und wenig freundlicher – Miene den Text überflog. Erst dann nickte er beifällig:

«Die summa theologica. Ein wahrhaft erbaulicher Text. Vielleicht etwas ungewöhnlich als Anfangslektüre, aber ansonsten sicherlich eine gute Wahl.»

«Jede andere Wissenschaft, also auch die Philologie, ist nur eine Magd der Theologie, Herr», zitierte Agnetha den altbekannten Satz, den Mutter Mechthild ihr als junges Mädchen so oft heruntergebetet hatte, wenn sie sich in ihrer Begeisterung für den Witz und die Perfektion der lateinischen Satzkonstruktionen allzusehr hatte gefangennehmen lassen.

Der hagere Dominikaner blickte sie zweifelnd an, doch dann nickte er erneut: «Gut gesprochen, Schwester Agnetha. So wie ich es erwartet hatte.»

Auf Aquilas Geheiß brachten zwei Dienstboten weitere Stühle in den Raum und stellten sie rund um den Kamin auf. Die Männer und Schwester Agnetha ließen sich nieder, während auf einen Wink des Falkenmeisters ein weiterer Diener dampfenden Würzwein hereintrug und vor jedem von ihnen einen Becher abstellte.

«Auf Eure Gesundheit!» prostete der Burgherr dem Herzog zu.

Diesen unverfänglichen Spruch griff Herzog Otto auf: «Und auf die Eure!»

Alle tranken, Siverd von Saldern dabei mit einem solchen Durst, daß der Diener ihm sofort nachschenken mußte und sich weiter hinter seinem Stuhl bereithielt.

«Ihr seid ein großer Freund des Weines, scheint mir», lächelte Ritter Wilbrand.

«Des Weines, der Waffen und nicht zuletzt der Frauen!» lachte der alte Haudegen. «Doch auf meine alten Tage gewinnt der Wein eindeutig die Oberhand.»

«Ihr solltet Euch von allen drei Dingen fernhalten, Herr», ermahnte Vater Ludolpho. «Die Liebe zu Gott sollte für einen guten Christenmenschen immer an erster Stelle stehen.»

«Drei Stände hat der Herr geschaffen», wandte Aquila ein. «Das Gebet zu Gott ist die Aufgabe des Ersten, die Arbeit auf dem Felde die des Zweiten und das Waffenhandwerk die des Dritten. Ich glaube nicht, daß die Heilige Mutter Kirche das neuerdings bestreitet.»

«Nein, das tut sie nicht», sagte der Inquisitor mit leiser Stimme, «doch sie schätzt weder übertriebene Tollkühnheit noch Unkeuschheit.»

«Ich fürchte, aus mir werdet Ihr keinen Heiligen mehr machen», bedauerte Aquila.

«Nicht jeder ist dazu geboren, ein Heiliger zu sein, Meister Aquila», erwiderte der Inquisitor.

Dieser Mann ist mit Sicherheit der verständnisvollste Vertreter der Heiligen Inquisition, von dem ich je gehört habe, dachte Agnetha.

Versucht er, uns zu unbedachten Äußerungen zu verleiten? Ich wünschte, Aquila wäre vorsichtiger mit dem was er sagt. Doch, Heilige Jungfrau, wenn er nun wirklich ein Ketzer und ein Hexer ist, wie dürfte ich auf etwas anderes hoffen, als daß er sich mit seinen Worten selbst entlarvt?

Der Falkenmeister nickte, und damit war das Thema erledigt. Der Herzog ergriff das Wort:

«Ich werde offen sprechen, Ritter Wilbrand, und ich erwarte, daß Ihr und die Euren dasselbe tut. Wir wissen Bescheid, schon seit einer ganzen Weile. Wir wissen von den Ketzern, wir wissen vom Tod der beiden Kleriker und wir wissen vom Verschwinden von Schwester Agnethas Begleiter.»

Die Augustinerin nickte, und sie war selbst überrascht, wie ruhig sie die Worte hinnahm.

Was auch sie offensichtlich nicht wissen, ist, daß dieser Begleiter kein geringerer war als der päpstliche Legat.

«Es wurde keine Klage erhoben», verteidigte sich der Burgherr. «Wir waren nicht verpflichtet, diesen Fall zu verfolgen.»

«Niemand macht Euch einen Vorwurf deswegen. Die Morde fielen in Eure Zuständigkeit, Ihr seid Inhaber der Gerichtsbarkeit in Bodenteich und all den Orten, die zum Bereich Eurer Burg gehören. Bruder Edgar hat die entsprechenden Urkunden durchgesehen und die Rechtslage geprüft.»

«Und doch werdet Ihr versuchen, Euch einzumischen», sagte Aquila leise.

Der Herzog warf ihm einen undeutbaren Blick zu, doch es war Bruder Edgar, der das Wort ergriff.

«Herzog Otto wird sich nicht einmischen, Meister Aquila. Es ist jetzt nicht die Stunde, zu entscheiden, ob Ritter Wilbrand als Gerichtsherr versagt hat oder nicht... Es gab keine accusatio, also gab es kein Gericht. Ich allerdings bin vom Heiligen Vater zum Inquisitor bestellt worden; ich benötige keine Anklage, um ein Verfahren zu eröffnen, und ich ziehe die Untersuchung hiermit an mich.»

«Das könnt Ihr nicht», erwiderte Aquila mit ruhiger Stimme.

«Warum sollte ich es nicht können?»

«Weil der Papst der Heiligen Inquisition diese Vollmachten nur für Fälle von offenbarer Häresie erteilt hat.»

Ludolpho starrte ihn an: «Wollt Ihr sagen, zwei, vielleicht drei tote Kirchenmänner reichen Euch nicht aus? Mord reicht Euch nicht aus?»

«Mord kann auch von Rechtgläubigen verübt werden.»
«Und Dämonenbeschwörung?»
«Schon die Heilige Schrift berichtet von Dämonen. Ich sage nicht, daß es eine gute Tat ist, sich ihrer Kräfte zu bedienen, aber was ist daran häretisch?»
«Ich behaupte, daß die Praxis der Dämonenbeschwörung häretisch ist», sagte der Inquisitor.
Ritter Wilbrand blickte hilfesuchend zu Aquila.
«Wir bestreiten das», erwiderte der Falkenmeister. «Ja, wenn es sein muß, bestreiten wir sogar, daß es in Bodenteich überhaupt Dämonenbeschwörung gegeben hat.»
Der Herzog lächelte: «Dann dürfte es Sache des Bischofs sein, über die Zuständigkeit zu entscheiden.»

«Verflucht, sie haben uns!» schimpfte Ritter Wilbrand, als sie allein waren. «Dieser Bischof Konrad von Verden ist Herzog Ottos Onkel. Er ist schon ein alter Mann, aber er ist ein Fuchs! Wenn er sich einmischt, können wir uns auch gleich dem Herzog ausliefern. Dann liegt die Zukunft von Bodenteich in seiner Hand. Der Herzog oder die Inquisition – welch eine Wahl!»
Nachdem die Fronten klar abgesteckt waren, hatten sich die Gäste früh zurückgezogen, vermutlich in der Zuversicht ihres baldigen Sieges, während Ritter Wilbrand seine Vertrauten zu einer nächtlichen Besprechung gebeten hatte. In fast allen Gebäuden der Burg waren die Herzoglichen einquartiert worden. Diese Räume waren nicht sicher vor Spionen. Deswegen hatte der Burgherr Aquilas Vorschlag, sich im Bergfried zu besprechen, gerne angenommen.
Es war das erste Mal, daß Agnetha die Räume des Falkenmeisters betrat. Natürlich war sie über alle Maßen gespannt gewesen auf das Aussehen von Aquilas Behausung, und ihre Vorstellungen waren so fantastisch gewesen, daß sie eigentlich nur enttäuscht werden konnten.
Und doch... ihre Erwartungen wurden zugleich unterboten und übertroffen, als sie hinter Ritter Wilbrand die unteren Räumlichkeiten betrat, wo die Luft von dem beunruhigenden Geruch der Falken erfüllt war, die schmalen Stiegen zum obersten Stockwerk emporklomm und das Studierzimmer des Falkners betrat. Sie hatte mit Erinnerungen an seine Heimat gerechnet, mit fast orientalischer Pracht, mit so

etwas wie einer fremden, halb heidnischen Welt. Davon war in Aquilas nüchterner, fast spartanisch eingerichteter Unterkunft wenig zu spüren.

Die Luft in dem kreisrunden Raum war recht kühl und überraschend frisch, wenn man bedachte, daß er von sechs oder sieben Fuß dicken Mauern umgeben war. Agnetha roch den starken Duft bekannter, aber auch völlig unbekannter Kräuter, die dicht an dicht von langen Schnüren herabhingen, welche der Falkenmeister an den Wänden entlanggespannt hatte. Flüchtig fühlte Agnetha sich an die Dekoration der Festhalle erinnert. Vor allem aber fiel ein breites, bis zur Decke reichendes Regal ins Auge, in dem allerlei kleine und größere Behältnisse ruhten, Aquilas Vorrat heilender Substanzen, augenscheinlich akribisch geordnet.

Hinter einem der Treppe genau gegenüberliegenden Vorhang, der vielleicht den fünften Teil des Raumes abteilte, vermutete Agnetha zunächst das Nachtlager, doch dann erkannte sie, daß unmittelbar neben der Treppe frisches Stroh aufgeschüttet war. Sauber zusammengefaltet lag eine Decke auf der Strohschütte und auf dieser Decke streckte sich eine ansonsten pechschwarze Katze mit einem weißen Fleck auf der Stirn, die sie seit ihrer Ankunft auf der Burg schon mehrfach gesehen hatte. Überrascht sah sie das Tier an.

«Ihr Name ist Bianca», sagte der Falkner lächelnd, als er ihren Blick bemerkte. «Sie entstammt einer langen Reihe überaus edler Vorfahren. Einer ihrer Ahnen pflegte des Nachts im Bette Kaiser Friedrichs zu schlafen.»

«Der Kaiser liebte Katzen?»

Aquila hob die Schultern: «Er ließ sich von so vielem faszinieren, warum nicht von der Anmut dieser erstaunlichen Geschöpfe? Allerdings sollte ich hinzufügen, daß das Gliederreißen Kaiser Friedrich in seinen letzten Jahren schwer zu schaffen machte. Natürlich war ihm bekannt, daß das Fell einer Katze Eigenschaften besitzt, die bei dieser Krankheit Linderung verschaffen.»

Zweifelnd sah sie die Katze an: «Das Fell sicherlich, das war mir bekannt. Aber eine lebendige Katze?»

«Nun ja, so hat es mir mein Vater jedenfalls berichtet. Er hat es mit eigenen Augen gesehen. Zumindest versicherte er mir das. Allerdings war ich damals noch sehr jung – es mag durchaus sein, daß er sich einen Scherz erlaubt hat.»

Mit Ausnahme der Katze gab es nur wenig, was an Aquilas Heimat erinnerte. Lediglich in den schweren Büchern und Schriftrollen, die er in einem Regal neben seinem Arbeitstisch aufbewahrte, mochte für ihn das Land seiner Geburt lebendig bleiben.

Während Ritter Wilbrand unruhig im Raum auf und ab ging, ließ sich die Augustinerin auf Aquilas Bitte in einem Stuhl nieder. Der Falkenmeister selbst saß nachdenklich an seinem Arbeitstisch. Sein Fuß wippte auf und ab. Vater Ludolpho war an ein Fenster getreten und blickte bewegungslos in den Burghof hinab.

«Bei den Möpsen der Mutter Maria, Ludolpho!» fluchte Wilbrand. «Ich hatte wirklich geglaubt, in dieser Sache könnte ich mich auf Euch verlassen!»

Der Kaplan bekreuzigte sich: «Ein Prozeß der Heiligen Inquisition ist das beste für Bodenteich, Herr, und damit auch das beste für Euch. Wir alle sollten glücklich sein, daß Bruder Edgar zu uns gekommen ist.»

«Glücklich!» Der Burgherr spuckte ihm das Wort förmlich vor die Füße. «Ob es nun der Herzog ist oder sein Onkel, der Bischof. Wenn sich diese Familie hier erst einmal einmischt, können wir am Ende alles verlieren: Die Burg, das Dorf, einfach alles.»

«Vielleicht sogar mehr als das», sagte Aquila leise.

Wilbrand sah seinen alten Freund nachdenklich an: «Ihr wollt sagen: Das Leben?»

Der Falkner sah ihn ernst an: «Denkt an den Montsegur, Herr!»

Agnetha japste: «Die Festung der ketzerischen Teufel?»

Der Falkenmeister schüttelte ernst den Kopf: «Es mag sein, daß einige von ihnen das waren, was die Kirche als Ketzer bezeichnet, doch Teufel waren sie gewiß nicht. Die Katharer, so nannten sie sich selbst, waren sogar die schlimmsten Feinde des Teufels. Überall in der Welt sahen sie den Teufel am Werk und deshalb lehnten sie diese Welt als teuflisch ab.»

«Oh ja, das taten sie!» lachte Ludolpho. «Sie fanden sie so teuflisch, daß sie sich töteten, um nicht länger von dem geplagt zu werden, was doch Gottes Schöpfung ist!»

«Das ist nicht wahr», sagte Aquila, und die Müdigkeit in seiner Stimme ließ darauf schließen, daß die drei Männer diese Diskussion nicht zum ersten Mal führten. «Sie lehnten die Welt als verderbt ab, und sie glaubten fest daran, daß nur die Menschen ins Paradies eingehen können, die der Welt vollständig entsagten. Sie waren darin noch strenger als die Franziskaner oder selbst die Dominikaner. Es wundert mich nicht, daß gerade der Orden des Heiligen Dominicus sie bis aufs Blut haßt.»

«Gibt es denn noch Katharer?» fragte Agnetha überrascht. «Ich dachte, die letzten von ihnen wären auf der Burg Montsegur verbrannt worden.»

«Nicht alle, Schwester», erwiderte der Falkenmeister. «Manche entkamen. Ein paar armselige Häuflein retteten sich über die Berge nach Spanien. Einige fanden auch Aufnahme in den Städten Italiens.»

«Zweifellos bei Eurem ketzerischen König!» donnerte der Kaplan.

«Nicht nur dort. Auch in den reichen Städten des Nordens, in Siena und Lucca. Ja selbst in Orvieto hat es eine Zeitlang Ketzer gegeben.»

«Aber nicht lange», unterbrach ihn Ludolpho. «Weil sich anders als auf dem Montsegur kein ketzerischer Adel fand, der sie in seinen Burgen schützte.»

Der Burgherr starrte ihn entsetzt an:

«Ich glaube, das ist es, worauf Aquila hinaus will», flüsterte Wilbrand. «Die Herren des Montsegur waren keine Ketzer. Doch ihr Land und ihre Burg boten denen, die als Ketzer verfolgt wurden, eine Zuflucht. Das Ganze endete damit, daß sie allesamt auf dem Scheiterhaufen verbrannten, auch diejenigen, die mit der Ketzerei zunächst gar nichts zu tun gehabt hatten.»

«So ist es», nickte Aquila. «Wenn es Euer Geschlecht nicht mehr gibt, wer soll den Herzog dann noch daran hindern, Burg Bodenteich zu übernehmen?»

Wilbrands Hand fuhr an sein Herz: «Aber das würde er niemals wagen...»

Doch seine Stimme klang unsicher.

«Ich weiß es nicht, Herr», gab Aquila zu. «Wie ich die Sache sehe, können wir nur entscheiden, in wessen Hände wir uns begeben. Von wem können wir einen faireren Prozeß erwarten, vom Bischof – und das heißt praktisch von Herzog Otto – oder von der Heiligen Inquisition, die sich aber ebenfalls ausgesprochen gut mit dem Herzog zu verstehen scheint.»

Wilbrand seufzte: «Was Ottos Ziel ist, daran besteht wohl keinerlei Zweifel. Also wohl auch nicht am Ende des Prozesses.»

Er machte eine Pause.

«Bruder Edgar dagegen...» Er blickte zu Aquila.

«Bruder Edgar ist ein Fanatiker. Er will irgendwen auf dem Scheiterhaufen sehen, vorzugsweise die Ketzer.»

«Bruder Edgar handelt im Auftrage des Heiligen Vaters!» protestierte Ludolpho.

Wilbrands Blick glitt zu Schwester Agnetha: «Was denkt Ihr?»

Die Augustinerin nickte: «Was Aquila sagt, stimmt zwar, aber vielleicht ist es doch nicht die ganze Wahrheit: Natürlich, Bruder Edgar will die Ketzer brennen sehen, doch ich glaube nicht, daß er zulassen würde, daß die falschen Leute den Scheiterhaufen besteigen. Und er weiß so gut wie wir alle, daß Ihr kein Ketzer seid, Herr.»

Mit aller Kraft vermied sie es, bei diesen Worten Aquila anzusehen.

Heilige Mutter Maria, gebe ich ihnen gerade den Rat, Aquila dem Scheiterhaufen zu überliefern, um uns andere zu retten? Wenn er wirklich getötet würde, könnte ich das überleben? Herr im Himmel, ich schwöre, ich würde jene Todsünde begehen, derer Vater Ludolpho die Katharer beschuldigt, auch wenn es bedeutete, daß meine unsterbliche Seele auf ewig den Qualen der Hölle ausgeliefert wäre. Lieber würde ich sterben, als mit dieser Schuld zu leben.

Ritter Wilbrand streckte ihnen seine Handflächen entgegen wie im verzweifelten Versuch, einen unsichtbaren Gegner abzuwehren, der doch den Kampf schon gewonnen hatte.

«Und wenn die Scheiterhaufen der Inquisition erst brennen? Wenn Menschen aus Bodenteich zum Feuertod verurteilt werden? Sie würden sterben, ohne daß ich ihnen helfen könnte – Menschen, die zu schützen ich geschworen habe.»

«Wenn sie Ketzer sind, so haben sie es schließlich nicht anders verdient», sagte Ludolpho.

Wilbrand nickte versonnen.

Agnetha trat zu ihm: «Es kann doch nur in Eurem Interesse sein, wenn die Männer bestraft werden, die die Kleriker erschlagen haben und meinen... meinen Begleiter vielleicht noch dazu.»

Der Falkenmeister erhob sich und trat an ein Fenster. Dieses ging demjenigen, in dem der Kaplan lehnte, genau entgegengesetzt auf den See hinaus.

«Doch», sagte Aquila schließlich und ohne sich umzudrehen. «Ihr habt recht, Schwester Agnetha, und für dieses Mal in der Tat auch Ihr, Ludolpho. Wenn wir eine Chance haben, dann ist es wirklich die Heilige Inquisition. Ich kann Euch nur eines raten, Herr: Legen wir unser Vertrauen in die Weisheit Bruder Edgars.»

Ritter Wilbrands süßer Honigmet war hervorragend gewesen. In der Tat hatte Siverd von Saldern sogar von dem starken Gebräu geträumt. Aber im Übermaß genossen hatte der Met auch seine Nachteile. Draußen war es noch stockfinster, als Siverd erwachte und das Bedürfnis verspürte, dem Drang der Natur nachzugeben.

Siverd war mit seinen Männern in einem Wirtschaftsgebäude neben dem Tor der Burg untergebracht worden, das Ritter Wilbrands Gesinde wohnlich hergerichtet hatte, so gut das in der kurzen Zeit möglich gewesen war. Stolpernd kam der alte Söldnerführer aus der Unterkunft hervor und machte sich auf den Weg zum Abtritt, der in der äußeren Befestigung der Burg, unmittelbar neben der Burgkapelle auf den sumpfigen Flußlauf hinausging.

Die Nacht hatte ihren Höhepunkt bereits überschritten, der Mond war hinter Wolken verborgen und die dunkelste Periode, Stunden vom Sonnenaufgang, war angebrochen.

Der Burghof war menschenleer. Es war eiskalt. Die ganze Welt schien zu schweigen. Siverd bibberte. Eilig verrichtete er sein Geschäft und wollte sich eben auf den Rückweg machen, als ein Geräusch ihn innehalten ließ.

Eine Gestalt schritt über den Burghof. Im ersten Augenblick glaubte der alte Krieger, sie befände sich ebenfalls auf dem Weg zur Senkgrube, doch dann schlug sie einen anderen Weg ein. Der Fremde – den Schritten nach zu urteilen mußte es ein Mann sein, ein Mann in einem schweren Wettermantel – näherte sich dem Tor.

Eigentlich gab es für Siverd keinen Grund, sich zu verbergen, anstatt seinen Weg zurück zur Unterkunft fortzusetzen. Furcht war es ganz gewiß nicht, dennoch... Der Söldnerführer fragte sich, was irgend jemand so spät in der Nacht im Torhaus zu suchen hatte. Einzig die Geistlichen in ihren Klöstern erhoben sich so früh, um in ihren Gebeten und Chorälen die größere Ehre Gottes zu preisen.

Der Fremde hatte das Torhaus jetzt erreicht. Der Mann war nicht zu erkennen. Auf dem Kopf trug er eine lederne Kappe. Siverd hörte, wie er mit verhaltener Stimme einige Worte mit dem Torwächter wechselte, doch der Sinn war nicht zu verstehen. Jetzt lachten die beiden Männer wie über einen zotigen Witz und dann...

Überrascht gewahrte Siverd, daß ein Flügel des Tores geöffnet wurde. Gleich darauf konnte er die Szenerie noch besser erkennen, als der Torwächter mit einer Fackel an den Fremden herankam, der sich aus einem Nebengebäude ein Pferd geholt hatte und nun im Begriff war, den Burghof durch das Tor zu verlassen.

Siverd sah immer nur seinen Rücken, und selbst dieser war von dem schweren Mantel verhüllt. Und er war einfach zu weit entfernt. Der Söldnerführer verfluchte zum tausendsten Mal den markgräflichen Ritter, dessen Schlag ihm das Auge gekostet hatte. Immerhin soviel gewahrte er, daß der Reiter einen mittelgroßen Sack oder Beutel quer über den Sattel gelegt hatte. Irgend jemand bemühte sich aus irgendeinem Grunde, irgend etwas ungesehen aus der Burg verschwinden zu lassen. Mit der Ankunft des Herzogs konnte das kaum zusammenhängen. Seitdem die Bewohner von Bodenteich vom bevorstehenden Besuch des Landesherrn erfahren hatten, waren Wochen vergangen. Sie hätten alle Zeit der Welt gehabt, ganze Schätze in Sicherheit zu bringen.

Immer verwunderter trat Siverd einige Schritte näher, hielt sich aber im Schutz der niedrigen Wirtschaftsgebäude. Jetzt drückte der Reiter seinem Tier die Hacken in die Seite und machte sich auf den Weg.

Nur für einen Augenblick war das Gesicht des Fremden im Licht der Fackel zu erkennen.

Es war Aquila, der Falkenmeister.

anno dominice incarnationis MCCXIIC
regnante domino Adolpho primo glorioso Romanorum rege augusto
primo idus novembri
(12. November 1292)

«Der Herzog lädt Euch ein, der Eröffnung des Prozesses beizuwohnen», sagte Siverd von Saldern höflich.

Ritter Wilbrand starrte den Mann an, als könne er nicht fassen, was er eben gehört hatte.

«Er tut was?» fragte er ungläubig.

«Er lädt Euch – und selbstverständlich auch Eure Familie und Eure Vertrauten – ein, an der Prozeßeröffnung teilzunehmen.»

Ritter Wilbrand und Aquila hatten sich in Schwester Agnethas Kemenate befunden, als ihnen der alte Söldnerführer gemeldet worden war. Der Falkenmeister und die Nonne hatten sich bei Siverds Eintreten erhoben, während der Burgherr selbst demonstrativ sitzengeblieben war. Jetzt aber sprang er auf:

«Er wagt es tatsächlich, mich in meinem eigenen Marktflecken vor Gericht zu laden?»

«Nicht als Beklagter», erwiderte Siverd, dem sein Auftrag augenscheinlich unangenehm war. «Ihr seid lediglich als Zeuge geladen.»

Ritter Wilbrand beherrschte sich nur mühsam. Aquila trat an seine Seite.

«Wenn Ihr es mir gestattet, Herr, möchte ich Ritter Siverd eine Frage stellen.»

Der Burgherr nickte stumm.

«Wie kommt es, Herr, daß nicht Bruder Edgar, sondern der Herzog zu diesem Prozeß lädt? Gestern abend habt Ihr uns erklärt, es sei eine Angelegenheit der Heiligen Inquisition. Hat sich das geändert?»

«Das hat es nicht, Meister Aquila. Es ist nur so, daß Bruder Edgar mit nur wenigen Begleitern reist; eben so viele, wie für einen Gerichtshof der Heiligen Inquisition notwendig sind. Unser Herr, der Herzog, hilft ihm, wo er nur kann.»

«Wahrhaft selbstlos!» spottete Ritter Wilbrand.

Der Söldnerführer tat, als habe er den Spott nicht bemerkt: «Und werdet Ihr kommen?»

Der Burgherr sah noch einmal zu Aquila und der Nonne. Beide

nickten unmerklich.

«Wir kommen, Ritter Siverd. Wir kommen.»

In den Umständen entsprechend recht gefaßter Stimmung langten Ritter Wilbrand, Aquila und Schwester Agnetha an der Dorfkirche an. Auf ein großes Gefolge hatten sie verzichtet. Das Gesinde der Burg war zum größten Teil mit den Arbeiten beschäftigt, die durch die Bewirtung der Gäste anfielen. Wer für den Augenblick nichts zu tun hatte, hatte jedoch die Erlaubnis erhalten, die Prozeßeröffnung zu beobachten.

Die Augustinerin hatte den Eindruck, als seien heute noch mehr Menschen auf dem Markt zusammengekommen als am Tage des Einzugs der Handelskarawane mit Benjamin von der Hanse an ihrer Spitze. Heute hegte offenbar nicht nur jeder einzelne Bewohner von Bodenteich, vom neugeborenen Säugling bis zum hinfälligen Greis, den Wunsch, Zeuge dieses Schauspiels zu werden, nein, auch aus den näher gelegenen Dörfern mußten Neugierige rasch herbeigeeilt sein, sobald die Kunde von den bevorstehenden Ereignissen die Runde gemacht hatte. Wie geschah es nur, daß sich derartige Neuigkeiten mit einer solchen Geschwindigkeit verbreiteten? Drängten sich dort drüben nicht aufgeregt tuschelnd sogar die beiden Mädchen, denen Agnetha vorgestern auf dem Dorfplatz von Kuckstorf beinahe in die Arme gefallen war? In der Nähe seines Hauses erkannte sie Meister Hagen, den Dorfschulzen; doch Benno den Müller und mit ihm seine Ehefrau und den greisen Meister Emil suchte sie vergebens.

«Ist es nicht ungewöhnlich, daß ein Prozeß der Heiligen Inquisition in solcher Öffentlichkeit stattfindet?» fragte Ritter Wilbrand leise.

Agnethas Augen glitten nachdenklich über die Menge: «Ich war noch nie Zeugin eines solchen Prozesses, aber soweit ich es sagen kann, habt Ihr sicherlich recht. Es ist ungewöhnlich. Sie müssen ihre Gründe haben.»

«Was immer sie vorhaben», murmelte Aquila, «sie wollen Zeugen.»

Vor dem Portal des bescheidenen Kirchleins hatte man einen massigen Stuhl für Bruder Edgar aufgebaut, in dem die abgehärmte Gestalt des Inquisitors schier versank. Er trug seinen zerschlissenen braunen Mantel, um den Hals aber eine schwere Kette mit einem großen Kruzifix. Die Hände hatte er vor der Brust gefaltet. Sie versanken vollkommen in den weiten Ärmeln seines Gewandes.

Neben ihm standen mehrere Männer in geistlichen Gewändern, darunter ein jüngerer Mönch, der mit beiden Händen einen langen Stab hielt. An der Spitze des Stabes war ein reich verziertes Kreuz befestigt. Zu Seiten der beiden hatte sich Siverd von Saldern mit seinen Waffenknechten postiert, natürlich auch der Herzog selbst und – Vater Ludolpho.

«Deutlicher kann er wohl kaum zeigen, auf wessen Seite er steht», sagte der Burgherr bitter. «Dieser Mann verdankt meiner Familie alles. Ich wünschte, mein Vater hätte ihn in der Gosse liegenlassen, in der er ihn zweifellos aufgelesen hat. Oder ich hätte ihn zum Teufel gejagt, solange noch Zeit war.»

«Weder Ihr noch Euer Vater konnten andere Menschen sein, als Ihr nun einmal wart, Herr», sagte Aquila. «Ich zweifle nicht daran, daß Vater Ludolpho davon überzeugt ist, richtig zu handeln. Und bedenkt, daß vermutlich nicht nur der Kaplan sondern auch ich selbst es der Großmut Eures Vaters – und Eurer eigenen – verdanken, daß wir hier leben dürfen.»

«Das hat mit Großmut nichts zu tun», erwiderte Wilbrand brüsk. «Ihr seid mein Freund und Waffenbruder. Diese verräterische Kröte dagegen...»

Er kam nicht weiter, denn in diesem Augenblick trat Siverd von Saldern aus der Reihe seiner Krieger hervor und zog sein Schwert. Der alte Kriegsmann sah sich in der Runde um, ließ den Blick über die versammelte Volksmenge schweifen und grüßte Ritter Wilbrand mit einem knappen Nicken. Das war immerhin mehr als der Inquisitor und Herzog Otto getan hatten, die die Anwesenheit des Herrn von Bodenteich bisher mit keiner Miene zur Kenntnis nahmen.

«Im Namen der Heiligen Römischen Kirche!» verkündete Siverd mit lauter Stimme.

«Es sagt einiges aus», sagte Ritter Wilbrand leise und voller Bitterkeit, «daß der Herzog der Inquisition seinen Büttel leiht.»

Der Falkenmeister nickte mit zusammengekniffenen Lippen. Agnetha fragte sich, ob er sich an seine Zeit in Italien erinnert fühlte, an die Ketzerprozesse gegen die Anhänger König Manfreds nach dem Ende der Hohenstaufen.

«Einwohner von Bodenteich!» rief Siverd. «Einwohner von Bodenteich und alle, die diese Worte hören. Der ehrwürdige Bruder Edgar vom Orden des heiligen Dominicus, vom Heiligen Vater selbst und den Kardinälen der Heiligen Römischen Kirche zum Inquisitor dieses

Bistums bestellt, ist nach Bodenteich gekommen, um den Tod zweier Kleriker und das Verschwinden eines dritten zu prüfen, die einem häretischen Orden zur Last gelegt werden. Ketzertum und Häresie, Teufelsglaube und allerlei magischer Aberglaube werden den Menschen von Bodenteich zur Last gelegt.»

Siverd hielt inne und sah sich nach dem Inquisitor um. Bruder Edgar nickte fast unmerklich und erhob sich:

«Die Heilige Inquisition wird jede einzelne dieser Klagen mit Weisheit und Strenge, doch auch mit Barmherzigkeit prüfen, denn wie heißt es in der Schrift: 'Einen ketzerischen Menschen meide, wenn er einmal und abermal ermahnet ist. Und wisse, daß ein solcher verkehrt ist und sündiget, als einer der sich selbst verurteilt hat.'»

Siverd von Saldern ergriff wieder das Wort: «Der erste Fall, der somit zur Verhandlung kommen soll, ist der gegen Meister Emil.»

«Oh mein Gott!» flüsterte Ritter Wilbrand.

«Er ist der Großvater der Müllersfrau», sagte Aquila, ebenfalls sichtlich erschüttert, an die Augustinerin gewandt. «Ihr werdet ihn kaum je gesehen haben. Im Sommer sitzt er manchmal vor dem Mühlenhof in der Sonne, doch zu dieser Jahreszeit habe ich ihn schon lange nicht mehr auf der Straße gesehen. Früher war er ein berühmter Baumeister. Im Auftrage von Ritter Wilbrands Großvater hat er die Burganlage, so wie Ihr sie jetzt kennt, geplant und ihren Bau geleitet. Herr im Himmel, Meister Emil ist fast hundert Jahre alt. Er kann keinen Schritt gehen ohne fremde Hilfe. Seht ihn Euch doch an: Er ist fast taub und mit dem Sehen geht es von Tag zu Tag schlechter. Schaut: Benno der Müller begleitet ihn, wahrscheinlich brauchen sie ihn, um die Worte des Alten zu übersetzen. Man kann ihn kaum noch verstehen.»

Von meinem Gespräch mit dem alten Mann scheint er nichts zu wissen. Aber, Heilige Mutter Maria, er hat recht. Ist das Bruder Edgars Weisheit?

Der gebeugte, zusammengeschrumpfte alte Mann kam auf den Arm des Müllers gestützt mit zittrigen Schritten in die Schranken des Gerichts, einen abgeteilten Platz vor dem Thron des Inquisitors. Wenigstens, erkannte Agnetha, hatte man dem Alten einen einfachen Hocker hingestellt, auf den er sich nun ächzend fallen ließ.

«Ihr seid schwerer Verbrechen angeklagt, Meister Emil», begann der Inquisitor. «Die Heilige Inquisition wird Euch dazu befragen. Es ist unsere Pflicht, Eure geheimsten Gedanken und Meinungen zu den

Dingen, die Euch vorgeworfen werden, zu erfahren. Habt Ihr Ketzerei begangen, so ist es unsere Pflicht, das Unrecht, das Ihr an Gott dem Herrn begangen habt, zu rächen. Doch es ist auch unsere Pflicht, selbst die unglücklichen Seelen, welche schuldig geworden sind, zu retten und zu verhindern, daß ihr unglücklicher Irrtum sie ins Verderben zieht.

Ich frage Euch also, Meister Emil: Seid Ihr bereit, einen Heiligen Eid abzulegen und zu schwören, daß Ihr den Geboten der Kirche gehorchen, auf alle Euch vorgelegten Fragen wahrheitsgemäß antworten, alle Euch bekannten Ketzer verraten werdet und daß Ihr Euch jeglicher Buße, die von Euch gefordert werden mag, unterwerfen wollt?»

Der Alte starrte den Inquisitor an. Agnetha bezweifelte, daß er besonders viel von dem verstanden hatte, was er gefragt worden war.

«Wenn Ihr Euch weigert zu schwören», fuhr der Inquisitor fort, «werden wir gezwungen sein, dies so auszulegen, daß es sich in Eurem Falle um einen besonders trotzigen Ketzer handelt. Es ist bekannt, daß diejenigen, die man Katharoi oder Ketzer nennt, sich weigern, zu schwören.»

Der Müller wandte sich schnell an den alten Mann: «Wirst Du dem Inquisitor die Wahrheit sagen, Väterchen?»

«Ja!» erwiderte Meister Emil laut und begann zu husten. Seine Sprache war undeutlich und kaum zu verstehen.

«Gut», sagte der Inquisitor. «Vater Ludolpho, verzeichnet in den Prozeßakten, daß er geschworen hat.»

Der Burgkaplan trug mit beflissener Miene etwas auf eine Wachstafel ein, die auf seinen Knien ruhte. Wilbrand wandte den Kopf voller Abscheu ab.

«Nun zu den Vorwürfen: Schwere Anklage wird gegen Euch erhoben, Meister Emil! Die Hilfe von Dämonen sollt Ihr gebraucht haben, um die Gesetze der göttlichen Schöpfung zu überlisten. Der gespaltene Ast einer Weide hat Euch, so wurde uns berichtet, angezeigt, wo im Boden Wasser zu finden war, was, wäre es nach den Gesetzen der göttlichen Schöpfung zugegangen, völlig unmöglich ist.»

Der Alte starrte den Inquisitor wortlos an.

«Habt Ihr verstanden, was ich gesagt habe?» sagte Bruder Edgar lauter.

«Ja. Ja», nickte der alte Mann.

«Bekennt Ihr, was Euch vorgeworfen wird, oder leugnet Ihr?»

«Wer ist es denn, der diese Vorwürfe gegen unseren Großvater erhebt, Herr?» fragte der Müller. «Wagt er es nicht, seine Anklagen selbst vorzubringen?»

Bruder Edgar tat die Worte ab: «Es genügt, daß die Heilige Inquisition ihn anklagt. Die Zeugen stehen unter dem Schutz der Heiligen Kirche. Wir werden sie Euch nicht bekannt machen.»

Der Dominikaner beugte sich in seinem Stuhl vor: «Gesteht oder leugnet Euer Verwandter?»

«Was wird mit ihm geschehen, wenn er gesteht?» unterbrach der Müller.

«Das ist die Entscheidung der Heiligen Inquisition.»

«Werdet Ihr ihn verbrennen?»

«Ich habe gesagt, was ich dazu zu sagen habe, Müller: Das ist die Entscheidung der Heiligen Inquisition.»

«Und was geschieht, wenn er die Vorwürfe abstreitet?»

«Dann wird er einem peinlichen Verhör unterzogen.»

Ein entsetztes Murmeln ging durch die Menge. Auch Agnetha sog schwer die Luft ein. Ihr Blick ging zu Ritter Wilbrand, der die Verhandlung nun wortlos verfolgte.

«Wir können nichts tun, Schwester», sagte Aquila leise. «In den Prozeß können wir nicht eingreifen. Erst wenn das Urteil gefällt ist, läßt sich vielleicht noch etwas machen. Die Kirche selbst darf kein Blut vergießen, man wird ihn also an Ritter Wilbrand als seinen Gerichtsherrn überstellen müssen. Wir werden irgendwie einen Weg finden. Wir müssen. Doch schaut!»

Der Müller legte schützend die Hände auf die Schultern des alten Mannes.

«Er ist fast hundert Jahre alt», stammelte Benno fassungslos.

«Ist er schuldig, wird sich das zeigen. Wer von einem Dämonen besessen ist, verfügt über übermenschliche Kräfte.»

«Ihr wollt sagen, wenn er unter der Folter stirbt, war er unschuldig?»

Der Dominikaner sah ihn durchdringend an:

«Ihr seid einzig hier, Müller, um das Gespräch zwischen dem Angeklagten und der Heiligen Inquisition zu erleichtern, nicht um seine Sache zu vertreten und ganz gewiß nicht, um die Bestimmungen des Heiligen Stuhls auszulegen. Wenn Ihr darin fortfahrt, wird der Eindruck entstehen, Ihr wäret mit zu großer Sympathie für die Sache eines der Ketzerei Angeklagten erfüllt.»

«Er ist mein Verwandter!» protestierte der Müller.

Der Inquisitor ging nicht mehr darauf ein. Seine knochigen, spinnenfingrigen Hände schnellten aus der Kutte hervor und klammerten sich blitzartig um die Lehnen seines Stuhles, als habe er die dämonischen Kräfte bereits gepackt, welche für die Augen aller anderen aber vorläufig unsichtbar blieben.

«Meister Emil, ich frage Euch zum letzten Mal: Habt Ihr mit dem gespaltenen Ast einer Weide Zauberei getrieben? Könnt Ihr auf diese ketzerische Weise Wasser finden?»

«Ja, ich kann Wasser für Euch finden, Herr», erwiderte der Alte plötzlich eilfertig. Seine Sprache war zwar sehr undeutlich, doch er sprach mit so lauter Stimme, daß man ihn bis in den letzten Winkel des Platzes verstehen konnte. «Die Rute zuckt in meiner Hand, wenn sie das Wasser spürt. Sie ist wie ein lebendiges Wesen. Niemand anders kann das. Meine Frau sagte immer, es sei eine Gabe Gottes.»

«Dieses Teufelswerk eine Gabe Gottes!» Der Inquisitor schoß aus seinem Stuhl empor. Seine Stimme überschlug sich «Das ist Ketzerei vor den Ohren der Heiligen Inquisition!»

«Bitte, Herr!» Benno war einen Schritt näher an den Dominikaner herangetreten «Bitte, er ist ein alter Mann. Er weiß nicht mehr, was er redet. Ihr könnt doch nicht ernsthaft annehmen, ein hundertjähriger Mann hätte diese Mönche getötet!»

«Wer die Mönche getötet hat, ist im Augenblick unwichtig. Er ist ein Ketzer, das genügt! Noch ein Wort, Müller, und Ihr steht als Beklagter in diesen Schranken!»

Bruder Edgar ging auf den Alten zu.

«Meister Emil, Ihr seid ein überführter Ketzer. Ich frage Euch: Seid Ihr bereit, Eurem falschen, ketzerischen Glauben abzuschwören und reumütig in den Schoß der Heiligen Mutter Kirche zurückzukehren?»

Der alte Mann tastete nach Benno: «Bring mich nach Hause, ich habe Schmerzen.»

Bruder Edgar wartete einige Augenblicke, dann erhob er laut seine Stimme:

«Meister Emil, Ihr seid ein überführter Ketzer und nicht bereit, Eurem teuflischen, falschen Glauben abzuschwören. Ecclesia abhorrit a sanguine. Der Kirche ist es untersagt, Blut zu vergießen. Ihr werdet an den weltlichen Arm der Justiz überstellt, debita animadversione puniendum.»

«Herr!» schrie Benno.

«Schweigt still, Mann. Mehr habe ich nicht zu sagen.»

Der Alte zupfte noch einmal an Bennos Ärmel: «Bring mich nach Hause, Benno. Ich habe Schmerzen. Mein Darm tut weh!»

«Was war das für eine lateinische Formel?» fragte Ritter Wilbrand leise die Augustinerin.

«Er hat Euch aufgefordert, bei der Bestrafung Meister Emils Leib und Leben zu schonen. Das muß er tun, damit die Kirche nicht schuldig wird an seinem Tod.»

«Also kann ich eine andere Strafe verhängen?» fragte er überrascht.

«Zumindest solltet Ihr das versuchen, Herr», riet Aquila.

Seufzend trat der Burgherr vor, um den Verurteilten in seine Obhut zu nehmen. Siverd von Saldern trat einen Schritt auf ihn zu, hielt dann aber, sichtlich unschlüssig... Fragend, fast bittend sah er zu Bruder Edgar hinüber. Der Inquisitor erwiderte den Blick fordernd.

Resignierend nickte der alte Söldnerführer. Er wandte sich von Ritter Wilbrand ab und sprach stattdessen den Herzog an, der das Geschehen bisher völlig regungslos verfolgt hatte:

«Otto aus dem Hause der Welfen, zweiter seines Namens, Herzog von Braunschweig und von Lüneburg, sagt dem ehrwürdigen Bruder Edgar und den Untersuchungen der Heiligen Inquisition seinen Schutz zu. Er nimmt den Verurteilten in seine Hände und wird für die Vollstreckung des Urteils Sorge tragen.»

«Das kommt ihm nicht zu!» rief Wilbrand völlig überrascht. «Ich allein bin der Herr von Bodenteich! Ich allein gewähre Schutz und spreche Recht in Bodenteich und in allen Dörfern, die zu meiner Burg gehören!»

Alarmiert sah Agnetha von einem zum andern. Allmählich begriff sie die ganze Perfidie, die ganze Ungeheuerlichkeit dessen, was hier im Begriff war, zu geschehen.

Der Inquisitor weiß das doch ganz genau. Wie kann er einen solchen Fehler machen? Ritter Wilbrand und niemand anders kommt es hier in Bodenteich zu, ein solches Schutzversprechen zu geben... Heilige Mutter Gottes, es sei denn... aber das können sie unmöglich tun.

Doch es war zu spät, viel zu spät, etwas zu unternehmen.

Siverd von Saldern schwieg für einen Augenblick. Er schien Agnetha nicht sonderlich überrascht, sondern bereits auf die Unterbrechung gewartet zu haben. Und sie bemerkte, daß er dem Herrn von Bodenteich nicht in die Augen sehen konnte.

Der alte Krieger blickte zurück zu Bruder Edgar, der jetzt aus dem

Portal der Dorfkirche hervortrat. Die heisere Stimme des Inquisitors klang über den Platz:

«Ritter Wilbrand, die Heilige Römische Kirche bestreitet Euer Recht, irgend jemandem in Bodenteich oder sonstwo Schutz zu gewähren.

Wilbrand von Bodenteich, Ritter Annos Sohn, im Auftrage und kraft der päpstlichen Gewalt schließe ich Euch und alle die Euch anhängen hiermit aus der Gemeinschaft der Heiligen Römischen Kirche aus. Ich löse alle, die Euch durch den Eid der Treue verbunden sind aus diesem Eid und verbiete im Auftrage und kraft apostolischer Gewalt jedem, Euch weiterhin als Herrn von Bodenteich zu gehorchen und zu dienen. Ich bestimme, daß jeder, der Euch in Zukunft in irgendeiner Form Rat, Hilfe und Gunst gewährt, ebenfalls dem Bannfluch verfällt und ich rufe alle hier Anwesenden zu Zeugen dieses Aktes und Geschehens an.»

Ein Ruf des Erstaunens und des Entsetzens ging durch die Menge.

Heilige Mutter Maria...

Agnetha starrte auf den Inquisitor, sie starrte auf Wilbrand, der regungslos wenige Schritte neben ihr stand. Selbst Aquila war wie versteinert. Die Menge verharrte fast ohne Bewegung. Der Blick der Augustinerin fiel auf Meister Hagen, den Dorfschulzen, der mit seiner Familie nicht weit von ihr stand. Die Hand des Mannes hatte sich um den Griff des langen Messers gelegt, das er in seinem Gürtel trug.

Das Dorf würde zu den Waffen greifen, wenn Wilbrand es den Menschen befiehle. Doch um welchen Preis: Selbst wenn die Männer von Bodenteich für den Augenblick eine Chance hätten gegen Siverd und seine Söldner – was wohl kaum der Fall sein dürfte – was würde dann? Die herzogliche Familie kann ganze Ritterheere aufbieten, und vor allen Dingen hätte Otto dann wirklich einen Grund, gegen Bodenteich vorzugehen.

Währenddessen fuhr Bruder Edgar fort:

«Herzog Otto von Braunschweig und Lüneburg, seid Ihr bereit, im Namen der Heiligen Kirche die Verwaltung der Burg Bodenteich und aller zu ihr gehörenden Besitzungen zu übernehmen bis entschieden worden ist, wie mit dieser Burg zu verfahren ist?»

«Im Namen Christi, das bin ich», sagte der Herzog laut.

«Dann übergebe ich Burg, Flecken und Land in Eure Hände.»

Er wandte sich erneut an Ritter Wilbrand:

«Wilbrand von Bodenteich, weiterhin bezichtige ich Euch der Unterstützung und der Duldung von Häresie und Ketzertum in Eurer ehemaligen Besitzung, dem Marktflecken Bodenteich. Ich verfüge, daß Ihr in Gewahrsam genommen werdet.»

Agnetha schrie auf vor Schreck. Wilbrand sog hörbar die Luft ein, doch er sagte kein Wort.

Bruder Edgar blickte zum Herzog. Dieser gab Siverd von Saldern ein Zeichen. Der alte Kriegsmann ging auf Ritter Wilbrand zu.

Jetzt erwachte Aquila aus seiner Starre. Der Falkenmeister zog sein Schwert und trat Siverd entgegen.

«Keinen Schritt weiter!» preßte er hervor.

«Wenn Ihr den Weg nicht freigebt, Falkenmeister, werdet Ihr ebenfalls exkommuniziert!» rief der Inquisitor.

«Aquila», sagte Wilbrand rasch.

Der Falkenmeister sah sich um.

«Ich will hier kein Gemetzel. Die Burg!» flüsterte Wilbrand. «Sie sind alle hier auf dem Platz! Bewahrt die Burg für meine Söhne!»

Der Falkner warf seinem Herrn einen letzten Blick zu, dann gab er den Weg frei. Siverd von Saldern trat auf den Burgherrn zu:

«Ritter Wilbrand, gebt mir Eure Waffe.»

Wortlos zog Wilbrand von Bodenteich sein Schwert und reichte es, das Heft voran, dem alten Krieger.

«Ihr seid mein Standesgenosse, Ritter Wilbrand», sagte Siverd leise. «Ich werde Sorge tragen, daß Ihr Haftbedingungen erhaltet, wie sie einem Mann von adliger Geburt zukommen.»

Der Angesprochene nickte gefaßt: «Euer Gefangener, Siverd.»

Der Dorfschulze und die Männer und Frauen von Bodenteich reagierten auf die Verhaftung ihres Herrn bedeutend weniger ruhig. Die herzoglichen Kriegsknechte hatten alle Mühe zu verhindern, daß Meister Hagen bis zu Ritter Wilbrand durchdrang. Ihm hatte sich eine große Gruppe von Fleckenbewohnern angeschlossen. Benno der Müller und der alte Mann waren bereits von zwei Söldnern in die Mitte genommen worden.

«Euer Eid ist außer Kraft gesetzt worden, Mann!» herrschte Siverd den Dorfschulzen an. «Die Kirche selbst garantiert dafür.»

«Ich weiß selbst am besten, was ich geschworen habe!» rief Meister Hagen. Er versuchte, den alten Krieger beiseite zu stoßen. «Ich habe diesen Eid aus freien Stücken geleistet und niemand kann mir jetzt erzählen, er sei ungültig.»

Siverd holte mit seinem Schwert aus und versetzte dem Schulzen mit dem flachen Blatt einen Schlag vor die Beine, schmerzhaft sicherlich, doch ungefährlich. Meister Hagen fiel mit einem Schmerzensschrei vornüber und zwei oder drei der anderen Männer gingen in dem Gedränge zu Boden, als sie über ihn stolperten.

«Hört auf!» rief Ritter Wilbrand. «Wenn Ihr noch immer meinen Befehlen folgen wollt, so gehorcht mir jetzt! Ich vertraue darauf, daß die Heilige Inquisition mir einen gerechten Prozeß gewähren wird. Wir alle sollten darauf vertrauen!»

Zögernd und murrend ließ sich die Menge daraufhin von Siverds Knechten zurückdrängen. Hilflos sahen die Männer und Frauen von Bodenteich mit an, wie Ritter Wilbrand von ihnen in die Mitte genommen und hinüber zum Kirchenportal geführt wurde, wo Bruder Edgar und Herzog Otto ihn erwarteten.

Niemand achtete währenddessen auf Aquila und die Augustinerin. Möglichst unauffällig hatte sich der Falkenmeister von der Seite Ritter Wilbrands zurückgezogen und jetzt, die Nonne an seiner Seite, scheinbar ohne Eile den Rückweg zur Burg eingeschlagen.

Agnetha sah sich über die Schulter um: «Niemand folgt uns, Aquila. Wir sind außer Gefahr.»

Der Falkner blickte ebenfalls zurück, als sie den Dammweg über das Moor erreicht hatten: «In der Tat, Schwester. Was sollten sie auch tun? Wir sind ja nicht verhaftet. Noch nicht, jedenfalls. Trotzdem traue ich dem Frieden nicht. Also kommt.»

Auf dem Burghof gab Aquila rasch Befehle. Er ließ das große Tor schließen, was die Wächter zwar verwunderte, doch sie waren es schließlich gewohnt, seinen Befehlen ebenso zu gehorchen wie den Anweisungen des Burgherrn selbst.

«Aquila! Was ist denn los?» Gerolf kam zum Tor gelaufen, seine Schwester und die Amme nur wenige Schritte hinter ihm.

«Wo ist unser Vater?» fragte Riva. «Ist der Prozeß schon vorbei?»

Der Falkner schüttelte den Kopf: «Oh nein, er beginnt gerade erst. Wo ist Euer Bruder?»

Doch schon kam Adrian mit großen Schritten von der Kapelle herbeigeeilt: «Ich habe gebetet, daß alles gut ausgeht. Etwas anderes läßt Vater uns ja nicht tun. Nicht einmal zusehen durften wir.»

«Für diese Weisheit Eures Vaters solltet Ihr Gott dem Herrn danken.»

Aquila zögerte einen Augenblick, dann besann er sich und verneigte sich tief: «Euer Diener, Adrian, Herr von Bodenteich.»

Der Junge sah den um so vieles älteren Mann verständnislos an: «Was...»

«Adrian von Bodenteich, Euer Vater ist vom Inquisitor exkommuniziert worden und hat damit Burg Bodenteich verloren, solange wir seine Unschuld nicht beweisen können. Daraufhin wurde der Herzog mit der Verwaltung der Burg beauftragt. Doch zumindest dies werden wir nicht anerkennen. Niemand kann uns dazu zwingen. Wilbrand von Bodenteich hat zwei Söhne und sie sind seine Erben. Ihr, Adrian, seid der neue Herr von Bodenteich.»

Mit vor Entsetzen weit aufgerissenen Augen starrte der Junge den Falkenmeister an: «Vater... gefangen?»

«Was geschieht mit ihm? Wird man ihn verbrennen?» flüsterte Gerolf.

«Nicht, solange noch ein Tropfen Blut in meinem Körper ist!» sagte Aquila mit leiser Stimme.

«Aber Aquila... Mein Gott, beugt nicht das Haupt vor mir, Aquila, nicht Ihr!» Adrian war kreideweiß. Er sah aus, als würde er jeden Augenblick zusammenbrechen. «Mein Vater... wenn sie ihn exkommuniziert haben, wer soll sie daran hindern, mit mir dasselbe zu tun!»

Der Falkenmeister blickte grimmig um sich:

«Die Mauern und die Männer von Burg Bodenteich, Herr. Wenn Bruder Edgar Euch exkommunizieren will, wird er Euch gegenübertreten müssen. Und genau das werden wir mit Gottes Hilfe zu verhindern wissen. Auf der Burg seid Ihr in Sicherheit. Wir müssen jetzt sehr schnell handeln. Erlaubt Ihr, daß wir nötigenfalls die Brücke vor dem Tor zerstören? Wenn wir Siverd und seine Männer auf Abstand halten, können sie uns kaum gefährlich werden.»

«Wie kann ich... Oh mein Gott, tut, was Ihr für nötig haltet, Aquila. Mein Vater hat Euch in allem vertraut und das tue auch ich.»

«Ich werde tun, was in meiner Macht steht, Herr.»

«Heilige Jungfrau», murmelte Agnetha. «Was denkt Ihr, Aquila, was wird jetzt geschehen?»

Der Falkenmeister musterte die Befestigungen: «Ich weiß es nicht, Schwester. Vorerst vermutlich nicht viel. Sie haben fürs erste genug zu tun mit der Anklage gegen Ritter Wilbrand, sollte man meinen. Ich glaube nicht, daß sie es wagen werden, ihm oder auch Meister Emil in den nächsten Tagen etwas anzutun, nachdem sie erlebt haben, wie die

Menschen reagiert haben... Was auch immer geschehen wird, sie haben es lange vorbereitet, da habe ich keinen Zweifel. Es geht ihnen allein um Bodenteich, von Anfang an. Alles andere ist nur ein Vorwand.»

«Das geht zu weit, Aquila!» protestierte die Augustinerin. «Wollt Ihr mir sagen, die Heilige Inquisition mache sich zur willfährigen Gehilfin in den Plänen Herzog Ottos?»

«Das entzieht sich meiner Kenntnis, Schwester!» erwiderte er, plötzlich voller Zorn «Ich habe mit angesehen, was die Heilige Inquisition in Italien als willfährige Gehilfin der Franzosen getan hat. Aber immerhin», fügte er besonnener hinzu, «war der Papst damals unmittelbar interessiert. Diesen Bruder Edgar kenne ich nicht besser als Ihr selbst. Im besten Fall habt Ihr recht mit dem, was Ihr gestern abend sagtet, und es kommt ihm einzig und allein darauf an, die Ketzer brennen zu sehen. Dann haben wir eine Chance auf ein Verfahren nach den Regeln der Inquisition – wie immer das aussehen mag.»

«Und wenn ich mich irre?» fragte sie zögernd.

«Dann warten ein oder zwei Dörfer entfernt bereits ein paar hundert herzogliche Söldner auf den Befehl, Burg Bodenteich zu stürmen.»

«Könnt Ihr etwas erkennen?»

Adrian von Bodenteich stand an der Seite des Falkenmeisters auf der obersten Plattform des Bergfrieds. Der Tag hatte sich geneigt und sie mußten fast unmittelbar in die schon tief stehende Sonne blicken.

Er strengte seine Augen auf das Äußerste an, doch natürlich wußte er ganz genau, daß sich die Schärfe seiner Sinne nicht mit der Beobachtungsgabe des Falkners messen konnte. Wenn überhaupt, so stand diese den Fähigkeiten seiner Vögel kaum nach.

Aquila schüttelte den Kopf: «Nein. Es ist völlig ruhig dort unten. Vermutlich haben sie einen Befehl bekommen. Das jedenfalls würde ich an Siverds Stelle tun: Versuchen, den Gegner möglichst lange über meine Stärke im Unklaren zu lassen. Eine höchst wirkungsvolle Zermürbungstaktik.»

«Aber sie sind uns doch um ein Mehrfaches überlegen. Müßte es uns nicht viel mehr einschüchtern, wenn sie uns ihre volle Stärke erkennen ließen?»

Der Falkenmeister nickte: «Sicherlich, das ist ein Gedanke, der sich nicht von der Hand weisen läßt. Aber ich habe die Gesetze der

Kriegskunst lange Zeit studiert, als ich in Salerno lebte. Mein Lehrer, der alte Gennadios, sah es nicht gerne, doch mein Vater hatte es ihm aufgetragen und so unterwies er mich in der Schlachtenkunst des Caesar und des großen Alexanders. Das verstörendste Element in einem taktischen Spiel ist ein dem Gegner unbekannter Faktor: Wer weiß, vielleicht lagert ein ganzes Ritterheer dort drüben hinter dem Galgenberg, oder sie haben Boote herbeigeschafft und verbergen sie jetzt zwischen den Häusern von Abbendorf. Es ist sogar möglich, daß der Herzog eine seiner Bliden, eines der großen Katapulte von Celle herangebracht hat, obwohl sie da ihre Mühe haben dürften, so wie es in den vergangenen Tagen geregnet hat. Aber wir können uns nirgendwo völlig sicher sein. Es ist uns unmöglich, uns auf eine bestimmte Taktik einzustellen.»

«Vielleicht gibt es ja gar kein verstecktes Heer, sondern wirklich nur Siverd und seine wenigen Männer.»

«Auch das läßt sich nicht ausschließen, doch wenn ich jemals einen vorsichtigen Mann kennengelernt habe, dann ist das Herzog Otto. Ich kann mir einfach nicht vorstellen, daß er mit einem solchen Trick versucht, Bodenteich an sich zu bringen ohne einen weiteren Trumpf im Ärmel zu haben.»

Zögernd sprach Adrian den Gedanken aus, der ihn seit dem Morgen nicht loslassen wollte:

«Er ist entschlossen, uns zu vernichten, nicht wahr? Es ist ein Kampf auf Leben und Tod.»

Aquila seufzte und ließ sich auf den Boden gleiten, den Rücken gegen die Brüstung des Turmes gelehnt:

«Es ist nicht so, daß er Eure Familie etwa besonders haßte, Herr. Das hier ist keine dramatische Geschichte wie die Fehde zwischen den Päpsten und den Hohenstaufen, nein. Kein Krieg, der sich über Generationen hinzieht. Die Frage ist nicht, wer der Stärkere ist, denn das ist ganz ohne Frage der Herzog. Wir haben gar keine Chance, Bodenteich auf lange Sicht ohne Hilfe von außen zu halten. Andererseits ist der Herzog natürlich auch viel zu klug, einen Sturmangriff zu versuchen. Er könnte sicherlich genug Männer aufbieten, uns durch ihre bloße Zahl zu erdrücken. Doch er weiß, daß der Blutzoll ungeheuer hoch wäre und – was für ihn zweifellos mehr zählt – auch der finanzielle Aufwand. Bodenteich ist stark, aber uneinnehmbar...»

«Wie sollte er Bodenteich bezwingen?»

«Seid nicht töricht, Adrian! Die Ritter des Tempels von Jerusalem, sie hielten ihre Burgen im Heiligen Land für uneinnehmbar und doch ist jede einzelne von ihnen gefallen. Kaum ein paar Monate ist es her, daß Euer und Schwester Agnethas mächtiger Verwandter, Ritter Werner, mit seinen Templern nach Burg Langenapel zurückgekehrt ist: als ein Geschlagener.

Oder Ihr hättet Lucera sehen sollen, Herr, und jene Burg nahe Bari, die Castel del Monte genannt wird, beides uneinnehmbare Festungen. Kaiser Friedrich hatte seine besten Baumeister mit der Leitung der Arbeiten beauftragt, ja, im Castel del Monte hatte er sogar selbst die Baupläne entworfen. Doch auch diese Burgen mußten sich zuletzt den Franzosen ergeben, halb zerstört, ausgehungert...»

«Also haben wir jetzt schon verloren?»

Der Falkenmeister musterte den Jungen betrübt. Gab sich Adrian nicht alle Mühe, der schweren Verantwortung gerecht zu werden, die so unerwartet auf seinen Schultern lastete. Es war ein Jammer: Die wirklich kostbaren Anlagen, Adrians nachdenklicher und forschender Geist, der sich unter der Anleitung Schwester Agnethas gerade entfaltete, all das sollte niemals eine Chance erhalten, fruchtbar tätig zu werden? Wenn Aquila ehrlich war, mußte er zugeben, daß er in Adrian ein klein wenig den Sohn sah, den er niemals gehabt hatte.

Er lächelte dem Jungen aufmunternd zu:

«Wenn das hier ein Krieg wäre wie jeder andere, dann müßten wir uns in der Tat vor trügerischen Hoffnungen hüten. Der Herzog und der Inquisitor stehen vereint gegen uns, und notfalls ist auch noch der Bischof auf ihrer Seite: Ein sehr unausgeglichenes Kräfteverhältnis. Trotzdem, das muß noch kein Grund zur Verzweiflung sein.»

«Ihr glaubt, jemand wird uns zur Hilfe kommen? Ein Feind des Herzogs!»

Aquila lächelte grimmig: «Davon gibt es weiß Gott genug. Sein Vetter würde diese Gelegenheit sicherlich gern ergreifen, und wer weiß, vielleicht würden sogar die Markgrafen einschreiten, wenn Ihr sie um Hilfe bätet. Doch vermutlich würde diese Hilfe nicht rechtzeitig kommen. Es dauert Monate, bis diese Landesherren ein Kriegsaufgebot zusammengestellt haben.»

«Aber an wen denkt Ihr dann?»

Aquila sah ihn ernst an: «Wenn Ihr erlaubt, Herr, möchte ich keine voreiligen Hoffnungen in Euch wecken, solange ich mir meiner Sache nicht völlig sicher bin.»

Die Nonne war noch immer unentschlossen, wie sie sich dem Falkenmeister gegenüber verhalten sollte.

Betrachte ich es recht, so kann ich keiner Seite wirklich vertrauen: Spricht Ludolpho die Wahrheit, ist Aquila ein Ketzer, und hat die Inquisition recht, ist auch Ritter Wilbrand selbst nicht besser als die Ketzerführer auf dem Montsegur. Doch kann ich den Worten des Kaplans wirklich Glauben schenken? Nicht, wenn ich ehrlich zu mir selbst bin. Wilbrand von Bodenteich und sein Falkenmeister sind vielleicht die ehrenhaftesten Männer, denen ich jemals begegnet bin. Kritisch in ihrem Urteil gegenüber der Kirche, ganz zweifellos, doch Ketzer...

Andererseits: Wenn sich der Kaplan in Aquila getäuscht hatte, mußte sie dann nicht befürchten, daß sich auch der Inquisitor täuschte, der an Ludolphos Worten ein solches Interesse gezeigt hatte? Aber sollte sie nicht ganz ruhig sein und sich darauf verlassen, daß der Heilige Geist über dem Prozeß wachen würde?

Was sind das für Gedanken, scholt sie sich. Schon die Vorstellung, die Heilige Inquisition könne irren, grenzt an Ketzerei.

Kurz nach Einbruch der Dunkelheit ertönte Aquilas charakteristisches Klopfen an der Tür der Kemenate.

«Tretet ein!» rief Agnetha. Die Augustinerin war allein. Adrian und Gerolf ließen es sich nicht nehmen, wie alle anderen Verteidiger einige Stunden Wache zu schieben, und die Amme war gerade dabei, Riva für die Nacht zu versorgen.

Aquila öffnete die Tür und trat in den Raum. Um die Brust trug er einen ledernen Harnisch, dessen Verschlüsse er beim Eintreten löste. Wie immer war sein Gewand ansonsten von grüner Farbe.

Wehmütig lächelnd ließ er sich auf ihre Einladung auf dem kleinen Schemel nieder.

«Was habt Ihr?» fragte sie überrascht. «Gibt es Grund zur Freude? Ist Ritter Wilbrand frei?»

Er schüttelte ernst den Kopf: «Nein, Schwester, leider nicht. Ich mußte nur gerade daran denken, wie viele Nächte ich auf diesem Stuhl zugebracht und auf Eure Genesung gehofft habe. Ist es nicht seltsam... es scheint alles so lange her zu sein, dabei sind es erst ein paar Wochen. Und doch... wenn ich zurückdenke, scheinen diese Wochen einen ganz entscheidenden Teil meines Lebens auszumachen, fast, als sei alles, was vorher war, nur ein längst vergangener, weit entfernter Traum.»

Sie schluckte: «Eure Worte... es klingt vielleicht sonderbar, aber es ist fast dasselbe, was ich in den letzten Tagen immer wieder denken muß. All die Jahre im Kloster, als in meinem Leben so wenig zu geschehen schien. Und doch war ich glücklich dort, wirklich glücklich, und trotzdem... Aber ich wäre nie auf die Idee gekommen, Ihr könntet ähnlich empfinden. Euer Leben ist doch erfüllt gewesen all die Jahre, die Ihr hier auf Burg Bodenteich lebt. Weit weg von Eurer Heimat natürlich, aber immerhin frei. Was sollte sich in den letzten Wochen verändert haben?»

Er musterte sie eindringlich. Sein Blick war jetzt hart, fast grimmig. Beinahe spürte sie das Bedürfnis die Augen abzuwenden.

«Agnetha», sagte er und es war ein merkwürdiger Klang in seiner Stimme, rauh und auf eine Weise, wie sie es nie zuvor gehört hatte. Und doch schien dieser Ton etwas in ihrem Innern zu bewegen, eine niemals zuvor bewußt wahrgenommene Faser ihres Seins.

«Ich kann nicht glauben, daß Ihr das noch immer nicht wißt, Agnetha.»

Er beugte sich zu ihr vor und noch bevor ihr klar wurde, was geschah, berührten seine Lippen die ihren, nur für einen Augenblick, ohne daß ihr Zeit blieb, irgendwie zu reagieren.

Regungslos beobachtete sie, wie er sich erhob und die Tür wieder öffnete:

«Wir müssen damit rechnen, daß die Herzoglichen Burg Bodenteich angreifen, Schwester. Die meisten Männer werden sie gemeinsam mit Ritter Wilbrands Söhnen verteidigen, doch das Gesinde und alle Frauen und Kinder werden uns morgen früh verlassen. Schon wegen Eures Bruders wird es der Herzog niemals wagen, Euch auch nur ein Haar zu krümmen, doch ich werde Euch zwei Männer mitgeben, die Euch sicher in das Kloster Eurer Schwestern geleiten oder wohin sonst Ihr reiten möchtet. Bitte trefft bis dahin Eure Vorbereitungen.»

Mit einem unverbindlichen Nicken verabschiedete er sich.

Erst als er die Tür hinter sich geschlossen hatte, bemerkte sie, daß sie während seiner letzten Worte die ganze Zeit den Atem angehalten hatte.

anno dominice incarnationis MCCXIIC
regnante domino Adolpho primo glorioso Romanorum rege augusto
idus novembri
(13. November 1292)

«Ich danke Euch, Schwester Agnetha», sagte Adrian von Bodenteich und sein Blick strafte alle Förmlichkeit Lügen. Wie schon so oft hatte die Augustinerin den Eindruck, als könne sie durch die Augen des schüchternen Jungen einen Blick bis tief in dessen Seele werfen. Gerolf stand Schulter an Schulter mit seinem Bruder, und wenn er auch gleichmütiger wirkte, wußte Agnetha doch, daß auch für ihn dieser Abschied keine einfache Stunde war.

Sie lächelte traurig und Adrian öffnete den Mund als wolle er noch etwas sagen, doch dann sagte er doch nur: «Ich danke Euch für alles.»

Riva und Amme Annafrid standen an ihrer Seite. Die alte Dienerin und das Kind würden Agnetha begleiten. Aquila und die Söhne Ritter Wilbrands waren übereinstimmend der Ansicht, daß das Kloster der Augustinerinnen jetzt der sicherste Ort für sie war. Natürlich sorgte sich auch Riva um ihren Vater und das Schicksal ihrer Brüder, doch noch durchschaute sie nicht den vollen Ernst der Situation, und sie war noch jung genug, sich auf das bevorstehende Abenteuer der Reise zu freuen. Das kleine Mädchen hatte noch nie eine Nacht außerhalb der Burg verbracht.

Vom Stall her kamen Aquila und die Reisegefährten der Frauen mit den Pferden. Fernando war für diese Reise ein zweckmäßigeres Geschirr angelegt worden als vor drei Tagen bei ihrem morgendlichen Ausritt.

Agnethas Hand strich durch die dichte Mähne des Pferdes, doch ihre Augen versuchten den Blick des Falkenmeisters einzufangen. Endlich ließ er sich darauf ein und trat auf sie zu:

«Ich nehme an, Junker Adrian hat Euch bereits gedankt, Schwester, doch nehmt auch meinen Dank. Ich hoffe, daß Ihr die Zeit auf Burg Bodenteich in nicht allzu schlechter Erinnerung behalten werdet, auch wenn sie ein solches Ende nimmt.»

Sie wollte noch so vieles sagen, so vieles stand zwischen ihnen und war nie ausgesprochen worden. Sie hatte immer noch, und jetzt vielleicht zum letzten Mal, die Chance, ihn zu fragen, ob er es war, der ihren Bruder von den Ereignissen in Bodenteich unterrichtet hatte. Die Antworten auf all ihre Fragen, die endgültige Sicherheit, wem sie vertrauen konnte und wem nicht, sie konnte sie binnen weniger Momente bekommen – und zum Teufel damit, daß die halbe Burggemeinschaft dabei Zeuge wurde. Er schien auf die Frage, schien auf irgend etwas zu warten. Warum nur vermochte sie die erlösenden Worte nicht zu sprechen? Hatte sie solche Angst vor der Wahrheit?

«Die Pferde sind ausgeruht und gefüttert. Ich habe Euch etwas Proviant in die Satteltaschen gelegt, doch ich würde Euch trotz allem empfehlen, eine Strecke zwischen Euch und Bodenteich zu bringen, bevor Ihr an eine Rast denkt. Hinter der Wegekreuzung bei Dammerhorn und Schafwedel müßtet Ihr in Sicherheit sein. Die Dörfer dort gehören bereits Markgraf Konrad, der Herzog wird sich kaum so weit vorwagen.»

«Aquila...», murmelte sie, «was Ihr für mich getan habt, kann kein Dank jemals ausdrücken. Ich... Ihr seid in jedem meiner Gebete.»

Die Augustinerin wandte sich ab; sie brachte es einfach nicht fertig, ihm länger ins Gesicht zu sehen.

Adrian von Bodenteich ließ es sich nicht nehmen, ihr selbst in den Sattel zu helfen. Dann wurde das Tor geöffnet und sie ritten in den nebligen Morgen davon. Im Stillen dankte die Augustinerin der Heiligen Jungfrau, daß Aquila seinen Plan, die Zugbrücke zu zerstören wenigstens bis zu ihrem Aufbruch aufgeschoben hatte.

Nach zwei Monaten und einem Tag verließ Schwester Agnetha die schützende Burg, und erst jetzt wurde ihr klar, wie sehr sie in dieser Zeit zu ihrer Heimat geworden war.

Mit gemischten Gefühlen sah Agnetha Siverd von Saldern auf ihre kleine Reisegruppe zukommen, als sie sich dem Ende des Dammweges näherten. Der alte Söldnerführer war heute anders als am Vortag nur in ein leichtes Gewand gekleidet. Er machte ganz und gar nicht den Eindruck, als plane er in allernächster Zeit einen Sturm auf die Burg. Auch machte keiner seiner Begleiter irgendwelche Anstalten, sich den Reisenden feindlich zu nähern.

«Ah, Schwester Agnetha!» rief Siverd. «Wir hatten schon mit Euch gerechnet!»

«Schwester Agnetha ist nicht Euer Feind, Herr von Saldern!» erwiderte einer Ihrer bewaffneten Begleiter. «Sie hat sich entschlossen,

Burg Bodenteich zu verlassen, um zu den Ihren zurückzukehren!»

Der alte Kriegsmann hob die Schultern: «Warum sollte ich sie daran hindern? Doch vielleicht... Schwester, könnten wir einige Worte miteinander sprechen – allein.»

Die Augustinerin zögerte einen Augenblick. Doch sie hatte keinen Grund, Siverd zu mißtrauen. Natürlich war er ein Mann des Herzogs, doch ansonsten hatte er sich bisher in jeder Beziehung absolut korrekt verhalten.

«Gut», nickte sie. «Für einen Augenblick.»

Während sie sich von Siverd aus dem Sattel helfen ließ, fragte sie sich, was man sich wohl auf der Burg denken mochte. Vom Tor aus mußte jede ihrer Bewegungen noch immer gut zu erkennen sein.

«Ich danke Euch, Schwester», sagte Siverd und führte sie einige Schritte zu einem niedrigen Haus an der Straße, die hinab zur Mühle führte. In dem nicht sehr großen Gebäude hatte er offenbar sein Hauptquartier eingerichtet. Weder vom Herzog noch von Bruder Edgar war eine Spur zu sehen. Vielleicht befanden sie sich in der Kirche oder in Ludolphos Pfarrhaus.

«Es ist gut, daß Ihr die Burg verlassen habt, Schwester.»

Ihre Zunge schmeckte bitter: «Ihr wollt sie also tatsächlich angreifen?»

Siverd seufzte: «Es ist nicht mein Wunsch, Schwester. Vielleicht wird es ja gar nicht so weit kommen. Noch gibt es gar keinen Grund dafür: Die Söhne Ritter Wilbrands sind bisher nicht angeklagt.» Er sah sie nachdenklich an und fügte betont hinzu: «Auch niemand sonst, der sich auf der Burg aufhält.»

Alle Farbe wich ihr aus den Wangen: «Ihr meint...»

«Ich meine gar nichts», sagte er brüsk. «Ich habe schon zuviel gesagt. Nur eines noch: Es ist nicht mein Wunsch, die Verantwortung dafür zu tragen, daß hier ein stolzes Geschlecht zugrunde geht und ehrenhafte Männer den Scheiterhaufen besteigen. Meine Männer... es sind viel zu wenige, um alle Ufer des Sees abzusichern. Wenn sich die Söhne des Ritters und natürlich auch der Falkenmeister entschließen sollten, ein kleines Boot zu besteigen – selbstverständlich ohne die Schätze ihrer Familie – und in der Dunkelheit der Nacht über den See zu verschwinden, sagen wir: bis hinüber nach Schafwedel, so hätte ich ganz bestimmt keine Möglichkeit, das zu verhindern.»

Die Augustinerin lächelte traurig: «Ihr kennt Aquila, Siverd. Glaubt Ihr wirklich, er würde das in Betracht ziehen?»

Er schüttelte ernst den Kopf: «Ich fürchte, er wäre nicht der Mann als den ich ihn schätze und respektiere, wenn er es täte. Aber wenigstens die Kinder...»

«Adrian ist sechzehn und Gerolf nur zwei Jahre jünger. Sie würden es Euch nie verzeihen, wenn Ihr sie der Chance beraubtet, zu Helden zu werden.»

«Helden?» Er spuckte das Wort aus wie eine faule Frucht. «Ich habe genug vierzehn- und sechzehnjährige Helden gesehen in meinem Leben, Schwester, tote Helden. Das reicht hin. Und was ist heldenhaft am Tod auf dem Scheiterhaufen?»

«Der Herzog würde doch nicht wirklich...»

«Der Herzog vielleicht nicht, aber wenn der Inquisitor sie für Ketzer oder Ketzerfreunde hält...»

«Und Ritter Wilbrand...»

«Was mit ihm geschehen wird, wage ich mir nicht vorzustellen. Ich habe diesem Mann, meinem Standesgenossen, mein Wort gegeben, daß man ihn ritterlich behandeln wird, und nun hat mein Dienstherr mir die Möglichkeit genommen, dafür Sorge zu tragen, daß mein Versprechen eingehalten wird.»

«Wie meint Ihr das?»

«Man hat ihn nach Oldenstadt gebracht, Schwester. Nur der alte Ketzer, den sie schon verurteilt haben, dieser Meister Emil, der ist noch hier. Und ich und meine Männer natürlich. Der Herzog und Bruder Edgar selbst begleiten den Zug nach Oldenstadt. Keine Ahnung, was sie vorhaben mit Wilbrand, diese verdammten...»

«Siverd, warum nur dient Ihr diesen Männern?»

«Dem Inquisitor diene ich nicht, oh nein, Schwester, da sei Gott davor. Und der Herzog: Ich habe ihm Treue geschworen wie schon seinem Vater. Nein, meinen Eid kann ich nicht brechen.»

Sie schwiegen. Agnetha blickte betrübt zurück zur Burg. Sollte sie noch einmal zurückkehren, um Aquila vom Angebot des alten Kriegers zu berichten?

Siverd erriet ihre Gedanken: «Keine Sorge, Schwester, er wird es erfahren. Ich wünschte nur, ich könnte mehr tun.»

Sie lächelte ihn traurig an: «Ihr seid wahrhaftig ein Mann von Ehre, Ritter Siverd. Wären nur auch die, denen Ihr dient, solch ehrenhafte Männer.»

Er erwiderte das Lächeln: «Nein, das sind sie leider nicht, Schwester. Und ich wüßte nicht, wer sie daran hindern sollte, ihr schändliches Werk zu vollenden. Außer vielleicht...»

Sie hatte sich bereits zum Gehen gewandt, doch nun blieb sie stehen:

«Wer, Siverd?»

Er sah sie ernst an: «Nur Euer Bruder, Schwester Agnetha. Nur der päpstliche Legat hat diese Macht.»

Es ist mehr als eine Tagesreise bis zum Kloster, dachte Agnetha. Auf dem langen Ritt sollte ich ausreichend Zeit und Muße zum Nachdenken haben.

Doch schon als sie die Hauptstraße des Marktfleckens entlangritten, fragte sie sich, ob es ihr je wieder gelingen würde, ihr Leben mit Ordnung und Form zu erfüllen. Die ruhige, zufriedene Existenz einer Augustinernonne, wie sie sie vor jenem Morgen, an dem der päpstliche Legat im Kloster eingetroffen war, geführt hatte, schien weit fort, halb vergessen und verborgen in den Nebeln der Erinnerung wie der halb erinnerte Traum einer Fremden.

Wer bin ich eigentlich? Dem Worte nach habe ich jedes einzelne meiner Gelübde gehalten... und doch – ich kann mir nicht mehr vorstellen, heute abend wieder Konventualin zu sein. Wie gerne würde ich die Mutter Priorin, Schwester Ingrid, die Sangmeisterin und all die anderen wiedersehehn, doch ich kann jetzt nicht ins Kloster zurückkehren und abgeschnitten von der Welt leben. Noch nicht, vielleicht nie wieder.

Sie brachte ihr Pferd an die Seite ihrer bewaffneten Begleiter, die dem Zug nun voranritten.

«Wir werden nicht zu den Nonnen reiten», sagte sie fast beiläufig. «Ich habe den Wunsch, meine Brüder zu sehen. Wir reiten nach Knesebeck.»

Verwirrt sahen die Männer sie an: «Ehrwürdige Schwester, der Falkenmeister hat gesagt...»

«Der Falkenmeister hat gesagt», unterbrach sie ihn, «daß Ihr mich an den Ort geleiten sollt, an den ich reisen möchte. Und es ist mein Wunsch, Burg Knesebeck zu besuchen.»

Die beiden Männer sahen sich an, doch nach einem Augenblick nickte der ältere von ihnen: «Wie es Euer Wunsch ist, Herrin. Doch Ihr wißt, daß das keine ungefährliche Reise sein wird: Den Bauern an unserem Reiseweg könnte es in den Sinn kommen, dies sei eine günstige Gelegenheit, sich mit dem Herzog gutzustellen.»

«Darum mache ich mir keine Sorgen», erwiderte sie kurz. Schließlich fügte sie doch noch erklärend hinzu: «Wenn der Herzog es wagen sollte, Leib, Leben oder Freiheit der Schwester des päpstlichen Legaten anzutasten, dann wird er es nämlich sein, der exkommuniziert wird.»

Sie ließ ihr Pferd wieder zurückfallen und überließ die Männer ihren eigenen Gedanken. Mochten sie ihr glauben oder nicht, es war ihr gleichgültig. Noch vor wenigen Monaten hätte sie selbst keinen Zweifel gehabt, daß dem Sondergesandten seiner Heiligkeit Papst Nikolaus die Tatsache, daß er so etwas wie eine Schwester hatte, längst entfallen war. Und heute...

Wenn er überhaupt lebte und wenn es ihr gelang, ihn zu finden, wie weit würde ihr Bruder gehen, wenn es um Agnethas Leben ging? Und wie wird er reagieren, wenn ihm klar wird, daß es gar nicht um mein Leben geht, sondern um das Leben eines Mannes, der vielleicht ein Ketzer ist? Um das Leben des Mannes, den ich liebe?

Der Tag war sonnig, doch die Luft schmeckte schneidend kalt. Der Boden zeigte sich beinahe schneefrei, aber die Felder und Wiesen bedeckte eine kräftige Frostschicht, und auf den Zweigen der Bäume lagerte Rauhreif.

Der Weg war fest gefroren, was ihr Vorankommen erheblich erleichterte. Um die Mittagszeit hatten sie das erste Dorf bereits hinter sich gelassen, die kleine Ansiedlung Langenbrügge, sechs, sieben, acht Höfe und ihre Bewohner, die noch Ritter Wilbrand dienten. Ein zugefrorener Dorfteich, an dessen Rand ein paar recht wohlgenährte Schweine in der Kälte froren.

Neugierig wurde der kleine Zug beäugt. Einige Kinder in verschmutzten und zerlumpten Kitteln hoben ein wenig furchtsam ihre Hände zum Gruß. Die Augustinerin winkte ihnen lächelnd zu, doch augenscheinlich wagten sie es nicht, die Reisenden anzusprechen.

Was könnte ich für sie anderes sein als eine Verräterin, wurde ihr klar. Ritter Wilbrand ist gefangen und seine Söhne sehen einem ungewissen Schicksal entgegen. Alle sind bei ihnen geblieben, ich aber fliehe. Und doch ist vielleicht gerade diese Flucht die einzige Chance, ihr Leben zu retten.

Die Stunden des Tages dehnten sich, ohne daß sie es wagte, den Befehl zu einer Rast zu geben. Falls Herzog Otto tatsächlich etwas plante, dann war diese Gegend, meilenweit entfernt von der nächsten Ansiedlung, dafür bestens geeignet.

Heilige Jungfrau, alles, aber nicht noch einmal in der Nacht reisen müssen!

Der Weg stieg allmählich an. Hohe Nadelhölzer wuchsen vor ihnen auf, von Ferne eine fast undurchdringliche Mauer. Beim Näherkommen erkannte Agnetha, daß dem Reitweg ein schmaler Durchlaß durch das Dunkel der Bäume gegönnt war. Als sie heran waren, spürte Agnetha, wie sich eine eisige Hand um ihre Brust zu legen schien. Sie erschrak. Es war ein Gefühl wie in den Träumen ihrer Krankheit bevor es Aquila gelungen war, zu ihr durchzudringen und sie langsam und vorsichtig in die Welt der Lebenden zurückzuführen.

Der Wind war eisig, wiewohl er aus Richtung Mittag kam. Durch den Hohlweg hindurch blies er ihnen unmittelbar entgegen. Die Bäume bewegten sich im Wintersturm wie lebende Wesen.

Der Durchlaß schien kaum breit genug für zwei Reiter, die langsam nebeneinander ritten. Der Untergrund war von Baumwurzeln durchwuchert, so daß die Pferde, die den Wald schon ungern betreten hatten, bei jedem Schritt achtgeben mußten und immer unwilliger wurden. Von den Seiten drängten die Bäume immer näher heran. Selbst der Blick auf den Himmel über ihnen wurde den Reisenden immer wieder genommen, wenn sich einzelne Äste drohend über den Weg hinweg ausstreckten. Ein Duft nach Wildnis lag in der Luft und obwohl der Abend noch fern sein mochte, herrschte ein merkwürdiges Zwielicht.

Es war fast unmöglich, nicht an den Tag von Wasmods Verschwinden zu denken. Agnetha versuchte, ihre Gedanken in andere Wege zu lenken, wiederholte im Geiste ein ums andere Mal die zeremoniellen Worte des Fürbittengebets, das sie so oft in der Familienkapelle gesprochen hatte, in der vertrauten Sicherheit des Augustinerinnenklosters. Es half nichts. Wie sie feststellte, war der menschliche Geist durchaus in der Lage, zwei Dinge auf einmal zu tun: sich sämtliche Schrecknisse der Hölle auszumalen und sich auf die genauen lateinischen Wendungen eines Gebets zu konzentrieren.

Agnetha befeuchtete die Lippen und versuchte, ein Gespräch mit der Amme in Gang zu bringen, doch der alten Frau ging es offenbar nicht viel anders als ihr selbst, und die Unterhaltung versickerte rasch wieder. Übelkeit überfiel die Nonne. Ihre Hände zogen den Lederbeutel hervor, den Aquila ihr zum Abschied mitgegeben hatte. Nach einer Rast stand in dieser Wildnis sicherlich niemandem von ihnen der Sinn, doch vielleicht konnte sie während des Rittes einen kleinen Bissen zu sich nehmen, um das ungute Gefühl in ihrem Innern zum Schweigen zu bringen. Schließlich hatte sie seit dem Morgen nichts mehr gegessen.

Endlich hatte sie die Schnüre gelöst. Es befanden sich würzige Nüsse in dem Beutel. Für den Augenblick überdeckte ihr Duft sogar den allgegenwärtigen Atem des Waldes. Sie kannte diesen Duft und sie kannte auch die Nüsse.

Heilige Mutter Gottes! Die Nüsse des Kardinals!

Sie vermochte den Schrei nicht mehr zu unterdrücken. Besorgt sah Annafrid zu ihr hinüber. Agnetha spürte, wie brennende Röte ihre Wangen zu überziehen begann. Mühsam und, wie sie fand, nur wenig überzeugend brachte sie ein Hüsteln zustande.

«Ich hatte mich verschluckt. Es geht schon wieder. Aber sie sind gut, probiert sie!» Rasch reichte sie ihr eine Handvoll.

Dankbar nahm die Amme sie entgegen: «Solche Nüsse habe ich noch nie gesehen», staunte sie.

«Sie kommen von weit her», sagte Agnetha leise, «sie wachsen nur in Italien.»

Mechanisch öffnete sie selbst einige Nüsse und steckte sie in den Mund. Sie kaute und schluckte und doch nahm sie den Geschmack kaum war.

Noch niemals habe ich solche Nüsse gesehen, nur jenes eine Mal, damals, auf unserer Reise nach Bodenteich, ein paar Stunden bevor der Magister verschwand. Aquila kann sie nur von Wasmod haben. Es ist wie ein geheimer Code. Damit hat er mir gesagt, worauf ich all die Wochen gewartet habe. Er ist es, dem der Legat vertraute und offenbar noch immer vertraut. Und Wasmod lebt. Er muß Aquila die Nüsse gegeben haben, um mir so die Wahrheit zu offenbaren.

Wie betäubt starrte sie auf das Hinterteil des vor ihr hertrabenden Pferdes. Der Tritt des Tieres schien in einem Augenblick zögernd, als spüre es die Besorgnis der Reisenden, im anderen Augenblick völlig ruhig, noch kaum erschöpft von mehreren Stunden des Ritts.

So einfach, war alles so einfach? Aber wieso hat Aquila nie offen zu mir gesprochen? Hat er mir einfach nicht genug vertraut? Heilige Mutter Gottes, gerade wenn er befürchtet hätte, ich könnte ihn für einen Ketzer halten, mit einem einzigen Satz hätte er das alles aus dem

Weg räumen können. So vieles hätte anders kommen können, wenn ich sicher gewußt hätte, daß ich ihm vertrauen kann.

Nachdenklich betrachtete sie die Nußschalen in ihrer Handfläche. Die Furchen in der rauhen äußeren Schale bildeten ein Labyrinth, die unentwirrbaren Pfade eines Irrgartens.

Ein Kardinal der Heiligen Kirche hat diese Nüsse gesammelt. Und er gab sie einem Mann, dem der Heilige Vater absolut vertraut hat, dem also auch ich absolut vertrauen muß. Wasmod hat mir von Anfang an gesagt, daß ich kein Wort mehr erfahren werde, als ich wissen muß, um meine Aufgabe zu erfüllen. Er hat sich daran gehalten. Und hatte er nicht recht? Dienen nicht alle anderen Fragen einzig dazu, meine Neugier zu befriedigen? Jetzt weiß ich alles, was ich wissen muß.

In Gedanken versunken folgte sie dem Weg des Zuges. Von einem Augenblick zum nächsten war alles anders geworden und doch gleich geblieben. Die Antworten waren da und sie waren ferner als je zuvor. Niemals, niemals konnte sie jetzt ins Kloster zurückkehren.

Aquila war Wasmods Vertrauter und das bedeutete zugleich, daß er nicht für die begangenen Verbrechen verantwortlich sein konnte. Ob das zugleich bedeutete, daß er kein Ketzer war, war eine ganz andere Frage, aber auf jeden Fall...

Es ist, als habe jemand einen Stein von meinem Herzen gewälzt, schwerer als jener Felsen, der drei Tage lang das Grab Jesu Christi verschlossen hatte, bis der Engel des Herrn ihn hinfort nahm und den furchtsamen Menschen verkündete: «Was sucht ihr den Lebenden bei den Toten?» Es ist, als wäre mir selbst das Leben wiedergeschenkt worden. Doch wie allzuleicht nur kann ich dieses Leben wieder verlieren?

Sie mußte alles tun, um den Falkenmeister zu retten. Jede Stunde war kostbar, wollte sie das Verhängnis noch aufhalten, das für ihn und für alle Menschen in Burg und Marktflecken Bodenteich von Tag zu Tag, ja von Stunde zu Stunde näherrückte. Plötzlich verspürte sie den beinahe unwiderstehlichen Drang, ihre Mitreisenden anzuweisen, den Pferden die Sporen zu geben und den Tieren keine Ruhe zu gönnen, bevor sie nicht durch den Schatten der Mauern von Burg Knesebeck ritten. Sie mußte Wasmod finden. Das war nun dringlicher als je zuvor.

Doch sie mußte auch Rücksicht auf ihre Begleiter nehmen – und neben den beiden Reitknechten, denen sie den Galopp schon zugetraut hätte, waren das eine alte Frau und ein kleines Kind.

Endlich, nach Stunden hatten sie den Wald hinter sich gebracht. Das Licht der winterlichen Sonne schien grell in ihre Gesichter, und wenn es im ersten Augenblick auch blendete, so war im Innersten doch jeder von ihnen froh, den Wald hinter sich zu haben.

Schon neigte sich die Bahn der Sonne. Doch noch konnten sie mit vielleicht drei Stunden Tageslicht rechnen. Eine waldlose Gegend breitete sich vor ihnen aus, sumpfige Wiesen, ein Dorf und in der Ferne glaubte sie bereits die Umrisse eines Kirchturms zu erkennen. Der Reitpfad zog sich den Höhenrücken hinab in eine breite, wassergefüllte Senke.

«Wir müssen den falschen Weg eingeschlagen haben, Schwester», sagte die Amme, die die meiste Zeit ungewöhnlich stumm neben Agnetha herritt. «Seht, der Bodenteicher See.»

Agnetha schüttelte den Kopf: «Nein, Amme, da täuscht Ihr Euch. Das hier ist der Stöckener Teich, ein gewaltiger Sumpf, der sich auf viele Wegstunden in Richtung Sonnenaufgang dahinzieht. Nur bei dem Dorf Stöcken gibt es eine Furt, wo man ihn passieren kann. Sie liegt nicht mehr weit vor uns. Dort beginnt das Land Knesebeck, das meiner Familie gehört.»

Als der Tag sich neigte, hatten die Reisenden nicht nur die Furt durchquert, sondern näherten sich bereits einer recht ansehnlichen Ansammlung von Häusern mit dem wuchtigen Backsteinbau einer Pfarrkirche in der Mitte.

«Seht Euch das an», jubelte die kleine Riva und deutete auf die Häuser, die sich in eine flache Mulde drängten und sogar mit einem Wall gesichert waren. «Das müssen mehr als hundert Häuser sein! Schwester Agnetha, ist das die Stadt Jerusalem, von der Ihr uns erzählt habt?»

Agnetha schüttelte lächelnd den Kopf: «Oh nein, kleine Riva, das hier ist nur Wittingen, die größte Stadt im Land meiner Familie. Wittingen ist bedeutend größer als das Dorf Knesebeck selbst. Und die Stadt ist seit einiger Zeit auch von einer Befestigung umgeben. Es gibt hohe Wälle und, seht Ihr, dort drüben, rechts von der Kirche: Es ist ein Bergfried ähnlich dem in Bodenteich. Mein Vater hat ihn errichten lassen, um sich notfalls gegen Angriffe der Herzöge besser verteidigen zu können.»

Riva staunte: «Die ganze Stadt gehört Eurer Familie?»

«Der größte Teil gehört meinen Brüdern, ein kleinerer den Söhnen meiner Schwester. Außerdem gibt es noch einen Hof der Zisterziensernonnen von Isenhagen. Eigentlich aber ist Wittingen eine Stadt der Markgrafen, denen meine Familie einen Teil der Zölle und der Einkünfte abtreten muß. Ich denke, meine Brüder tun das gerne, denn wenn die Markgrafen nicht wären, hätte das ganze Land Knesebeck schon längst das gleiche Schicksal erlitten, das der Herzog nun Bodenteich zugedacht hat. Seit ich denken kann, hat mein Vater sich mal dem einen, mal dem anderen der großen Landesherren zugeneigt. Sich mit allen Seiten gutzustellen, das sei alles, sagte er immer, die einzige Chance für ein kleines adliges Geschlecht, in Zeiten wie diesen zu überdauern.»

Und er hätte mit Sicherheit den Teufel getan, Ritter Wilbrand beizustehen. Warum sollte es nun einer meiner Brüder tun?

«Euer Vater lebt nicht mehr?» fragte die Amme.

«Er liegt in unserer Klosterkirche begraben», erwiderte Agnetha. «So kann... so konnte ich jeden Tag für ihn beten.»

«Eine fromme Aufgabe», nickte die alte Frau. «Und heute leben Eure Brüder in Wittingen?»

«Ehrlich gesagt, ich weiß es nicht genau», gestand Agnetha. «Nach Vaters Tod haben sie den gesamten Besitz aufgeteilt. Ich weiß nicht, wer von ihnen heute in Wittingen lebt. Nun, wir werden es bald erfahren.»

An den Stadttoren von Wittingen gab es keine Schwierkeiten. Sie waren in Wahrheit nicht viel mehr als ein hölzernes Gatter, das sofort geöffnet wurde, als die Reisenden den Namen der Augustinerin nannten. Mit abwesendem Lächeln beobachtete Agnetha die Bürger und ihre Familien, die mit offenen Mäulern auf den Straßen zusammenströmten und die Reisenden anstarrten, kaum daß sich die Nachricht von ihrer Ankunft verbreitete. Selbst diejenigen, die Agnetha schon früher gesehen hatten, mußten Mühe haben, sie wiederzuerkennen, denn wenn sie für die weite Reise auch nicht ihre offizielle Klostertracht angelegt hatte, trug sie unter ihrer Haube doch eine warme Kapuze, die die Wangen und das Kinn verhüllte.

Gleich hinter dem Tor kamen sie auf einen etwas größeren Platz, von dem sich zwei Wege verzweigten; der eine führte ungefähr geradeaus weiter, der andere knickte ein wenig nach rechts ab. Rund um den Platz und an der nach rechts führenden Straße standen eng aneinandergedrängt Häuser aus Lehm und Holz, die auch nicht viel besser aussahen als die Behausungen der Einwohner von Bodenteich, einige hatten allerdings ein aus Backstein gemauertes Untergeschoß. Vor mehreren Gebäuden waren Menschen bei der Arbeit. Agnetha sah zwei oder drei Handwerker, offenbar Schuster oder Gerber, die meisten Menschen schienen indes dem Bauernstand anzugehören. Seit ihrem letzten Besuch hatte sich nicht viel verändert. Der allgegenwärtige penetrante Gestank war jedenfalls geblieben. Die Nonne kannte seine Quelle: In der Mitte der Straße und quer über den Platz zog sich ein schmaler Graben, in dem eine grünbraune, jaucheartige Flüssigkeit träge schwappte, ansonsten aber praktisch stillstand. Dies waren die Abwässer von Gerberwerkstätten. Die Kloake konnte nicht zufrieren, sie dampfte in der Kälte des zu Ende gehenden Wintertages.

An der geradeaus führenden Straße wuchsen linker Hand einige mächtige Bäume, die in ihrer geschützten Lage noch einen großen Teil ihres Blattwerks trugen. Schon vom Tor aus konnte man erkennen, daß es hier bedeutend größere Anwesen gab, deren Höfe sich weit nach hinten zogen. Dorthin wies die Nonne ihre Begleiter. Sie kamen an einem großen hölzernen Torhaus vorbei, das offenstand und den Blick in einen geräumigen Hof freigab. In dessen Mitte erhob sich ein zweistöckiges Gebäude mit steinernem Untergeschoß. Agnetha neigte den Kopf zu einer älteren Nonne in der weißen Tracht des Zisterzienserordens. Überrascht erwiderte die Frau ihren Gruß.

Allmählich blieb das gaffende Volk hinter ihnen zurück. Offenbar war diese Straße den reicheren Bürgern vorbehalten. Die Häuser auf der rechten Seite waren allesamt in Backsteinziegeln und Fachwerk errichtet. Ein ältlicher Kaufherr nickte ihnen grüßend zu, daß die beinahe lächerlich große Feder auf seinem Barrett auf und nieder wippte.

Vor dem Torhaus eines zweiten Hofes gab die Augustinerin das Zeichen zum Halt. Am Querbalken waren zwei mächtige Schilde angebracht. Das linke zeigte ein rotes Einhorn, das rechte die Klaue eines Adlers. Es waren die Zeichen für die beiden Zweige ihrer Familie: Das Einhorn hatte ihr Vater im Wappen geführt, die Adlerklaue war das Zeichen der Söhne ihrer Schwester. Versonnen betrachtete die Nonne die Symbole. Auf den Grabsteinen der Klosterkirche waren sie mehr als einmal zu sehen.

Sie warteten, doch es ließ sich niemand sehen. Als ihr klar wurde, daß sie offenbar noch niemand bemerkt hatte, ritt sie zögernd in den Hof. Jetzt konnten die Reisenden erkennen, daß das Anwesen der

Stadtherrn doch bedeutend großzügiger angelegt war als der nebenan liegende Hof der Zisterzienserinnen. Zur Linken erkannten sie große Speichergebäude, zur Rechten einen Stall und auf der gegenüberliegenden Seite einen langgestreckten Backsteinbau, der sich an einen mächtigen Bergfried lehnte. Dessen kreisrunde Basis wiederum wurde zusätzlich durch einen aus Feldsteinen gemauerten Sockel verstärkt.

«Das sieht ja fast aus wie zu Hause», murmelte Riva.

Agnetha lächelte: «Sagt das besser nicht vor den Bürgern von Wittingen. Die sind nämlich fürchterlich stolz darauf, in einer richtigen Stadt zu leben und nicht in einem bloßen Marktflecken. Jedes Jahr bestimmen sie einen Mann, den sie Bürgermeister nennen, und sie haben auch einen Stadtrat, das ist eine Versammlung der reichsten Männer. Und diese Leute sollen beschließen, was in der Stadt geschieht.»

Staunend blickte das kleine Mädchen auf die zerlumpten Kreaturen, die gerade dabei waren, Säcke mit Korn von einem Wagen zu laden und im Speicher zu verstauen: «Diese Leute?»

Die Nonne hob die Schultern: «Diese wohl eher nicht. Das dürfte das Gesinde meiner Brüder sein, doch einige der anderen, diejenigen, die in den größeren Häusern wohnen. Aber in Wahrheit dürfen sie natürlich so viel beschließen wie sie wollen, wenn es dem Stadtherrn nicht recht ist, geschieht nichts davon. Jedenfalls war das so, als mein Vater lebte.»

Inzwischen hatten die Knechte sie bemerkt, und einer von ihnen, ein fetter, älterer Mann, der besser gekleidet war als die übrigen, kam auf sie zu.

«Ihr scheint Euch vertan zu haben, ehrwürdige Schwester», sagte er mit einer angedeuteten Verbeugung, «der Hof der Zisterzienserinnen ist nebenan.» Er stutzte «Doch Ihr seid Augustinerin, nicht wahr? Ihr seid die Schwester meines Herrn! Verzeiht, Herrin, ich habe Euch nicht sofort erkannt. Man hatte mir nicht gesagt, daß Ihr nach Wittingen kommen wolltet.»

«Davon konnte auch niemand wissen. In den letzten Tagen konnte kein Bote von Bodenteich ausgesandt werden und... doch das möchte ich mit meinen Brüdern persönlich besprechen.»

«Zur Zeit ist nur mein Herr Paridam in Wittingen, ehrwürdige Schwester. Ich bin sein Braumeister. Die anderen befinden sich am Hofe des Markgrafen. Bis gestern war außerdem Euer Neffe hier.»

«Der Sohn meiner Schwester», sagte sie. «Sie ist hier? Wie geht es ihr?»

«Wißt Ihr das nicht?» fragte er überrascht. «Sie hat im Sommer wieder geheiratet, den Herrn von Alvensleben. Sie lebt jetzt bei ihm.»

«Das ist schade. Ich meine, es ist schön für sie...»

Doch was habe ich für einen Grund, mich vor einem Dienstboten zu rechtfertigen? Bin ich noch so sehr in Bodenteich, wo diese Menschen Teil der Familie sind? Und? Was ist schlimm daran? Die Kirche predigt die Armut und wir blicken auf die Armen herab.

Ich hätte Elisabeth gerne wiedergesehen nach all den Jahren, selbst wenn wir uns wahrscheinlich nicht viel zu sagen gehabt hätten. Trotzdem: Sie hätte etwas Besseres verdient gehabt als noch eine Heirat. Einem Ehemann ist es nicht gelungen, sie zu Tode zu schwängern. Sie hat ihm vier Söhne geboren, war das nicht genug? Muß noch ein zweiter sein Glück versuchen?

Im Geiste war sie entsetzt über diesen Gedanken. Der Tod einer Frau im Kindbett war der Wille Gottes, die Strafe für die Sünde Evas. Unter Schmerzen sollst Du Kinder gebären.

«Seid Ihr zu Bronze erstarrt? Bringt mich jetzt zu meinem Bruder, die Zeit drängt!»

Paridam von dem Knesebeck war ein stämmiger Mann, welcher der Vierzig noch näher war als der Fünfzig, den sein grauer Bart und seine fortgeschrittene Glatze jedoch weit älter wirken ließen. Er war derjenige ihrer Brüder, den Agnetha in den letzten Jahren noch am häufigsten zu Gesicht bekommen hatte, denn er pflegte das Kloster der Augustinerinnen mehr oder minder regelmäßig aufzusuchen. Meistens hingen diese Besuche allerdings mit der Pferdezucht zusammen und die Begegnungen von Bruder und Schwester blieben entsprechend beiläufig.

Der Stadtherr rieb sich die Hände über einem Kaminfeuer. Um seine Schultern lag ein schweres Schaffell. Seine Beine steckten bis an die Knie in hohen, gefütterten Stiefeln. Zu seinen Füßen ruhte ein schläfriger Jagdhund, der wie sein Herr die besten Tage bereits hinter sich hatte.

Das flackernde Feuer ließ der Nonne erst so richtig zu Bewußtsein kommen, wie sehr sie an diesem Tag gefroren hatte. Im Innern der Befestigungsanlage ließ sich das leicht vergessen. Dieser Raum war den ganzen Winter hindurch gemütlich warm, Agnetha kannte ihn aus ihrer Kindheit. Sie hatten zwar auf Burg Knesebeck gelebt, doch gemeinsam mit ihren Brüdern war sie oft nach Wittingen geritten, ein Wildfang mit offenen Haaren.

Doch wie haben die Jahre uns verändert, dachte sie, als sie ihren Bruder betrachtete. Dieser Mann ist mir ebenso fremd wie ein jeder beliebige Burgherr es sein könnte. Zwei Monate war ich auf Burg Bodenteich und diesen Mann kenne ich seit meiner Kindheit. Und doch ist es, als wäre ich in die Fremde gereist und nicht, als kehrte ich nach Hause zurück.

Wenn der Stadtherr Überraschung empfand, als seine Schwester den Raum betrat, wußte er diese perfekt zu verbergen.

Mühsam erhob sich Paridam von der Kaminbank. Steif verbeugte er sich: «Willkommen, Schwester.»

«Der Segen Gottes über Euch, Paridam. Es war ein anstrengender Weg.»

Sie schob Riva ein wenig nach vorn.

«Dies ist die Tochter Ritter Wilbrands von Bodenteich. Meine Schülerin. Sie hat mich begleitet.»

«Es ist klug von Wilbrand, seine Tochter in Eure Obhut zu geben, Schwester. Niemand könnte sie besser auf ein Leben bei den Augustinerinnen vorbereiten. Seid auch Ihr willkommen, kleine Herrin.»

Er brachte ein etwas gequältes Lächeln zustande.

«Ich danke Euch für Eure Gunst, Herr», erwiderte Riva damenhaft und ging geziert ein wenig in die Knie. Nur ihre neugierigen Blicke waren die eines Kindes.

«Wir müssen etwas besprechen, Paridam.» Agnetha befeuchtete ihre Lippen und kam zur Sache, noch bevor er dazu kam, ihr einen Platz anzubieten. «Es sind schlimme Dinge geschehen und sie geschehen noch immer. Ich weiß nicht, wieviel Zeit wir haben.»

Stirnrunzelnd sah er sie an.

Heilige Jungfrau Maria, ich kann mir vorstellen, daß er es nicht gewohnt ist, wenn eine Frau das Gespräch in die Hand nimmt. Seine Margarethe hat vermutlich in ihrem ganzen Leben noch nicht ungefragt den Mund aufgemacht. Aber das ist es nicht allein. Er will mir etwas Wichtiges sagen...

Noch ehe Paridam ein Wort erwidern konnte, hörte sie hinter sich die müden Schritte eines Mannes und das schwere Klopfen eines Gehstocks. Sofort mußte sie an ihren Vater in den letzten Jahren seines Lebens denken. Doch Vater ist tot.

Sie fuhr herum. Eine schmerzgebeugte Gestalt trat in den Raum, schwer auf eine Krücke gestützt, den rechten Arm in den Falten ihres Gewandes verborgen, doch nichtsdestoweniger lächelnd. Die Ähnlichkeit mit Agnethas Vater war da, und sie war stärker als je zuvor, so stark, daß es ihr schier den Atem verschlug. Doch der Mann war nicht ihr Vater.

Vor Agnetha stand, um Jahre gealtert und nur noch der Schatten des Mannes, der er einmal gewesen war, Magister Wasmod.

Wenige Stunden nur nach der Abreise Schwester Agnethas und ihrer Begleiter kehrten des Abends Herzog Otto und Bruder Edgar aus Oldenstadt zurück.

Und sie kamen nicht allein.

Von der Aussichtsplattform des Bergfrieds konnten der Falkenmeister und die Söhne Wilbrands von Bodenteich den langen Heereszug verfolgen, der schon in einiger Entfernung sichtbar wurde, als die Vorhut aus dem Buchenforst hervorkam. Schweigend betrachteten die Belagerten das herzogliche Aufgebot, und obwohl von Anfang an niemand ein Wort gesprochen hatte, schien es auf dem Bergfried stiller und stiller zu werden, während die Söldner des Herzogs, jeweils zwei nebeneinander, in endlosen Reihen auf Bodenteich zu marschierten. Als die ersten von ihnen bereits die Mühlenbrücke erreicht hatten, war der Schluß des Zuges noch immer unsichtbar im Dickicht des Buchenforstes fast eine Viertelmeile entfernt.

«Das sind ja Hunderte», flüsterte Gerolf. Es war als zerbräche der Klang seiner Stimme eine gläserne Mauer.

Aquila nickte grimmig: «Ja, das sind sie. Und fast alle Familien des Adels sind mit dabei, erkennt Ihr die Banner: die Edelherren von Boldensen, die Schenken vom Berge, die Herren von Estorf, von Wrestedt, von Meding, die Herren Thondorf... Eure Verwandten.»

Adrian seufzte: «Boldewin von Boldensen war der Bruder unserer Mutter. Ich kann nicht begreifen, wie seine Söhne jetzt gegen uns Krieg führen können.»

«Glaubt mir, junger Herr», sagte der Falkner scheinbar ohne jede Regung, «in den Städten Italiens habe ich noch weit widernatürlichere Kämpfe gesehen, Kämpfe vom Vater gegen den Sohn, vom Bruder gegen den Bruder.»

Entsetzt blickte Adrian zu seinem jüngeren Bruder hinüber.

«Ich könnte das nicht, nicht um alles in der Welt...»

«Das weiß ich», sagte Aquila knapp, doch die Wärme in seiner Stimme war kaum zu überhören.

«Wie können wir sie ohne jeden Widerstand in den Flecken eindringen lassen, Aquila!» klagte Gerolf vorwurfsvoll. «Die ganze Zeit über war uns klar, daß sie da unten im Dorf wirklich nur Siverd und ein paar Söldner zurückgelassen hatten. Wir hätten sie mit Leichtigkeit zum Teufel gejagt und könnten dem Herzog an der Brücke einen gebührenden Empfang bereiten.»

«Und was dann?» fragte der Falkner. «Mit ansehen, wie Bodenteich in Flammen aufgeht und die Männer, Frauen und Kinder abgeschlachtet werden?»

Er schüttelte den Kopf und legte dann zum Schutz gegen die Abendsonne die Hand vor die Stirn, um das Geschehen besser verfolgen zu können.

«Nein, Gerolf, das brächte nur unnötige Opfer. Wir werden es nicht sein, die diesen Kampf eröffnen. Wenn sie einen Krieg wollen, dann sollen sie ihn auch verantworten. Noch gibt es keine Fehde zwischen Bodenteich und dem Herzogshaus.»

«Aber gerade dafür wird es höchste Zeit, Aquila! Wieviel Schande kann die Ehre unserer Familie noch ertragen? Zeigen wir ihnen endlich, daß wir nicht länger bereit sind, alles mit uns geschehen zu lassen. Ihr habt gut reden, Eure Ehre ist es ja nicht! Oder seid Ihr zu feige dazu?»

«Sei nicht dumm, Gerolf!» schnitt Adrian ihm das Wort ab. «Aquila hat völlig recht. Wenn sie Krieg wollen, warum sollen wir ihnen den Gefallen tun, ihn zu beginnen?»

Der ältere der beiden Brüder brachte es bei diesen Worten nur mühsam fertig, nicht zum Falkenmeister hinüberzuschauen. Innerlich war Aquila aufgewühlt: Ein Streit zwischen den Brüdern war das letzte, was sie jetzt gebrauchen konnten. Und um alles in der Welt wollte er nicht verantwortlich sein, wenn sich Adrian und Gerolf entzweiten.

Natürlich entsprach der Jüngere viel mehr den Anforderungen, die an den ritterlichen Herrn einer Burg und eines kleines Herrschaftsbereiches gestellt wurden. Wäre Gerolf also ein geeigneterer Nachfolger seines Vaters gewesen? Zweifellos hätte dem Falkner niemand widersprochen, wenn er es so entschieden hätte, am wenigsten doch sicherlich Adrian. Doch Gerolf war zu sprunghaft und unerfahren und außerdem von der Schwertleite noch Jahre entfernt. Adrian dagegen...

Aquila seufzte verhalten: Hatte er sich für Adrian entschieden, nur weil der Ältere sich besser leiten ließ? Mißbrauchte er den Jungen, der ihm ganz und gar vertraute, als Werkzeug, um in dieser entscheidenden Stunde seine eigenen Pläne durchzusetzen? Oder beide nebeneinander: Obwohl das Erbrecht in Deutschland dieses Verfahren eigentlich vorschrieb, was wäre in diesen Tagen und bei zwei so unterschiedlichen Charakteren anderes zu erwarten gewesen als eine unendliche Kette von Streitereien? Nein, die lex salica, die einem einzigen Sohn das gesamte Erbe zusprach, war für die Betroffenen zwar ungewöhnlich, in diesem Augenblick aber die einzige Möglichkeit.

«Was auch immer geschieht», sagte er leise, «nun wird es bald geschehen.»

anno dominice incarnationis MCCXIIC
regnante domino Adolpho primo glorioso Romanorum rege augusto
XVIII. calendas decembri
(14. November 1292)

In der Dämmerung des folgenden Tages wurde der Falkenmeister sehr unsanft geweckt. Seit der Belagerung hatte er sich nur den allernötigsten Schlaf gegönnt, doch selbst in diesen wenigen kurzen Stunden mußte er jederzeit darauf gefaßt sein, wegen irgendeiner Sache aufgestört zu werden. Die Männer und Frauen auf Burg Bodenteich schienen mit der Gefangennahme Ritter Wilbrands jede Fähigkeit zum selbständigen Denken verloren zu haben.

Lautes Poltern an der Tür des Bergfrieds. Seufzend erhob sich der Falkenmeister und trat an das Fenster, das auf den Hof hinausblickte.

Einer seiner jungen Wachtposten hob eben die Faust, um der Tür noch ein paar Schläge zu versetzen. Der Junge war nicht älter als Adrian. Aquila hatte von Anfang an dafür gesorgt, daß vom Küchenjungen an jeder, der Waffen tragen konnte, wenigstens eine ungefähre Ahnung davon erhielt, wie man mit einem Schwert umzugehen hatte. Zumindest an Waffen bestand kein Mangel. Zu den Verpflichtungen der Herren von Bodenteich gegenüber dem Herzog hatte unter anderem von jeher gehört, daß sie ihre Rüstkammer stets auf eine Fehde vorbereitet hielten. Darin steckte schon eine gewisse Ironie.

«Was ist los, Junge?»

Der Junge sah sich nach allen Seiten um.

«Ich bin hier oben! Was ist los?»

Der Wächter legte den Kopf in den Nacken und spähte zu ihm empor: «Ihr solltet besser herunterkommen, Herr! Der Dorfschulze ist da!»

«Wie in Gottes Namen...!»

Überrascht blickte Aquila hinüber zum Tor, wo er im Zwielicht des anbrechenden Tages in der Tat die stämmige Gestalt Meister Hagens erkennen konnte. Der Schulze unterhielt sich mit Toste, dem Torwächter.

«Ich komme!» rief Aquila.

«Sie haben es mir erlaubt», sagte Meister Hagen und hob die Schultern. «Hätte ich ablehnen sollen? Ohne ihre Erlaubnis ist es einfach unmöglich, in die Burg zu kommen.»

Der Falkenmeister hatte den Dorfschulzen in die Wachtstube des Torhauses gebeten. Der Lärm, den der Wächter in seinem Bemühen, Aquila zu wecken, veranstaltet hatte, mußte zwar sämtliche Bewohner der Burg von der überraschenden Ankunft Meister Hagens unterrichtet haben, doch der Falkner fand, es sei nicht notwendig, ein Übriges zu tun, indem sie sich auf dem offenen Burghof unterhielten.

Aquila nickte: «Ihr habt ja recht. Eure Entscheidung war völlig richtig. Der See und der Sumpf sind zwar unser bester Schutz, doch zugleich haben sie immer den Bau eines verborgenen Ganges verhindert, der uns jetzt so sehr nützen würde.»

«Meister Emil und seine Arbeiter haben sich auf Geheiß von Ritter Wilbrands Vater einmal daran versucht, lange bevor Ihr hierherkamt, Aquila. Damals war ich noch ein Kind, doch ich erinnere mich nur zu gut daran. Zwei Männer wurden getötet, als das Wasser in den Stollen einbrach.»

«Ich habe davon gehört. Aber wie geht es Meister Emil? Behandelt man ihn gut? Wir wissen, daß sie Ritter Wilbrand nach Oldenstadt geschafft haben, doch der alte Mann...»

«Es gibt einen ungenutzten Raum im alten Bergfried hinter Vater Ludolphos Pfarrhaus. Dort wird er bewacht.»

Der Falkenmeister lachte bitter: «Welch ein Abenteuer, einen hundertjährigen Mann am Ausbruch zu hindern!»

«Sie behandeln ihn recht gut. Wohl weil er alles gestanden hat, hält es Bruder Edgar nicht für nötig, ihn dem 'peinlichen Verhör' zu unterziehen.»

«Ich vermute viel eher, er weiß, daß Meister Emil das niemals überleben würde und dann hätten sie niemanden mehr, den sie verbrennen können.»

Der Schulze zögerte: «Ich glaube, genau deswegen haben sie mich zu Euch kommen lassen... Meister Emil ist nicht länger der einzige Angeklagte.»

Der Falkner seufzte resigniert: «Ich hatte nichts anderes erwartet.»

«Das halbe Dorf steht vor Gericht: Guntram der Töpfer, Ezzo der Ziegler, einer der Schmiedegesellen, die Müllertochter, mein... mein Sohn.» Meister Hagen schluckte schwer.

«Herr im Himmel! Wie alt ist er, Hagen?»

«Er wird neun zum Ende des Winters. Aquila, wir sind verzweifelt: Die Kinder haben gespielt, harmlos gespielt, doch dieser Bruder Edgar sieht in jedem Tun nichts als Gotteslästerung und Ketzerei. Er spricht von einer Verschwörung, in die vielleicht das ganze Dorf verwickelt sei. Ich fürchte, am Ende werden wir alle auf dem Scheiterhaufen enden.»

«Vielleicht ist wirklich das sein Plan. Der Herzog hat gesehen, wie treu die Männer und Frauen von Bodenteich zu Ritter Wilbrand und seinem Geschlecht stehen. Wenn er nun andere an ihrer Stelle ansiedelte, ihm treu ergebene Kolonisten... Mich wundert nur, daß der Inquisitor das mitmacht.»

«Dieser Mann ist der Teufel, Aquila, glaubt mir das. Ich muß es einfach aussprechen, auch wenn der Satz mich selbst auf den Scheiterhaufen bringt. Herzog Otto ist wenigstens ein Mensch: Er will uns eine Chance geben, den Menschen aus dem Dorf. Darum bin ich hier.»

Wieder schwieg er. Aquila musterte ihn prüfend. Meister Hagen senkte den Blick.

«Wir sollen die Burg übergeben», sprach der Falkenmeister leise die Worte aus, die der Mann ihm gegenüber nicht über die Lippen bringen konnte. «Dann wird er alle Anklagen gegen die Dorfbewohner fallenlassen.»

Meister Hagen nickte. Noch immer hielt er den Blick gesenkt. Aquila sah, daß die Wangen des Mannes feucht wurden.

«Ich wage es nicht, Euch darum zu bitten, Herr, aber meine Familie, alle die unschuldigen Menschen. Der Herzog hat versprochen, sie vor Bruder Edgar in Schutz zu nehmen, er hat geschworen, daß sie alle mit dem Leben davonkommen werden, ausgenommen einzig die Müllerstochter, die bereits gestanden hat, sich zur Buhlin des Teufels gemacht zu haben.»

Der Falkenmeister seufzte schwer: «Und sie hat meinen Namen genannt.»

Wieder nickte der Schulze: «Sie hat ausgesagt, daß Ihr magische Beschwörungen an ihr vollzogen habt, in der Nacht, in der sie versuchte, das Teufelskind in ihrem Leib zu töten.»

«Das ist ein Verbrechen in den Augen der Kirche, aber keine Ketzerei, und damit kein Fall für die Heilige Inquisition», sagte Aquila ruhig.

«Das hat der Herzog auch gesagt. Ich glaube, er möchte Euer Leben retten, denn er hofft noch immer, daß Ihr dann vielleicht in seine Dienste treten werdet.»

«Aber...?»

«Aber Bruder Edgar sagt, es sei in jedem Fall Ketzerei, Gott eine ungetaufte Seele entreißen zu wollen und deswegen müßtet Ihr auch als Ketzer bestraft werden.»

«Wie das Mädchen zu diesem 'Teufelskind' gekommen ist, scheint ihn offenbar weniger zu interessieren. Und was erwartet der Herzog nun genau von uns?»

«Ihr müßt Euch selbst, Ritter Wilbrands Söhne, sowie alle Verteidiger der Burg in seine Hände geben. Die beiden Jungen und Euch wird man wohl verbrennen, doch die anderen könnten Dank der Hilfe des Herzogs mit harten Bußübungen und einer Sühnezahlung an die Heilige Kirche davonkommen. Siverd von Saldern hat mich vorhin noch einmal beiseite genommen und mir versichert, der Inquisitor sei möglicherweise bereit, im Falle Eurer Person eine Ausnahme zu machen: Ihr müßtet einen Eid leisten, Euch dem Heer anzuschließen, das König Karl in Italien ausrüstet, und den Rest Eures Lebens im Heiligen Land zu verbringen.»

«Karl von Neapel, der Sohn von König Manfreds Mörder», sagte der Falkner ohne Rührung. «Und die Söhne Ritter Wilbrands?»

«Der Stab über ihren Häuptern ist gebrochen», sagte Meister Hagen und nun rannen ihm die Tränen offen über das Gesicht.

«Ich verstehe», erwiderte Aquila voller Ruhe. «Ich danke Euch, Meister Hagen. Natürlich kann ich die Entscheidung nicht allein fällen, aber ich denke, wir beide wissen, wie sie lauten wird, wie sie nur lauten kann. Wie lange haben wir Zeit?»

«Bis morgen um die Mittagsstunde. Dann werde ich wieder hierherkommen, um Eure Antwort zu empfangen.»

Der Falkner nickte knapp: «Wir werden bereit sein.»

«Auf gar keinen Fall!» brauste Gerolf auf, und seine Hand fuhr zu dem kurzen Schwert, das seit dem Beginn der Belagerung Tag und Nacht an seiner Seite hing. «Wenn schon sterben, dann mit der Waffe in der Hand! Erwartet dieser Herzog, daß wir im Tod auch noch das letzte bißchen Ehre freiwillig hergeben? Erwartet er, daß wir ohne Gegenwehr auf den Scheiterhaufen steigen wie gemeines Ketzerpack?»

Der jüngste Sohn Ritter Wilbrands war aufgestanden und lief unruhig in der Kemenate hin und her. Der freundliche Raum, in dem die Augustinerin in glücklicheren Tagen ihre Schüler unterrichtet hatte, war der Ort, an dem die Verteidiger zweimal am Tag, zur Mittagsstunde und am Abend, zum Kriegsrat zusammenkamen. Außerdem hielt sich hier bei Tag und Nacht ein Wächter auf, dessen Aufgabe ausschließlich darin bestand, die gewaltige Fläche des Sees nach Anzeichen eines Angriffs abzusuchen. Heute morgen jedoch hatte Aquila den Mann hinausgeschickt, um in Ruhe mit den Brüdern ihre Möglichkeiten zu erörtern.

Beider Reaktion hatte ihn nicht überrascht: Gerolf war sofort aufgesprungen, Adrian dagegen hatte noch kein Wort gesagt. Ritter Wilbrands ältester Sohn, ohnehin schmal und zerbrechlich, hatte in den vergangenen Tagen weiter an Gewicht verloren. Er sah blaß und übernächtigt aus, nur noch ein Schatten des wißbegierigen Schülers von einst. Aquila brauchte ihn nicht einmal anzusehen, um zu wissen, daß der Junge auf einen Rat des Falkners wartete, doch diesen Rat konnte er diesmal nicht geben. Niemand konnte Adrian von Bodenteich diese Entscheidung abnehmen.

«Wenn wir heute nacht einen überraschenden Ausfall machen, Aquila!» schlug Gerolf vor. «Wenn wir bis zum Herzog oder zu Bruder Edgar vordringen könnten, ehe sie so richtig merken, was geschieht. Wir könnten sie als Geiseln nehmen. Oder wenn das nicht geht, würde ihr Tod vielleicht für eine solche Verwirrung sorgen, daß das ganze Heer auseinanderbricht.»

«Und was wollt Ihr dann tun?» fragte der Falkenmeister geduldig.

«Dann hätten wir Zeit, ein Bündnis mit Herzog Heinrich zu schließen oder mit den Markgrafen! Vielleicht ständen wir am Ende sogar besser da als vorher: Alle diese Verwandten, die uns verraten haben und die jetzt dem Herzog dienen: Wenn sie geschlagen wären, müßten sie uns einen Teil ihrer Besitzungen abtreten.»

Der Falkner schüttelte den Kopf:

«Glaubt Ihr ernsthaft, das Leben ginge einfach so weiter, nachdem Ihr den regierenden Herzog oder gar den Vertreter der Heiligen Inquisition erschlagen habt? Niemand, der irgendeinen Wert auf das Heil seiner unsterblichen Seele legt, wird sich mit den Mördern Bruder Edgars einlassen!»

«Euer König Manfred hat alle Inquisitoren zum Teufel gejagt!» protestierte Gerolf.

«Habt Ihr mir denn niemals richtig zugehört? Mein Gott, ja, er hat sich mit dem Papst angelegt, aber er wurde dafür getötet! Und er war ein kriegserfahrener Mann, der über zehntausende von Rittern und Fußsoldaten gebot, das reichste Land und die stärksten Festungen der Welt. Ihr seid nichts von alledem!»

«Wir nicht, aber Ihr», sagte Adrian leise.

Der Falkenmeister sog schwer den Atem ein. Das unbegrenzte Vertrauen in Adrians Worten schmerzte mehr als alle Vorwürfe seines Bruders. Adrian würde sich immer darauf verlassen, daß ihnen nichts geschehen konnte, solange er nur auf sie achtgab.

«Ich bin kein Gott, Adrian», sagte er leise. «Ich habe in vielen Schlachten gekämpft, in zu vielen, denke ich heute. Fast alles gäbe ich dafür, nicht noch eine erleben zu müssen, ganz gleich ob Sieg oder Niederlage. König Manfreds Verbündete siegten in der Schlacht von Montaperti, doch am Ende des Tages bedeckten zehntausend tote Florentiner das Schlachtfeld. Ich habe mit Männern gesprochen, die es mit eigenen Augen gesehen haben. Zehntausend, hört Ihr das? Zehntausend Tote an einem einzigen Tag. Das sind mehr Menschen, als im Umkreis von drei Tagesreisen rund um Bodenteich leben. Es drängt mich nicht, das noch einmal mitansehen zu müssen.

Und doch würde ich Euch mit Freuden in den Kampf führen, wenn ich glaubte, daß uns das den Hauch einer Chance gäbe. Aber diese Chance haben wir nicht, nicht auf diese Weise.»

Er verstummte. Adrian hob den Blick und sah ihm hilfesuchend in die Augen.

«Wir würden getötet, Adrian, das wäre das einzige Ergebnis. Vielleicht könntet Ihr im allgemeinen Getümmel irgendwie entkommen und unter falschem Namen an einem fremden Ort weiterleben, doch dann hätten wir besser Ritter Siverds Angebot angenommen solange noch Zeit dazu war. Wir könnten längst in Sicherheit sein, irgendwo in einem der Länder der Markgrafen, und das ohne unnötiges Blutvergießen. Eure Ehre hättet Ihr so und so verloren.»

«Dann können wir also nur entscheiden, ob die Menschen von Bodenteich mit uns sterben, oder ob wir den Scheiterhaufen allein besteigen», sagte Adrian leise.

«Nein, verdammt noch mal!» schrie Gerolf seinen Bruder an. «Wenn Du Dich wie ein Lamm zur Schlachtbank führen lassen willst, nur zu, aber ich werde dann nicht an Deiner Seite trotten! Weder ich noch irgend jemand auf der Burg, der noch einen einzigen Funken

Ehre im Leib hat!»

Sein Gesicht hatte eine feuerrote Farbe angenommen. Die Adern an den Schläfen traten hervor, als wollten sie platzen. In den Augen blanken Haß starrte er seinen Bruder und den Falkenmeister an.

Er stürmte durch die Tür und warf sie mit einem gewaltigen Knall hinter sich ins Schloß.

Aquila zögerte, wollte ihm hinterherlaufen, doch Adrian schüttelte den Kopf: «Laßt ihn. Ihr kennt ihn, er wird sich beruhigen. – Aber sagt mir, Aquila, gibt es denn wirklich überhaupt keine Hoffnung mehr? Vor einigen Tagen habt Ihr mir erzählt, daß uns vielleicht jemand zu Hilfe kommen würde, mit dem ich überhaupt nicht rechnen könne. Damals wolltet Ihr mir nicht mehr verraten, doch jetzt... bitte, sagt mir, wurde auch diese Hoffnung enttäuscht?»

Aquila schwieg. Er wandte sich ab und trat an die hohen Fenster, durch die Schwester Agnetha so oft den See betrachtet hatte. Der Tag war klar und kalt. Die Häuser von Schostorf und Abbendorf und selbst die des entfernten Schafwedel schienen auf merkwürdige Weise nähergerückt. Der See war in Ufernähe zugefroren, doch es dürfte noch immer möglich sein, des Nachts mit einem Boot heimlich zu entkommen. Doch das würde auch bedeuten, alles aufzugeben, wofür Ritter Wilbrand gelebt und gekämpft hatte, das Erbe seiner Söhne; und für ihn, Aquila, würde es bedeuten, zum zweiten Mal seine Heimat zu verlieren. Und dann würde er ein wahrhaft Heimatloser sein, für den Rest seiner Tage.

«Ich weiß es nicht», sagte er. «Ich weiß es nicht, Adrian. Am Morgen vor der Ankunft des Herzogs, als ich mit Schwester Agnetha ausgeritten bin, hatte ich eine überraschende Begegnung. Schwester Agnetha weiß nichts davon, ich war mir nicht sicher, ob nicht jemand im Hinterhalt lauerte und deshalb sandte ich sie voraus. Auf der Wiese oberhalb von Kuckstorf, Ihr kennt den Ort, wir haben dort oft Rast gemacht, wenn wir auf der Falkenjagd waren, traf ich einen alten Freund, einen sehr alten Freund. Ich hatte mir Sorgen um ihn gemacht, befürchtet, er könne tot sein, und tatsächlich war er schwer verletzt, als wir uns begegneten.»

«Wie... wie die beiden Mönche...?»

«Ja, ich gehe davon aus, daß derjenige, der die beiden Mönche getötet hat, auch meinen Freund überfallen hat. Wir hatten wenig Zeit an diesem Morgen, doch in der Nacht des folgenden Tages, als die Herzoglichen schon auf der Burg waren, machte ich mich heimlich noch einmal auf den Weg und traf mich dort mit ihm. Ich nahm einige meiner Heilkräuter mit, Nahrungsmittel und warme Kleidung, und er hatte das alles in der Tat bitter nötig. Er hat in den vergangenen Wochen merkwürdige Dinge erlebt, sein Kopf ist voll von Erinnerungen an verwirrende und beängstigende Geschehnisse. Fast scheint es, als sei er den Dämonen, die der Hexer heraufbeschworen hatte, in ihre Welt gefolgt und habe dort lange gegen sie gekämpft. Aber er war sich selbst nicht sicher, vielleicht waren es einfach Fieberträume. Jedenfalls war er sehr schwach, und als ich ihn verließ, nachdem ich ihn so gut es ging versorgt hatte, fürchtete ich noch immer um sein Leben.»

«Warum habt Ihr ihn nicht auf die Burg gebracht?»

«Das wollte er nicht. Wegen der Herzoglichen, die ihn mit Sicherheit erkannt hätten, und das Risiko wollte er auf gar keinen Fall eingehen. Solange der Hexer nicht gefaßt ist, sei es für ihn zu gefährlich, in seinem Zustand nach Bodenteich zu kommen. Was sollte ich tun? Ich ließ ihn bei einem alten Freund, einem Mann, dem ich vertrauen kann, zurück. Er sollte ihn gesundpflegen und sobald es ihm gut genug ginge zu seinen Verwandten bringen, die nicht weit von hier leben.

Ich hatte eigentlich vor, in der nächsten Nacht wieder nach ihm zu sehen, aber Ihr wißt ja selbst, wie sich die Dinge entwickelt haben. So bleibt uns nur die Hoffnung, daß er sich wieder erholt hat und sich nun in Sicherheit befindet.»

«Aber wer ist dieser Mann, Aquila? Und wie soll ein einzelner Mann uns jetzt noch helfen?»

«Oh, er ist kein gewöhnlicher Mann, Adrian, glaubt das nur nicht. Er hat die Macht, der Inquisition die Stirn zu bieten und dem Herzog noch dazu, wenn er nur noch am Leben ist und seine Gesundheit zuläßt, daß er hierher kommt. Wir brauchen Zeit, Adrian, mehr als alles andere, und ich glaube kaum, daß der Herzog sie uns gewähren wird.»

«Aber wer ist der Mann?»

Aquila musterte ihn nachdenklich, doch schließlich nickte er: «Er war Schwester Agnethas Begleiter in jener Nacht, in der sie überfallen wurde. Die Geschichte von einem ominösen Bruder Bjørn habe ich ihr von Anfang an nicht geglaubt, doch ich... ich hatte meine Gründe, sie nicht direkt darauf anzusprechen.»

Adrians Gesicht hellte sich auf. Seine Miene spiegelte Verblüffung:

«Ihr wollt doch nicht sagen... Der... Der...»

«Doch, Adrian, genau das: Schwester Agnethas Bruder, Wasmod von dem Knesebeck, der päpstliche Legat. Dieser Mann war auf dem Weg nach Bodenteich, als er überfallen wurde. Und nun ist er der einzige, der uns retten kann.»

anno dominice incarnationis MCCXIIC
regnante domino Adolpho primo glorioso Romanorum rege augusto
idus novembri
(13. November 1292)

Im Kaminzimmer Paridams von dem Knesebeck in Wittingen schien die Zeit stillzustehen.

Schwester Agnetha vermochte sich nicht zu rühren, es gelang ihr nicht, den Blick von der gebeugten, gebrochenen Gestalt abzuwenden, die einmal Wasmod von dem Knesebeck, Magister der Universität von Bologna und Sondergesandter seiner Heiligkeit Papst Nikolaus gewesen war.

Ihr Bruder war um ein, wenn nicht zwei Jahrzehnte gealtert. Die Augen waren von einem Netz tiefer Falten umgeben, ihr Licht fast erloschen, das linke offenbar blind. Seine Wangen waren eingefallen, ja das ganze Gesicht schien merkwürdig verformt, als habe er sich den Kiefer gebrochen und er sei schief wieder zusammengewachsen. Eine verschorfte Narbe zog sich vom Mundwinkel bis zu dem erblindeten Auge und hielt die Miene gefangen in einem Ausdruck, der sich als vollständige Resignation oder Hohn gleichermaßen deuten ließ. Außerdem schien er kaum noch einen Zahn im Mund zu haben. Unzählige tiefe Furchen und Falten durchzogen das grausam veränderte Antlitz. Sein Haar, das in der Kirche der Augustinerinnen noch geglänzt hatte wie blasses Gold, hatte die Farbe verfaulten Strohs angenommen.

Obwohl er unter einem Umhang aus schweren Fellen einen Kittel trug, der fast bis zum Boden reichte, erkannte Agnetha, daß sein Körper ähnlich entstellt sein mußte wie das Gesicht. Der rechte Fuß war mit dicken Verbänden umwunden und machte den Eindruck, als sei er auf das Doppelte seiner natürlichen Größe angeschwollen.

Und dennoch brachte diese Ruine Wasmods von dem Knesebeck so etwas wie ein Lächeln zustande, als er seine Schwester erblickte, ja, für einen Augenblick schien sogar das alte Licht noch einmal in seinem Auge aufzuglimmen.

«Heilige Mutter Maria...», flüsterte Agnetha schließlich. Sie konnte das Entsetzen in ihrer Stimme nicht unterdrücken, das in dieser Sekunde selbst das Mitgefühl mit dem Schmerz ihres Bruders überdeckte.

Vorsichtig ging sie einen Schritt auf ihn zu, dann zwei. Schließlich lief sie auf ihren Bruder zu und schloß ihn in die Arme, umklammerte ihn mit so viel Kraft wie sie angesichts seines Zustandes aufzubringen wagte. Agnetha spürte, wie die Tränen rasch in ihr aufstiegen, und sie ließ ihnen freien Lauf, bis die Haut ihrer Wangen salzig brannte und sich spannte, als die Feuchtigkeit in der Hitze des Kaminfeuers verdunstete.

Alle die Gründe, aus denen die Tränen so unvermittelt aus ihr herausströmten, vermochte sie selbst nicht zu nennen: Es war das Entsetzen über seinen Zustand, die Trauer um das Schicksal Ritter Wilbrands, die Enttäuschung über Aquilas fehlendes Vertrauen und die vielleicht auf alle Zeit verpaßte Chance, die Verzweiflung angesichts dessen, was den Menschen auf Burg Bodenteich bevorstand, und doch noch so viel mehr. Sie stand ohnmächtig, zitternd und hilflos vor den Trümmern dessen, was einmal ihr Leben gewesen war.

Seine Hand legte sich auf ihre Schultern: «Es ist schon gut, kleine Schwester, es ist schon gut. Paridam und Margarethe sorgen gut für mich. Es geht mir schon viel besser.»

Sie fühlte eine andere, kleinere Hand, die tröstend und furchtsam ihren Arm streichelte. Noch immer Tränen in den Augen, legte die Nonne den Arm um die kleine Riva, die voller Furcht zu ihr aufblickte.

«Hab keine Angst, mein Kleines. Wenn Gott es will, wird alles gut werden.»

Paridam von dem Knesebeck musterte sie nachdenklich, doch er trat keinen Schritt auf sie zu. Auch die Amme verharrte an der Tür, doch es schien der Augustinerin, als glänze Feuchtigkeit in den Augen der alten Frau.

«Wir... wir müssen über so vieles reden», flüsterte Agnetha nach einer Weile.

«Ich weiß», sagte Wasmod mit rauher Stimme und löste sich vorsichtig aus ihrer Umklammerung. «Aber ich möchte mich hinsetzen.»

Sie bot ihm ihre Hand an und er wehrte nicht ab. Der Griff um ihren Arm war zwar fest, doch sein Gang wirkte sehr unsicher. Langsam gingen sie zum Tisch hinüber, wo sich der Magister schwer auf eine Bank sinken ließ.

«Man wird für Eure Begleiter sorgen», sagte Paridam und nickte einem Dienstboten zu, der eben eingetreten war. «Kleine Herrin!» fügte er an und verneigte sich zu Riva hin. Das Kind nickte ernst.

Erst als die Geschwister allein waren, setzte sich Paridam zu Agnetha und Wasmod an den Tisch.

«Ihr müßt entsetzlich frieren, Schwester. Es ist eiskalt draußen. Seit gestern schlagen meine Männer Löcher ins Eis, damit die Fische nicht ersticken. Mögt Ihr heißen Würzwein?»

Sie nickte abwesend. Paridam griff hinter sich und brachte eine Kanne mit einer dampfenden Flüssigkeit zum Vorschein, von der ein so verführerischer Duft ausging, daß er selbst die Augustinerin aus ihren Gedanken holte. Der Stadtherr stellte drei tönerne Becher vor ihnen auf den Tisch und schenkte jedem mit eigener Hand ein.

«Der Wein ist gut in diesem Jahr. Er ist erst vorige Woche eingetroffen. Hempo hat ihn aus Braunschweig mitgebracht.»

Agnetha nickte und führte den Becher an den Mund. Langsam trank sie und genoß dankbar die Wärme, die sich fast behaglich in ihrem Innern ausbreitete. Auch die beiden Männer tranken. Wasmod hob den Becher scheinbar ohne Mühe an die Lippen, doch seine hölzernen Bewegungen straften ihn Lügen. Er tut das nur, um mir zu zeigen, wie gut es ihm schon wieder geht, dachte Agnetha.

«Ich glaubte, Du seist tot», sagte sie schließlich. «Ich wußte nicht, was ich tun sollte.»

Er versuchte ein Lächeln: «Vielleicht war ich ja wirklich tot, Schwester, ich weiß es nicht zu sagen. Meine Erinnerungen sind so verworren, und sie werden undeutlicher von Tag zu Tag.»

Für einen Augenblick schien es, als wolle er nicht mehr dazu sagen, doch dann fuhr er beinahe stockend fort: «Nachdem ich hier angekommen war, habe ich sie aufgeschrieben, doch ich glaube nicht, daß ich das noch einmal durchlesen möchte. Es war wie eine fremde Welt, eine Welt der Geister und der Nebel. Grauenhafte Geschöpfe, grauenhafte... Drachenkreaturen. Ein... ein Mann in einem dunklen Mantel. Ja, an ihn erinnere ich mich genau: Ein Mann in einem dunklen Mantel. Er schien realer zu sein als andere Dinge. Fast scheint es mir, als ob – doch nein. Es tut mir leid, Schwester. Die Erinnerung entschwindet immer mehr. Wie eine Schneeflocke, die man zu fangen versucht.

Ich wußte, daß derjenige, der mir das hier angetan hat, nicht fern war, und ständig war ich in Angst, er könne mich entdecken, der ich irgendwo in einem eisigen Winkel dieser Geisterwelt verharrte und nicht wagte, aus meinem Versteck hervorzukommen.

Aber nach einer Weile kehrte ich in diesen Körper zurück. Ich befand mich in der Wildnis, irgendwo jenseits von Bodenteich. Ich lebte wie ein Tier, trank Wasser aus Bächen und ernährte mich von Beeren und den Vorräten, die ich erstaunlicherweise noch immer bei mir trug. Es scheint, als hätten mir die Nüsse des Kardinals am Ende das Leben gerettet. Natürlich hätte ich irgendwo in einem der Dörfer um Hilfe bitten können, doch es scheint, als habe die Zeit in jener merkwürdigen Welt meine Sinne irgendwie geläutert. Ich spürte, daß unser Feind seine Augen und Ohren überall hat, überall in den Dörfern rund um Bodenteich. Nein, das konnte ich nicht wagen.»

«Es war Aquila, der Dich schließlich gefunden hat, nicht wahr? An dem Tag, an dem wir ausgeritten sind.»

Er nickte: «Ich kenne ihn schon seit vielen Jahren, den Mann, den Du Aquila nennst, seit meiner ersten Reise nach Italien genaugenommen. Er hat lange Zeit als Söldner in der Toskana gedient, in Siena und in Pisa. Ein päpstlicher Auftrag, über den ich auch jetzt nicht sprechen darf, er brachte uns zusammen. Wir wurden Freunde. Damals traf ich auch Ritter Wilbrand. Sein Vater, Ritter Anno von Bodenteich, war einer der wenigen deutschen Ritter, die bis zum Schluß auf der Seite der Hohenstaufen gekämpft hatten. Nach dem Tode König Manfreds war er mit Herzog Konradin gegen Karl von Anjou gezogen... in den letzten Kampf der Hohenstaufen. Und gemeinsam mit Konradin – oder Corradino, wie die Italiener ihn nannten – wurde er in Neapel hingerichtet.

Doch davon wußte Ritter Wilbrand nichts. Er war nach Italien gekommen, um seinen Vater zu suchen, und als er von dessen Tod erfuhr, wußte er nicht so recht weiter. Ihr müßt Euch das in der Weise vorstellen, daß beide, Ritter Wilbrand und Aquila, irgendwie in Italien hängengeblieben waren, und das Leben begann, über sie hinwegzugehen. Sie waren Menschen, die dort nicht länger hingehörten. Relikte einer Epoche, die es einfach nicht mehr gab. Es gelang mir, sie zu überzeugen, daß die Zeit gekommen war, nach Deutschland zurückzukehren. Bei meinem nächsten Besuch in Deutschland traf ich sie auf Burg Bodenteich und zu meiner Beruhigung konnte ich feststellen, daß auch Aquila dort ein Leben führte, das so glücklich war, wie das ein Mann erwarten kann, der seine Heimat verloren hat. Seitdem bin ich zwar nicht mehr selbst in Bodenteich gewesen, doch den Kontakt zu Aquila ließ ich niemals abreißen.

Während meiner Jahre in Italien hat er mir in seinen Briefen mehr oder minder regelmäßig von den Geschehnissen in unserer Heimat berichtet. Von ihm erfuhr ich von Vaters Tod, von den zunehmenden Unruhen im Grenzland und einmal berichtete er mir sogar von Dir: Er hatte erfahren, daß meine Schwester im Kloster der Augustinerinnen eine Schriftkundige geworden war. Es überraschte mich nicht, denn ich konnte mich noch gut an den Eifer erinnern, mit dem Du schon als Kind jede Handschrift studiert hattest, die Dir in die Hände kam.

Ich hatte Aquila seit mehr als zehn Jahren nicht mehr gesehen, als wir nach Bodenteich aufbrachen. Welch eine seltsame Gnade des Herrn, die uns nach so langer Zeit auf einer Waldlichtung wieder zusammenführte.»

«Du gabst ihm die Nüsse, die der Kardinal für Dich gepflückt hat.»

«Du gibst gut acht, Schwester, wie immer», lächelte er müde. «Gerhard von Parma, Kardinalbischof von Santa Sabina, wohl kaum der nächste Papst, dafür liebt er die Franzosen nicht genug, aber ein umgänglicher Mann. Er gab mir die Nüsse. Mit ihnen sollte Aquila sich Dir zu erkennen geben, sobald er die Stunde für gekommen hielt. Natürlich wollten wir beide verhindern, daß Du noch mehr in Gefahr gerietst. Die Ankunft des Herzogs hat dann alles völlig durcheinandergebracht. Immerhin hatte ich mich ausreichend gestärkt, um mich bis hierher durchzuschlagen. Seitdem haben wir nur Gerüchte von dem gehört, was in Bodenteich geschieht.»

anno dominice incarnationis MCCXIIC
regnante domino Adolpho primo glorioso Romanorum rege augusto
idus novembri
(13. November 1292)

Später schien es Schwester Agnetha, als müßten sie die halbe Nacht hindurch im Kaminzimmer in der Kemenate ihres Bruders gesessen haben, doch in Wahrheit waren es wohl nicht mehr als zwei oder drei Stunden, lange genug immerhin, daß der Himmel in der runden Fensterhöhlung nacheinander eine rötliche und eine bleifarbene Tönung annahm und sich schließlich die Nacht über Wittingen senkte, während sie von den Ereignissen in Bodenteich berichtete. Sie mußte die Geschichte ihres Aufenthalts drei oder vier Mal von vorne bis hinten berichten, denn immer wieder gelang es dem Magister, ihr durch geschicktes Fragen Details, von denen sie sicher war, daß sie ihrem Gedächtnis längst entschwunden waren, in die Erinnerung zurückzurufen.

Mochte Wasmods Körper auch grausam entstellt sein, sein Verstand arbeitete präzise wie zuvor. Agnetha spürte, daß es überhaupt keinen Sinn hatte, die Natur der Gefühle, die sie für den Falkenmeister hegte, verheimlichen zu wollen, doch im Grunde wollte sie das auch gar nicht. Sie schuldete es ihm ganz einfach. Hätte er in der Nacht ihrer Reise nach Bodenteich nicht mit letzter Kraft jenes Wesen aufgehalten, an das sich Agnetha noch immer nicht entsinnen konnte – und wollte – so wäre er jetzt nicht nur noch ein Schatten des Mannes von einst, und sie wäre nicht mehr am Leben.

Sicher, niemand anderem als ihm hatte sie es zu verdanken, daß sie überhaupt in diese Gefahr geraten war. Er selbst hatte seinen Teil dazu beigetragen, daß die Dinge so gekommen waren. Wäre er von Anfang an ganz offen nach Bodenteich gereist, so wäre ihm vielleicht der Nigromant entkommen, doch weder die Inquisition noch der Herzog hätten die Möglichkeit gehabt, sich einzumischen. Doch das war ihm natürlich klar und er trug sichtlich schwer an dieser Schuld.

Paridam hörte die meiste Zeit schweigend zu und warf nur sehr selten ein Wort ein. Er wollte wissen, wie groß die Streitmacht war, die Siverd von Saldern ins Feld führen konnte, und er atmete auf, als er hörte, daß es nur einige wenige Männer waren. Doch auch Paridam mußte wissen, daß vielleicht schon zu dieser Stunde ein hunderte von Schwertern zählendes herzogliches Aufgebot um die Bodenteicher Burg lagerte. Was ihre Verwandten dagegen aufzubieten hatten, war dem nicht ansatzweise gewachsen, selbst wenn sie sich zum ersten Mal in ihrem Leben auf ein gemeinsames Vorgehen einigen könnten –was sich Agnetha im übrigen nicht vorstellen konnte.

Nach einer Weile betrat Margarethe, Paridams Gemahlin, den Raum und begrüßte Agnetha mit einem schwesterlichen Kuß. Agnetha war ihre Schwägerin immer als eine langweilige Person erschienen, deren Interesse sich auf die weiblichen Künste des Spinnens und Webens beschränkte, doch offenbar freute sie sich ehrlich über die Ankunft der Augustinerin, und für den Magister sorgte sie augenscheinlich nach besten Kräften. Sie hielt sich dabei, wie sie berichtete, an die Anweisungen eines wandernden Medicus, der auf seine alten Tage in einer bescheidenen Behausung hinter der Kirche lebte. Der Mann mußte sein Handwerk jedenfalls verstehen, denn wenn auch Aquila das Nötigste getan hatte, so war es auch seiner Heilkunst zu verdanken, daß Wasmod noch am Leben war.

Es dauerte nicht lange, bis sich Margarethe wieder verabschiedete. Sie wolle nach den anderen Gästen sehen, nach der kleinen Riva und ihrem Gefolge. Paridam dankte ihr mit einem Nicken.

«Allen Heiligen sei Dank, es ist gut, daß wenigstens das Kind in Sicherheit ist», seufzte Wasmod. «Ich wünschte nur, seine Brüder wären diesem Beispiel gefolgt.»

Paridam schüttelte den Kopf: «Ich kann mir nicht vorstellen, daß ein Sohn Wilbrands von Bodenteich sich lieber in Sicherheit bringt als zu kämpfen.»

Der Magister sah ihn an: «Mit vierzehn Jahren ist es verzeihlich, zu glauben, man könne die ganze Welt aus den Angeln heben mit dem blanken Schwert und der Kraft eines kriegerischen Armes. Ob sie es nun einsehen oder nicht: Es hat keinen Sinn. Aquila hätte das unter gewöhnlichen Umständen kaum zugelassen. Er hofft, Zeit zu gewinnen. Er wartet, daß wir ihm irgendwie zu Hilfe kommen.»

Zweifelnd musterte Agnetha ihren Bruder. Schon die Unterhaltung hatte ihn sichtbar mitgenommen. Margarethe hatte ihm ein weiches Kissen in den Rücken gelegt und nun lag er mehr als daß er saß weit zurückgelehnt so nah am Feuer, daß die Augustinerin jeden Augenblick fürchtete, ein verirrter Funke könnte das Schaffell in Brand setzen, das wärmend über seinen Beinen lag. Das Zucken der Flammen verlieh seinen entstellten Zügen und selbst dem erblindeten Auge ein unheimliches Leben. Es war gar nicht daran zu denken, ihn in absehbarer Zeit auf den Rücken eines Pferdes zu setzen und zu hoffen, er könne Bodenteich lebend erreichen.

Paridam seufzte:

«Meine Söhne sind nach Langenapel geritten, um mit Vetter Werner zu sprechen. Vielleicht setzt er sich für uns ein, auch wenn ich es mir nicht so recht vorstellen kann. Seit er aus dem Heiligen Land zurückgekehrt ist, hat er es noch nicht einmal für nötig befunden, uns einen Höflichkeitsbesuch abzustatten. Es können ohnehin nicht mehr als eine Handvoll sein.»

Wasmod lächelte schief: «Ihr wißt es so gut wie ich, Schwester Agnetha: Als wir ihn aufsuchten, konnte er uns nicht mehr anbieten als ein paar Kriegsknechte. Und seine Hilfe könnte einen Preis haben, den zu zahlen keiner von uns bereit ist.»

«Darüber habt Ihr schon damals mit Werner gesprochen. Und schon damals habe ich es nicht verstanden.»

«Und ich werde es Euch auch heute nicht erklären.» Für einen Augenblick kam mühsam seine alte, bestimmende Art durch. Doch dann schüttelte er nur schwach den Kopf:

«Ein Bote ist unterwegs nach Braunschweig, um Söldner anzuwerben. Ich habe ihm Dokumente mitgegeben, Ablaßbriefe, die sich leicht zu Geld machen lassen dürften. Zumindest daran mangelt es uns nicht. Das ist ein Vorteil, wenn man der Sondergesandte seiner Heiligkeit ist: Man hat keine Probleme, einen Gläubiger zu finden.»

«Aber diese Söldner werden zu spät kommen», sagte Agnetha leise.

«Ich fürchte ja, Schwester. Es hilft nichts. Ich muß nach Bodenteich. So oder so.» Er verlagerte seine Haltung und sog schmerzhaft die Luft ein. «Paridam hat eine Idee: Seine Knechte sind seit gestern an der Arbeit; sie wollen mir eine Sänfte bauen, wie die hohen Kirchenfürsten sie in Italien benutzen. Sie wird wohl nicht so bequem werden, schon gar nicht bei dem Wetter zur Zeit, doch es muß genügen. Natürlich werden wir nicht so schnell sein wie zu Pferde, doch in zwei Tagen müßte die Strecke zu schaffen sein. Gebt die Hoffnung nicht auf: Übermorgen abend sind wir wieder in Bodenteich, so Gott will.»

Agnetha nickte düster: «So Gott will.»

Wir kommen zu spät. Heilige Jungfrau, Mutter Gottes, wir werden es nicht schaffen.

anno dominice incarnationis MCCXIIC
regnante domino Adolpho primo glorioso Romanorum rege augusto
XVIII. calendas decembri
(14. November 1292)

Für eine Stunde nur hatte sich Aquila in seinen Turm zurückgezogen. Niemand konnte sagen, was der Morgen bringen mochte, deshalb gab es heute nacht noch wichtige Dinge, die er festhalten mußte. Seine Handschrift war rascher als sonst, die Gedanken flüchtiger, ganz anders als gewöhnlich.

Er hatte immer gewußt, daß sein Vorrat an Pergament begrenzt war. Jedes Wort mußte daher durchdacht sein. Doch nicht heute nacht. Er mußte die Dinge so niederschreiben, wie sie in seinem Geiste Gestalt annahmen. Er hatte in den Jahren in Bodenteich so viel an Wissen gewonnen und manches niedergeschrieben. Und doch gab es einige Dinge, deren Umrisse er erst zu ahnen begonnen hatte, Experimente, denen der letzte Beweis bisher versagt geblieben war oder mit deren Ergebnis er sich noch nicht hatte zufriedengeben mögen. Oft hatte er gezögert, diese Dinge in das große, in grün gefärbtes Leder gebundene Buch aufzunehmen, in dem er den Schatz seines Wissens verwahrte. Nun war keine Zeit mehr für diese Abwägungen. Er mußte handeln, denn es gab so vieles, das nicht verloren gehen durfte, falls er morgen den Tod fand.

Seine Finger liebkosten den abgewetzten Einband, und er dachte an den Tag, an dem er ihn aus den Händen seines Vaters empfangen hatte. Es war der Vorabend der Schlacht von Benevent gewesen, und sie hatten sich im glanzvollen Feldlager König Manfreds befunden, wo sie die Ankunft der gegnerischen Heere erwarteten. Hier, schon an den Grenzen des Königreichs der Hohenstaufen, wollten sie den Eindringlingen Einhalt gebieten. Der junge Aquila hatte sein eigenes Zelt gehabt, ein Geschenk des Königs, der ihn einige Tage zuvor zum Ritter geschlagen hatte, denn er würde in den bevorstehenden Kämpfen ein kleines Aufgebot führen. Er war damit beschäftigt gewesen, seine Waffen auf Hochglanz zu polieren, als vor dem Zelt fragend die Stimme seines Vaters ertönt war.

Auf Aquilas Antwort hatte dieser den Zeltstoff beiseitegeschoben und war eingetreten. Der Falkenmeister brauchte nur die Augen zu schließen und die Szene war ihm gegenwärtig, als sei dies erst vor einer Stunde geschehen. Sein Vater hatte ein leichtes Wams im Grün des Hohenstaufenhofes getragen und darüber einen Kriegsmantel im selben Farbton. In seinem Gürtel steckte ein kurzes, krummes Schwert, wie es die sarazenischen Reiter von Lucera führten, König Manfreds treueste Anhänger, die am nächsten Morgen den Kampf eröffnen sollten. Unter dem Arm trug er ein gewaltiges, in Stoff verschnürtes Paket, das er vor den Augen seines Sohnes auf den Tisch legte.

Aquila trat näher: «Was ist das, Vater? Noch ein Geschenk? Meine Rüstung ist komplett.»

Sein Vater sah ihn wortlos an und wies auffordernd auf das Paket. Vorsichtig wickelte Aquila das Geschenk aus.

«Ein Buch!» sagte er überrascht. «Das ist der schönste Einband, den ich je gesehen habe. Ich danke Dir, Vater, aber ich glaube kaum, daß ich in nächster Zeit zum Lesen kommen...»

Sein Vater seufzte: «Du denkst an den Kampf, mein Sohn, immer nur an den Kampf, und ich habe mich doch immer bemüht, Dir zu zeigen, daß es andere Dinge gibt im Leben, die ebenso wichtig sind, oder nein, viel, viel wichtiger: das Wissen, die Kunst, das Lebensglück, die Aufgaben, vor die wir gestellt werden und die wir erfüllen müssen.»

Aquila verstand nicht völlig, wovon er sprach, doch der Ernst in seiner Stimme war unverkennbar.

«Und dieses Buch ist so eine wichtige Sache?»

«Wahrhaftig, das ist es. Dieses Buch ist schon durch viele Hände gegangen. Viele seiner Seiten sind gefüllt. Dein Großvater hat lange daran geschrieben und auch ich habe meinen Teil dazu beigetragen. Und nun sollst Du es erhalten, als Dein Erbe.»

«Mein Erbe?» fragte Aquila erschrocken. «Warum sollte ich schon jetzt mein Erbe in Empfang nehmen? Du bist noch so jung. Wer es nicht besser weiß, müßte Dich für meinen älteren Bruder halten, nicht für meinen Vater. Ich glaube nicht, daß Dein Kapitel in diesem Buch schon zu Ende ist.»

Traurig schüttelte sein Vater den Kopf: «Noch nicht ganz, aber beinahe. Ich habe vorhin eine Botschaft erhalten, die keinen anderen Schluß zuläßt. Es ist an Dir, dieses Buch fortzusetzen. Und Du wirst es eines Tages weitergeben an die, die nach Dir kommen.»

«Aber was...»

«Frage nicht, mein Sohn! Lies das Buch und Du wirst verstehen, was Du tun mußt. Ich wünschte...»

Er brach ab und sah seinen Sohn einen Augenblick schweigend an, doch dann schüttelte er entschlossen den Kopf: «Nein. Mehr will ich und mehr darf ich nicht sagen. Schlaf jetzt, morgen wird ein anstrengender Tag.»

Er zögerte: «Und noch etwas. Auch dies hier...» Mit einer raschen Bewegung zog er einen Ring, den er, solange der junge Aquila denken konnte, getragen hatte, von seinem Finger ab. Es war ein altertümlicher goldener Ring mit einem großen blutroten Stein. «Auch ihn sollst Du haben. Dieser Ring hat eine große Macht, doch es fehlt nun die Zeit, sie Dir zu erläutern. Vielleicht kann Vater Gennadios Dir eines Tages mehr über ihn berichten. Er wird noch vor der Schlacht nach Salerno zurückkehren. Auch dieser Ring ist Dein Erbe. Beide, Buch und Ring, sind mehr, als sie auf den ersten Blick verraten. Aber mehr wirst Du zu dieser Stunde nicht über sie erfahren.»

Wie betäubt nahm Aquila den Ring entgegen und schob ihn über den Finger. Er paßte sich perfekt seiner Hand an, als sei er eigens für ihn geschmiedet worden.

Sein Vater warf einen letzten Blick auf Buch und Ring und nickte dann stumm. Er wandte sich zum Gehen, doch dann hielt er noch einmal inne: «Ehe ich es vergesse. Ich muß Dir noch etwas Wichtiges sagen: Der Schlachtplan wurde noch einmal geändert. Du wirst im Aufgebot des Markgrafen kämpfen, nicht im Zentrum.»

Aquila fuhr auf: «Nicht im Zentrum? Warum nicht an Deiner Seite, warum nicht bei der königlichen Leibgarde? Was für ein Vater bist Du, daß Du Deinen Sohn in dieser Schlacht nicht an Deiner Seite haben willst!»

Sein Vater sah ihm scharf in die Augen, mit einem so zornigen Blick, wie ihn Aquila noch niemals auf sich gespürt hatte: «Es ist nicht der Wunsch Deines Vaters, es ist der Befehl des Königs. Und wage es nicht, ihm zuwider zu handeln! Du weißt: Verräter enden unter den Säbeln der sarazenischen Leibgarde. Es ist königliches Gesetz: Selbst ich könnte es nicht verhindern.»

«Aber warum...»

«Dies ist der Befehl des Königs: Du kämpfst im rechten Flügel an der Seite des Markgrafen von Bärennoth, und wenn sich das Schlachtenglück gegen uns wenden sollte – wage nicht noch einmal, mich zu unterbrechen! – wirst Du das Schlachtfeld verlassen. Wegekundige

Männer werden an Deiner Seite sein und sie werden Dich nach Lucera bringen, wo eine Eskorte bereitsteht, die Dich über das Meer geleitet nach Epiros, in das Land von Königin Helenas Familie. Dort solltest Du in Sicherheit sein.»

Ohne ein weiteres Wort hatte sein Vater das Zelt verlassen. Der folgende Tag hatte die große Katastrophe von Benevent gebracht. Aus der Ferne nur hatte Aquila beobachten können, wie im Zentrum die Entscheidung fiel und wie niemand von denen, die an der Seite des Königs und seiner Leibgarde in die Schlacht geritten waren, dem Gemetzel entkommen konnte. Die Ereignisse seiner eigenen, gefahrvollen Flucht nach Lucera waren nur eine undeutliche Erinnerung, verborgen hinter einem Schleier von Tränen.

Jetzt, an seinem Arbeitstisch im Kaminzimmer des Bergfrieds, schüttelte Aquila voller Schmerz den Kopf. Der blutrote Stein seines Rings schien ihn fast höhnisch anzufunkeln. Er wollte nicht mehr an diese Stunden denken.

Die Vergangenheit war nicht allein durch Blut und Tod geprägt. Heute nacht wollte er sich auch der schönen Dinge, der halb verlorenen Träume von seiner Heimat entsinnen.

Vielleicht zum letzten Mal überließ er sich der Erinnerung an seine Heimat, an das gleißende Licht der Sonne über der Bucht von Salerno, wenn sie schon tief stand und sich anschickte, hinter den Bergen der amalfitanischen Küste zu versinken. Aquila fühlte sich in das Studierzimmer von Vater Gennadios versetzt, spürte sein Herz schneller schlagen in der Erinnerung an ihre heftigen Rededuelle, die für den weisen Kirchenmann doch nicht viel mehr gewesen waren als Stimmübungen. Er sah das Antlitz der Königin Helena vor sich, König Manfreds zweiter Gemahlin, der Aquilas erste heiße Liebessehnsucht gegolten und deren dunkler Schönheit er seine erste Minnecanzone geweiht hatte. Doch er erinnerte sich auch des Schmerzes, den er empfunden hatte, als er vom grausamen Schicksal der Königin erfuhr, von ihrem elenden Sterben im Kerker einer süditalienischen Festung nach dem Ende der Hohenstaufen. Wieder dachte er an den Tag von Benevent, an das Heerlager König Manfreds, an den glanzvollen Sieg seiner arabischen Reiter und den kurzen Augenblick des Triumphes, als die Schlacht bereits gewonnen schien. Und wie eine dunkle Wolke kam, ungebeten, auch die Erinnerung an die schreckliche Wendung des Geschehens, an seine Panik, als er aus der Ferne sah, wie sein Vater von den Gefolgsleuten ihrer Familie getrennt wurde und bis zum letzten kämpfend seinen Blicken entschwand. Die Erinnerung an den Untergang der Hohenstaufen.

Wie oft waren ihm diese Gespenster nicht schon erschienen in den dunklen Nächten, wenn ein fremder, kalter Wind um die Mauern von Burg Bodenteich fegte, ein Wind, der die Gerüche einer fremden Welt mit sich brachte und dessen Flüstern ihm mit jeder Silbe zu verstehen gab, daß er ein Fremdling war in diesem Land und immer ein Fremdling bleiben würde. Und doch war es heute anders, denn ein völlig anderer Gedanke schob sich vor die altbekannten Geister der Vergangenheit, der Gedanke an Schwester Agnetha, an das goldene Haar, das sie viel zu oft unter ihrer Haube verbarg, an ihr feingeschnittenes und doch in manchen Augenblicken so übermütiges Lächeln, an ihre warme Stimme, selbst an die kleine, konzentrierte Falte zwischen ihren Augen, wenn er sie wieder einmal aus dem Konzept gebracht hatte und sie nach einer Antwort auf eine seiner ständigen Provokationen ihrer Kirchentreue suchte.

Schon oft hatte er dem Tod ins Auge geblickt, und doch war es heute anders, völlig anders als all die Male zuvor. Heute hatte er etwas zu verlieren.

Der Falkenmeister seufzte. Er mußte seine Zeit nutzen, um sich über diese Dinge klarzuwerden. War das nicht wichtiger als die Rezepte festzuhalten, die er hin und wieder erprobt hatte? Glaubte er ernsthaft, irgendeine gelehrte Seele würde sich dieser Schriften annehmen, sie bewahren und zum Nutzen der Menschen einsetzen? Kaum. Höchstwahrscheinlich würden sie mit ihm auf dem Scheiterhaufen enden. Wichtiger war es, Ordnung in seine Gedanken zu bringen, damit er dem, was ihn erwartete mit erhobenem Haupt begegnen konnte. Schwester Agnetha war in Sicherheit, das zumindest hatte er erreicht. Inzwischen mußte sie bei ihren Brüdern angelangt sein und sich im Schutze des päpstlichen Legaten befinden. Und vielleicht... vielleicht bestand doch noch die Winzigkeit einer Chance. Vielleicht war der Legat wie durch ein Wunder rascher genesen als erwartet, vielleicht hatten die Herren von dem Knesebeck und ihr Vetter Werner von Langenapel sich einmal in ihrem Leben entschlossen, gemeinsame Sache zu machen, und waren bereits auf dem Weg nach Bodenteich.

Doch was sollten sie schon ausrichten, dachte er dann mutlos. Was konnten sie tun mit einer Handvoll Kriegsknechte? Was würden sie erreichen, als ihre eigene Stellung aufs Spiel zu setzen und dem Herzog die Gelegenheit zu geben, mit dem gleichen Schlag einem zweiten Burgherrengeschlecht den Garaus zu machen?

Nein, wenn sie eine Chance hatten, dann war es die Zeit. Zeit, daß Magister Wasmod wieder zu Kräften kam, daß er nach Bodenteich reisen konnte und sich schützend vor die Söhne Ritter Wilbrands, ihre Burg und die Menschen ihres Marktfleckens stellte. Jede Stunde, jede Minute des Friedens war kostbar.

«Wir greifen an! Wir greifen an!»

Der Falkenmeister war sich im ersten Augenblick kaum sicher, ob der Ruf wirklich von unten, aus dem Burghof in sein Gemach gedrungen war, oder ob er nichts gewesen war als eine Reaktion seines Unterbewußtseins auf unausgesprochene Befürchtungen. Dann aber sah er den flackernden Fackelschein, der sich an den Wänden des Raumes brach.

Mit einem Satz war Aquila am Fenster, doch er wußte, was er sehen würde, noch bevor er in die Tiefe blickte. Der Burghof war voller Menschen; ihre Gestalten waren im Fackellicht deutlich auszumachen. Zuckendes Licht beleuchtete eine waffenstarrende Szenerie. Schon machten die Knechte sich am Tor zu schaffen.

Aquila verfluchte seine Versunkenheit. Wie hatte er zulassen können, daß ihn irgend etwas so sehr ablenkte? Wie konnte ihm entgehen, daß die gesamte Besatzung der Burg Vorbereitungen zum Angriff traf. Gerolf konnte er nirgends entdecken, doch auch so gab es keinen Zweifel, wer hinter diesem plötzliche Angriff steckte.

«Bleibt stehen!» schrie er in die Tiefe. «Ich befehle es im Namen des Herrn von Bodenteich!»

Gesichter wandten sich ihm zu, für Augenblicke nur, und selbst auf diese Entfernung glaubte er die Schmach in ihren Zügen zu erkennen. Niemand wagte es, ihm zu antworten. Keiner der Männer hielt in seinem Tun inne. Der Falkenmeister beobachtete hilflos, wie die Flügel des großen Burgtores geöffnet wurden und sich die Zugbrücke langsam senkte. Hätte er sie doch nur zerstören lassen, solange Zeit war!

Er löste sich von dem Anblick. Es war zu spät sie aufzuhalten, das wußte er jetzt. Schweigend durchquerte er den Raum und zog den schweren Vorhang beiseite, der den letzten Kreisabschnitt der kreisrunden Turmstube verbarg. Für einen Moment des Stolzes ruhten seine Augen auf der kostbaren Rüstung. Es war jene gewissenhafte Schmiedearbeit, die er vor einem ganzen Leben auf dem Schlachtfeld von Benevent getragen hatte. König Manfred selbst hatte sie ihm

Tage zuvor zum Geschenk gemacht, als er gegen den Wunsch seines Vaters Salerno verlassen hatte und zum Heer der Hohenstaufen geeilt war. Trutzig blickte der geschlossene Helm ihn an. Auf der Stirn prangte der Adler des nun erloschenen Geschlechts. Die stählernen Kettenringe leuchteten im gedämpften Licht des Studiergemachs. Ein wahrhaft königliches Geschenk!

Es war schwierig, diese gewaltigen Kampfrüstungen ohne fremde Hilfe anzulegen, bei den moderneren Panzern der deutschen Ritter, wie Ritter Wilbrand einen besaß, war es sogar völlig unmöglich. Aquilas vergleichsweise leichter Kettenpanzer dagegen war relativ einfach überzustreifen und bot den großen Vorteil, daß er seinem Träger eine größere Bewegungsfreiheit verlieh und ihm sogar die Möglichkeit ließ, nach dem Verlust seines Pferdes zu Fuß weiterzukämpfen.

War es auch seit Jahren nicht mehr notwendig gewesen, Aquilas Finger beherrschten die Bewegungen noch immer wie im Schlaf. Es dauerte keine Viertelstunde und der Falkenmeister stieg vollständig gerüstet, den Helm unter dem Arm, in den Burghof hinab. Selbst Helmzier und Waffenrock in den Farben von Bodenteich fehlten nicht. Vom Marktflecken her drang bereits seit einiger Zeit stetig lauter werdender Kampfeslärm zur Burg hinüber.

Vom wieder geschlossenen Tor her näherte sich mit ernster Miene Toste der Torwächter. Er hatte seinen Posten nicht verlassen, was ihm nicht leicht gefallen sein dürfte. Aquila brauchte nicht zu fragen, wie die Schlacht stand. Am Zügel führte Toste Corrado, der unruhig tänzelte. Das Pferd war zum Kampf gerüstet. Blutgeruch lag in der Luft.

Aquila ließ sich in den Sattel helfen und die Kriegslanze reichen. Als Toste das Tor öffnete, fragte er nur noch: «Adrian?»

«Als sein Bruder ihn immer wieder einen Feigling nannte, wagte er sich nicht länger zu verweigern.»

Aquila lächelte bitter. Er hätte es wissen müssen.

Mit sicheren Schritten überquerte das Kriegsroß den Bohlenweg. Allenthalben aus den Häusern des Dorfes auflodernde Brände ängstigten das Pferd, doch einige beruhigende Worte seines Herrn und die gewohnte eiserne Disziplin hielten es ruhig auf dem schmalen Damm.

Der Marktflecken stand in Flammen, vom Dorfeingang zur Linken bis zu Meister Hagens Scheune zur Rechten. Einzig das Mühlenhaus schien noch nicht von dem Brand ergriffen zu sein, wohl weil Bennos Anwesen ein wenig abseits lag, doch auch hier hatte Aquila wenig Hoffnung, denn auch von der Mühle her scholl ihm Kampfeslärm entgegen, als er nun die ersten Häuser erreichte.

Mit einem raschen Blick erfaßte er die Situation. Auf der Straße, die in Richtung Wittingen aus dem Dorf herausführte, wurde gekämpft. Herzogliche Söldner versuchten, in die Häuser einzudringen, doch noch schien es den Bewohnern zu gelingen, sie daran zu hindern, während die meisten Dachstühle bereits brannten. Um die Kirche herum war dagegen alles ruhig, doch die zuckenden Lichter hinter den schmalen Fenstern verrieten dem Falkenmeister, daß auch hier bereits gekämpft worden war.

Auf dem Marktplatz sah er mehrere Körper liegen. Es waren Menschen, die er kannte, Menschen, die ihre Treue zu Ritter Wilbrand und seiner Familie mit ihrem Leben bezahlt hatten. Aquilas Blick ging in die Höhe. Die Flammen züngelten um das Dach von Meister Hagens großem Haus. Der Falkenmeister zügelte sein Roß. Er hörte Schreie aus dem Innern. Gleich darauf stürzten mehrere Gestalten ins Freie. Aquila erkannte Hagens Frau mit zweien ihrer Kinder.

«Sind noch Menschen im Haus?» rief er.

Sie brauchte einen Augenblick, ihn zu erkennen, dann schüttelte sie stumm den Kopf.

«Nehmt Eure Kinder und flieht hinauf zum Leinenberg. Geht nicht in die Burg, hört Ihr! Dort sitzt Ihr in der Falle. Nehmt alle mit Euch, die Ihr trefft. Ich komme mit Bewaffneten, falls es mir möglich sein sollte. Wenn Ihr seht, daß es ohne Hoffnung ist, müßt Ihr versuchen, die Wälder zu erreichen.»

Unschlüssig starrte sie ihn an.

«Lauf, närrisches Weib!»

Er hatte keine Zeit mehr, länger auf sie zu achten, sondern wandte seine Aufmerksamkeit dem Geschehen an der Mühle zu. Hier war der Kampf in vollem Gange. Aufatmend erkannte Aquila, daß Adrian und Gerolf noch in ihren Sätteln saßen, umgeben von vielleicht einem halben Dutzend Männern ihres zu Fuß kämpfenden Gefolges. Herzogliche Söldner, zu Fuß kämpfend und ihre fast zehn Fuß langen Spieße drohend gefällt, hatten die Brücke besetzt und verhinderten eine Flucht, während gleichzeitig vom Dorf her ritterlich Gewappnete zu Pferde gegen sie andrängten. Dachbalken stürzten brennend auf den blutgetränkten Boden. In Panik wieherten die Tiere auf. In der engen

Straße behinderten sich die Reiter gegenseitig.

Aquila setzte sich seinen Helm auf den Kopf. Im ersten Augenblick fühlte er sich wie blind, doch dann drehte er den Kopf probeweise nach links und nach rechts, um sich an das neue, eingeschränkte Gesichtsfeld zu gewöhnen. Er wußte, daß es den anderen Reitern nicht anders erging. Tief sog er die Luft ein. Noch hatte ihn keine der kämpfenden Parteien bemerkt, doch er mußte sofort handeln, bevor das geschah.

Mit sicherem Griff nahm er seine Kriegslanze aus der Halterung am Sattel und legte sie ein wie zu einem festlichen Turnier. Zwischen ihm und den Berittenen lagen bereits brennende Gegenstände im Wege, doch er traute Corrado zu, darüber hinwegzusetzen. Mit festem Druck trieb er dem Hengst die Hacken in die Weichen. Auf spitze Dornen, wie viele der deutschen und französischen Ritter sie an ihren Stiefeln trugen, hatte er immer verzichtet. Das Kriegsroß spürte auch so den Ernst der Lage und würde sein Bestes geben.

Es war zu wenig Platz, um hohe Geschwindigkeit und Stoßkraft zu gewinnen, doch dafür war die Situation auf dem Schlachtfeld so chaotisch, daß die Kämpfenden ihn noch immer nicht bemerkten, als Corrado bereits auf sie zuraste. Aquila stützte den Lanzenschaft am Sattel ab und visierte das Knäuel berittener Krieger an. In ihrem Zentrum erkannte er die Farben Gebhards von Boldensen, Ritter Wilbrands Schwager. Der Falkenmeister zielte tief, auf einen Punkt, an dem er die Flanke des Tieres und Ritter Gebhards Leib gleichzeitig treffen konnte. Er mußte versuchen, größtmögliche Verwirrung zu erzeugen, wenn er den bedrängten Bodenteichern die Chance zu einem Ausfall eröffnen wollte.

Aquila hielt die Luft an und im nächsten Augenblick erfolgte der Aufprall. Er spürte kaum Widerstand, als die Lanze zunächst durch den Pferdeleib und dann in Ritter Gebhards Körper fuhr. Die Gewalt seines Ansturms trug ihn noch eine Strecke in die Schar seiner Feinde hinein, bevor der Lanzenschaft zersplitterte. Das panische Wiehern der Pferde, Schreie, Flüche, metallischer Lärm schlugen über ihm zusammen. Betäubender Gestank nach Blut und Ausscheidungen erfüllte die Luft. Ein harter Stoß traf ihn, als die abgebrochene Lanze doch noch auf Widerstand stieß. Das hintere Ende des Schaftes bohrte sich durch seine eigene Panzerung. Brennender Schmerz schoß durch seine Hüfte, rasch war sein rechtes Bein feucht und klebrig von Blut.

Der Falkner ließ den nutzlos gewordenen Lanzenschaft los und versuchte, in der Enge des Getümmels sein Schwert zu ziehen. Behandschuhte Hände griffen nach Corrados Zügeln. Aquila trat blind zu und spürte, wie der Griff sich löste. Endlich bekam er sein Schwert frei, eben rechtzeitig, um den Schlag eines Söldners zu parieren, der ihn von der Rechten angriff. Aus der Bewegung heraus zog er das Schwert zurück und bohrte die Spitze zwischen Panzer und Helm in den Hals des Reiters.

Noch herrschte Chaos unter den herzoglichen Rittern. Die Männer aus Adrians und Gerolfs Gefolge hatten bemerkt, daß es Aquila war, der herangekommen war, und verstärkten ihre Angriffe. Der Falkenmeister erkannte, daß Adrian sich nur noch mühsam im Sattel hielt. Ritter Wilbrands älterer Sohn war verletzt. Für einen Moment trafen sich ihre Augen. Aus dem Blick des Jungen sprach eine Hoffnungslosigkeit, die den Falkenmeister mehr schmerzte als die Wunde an seiner Seite.

«Hinauf zum Leinenberg!» rief Aquila und versetzte einem Reiter, der die Klinge nach ihm schwang, einen Schlag vor die Brust. Funkensprühend glitt die Klinge am massiven Panzer des Mannes ab, doch betäubt ließ er von seinem Angriff ab.

Gerolf hatte verstanden und trieb sein Pferd zwischen die Berittenen, das mit Aquilas Hilfe trainierte Tier mit den Schenkeln lenkend, um die Kraft beider Arme für das Schwert freizuhaben. Mit nicht geringem Stolz erkannte Aquila den Erfolg ihrer zahllosen Übungsstunden.

Von beiden Seiten gingen sie auf dic herzoglichen Reiter los, Gerolf unterstützt von den Männern seines Gefolges. Meter für Meter verlagerte sich das Kampfgeschehen nun wieder von der Mühle weg den Weg hinauf in Richtung Markt. Zur Rechten regneten immer wieder Trümmer von Meister Hagens brennnendem Haus auf die Kämpfenden herab. Gleichzeitig drängten von der Brücke her die Söldner mit gefällten Spießen nach und versuchten die Söhne des Herrn von Bodenteich mitsamt ihrer kleinen Gesellschaft von der Straße abzudrängen. Siverd von Saldern selbst war nicht zu sehen, auch unter den Reitern hatte Aquila seine Farben bisher nicht erkannt.

Sie hatten den Markt fast erreicht. Hier, wo die Straße breiter wurde, mochte sich eine Möglichkeit zum Ausbruch ergeben. Doch mittlerweile hatten die Ritter des Herzogs die volle Kontrolle über ihre Tiere zurückerlangt. Gerolfs Pferd scheute und wich Schritt für Schritt auf das brennende Haus hin zurück.

«Aquila, helft mir!»

Ritter Wilbrands jüngster Sohn hatte sich in seinem ersten Kampf gut geschlagen, doch jetzt sprach Panik aus seiner Stimme. Fluchend brachte der Falkenmeister Corrado herum und eilte dem Sohn seines Herrn zu Hilfe.

«Vorsicht, Herr!»

Aquila erkannte die Stimme nicht, doch im gleichen Augenblick gewahrte er mehrere gepanzerte Ritter, die wie aus dem Nichts aufgetaucht vom Markt heranschossen. Der Falkenmeister kannte die Farben des Mannes an ihrer Spitze. Siverd von Saldern griff in den Kampf ein. Mit einem festem Druck seines Oberschenkels versuchte der Falkner, das Pferd herumzubringen, um dem Angriff des Söldnerführers zu begegnen, doch sein einziger Lohn war ein verstärkter Schmerz in der Hüfte. Sein Bein wollte ihm nicht mehr gehorchen. Hilflos verharrte er auf der Stelle, dem Angreifer die ungeschützte linke Seite zugewandt.

Siverd von Saldern zielte meisterhaft. Seine Kriegslanze war auf einen Punkt an Aquilas Hals gerichtet, wo das Kettenhemd ihn nicht mehr schützte. Schon war er fast heran.

Plötzlich, der Falkner sah kaum mehr als einen Schatten, löste sich ein Fußkrieger aus dem Gefolge Adrians von Bodenteich und stürzte sich auf das Pferd des Söldnerführers. Ein schwerer Dolch fuhr von oben her in den Hals des Tieres, das sofort in die Knie brach. Fluchend trat Siverd nach der Gestalt, doch er war bereits aus dem Gleichgewicht. Erst jetzt erkannte Aquila, daß es Benno der Müller war, der den heranstürmenden Rittern nun waffenlos entgegenblickte. Im nächsten Augeblick wurde Meister Emils Verwandter von der Lanze eines herzoglichen Ritters durchbohrt.

Aquila hatte indes doch noch sein Pferd herumgebracht und parierte die Angriffe der neuen Gegner, während sich Gerolf und Adrian und die Reste ihres Gefolges in seinem Rücken sammelten. Doch es war zu spät. Er wußte es, sie alle wußten es. Angesichts der neuen Angreifer hatten sie keine Chance mehr, den Leinenberg und vielleicht die Wälder zu erreichen. Wenn sie nicht sofort die Waffen streckten, würden sie sterben, jetzt und hier.

Der Falkenmeister zögerte keinen Augenblick. Was er befürchtet hatte, war geschehen. Bodenteich brannte. Die Menschen starben. Es war nichts mehr da, oder spätestens in einer Stunde würde nichts mehr da sein, wofür es sich lohnte, den Scheiterhaufen zu besteigen.

Aber vielleicht konnten sie zumindest einen ehrenhaften Tod im Kampf finden. Er jedenfalls würde die Söhne seines Herrn bis zum letzten Blutstropfen beschützen.

Aquila faßte sein Schwert fest mit der Rechten. Sein rechtes Bein war fast taub und er brauchte die Linke, um sich im Sattel zu halten. Gerolf brachte sein Pferd an die Seite seines Lehrers. Sie tauschten einen kurzen Blick. Ernst und anerkennend nickte er dem Jungen zu.

«Für Bodenteich!» rief Gerolf.

«Für Bodenteich!» nahmen die Männer seinen Schlachtruf auf.

Doch es war aussichtslos. Sie wurden zurückgedrängt, in die Reihen der zu Fuß kämpfenden Söldner, die die Brücke sperrten und sie mit gesenkten Spießen erwarteten. Hinter ihnen kamen Bogenschützen heran und ließen einen tödlichen Regen auf Ritter Wilbrands Söhne und ihre wenigen Begleiter niedergehen. Gerolf schrie auf, als ein Pfeil durch einen Spalt des Panzers in seine Schulter fand. Rasch faßte Aquila zu und hielt den Taumelnden im Sattel.

Der Kreis hatte sich geschlossen. Von allen Seiten kamen die Herzoglichen heran und hinter ihnen brach Stück für Stück Meister Hagens großes Haus in sich zusammen.

«Für Bodenteich!» rief Gerolf ein letztes Mal, nur noch schwach.

«Für Bodenteich!» erwiderte Aquila und dann fügte er mit lauter Stimme hinzu, mit aller Kraft gewaltige Streiche austeilend: «Für Hohenstaufen! Und für Agnetha!»

Ein neuer Gegner wuchs vor ihm auf. Der Falkenmeister konnte die Farben nicht mehr erkennen. Seine Augen waren so müde wie jeder Muskel in seinem schmerzenden Leib. Keine Kraft mehr, um das Schwert zur Parade zu heben.

«Halt! Im Namen Gottes!»

Nur noch wie durch einen Schleier nahm der Falkenmeister wahr, daß sich die Reihen der Gegner geteilt hatten und Raum gaben für zwei Ritter in schweren Panzern und weißen Mänteln. Hinter ihnen glaubte er weitere Männer zu erkennen, die ähnlich gekleidet waren.

Eine Stimme klang laut über den Kampfplatz: «Im Namen Gottes! Kein weiterer Schlag gegen die Söhne Wilbrands von Bodenteich und ihr Gefolge oder Ihr tretet gegen die Ritter des Tempels von Jerusalem an. Ich bin Werner von Langenapel und meine Begleiter sind fünfzig Tempelritter, die eben aus dem Heiligen Land zurückkehren. Siverd von Saldern, seid Ihr der Anführer dieses Kriegsvolks? Senkt Eure Waffen und laßt zu, daß wir Ritter Wilbrands Söhne zurück auf ihre Burg begleiten, oder – ich schwöre es bei unserem Herrn Jesus Christus – wir werden an ihrer Seite kämpfen, bis niemand von Euch oder von uns mehr am Leben ist.»

An die Rückkehr auf die Burg erinnerte sich Aquila später nur undeutlich. Sofort nach der Ankunft Werners von Langenapel und der Tempelritter hatten die Söldner ihre Angriffe eingestellt und auf Anweisung Siverds von Saldern sogar mitgeholfen, die ausgebrochenen Feuer unter Kontrolle zu bringen. Die meisten Häuser ließen sich indes nicht mehr retten. Der größte Teil des Marktfleckens würde ein Raub der Flammen werden. Von Herzog Otto, Bruder Edgar und ihrem Gefolge mitsamt Vater Ludolpho fehlte jede Spur.

Nur einige wenige Männer der Burgbesatzung waren noch imstande, auf ihren eigenen Beinen zu stehen. Es war ein trauriger Zug, der unter dem Schutz der Tempelritter in den Hof der Burg humpelte. Aquila befahl den Verletzten, sich auszuruhen und bestand darauf, sich um die Verletzungen der Söhne Ritter Wilbrands zu kümmern. Auf seine Anweisung hin wurden die Brüder in seine Studierstube im obersten Geschoß des Bergfrieds gebracht.

Der Falkenmeister beharrte darauf, Gerolfs Wunde zu versorgen, bevor er den Templern die Erlaubnis gab, nach seinem eigenen blutüberströmten Bein zu sehen. Glücklicherweise war der jüngere der beiden Brüder bereits ohnmächtig geworden, und so gelang es dem Falkenmeister, den Pfeil glatt aus der Schulter zu ziehen. Aquila strich die verletzte Stelle mit der gleichen Paste aus Mismalvas, Lilium und Arbotanum ein, die er auch zur Heilung von Schwester Agnetha verwand hatte. Dann legte er ein Pflaster aus heilendem Moos auf und zog den Verband mit Leinen fest. Die Stirn des Verletzten war kühl. Er hatte viel Blut verloren, doch der Puls war deutlich spürbar und ging regelmäßig.

«Er wird es überleben», sagte der Falkenmeister erschöpft. «Wo ist Adrian?»

«Eure Wunde sieht schlimmer aus als seine, Meister Aquila», unterbrach Werner von Langenapel und verzog besorgt das Gesicht. «Als wir in Akkon eingeschlossen waren, habe ich Männer an geringeren Verletzungen sterben sehen.»

«Wir sind hier nicht in Akkon», erwiderte der Falkenmeister knapp, nickte dann aber und setzte sich eben lange genug, um Ritter Werner die Gelegenheit zu geben, mit einem Schwamm das verkrustete Blut zu entfernen und ein wenig von der Salbe auf die Wunde an seiner Hüfte zu streichen.

«Ihr solltet jetzt ein wenig ruhen», riet Ritter Werner. «Wir haben unseren eigenen Medicus. Er wird nach den Verletzten sehen.»

«Was ist mit Adrian?»

«Nicht mehr als eine Benommenheit und ein paar blaue Flecken, Meister Aquila. Ein herabstürzender Balken hat ihn getroffen, wie mir der Dorfschulze berichtete. Hätte der Junge mehr Fleisch auf den Knochen, wäre das gar keine Tragödie. Doch auch so: Ein wenig Ruhe und er wird wieder zu Kräften kommen.»

Noch immer war der Falkenmeister nicht bereit, nachzugeben.

«Ich habe Ritter Wilbrand geschworen, auf seine Söhne achtzugeben.»

«Das weiß ich, und das könnt Ihr am besten, indem Ihr jetzt schlaft und wieder zu Kräften kommt. Die Gefahr ist vorüber. Glaubt Ihr, irgend jemand wird es wagen, gegen den Orden des Tempels von Jerusalem zum Schwert zu greifen?» Er deutete auf seinen schweigsamen Begleiter: «Dieser Mann ist Bruder Jacques. Er zählt zu den Mächtigsten des gesamten Ordens. Wer gegen ihn die Waffe erhebt, riskiert den Zorn der Heiligen Kirche. Wenn Herzog Otto den Templerorden angreift, werden die Kardinäle solange den Kreuzzug gegen ihn predigen, bis seine geschundene Leiche an ungeweihtem Ort in der Sonne verdorrt, den Saatkrähen zum Fraße preisgegeben.»

«Große Worte, Ritter Werner», murmelte Aquila. «Woher nur stammt das plötzliche Interesse des Tempels für Ritter Wilbrands Söhne?»

«Noch immer mißtrauisch? Täuscht Euch nicht, Falkenmeister. Wir sind gekommen, weil Wasmod von dem Knesebeck, der päpstliche Legat, uns darum gebeten hat. Die Ordensritter werden solange in Bodenteich bleiben, wie es unumgänglich ist, um für einen gerechten Prozeß zu garantieren, mehr nicht. Wenn sich irgend jemand hier der Ketzerei schuldig gemacht hat, so wollen auch wir ihn brennen sehen. Die Stunde der Wahrheit könnte schneller schlagen, als Ihr vielleicht denkt, mein falkenkundiger Freund. Unsere Hilfe hat ihren Preis.»

Der Mann, dessen Name Bruder Jacques war, trat zu ihnen heran und sagte in lateinischer Sprache, die durchsetzt war vom französischen Dialekt des Königreiches Jerusalem:

«Wir genießen das volle Vertrauen des Heiligen Vaters und kennen

Euren wahren Namen, Falkenmeister. Was Ihr auch tut: Bedenkt immer, daß Ihr einzig am Leben seid, weil es der Heiligen Kirche so gefallen hat.»

Für einen Augenblick ließ die bleierne Müdigkeit nach und Aquila sah den Templer scharf an:

«Mein Dank gegenüber denen, die meine Familie ermordet haben, hält sich in Grenzen. Ich werde nicht zulassen, daß ich die zweite Familie, die ich hier gefunden habe, auch noch verliere.»

«Die Heilige Inquisition verlangt nicht Euren Dank, aber sie verlangt die Wahrheit. Wer ein gläubiger Christ ist und bereit, die Wahrheit zu sagen, der hat nichts zu fürchten», erwiderte Bruder Jacques unbewegt.

Aquilas Schwäche kehrte zurück. Seine Beine waren auf einmal so weit fort wie das Heilige Land und begannen ihren Dienst zu versagen. Für einen Augenblick schienen die Flammen des brennenden Bodenteich das Antlitz des Tempelritters zu umgeben.

«Wir können nichts anderes tun, als auf ihre Weisheit zu vertrauen.»

Werner von Langenapel stützte den Falkner und führte ihn hinüber zu seinem Lager.

«Ich verspreche Euch, Meister Aquila, Ihr werdet einen Verteidiger haben, der sich auf diese Aufgabe versteht.»

anno dominice incarnationis MCCXIIC
regnante domino Adolpho primo glorioso Romanorum rege augusto
quarto calendas decembri
(28. November 1292)

Der Schnee lagerte bereits dicht auf den Resten dessen, was einmal der Marktflecken gewesen war, und die Eisdecke auf dem See war von einer Dicke, die eine Überquerung selbst zu Pferde erlaubte, als Agnetha von dem Knesebeck nach Bodenteich zurückkehrte.

Quälend langsam und ereignislos waren die Tage auf Paridams Anwesen verstrichen, seitdem die Nachricht vom eben noch rechtzeitigen Eintreffen der Tempelritter Wittingen erreicht hatte. Die einzige Abwechslung waren die Gespräche mit dem Magister, dem es zwar von Tag zu Tag besser ging, doch konnte das kaum darüber hinwegtäuschen, daß sich die Persönlichkeit Wasmods tiefgreifend verändert hatte. Der neue Wasmod war stiller, bedächtiger. Er grübelte viel und saß für sich allein in der Kaminstube. Zu ihrem Erstaunen wuchsen sich die Narben im Gesicht ihres Bruders in einer Weise zurecht, die es schließlich ermöglichte, ihn anzublicken ohne ein ständiges Schaudern zu unterdrücken. Die äußeren Wunden mochten heilen, doch Agnetha konnte nur ahnen, was für andere Verletzungen, von denen nie jemand erfahren würde, ihm tief in seinem Innern zugefügt worden waren.

Jeden Tag übte Wasmod mit Paridams Hilfe das Laufen. Er war fast wie ein kleines Kind, das alles neu lernen mußte. Aber während die meisten kleinen Kinder begierig darauf sind, Neues zu lernen, war dem päpstlichen Legaten das alles augenscheinlich kaum noch von Bedeutung. Schließlich wurde ihnen klar, daß er wohl nie wieder ohne seinen Stock würde gehen können, und auch an einen Ritt war vorerst kaum zu denken.

Paridams Knechte hatten indessen tatsächlich etwas zustande gebracht, was nach Wasmods Ansicht den Sänften der Kardinäle am Hofe zu Orvieto entfernt ähnelte. Vierzehn Tage nach der Ankunft Schwester Agnethas waren alle Vorbereitungen abgeschlossen und ein kleiner Geleitzug machte sich durch eine schneebedeckte Landschaft auf den Weg nach Bodenteich.

Ihre Brüder hatten Boten geschickt, die sich nach Agnethas Befinden erkundigten, doch keiner ihrer Verwandten hatte es für nötig befunden, den zweistündigen Ritt von Burg Knesebeck nach Wittingen auf sich zu nehmen, um seine Schwester zu begrüßen. Paridam murmelte etwas davon, daß die Zeiten zu unsicher waren, jetzt da vielleicht ein neuer Krieg bevorstände, doch es war offenkundig, daß er nicht an seine eigenen Worte glaubte. Um so höher war es ihm anzurechnen, daß er selbst sie rückhaltlos unterstützte.

«Sieh nicht zu sehr den Helden in mir», erwiderte er, als sie ihn während des Rittes darauf ansprach. «Ich handle nur so, wie auch unser Vater gehandelt hätte. Wenn Bodenteich dem Herzog in die Hände fällt, wird er sein Auge als nächstes auf Wittingen richten.»

«Und wenn Du mithilfst, ihm Bodenteich doch noch zu entreißen, wird er es Dir nie verzeihen.»

«Damit muß ich dann wohl leben», sagte er leichthin. Agnetha lächelte. Ihr ältester Bruder hatte in seinem ganzen Leben noch keine leichtfertige Entscheidung getroffen. Wenn er das Wagnis einging, Ritter Wilbrands Söhnen seine offene Unterstützung zu leihen – und darauf lief es hinaus, wenn er den päpstlichen Legaten sicher nach Bodenteich geleitete – dann tat er das in voller Erkenntnis der Folgen.

Agnetha war dankbar für den Schnee, der die verkohlten Überreste der Häuser von Bodenteich verhüllte wie ein Leichentuch. Auf ihre eigene Weise wäre die unwirkliche Szenerie beinahe schön zu nennen gewesen, hätte die Augustinerin nur die blassen, schmalen Gesichter zu ignorieren vermocht, die unvermittelt zwischen den Ruinen auftauchten und die Neuankömmlinge wortlos anstarrten. Sie gehörten Menschen, die sie kannte, Menschen, die sich an dem Tag, an dem Benjamin von der Lüneburger Hanse durch den Marktflecken gezogen war, aufgeregt um den Handelszug gedrängt hatten, Menschen, deren einziges Verbrechen ihre Treue zu Ritter Wilbrand und seiner Familie war.

Von dem Kirchlein waren immerhin die Grundmauern geblieben, geschwärzt von der Glut des großen Brandes und halbwegs vom Schnee bedeckt wuchsen sie aus dem trümmerübersäten Untergrund empor wie ein bizarres Gebirge. Agnetha zügelte Fernando und verharrte für einige Augenblicke in Gedanken versunken. Wie anders sah das Bild aus, das sich ihr zeigte, wenn sie die Augen schloß.

Auf der anderen Seite des Kirchplatzes war Meister Hagens großes Haus völlig in sich zusammengestürzt. Unter der Schneedecke war kaum noch zu erkennen, daß hier überhaupt einmal ein Gebäude gestanden hatte. Der Mühlenhof schien den Brand dagegen verhältnismäßig unbeschadet überstanden zu haben. Aus dem Schornstein quoll der friedliche Rauch eines Herdfeuers.

Doch nicht die Mühle war ihr Ziel. Die Nonne nickte Paridam zu, der ebenfalls angehalten hatte. Auch die Amme auf ihrem sanften Zelter, dem langsamsten Tier der Reisegruppe, war herangekommen.

«Jesus Christus unser Herr», murmelte die alte Frau. Die kleine Riva weinte.

Wir hätten sie bei Paridams Familie lassen sollen, dachte Agnetha. Alle beide.

«Kommt, kleine Herrin», sagte Paridam aufmunternd, «Eure Brüder werden Euch bereits erwarten.»

Die Kleine sah ihn durch die Tränen an: «Glaubt Ihr?»

«Gewiß. Unser Bote muß heute mittag angekommen sein. Bestimmt steht schon eine heiße Milch für Euch auf dem Tisch. Mit viel Honig.»

Die Kleine lächelte hoffnungsvoll. Agnetha war immer wieder erstaunt, wenn sie erlebte, wie verständnisvoll und freundlich dieser harte Kriegsmann zu kleinen Kindern sein konnte. Paridam und Margarethe hatten fast ein Dutzend davon, und es hatte ganz den Anschein, als seien sie allesamt kerngesund und wollten heranwachsen. Es würde einmal schwierig werden, sie alle angemessen zu versorgen.

Von der Burg her kam ihnen ein einzelner Reiter entgegen. Agnethas Herz schlug schneller, doch dann erkannte sie einen weißen Mantel auf dem ein großes rotes Kreuz leuchtete, die Tracht des Templerordens.

Paridam kniff die Augen zusammen: «Tatsächlich, es ist Vetter Werner. Monatelang hätte er uns besuchen können und nun kann es ihm nicht schnell genug gehen.»

Inzwischen waren auch die Männer angekommen, deren Aufgabe einzig darin bestanden hatte, den päpstlichen Legaten in seiner zwischen zwei kräftige Pferde gespannten Sänfte keinen Augenblick aus den Augen zu lassen. Magister Wasmod schob den Vorhang aus derbem Tuch beiseite, der ihn – wie Agnetha vermutete nur sehr unvollkommen – gegen die eisige Kälte geschützt hatte.

Werner von Langenapel war heran und stieg vom Pferd. Mit einer angedeuteten Verbeugung trat er an die Sänfte heran:

«Seid willkommen in Bodenteich, Magnifizenz», sagte er laut und blickte mit bemerkenswerter Beherrschung in das zerstörte Gesicht des Legaten.

«Besten Dank, Ritter Werner. Meine Ohren sind das einzige, was noch einigermaßen funktioniert. Dafür wollen die Augen nicht mehr ganz so, also kommt näher.»

Der Magister kniff sie zusammen, dann nickte er: «Wie ich sehe, seid Ihr unverletzt.»

Werner hob die Schultern: «Es war kein einziger Schwertstreich nötig. Ich bin glücklich darüber. Seit ich ins Heilige Land aufbrach, habe ich meine Waffe nicht mehr gegen Christen erheben müssen. Und gegen die Moslems war ich nicht besonders erfolgreich.»

«Wir alle wissen, daß das nicht stimmt. Und mir scheint, ein gottesfürchtiges Leben könnt Ihr nicht allein im Heiligen Land führen. Ich würde sagen, daß auch die Tat, die Ihr in Bodenteich vollbracht habt, eine Tat ad maiorem dei gloriam war. Zur größeren Ehre Gottes.»

Er streckte dem Ritter seine Hand entgegen und dieser kniete nieder, um das päpstliche Siegel zu küssen.

«Ihr wißt, unter welchen Bedingungen sie geschah», sagte der Templer. «Des Falkenmeisters Ring für Kardinal Caetani.»

«So wurde es Euch zugesichert, aber darüber werden wir sprechen, wenn diese Sache ausgestanden ist. Und nun begrüßt Eure anderen Verwandten.»

Werner erhob sich und wandte sich an Paridam. Grüßend hob er die Hand: «Willkommen auf Bodenteich auch Ihr, Vetter!»

Agnethas Bruder erwiderte die Geste: «Ich danke Euch für Euren Gruß, doch sollten solche Worte nicht eher Wilbrand von Bodenteich oder seinen Söhnen zukommen?»

Werner nickte: «Bei der Ehre Gottes, ja, Vetter. Aber glaubt mir, es war aufreibend genug, diesen Bruder Edgar davon zu überzeugen, seinen ursprünglichen Plan zu ändern und die Burg einstweilen in die Hände des Tempels zu geben und nicht an den Herzog. Ich allein hätte ihn wohl kaum überzeugen können, doch Bruder Jacques hat er schließlich nachgegeben. Ritter Wilbrand und seine Söhne... davon können wir nur träumen. Nicht solange ihre Unschuld zweifelsfrei bewiesen ist. Und das wird schwierig werden, selbst mit dem päpstlichen Legaten auf unserer Seite.»

«Ich bin einzig und allein auf der Seite Gottes und des Heiligen Vaters, Werner», gab der Magister mit ernster Miene zu bedenken. «Und für den Tempel sollte dasselbe gelten. – Aber ich glaube fest an die Unschuld Ritter Wilbrands, seiner Söhne und seiner Getreuen», fügte er mit sanfterer Stimme hinzu. Wen er konkret meinte, brauchte er kaum zu erwähnen.

«Den beiden Jungen und dem Falkenmeister geht es gut. Sie dürfen sich innerhalb des Bergfrieds frei bewegen. Doch von Ritter Wilbrand hat niemand etwas gesehen und gehört, seit man ihn nach Oldenstadt gebracht hat. Siverd von Saldern wollte vor einigen Tagen zu ihm, doch nicht einmal ihn hat man vorgelassen. Ritter Siverd vertritt die Interessen des Herzogs in der Burg. Herzog Otto selbst und der Inquisitor sind in der Nacht des Brandes Hals über Kopf abgereist, ohne uns auch nur zu begrüßen. Aber seid gewiß, sie werden den Prozeß nicht vergessen.»

«Zweifellos», nickte Paridam und besann sich plötzlich. «Werner, Ihr kennt meine Schwester, Eure Base?»

Ritter Werner verneigte sich tief: «Ehrwürdige Schwester, seid auch Ihr willkommen und verzeiht auch diesmal meine Unhöflichkeit. Ich habe in den letzten Wochen manch Überraschendes über Euch gehört.»

Errötete sie?

Hat Aquila von mir gesprochen?

Doch der Tempelritter gab keine nähere Erklärung, sondern kehrte zurück zu seinem Pferd, um die Reisenden auf die Burg zu geleiten.

Mochte die Augustinerin beim Ritt durch die Straßen des Marktfleckens den Eindruck gewonnen haben, es seien Jahrzehnte seit ihrer Abreise aus Bodenteich vergangen, waren ihre Gefühle beim Einritt in den Burghof zwiespältigerer Natur.

Über dem Tor prangte das Templerwappen mit dem roten Tatzenkreuz. Von Toste, dem Torwächter, war keine Spur zu sehen. An seiner Stelle taten zwei Waffenknechte in den Farben des Tempels Dienst. Agnetha richtete ihren Blick zum höchsten Punkt des Bergfrieds. Selbst dort wehte das Banner des Ritterordens im Wind, der eisig von Sonnenuntergang herüberwehte und schwere Wolken mit sich führte, die noch mehr Schnee versprachen und so tief hingen, daß sie beinahe die niedrigen Hügel jenseits des Flüßchens berührten.

Die Sumpfburg war durch die Kampfhandlungen überhaupt nicht in Mitleidenschaft gezogen worden. Weit und breit war kein einziger verkohlter Balken, kein schneeüberzogener Schutthaufen zu sehen, und doch war alles anders als noch vor einigen Wochen. Ebenso wie eine dicke Schneedecke über jedem Meter des Burghofes lagerte, wurde auch das Leben, das in diesen Mauern geherrscht hatte, überdeckt von einer neuen Wirklichkeit.

Burg Bodenteich schien sich in einen Stützpunkt des Templerordens verwandelt zu haben. Überall sah die Nonne zum Kampf gerüstete Männer in den weißen Mänteln mit dem großen roten Kreuz, ritterliche Ordensbrüder, nicht etwa einfache Kriegsknechte. Die meisten Ordensritter beachteten die Neuankömmlinge überhaupt nicht, sondern waren offenbar dabei, Vorbereitungen für einen baldigen Aufbruch zu treffen.

Vor dem hölzernen Treppengerüst, das bis in vielleicht fünfzehn Fuß Höhe zur Eingangspforte des Bergfrieds emporführte, stand dagegen eine Gruppe leichter gerüsteter Waffenknechte, die den päpstlichen Legaten und sein Gefolge sehr aufmerksam musterten, die Hände offen auf den in den Scheiden steckenden Schwertern, als gelte es, gegebenfalls Unbefugten den Aufgang zu verwehren. Unwillkürlich überkam den Betrachter der Eindruck, als ständen Kampfhandlungen unmittelbar bevor.

Paridam stieg als erster vom Pferd und half seiner Schwester aus dem Sattel.

«Nun, was sagst Du?» fragte er leise.

«Ich weiß nicht», flüsterte sie zurück, «es ist irgendwie unheimlich. Der Hof war immer voller Menschen, aber nicht so...»

Werner von Langenapel war bereits heran: «Leider haben viele Dorfbewohner die Kämpfe nicht überlebt. Wer dazu in der Lage ist, hilft im Dorf beim Wiederaufbau. Die Quartiere in der Burg benötigen wir für die Brüder unseres Ordens.»

«Schwester Agnetha! Riva!»

Die Augustinerin fuhr herum. Der Ruf war vom Bergfried her gekommen. Von einem der obersten Fenster her strahlte ihr das wohlbekannte, schmale Gesicht Adrians von Bodenteich entgegen. Der Junge schien magerer denn je. Er lehnte sich heftig winkend so weit aus dem Fenster, daß Agnetha für einen Augenblick fürchtete, er würde hinabstürzen in seiner überschäumenden Freude.

Erleichtert hob sie die Hand und winkte fröhlich zurück. Oben am Fenster verdrängte währenddessen Gerolf seinen Bruder und begrüßte sie ebenfalls lachend. Auch er sah mitgenommen aus. Um seine Schulter trug er einen dicken Verband.

«Wo ist Aquila?» fragte Agnetha. Sie hatte mehr zu sich selbst gesprochen, doch Ritter Werner hatte ihre Worte gehört.

«Seht!» sagte er nur und deutete auf ein tiefer gelegenes Fenster.

Ihr Herz machte einen Sprung. Der Falkenmeister blickte aus der Maueröffnung, hinter der sich die Quartiere der Jungfalken verbargen. Er sah sie fast reglos an und sprach kein Wort, doch allein die Tatsache, daß er am Leben und gesund war, ließ sie zum ersten Mal seit Tagen befreiter atmen.

Paridam war an die Sänfte getreten. Wasmod stützte sich auf die starken Arme seines Bruders und hievte seinen geschundenen Körper in die Höhe. Nur für einen Augenblick sah die Augustinerin hin. Seine Hilflosigkeit schnitt tief in ihr Herz.

Der päpstliche Legat ließ sich seinen Stock reichen und humpelte dann langsam zu Agnetha hinüber.

«Es ist fast zwanzig Jahre her, daß ich zuletzt hier war», sagte er leise. «Vieles hat sich verändert.»

«Es ist keine zwei Wochen her, daß ich hier war», erwiderte sie, nachdem sie mit einem Seitenblick festgestellt hatte, daß Ritter Werner ein Stück entfernt gerade dabei war, Paridam die Stallungen zu zeigen, «und ich erkenne die Burg kaum wieder.»

Nachdenklich betrachtete Magister Wasmod die Banner des Templerordens, doch dann hob er nur die Schultern:

«Du hast gehört, was Werner gesagt hat. Hätten sie sie dem Herzog lassen sollen?»

«Natürlich nicht. Es ist nur, als wäre das gar nicht mehr Bodenteich... Ganz ähnlich muß es in den Festungen des Heiligen Landes ausgesehen haben.»

Der Magister schüttelte den Kopf. Selbst bei dieser Bewegung verzog er schmerzgepeinigt die Mundwinkel:

«Ich war in Akkon, Schwester, vergeßt das nicht. Und so viele Tempelritter habe ich dort niemals an einem Ort gesehen.»

Die große Tür der Kemenate öffnete sich und zwei Männer stiegen die Stufen in den Hof hinab. Siverd von Saldern, den linken Arm in einem dicken Verband, doch das Schwert an der Seite, grüßte Agnetha mit einem freundlichen Nicken des Kopfes. Den hochgewachsenen Mann an seiner Seite aber, gekleidet in das Weiß des Templerordens, über dem er jedoch eine lange goldene Kette mit einem schweren Anhänger in Form eines der Augustinerin unbekannten Symbols trug, hatte sie noch nie gesehen.

Werner von Langenapel verkündete den beiden Männern mit lauter

Stimme:

«Seine Magnifizenz Wasmod von dem Knesebeck, päpstlicher Sondergesandter im Land jenseits der Berge, Magister der Universität von Bologna, und sein Gefolge beehren Burg Bodenteich mit ihrem Besuch.»

Siverd von Saldern und sein schweigsamer Begleiter waren die Stufen hinabgestiegen und verharrten am Fuße der Treppe. Ritter Werner wandte sich zum Magister und seinen Begleitern um:

«Einer der höchsten Vertreter des Ordens vom Heiligen Tempel in Jerusalem, der zur Stunde diesseits des Meeres weilt: Bruder Jacques, außerordentlicher Präzeptor im Auftrage des Großmeisters. Und Ritter Siverd von Saldern, Beauftragter Ottos, aufgrund der Gnade Gottes Herzog von Braunschweig und von Lüneburg.»

«Wir kennen uns aus dem Heiligen Land, Frere Jacques», sagte Wasmod leichthin und ging lächelnd auf den Anführer der Templer zu. Für einige Sekunden gelang es ihm, seine Schwäche fast völlig vergessen zu machen. Agnetha staunte. Er mußte alle seine Kraft für diese entscheidenden Augenblicke gesammelt haben. Der Magister schloß Bruder Jacques in die Arme wie einen alten Freund. Irritiert erwiderte der Ordensritter seine Umarmung.

«Ich heiße Euch und die Euren auf Burg Bodenteich willkommen, Magnifizenz», sagte er, als sie ihre Umarmung gelöst hatten. Ein merkwürdiger Akzent schwang in seinem Latein mit. Es war nicht das Französische, das Agnetha von Besuchern ihres Klosters vertraut war. Sie staunte: War das die Sprache des Heiligen Landes? Der Templer beugte nun sein Haupt – wenn auch nachlässiger, als es die Augustinerin bei irgend jemandem zuvor gesehen hatte – und küßte Wasmods Ring mit dem päpstlichen Siegel. Siverd von Saldern tat es ihm nach, wenn auch mit bedeutend größerer Ehrfurcht.

«Ich danke Euch für diesen Empfang, Frere Jacques, und auch Eurem Herrn und Euch, Ritter Siverd», sagte der Legat mit dem Anflug einer Verbeugung. «Erlaubt, daß ich Euch meine Begleiter vorstelle: mein Bruder Paridam von dem Knesebeck, Herr von Wittingen, Schwester Agnetha aus dem Kloster der Augustinerinnen und Riva von Bodenteich, ihre Schülerin.»

Der Anführer der Tempelritter deutete eine Verneigung an, doch Siverd von Saldern räusperte sich:

«Magnifizenz, ich fürchte, mein Treueeid wird mich zwingen, Ritter Wilbrands Tochter in Haft zu nehmen. Ihrer Familie werden Ketzerei und Verrat am herzoglichen Hause vorgeworfen.»

Schützend umfaßte Agnetha die Schultern des Kindes, das den Söldnerführer furchtsam anstarrte und sehr wohl begriff, worüber hier gesprochen wurde. Der päpstliche Legat blieb ganz ruhig:

«Die kleine Herrin Riva gehört zu meinem Gefolge und steht somit unter apostolischem Schutz. Sie ist unerreichbar für das Gericht der Heiligen Inquisition wie auch des Herzogs.»

Siverd von Saldern neigte den Kopf: «Dann sind mir in dieser Sache die Hände gebunden.»

Er machte keinen unglücklichen Eindruck.

«Leider wird es mir und meinen Ordensbrüdern nicht möglich sein, das Vergnügen Eurer Gesellschaft länger zu genießen, Magnifizenz», wandte sich Bruder Jacques an den Magister. «Nun, da Ihr Burg Bodenteich erreicht habt, können wir in dem sicheren Wissen abreisen, daß dieses Verfahren einen gerechten Verlauf nehmen wird. Der eigentliche Zweck unserer Reise ist der Besuch an den Höfen der großen christlichen Herrscher. Der Großmeister unseres Ordens sendet uns, die Fürsten der Christenheit zu einem neuen Kreuzzug zu mahnen, zur Wiedererlangung der Länder jenseits des Meeres und der Heiligen Stadt Jerusalem.»

Wasmod neigte wiederum leicht das Haupt: «Eine wahrhaft heilige Pflicht, Frere Jacques. Meine guten Wünsche und Hoffnungen begleiten Euch. Wenn es Euer Wunsch ist, kann ich Euch Briefe mitgeben, die meine Unterstützung Eures Anliegens zum Ausdruck bringen.»

Der Tempelritter sah ihn unbewegten Gesichtes an: «Das dürfte kaum nötig sein, Magnifizenz. Wie könnten sie jemanden umstimmen, der es wagte, sich selbst den Wünschen des Tempels von Jerusalem zu verweigern?»

Der Magister erwiderte kein Wort auf die letzte Bemerkung, sondern neigte nur noch einmal das Haupt.

Bruder Jacques schloß seinen Mantel enger um den Hals und winkte seinen Männern, die sich auf dem Hof versammelt hatten. Von einem prächtig gekleideten Waffenknecht wurde ein edles Pferd vorgeführt. Der Anführer der Tempelritter ließ sich auf den Rücken des Tieres helfen, und auch seine Gefolgsleute bestiegen ihre Rösser. Mit Ausnahme Ritter Siverds und seiner Söldner blieb einzig Ritter Werner und mit ihm eine Anzahl von Waffenknechten in den Farben des Tempels an der Seite des Magisters zurück. Und auch das Templerbanner auf der Spitze des Bergfrieds blieb.

«Ich danke Euch für alles, was Ihr in dieser Angelegenheit getan habt, Frere Jacques», sagte der Magister laut und hob grüßend die Hand.

«Dem Recht zu dienen, heißt Christus zu dienen, Magnifizenz. Und wie könnte sich der Orden des Tempels dem Dienst an Jesus Christus verweigern. Lebt wohl.»

«Lebt wohl, Frere Jacques.»

«Und nun?»

Paridam hatte die Frage gestellt, sobald sich Siverd von Saldern mit einer Verbeugung in die Kemenate zurückgezogen hatte, und der Magister war es, der sie beantwortete:

«Nun warten wir ab. Wir haben unseren Zug gemacht, der Herzog muß ihn mit einem Gegenzug erwidern. Aber wenn Ihr mich fragt, Bruder, so kann es nur eine mögliche Antwort geben.»

«Sie kommen zurück.»

«Genau. Der Prozeß wird wiederaufgenommen. Sie können nichts anderes tun, wenn sie ihr Gesicht wahren wollen. Und ihre Chancen stehen nicht schlecht. Also sollten wir uns vorbereiten. Als erstes muß ich mit den Gefangenen sprechen.»

Es fiel Schwester Agnetha schwer, sich dem langsamen Gang anzupassen, mit dem der Magister, jetzt wieder bei jedem Schritt auf seinen Stock gestützt, über den Burghof humpelte.

Ich wünschte, ich könnte ihm helfen, dachte Agnetha. Aber das kann nicht sein. Und, bin ich ehrlich, täte ich es wirklich aus Mitleid mit dem Magister? Fünfzehn Jahre lang habe ich Geduld gelernt, und nun vermag ich mich nicht einmal fünfzehn Minuten zu bezähmen, bis ich Aquila wiedersehe.

Der Falkenmeister war nicht mehr auszumachen, doch Ritter Wilbrands Söhne machten sich nach wie vor den Platz am Fenster der Studierstube streitig. Die Gespräche auf dem Burghof konnten sie kaum gehört haben, aber natürlich hatten sie die Abreise der Tempelritter beobachtet.

Die Templerknechte, die vor dem Aufgang zu dem großen runden Turm Wache standen, wichen auf eine Handbewegung Ritter Werners bereitwillig zurück und gaben den Weg frei. Beim Aufstieg über die hölzernen Stufen an der Außenseite des Mauerwerks mußte sich der Magister bei jedem Schritt am Geländer emporziehen. Es schien

Stunden zu dauern, bis sie die schmale Pforte, die ins Innere des Festungsturmes führte, erreicht hatten.

Werner von Langenapel trat an die Seite des Magisters und schlug gegen das Holz der Tür.

«Seid Ihr es, Herr?» ertönte es von drinnen.

«Ich bin es. Öffne die Tür. Hier sind Gäste für Ritter Wilbrands Söhne.»

Die Tür wurde geöffnet. Ein junger Waffenknecht trat beiseite, um sie einzulassen, und an seiner Seite blinzelte Toste der Torwächter in das plötzliche Tageslicht. Ein Grinsen breitete sich über sein Gesicht, als er zwischen den unbekannten Gesichtern die Tochter seines Herrn, ihre Amme und ihre Lehrerin erkannte.

Von der Innentreppe her war bereits lautes Getrampel zu vernehmen. Im nächsten Augenblick drängten Adrian und Gerolf den Wächter beiseite und stürzten sich ohne weiteres Zögern auf ihre Schwester, um sie lachend in die Höhe zu heben. Überrascht fühlte auch die Augustinerin sich stürmisch von Gerolf umarmt, der sie jedoch sogleich wieder losließ und Amme Annafrid in die Arme schloß, die kicherte wie ein junges Mädchen. Auch der sonst so scheue Adrian drückte die Nonne an sich, und sie ließ ihn gewähren, wenn sie auch für einen Augenblick befürchtete, das Geländer in ihrem Rücken könnte nachgeben und sie allesamt in den Burghof hinabstürzen lassen.

Auf elegantere Weise könnte sich das Problem für den Herzog wohl kaum lösen.

«Vielleicht lassen wir unsere Gäste erst einmal eintreten, bevor jemand zu Schaden kommt», sagte eine Stimme aus dem Dunkel im Innern des Bergfrieds, und der Falkenmeister trat ebenfalls an die Tür.

Agnetha konnte nicht anders, sie starrte ihn an als habe sie ihn nie zuvor gesehen. Und tatsächlich, war es nicht beinahe so? Hatte sie in ihm nicht immer einen Mann gesehen, bei dem sie sich selbst in den Augenblicken, in denen sie offen und bereit gewesen war, ihm ihre innersten Gedanken mitzuteilen, nie sicher sein konnte, welcher Seite er zugehörte? War er der Vertraute ihres Bruders oder ein gewiefter Ketzer, dem es einzig darauf ankam, mit seinen heuchlerischen Lügen ihre unsterbliche Seele ins Verderben zu stürzen? Immer wieder hatte sie zwischen beiden Extremen geschwankt, und als sie die Wahrheit erkannt hatte, oder besser, als ihr die Wahrheit offenbart wurde, war es zu spät gewesen. Erst jetzt, jetzt zum ersten Mal, stand sie dem wahren Aquila gegenüber, einem harten Kriegsmann, einem Mann aus einem bedeutenden Adelsgeschlecht, der in seiner Jugend die falsche Seite unterstützt und bitter dafür gebüßt hatte. Aber auch ein Mann, den die Kirche bei allem Groll, den er noch immer hegen mochte, doch als reuigen Büßer wieder in ihre Arme aufgenommen hatte. Ein Mann, den der päpstliche Legat persönlich in dieses Land gesandt hatte und auf dessen Vertrauen er noch heute baute.

«Aquila», sagte sie und versuchte, all das, was sie für ihn empfand in dieses eine Wort zu legen.

Er betrachtete sie aufmerksam, und sie bemühte sich, in der Tiefe seines Blickes, in diesen erstaunlichen, unergründlichen grünen Augen eine Antwort auf ihre unausgesprochenen Fragen zu finden. Und diesmal, zum ersten Mal, seit sie sich kannten, glaubte sie, dieser Antwort nahe zu sein. Seine Lippen und Augen formten ein Lächeln, das ihr eine Winzigkeit über die bloße Höflichkeit hinauszugehen schien, und dann sagte er in einem Tonfall, wie ein Spiegel des ihren:

«Ehrwürdige Schwester.»

«Nun laßt uns aber wirklich hineingehen», sagte Ritter Werner entschieden. «Der Wind ist hier oben entschieden unangenehm.»

Er blickte bei diesen Worten nicht zu Magister Wasmod, doch alle wußten, an wen er dachte, und betraten rasch das Innere des mächtigen Turms. Gerne nahmen sie Aquilas Vorschlag an, der sich erbot, etwas von dem heißen Würzwein, den er in der Studierstube auf dem Feuer hatte, mit ihnen zu teilen. Diesmal dauerte es so lange, bis der Magister die hohen Stufen erklommen hatte, daß Agnetha schon bereute, die Einladung des Falkenmeisters nicht höflich abgelehnt zu haben.

Das oberste Geschoß des Bergfrieds hatte sich verändert, seit Agnetha zum letzten und bisher einzigen Mal hier gewesen war. An der Wand entlang waren mehrere zusätzliche Schlaflager aufgeschlagen, vermutlich für die Söhne Ritter Wilbrands und ihre Getreuen. Neben Toste dem Torwächter hatte Schwester Agnetha in den unteren Stockwerken noch mehrere bekannte Gesichter ausgemacht. Männer und Frauen, die die Gefangenschaft der Söhne ihres Herrn mehr oder minder freiwillig teilten, entweder weil sie bei dem Brand ihr Heim verloren hatten oder als Angeklagte der Heiligen Inquisition. In der Mitte des Raumes war eine der gewaltigen Tafeln aus der Festhalle aufgestellt worden, dazu lange Bänke, um allen Menschen, die jetzt in den mächtigen Mauern des Bergfrieds wohnten, Platz zu bieten. Unter der Decke baumelte eine große Öllampe, deren Schimmer nun, da die Dämmerung durch die schmalen Fenster zu tröpfeln begann, indes nur einen Teil des Raumes zu erhellen vermochte.

Gäste wie Gastgeber ließen sich auf den Bänken nieder, während sich eine junge Frau in dunklem Gewand daran machte, ihnen von Aquilas dampfendem Würzwein zu kredenzen. Als das Mädchen sich daran machte, etwas von dem duftenden Getränk in Schwester Agnethas Becher zu gießen, konnte die Augustinerin einen Blick in sein Gesicht werfen.

«Ich kenne Dich doch», sagte Agnetha, «Du bist die Tochter Bennos des Müllers. Wenigstens Dein Vater hat Glück gehabt, nicht wahr? Die Mühle ist nicht beschädigt, wie ich gesehen habe.»

«Er ist tot!» sagte eine laute, aber undeutliche und kaum verständliche Stimme. Eine Stimme, die die Nonne aus tausend anderen herausgehört hätte.

«Meister Emil!» rief Agnetha überrascht.

Sie hatte den alten Mann völlig vergessen. Schließlich war unmittelbar auf seine Verurteilung die Gefangennahme Ritter Wilbrands gefolgt. Seltsam, niemand hatte es ausgesprochen, aber sie war davon ausgegangen, daß er nicht mehr am Leben war; eines der vielen sinnlosen Opfer der nächtlichen Schlacht und des Brandes von Bodenteich.

Kaum verwunderlich, daß sie ihn beim Eintreten nicht erblickt hatte: Meister Emil hatte in einem warmen Winkel hinter dem Kamin gesessen. Die zuckenden Flammen und das ungewisse Licht mußten ihn fast unsichtbar gemacht haben.

Der alte Baumeister kam hinkend auf sie zu, mühsam und eher nach vorne stürzend als Schritt vor Schritt setzend, aber immer noch schneller als Magister Wasmod zu gehen vermochte.

«Benno ist tot», wiederholte der Alte. «Alle aus unserer Sippe sind tot bis auf mich und dieses Mädchen.»

Entsetzt blickte Agnetha zum Falkenmeister, der mit zusammengekniffenen Lippen nickte.

«Das Feuer hat uns wieder heimgesucht, Schwester. Der rote Drache, er ist zurückgekehrt.»

«Im Namen Gottes, das ist der Mann, den der Inquisitor für einen gefährlichen Ketzer hält?» fragte der Magister ungläubig. Seine Hand massierte die schmerzende Schläfe. «Das ist Meister Emil, der Euch die Geschichte von den Drei Dämonen erzählt hat?»

Aquila nickte bedächtig, doch sein Blick galt weder dem Legaten noch Meister Emil, sondern ruhte auf Schwester Agnetha.

«Fast scheint es mir, Schwester Agnetha», sagte er leise, «als wäre ich nicht der einzige, der seine Geheimnisse hat.»

Verärgert spürte sie, wie die Röte in ihre Wangen stieg: «Da Ihr, wie ich jetzt weiß, der seid, der Ihr seid, Aquila, wißt Ihr ganz genau, daß ich im Gegensatz zu Euch nicht anders handeln konnte, als ich handelte. Der Rote Drache ist die einzige mögliche Erklärung, die ich für den Tod der heiligen Männer gefunden habe.»

Er wagte es tatsächlich, sie anzulächeln! Sprach womöglich gar Mitleid aus diesem Lächeln? Mitleid mit den kläglichen Erfolgen ihrer wochenlangen Suche nach einer Theorie, die ihn nicht belastete?

Wütend musterte sie ihn: «Oder sollte ich besser sagen: Die einzige andere mögliche Erklärung?»

Unvermittelt war es in dem großen Raum so still, daß man das leise Knacken des Kaminfeuers vernehmen konnte. Die Augustinerin hätte sich die Zunge abbeißen mögen, aber es war zu spät.

Heilige Mutter Maria, was habe ich getan?

«Davon will ich nichts hören!» polterte der Magister schließlich und seine Stimme war heiser. «Wenn Ihr Eure Rede nicht unter Kontrolle habt, Schwester, so solltet Ihr besser schweigen. Man sollte glauben, Ihr hättet das lange genug gelernt!»

«Es ist gut, Wasmod», sagte Aquila, «sie hat ja völlig recht. Nachdem wir ihr bewußt weniger gesagt haben, als wir wußten, dürfen wir nicht verwundert sein, wenn sie ihre eigenen Schlüsse zieht.»

Es war seltsam, aber seine Worte, die sie in Schutz nahmen und die tatsächlich den Unwillen des Magisters zu besänftigen schienen, hatten auf Agnetha selbst genau die gegenteilige Wirkung. Sie schob ihren Becher beiseite, sprang auf und baute sich vor dem Falkenmeister auf:

«Nein, wie großzügig von Euch! Dieses plötzliche Mitgefühl! Es hat Euch nicht daran gehindert, mich wochen- und monatelang wie blind umherstolpern zu lassen, mich zu belügen und im Unklaren zu lassen. Und Du, Wasmod, Du bist noch schlimmer. Denn als er endlich großmütig bereit war, mir die Wahrheit zu verraten, da hast Du es ihm verboten. Dabei hätte er mir sagen können, daß Du lebst und mir meine Angst nehmen können.»

«Wir fürchteten um Dein Leben», verteidigte sich der Magister, völlig überrascht von ihrem plötzlichen Ausbruch.

«Wenn mein Leben in Gefahr war, so war es das von jenem ersten Augenblick an, an dem ich halb besinnungslos einen Fuß auf den Boden von Burg Bodenteich setzte. Adrian und dieser alte Mann hier, sie waren die einzigen, die von Anfang an ehrlich zu mir waren. 'Es kann eine viel größere Gefahr sein, etwas nicht zu wissen' hat Meister Emil gesagt, und, bei Gott, er hatte recht. Alle haben mich nur benutzt, mir die Dinge gesagt und verschwiegen, wie es ihnen gerade in den Plan paßte. Ich habe genug, genug von Euch und Euren Plänen. Wenn mich Euer Befehl nicht hindert, Magnifizenz», sie sprach den Titel in einer Weise aus, daß es fast einer Beleidigung gleichkam, «verlasse ich noch zu dieser Stunde Bodenteich und kehre zurück zu meinen Schwestern. Und habt keine Sorgen, meine Gebete werden mit Euch sein, denn sie scheinen ja das einzige zu sein, zu dem ich nach Eurer Ansicht geeignet bin!»

«Schwester!» schnappte Paridam, doch eine Handbewegung des Magisters brachte ihn zum Schweigen.

Wasmod von dem Knesebeck stämmte sich an der Tischplatte in die Höhe. Sein Gesicht war tiefrot, nur die Narben stachen schneeweiß daraus hervor. Sein Ausdruck war finster wie der Winterhimmel kurz vor Ausbruch eines verheerenden Unwetters. Er streckte ihr die zusammengekrampfte Hand mit dem päpstlichen Ring entgegen.

«Du... Du... Du wagst es tatsächlich...»

Sie funkelte ihn an und wußte nicht, woher sie diese Kühnheit nahm, sich ihm entgegenzustellen. Nein, sie dachte gar nicht daran, auch nur einen Schritt vor ihm zurückzuweichen.

«Und? Erlaubst Du mir, zu gehen?»

Er starrte sie an, und nun ließ sich wirklich nicht mehr sagen, was hinter seiner Stirn vorging, denn ganz allmählich, kaum hörbar zunächst, aber dann immer lauter und lauter werdend, begann Wasmod von dem Knesebeck, Sondergesandter seiner Heiligkeit Nikolaus IV. im Land jenseits der Alpen, Magister der Universität von Bologna, zu lachen. Die ganze Zeit über wandte er nicht für eine Sekunde den Blick von seiner Schwester, sondern nickte nur immer wieder ungläubig mit dem Kopf, während sein Körper von Lachkrämpfen geschüttelt wurde, bis ihm die Tränen aus den Augen perlten.

«Du... Du würdest tatsächlich...», brachte er hervor, doch schon überkam ihn ein neuer Lachanfall.

Agnetha stand weiterhin ungerührt vor ihm, wenn sie sich auch allmählich veralbert vorkam. So sehr ihre Wut sie auch erfüllte: Falls sie überhaupt nachgedacht hatte, so hatte sie mit dem Zorn des Magisters gerechnet, oder zumindest mit entschiedenem Unwillen. Angesichts dieses Ausbruchs von Heiterkeit war sie vollkommen irritiert.

«Fortgehen? Jetzt?» fragte er, als er sich endlich ein wenig beruhigt hatte. «Ja, ich glaube, Du würdest selbst das tun, und wenn Du allein gehen müßtest, ohne einen einzigen Begleiter. Und alle Hexer, Drachen und herzoglichen Söldner, alle Dämonen der Hölle müßten sich in acht nehmen vor Dir.»

Er schüttelte den Kopf und für einen Augenblick stand er augenscheinlich kurz vor einem neuen Lachanfall, doch dann erhob er sich mühsam und ging die wenigen Schritte, die sie trennten, auf seine Schwester zu.

«Aber ich werde Dir auf gar keinen Fall erlauben, zu gehen. Agnetha, wie konnte ich einen solchen Fehler machen? Wie konnte ich auch nur für einen Augenblick den Mut und die Kraft, die in Deinem Herzen wohnen, übersehen oder geringschätzen? Aquila trifft keine Schuld, glaube mir, sondern allein mich. Ich sah allein die Frau in Dir, die Nonne zumal, die fünfzehn Jahre lang hinter den Mauern eines Klosters verbracht hat.»

Er nahm sie in die Arme, und sie konnte gar nicht anders, als die Umarmung zu erwidern. Er war noch immer so schwach, daß er sonst womöglich zu Boden gefallen wäre.

«Schaut Euch meine Schwester an!» sagte er laut. «Sie braucht wahrhaftig niemanden, der sie beschützen müßte. Was auch immer vor uns liegen mag, auf ihre Kraft und Klugheit können und werden wir vertrauen!»

Agnetha war schwindlig. Sie wußte nicht, was sie zu diesen Worten sagen sollte. Ihr blieb nichts anderes, als die Dinge eben so hinzunehmen, wie sie gekommen waren. Als der Magister sich wieder auf seinen Platz begeben hatte, trafen sich ihre Augen mit denen Aquilas.

Sie las Sorge und Zweifel in ihnen.

Noch während der Magister und seine Begleiter mit den Gefangenen beim Würzwein saßen, konnten sie beobachten, wie Siverd von Saldern unten auf dem Burghof einem Boten einen Umschlag übergab. Gleich darauf verließ der Mann in gestrecktem Galopp die Burg.

«Noch heute abend ist er in Oldenstadt», sagte Aquila leise.

Ritter Werner nickte: «Oder in Löwenwalde, seiner neu gegründeten Stadt weiter flußabwärts. Wie nennt das Volk sie?»

«Uelzen», erwiderte Aquila. «Es ist bereits eine stattliche Ansiedlung. Der Kirchenbau macht Fortschritte.»

Der Magister hatte sich nicht von seinem Platz am Tisch erhoben. Nachdenklich blickte er in die Flammen des Kaminfeuers:

«Der Herzog war die ganze Zeit in der Nähe, nehme ich an?»

Aquila nickte: «Wer sich auf die Jagd nach gefährlichem Wild begibt, der tut gut daran, auch seinem treuesten Falken nicht zuviel Freiheit zu lassen.»

«Ihr wollt sagen, Siverd ist unzuverlässig?»

«Er ist ein Mann der Ehre.»

Wasmod lächelte schief: «Für einen wie den Herzog dürfte beides das gleiche bedeuten.»

«Ritter Siverd hat uns mehr als eine Gelegenheit zur Flucht gegeben, Magnifizenz», sagte Adrian von Bodenteich. «Bevor und nachdem die Tempelritter gekommen waren. Aber wir können doch nicht unseren Vater und alles, was wir besitzen, einfach so zurücklassen! Vaters letzte Bitte an Aquila war, die Burg für seine Söhne zu bewahren.»

Der Magister betrachtete ihn: «Deine Einstellung ehrt Dich, Junge, doch Deinem Vater wirst Du damit nicht helfen.»

Adrian wollte antworten, doch sein Bruder kam ihm zuvor: «Und welche Hilfe brächte es ihm, wenn wir davonliefen wie feige Diebe in der Nacht?»

Werner von Langenapel antwortete an Stelle des Magisters: «Selbst wenn er Bodenteich in seine Hände brächte, er könnte sich seines Besitzes niemals sicher sein, solange irgendwo im Verborgenen ein Erbe lebt, der vielleicht mächtige Verbündete findet und in einem günstigen Augenblick seine Ansprüche anmeldet.» Er blickte zu Wasmod «Eine alte Politik der Heiligen Kirche.»

Der Legat fixierte ihn kalt: «Es ist besser, Ihr schweigt von den Dingen, die Euer Verstand nicht zu fassen vermag, Ritter Werner. Ihr habt bisher wie ein treuer Sohn der Kirche gehandelt. Schmälert nicht durch dumme und leichtfertige Worte den Gnadenschatz, den Ihr Euch im Himmel erworben habt.»

Ritter Werner hielt seinem Blick einige Sekunden lang stand, doch dann wandte er sich ab:

«Ich schweige, Magnifizenz. Für heute.»

Wasmod seufzte. Er ließ die Sache auf sich beruhen.

Warum weist er ihn nicht zurecht, dachte Agnetha. Warum hat er mich nicht zurechtgewiesen? Haben sie eben wirklich von Bodenteich gesprochen? Heilige Mutter Maria, wovor hat der Magister Angst?

anno dominice incarnationis MCCXIIC
regnante domino Adolpho primo glorioso Romanorum rege augusto
calendas decembri
(1. Dezember 1292)

Siverd von Saldern zog am selben Abend aus der Kemenate aus und nahm erneut im Marktflecken Unterkunft wie schon in den Tagen vor der verhängnisvollen Nacht der Schlacht und des Brandes. Viel Auswahl hatte er nicht mehr, denn zwei von drei Häusern waren dem Feuer zum Opfer gefallen. Lediglich eine Reihe von Gebäuden, welche sich am Hang des Leinenberges emporzogen und die der massive Bau der Kirche vor den Flammen geschützt hatte, waren verschont geblieben, und einige weitere Häuser hatte man bereits wieder in einen bewohnbaren Zustand versetzt. Ritter Siverd zog in das nun, da die einzig überlebenden Mitglieder der Müllersippe als Gefangene im Bergfried einsaßen, leerstehende Mühlengebäude.

Seltsame Gedanken bewegten Schwester Agnetha, als sie zum ersten Mal wieder jenes Gemach in der Kemenate betrat, das zwei Monate lang ihr Zuhause gewesen war. Die Templer mußten hier ihre Stiefel getrocknet haben; es roch durchdringend nach feuchtem Leder. Außerdem fehlte Ritter Wilbrands Trinkgeschirr. Doch das war das kleinste Problem.

Ich bin fremd. Hier ebenso wie irgendwo anders. Nichts ist wie es geschienen hat.

Tage vergingen. Es gab wenig zu tun für die Augustinerin, während Wasmod, Aquila und Ritter Werner sich auf den Prozeß vorbereiteten. Es war eine wahrhaft undankbare Aufgabe. Die Heilige Inquisition wachte seit ihrem Bestehen eifersüchtig darüber, daß kein Wort der geschriebenen und ungeschriebenen Gesetze, nach denen ihre Verfahren abliefen, bekannt wurde. So war der Entwurf einer Verteidigung schwierig, wenn nicht gar unmöglich.

Am Tage nach ihrer Ankunft nahm die Nonne ihren Lateinunterricht wieder auf. Sie war nicht länger auf die bescheidene Auswahl von Texten angewiesen, die sie mit eigener Hand im Skriptorium der Augustinerinnen kopiert hatte: Aquila hatte ihr einige Kapitel aus den Schriften des weisen Aristoteles, eines Heiden zwar, doch versehen mit einer wahrhaft christlichen Seele, zur Verfügung gestellt, die sie selbst noch nicht gelesen hatte. Eigentlich hätte sie sich ebenso eifrig ans Übersetzen machen müssen wie ihre Schützlinge. Doch mußte sie schon bald feststellen, daß nicht nur Ritter Wilbrands Kinder, sondern auch sie selbst nicht mehr so recht mit dem Herzen bei der Sache war. Die glücklichen ersten Wochen nach ihrer Genesung, die Zeit in der ihr trotz aller Sorge um ihren Bruder alles so neu und so aufregend erschienen war, würde diese Zeit niemals zurückkehren?

Ihre Gedanken trieben davon, zurück zu ihren Gesprächen mit Aquila, zu seinen Erzählungen von den Städten und Landschaften Italiens, das sich, so nahm sie mittlerweile an, bei all seiner Schönheit und seinem Glanz in Wirklichkeit kaum mit der Vorstellung messen konnte, die es längst in ihrem Geiste gewonnen hatte.

Heilige Mutter Maria, was gäbe ich dafür, es einmal mit meinen eigenen Augen sehen zu dürfen? An seiner Seite das Gebirge zu überqueren und Zeuge zu sein, wie er in das Land seiner Väter zurückkehrt!

Unvermittelt sah Adrian vom Manuskript auf: «Man sagt, niemand, den die Heilige Inquisition einmal verdächtigt hat, sei jemals freigesprochen worden.»

Die Augustinerin zuckte zusammen.

«Das stimmt nicht», wehrte sie rasch ab. Es gab Fälle, in denen es den Angeklagten gelungen war, sich der gegen sie vorgebrachten Vorwürfe zu erwehren. Nicht viele, aber doch einige. «Und außerdem», fügte sie hinzu, «hatte kein Angeklagter jemals einen Legaten seiner Heiligkeit an seiner Seite.»

Aber Adrians Niedergeschlagenheit hatte auch in ihrem Herzen Zweifel gesät und so suchte sie an diesem Abend ihren Bruder auf, der zu ihrer Überraschung die Einladung des Falkenmeisters, in der Studierstube zu nächtigen, angenommen hatte, anstatt in den bequemeren Räumlichkeiten der Kemenate zu schlafen. Erst als sie jetzt in sein abgespanntes Gesicht blickte, wurde ihr klar, daß er überhaupt nicht dazu in der Lage war, jeden Tag in den Turm hinauf und wieder hinab zu steigen.

Himmel, seine Verletzung liegt Monate zurück. Warum geht es ihm nicht endlich besser? Heilige Mutter Maria, gib, daß nun, da wir Bodenteich erreicht haben, Aquila ihm helfen kann. Gib, daß er nicht doch noch an diesen teuflischen Wunden sterben muß.

Aquila erhob sich und deutete eine Verbeugung an, als die Nonne eintrat. Wasmod, der, die Stirn in tiefe Falten gelegt, ganz nahe am

Feuer saß und eine Handschrift studierte, bemerkte die Bewegung und folgte seiner Blickrichtung.

«Ah, Schwester! Laßt mich raten: Ihr bringt uns neue Köstlichkeiten aus Amme Annafrids Küche!»

Stellt er sich so meine Hilfe vor, auf die er angeblich nicht verzichten kann? Doch, Heilige Jungfrau, dies ist nicht der Zeitpunkt für einen neuen Streit. Ich will etwas von ihm erfahren, also muß ich ihn bei Laune halten. Ihr Heiligen im Himmel, welch berechnende Kreatur ich geworden bin!

Lächelnd schüttelte sie den Kopf: «Leider nein. Aber wenn Ihr möchtet, kann ich gerne einmal nachfragen, wie lange es noch dauert. Sonst müßt Ihr noch mit einem von Aquilas Falken Vorlieb nehmen.»

Der Magister lachte: «Der Tag sei fern! Ich kann mir vorstellen, daß selbst die jüngsten von ihnen fürchterlich zäh sind. Und auch wenn mich der Hunger noch so zwackte: Unser Falkenmeister würde wohl kaum mir zuliebe einen seiner Lieblinge auf den Bratspieß stecken.»

«Wenn es helfen könnte, meinem Herrn und seinen Söhnen Leben und Besitz zu retten», widersprach Aquila mit ernster Miene, «so tötete ich jeden meiner Falken mit eigener Hand.»

Der Magister nickte müde: «Verzeiht, alter Freund, niemals käme mir in den Sinn, über Eure Treue zu scherzen.»

Für einen Augenblick erinnerte er sie an Meister Emil. Sein Geist war weit entfernt. Dachte er über seine erste Begegnung mit dem Falkenmeister nach, über die Jahre in Italien?

«Aber sagt mir, Schwester, welchem glücklichen Umstand verdanken wir diese angenehme Unterbrechung unserer Studien?»

Sie zögerte. Obwohl seine Worte freundlich klangen und zweifellos auch so gemeint waren, entging ihr doch nicht der leise tadelnde Unterton. Die beiden Männer hatten zu arbeiten. Eine Frau mit ihren alltäglichen Sorgen und Nöten störte nur. Doch wenn sie sich mit einer Entschuldigung rasch wieder umwandte und verabschiedete, würde er sie nur für umso leichtfertiger und unzuverlässiger halten. Sie hatte gute Gründe, aus denen sie zu ihm gekommen war. Fragen, die sie bedrückten. Und sie wollte Antworten.

«Ich... wir alle... machen uns Sorgen, Bruder. Ritter Wilbrands Söhne...»

Er schien ihr unkonzentriertes Gestotter nicht zu bemerken und blickte sie höflich interessiert an.

Hilf mir, Mutter Gottes.

«Die Heilige Inquisition läßt den Angeklagten praktisch keine Möglichkeit zur Verteidigung. Nicht einmal ein rechtsgelehrter Verteidiger darf ihnen zur Seite stehen. Bruder Edgar ist nicht verpflichtet, die Ankläger zu nennen oder auch nur zu verraten, auf welche Beweise sich die Anklagen stützen. Wie wollt Ihr nur dagegen angehen?»

Er sah zu Aquila hinüber. Das Gesicht des Falkenmeisters blieb ausdruckslos. Wasmod nickte:

«Eine berechtigte Frage, Schwester. Wenn sie Euch so sehr bewegt, warum nur habt Ihr sie nicht eher gestellt?»

Weil ich es nicht wagte. Weil ich mich vor seinem Unwillen fürchtete. Weil ich ihm bedingungslos vertraute. Und nun, da ich sie doch stelle, vertraue ich ihm nicht mehr? Wie soll ich aus ihm klug werden, wenn ich nicht einmal aus mir selbst klug werde, wenn ich nicht weiß, wer ich bin, warum ich das tue, was ich tue?

Sie mußte die unwillkommenen Zweifel verdrängen, mußte sich auf seine Worte konzentrieren. Sie wußte, ob sie achtgab oder nicht, er würde sie nicht wiederholen.

«Nun, es sind vor allem zwei Dinge, die uns Hoffnung machen, Schwester: Zum einen ist es keineswegs so, daß eine Verteidigung oder die Benennung eines Verteidigers von der Heiligen Inqusition verboten wurde. Nein, so ist es nicht. Allerdings wird die Inquisition einen jeden Rechtsgelehrten, der es gewagt hat, einen Ketzer zu verteidigen, als nächsten in ihre Schranken rufen... und zwar als Angeklagten. Da haben wir einen großen Vorteil, denn schließlich bin ich der offizielle Gesandte seiner Heiligkeit. Mich können sie nicht anklagen. Ich brauche keine Angst vor ihnen zu haben.»

«Und warum nehmt Ihr nicht einfach Ritter Wilbrand, seine Söhne und Aquila in Euer Gefolge auf, wie Ihr das gestern auch mit Riva getan habt?»

Er schüttelte betrübt den Kopf: «Dazu ist es zu spät. Die Anklage war bereits ausgesprochen, als ich hier eintraf. Riva hat sich freiwillig in meinen Schutz begeben... jedenfalls sollte es mir gelingen, das so darzustellen. Die anderen dagegen... Ich werde tun, was ich kann. Darum bin ich hier.»

«Und der zweite Hoffnungsschimmer?»

«Der zweite?» Wieder sah er Aquila an. Der Falkner nickte.

«Nun gut, warum nicht?» sagte der Magister wie zu sich selbst. «Es wird gar keinen Inquisitionsprozeß geben, Schwester. Jedenfalls nicht so wie beim letzten Mal.»

Überrascht sah sie ihn an: «Was sagt Ihr?»

Er lächelte: «Ja, Ihr habt richtig gehört. Es wird keinen Inquisitionsprozeß geben. Ich habe das Verfahren an mich gezogen und niemand kann genau sagen, ob ich das eigentlich darf oder nicht. Aber Bruder Edgar ist schlau. Er weiß genau, daß wir das Urteil auf diese Weise jahrelang hinauszögern können, und damit ist weder ihm noch dem Herzog gedient. Also haben wir einen Schiedsrichter bestellt, der nicht etwa über die Zuständigkeit entscheiden soll, sondern auch die Urteile sprechen wird: Bischof Konrad von Verden.»

«Den Onkel des Herzogs?» fragte sie völlig entgeistert.

«Eben den.»

«Aber dieser Mann wird uns noch viel weniger Gerechtigkeit widerfahren lassen als die Heilige Inquisition!»

«Vermutlich habt Ihr recht. Ich bin ihm niemals persönlich begegnet, aber er steht in dem Ruf, für Geld zu fast allem bereit zu sein.»

«Aber wie könnt Ihr dann...»

Wieder lächelte er: «Allerdings hat Bischof Konrad einen großen Ehrgeiz, Schwester. Er wünscht sich nichts mehr, als den Hut eines Erzbischofs auf seinem Haupt. Und wer könnte ihm bei diesem Vorhaben eine größere Hilfe sein als...»

Sie starrte ihn an. Bewunderung über sein meisterhaftes Vorgehen und Abscheu über den berechnenden Plan eines hohen Würdenträgers der Heiligen Kirche: Widersprüchliche Gefühle kämpften in ihrer Brust.

«Niemand könnte eine größere Hilfe sein...», wiederholte sie, «als der Gesandte seiner Heiligkeit Papst Nikolaus.»

anno dominice incarnationis MCCXIIIC
regnante domino Adolpho primo glorioso Romanorum rege augusto
XVII. calendas januarii
(15. Dezember 1292)

Zwei Wochen später kehrte Bruder Edgar nach Bodenteich zurück. Falls die Angeklagten in ihrem zwar beengten, aber doch vergleichsweise komfortablen Gefängnis gehofft hatten, die Wiederaufnahme des Verfahrens würde sich verzögern, bis der Frühling das Eis tauen ließ und die Schneeschmelze vorüber war, so hatten sie sich getäuscht. Wie Agnetha die Stimmung einschätzte, wollten sie ohnehin nur eines, nämlich den Prozeß endlich hinter sich bringen: so oder so.

Der Dezember war ins Land gezogen und die Kälte hielt an. Die Reiter, die im Hof der Burg von ihren Pferden stiegen, waren bis über die Ohren in wärmende Gewänder verpackt und auf den ersten Blick kaum voneinander zu unterscheiden. Ganz wie bei ihrem ersten Besuch, der einen Monat oder auch ein halbes Leben zurückliegen mochte, Agnetha vermochte es nicht mehr zu sagen, zuviel war inzwischen geschehen. An den Wappen der Bannerträger konnte sie jedoch erkennen, daß Herzog Otto selbst diesmal nicht nach Bodenteich gekommen war.

Die Nonne beobachtete die Ankunft gemeinsam mit ihrem Bruder und dem Falkenmeister vom Fenster der Studierstube aus. Der Magister hatte sich nicht die Mühe gemacht, in den Hof hinabzusteigen. Er war noch immer schwach. Sollte Werner von Langenapel den Kirchenfürsten willkommen heißen.

Sie sahen, wie Ritter Werner auf die Neuankömmlinge zuging, sahen, wie sie einander begrüßten und wie der Beauftragte der Tempelritter schließlich mit einer einladenden Geste einige der Angekommenen einlud, ihm in die Kemenate zu folgen. Einige Gestalten begleiteten ihn in das Innere des Wohngebäudes.

«Siverd von Saldern... und Bruder Edgar», murmelte Agnetha. «Und der alte Mann neben ihm muß Bischof Konrad sein. Seht Ihr, er ist schon gebrechlich und zieht ein Bein nach.»

«Nein», sagte Aquila ruhig. «Der Bischof geht direkt hinter Ritter Werner. Der Alte ist Vater Ludolpho.»

Gerolf drängte den Falkenmeister beiseite und starrte haßerfüllt in den Hof hinab: «Er wagt es tatsächlich, der verdammte Verräter! Er wagt es, wieder herzukommen!»

«Ganz ruhig, junger Herr!» sagte Aquila. «So helft Ihr niemandem.»

Die Nonne sah genauer hin und tatsächlich, in dem Augenblick, als er durch die Tür trat, richtete der Burgkaplan seinen Blick zu den Fenstern des Bergfrieds hinauf. Für einen Lidschlag, so schien ihr, trafen sich ihre Augen. Aber das konnte nicht sein, er war zu weit entfernt. Und doch mußte er sie erkannt haben.

Was mochte Ludolpho von ihr denken? Er hatte sie gewarnt, mit flammenden Worten vor Aquila gewarnt, und sie hatte sich entschieden; klar für den Falkenmeister entschieden. Keine Frage: Ludolpho hatte Ritter Wilbrand verraten, den Mann, der ihn in seine Familie aufgenommen hatte, doch war nicht auch sie eine Verräterin? Eine Verräterin an all dem, für das sie einmal gelebt hatte?

Sie lebte mitten unter Menschen, die dringend der Ketzerei verdächtig waren, um dem Mann nahe zu sein, dem sie unter Brechung ihrer heiligen Gelübde in fleischlicher Liebe zugetan war. Sie hatte ihren Eid, ihren Glauben, ihren Gott verraten. Sie verweigerte sich seit Monaten der Beichte und der Heiligen Kommunion. Sie vernachlässigte selbst ihre rituellen Gebete und sprach nur noch hin und wieder im Geiste zu ihrem Gott... aber war das wirklich noch ein Gott? War es nicht allein eine Stimme aus ihrem Innern, die sie in ihrem Hochmut Gott zu nennen wagte?

«Aber sollte es denn wirklich jemals etwas anderes sein?» murmelte sie.

«Was sagt Ihr, Schwester?» fragte Aquila.

Sie sah ihn an und sah ihn doch nicht.

«Sollte Gott wirklich etwas anderes sein als die Stimme aus unserem Innern», wiederholte sie, und als die beiden Männer an ihrer Seite schwiegen, fuhr sie einfach fort, ohne zuerst noch zu wissen, wohin ihre Worte sie führen würden. «Sollte Gott jemals etwas anderes sein als das Gewissen des Menschen? Heilige Mutter Gottes, Bruder, ich fürchte, genau das ist es, woran ich glaube! Jesus Christus, der Glaube an Jesus Christus... ich habe ihn verloren. Ich bin die größte Ketzerin von uns allen.»

Die Erkenntnis traf sie wie der Stoß eines Schwertes durch die Brust. Sie schlug die Hände vor die Augen, bedeckte ihr Gesicht.

«Hört mir zu, Schwester Agnetha!» Es war Aquilas Stimme. Der Magister sagte kein Wort.

«Hört mir zu! Agnetha, hör mir zu!»

Sanft löste er ihre verkrampften Finger und sah ihr in die Augen.

«Hör mir zu, Agnetha!» wiederholte er. «Es ist Deine Erkenntnis, und viele Menschen haben es vor Dir erkannt. Unser Gewissen ist etwas Göttliches. Wenn es Dich und uns alle zu Ketzern macht, weil wir daran glauben, dann soll es so sein, nein, dann muß es so sein.»

Er ließ ihre Hände los und trat einen Schritt von ihr zurück, doch sein Blick blieb fest auf sie gerichtet:

«Ja, ich bekenne mich zu dieser Ketzerei. Ich habe die Stimme meines Gewissens über die Stimme wenn nicht Gottes, so doch der Heiligen Kirche gestellt. Ich tue es noch immer und ich werde weiterhin so handeln. Was wir auch tun, Magnifizenz», nun bezog er ihren Bruder in seinen Blick ein, «die Zeit des Versteckspielens ist vorbei. Ich will nicht länger verleugnen, was ich glaube und was ich bin.»

Wasmod von dem Knesebeck seufzte tief. Er sagte kein Wort.

anno dominice incarnationis MCCXIIIC
regnante domino Adolpho primo glorioso Romanorum rege augusto
XVI. calendas januarii
(16. Dezember 1292)

Bischof Konrad ließ sich an diesem Tag nicht im Bergfried sehen noch suchte er den päpstlichen Legaten und die Gefangenen am folgenden Tage auf. Als die Augustinerin in die Kemenate zurückkehrte, verhielt er sich ihr gegenüber höflich, aber zurückhaltend. Der bevorstehende Prozeß kam nicht zur Sprache.

Ludolpho dagegen musterte sie in offener Abscheu und sprach kein Wort der Begrüßung. Allerdings schien sich diese Feindseligkeit allein auf Agnetha zu beschränken, denn einige Zeit später sah sie ihn im Gespräch mit Amme Annafrid.

Am zweiten Tage nach der Ankunft des Bischofs überbrachte ein wortkarger Mann in der Ordenstracht der Dominikaner den Gefangenen die Aufforderung, sich für den folgenden Morgen auf den Beginn der Vehandlungen einzustellen.

Die Vorbereitungen waren längst getroffen. Was auch immer nun kommen mochte: Ritter Wilbrands Söhnen war es anzusehen, wie sehr sie eine Entscheidung herbeisehnten.

Kurz nach Sonnenaufgang erschien Ritter Werner mit einer Gruppe von Bewaffneten vor der Eingangspforte des Bergfrieds, um den Magister und seine Begleiter zur Gerichtsstätte zu geleiten. Seit Bischof Konrads Ankunft hatte er seine Verwandten nicht mehr besucht.

Der Magister sah ihn fragend an: «Wozu die Waffenknechte? Glaubt seine Eminenz, jetzt auf einmal würden Ritter Wilbrands Söhne feige die Flucht ergreifen?»

Ritter Werner schüttelte den Kopf: «Ihr irrt, Magnifizenz. Es ist eine Ehrenwache für Euch, den Vertreter seiner Heiligkeit.»

Wasmod nickte: «In Gottes Namen. Dann soll es so sein.»

Der Magister bestand darauf, den Weg vom Burghof zum Marktplatz vor dem Kirchlein zu Fuß zurückzulegen. Er stützte sich schwer auf seinen Stock, doch Agnetha konnte erfreut feststellen, daß die Tage der Ruhe ihm gutgetan hatten. Als sie den Bohlendamm überquerten, machte sie eine leise Bemerkung zu Aquila, doch das Nicken des Falkenmeisters war ernst. Die Augustinerin verstand, was er sagen wollte: Mehr als einmal hätte sie mittlerweile selbst erlebt, zu welchen Leistungen seine schiere Willenskraft den Magister befähigte, ganz gleich, in welchem Zustand er sich körperlich befand.

Die Szenerie vor dem Kirchenportal mußte gespenstisch auf einen jeden wirken, der einige Wochen zuvor beim Prozeß gegen Meister Emil zugegen gewesen war. Vor den Resten des kleinen Gotteshauses hatten entweder die herzoglichen Knechte oder diejenigen unter den Dorfbewohnern, die nicht in Haft genommen worden waren, ein hölzernes Podest aufgebaut, auf dem eine Reihe von Stühlen aufgestellt war. Bischof Konrad von Verden hatte bereits auf dem höchsten dieser Stühle Platz genommen: Es war Ritter Wilbrands Kaminstuhl aus der Kemenate, wie Agnetha erkannte.

Siverd von Saldern trat vor und bedeutete dem Magister, ebenfalls das Podest zu besteigen.

«Ich bin noch schwach, Ritter Siverd», erwiderte der päpstliche Gesandte. «Wird der Herr Bischof Schwester Agnetha gestatten, an meiner Seite zu bleiben?»

Siverd sah sich nach dem Kirchenfürsten um, der den Wunsch mit einer Handbewegung gewährte.

Auf den Arm seiner Schwester gestützt stieg Wasmod die Stufen empor. Als er die Höhe des Gerüstes erreicht hatte, erhob sich der Bischof und verneigte sich vor ihm.

«Seid gegrüßt, Magnifizenz», murmelte Bischof Konrad.

«Und mein Gruß Euch, Eminenz», sagte Wasmod, womit er ihm die Hand zum Kuß reichte. Die Lippen des Bischofs berührten kurz den päpstlichen Ring.

«Ich bedaure, daß wir uns nicht unter erfreulicheren Bedingungen begegnen, Magnifizenz. Ich habe so viel von Eurem segensreichen Wirken im Dienste der Heiligen Kirche gehört und wäre begierig darauf, zu erfahren, was es vom apostolischen Hofe zu berichten gibt.»

«So Gott will, wird sich dazu eine Gelegenheit ergeben.»

Der Bischof nickte höflich und kehrte zu seinem Stuhl zurück.

Agnetha führte ihren Bruder zu einer langen Bank auf der Linken des Schiedsrichters. Dorthin wurden jetzt auch die Angeklagten geführt, soweit sie zu dieser ersten Verhandlung geladen waren: Ritter Wilbrands Söhne, der Falkenmeister, Meister Emil und seine Enkeltochter. Die kleine Riva befand sich an der Hand von Amme Annafrid unter den Zuschauern. Agnetha sah, daß sie sich zu Meister Hagen dem Dorfschulzen und seiner Familie gesellt hatten.

Hinter den Angeklagten bestieg Bruder Edgar das Podest, gefolgt von einer Reihe in dunkle Gewänder gehüllter Gestalten, Dominikanern gleich ihm, den Helfern der Heiligen Inquisition.

Agnetha bemerkte, wie Wasmod an ihrer Seite wie im Schmerz das Gesicht verzog.

«Ist Euch nicht wohl?»

Fahrig schüttelte er den Kopf. Sein Blick war starr auf Bruder Edgar und seine Begleiter gerichtet.

«Nein. Nein. Es ist alles in Ordnung, Schwester. Es ist nur... der Mann neben Bruder Edgar, seht Ihr ihn? Er trägt einen langen dunklen Mantel. Mir ist, als hätte ich ihn schon einmal gesehen. Als müßte ich ihn von irgendwoher kennen...»

Sie beobachtete den Mann. Er mußte bemerkt haben, daß sie über ihn sprachen, denn er schaute aufmerksam in ihre Richtung. Die Augustinerin spürte seinen Blick auf sich. Es war ein sehr intensiver Blick, der sie beinahe frösteln machte. Rasch schlug sie die Augen nieder.

«Vielleicht habt Ihr ihn in Italien getroffen?»

Wasmods Blick hing noch immer an dem Fremden: «Nein, ganz bestimmt nicht. Nicht in Italien... fast erscheint es mir... Aber nein, nein, Schwester, ich muß mich irren! Und jetzt still! Der Prozeß beginnt.»

Der Bischof erhob sich: «In nominae sanctae et individuae trinitatis, nos Conradus divina favente gratia episcopus ecclesie verdensis...»

Mit einem Ohr hörte Agnetha hin, doch ihre Aufmerksamkeit vermochte sie nicht von der Gestalt des Mannes neben Bruder Edgar fortzureißen. Der Dominikaner, denn um einen solchen mußte es sich nach dem dunklen Habit, in den er gehüllt war, handeln, lauschte nun interessiert der lateinischen Eröffnungsansprache des Bischofs.

Es war wie verhext. Sie war sich völlig sicher, diesen Mann noch niemals in ihrem Leben gesehen zu haben, und doch war da etwas an ihm, das sie an irgend etwas erinnerte... aber es gelang ihr nicht, sich bewußt zu machen, woran.

«Als erstes werden wir die Klage gegen den Mann, der Aquila genannt wird, führen, den Falkenmeister der Burg Bodenteich.»

Agnetha fuhr auf. Sie war völlig vertieft gewesen in die Betrachtung der unheimlichen Gestalt des Mönchs.

Herr im Himmel, habe ich geträumt? Wie verzaubert... es muß eine halbe Stunde oder mehr vergangen sein. Wie kann ich in einem solchen Augenblick in dieser Weise die Beherrschung verlieren!

Der Falkenmeister erhob sich und deutete eine Verbeugung in Richtung auf den Bischof an.

«Bruder Edgar», sagte der Kirchenfürst, «laßt Eure Anklagen hören!»

Der Dominikaner erhob sich und trat vor. Dabei nahm er Agnetha den Blick auf seinen seltsamen Begleiter, so daß sich die Nonne nun auf den Prozeß konzentrieren konnte. Der kahlköpfige Dominikaner überragte alle Anwesenden. Er schien ihr noch hagerer und knochiger als bei ihrer ersten Begegnung, kaum noch menschlich. Seine Bewegungen waren eckig und knapp. Die Nonne hatte den Eindruck, als habe er irgendeine Krankheit in sich, einen inneren Schmerz, der an seinen Kräften zehrte.

«Eminenz, die Heilige Inquisition klagt diesen Mann der Zauberei an», sprach er mit lauter Stimme. «Der teuflischen Zauberei bei einer Vielzahl von Gelegenheiten. Wir werden uns bemühen zu zeigen, daß er nicht nur mehr als einmal Gotteslästerlichkeiten von sich gegeben hat, die die Lehre der Heiligen Kirche verhöhnen, sondern daß er in diesem Tun auch immer wieder von teuflischen Dämonen unterstützt wurde.

Zu einem konkreten Fall, Eminenz: Mit teuflischen, verderblichen Kräutern hat er die Kraft höllischer Dämonen beschworen, als die Schwester seiner Magnifizenz, des hier anwesenden Gesandten Magister Wasmod, des päpstlichen Legaten, mit schweren Wunden krank darniederlag.»

Wasmod von dem Knesebeck sah ihn interessiert an. «Teuflische Dämonen?» fragte er höflich.

Die Stimme des Dominikaners war rauh:

«'Und es erhob sich Streit im Himmel: Michael und seine Engel stritten mit dem Drachen; und der Drache stritt und seine Engel und sie siegeten nicht, auch ward ihre Stätte nicht mehr gefunden im Himmel. Und es ward ausgeworfen der große Drache, die alte Schlange, die da heißt der Teufel und Satanas, der die ganze Welt verführet, und ward geworfen auf die Erde, und seine Engel wurden auch dahin geworfen.'»

Der Magister nickte: «So berichtet uns die Heilige Schrift. Der Teufel wurde aus dem Himmel vertrieben und er und seine Diener kamen hinab auf die Erde. Diese Dämonen sind unsichtbar für die Augen der Menschen, doch sie tun nichtsdestoweniger ihr gottloses Werk. Aber wer will sagen, wo und in wem diese Dämonen am Werke sind?»

«Es ist die Aufgabe dieses Gerichtes, das zu klären», erinnerte ihn der Bischof.

«Das ist uns bekannt, Eminenz. Das ist uns in der Tat bekannt. Aber worum es mir im Augenblick geht, ist die Feststellung, daß es neben dem Werk der Dämonen noch andere Kräfte gibt. Unsichtbare aber gute Kräfte, Gott dem Herrn wohlgefällige Kräfte, die in das Leben der Menschen eingreifen können. Die himmlischen Engel etwa, die anders als ihre höllischen Vettern dem Himmel treu blieben. Und ebenso wie es böse Kräuter gibt, die ihre verhängnisvolle Wirkung tun, so gibt es auch gute Kräuter, die zur Gesundung der Menschen beitragen können. Und eben jene hat Meister Aquila angewandt.»

«Aber wie ich eben berichtet habe, sprach er dabei lästerliche Zauberformeln!» unterbrach ihn Bruder Edgar.

«Dürften wir erfahren, wer das behauptet, ehrwürdiger Bruder?» wollte der Magister wissen und setzte hinzu: «Außer Euch, der nicht anwesend war.»

«Die Heilige Inquisition ist nicht verpflichtet...»

«Eminenz?» wandte sich Wasmod von dem Knesebeck an den Bischof und schnitt damit dem Dominikaner das Wort ab. «Eminenz, handelt es sich hier um einen Prozeß der Heiligen Inquisition oder um ein Verfahren unter Eurem Vorsitz?»

Der Bischof nickte: «Wenn Ihr den Falkenmeister in dieser Weise beschuldigt, müßt Ihr Euren Zeugen nennen, Bruder Edgar.»

Der Inquisitor zögerte nur einen Lidschlag lang. Dann sagte er mit lauter Stimme: «Eminenz, ich bitte das Gericht, Amme Annafrid, einer Bediensteten auf der Burg Bodenteich, Euer Gehör zu schenken!»

Agnetha fuhr auf: «Was...!»

Mit blitzschnellem Griff hielt Wasmod sie in ihrem Stuhl zurück. Mit einem Blick auf ihren Bruder sah sie, daß sein Gesicht schneeweiß und wie versteinert war.

Damit hat er nicht gerechnet. Er ist ebenso überrascht wie wir alle.

Regungslos sahen sie zu, wie die Amme das Podest bestieg, vor dem Bischof auf die Knie fiel, seinen Ring küßte und sich auf sein Zeichen hin wieder erhob. Sie vermied es, in die Richtung von Aquila, Schwester Agnetha und der Söhne ihres Herrn zu blicken.

«Amme Annafrid», begann der Magister, «wart Ihr Zeuge, wie dieser Mann hier, Aquila, der Falkenmeister Ritter Wilbrands von Bodenteich, in der Kemenate der Burg für die Verletzungen der besinnungslosen Schwester Agnetha, die Ihr ebenfalls dort drüben seht, sorgte?»

Nun mußte sie gezwungenermaßen doch auf die Genannten blicken. Agnetha vermochte der alten Frau nicht in die Augen zu blicken. Sie wußte, was auch immer die alte Dienerin zu diesem Auftritt getrieben hatte, es konnte unter keinen Umständen ohne schreckliche Gewissensqualen geschehen sein.

«Ja, das war ich», sagte sie leise.

«Sprecht lauter, damit seine Eminenz Euch hören kann!»

«Ja, das war ich», wiederholte sie lauter.

«Und habt Ihr auch gesehen, wie dieser Mann, Aquila der Falkenmeister, diese Frau, Schwester Agnetha, unter teuflischen Zauberformeln einer dämonischen Beschwörung unterzogen hat?»

«Ja, das habe ich», sprach sie mit lauter Stimme.

«Ihr habt es gehört!» verkündete Bruder Edgar an den Bischof gewandt.

Der Kirchenfürst nickte: «Wir haben es gehört, ehrwürdiger Bruder.»

Er musterte den Magister: «Habt Ihr oder hat der Angeklagte etwas dazu zu sagen, Magnifizenz?»

Mühsam erhob sich der Magister. Er war noch immer bleich, doch augenscheinlich hatte er sich völlig unter Kontrolle. Seine Stimme klang voll und selbstbewußt:

«Waren es wirklich Zauberformeln?» fragte er. «Oder hat er vielmehr das Rezept für die komplizierte Medizin wiederholt, ein sehr altes und wirkungsvolles Rezept, das er in seiner Jugend an der großen Schule von Salerno gelernt hat, selbstverständlich in lateinischer Sprache. Dem dieser Sprache Unkundigen mag das alles nur allzu leicht wie Zauberei vorkommen, vor allem wenn es dunkel im Raum ist, nur eine einzige Kerze brennt, wenn also eine – ich möchte sagen – 'zauberhafte' Atmosphäre herrscht, und wenn die Ohren des Beobachters alt sind und unzuverlässig werden.»

«Am Anfang war das Wort. Und das Wort war bei Gott», sagte der Inquisitor mit leiser Stimme. Dann fügte er lauter hinzu: «Was habe ich eben gesagt, Amme?»

Amme Annafrid zögerte einen Augenblick, doch dann wiederholte sie: «Ihr sagtet: 'Am Anfang war das Wort. Und das Wort war bei Gott.'»

«Wie Ihr seht, Eminenz, die Amme hört noch sehr gut.»

Der Magister verneigte sich wie ein Schwertkämpfer, der einen

Treffer des Gegners anerkennt.

«Aber sie ist der lateinischen Sprache nicht mächtig», schränkte er ein. «Sie kann nicht wissen, was genau Meister Aquila gesagt hat.»

«Amme Annafrid», wandte sich der Dominikaner wieder an die Zeugin. «Laßt es mich so ausdrücken: Hattet Ihr aus dem Tonfall seiner Stimme, aus Wortfetzen, die Ihr vielleicht einordnen konntet, den Eindruck, daß der Falkenmeister, als er sich um die Verletzte bemühte, die Worte einer teuflischen Beschwörung sprach?»

«Ja, das hatte ich, Herr.»

Der Magister seufzte und ließ sich zurück in seinen Stuhl sinken.

«Erlaubt Ihr, daß die Amme mit ihrem Bericht fortfährt?» fragte der Dominikaner. «Oder habt Ihr noch Fragen?»

Wasmod von dem Knesebeck nickte wortlos.

«Erzählt uns nun», wies Bruder Edgar sie an, «erzählt uns nun, was Ihr in der Nacht zuvor, also in der Nacht bevor Schwester Agnetha nach Bodenteich kam, beobachtet habt!»

Die Amme nickte und schloß die Augen, wie um sich auf ein lange zurückliegendes Geschehen zu kontrollieren.

«Es war eine wolkenlose Nacht, Herr, und der Mond schien hell. Die Häuser des Dorfes waren von der Burg aus zu erkennen. Ich hatte die Kemenate noch einmal verlassen, um...»

Sie zögerte und der Dominkaner sah sie streng an ohne ein Wort zu sagen.

«Am Abend hatte ich wohl etwas zu viel von dem Apfelwein getrunken. Das ist der Wein, den Benno, unser Müller, Gott schenke seiner armen Seele den Frieden, für Ritter Wilbrand gekeltert hat. Also bin ich quer über den Hof hinüber zum Abtritt gegangen. Der befindet sich neben der Kapelle.»

«Und dabei habt Ihr etwas beobachtet.»

«Ja, dabei habe ich ihn gesehen.»

«Wen gesehen?»

«Den Falkenmeister.»

«Den Mann, der dort drüben steht? Seht ihn genau an!»

Sie sah kurz hin: «Ja.»

«Und wo habt Ihr ihn gesehen? Was tat er?»

Nervös fuhr ihre Zunge über die Lippen: «Er ist geflogen.»

«Geflogen?»

Amme Annafrid hatte den Kopf gesenkt. Sie konnte weder dem Inquisitor noch Aquila in die Augen sehen.

«Ihr müßt ihm antworten, Frau», sagte der Bischof entschieden.

«Ja. Ich habe gesehen, wie er wie ein höllischer Blitz über den Burghof hinweg auf den See hinaus davongeflogen ist.»

«Aber das ist ja lächerlich», rief Magister Wasmod. «Mein Gott, er hat doch gar keine Flügel.»

«Das will nichts sagen, Magnifizenz», entgegnete Bruder Edgar ruhig. «Heißt es nicht in der Heiligen Schrift, nämlich im Buche Daniel, Habakuk sei von einem Engel durch die Lüfte getragen worden? Und was ist ein Dämon anderes als ein gefallener Engel? Wahrscheinlich sind all diese Vögel, mit denen er sich umgibt, nichts anderes als niedere Dämonen.»

«Ihr könnt nichts davon beweisen!»

«Beweist Ihr mir das Gegenteil!»

Magister Wasmod wandte sich an den Bischof: «Wegen dieser Dinge steht der Falkenmeister nicht vor Gericht, Eminenz! Der Ketzerei ist er angeklagt und das ist alles! Die Vorwürfe, die hier gegen ihn erhoben werden, sind nicht nur Lächerlichkeiten, nein, sie würden, selbst wenn sie zuträfen, was nicht der Fall ist, nicht beweisen, daß Aquila ein Häretiker ist.»

Bischof Konrad von Verden sah ihn aufmerksam an: «Warum sollten es Lächerlichkeiten sein, Magnifizenz? Wäre ich bösen Willens, könnte ich sagen, daß schon das Leugnen der Existenz von Dämonen der Ketzerei nahe kommt. Der Angeklagte sollte besser genau abwägen, was er vor den Ohren dieses Gerichtes sagt.»

Agnetha staunte. Aquila hatte noch gar kein Wort gesagt, der Magister dagegen hatte seine Auffassung deutlich genug werden lassen.

Der Magister nickte mit zusammengekniffenen Lippen.

Es war ein schwerer Fehler, daß er den Bischof nicht schon am Tage seiner Ankunft begrüßt hat, dachte Agnetha. Er hätte sich ein Bild von diesem Mann und seinen Ansichten machen können.

«Die Ohren der Amme sind anscheinend noch verläßlich», fuhr Wasmod fort, und er betonte das Wort anscheinend in einer Weise, daß kein Zweifel daran bestehen konnte, daß er selbst noch keineswegs von der Zuverlässigkeit ihres Gehörs überzeugt war. «Wie aber steht es mit ihren Augen? Amme Annafrid, ich bitte Euch, könnt Ihr mir vielleicht sagen, in welcher Höhe etwa die Gestalt, die Ihr erblickt habt, über den Burghof hinweggeflogen ist?»

Fragend sah er die alte Frau an, die die Augen zu Boden geschlagen hatte und es noch immer nicht wagte, den Blick zu erheben.

«Es kommt mir nicht auf ein oder zwei Zoll an, Amme», sagte er begütigend, als er ihr Zögern bemerkte. «Niemand könnte so genau schätzen. Doch so ungefähr werdet Ihr die Höhe doch angeben können. So hoch wie ein normales Haus? Oder eher so hoch wie der Bergfried?»

«Ich... ich weiß nicht», stotterte sie und sah sich hilfesuchend nach dem Bischof um, der das Gespräch schweigend verfolgte. «Ziemlich hoch, würde ich sagen, sicherlich so hoch wie der Bergfried.»

«Das ist aber ziemlich hoch», erwiderte Wasmod. «Und trotzdem habt Ihr ihn zweifelsfrei erkannt, mitten in der Nacht? Könntet Ihr mir denn dann zum Beispiel sagen...», demonstrativ sah er sich einen Augenblick in der Menge um.

Schließlich hatte er einen Mann ausgemacht, der ganz am Rande der Menschenmenge stand, fast schon an den Trümmern dessen, was einmal Meister Hagens stattliches Haus gewesen war.

«Ihr dort hinten! Mit der roten Mütze! Ja, Ihr! Streckt doch einmal Eure Hand in die Höhe! Ja, genau so! Und nun haltet einige Finger in die Höhe!»

Alles drehte sich nach dem Mann um, der so plötzlich in den Mittelpunkt der Aufmerksamkeit gerückt war. Dieser tat, wie ihm der Magister geheißen hatte und streckte einige Finger aus.

«Nun, Amme Annafrid? Wie viele Finger seht Ihr?»

Die alte Frau kniff die Augen zusammen.

«Ich... ich bin mir nicht sicher...»

«Was soll dieser Unfug, Magnifizenz?» unterbrach sie der Dominikaner ungehalten. «Behauptet Ihr etwa, Ihr könntet erkennen, wieviele Finger er zeigt?»

«Natürlich nicht», erwiderte der Legat, und aus seiner Stimme sprach die reine Überraschung. «Aber ich behaupte auch nicht, einen Mann erkennen zu können, der mitten in der Nacht achtzig oder hundert Fuß über den Burghof hinwegfliegt.»

Mit ärgerlicher Miene wandte sich der Inquisitor ab.

Wasmod betrachtete geduldig die Amme: «Und, kommt Ihr einer Lösung näher? Allerdings bin ich doch etwas erstaunt, daß Ihr mit einem unbeweglichen Ziel solche Schwierigkeiten habt, wo Ihr doch eine Gestalt identifizieren konntet, die, wie sagtet Ihr noch: 'Schnell wie ein höllischer Blitz?' Ja, ich glaube, das waren Eure Worte. Eine Gestalt, die schnell wie ein höllischer Blitz in vergleichbarer Höhe über Euch hinweggeflogen ist.»

«Ich... ich weiß nicht, Magnifizenz. Zwei Finger... oder drei... Es war... damals ganz anders und...»

Ihre Stimme wurde immer leiser. Agnetha atmete auf. Die Amme wich einen Schritt vor dem Magister zurück, wandte sich um. Ihr Blick suchte den Inquisitor, oder nein, erkannte Agnetha überrascht: Amme Annafrid wandte sich hilfesuchend nach Vater Ludolpho um. Und alle Blicke folgten dem ihren, auch der des Magisters.

«Ihr seid Vater Ludolpho, nehme ich an?» sprach er den Erbleichenden freundlich an.

«Der bin ich», erwiderte der Hofkaplan und scheiterte in dem Versuch, seiner Stimme einen festen Klang zu geben.

«Wollt Ihr der Amme vielleicht helfen? Könnt Ihr erkennen, wie viele Finger der Mann nach oben hält?»

Vater Ludolpho strengte seine Augen an, doch dann schüttelte er den Kopf und sagte leise:

«Nein.»

«Lauter!» sagte Wasmod und unvermittelt war alle Freundlichkeit aus seiner Stimme verschwunden.

«Nein!» sagte der Kaplan lauter und starrte den päpstlichen Legaten haßerfüllt an. «Niemand könnte das.»

«Ganz genau», sagte Wasmod, jetzt wieder mit einem freundlichen Lächeln.

«Ich danke Euch!» rief er zu dem Mann mit der roten Mütze hinüber, und zum Bischof sprach er mit der Andeutung einer Verbeugung: «Ich habe keine weiteren Fragen an die Amme, Eminenz.»

Der Rest des Verhandlungstages verlief mit der Erörterung juristischer Detailfragen. Hier war der Magister auf alles vorbereitet: Zwar vermochte Agnetha den Diskussionen nicht in allen Einzelheiten zu folgen, doch sie wußte, sie konnte auf das ungeheure Wissen vertrauen, das ihr Bruder in all den Jahren auf der Universität von Bologna erworben hatte. Als der Bischof die Verhandlung am Nachmittag schloß, mußte den Anklägern klar sein, daß Wasmod von dem Knesebeck und denen, die er vertrat, auf diese Weise nicht beizukommen war.

Werner von Langenapel und seine Ehrenwache eskortierten die Gefangenen und ihren Verteidiger zurück zu Ritter Wilbrands Bergfried. Sie gingen bedeutend langsamer als am Morgen, der Magister war kaum imstande, seine Schritte ohne fremde Hilfe zu tun. Dieser Tag war zu ihren Gunsten ausgegangen, und doch es war ein stiller Zug, zu sehr lag der Verrat der Amme auf ihnen allen. Niemand wußte zu sagen, wo die alte Frau nach ihrer Aussage geblieben war. Die kleine Riva hatte Meister Hagen nach dem Ende der Verhandlung wieder in Schwester Agnethas Obhut gegeben. Nun ging das Kind an der Seite der Augustinerin und weinte leise.

Rivas Mutter starb bei ihrer Geburt, dachte Agnetha. Sie hat niemals eine andere Mutter gekannt als Annafrid. Was ist Ludolphos Verrat gegen den ihren?

«Warum tut er das?» fragte Magister Wasmod wieder und wieder. «Warum nur tut dieser Ludolpho das?»

Der päpstliche Legat saß zusammengesunken vor dem Kaminfeuer in Aquilas Studierstube. Der Falkenmeister war der einzige, der bei ihm war.

«Verblendung?» fragte er. «Bruder Ludolpho ist ein sehr engstirniger Mann. Vor ungefähr zwanzig Jahren hat er beschlossen, einen Ketzer in mir zu sehen, und seitdem bleibt er bei dieser Einschätzung. Er ist blind für die Wahrheit.»

Wasmod blickte nachdenklich in die Flammen: «Aber was ist die Wahrheit, mein alter Freund? Wenn nicht Ihr der Hexenmeister seid, wer ist es dann? Ich hatte gehofft, es herauszufinden, indem ich unerkannt an der Seite meiner Schwester nach Bodenteich käme. Wer konnte ahnen, was geschehen würde...»

Er seufzte und sah zu Aquila hinüber, der am Kamingesims lehnte, doch der Falkner sagte kein Wort. Der Magister blickte wieder ins Feuer.

«Hätte ich an jenem Tag nur auf Ritter Werners Warnungen gehört, so viele Menschen könnten noch am Leben sein. Ich habe alles so viel schlimmer gemacht. Was ich bewahren wollte, habe ich zerstört.»

«Was Ihr tatet, geschah in bester Absicht, Wasmod», sagte der Falkner knapp. «Hätte der Kaiser Friedrich geahnt, daß der Papst ihn selbst eines Tages als Ketzer und Häretiker verfolgen lassen würde, er hätte kaum seine Ketzergesetze erlassen. Wie sollte er ahnen, was daraus erwachsen würde? Welchen Sinn hat es, sich über unsere Fehler zu grämen, wenn sie doch aus guter Absicht geschahen?»

Der Magister seufzte: «Ihr habt ja recht. Es hat tatsächlich wenig

Sinn. Aber mein Besuch als Bruder Bjørn wäre vielleicht unsere einzige Chance gewesen, die Tarnung des wahren Hexenmeisters zu durchschauen. Jetzt wird er sich verborgen halten und abwarten, wie der Prozeß gegen Euch ausgeht. Oder aber er wird sogar bewußt darauf hinwirken, daß Ihr tatsächlich verurteilt werdet.»

Das Antlitz des Legaten fuhr ruckartig zu ihm herum: «Ludolpho!» flüsterte Wasmod.

«Ludolpho?»

«Er verdächtigt Euch: Was, wenn er das einzig tut, um von sich selbst abzulenken? Er kann lesen und schreiben, und viele Menschen vertrauen ihm. Niemand würde ausgerechnet ihn verdächtigen!»

Der Falkenmeister benötigte einen Augenblick, dann erst begriff er die Ungeheuerlichkeit dessen, was der Mann am Kamin eben gesagt hatte. Er tat einige rasche Schritte vom Kamin in den Raum hinein.

«Beim Höllenfeuer», murmelte er. «Oh mein Gott... das ergibt einen Sinn. Bennos Tochter... es mußte jemand gewesen sein, dem sie vertraut... Und er wußte von der bevorstehenden Ankunft der beiden Mönche, wenn auch nicht von der Euren... Nicht er ist blind. Ich war blind! Zwanzig Jahre lang blind! Ich habe immer nur einen dummen, engstirnigen Mann in ihm gesehen, doch nicht ein einziges Mal ist mir der Gedanke gekommen, er könne zu so etwas fähig sein. Ein so verbohrter und einfältiger Mann!»

Er fuhr sich mit der Hand über die Lippen.

«Aber... das ist es nicht allein.» Wasmod von dem Knesebeck zögerte. Seine Augen waren geschlossen.

«Ist Euch nicht wohl?»

«Ich versuche mich zu erinnern. Dieses Gesicht... ich habe ihn heute zum ersten Mal gesehen, doch irgendwie erschien er mir vertraut. Es wird mir wieder einfallen, ganz bestimmt...»

«Ludolpho...», wiederholte Aquila noch einmal, unfähig, es zu glauben.

«Ich weiß es!» Magister Wasmod starrte ihn an, und sein zerstörtes Gesicht war kreidebleich, nur das Netz der Narben zeichnete sich leuchtendrot ab.

«Ihr kennt ihn?»

«Es ist viele Jahre her, doch ich bin mir sicher, daß er es gewesen sein muß: Noch bevor ich nach Italien ging. In Salzwedel, wo ich bei Vater Dietrich die Heilige Schrift studierte. Er war dort Schüler gleich mir, einige Jahre älter, aber von eher langsamem Geist. Seine Aufmerksamkeit war nur dann zu wecken, wenn unsere Lektüre das Gebiet des Übersinnlichen berührte. Geheime Mächte, Dämonen... er war geradezu vernarrt in diese Dinge. Es nahm beängstigende Züge an. Ich kann mich nicht mehr genau entsinnen, doch ich glaube, Jahre später berichtete mir Vater Dietrich, er habe ihn schließlich aus der Klosterschule verweisen müssen. Aber er hieß nicht Ludolpho. Er trug damals einen anderen Namen, aber er war es. Ich bin mir ganz sicher!»

«Und das fällt Euch erst jetzt ein?»

«Ich habe ihn heute morgen zum ersten Mal wiedergesehen, Aquila! Wie hätte ich ahnen können... Und stellt Euch vor: Der Angriff auf Agnetha und mich. Was, wenn er durch seine magischen Künste erkannt hat, daß ich auf dem Weg nach Bodenteich war? Er mußte doch befürchten, daß ich ihn wiedererkenne und angesichts seiner Vergangenheit sofort verdächtige.

Herr im Himmel! Dasselbe hätte für Vater Dietrich gegolten: Auch er hätte ihn vielleicht erkannt. Deshalb mußte er sterben, bevor er Bodenteich erreichte. Und die teuflischen Foltern, die seinem heiligen Leib angetan wurden... Sie waren seine Rache dafür, daß Vater Dietrich ihn damals nicht länger auf der Klosterschule dulden wollte.

Heilige Maria, Mutter Gottes! Alles! Alles ergibt so einen Sinn! Einen wahrhaft grauenhaften Sinn!»

Seine Hände fuhren über die Narben, die sein Gesicht bedeckten: «Er ist es, Aquila! Ludolpho und niemand anders ist unser Hexer. Aber, beim Heiligen Franziskus: Werden dem Bischof unsere Beweise genügen?»

«Beweise?» Der Falkenmeister ließ ein bitteres Lachen hören. «Das scheint mir doch wohl das geringste Problem zu sein. Wann hätten Beweise jemals irgendeine Bedeutung gehabt vor einem kirchlichen Gerichtshof?»

Wasmod von dem Knesebeck sah ihn streng an: «Treibt es nicht zu weit, Falkner! Vertraute ein kirchliches Gericht nicht auf die Macht von Beweisen, hätte ich Euch heute kaum helfen können. Der Bischof war sehr großzügig zu uns.»

«Etwa weil er das Recht liebt? Wir wissen es doch besser: Er will den Kardinalspurpur. Wenn er dafür zufällig der Wahrheit das Recht geben muß, wird er es tun. Doch wenn der Heiligen Mutter Kirche mit Schurkerei und Lügen besser gedient ist, wird sie auch diese akzeptieren!»

Wasmod stand ruckartig von seinem Stuhl auf und stand schwankend. Das gesunde Auge schien Funken zu sprühen: «Das reicht, Falkenmeister! Ihr lebt einzig aufgrund der Gnade der Heiligen Kirche, vergeßt das nie wieder.»

«Ich lebe, weil sich die Heilige Mutter Kirche einen Vorteil davon verspricht, daß ich noch am Leben bin», gab Aquila ruhig zurück und fügte noch leiser an: «Und aufgrund Eurer Güte und Menschlichkeit, Magister Wasmod.»

Wasmod ließ sich wieder in seinen Stuhl gleiten: «Vergebung zu gewähren, das ist eine der Tugenden der Heiligen Mutter Kirche, mein alter Freund. Ich leugne nicht, daß den Hohenstaufen und...», er machte eine kleine Pause, «auch Euch selbst schweres Unrecht widerfahren ist. Aber es war niemals die Kirche als solche, die dies gewollt hat. Ich weiß, daß Klemens IV. weinte, als ihm die Nachricht vom Tode Konradins überbracht wurde.»

«Aber verhindert hat er ihn nicht», erwiderte der Falkner unversöhnlich.

«Nicht aus Haß, Aquila, gewiß nicht aus Haß. Glaubt mir, auch aus Angst und Verzweiflung tun Menschen schreckliche Dinge. – Was ist mit Euch?»

«Ludolpho», sagte der Falkner tonlos. «Glaubt Ihr nicht, daß er jetzt, da seine Pläne in Gefahr sind, offenbar zu werden, in großer Angst sein muß? Himmel, nach all dem, was er ohne Not getan hat, könnt Ihr Euch ausmalen, wozu er jetzt in der Lage ist?»

Die beiden Männer sahen einander entsetzt an.

«Laßt sofort Ritter Werner holen», sagte der Magister.

«Ihr plant eine längere Reise, Vater Ludolpho, will mir scheinen.»

Der Kaplan fuhr herum. Die Ansprache kam völlig überraschend, während er gerade dabei war, in seinem geheimen Gewölbe unter dem Pfarrhaus den transportablen Teil seiner Folianten und magischen Artefakte in ein Paar großer Satteltaschen zu verpacken.

Er ergriff einen langen Stab aus dem Holz eines toten Baumes, den er schon zu manchen Beschwörungen genutzt hatte, und fuhr herum: «Wie kommt Ihr hierher?»

Erst jetzt erkannte er seinen ungebetenen Besucher. Es war einer der Dominikaner aus Bruder Edgars Gefolge. Ein Mann in einem langen dunklen Mantel, der ihm schon bei ihrem Aufenthalt in Oldenstadt aufgefallen war. Doch dies war das erste Mal, daß er die Stimme des Mannes hörte: Es war eine sanfte, einschmeichelnde, zugleich aber kalte, fast bedrohliche Stimme.

Der Fremde ließ seinen Blick im Halbdunkel des Gewölbes umhergleiten, ohne sich um den Kaplan zu scheren, der den Stab drohend erhoben hatte.

«Einige interessante Dinge habt Ihr hier gehortet, Vater Ludolpho. Ich bin mir fast sicher, daß der Bischof und Bruder Edgar einiges dafür geben würden, wenn sie sich Eure Schätze einmal ansehen dürften.»

Ludolpho hob den Stab etwas höher und trat auf den Mann im Dunklen Mantel zu.

«Laßt das doch sein!» sagte der Fremde und machte eine beiläufige Handbewegung.

Ludolpho ließ den Stab fallen. Er wußte nicht zu sagen, warum, doch es war ein Zwang, dem er sich nicht zu verweigern wußte.

«Ich will Euch nichts Böses, Vater Ludolpho», sagte der Fremde. «Ich habe keinen Grund dazu. Zugegeben, das Gefühl, daß die Menschen 'Dankbarkeit' nennen, kann ich nur sehr schwer nachvollziehen, doch immerhin seid Ihr dafür verantwortlich, daß ich hier überhaupt stehe und... aber das tut eigentlich nichts zur Sache.

Ihr müßt nämlich wissen, daß die Zeit drängt. Wir haben im Augenblick noch gute Chancen, aber wir müssen sehr schnell handeln.

Gerade jetzt ist Werner von Langenapel auf dem Weg zum Bischof. Man weiß über Euch Bescheid, und sobald sie Bischof Konrad überzeugt haben – und glaubt mir, das wird rasch gehen – wird man vor der Türe stehen, um Euch gefangenzunehmen.»

«Woher wißt Ihr...»

«Ich habe Euch doch gesagt, wir müssen schnell handeln. Dazu ist jetzt keine Zeit. Es muß Euch genügen, daß ich ein Diener der Mächte bin, denen auch Ihr dient. Ich könnte natürlich einen Glanz über Euch werfen und Ihr müßtet Euch dann meinen Befehlen beugen, doch ist das... etwas aufwendig. Ich würde es vorziehen, wenn Ihr Euren Teil meines Planes aus freien Stücken erfüllt. Wenn alles abläuft wie von mir ersonnen, sollen Eure Wünsche erfüllt werden.»

«Was wißt Ihr von meinen Wünschen?» fragte der Kaplan mißtrauisch.

«Sind es nicht immer dieselben? Macht? Reichtum? Ewige Jugend und Gesundheit? Wenn ich mir Eure Glieder ansehe, wohl vor allem das letztere. Ich kann sie Euch erfüllen.»

Wieder machte er eine beiläufige Handbewegung und Ludolpho spürte, daß sich etwas veränderte. Im ersten Augenblick wußte er überhaupt nicht zu sagen, was es war, doch dann spürte er... daß er eigentlich nichts mehr spürte. Der ständige Schmerz in seinen Beinen und in seinem Rücken, seit Jahren ein ständiger, quälender Begleiter, er war fort, verschwunden, als hätte es ihn niemals gegeben.

«Wie...?»

«Keine Fragen mehr», sagte der Fremde streng. «Tut Ihr, was ich Euch sage oder nicht?»

Der Kaplan zögerte nicht länger: «Einverstanden.»

Zum ersten Mal bedauerte Schwester Agnetha, daß die kleine Riva ein so kluges Kind war.

Ein weniger aufmerksames kleines Mädchen hätte sich zweifellos von den wohlgemeinten Plattheiten trösten lassen, welche die hilflose Augustinerin in ihrer eigenen Enttäuschung ersonnen hatte, um das Kind über den Verrat der Amme hinwegzutrösten, so aber waren die Nonne und das kleine Mädchen Gefährtinnen im Schmerz, die in der Kemenate beisammensaßen.

«Sie hat schon meinen Vater genährt, als er ein kleines Kind war, viel kleiner noch als ich», sagte Riva ernst und blickte die Nonne aus tränenglänzenden Augen an. «Und nun will sie, daß Aquila und meine Brüder auf dem Scheiterhaufen verbrennen. Warum tut sie das, Schwester Agnetha? Hat sie uns denn niemals gern gehabt?»

Agnetha setzte zu einer Antwort an, doch was über ihre Lippen kam, war nur ein bitterer Seufzer.

Sie faßte sich: «Ich weiß es nicht, mein Kleines, ich weiß es nicht. Ich möchte sagen, sie hat Euch alle geliebt und sie liebt Euch noch jetzt, denn sie muß wissen, daß keiner von denen, die angeklagt sind – und gewiß auch Aquila nicht – ein Ketzer und ein böser Mensch ist. Aber wenn sie jetzt an ihre Schuld glaubt, wer will sagen, wie lange sie schon unter Euch lebt und ihren Verdacht und ihren Haß mit sich herumträgt?»

Ruhelos erhob sie sich und trat an das Fenster: «Und doch kann ich einfach nicht glauben, daß es so ist. Ich glaube, daß ich Amme Annafrid in den letzten Monaten gut kennengelernt habe; ich weiß, daß sie eine gutherzige Frau ist.»

«Aber eine gutherzige Frau würde so etwas niemals tun.»
«Nein, mein Kleines, gewiß nicht aus freien Stücken.»
Rivas Augen waren groß: «Ihr meint, jemand hat sie gezwungen?» Sie überlegte. «Vater Ludolpho?»
Ein Klopfen an der Tür. Auch Riva wich an die Fenster zurück.
Agnetha trat einen Schritt vor: «Tretet ein!»
Die Tür öffnete sich und den Raum betrat – Vater Ludolpho.
Das kleine Mädchen stieß einen Angstschrei aus und umklammerte die Hüften der Augustinerin. Schwester Agnethas Herz verkrampfte sich, als halte der Handschuh von Ritter Siverds eiserner Rüstung es umklammert.
«Was... wollt... Ihr hier», brachte sie hervor und starrte den Kaplan an. Sie wußte, was ihre Pflicht als Nonne, ja als bloße Christin war, doch sie konnte nichts anderes für diesen Mann empfinden als Abscheu und Haß, bitteren Haß.
«Verlaßt auf der Stelle den Raum!» herrschte sie den Eingetretenen an, noch bevor dieser Gelegenheit zu einer Entgegnung hatte, und sie war selbst erstaunt über die Festigkeit ihrer Stimme.
«Bitte wartet, Schwester Agnetha», bat er und hob beide Hände, als wolle er zeigen, daß er unbewaffnet war.
Gott weiß es: Ihm würde ich jede Schurkerei zutrauen, auch die Ermordung der einzig nicht der Ketzerei gescholtenen Erbin der Herren von Bodenteich und ihrer Lehrerin. Zur Not auch mit bloßen Händen.
«Bitte wartet!» wiederholte der Kaplan und trat einen Schritt vor. Irgend etwas war anders an seinen Bewegungen, flüssiger und sicherer als sonst, als sei plötzlich die Last der Jahre von ihm genommen worden.
«Ihr schließt jetzt die Tür, Ludolpho», sagte Agnetha ungerührt. «Von außen! Hier will niemand mit Euch sprechen.»
Der Burgkaplan blieb stehen: «Ihr versteht mich nicht, Schwester Agnetha. Nicht ich bin es, der mit Euch reden will. Die Amme ist es, Amme Annafrid. Aber sie wagt nicht, hierher zu kommen. Sie hat mich gebeten, Euch zu ihr zu bringen.»
Überrascht sah Agnetha zu dem kleinen Mädchen herunter, und sie registrierte die Hoffnung, die sogleich in den jungen Augen aufleuchtete.
«Woher wissen wir, daß Ihr die Wahrheit sagt?» fragte sie. «Warum sollte sie ausgerechnet Euch zum Boten wählen?»
«Sie vertraut mir.»

«Aber wir vertrauen Euch nicht», erwiderte sie knapp. Doch als sie wieder zu Riva hinabsah, wußte sie, daß zumindest bei dem kleinen Mädchen die Sehnsucht, die alte Dienerin wiederzusehen, größer war als Mißtrauen und Angst gegenüber Ludolpho.

«Aber was sollte ich Euch schon antun, Schwester Agnetha, wenn Ihr vor den Augen des Bischofs und der gesamten Burgbesatzung mit mir reitet? Ich bitte Euch, erleichtert die Bürde, die auf den Schultern der Amme lastet. Sie ist eine alte Frau, aber sie mußte das tun, was ihre Pflicht als Christin ist. Sie konnte nicht anders handeln.»

«Davon habt Ihr sie offenbar überzeugen können.»

Er sah ihr für einen Atemzug in die Augen, doch seine Lider senkten sich wieder, ehe sie seinen Blick einschätzen konnte: «In der Tat, Schwester Agnetha, davon konnte ich sie überzeugen. Zum Heile ihrer unsterblichen Seele und zu unser aller Heil. Am Ende sogar», er machte eine Pause, «zum Wohle der Ketzer. Denn nur wenn sie die sühnende Strafe für ihre Sünden empfangen, können ihre unsterblichen Seelen gerettet werden.»

Er schwieg. Agnetha zögerte.

«Wollt Ihr es wirklich auf Euer Gewissen laden, Schwester, ihr diesen letzten Liebesdienst zu verweigern?»

Verrate ich nun also auch mein Gewissen, den einzigen Gott, der mir geblieben ist?

Sie blickte noch einmal zu Riva, doch sie wußte bereits, was sie sehen würde.

Sie musterte den Kaplan: «Gut, Ludolpho, wir kommen mit. Gebt den Männern Bescheid, unsere Pferde zu satteln.»

«Die Gefangenen freilassen und Vater Ludolpho in Haft nehmen?»

Bruder Edgar unterbrach Werner von Langenapel, noch bevor dieser seine Bitte an den Bischof zu Ende gebracht hatte. Der Dominikaner stand nicht wie die gewöhnlichen Mönche des bischöflichen Gefolges in ehrerbietigem Abstand vom Stuhl des Kirchenfürsten, sondern unmittelbar an der Seite Konrads von Verden. Er lachte ein meckerndes Lachen:

«Womit überrascht uns seine Magnifizenz als nächstes, Ritter Werner? Haben wir uns getäuscht und Kaiser Friedrich war der Messias, während der Heilige Vater der Antichrist ist?»

«Ich gebiete Euch Schweigen, Bruder Edgar», sagte der Bischof streng. «Dieser Mann ist mit seiner Bitte an meinen Richterstuhl getreten und nicht an den Euren. Auch in meinen Ohren hört sich das, was er sagt, einigermaßen fantastisch an, aber er soll gehört werden bis zum Schluß. Sprecht weiter, Ritter Werner!»

Der Statthalter der Tempelritter gönnte sich einen kurzen Seitenblick auf den Dominikaner und fuhr dann fort:

«Der Kaplan Ludolpho genießt hohes Vertrauen unter der Dorfbevölkerung. Die Menschen glauben seinen Worten, ja sie glauben ihm offenbar selbst dann, wenn seine Worte Lügen sind, gotteslästerliche Lügen und Häresien. Niemand hier kann Zweifel daran haben, daß er es war, der die Amme zu ihrer falschen Aussage verleitet hat. Dieser Mann ist gefährlich, Eminenz, ich beschuldige ihn des Mordes an dem Franziskanerbruder und an Vater Dietrich vom Kloster St. Spiritus in Salzwedel. Bei der Ehre des Tempels von Jerusalem, Ihr müßt ihn gefangen setzen lassen, bis diese Vorwürfe geklärt sind!»

«Was ich muß, habt nicht Ihr zu entscheiden», sagte der Bischof streng. «Weder der Tempel noch die Heilige Inquisition leitet dieses Verfahren, sondern einzig und allein ich, darum hört meine Entscheidung: Ritter Werner, Ihr werdet... nein, noch besser der Magister selbst wird diese Vorwürfe vor den Augen und Ohren von Vater Ludolpho wiederholen, und dann werden wir hören, was er zu ihnen zu sagen hat.»

«Aber der Magister ist krank, Eminenz», gab Ritter Werner zu bedenken. «Die Verhandlung hat ihn sehr geschwächt.»

Bischof Konrad überlegte: «Nun, wenn der Prophet nicht zum Berge kommen kann, so muß der Berg eben...»

Bruder Edgar protestierte: «Ihr wollt ihn zum Bergfried führen lassen wie einen gemeinen Verbrecher? Einzig aufgrund solch lächerlicher Vorwürfe?»

Der Bischof sah ihn scharf an: «Ich habe Euch bereits ermahnt, Mönch! Nein, nicht wie einen Gefangenen. Siverd von Saldern, tretet vor! Begebt Euch mit Euren Knechten zum Pfarrhaus und teilt Vater Ludolpho mit, er möge uns zum Bergfried begleiten. Sagt ihm, dies sei mein ausdrücklicher Wunsch!»

Er blickte zu dem Dominikaner und seine Miene war finster: «Wenn er sich nun aber aus irgendeinem Grunde weigern sollte, meinen Wunsch zu erfüllen, Bruder Edgar, dann werde ich versucht sein, ihn hinüberführen zu lassen. Wenn nötig mit Gewalt.»

Das Ganze war ein Fehler. Schwester Agnetha wußte es.

Sie hatte es schon in dem Augenblick gewußt, in dem sie Ludolpho ihr Einverständnis gegeben hatte, und obwohl sich in der Zeit, die es brauchte, die Pferde zu satteln, die Gelegenheit geboten hatte, ihre Entscheidung zu ändern, hatte sie es nicht getan. Nachdem sie den Marktflecken über die Mühlenbrücke verlassen hatten und nach vielleicht einer halben Meile einen ihr bisher unbekannten Weg, der in die schon tief stehende Wintersonne hineinführte, einschlugen, hatte die Augustinerin genügend Zeit, über ihre Wahl nachzudenken.

Tat ich es um Rivas oder um meiner selbst willen? Wollte ich in Wahrheit nur Wasmod und Aquila zeigen, daß ich sehr wohl meine eigenen Entscheidungen zu treffen vermag? Auch um den Preis einer falschen Entscheidung?

Es war ein Fehler, ein schrecklicher Fehler. Wir folgen einem Mann, der ein Verräter ist und ein Ketzer und vielleicht gar Schlimmeres. Hier ist seit Tagen niemand mehr entlanggeritten, sonst wäre der Schnee nicht so unversehrt. Doch kann ich mir wirklich sicher sein? Vielleicht hat die Amme ja einen anderen Weg genommen...

Doch das glaubte sie selbst nicht.

Die Reiter wechselten kein Wort miteinander. Der Kaplan ritt voran und führte Rivas Tier am Zügel. Noch ehe sie die Ausläufer des Hügellandes erreicht hatten, war die Kleine im Sattel eingeschlafen. Agnetha bildete den Schluß.

Fernando war unruhig. Der Weg war stellenweise so undeutlich, daß sie immer wieder auf unebenen Grund gerieten und der Schnee fast bis an den Leib des Schimmels reichte. Das Gelände stieg an, Hügel erhoben sich zu beiden Seiten und die Gegend wurde immer unübersichtlicher. Waldesdickicht wechselte mit schneebedeckten Lichtungen, die im Schein der abendlichen Sonne schweigend dalagen. Der vielfach gewundene Pfad, dem sie folgten, war im stetig dichter werdenden Buschwerk kaum mehr zu verfolgen, doch Ludolpho schien ganz genau zu wissen, welche Richtung sie einzuschlagen hatten. Immer wieder sah der Kaplan sich nach ihnen um, als wolle er ganz sicher gehen, daß sie ihm noch immer folgten. Doch selbst wenn sie ihm auf irgendeine Weise die Zügel von Rivas Pferd hätte aus der Hand reißen können, was blieb ihnen mittlerweile anderes übrig? Sie hatten so oft die Richtung gewechselt, daß die Augustinerin bezweifelte, jetzt noch aus eigener Kraft den Rückweg finden zu können, zumal die Schatten immer länger wurden und die versinkende Sonne, cremefarben in einem Bett aus Milch, nur noch dann und wann für Sekunden zwischen den winterschwarzen Bäumen erkennbar wurde.

«Wann sind wir endlich da?» Riva war aus ihrem Dämmerschlaf erwacht.

Ludolpho sah sich kurz im Sattel um: «Es ist nicht mehr weit.»

Agnetha räusperte sich: «Könntet Ihr uns vielleicht verraten, warum um alles in der Welt die Amme einen so gottverlassenen Ort wählen sollte, um uns zu treffen?»

Er wandte seine Aufmerksamkeit wieder dem Pfad zu, doch er antwortete: «Sie hatte Angst, der Bischof könne sie gefangennehmen lassen, weil er ihren Worten mißtraut. Deswegen wollte sie möglichst rasch aus der Gegend von Bodenteich verschwinden.»

«Das kann ich durchaus nachvollziehen, Ludolpho, aber warum sollte sie sich in eine solche Einöde flüchten. Dieselbe Entfernung in Richtung Sonnenaufgang und sie wäre auf dem Gebiet der Markgrafen in Sicherheit.»

«Der Arm des Bischofs ist lang», verkündete der Kaplan sibyllinisch.

Schwester Agnetha unterdrückte ein Lachen: «Und jetzt wollt Ihr mir wahrscheinlich weismachen, ausgerechnet Ihr, Bruder Edgars treuester Diener, möchtet sie vor dem Zugriff der Inquisition bewahren.»

Sie zügelte ihr Pferd: «Ihr müßt Euch schon entscheiden, Ludolpho: Steht Ihr auf der Seite der Inquisition oder steht Ihr gegen sie. Bekämpft Ihr die Ketzerei oder», sie sog tief die Luft ein, bevor sie die entscheidenden Worte aussprach, «unterstützt Ihr sie, indem Ihr Verdächtigen die Flucht ermöglicht. Auf welcher Seite steht Ihr, Kaplan?»

Ludolpho hatte sein Tier ebenfalls zum Stehen gebracht und musterte die Augustinerin kalten Auges. Er öffnete den Mund, doch er wurde der Mühe enthoben, ihr die Antwort zu geben.

«Er steht auf meiner Seite», sagte eine fremde Stimme. «Beantwortet das Eure Fragen?»

Sie hatte diese Stimme noch nie in ihrem Leben vernommen und doch wußte sie, wer der Sprecher war, bevor sie sich in die Richtung umwenden konnte, aus der die Worte ertönt waren.

Der Mann im Dunklen Mantel, auf einen langen Wanderstab gestützt und einen breitkrempigen dunklen Hut auf dem Kopf, der tiefen Schatten über den größten Teil seines Gesichtes warf, lächelte sie an, mit der Freundlichkeit des Fallenstellers, dem das Wild soeben freiwillig in die bereitstehende Grube gegangen ist.

«Was wollt Ihr damit sagen, er ist fortgeritten?» herrschte Siverd von Saldern die Kriegsknechte an.

Sie hatten ihn und seinen Begleiter, den Torwächter Toste, in das Pfarrhaus eintreten lassen, und erst als er unverrichteter Dinge wieder zur Tür herausgekommen war, waren sie mit der Sprache herausgerückt. Unbehaglich wechselten die beiden Männer einen Blick:

«Der Kaplan hat sein Pferd gesattelt und ein Packpferd dazu und dann ist er fortgeritten, Herr. Durfte er das nicht?»

«Das darf doch nicht wahr sein! Habt Ihr nicht mitbekommen, was heute morgen beim Prozeß geschehen ist?»

«Doch, natürlich, aber Vater Ludolpho ist doch einer der Inquisitoren. Wie könnten wir ihn da festhalten?»

Der Söldnerführer wischte sich den Schweiß von der Stirn: «War er allein, als er fortritt oder hat ihn jemand begleitet?»

«Die Augustinerin, Herr, und das kleine Mädchen, Ritter Wilbrands Tochter», sagte der andere Wächter kleinlaut. «Wir glaubten, er sollte sie nach Oldenstadt begleiten oder so...»

«Gottes Blut, Mann! Ihr glaubtet, aber Ihr fragtet nicht einmal nach?»

«Er ist ein Inquisitor, Herr!»

Wortlos wandte Siverd von Saldern sich ab. Es war jetzt keine Zeit, sich mit diesen unfähigen Burschen zu streiten. Er verstand sie ja sogar: Mehr als alles andere, ja selbst als ihren Hauptmann, fürchteten sie Bruder Edgar und die Scheiterhaufen der Heiligen Inquisition. Er brauchte nur einen Seitenblick auf Toste zu werfen und er sah eine Spiegelung dieser Angst. Jeder vernunftbegabte Mensch fürchtete heutzutage den langen Arm der Heiligen Inquisition. Welch ein widernatürliches Geschehen: Gerade die Angst vor der Inquisition würde jetzt vielleicht dafür sorgen, daß der wirklich Schuldige seiner Strafe entging und, viel schlimmer als das: Schwester Agnetha und die kleine Riva waren in tödlicher Gefahr.

Agnetha sah den Mann im Dunklen Mantel an.

«Ich weiß zwar nicht, wer Ihr seid, aber Ihr solltet wissen, daß ich keine Angst vor Euch habe», sagte sie mit einer Ruhe, die sie nicht empfand.

Er trat näher an sie heran: «Ich dagegen weiß, wer Ihr seid, Agnetha von dem Knesebeck, und Ihr tätet gut daran, Angst vor mir zu haben.» Er lächelte. Es war ein Lächeln, das ihr schier den Magen umdrehte. Jetzt war sie froh, daß sie heute morgen so aufgeregt gewesen war, daß sie kaum etwas gegessen hatte, und auch am Mittag war es nicht mehr gewesen als ein kleiner Imbiß.

«Ihr müßt nämlich wissen, ehrwürdige Schwester», er gab diesen Worten eine Betonung, die sie einer Beleidigung gleichkommen ließen, «daß ich das Entsetzlichste bin, das Euch jemals begegnet ist, obwohl... wenn Vater Ludolpho seinen Plan so ausführt, wie er sich das vorstellt, dann mag es gut sein, daß Euch schon in kurzer Zeit etwas noch viel Schrecklicheres begegnen wird.»

Fernando scheute vor ihm zurück, doch der Mann im Dunklen Mantel machte eine beiläufige Handbewegung und augenblicklich stand das Pferd bewegungslos. Agnetha spürte, wie die Flanken des Tieres zitterten. Der Fremde schritt an Agnetha vorbei und näherte sich der kleinen Riva. Das Mädchen starrte ihn mit großen Augen an, in denen ein Ausdruck lag, der mehr war als Furcht.

Wer Furcht hat, dachte Agnetha, der hat vielleicht noch Hoffnung, dem Verhängnis doch noch zu entgehen. Die Kleine aber hatte sich mit ihrem Schicksal abgefunden.

Vater Ludolpho trat an die Augustinerin hinzu und legte seine Hand auf ihren Arm. Agnetha spürte es durch den groben Stoff ihres Reisemantels: Sie war heiß und feucht. Angewidert zuckte die Nonne zurück, doch Ludolpho ließ sie nicht los und verstärkte den Druck noch.

«Eurem Freund, dem Falkenmeister, haben wir es zu verdanken, daß Bennos Tochter ihre Aufgabe nicht erfüllen konnte. Zwölf dunkle Apostel, Schwester Agnetha, ein Hohepriester, und eine Jungfrau... und der, den wir erwarten. Der, der neu geboren werden muß.»

Der Mann im Dunklen Mantel näherte sich von der anderen Seite her:

«Was Vater Ludolpho Euch zu erklären versucht, meine Liebe, ist, daß er durch seine Unachtsamkeit leider die Jungfrau verloren hat, die den Dunklen Herrn – wie nennt Ihr ihn: den Roten Drachen? – bereits empfangen hatte. Dafür wird er natürlich noch bestraft werden.»

Der Fremde sagte auch den letzten Satz ganz beiläufig, doch Agnetha spürte, wie sich die Hand des Kaplans, die noch immer auf ihrem Arm ruhte, verkrampfte. Doch er lief nicht weg.

Er hat sich der dunklen Seite vollkommen ergeben. Er muß den Weg bis an sein Ende gehen.

«Glücklicherweise», fuhr der Mann im Dunklen Mantel mit erhobener Stimme fort, «glücklicherweise hat uns das Schicksal gleich zwei Jungfrauen in die Hände gespielt.»

«Heilige Maria, Mutter Gottes!» flüsterte Agnetha entsetzt. «Nicht das Kind, bitte! Was immer Ihr vorhabt, nehmt mich, nicht das Kind.»

Fast beleidigt schüttelte der Fremde den Kopf: «Also wirklich, ehrwürdige Schwester! Hört Ihr mir denn gar nicht zu? Wir brauchen eine Jungfrau, die den Dunklen Herrn empfangen soll. Da können wir kein fünfjähriges Mädchen gebrauchen. Sie wird den Dunklen Aposteln zur Unterhaltung dienen.»

Agnetha handelte blitzschnell. Ihre Hände, die sie bisher vor der Kälte in den Ärmeln ihres Reisemantels verborgen hatte, schnellten vor. In jeder von ihnen blitzte ein Dolch. Die Linke, fast beiläufig geführt, und doch mit aller Kraft, über die die Nonne verfügte, fand ihr Ziel in Vater Ludolphos Schulter, glitt am Schlüsselbein ab und bohrte sich in seine rechte Brustseite. Der Kaplan stieß einen entsetzten Schrei aus, in dem sich völlige Überraschung und der einsetzende Schmerz vermengten. Seine Hand ließ den Arm der Augustinerin los und er taumelte zurück.

Ihre Aufmerksamkeit hatte die Augustinerin auf den Dolch in ihrer Rechten gerichtet. Der Mann im Dunklen Mantel stand einen halben Schritt entfernt, doch wenn Agnetha es wagte, sich im Sattel nach vorne zu werfen und einen Sturz zu riskieren, konnte sie ihn erreichen. Ihre Hand mit dem Dolch schoß vor, die Waffe stieß in den ungeschützten Hals des Fremden und... durch ihn hindurch wie durch Luft. Die Nonne verlor das Gleichgewicht und stürzte an genau der Stelle, an der soeben noch der Fremde gestanden hatte, schmerzhaft auf den hartgefrorenen Waldboden.

Für einen Augenblick raubte der Schmerz ihr die Sinne. Sie spürte, daß die Wunde in ihrer Schulter wieder aufgebrochen war und zähflüssiges Blut in den Stoff des Reisegewandes sickerte. Auch auf ihren Lippen schmeckte sie Blut. Im Fallen hatte sie sich auf die Zunge gebissen.

Den Dolch, mit dem sie Ludolphos Schulter durchbohrt hatte, hatte sie im Sturz fallen gelassen, doch die andere Waffe hielt sie noch immer umklammert. Mühsam stützte sich die Nonne auf einen Arm und ließ sich sogleich wieder zurücksinken, als ein sofort einsetzender Schmerz ihr verkündete, daß etwas in ihrem Handgelenk gebrochen war. Ein paar Schritte entfernt war das Gewimmer des verletzten Kaplans zu hören.

Herr im Himmel, gib, daß ich gut getroffen und diese Kreatur zur Hölle geschickt habe!

«Ihr werdet jetzt wieder aufstehen», sagte unvermittelt die Stimme des Fremden in jenem erschreckend freundlichen Tonfall.

Zu ihrem Entsetzen spürte sie, daß ihr Körper ihm gehorchte. Die Verbindung zwischen ihrem Willen und den Muskeln ihres Körpers war blockiert wie durch ein erstickendes Kissen. Sie versuchte, ihren Körper zum Erschlaffen zu zwingen, doch er verweigerte ihr diesen Dienst.

Ach, könnte ich doch einfach hier liegenbleiben. Sicher, es ist kalt und in ein oder zwei Stunden würde ich tot sein, doch wäre das wirklich das Schlimmste? Was er auch mit mir vorhaben mag, es wird gewiß schlimmer sein als ein rascher Tod. Heilige Mutter Maria, gib, daß ich widerstehe.

Doch sei es, die so oft um Beistand Angeflehte hatte ihr Angesicht endgültig von der Abtrünnigen abgewandt, sei es, der Himmel war tatsächlich leer und nichts anderes wachte über Agnetha als ihr eigenes Gewissen, langsam stützte sich der Leib der Augustinerin auf und sie erhob sich.

Der Fremde blickte sie lächelnd an.

«Was geschieht mit ihm?» fragte sie und ließ ihren Blick zu Ludolpho wandern.

«Er ist jetzt uninteressant. Seine Aufgabe ist erfüllt. Er hätte besser auf die Müllertochter achtgeben sollen. Nun wird er wohl in der Wildnis verrecken, denke ich.»

«Ihr wollt sagen, Ihr wußtet, daß ich...»

«Daß Ihr Eure Dolche hattet? Natürlich. Was glaubt Ihr? Fast eine Amazone, ehrwürdige Schwester. Ganz beachtlich. Hättet Ihr ein wenig mit Eurem Falkenmeister-Freund geübt, wer weiß – vielleicht hättet Ihr Freund Ludolpho die Kehle aufgeschlitzt. Aber laßt ihn jetzt. Wir werden erwartet.»

Einen Augenblick lang hielt er inne und für die Dauer eines Wimpernschlages schien es ihr, als lausche er in die Ferne auf etwas, das ihr eigenes Gehör nicht vernehmen konnte, doch als er weitersprach, hatte er sich wieder unter Kontrolle und seine Worte hatten den gewohnten hohnvoll-freundschaftlichen Klang.

«Ich denke, wir machen uns jetzt besser auf den Weg», sagte er und wandte sich ab, ohne darauf zu achten, ob sie ihm folgte oder nicht.

Aber was hatte sie auch für eine Wahl? Riva saß regungslos im Sattel, ihr Geist befand sich offenbar in seiner Gewalt. Wohin hätten sie beide fliehen sollen?

Agnetha beobachtete, wie der Mann im Dunklen Mantel zwischen den Bäumen verschwand und folgte ihm.

«Magnifizenz! Magnifizenz!»

Der Ruf tönte aus dem Burghof empor. Wasmod von dem Knesebeck blickte besorgt hinüber zum Falkenmeister, der am Fenster stand und seinen Blick nach draußen richtete.

«Das klingt nicht nach einer guten Nachricht», murmelte er.

«Es ist Toste, der Torwächter. Er hat es anscheinend sehr eilig.» Aquila hob die Stimme: «Was ist los, Mann?»

Toste blieb stehen und blickte zum Fenster hinauf: «Der Kaplan ist geflohen, Herr, und er hat Schwester Agnetha und die kleine Herrin Riva mitgenommen!»

«Verdammt nochmal!» fluchte Wasmod. «Habe ich richtig gehört, Aquila? Sie kann doch unmöglich so dumm sein!»

Langsam drehte sich der Falkenmeister zu ihm um und der päpstliche Legat konnte selbst im unbestimmten Zwielicht des Abends, das sich bereits mit dem unruhigen Flackern des Kaminfeuers mischte, erkennen, daß Aquilas Antlitz schreckensbleich war.

«Ich kann mir nicht vorstellen, daß Eure Schwester ahnungslos gegangen ist, Wasmod», sagte er leise. «Sie wußte, daß Ludolpho wahrscheinlich ein gefährlicher Ketzer ist.»

«Und trotzdem soll sie gegangen sein?»

«Nicht trotzdem», seufzte er, «sondern gerade deswegen. Sie ist gegangen, um uns zu beweisen, wozu sie in der Lage ist. Habt Ihr denn noch immer nicht bemerkt, in welchem Maße sie sich in den letzten Monaten verändert, welche Stärke sie gewonnen hat? An Ludolphos Stelle würde ich mich sehr vorsehen vor unserer Augustinerin. Doch das ändert nichts daran, daß sie in großer Gefahr ist. Wir müssen sofort aufbrechen, um sie zu suchen.»

«Und wie wollt Ihr sie suchen, Meister Aquila, mitten in der

Nacht?» Zu ihrer Verblüffung erkannten die beiden Männer, daß Bischof Konrad höchstselbst die Treppe heraufkam und zu ihnen trat.

«Es wird Abend», sagte er, «wir haben keine Stunde Tageslicht mehr. Selbst wenn ich Euch – vorläufig – aus Eurer Haft entlassen sollte, so kann Ludolpho doch schon Stunden weit entfernt sein. Wo wolltet Ihr da mit der Suche beginnen? Wißt Ihr es?»

«Ich weiß es nicht», gab der Falkner zu, «doch ich glaube, ich kenne jemanden, der es weiß.»

Meister Emil genoß es ganz augenscheinlich, wieder einmal im Mittelpunkt des allgemeinen Interesses zu stehen. Wenn die meisten der ihn umgebenden Gesichter skeptische Mienen trugen, so schien ihn dieser Umstand keineswegs zu stören. Der Alte wirkte gesünder als in den letzten Wochen. Sein chronischer Husten belästigte ihn heute kaum. Meister Emil sprach laut und sogar halbwegs deutlich.

«Der Platz, an dem Kloppodek den Roten Drachen gesehen hat? Ob ich mich daran erinnere?»

Der Falkenmeister wechselte einen Blick mit Adrian, und Ritter Wilbrands Sohn nickte:

«Ihr habt mir so oft davon erzählt, Meister Emil, und ich glaube, ich würde auch alleine hinfinden, doch ganz sicher bin ich mir nicht.»

«Nichts würdet Ihr!» fuhr der Alte auf. «Ihr würdet Euch in den Hügeln verirren, bestenfalls. Schlimmstenfalls würdet Ihr ihnen direkt in die Hände laufen!»

«Den Drei Dämonen?» fragte der Falkner.

Der Alte musterte Aquila: «Der junge Herr Adrian vielleicht, wenn seine Eminenz ihn gehen ließe, aber nicht Ihr. Ihr würdet sie spüren, bevor Ihr sie erreichtet, Falkenmeister. Daß Ihr der seid, der Ihr seid, gibt Euch dieses eine Mal einen großen Vorteil. Und diesen Vorteil müßt Ihr nutzen, denn er ist Schwester Agnethas einzige Hoffnung.»

«Wovon spricht dieser Mann?» wollte der Bischof wissen. «Wer seid Ihr wirklich, Meister Aquila? Sagt es mir, und im Namen Gottes, seid unbesorgt: Ihr steht nicht länger vor Gericht!»

Der Falkner blickte zu Magister Wasmod. Der Gesandte seiner Heiligkeit schüttelte den Kopf und ergriff selbst das Wort:

«Noch ist es nicht an der Zeit, dies zu enthüllen, Eminenz. Vertraut mir bitte. Zu gegebener Stunde wird Euch dies – und mehr – berichtet werden. Glaubt mir nur, daß der Einsatz in diesem Spiel höher ist, weit höher, als irgendeiner von uns überhaupt ermessen kann. Jetzt aber sind andere Dinge vordringlich.

Meister Emil, meine Sänfte ist groß genug auch für zwei Männer. Fühlt Ihr Euch kräftig genug, uns in die Hügel zu begleiten?»

«Ich täte alles für die Familie Ritter Wilbrands, und auch für die Augustinerin. Wenn Ihr bereit seid, so bin ich es auch.»

Wasmod von dem Knesebeck blickte den Bischof an: «Nun liegt es an Euch, Eminenz. Gebt Ihr Eure Erlaubnis?»

Langsam nickte Bischof Konrad: «Ich will nicht behaupten, zu verstehen, was hier geschieht, doch es heißt, daß Gott und seine Heiligen mit den Kühnen und Tapferen sind, wenn sie für eine gerechte Seite streiten. Mittlerweile habe ich keine Zweifel mehr, daß der Falkenmeister ein ehrlicher und... nun denn, hinreichend gläubiger Mann ist. Aber selbst wenn ich mein Einverständnis gebe, so kann und darf doch Siverd von Saldern als Büttel des Herzogs unter gar keinen Umständen erlauben, daß Meister Aquila diese Suche anführt.

Außerdem werde ich nicht zulassen, daß Adrian und Gerolf von Bodenteich die Burg verlassen. Ich habe den Falkenmeister als einen der Familie seines Herrn bedingungslos ergebenen Mann kennengelernt. Wenn sie hierbleiben, wird auch er zurückkehren.

Siverd von Saldern, Ihr übernehmt den Befehl! Meine Gebete begleiten Euch, und möge Gott der Herr mit Euch sein!»

«Das Wort seiner Eminenz bindet die Söhne Ritter Wilbrands, doch nicht mich», sagte Werner von Langenapel, als sie von Bischof Konrad Abschied genommen hatten und den Bergfried verließen. «Ich werde Euch begleiten.»

Unwillig blickte Wasmod, der sich auf die Schultern Adrians und Gerolfs stützte, ihn an.

«Mit Verlaub, Magnifizenz, aber ich denke, nach allem, was der Orden des Tempels und ich selbst für Euch und die Euren getan habe, verdiene ich, an diesem Plan teilzuhaben. Außerdem hat seine Eminenz weder Meister Emil noch den Falkenmeister noch – bei allem gebotenen Respekt – Euch selbst zum Anführer dieser Suche bestimmt, sondern den edlen Ritter Siverd.»

Der Gesandte seiner Heiligkeit warf ihm einen kurzen Seitenblick zu: «Dann nehmt Euch ein Beispiel an ihm und haltet Euch aus Dingen heraus, die Ihr nicht versteht.»

«Ich bin der Beauftragte des Tempels von Jerusalem!» sagte Ritter Werner und seine Stimme war gefährlich leise.

«Und wir danken Euch und den Rittern des Tempels für ihre mannigfaltige Unterstützung», erwiderte der Magister versöhnlicher und drehte sich ganz zu Ritter Werner um. «Hier aber könnt Ihr uns nicht weiterhelfen, oder was denkt Ihr, Meister Emil?»

Der alte Baumeister hatte zu ihnen aufgeschlossen: «Kaum.»

«Wie seine Magnifizenz weiß ich, daß Ihr ein überaus ehrenwerter Mann seid, Ritter Werner», sagte der Falkenmeister. «Die Söhne meines Herrn und auch ich selbst verdanken Euch unser Leben. Doch, und ich bitte Euch, mir diese Ehrlichkeit zu gestatten: Ich fürchte den Ehrgeiz des Tempels. Und ich werde auf keinen Fall dazu beitragen, ihm den Weg an jenen geheimen Ort zu öffnen, den nur so wenige betreten dürfen.»

Ritter Werner warf noch einen kurzen Blick auf Siverd von Saldern, doch als sich der Söldnerführer nicht rührte, nickte er besonnen zu Magister Wasmod: «Ihr wißt, daß ich den Versuch machen mußte.»

«Und Ihr wißt, daß ich ablehnen mußte. Ich brauche Euch nicht zu sagen, wie empfindlich das Gleichgewicht der Kräfte in dieser wie in jener Welt ist. Es ist, wie der Falkenmeister es ausdrückte: Ihr seid ein ehrenwerter Mann, doch wie könnten wir erwarten, daß Ihr dieses Wissen vor Euren Ordensbrüdern geheimhaltet? Der Tempel ist mächtig, Ritter Werner. Und er hat Männer wie Bruder Jacques. Die Folgen wären unvorhersehbar.»

Ritter Werner verneigte sich: «Dann gehen alle meine Hoffnungen mit Euch, Magnifizenz.»

«Und was ist mit uns?» fragte Gerolf. «Der Bischof hat vielleicht Angst vor dem Herzog, aber er weiß jetzt ganz genau, daß wir unschuldig sind. Es geht um unsere Schwester und um unsere Lehrerin! Warum sollten Adrian und ich hier bleiben?»

Seufzend sah Wasmod von dem Knesebeck ihn an: «Ich war bereits überrascht, wie lange Ihr schweigen könnt, junger Herr von Bodenteich. – Glaubt mir, daß beide Schicksale, das Eurer und das meiner Schwester, so in den besten Händen liegen. Ihr bleibt hier und wir werden nicht darüber verhandeln. Wir haben auch so wahrlich genug Unfrieden in Bodenteich. Also kein Wort mehr, Gerolf von Bodenteich! Ritter Werner, nehmt dies!»

Er zog den Ring mit dem päpstlichen Siegel von seinem Finger.

«Bald wird ein anderer an seine Stelle kommen», sagte er mit einem Seitenblick auf den Falkenmeister, doch schon galt seine Aufmerksamkeit wieder dem Tempelritter. «Ganz gleich, was der Bischof sagt – doch er wird wahrscheinlich kaum mehr in der Stimmung sein zu widersprechen: Wenn wir nicht zurückkehren, bringt Ihr Ritter Wilbrands Söhne nach Braunschweig und gebt Herzog Heinrich diesen Ring. Er sollte ihnen Stellen im Kanonikerstift von Sankt Blasius verschaffen können. Erscheint Euch dies zu unsicher... der Weg nach Orvieto ist weit, doch mein Name sollte Euch die notwendigen Türen öffnen. Wollt Ihr das für mich tun?»

Werner von Langenapel lächelte: «Eure Wünsche sind nicht eben bescheiden zu nennen.»

«Wenn Ihr wüßtet, was ich weiß, Ihr würdet allen Heiligen auf Knien danken, daß der Tempel sich den Legaten des Heiligen Vaters auf solch einfache Weise verpflichten kann.»

Die Blicke der beiden Männer trafen sich und Werner von Langenapel war es, der seine Augen als erster niederschlug.

«Wahrscheinlich habt Ihr recht, Magnifizenz. Ich werde tun, worum Ihr mich bittet, nicht allein aufgrund Eurer Worte oder weil es mein eigener Wunsch ist, Ritter Wilbrands Söhnen diesen Dienst zu erweisen, nein...» Er zögerte noch einen Augenblick und sah die Umstehenden der Reihe nach an: «Für den Fall, daß Ihr nicht zurückkommt, sollten wir alles daransetzen, möglichst schnell eine möglichst große Entfernung zwischen uns und Bodenteich zu bringen.»

Wieder war es Gerolf, der lautstark protestierte: «Wir dürfen nicht mitkommen, wenn Ritter Siverd, ein Mann, der uns eben noch bekämpft hat, mit unserem Falkenmeister, einem Alten und einem Krüppel loszieht, um vielleicht unsere Schwester zu retten, und nun sollen wir auch noch unsere Heimat im Stich lassen!»

Aquila sprach leise und seine Stimme war voller Trauer: «Ich hatte gehofft, Euch gelehrt zu haben, junger Herr, daß es Dinge gibt, bei denen die Stärke des Armes wenig vermag, die Schärfe des menschlichen Geistes jedoch umso mehr.»

«Und da sieht es bei mir nicht so gut aus, das weiß ich selbst. So dumm bin ich nun auch wieder nicht. Ich weiß sehr wohl, worum es geht, wenn Meister Emil ins Spiel kommt. Aber wie wollt Ihr Drachen und Dämonen mit den Thesen des Heiligen Bernhard und des Doktors von Aquin beeindrucken?»

Der Falkenmeister seufzte: «Habt Ihr denn wirklich nichts von dem verstanden, das ich Euch gelehrt habe? Ja, das Böse ist mächtig, sehr mächtig sogar, aber auch die andere Seite, die... Kräfte des Guten haben ihre Macht an eben derselben Stelle wie die des Bösen: Im Geist und im Herzen der Menschen und Dinge. Das ist das einzige Geheimnis: Ein Dämon, vor dem Ihr keine Furcht habt, ist eine sehr schwache, ja lächerliche Kreatur.»

«Und Ihr habt keine Furcht vor ihm?» fragte jetzt Adrian ungläubig. Es war das erste, was er sagte, seit sie den Bergfried verlassen hatten.

Aquila schüttelte den Kopf. Ein bitteres Lächeln lag auf seinen Lippen: «Wer seinen Feind nicht fürchtet, der ist ein Narr. Doch der Magister, Meister Emil und ich wissen einiges von dem Geheimnis, das diesen Dämonen umgibt. Wir fürchten ihn noch immer, und wir haben allen Grund dazu. Doch mit dem Schleier des Geheimnisses hat er einen Teil seiner Stärke verloren.»

«Aber es ist doch nicht dieser Drache allein», wandte Siverd von Saldern ein. «Der Kaplan hat die Augustinerin und Ritter Wilbrands Tochter entführt – und gewiß hat er Verbündete.»

«Was vermögen die menschlichen Glieder ohne die Macht des Geistes, der allein sie lenkt, Ritter Siverd?» fragte Wasmod von dem Knesebeck. «Ich sage nicht, daß die Götzenanbeter keine Gefahr darstellen, doch wichtiger ist es, gegen jenen einzuschreiten, den sie aus seinem unheiligen Schlaf wecken wollen. Wir müssen es verhindern, um Schwester Agnethas und Rivas Willen, aber auch, weil der dunkle Schatten, der seit so langer Zeit auf diesem Lande lastet, es sonst aufs neue ersticken und bedrücken wird. Und die Zeit wird knapp, meine Freunde.

Er hat seine Heimlichkeiten aufgegeben, um Schwester Agnetha aus unserer Mitte zu entführen. Die Tatsache, daß er dieses Risiko eingegangen ist, kann nur bedeuten, daß sie eine zentrale Rolle in seinem Plan spielen soll. Nun ist sie in seiner Hand, und wir müssen davon ausgehen, daß er mächtiger ist denn je.

Wenn er erst seine volle Macht erlangt hat, wird er uns nicht länger hier, in dem Land, das er einst beherrscht hat, dulden. Glaubt mir, auch hier in Bodenteich werdet Ihr seinen feurigen Atem früh genug spüren. Und wenn jene Mächte im Spiel sind, die ich hier am Werke vermute, dann haben sie die Stärke, ein Inferno zu entfesseln, gegen das sich der Brand des Marktfleckens ausnimmt wie ein gemütliches Kaminfeuer.»

Während die Sonne in einem Meer aus Blut hinter den Hügeln jenseits der Aue ertrank, machten sich Siverd von Saldern und seine Söldner zum Aufbruch bereit, und ebenso rüstete sich der Falkenmeister. Wenige Schritte entfernt bestiegen der Magister und Meister Emil ihre Sänfte. Der Bischof hatte es sich nicht nehmen lassen, zuverlässige Packpferde aus seinem eigenen Gefolge zur Verfügung zu stellen, welche die abenteuerliche Konstruktion mitsamt den beiden Männern tragen würden.

«Hat er Euch jemals mehr von dem Roten Drachen erzählt als uns?» wandte sich Gerolf an den Falkenmeister, als dieser Corrado aus den Stallungen in den Burghof führte.

Aquila nickte knapp: «Wir haben ein oder zweimal über ihn gesprochen. Doch wichtiger ist, daß ich auf eine schwer zu beschreibende Weise bereits an dem Ort war, an dem sich jetzt vielleicht Schwester Agnetha aufhält. Ob dies auch die Heimat des Roten Drachens ist, weiß ich nicht. Sagen wir, ich habe an jenem Ort jemanden getroffen, der ihn kennt.»

Erstaunt sah Ritter Wilbrands jüngster Sohn ihn an: «Dann habt Ihr tatsächlich Zauberei getrieben?»

Der Falkner lächelte schief: «Ihr wißt, daß ich mich mit vielen Kräutern und Substanzen auskenne. Einige von ihnen sind nicht allein sehr nützliche Heilmittel, sondern haben daneben noch andere, den meisten Menschen unbekannte Wirkungen. Es ist allein eine Frage der Dosierung und, zugegeben, der Bereitschaft zum Experiment, sich mit den Möglichkeiten vertraut zu machen. Eine der Wurzeln, die ich häufig verwende, um Verletzten die Schmerzen zu nehmen oder die Qualen derer zu lindern, an denen die grausame Krankheit zehrt, die man hier in Deutschland den ‚Wolf' nennt, vermag zu einem Sud aufgekocht den Geist desjenigen, der den Mut dazu aufbringt, auf weite Reisen zu schicken, hin zu weit entfernten, unbekannten Zielen.»

«Ihr meint, Ihr trinkt diesen Aufguß und könnt fliegen wie der Flügelknabe Ikarus in Schwester Agnethas Schriften?» staunte Gerolf. «Aber dann hätte die Amme doch recht gehabt!»

«Ich spreche nur von Reisen im Geiste!» erwiderte Aquila streng. «Und auch diese sind sehr gefährlich. Niemals wäre ich dieses Risiko eingegangen, hätte ich nicht dringende, überaus bedeutsame Gründe gehabt. Wie leicht kann man sich in den Abmessungen der notwendigen Menge verschätzen. Das wäre dann eine Reise ohne Wiederkehr. Im übrigen haben mich diese Reisen an Orte geführt, an die mich auch die Flügel des Ikarus nicht gebracht hätten. Und ich zweifle nicht daran, daß andere selbst mit Hilfe dieser bewußten Wurzel nicht an jenen Ort gelangen könnten, an den, wie ich vermute, Ludolpho Schwester Agnetha zu bringen gedenkt.»

«Aber warum könnt Ihr es?» bohrte jetzt Adrian.

«Weil ich der bin, der ich bin», sagte Aquila leise. «Hat nicht auch Meister Emil das gesagt?»

«Aber was meinte er damit, Aquila? Warum wollt Ihr es uns nicht verraten?»

«Weil es ein Geheimnis ist, das in seiner Bedeutung alles, was in Eurem kleinen Sumpfflecken geschieht, weit in den Schatten stellt», sagte eine neue Stimme. Werner von Langenapel war unbemerkt zu ihnen getreten. «Die Wahrheit brächte Euch alle in eine Gefahr, die weit größer ist, als Ihr überhaupt ahnen könnt.»

Adrian sah nachdenklich zwischen ihm und dem Falkenmeister hin und her, hob dann aber nachgebend die Schultern: «Wenn Ihr mich fragt, kann es viel schlimmer nicht mehr kommen, aber wenn es Euer Wille ist, werde ich nicht weiter fragen. Ich weiß längst, wer Aquila wirklich ist.»

Die beiden Männer hielten den Atem an.

«Der vertrauenswürdigste Freund und Lehrer, den man sich überhaupt vorstellen könnte», sagte Adrian von Bodenteich ruhig. «Und mehr brauche ich nicht zu wissen, um ihn höher zu schätzen und zu achten als jeden anderen Menschen.»

Der Templer verzog den Mund zu einem Lächeln, das wohl milden Spott ausdrücken sollte, der sich aber mit – eingestandenem oder uneingestandenem – Respekt mischte.

Stumm legte der Falkner seinem Schüler eine Hand auf die Schulter. Dann stieg er in den Sattel und trieb Corrado an die Spitze des Zuges. Adrian blieb verwirrt zurück. Hatte er eben, für einen Lidschlag nur, eine Träne in den Augen des Falkenmeisters gesehen?

Nebel zwischen den Bäumen.

Längst schon wußte Schwester Agnetha nicht mehr, wo sie sich befand oder wieviel Zeit vergangen war, seit sie den Spuren des Mannes im Dunklen Mantel in das fast undurchdringliche Dickicht des abendlichen Waldes gefolgt war. Inzwischen war die volle Dunkelheit der Nacht hereingebrochen. Der Schmerz der wieder aufgebrochenen

Wunde erfüllte Agnethas gesamten Körper mit Schwindel und Übelkeit und nahm ihr fast das Bewußtsein. Hin und wieder steigerte sich das Pochen zu einem Wirbelsturm der Schmerzen, und ein oder zweimal glaubte sie, ihr fehle die Kraft selbst für den nächsten Atemzug. Trotzdem stolperte sie weiter, setzte taumelnd einen Fuß vor den anderen, und wenn sie ein um das andere Mal in das Dornengebüsch stürzte, so erhob sie sich wieder, geleitet von einer Kraft, die, wie sie wußte, nicht die ihre war.

Die kleine Riva folgte ihr, Agnetha wußte es, geleitet von der selben unheiligen Macht, die auch die Augustinerin in ihrem Bann hielt.

Ich muß ihr helfen, dachte die Nonne in dem schmalen Winkel ihres Bewußtseins, in den sich ihr Geist längst zurückgezogen hatte. Sie schafft es nicht allein. Aber ist es nicht eine Gnade, wenn sie es nicht schafft? Sollen diese Teufel doch mit mir ihren Mutwillen treiben, wenn ihnen nur dieses Kind – so oder so – entgeht!

Der Schnee lag hoch. An einigen Stellen reichte er ihr bis an die Knie, doch Schwester Agnetha nahm die eisige Kälte kaum war. Ihr ganzes Trachten war darauf ausgerichtet, in der weglosen Wildnis voranzukommen, in Richtung auf das unbekannte Ziel, das ihr der Herr über ihren Geist gesetzt hatte. Obwohl sie gar nicht imstande war, Rücksicht auf die Bedürfnisse ihres geschwächten Körpers zu nehmen, kam sie trotz allem nur langsam voran. Das sperrige Unterholz wurde immer dichter, Wurzelwerk lag unter der Schneedecke verborgen, und zu allem Überfluß fiel das Gelände nun auch noch steil ab.

Agnetha strauchelte, doch ihre tastende Hand fand für einen Augenblick Halt im trockenen Astwerk eines kahlen Baumes. Doch als sich die Augustinerin eben wieder in die Höhe ziehen wollte, brach der dürre Ast mit vernehmlichem Knacken und sie verlor endgültig das Gleichgewicht. Zoll um Zoll rutschte sie den immer steiler werdenden Abhang hinab. Agnetha hörte, wie der feste Stoff ihres Reisegewandes – ein Geschenk der Mutter Priorin – zerriß, als er sich irgendwo im Unterholz verfing. Schneller und schneller stolperte sie den Abhang hinab, schon war es mehr ein Stürzen als ein Gleiten, bis sie schließlich von einem in der Dunkelheit fast unsichtbaren Dornengestrüpp gebremst wurde und keuchend zum Stehen kam, während ihr Herz wild in der Kehle jagte.

Sie blickte um sich. Überrascht gewahrte sie, daß sie nun ein ganzes Stück weit sehen konnte. Zwischen wirren Wolkenfetzen treibend beleuchtete ein voller Mond ein schneebedecktes, völlig ebenes Gelände, auf dem sich kein Baum mehr erhob, sondern einzig hier und da eine verkrüppelte Birke. Bei wärmerer Witterung mußte dies ein gewaltiger Sumpf sein.

Agnetha vernahm lautes Geraschel hinter sich. Als sie sich umwandte, kam soeben die kleine Riva den Hang hinabgerutscht und blieb neben ihr stehen. Die Augen des Kindes waren noch immer blicklos.

Die Augustinerin richtete ihre Aufmerksamkeit wieder auf den Sumpf. Vielleicht zweihundert Fuß entfernt, erkannte sie jetzt, erhob sich aus dem gefrorenen Morast der nachtdunkle Umriß eines gewaltigen Felsens. Der kleine Teil ihres Bewußtseins, welcher noch ihr gehörte, stutzte. Bisher hatte sie geglaubt, zu wissen, wo sie sich befand: In jener Gegend, in der Meister Emil und der längst verstorbene Kloppodek dereinst dem Roten Drachen begegnet waren. Doch von diesem mächtigen Felsen, der hunderte von Fuß in den Himmel ragte, hatte er niemals gesprochen, noch hatte die Augustinerin jemals davon gehört, daß sich irgendwo in der Umgebung von Bodenteich derartige steinerne Klippen befinden sollten.

Doch ihre Zweifel waren unerheblich. Schon wurde der Zwang wieder übermächtig, der sie voran zog, auf das geisterhafte Felsengebilde zu, das es eigentlich nicht geben durfte und zu dessen Füßen sie jetzt, als ihre unsicheren Schritte sie weiter vorantrugen, eine Öffnung erkannte, halb verborgen hinter Buschwerk: Den versteckten Eingang zu einer Höhle.

Es waren vielleicht zwei Dutzend Gestalten, die von der Sumpfburg aus eilig in die zunehmende Dunkelheit hinein losritten. Seit Meister Emil sich bereit erklärt hatte, den Zug zu begleiten, war kaum eine halbe Stunde vergangen, doch diese Zeitspanne hatte ausgereicht, jeden einzelnen Dorfbewohner von der Flucht des Kaplans und dem bevorstehenden Aufbruch der Reiter zu unterrichten. Als sich der Zug der Mühle näherte, drängten sich dort alle, die in Bodenteich noch fähig waren, einen längeren Marsch zu überstehen, und forderten mit lauter Stimme, den Suchtrupp begleiten zu dürfen.

Mit harschen Worten lehnte Siverd von Saldern das Ansinnen ab: «Haltet uns nicht auf, Männer! Wir sind in Eile! Ihr Dörfler könnt nicht mithalten mit der Schnelligkeit unserer Pferde!»

Doch die Bewohner des Fleckens waren nicht so ohne weiteres bereit, klein beizugeben. Der Schmied, ein gedrungener Alter, dessen rötlichgrauer Bart sich in zwei zottige Spitzen gabelte, stellte sich dem Statthalter des Tempelordens in den Weg. Der Bart zitterte, doch seine Stimme war fest:

«Die Tochter unseres Herrn ist in Gefahr! Wir lassen nicht zu, daß ihr Schicksal in den Händen derjenigen liegen soll, die schon ihrem Vater ein ungewisses Los beschert haben! Wenn Ihr sie suchen wollt, werden wir Euch begleiten!»

Ritter Siverd blickte zu Aquila hinüber.

«Geht nach Hause, Männer und Frauen von Bodenteich!» sagte der Falkenmeister laut. «Wenn wir Schwester Agnetha und die kleine Herrin Riva noch retten wollen, dann müssen wir schnell sein und vor allem unauffällig. Kämt Ihr mit uns, Ihr würdet ihnen nicht helfen. Bewahrt die Burg und den Marktflecken für das Geschlecht Ritter Wilbrands. Wer weiß, wozu Vater Ludolphos Verbündete in der Lage sind, wenn niemand den Burgflecken hütet? Vor einem Mondwechsel haben wir Seite an Seite für das Recht und das Leben Adrians und Gerolfs gekämpft. Nun bittte ich Euch, schützt noch einmal die Söhne Ritter Wilbrands und sorgt dafür, daß die Tochter des Herrn von Bodenteich hier noch etwas vorfindet, zu dem sie zurückkehren kann.»

Zögernd nickte der Schmied, und schließlich traten die Dorfbewohner beiseite und ließen den Reiterzug schweigend passieren. Doch kein Segenswunsch, kein Anfeuerungsruf ertönte. Sie blickten den Davonreitenden nach. Fast alles hatten sie verloren, und in dieser Nacht würden sie, wenn es von ihnen verlangt wurde, auch das Letzte riskieren, was ihnen geblieben war.

Auf Anweisung des alten Mannes schwenkte der Reiterzug schon bald in Richtung Sonnenuntergang. Ritter Werner hätte die Schar ohnehin in diese Richtung geführt. Noch genügte das Licht, um im Schnee, der den Pfad bedeckte, die Spuren mehrerer Pferde auszumachen.

Siverd von Saldern und der Falkenmeister bildeten die Spitze, gefolgt von der zwischen zwei Pferde gespannten Sänfte, die den päpstlichen Legaten und Meister Emil trug. Am Schluß ritt eine Schar herzoglicher Söldner.

Der Gesandte seiner Heiligkeit lehnte schwer an der Rückwand der Sänfte und zuckte bei jeder Erschütterung schmerzhaft zusammen. Seine Haut war aschfahl und trotz der Kälte naß vor Schweiß, doch seine Augen musterten den alten Mann, der ihm, gleich dem Magister selbst bis unter das Kinn mit wärmenden Fellen zugedeckt, gegenübersaß, mit großer Aufmerksamkeit.

«Ihr seid ein über alle Maßen erstaunlicher Mann, Meister Emil», sagte Wasmod von dem Knesebeck, nachdem sie bereits eine geraume Weile unterwegs waren, «Euer Geist weiß um sehr viele Dinge!»

«Eurer nicht?» erwiderte der Alte fast unfreundlich.

Der Gesandte seiner Heiligkeit nickte mit einem leisen Lächeln: «Das will ich nicht leugnen. Deswegen bin ich ein Magister der Wissenschaften. Und aus diesem Titel erfährt ein jeder am Hofe seiner Heiligkeit in Orvieto, daß er mich um Rat fragen kann.»

«In Bodenteich weiß auch jeder, daß er mich um Rat fragen kann. Ist es mir möglich, so helfe ich ihm. Meistens bin ich bei der Schweinehut hinten im Eichenforst. Das Mädchen und ich, wir hüten dreiundzwanzig Schweine.»

«Dreiundzwanzig?» Der Magister nickte anerkennend. «Und dabei habt Ihr noch Zeit, Euch Gedanken um diese Drei Dämonen zu machen?»

«Schweigt still!» rüffelte der Alte. «Das ist keine Sache, über die man leichtfertig spricht! Vor allem nicht in dieser Gegend! Außerdem würde ich mir überhaupt keine Gedanken um sie machen, wenn mich nicht ständig die Leute damit behelligen würden.»

«Sie suchen Euer Wissen», warf der Magister vorsichtig ein.

«Ihr braucht nicht zu versuchen, mir zu schmeicheln. Ich muß Euch ja doch alles erzählen, sonst laßt Ihr mich foltern!»

Die Miene des Magisters verkrampfte sich vor Abscheu: «Hat man Euch damit gedroht?»

«Natürlich haben sie das, aber sie haben nicht gewagt, es wirklich zu tun. Hatten wohl Angst, ich erlebe meine Verbrennung nicht mehr.»

Nachdenklich betrachtete der Legat seinen Gegenüber: «Ihr überrascht mich wirklich, Meister Emil. Ich fürchtete – nun, wie soll ich es sagen: Meine Schwester sagte mir, Ihr wäret schon ein wenig... ein wenig...»

«Einfältig geworden im Alter?» Meister Emil lachte meckernd, doch dann wurde er sehr ernst «Sie hat wohl nicht ganz unrecht. Ich habe es gespürt, mehr als einmal, daß ich nicht völlig bei mir war. Doch das wird nie wieder geschehen, Magnifizenz. Heute abend bin ich völlig klar, und ich werde von dieser Reise nicht zurückkehren.»

Wasmod von dem Knesebeck wollte erschrocken widersprechen, doch der Blick des Alten sagte ihm, daß es keinen Sinn hatte. Und er hat recht, dachte Wasmod von dem Knesebeck. Ich weiß nicht, woher ich dieses Wissen nehme, aber er wird nicht zurückkehren.

«Vielleicht...», der Magister fuhr sich mit der Zunge über den Mundwinkel, der noch immer verschorft war von der schrecklichen Verletzung, «vielleicht können wir eine Abmachung treffen, Meister Emil. Wir beide wissen sehr viel. Wir könnten uns gegenseitig Fragen stellen. Eine wahrhaftige Antwort für die andere, wenn Ihr mich versteht.»

«Ich verstehe Euch vollkommen, Magnifizenz, doch ich bin ein alter Mann. Alles, was Ihr wißt, weiß ich entweder selbst genauso gut, oder es interessiert mich nicht weiter. Doch wenn Ihr wollt, könnt Ihr mir natürlich Eure Fragen stellen.»

Wasmod von dem Knesebeck zögerte. Er hatte schon davon gehört, daß Schwerkranke kurze Zeit vor ihrem Tod noch einmal lichte Momente erlebten, doch Meister Emils plötzliche Klarheit und ebenso sein Selbstbewußtsein waren ohne Beispiel.

Selbstbewußtsein? Wohl kaum das richtige Wort! Das ist pure Arroganz! Immerhin spricht er mit dem Gesandten seiner Heiligkeit! Doch was hat ein hundertjähriger Mann zu verlieren, der davon überzeugt ist, die nächsten Stunden nicht zu überleben? Doch wohl zumindest das Heil seiner unsterblichen Seele, sollte man meinen.

«Ich weiß, was Ihr gerade denkt, Magnifizenz», sagte Meister Emil, und wieder lag ein Lächeln auf seinen verschrumpelten Lippen. «Doch vergeßt nicht, daß der Dominikaner mich zum Ketzer erklärt hat. Ich bin so und so verdammt, also gebt Euch keine Mühe, mir mit Euren Sündenstrafen zu drohen.»

«Drohen? Gewiß nicht, nein, das gewiß nicht... aber vielleicht ist es dennoch nicht zu spät für Euch. Wenn Ihr Eure Verfehlungen bereutet...»

«Die Sache mit der Weidenrute?» Der Alte schüttelte verständnislos den Kopf. «Mehr habe ich dem Inquisitor doch gar nicht erzählt. Wäre es nicht die größte Sünde, die Kräfte, die Gott mir geschenkt hat, ungenutzt brach liegen zu lassen?»

Der Magister seufzte: «Diese Frage hätte auch meine Schwester stellen können.»

«Sie ist eine sehr kluge Frau, Magnifizenz. Doch jetzt ist sie in großer Gefahr.»

«Und Ihr glaubt zu wissen, wie wir sie daraus erretten können.»

Zum ersten Mal zögerte der Alte: «So habe ich es nicht gesagt. Gegen jede Waffe auf der Welt gibt es eine Gegenwaffe. Aber nicht jeder ist imstande, diese Gegenwaffe zu führen.»

«Der Falkenmeister... Ihr sagtet ihm, es gäbe ihm einen großen Vorteil, daß er der sei, der er sei.»

Meister Emil fuhr auf: «Was das zu bedeuten hat, wißt Ihr bessser als jeder andere lebende Mensch! Hört auf mit diesen Spielen, Magnifizenz, oder ich werde überhaupt nichts mehr sagen. Schließlich ist es Eure Schwester, der es ans Leben geht. Meine Familie ist tot.»

«Eure Enkelin lebt.»

«Urenkelin. Und Euch und Eurer Kirche hat sie ihr Überleben gewiß nicht zu verdanken.»

«Im Namen Gottes», seufzte der Magister und Meister Emil sah ihn scharf an, sagte aber kein Wort. Wasmod von dem Knesebeck nickte versonnen: «Ich kann mir nur nicht erklären, wie Ihr die Wahrheit über Aquila erfahren habt.»

Nun lachte der Alte wirklich: «Woher denn wohl? Er hat es mir erzählt! Doch das wäre nicht nötig gewesen, denn ich hatte es schon seit einer ganzen Weile erkannt. – Seit ich ihn zum ersten Mal erblickte, genauer gesagt», fügte er nicht ohne Stolz hinzu.

«Aber wie...»

«Ich war in Italien, Magnifizenz. Fast ein Menschenalter lang habe ich in Italien gelebt. Es gab eine Zeit – das war lange vor seiner Geburt – da ging ich bei seiner Familie aus und ein. Aber, Gott im Himmel, das kann es doch nicht sein, was Ihr von mir wissen wollt!»

Der Magister schüttelte den Kopf: «Nein, natürlich nicht. Ich möchte so viele wichtige Dinge wissen, und das meiste davon hängt auch mit dem zusammen, was mit mir geschah, nachdem jene Kreatur uns am Ufer des Sees angegriffen hatte und ich schwer verletzt durch die Wälder irrte. Meine Erinnerungen an diese Zeit sind sehr undeutlich...»

Er brach ab und sah den Alten durchdringend an, doch dieser ließ in keiner Weise erkennen, was er von den Worten des jüngeren Mannes hielt.

«Die Erinnerungen sind für mich mit einer großen Angst verbunden», sagte der Magister so leise, daß er Zweifel hatte, ob Meister Emil die Worte überhaupt verstehen konnte. «Es war mehr als der körperliche Schmerz, der für sich genommen wahrlich schon schrecklich genug war. Lange Zeit irrte ich umher durch ein Labyrinth voller nebelhafter Formen und Gestalten... sicher waren es die großen Wälder, die Bodenteich und die anderen Dörfer umgeben, und trotzdem war es etwas anderes, eine ganz und gar fremde Welt, die beherrscht wurde von einer so grauenhaften, so bösen Präsenz, daß ich mir in den vergangenen Wochen alle Mühe gegeben habe, diese Erinnerungen zu vergessen.»

«Nicht allein», unterbrach ihn der alte Baumeister, und fügte auf seinen irritierten Blick hinzu: «Es ist nicht allein jene böse, verderbte Macht, die auf dieser Ebene herrscht, doch sie hat dort in letzter Zeit enorm an Macht gewonnen. Aber vergeßt niemals: Sie ist keineswegs der Herrscher jener Welt, genauso wenig, wie sie der Herrscher dieser Welt ist. Wenn Ihr Euch erinnert, war eben das der Fehler, den jene hochherzigen und zugleich doch fehlgeleiteten Menschen begingen, die als erste die Scheiterhaufen der Heiligen Inquisition bestiegen.»

«Ihr sprecht von den Katharern?» Wasmod neigte den Kopf. «Sie glaubten, die Welt werde vom Bösen beherrscht und deswegen müsse man sich völlig von ihr abwenden. Einige von ihnen setzten ihrem Leben daher freiwillig ein Ende: Eine der größten Todsünden überhaupt. Ich denke, Bruder Edgar ist nach Bodenteich gekommen, weil er diese Ketzerei auch hier am Werke glaubte.»

«Er täuschte sich», erwiderte der Alte knapp. «Er täuschte sich, wie ein Mensch sich nur täuschen kann. Die, welche in Bodenteich den Dämonen dienten, waren immer sehr an dieser Welt interessiert, denn hier fanden sie Unterstützung bei jener Macht, deren andere Seite Ihr in der Welt der Nebel kennengelernt habt. Doch, wie ich eben sagte: Sie ist weder hier noch dort allmächtig. Ihr werdet Euch entsinnen, daß es dort noch andere gab...»

Der Magister legte die Stirn in Falten: «Ja, ich erinnere mich, aber das Bild ist sehr undeutlich. Da waren andere. Wanderer, einige verirrt wie ich, andere offenbar bereits vertraut mit den... Gesetzen jener Welt. Wer waren diese Menschen, wenn es Menschen waren?»

«Einige von ihnen waren gewiß Menschen wie Ihr und ich. Andere, nun... Könnt Ihr Euch nicht genauer entsinnen?»

«Da war ein Mann... ein alter Mann... kräftig, mit weißem Haar... er hieß... Valdemar? Kann das sein: Valdemar?»

Meister Emil nickte: «Er ist mir kein Unbekannter. Ihr hättet ihm vertrauen können. Soviel mir bekannt ist, dient er der selben Sache wie wir.»

Wasmod von dem Knesebeck schüttelte den Kopf: «Ich sah ihn nur undeutlich. Er war sehr weit weg, und er schien mit seinen eigenen Angelegenheiten beschäftigt. Das waren sie alle. Da war noch ein...», er stockte. «Kloppodek! Meister Emil, kann es sein, daß ich Kloppodek gesehen habe?»

Der Alte dachte für einen Augenblick nach: «Ehrlich gesagt, es würde mich sehr überraschen. Er hatte allen Grund, diesen Ort zu meiden, solange er lebte. Bedenkt, er hat den Roten Drachen mit eigenen Augen erblickt. Als erster Mensch seit unzähligen Jahren. Ich kann mir kaum vorstellen, daß ausgerechnet er jetzt...»

«Ihr wollt mir sagen, alle Menschen, die ich an jenem Ort gesehen habe, waren tot? War dieser Ort das Fegefeuer?»

Meister Emil schüttelte entschieden den Kopf: «Das Fegefeuer? Nein, so würden jene dort es kaum ausdrücken. Jedenfalls ist es nicht das, was Ihr Euch unter dem Fegefeuer vorstellt. Und ich kann Euch auch nicht genau sagen, ob sie tot sind. Nein, nicht wirklich. Wären sie das, so wären sie nicht dort. Nicht jeder vermag an diesen Ort zu gelangen, sondern einzig diejenigen, die eine Rolle zu spielen haben... in dem großen Spiel.»

Der päpstliche Legat sah ihn aus zusammengekniffenen Augen an: «Das große Spiel?»

«Darüber werdet Ihr von mir nichts erfahren, Magnifizenz, und hetztet Ihr auch alle Spürhunde der Inquisition auf meine Fersen. Doch seid versichert, wenn es der Wille Gottes ist, so wird Euch eines Tages alles darüber enthüllt werden, was Ihr wissen müßt.»

«Aber ich muß diese Dinge jetzt wissen, um meine Schwester zu retten!»

«Ihr werdet sie nicht retten», sagte der Alte und schüttelte bedauernd den Kopf. «Einzig diejenigen, von denen wir eben sprachen. Sie könnten ihr jetzt noch helfen.»

Für einen Augenblick blieb sie überrascht stehen. Wie selbstverständlich hatte der ihrem freien Willen noch zugängliche Teil von Schwester Agnethas Geist das Betreten einer unterirdischen Felsenhöhle mit der Erwartung von Kühle und feuchter Luft verknüpft. Doch als die Augustinerin den Kopf leicht senkte und das unterirdische Gewölbe durch einen natürlichen Torbogen aus gewachsenem Fels betrat, stellte sie sogleich fest, daß es hier unten bedeutend angenehmer und wärmer war als in den vereisten Wäldern von Bodenteich.

Während ihr Körper, getrieben von einem fremden Willen, bereits tiefer hinabstieg in die Finsternis unterirdischer Kammern, korrigierte die Nonne ihre Einschätzung: Es war nicht allein die vorangegangene Kälte, die diesen fremden Ort warm erscheinen ließ, es war wirklich warm hier unten. Sehr warm sogar und drückend dazu, vergleichbar der lastenden Schwüle, wenn die Welt kurz vor Beginn eines schrecklichen Unwetters den Atem anhielt. Ein merkwürdiges Aroma lagerte in den dunklen Kavernen. Agnetha mochte es noch nicht als Gestank klassifizieren; dazu war es nicht deutlich genug. Aber es war etwas an diesem Geruch, das sie beunruhigte. Ja, mehr als das: Selbst in ihrem halb schwebenden Zustand, im Grunde jenseits jeder Angst, beschleunigte sich der Schlag ihres Herzens.

Der Rote Drache, dachte sie unwillkürlich. Ist das sein Atem?

Die Augustinerin brauchte sich nicht umzuwenden. Sie wußte, daß die kleine Riva ihr noch immer folgte. Wie sehr die Nonne doch wünschte, wenigstens dem kleinen Mädchen das entsetzliche Schicksal ersparen zu können, das vor ihm lag.

Was immer uns erwartet. Könnte der Tod auf Bruder Edgars Scheiterhaufen schrecklicher sein als dies?

Es war nicht völlig dunkel in der Höhle, obwohl die Augustinerin bisher keine Fackeln oder Kerzen ausmachen konnte. Vielmehr schien der rauhe, ungeglättete Stein der Wände aus sich selbst heraus in einem geisterhaft bleichen, leichenhaft grünen Licht zu leuchten. Der Boden war uneben und rutschig. Die Nonne spürte es durch die Sohlen ihrer Schuhe, die, für den täglichen Gebrauch im Hause gefertigt, nicht aber für strapaziöse Wanderungen durch verschneite nächtliche Wälder, mittlerweile kaum noch mehr als Fetzen waren. Ein oder zweimal drohte sie zu stolpern, doch sie stürzte nicht. Seit sie die unterirdischen Gewölbe betreten hatte, war ihr Gang sicherer geworden, und auch ihr Blick, der die Welt zuletzt nur noch in schneeweißen und nachtschwarzen Flecken wahrgenommen hatte, hatte sich geklärt.

Längst hatte sie jedes Zeitgefühl verloren. Konnte es nicht sein, daß sie schon seit Tagen und Wochen durch diese Gewölbe wanderte? Sie verspürte keine Müdigkeit, keinen Durst, kein Hungergefühl. Sie würde weitergehen bis zum Tage des Jüngsten Gerichts... sollte er in dieser Welt überhaupt jemals anbrechen.

Je weiter sie in die Tiefe gelangte – und ihr Weg führte sie stetig tiefer hinein in den gewachsenen Fels – desto schärfer wurden ihre Sinne. Obwohl die Kavernen dunkel und düster blieben, vermochte sie doch die Nuancen der Finsternis scharf voneinander zu unterscheiden; und selbst wenn die Wände einige Male weit zurückwichen und Agnetha durch gewaltige natürliche Dome schritt, deren gewölbte Decke sich vielleicht fünfzig oder sechzig Fuß über ihrem Scheitel spannte, vermochte sie noch immer jedes Detail und jede Unebenheit des Steins zu erkennen.

All dies war natürlichen Ursprungs. So alt wie der Ursprung der Welt.

Wer kann sagen, wie alt, dachte sie. Je nachdem zu welchem Zeitpunkt der Engel des Herrn die aufsässigen Engel aus dem Paradies vertrieb und sie hinabstürzten auf die Erde, um die Herzen der Menschen zu vergiften. Und ausgeworfen ward die große Schlange... der Rote Drache. Er ist nahe. Sein Atem ist überall um mich.

Wieder trat sie in einen gigantischen Dom. Laut warf der Schall das Echo ihrer Schritte zu ihr zurück.

Doch diesmal war der gewaltige Saal nicht leer. Ständig war sie darauf vorbereitet, erneut dem Mann im Dunklen Mantel gegenüberzustehen. Sie hatte den Fremden nicht mehr gesehen, seit ihr Angriff auf ihn auf so plumpe Weise gescheitert war. Dennoch: Er war nicht weit. Und in seinem Schatten jemand, der weit mächtiger war.

Stattdessen stand sie unvermittelt einem Mann gegenüber, den sie noch niemals gesehen hatte. Wie aus dem Boden gesprossen erwartete er sie in der Mitte der ansonsten vollkommen leeren Felsenhalle: Ein älterer Mann in unauffälliger Kleidung, kräftig gebaut, nur knapp mittelgroß, mit grauen Haaren und einem offenen Gesicht.

Sie blieb stehen. Dies war ihr eigener, bewußter Wille. Agnetha spürte, daß jene bösartige, fremde Macht, die sie vorantrieb, sie weiter davonzerren wollte, doch mit einem Mal schien diese Macht neutralisiert. Die Nonne vermochte ihr zu widerstehen. Für den Augenblick.

«Ihr seid einen weiten Weg gegangen», sagte der Fremde.

Es war merkwürdig. Seine Lippen bewegten sich nicht. Er stand nur zwei oder drei Schritte entfernt; sie hätte es sehen müssen. Gleichzeitig war sie sich auch keineswegs sicher, ob sie die Worte überhaupt gehört hatte. Vielmehr schienen sie plötzlich in ihrem Geiste da zu sein.

«Wer seid Ihr?»

«Ein langer Weg», wiederholte er. «Ein langer Weg. Und er ist hier noch nicht zu Ende.»

Sie seufzte: «Bitte sagt mir, wer Ihr seid. Ich muß es wissen. Ihr scheint die Macht zu haben, gegen die zu bestehen, die mir und den meinen mit Schmerz und Vernichtung drohen.»

«Diese Macht habe ich nicht. Die Macht kommt nur aus Euch selbst. Ihr könnt sie zum Guten oder zum Bösen nutzen.»

«Ihr sprecht wie der Magister.»

Er nickte: «Ich kenne Wasmod von dem Knesebeck. Ich bin Valdemar.»

Überrascht sah sie ihn an: «Er hat Euch nie erwähnt. Aber das ist nichts Ungewöhnliches bei ihm. Sagt mir, woher kennt Ihr meinen Bruder?»

«Alle Menschen sind Brüder und Schwestern. Sagt das nicht Euer Glaube?»

«Ich habe meinen Glauben verloren.»

Er schüttelte den Kopf: «Ihr täuscht Euch. Es ist nicht Euer Glaube, den Ihr verloren habt. Es ist der Glaube derjenigen, bei denen Ihr den größten Teil Eures Lebens verbracht habt.»

«Aber die Heiligen Schwestern sind gute Christinnen. Wenn ich ihren Glauben verloren habe, so habe ich den Glauben an Jesus Christus verloren.»

Er musterte sie eingehend bevor er antwortete: «Jesus Christus ist ein Weg.»

«Was meint Ihr damit?» fragte sie verwirrt. «'Niemand kommt zum Vater denn durch mich!' spricht der Herr! Alles andere ist Ketzerei und Heidentum.»

«Ihr solltet einmal mit einem Eurer Verwandten darüber reden», erwiderte er, und gleichzeitig erstand in ihrem Geiste das Bild Ihres Vetters Werner von Langenapel. Es erschien ihr, als habe ihr Gegenüber es dort auftauchen lassen, auf jene unerklärliche Weise, in der es ihm gelang, mit ihr zu reden, ohne zu sprechen oder auch nur seine Lippen zu bewegen.

Sie war verwirrt: «Die Worte, die Ihr sprecht... bedeutet das, Ihr gehört zu... zu ihnen?»

«Dies ist die andere Seite, Schwester Agnetha. Niemand von unserer Seite gehört zu einem von Eurer Seite. Aber wir sehen. Wir sehen und wir nehmen Anteil. Und manchmal, sehr selten, geben wir einen Rat, wenn wir darum gebeten werden. Der Falkenmeister kam zu einem von uns, vor einigen Monden Eurer Zeit, doch er konnte ihm nicht helfen.»

«Aquila war hier? Kann er an diesen Ort gelangen? Ist auch er einer von Euch?»

«Diese Dinge sind ein großes Geheimnis. Nur wenigen ist es möglich, hierher zu kommen.»

«Riva ist auch hier.»

«Nicht wirklich. Schaut sie doch an. Für sie ist all dies nicht mehr als ein Traum innerhalb eines Traumes.»

«Aber ich, ich bin wirklich hier. Es ist kein Alptraum, keine Vision?»

«So wirklich wie alles um Euch herum, Schwester. Ihr konntet diesen Ort betreten, weil jemand die Tore geöffnet hat.»

«Der Mann im Dunklen Mantel?»

«Er vermag es nicht zu tun, denn er kommt selbst von dieser Seite. Die Barriere zwischen diesem Ort und der Welt, aus der Ihr kommt, kann nur von einem der Euren geöffnet werden.»

«Vater Ludolpho!»

«Eben er! Er hat Mächte beschworen, die viel zu mächtig waren für seine beschränkten Kräfte. Er war unachtsam an jenem Abend, als Ihr und der Magister am Ufer des Sees entlangrittet und überfallen wurdet. Es ist ihm entgangen, daß etwas die Seiten wechselte, ehe er das Tor zwischen den Welten wieder schließen konnte. Und nun ist die Barriere brüchig. Es gibt Möglichkeiten, sie zu passieren – von beiden Seiten her.»

«Das heißt, ich kann in meine Welt zurückkehren?»

«Es ist schwierig, sehr schwierig und gefährlich, doch die Möglichkeit besteht. Aber er wird das nicht zulassen.»

Es war nicht notwendig zu fragen, wen er meinte.

«Aber ich habe eine Chance! Bitte sagt mir, was ich tun muß!»

Er zögerte, und noch ehe er antworten konnte, fühlte sich Agnetha wieder von jener unerklärlichen, feindseligen Macht gepackt, die ihren Geist sogleich aufs Neue umklammerte wie eine eiserne Klaue. Die Umrisse Valdemars waren zwar noch auszumachen, doch seine Gestalt erschien auf einmal verschwommen, fast transparent; durch seinen Körper konnte sie die Wände der Felsendomes erkennen.

«Bitte! Schnell! Sagt mir, was ich tun muß!»

Doch vor ihren Augen löste sich die Gestalt Valdemars auf wie Dunst am späten Vormittag.

Nun gab auch Agnetha ihren Widerstand auf. Das Drängen war zu heftig, zu brutal. Sie fühlte sich weiter gezogen, tiefer noch in die Höhlen und Abgründe dieser unterirdischen Welt.

Adrian von Bodenteich fröstelte.

Die undurchdringliche Schwärze, die der Himmel über der Sumpfburg an diesem Abend angenommen hatte, mußte mehr bedeuten als die Abwesenheit von Licht. Sie ließ den Gedanken an eine Wiederkehr des hellen Tages erst gar nicht aufkommen. Der Schnee lag tief und dicht über den Trümmern des Marktfleckens, doch wo kein Lichtschimmer war, vermochte er keinen Schein zu reflektieren.

Einzig im Inneren der Burg, in der großen Festhalle, glommen einige matte Fackeln entlang der frisch gekalkten Wand in der feuchten, kalten Luft. Selbst sie schienen eher Ruß und Qualm zu erzeugen, als den für die wenigen dort Versammelten viel zu großen Raum wirklich zu erhellen.

Da an Schlaf ohnehin für niemanden zu denken war, andererseits keiner von ihnen den anderen Besonderes mitzuteilen hatte, verharrten sie die meiste Zeit schweigend beieinander. Selbst Toste der Torwächter, sonst immer zu einem Schluck Wein, zu Scherz und Spiel aufgelegt, starrte stumm in seinen Becher, als könnte ihm dessen Inhalt den Ausgang der Suche verkünden, auf die sich der Falkenmeister und seine Begleiter begeben hatten.

Bischof Konrad von Verden saß fast reglos in Ritter Wilbrands Sessel, zu seinen beiden Seiten der im Gebet versunkene Bruder Edgar und Werner von Langenapel. Letzterer gab hin und wieder Gerolf, dessen Aufmerksamkeit seit Stunden von der Reinigung seines Schwertes gefangen genommen wurde, knappe Hinweise. Adrian hatte sich dagegen in den Lichtkreis einer Fackel zurückgezogen und balancierte eine von Aquilas Handschriften auf den Knien, die er in dem ungenügenden Licht zu entziffern suchte.

Die Mönche aus Bischof Konrads Gefolge saßen auf einer abgesonderten Bank gegenüber dem Eingang der Halle, jeder einzelne die Kapuze seines Skapuliers weit ins Gesicht gezogen, und nur ihr monotones Murmeln verriet, daß auch sie beteten und nicht etwa allesamt eingeschlafen waren.

Das Gesinde und die in der Burg untergekommenen obdachlos gewordenen Bewohner des Marktfleckens, aber auch der größte Teil der auf der Burg verbliebenen herzoglichen Söldner lagerten in gehörigem Abstand von allen Übrigen, ohne daß Adrian zu sagen gewußt hätte, ob dies auf den Respekt zurückzuführen war, den sie vor den Standespersonen hegten, oder ob diese Menschen schlicht und einfach den Überblick verloren hatten, wer wen wann als Ketzer verdächtigt hatte, und sich jetzt am besten von ihnen allen fernhielten.

Kann man es ihnen verdenken, dachte Adrian. Selbst wenn alles gut wird und Aquila Riva und Schwester Agnetha heil und lebendig zurückbringt, so kann doch nichts mehr sein wie vorher. Diese Menschen haben für uns gekämpft, für Vater, für Gerolf, Riva und mich, und sie haben es gern getan, weil Vater ihnen ein guter Herr gewesen ist. Doch gibt es einen unter ihnen, der nicht geliebte Menschen verloren hat während der Kämpfe und des Brandes? Wie könnten sie das jemals vergessen.

Seine Blicke schweiften über die Dorfbewohner. Dort drüben saß die Tochter Bennos des Müllers, der durch seinen Tod das Leben des Falkenmeisters gerettet hatte, reglos an einem Tisch. Sie wirkte wie abgesondert von den übrigen Menschen des Fleckens. Auch sie hatte bis auf Meister Emil alle ihre Verwandten verloren, und ob der alte Baumeister von der gefährlichen Suche zurückkehren würde, stand wahrlich in den Sternen. Die Tatsache, daß wenigstens Bennos Tochter am Leben geblieben war, erschien als eines der größten Wunder. Bruder Edgar hatte das Urteil über sie bereits gesprochen gehabt und einzig das Eingreifen der Tempelritter hatte sie vor dem grausamen Ende auf dem Scheiterhaufen bewahrt.

Adrians Gesicht blieb über das Pergament geneigt, doch aus den Augenwinkeln musterte er den Inquisitor, der kerzengerade in seinem Stuhl saß. Das Licht der Fackeln warf Schatten auf den kahlen Schädel. Bruder Edgars spinnenfingrige Hände lagen im Gebet gefaltet in seinem Schoß. Von dem Haß und Fanatismus, mit dem er alle wirkliche und eingebildete Ketzerei in Bodenteich verfolgt hatte, war nichts mehr zu spüren. In der Zwiesprache mit seinem Gott schien sein gequälter Geist tatsächlich so etwas wie Frieden zu finden.

Bruder Edgar blickte auf. Er mußte gespürt haben, daß Adrian ihn beobachtete. Die Augen des Ketzerverfolgers suchten die seinen und zwangen Ritter Wilbrands Sohn, den Blick zu erheben. Er hatte nicht die Kraft, sich zu verweigern.

Bruder Edgar erhob sich wie beiläufig, doch er entließ den Jungen nicht für einen Lidschlag aus seiner Aufmerksamkeit. Langsam stieg er von dem erhöhten Podest hinab, auf dem er neben dem Bischof und

Ritter Werner gesessen hatte, und kam auf Adrian zu.

«Du hast Angst», sagte der Inquisitor, als er ihn erreicht hatte. Es war eine Feststellung. Adrian konnte ihr nichts entnehmen, was auf die Gefühle oder Gedanken hinter diesen Worten hindeutete.

«Ja, ich habe Angst», hörte er sich sagen und war selbst überrascht über seine Ehrlichkeit.

«Du hast keinen Grund dazu, wenn Du an unseren Herrn Jesus Christus glaubst», sagte der Inquisitor, und zu Adrians grenzenloser Überraschung lag ein unüberhörbarer Hauch menschlicher Wärme in diesem Satz. «Diejenigen, die Jesus Christus dienen und an ihn glauben, sie brauchen niemals und vor niemandem Angst zu haben.»

«Aber... haltet Ihr mich nicht für einen Ketzer?»

«Niemand, nicht einmal Vater Ludolpho, hat jemals behauptet, Du oder Dein Bruder hätten auch nur ein Wort gesprochen, das nicht den Beifall der Heiligen Mutter Kirche gefunden hätte. Der Vorwurf, der auf Deiner Familie lastet, ist der, die Ketzerei begünstigt zu haben, nicht aber, selbst Ketzer zu sein.»

«Aber Ihr habt doch gesehen, daß es keinen Beweis gibt dafür, daß unser Falkenmeister ein Ketzer ist.»

«Aber Euer Burgkaplan ist einer. Jedenfalls hat er in den Schranken des Gerichts gelogen.»

Adrian legte die Stirn in Falten: «Aber das verstehe ich nicht. Gerade er ist doch Euer Verbündeter gewesen, Bruder Edgar. Wie könnt Ihr Euch so völlig um Euch selbst drehen und ihn jetzt der Ketzerei beschuldigen?»

In den Augen des Inquisitors funkelte der Zorn: «Für was hältst Du mich? Die Suche nach Ketzerei und Häresie ist die Aufgabe der Heiligen Inquisition. Ich untersuche die Vorwürfe gegen einen jeden, auf den der geringste Verdacht fällt: Sei es die Tochter Eures Müllers oder der Herzog selbst. Daß es dem Kaplan in seiner teuflischen List gelungen ist, selbst die Heilige Inquisition zu narren, macht ihn zu einem weit gefährlicheren Ketzer, als ich erwartet hätte, in Eurem kleinen Marktflecken vorzufinden. Er ist ein sehr gefährlicher Mann.»

«Aber wenn Ihr Euch in seinem Fall geirrt habt, Bruder Edgar, wenn er ein Ketzer war, den Ihr aber für einen Rechtgläubigen gehalten habt, kann es dann nicht sein, daß auch alle diejenigen Menschen von Bodenteich, die Ihr für Ketzer gehalten habt, in Wahrheit Rechtgläubige sind?»

«Welchen Grund hätte ich, das anzunehmen? Ihre Schuld ist bewiesen, zum Teil durch ihr eigenes Geständnis. Denkt nur an die perfide Zauberei des alten Meisters Emil. Die Urteile sind gesprochen und es gibt keinen Anlaß, sie noch einmal zu prüfen.

Ich habe einmal geirrt, Adrian von Bodenteich. Die Heilige Inquisition kann irren. Doch ist es besser, sie irrte hundert Mal und bestrafte hundert Unschuldige, als wenn sie einmal irrte und es weiter zuließe, daß ein Schuldiger ungestraft seine schändlichen Taten vollbrächte. Im Falle des Kaplans Ludolpho habe ich geirrt. Und ich habe dafür gebüßt.»

Adrian biß sich auf die Zunge. Der Inquisitor in seinem ungebrochenen Stolz machte auf ihn nicht den Eindruck eines zerknirschten Büßers. Doch er verzichtete lieber darauf, den Gedanken laut auszusprechen.

Bruder Edgar schien indes seine Gedanken gelesen zu haben. Auf seinen Zügen breitete sich ein mildes Lächeln aus:

«Ich habe gebüßt, Adrian von Bodenteich, und ich büße noch immer.»

Mit einer raschen Bewegung streifte er die Kutte von den Schultern und entblößte so seinen hageren Oberkörper, wobei das Gewand von einem Strick um die Hüften weiter festgehalten wurde. Bruder Edgar drehte sich langsam im Kreise.

Die halblauten Gespräche in der Festhalle waren verstummt und aller Augen richteten sich auf den Inquisitor. Von den Schultern bis zu den Hüften war sein Leib über und über mit Schrunden und Narben, mit offenen und schlecht verheilten, eiternden, verschorften und nässenden Wunden übersät.

Entsetzt registrierte Adrian, daß der Ketzerverfolger noch immer lächelte:

«Ich habe gebüßt, Adrian von Bodenteich. Ich habe mich heute nachmittag gegeißelt, wie ich es ein jedes Mal tue, wenn mir ein Fehler unterläuft.»

Obwohl ihr Weg, der nicht wirklich ihr eigener Weg war, sondern der Zwang eines überlegenen Willens, Schwester Agnetha immer weiter hinab in eine unbekannte, unergründliche Tiefe geführt hatte, sah sie nach einer, wie ihr schien, sehr langen Zeit, deren genaue Dauer sie indes nicht ansatzweise zu bestimmen wußte, einen fahlen Schimmer von Licht vor sich, der, obwohl seine Tönung auf schwer ausdrückbare Weise unangenehm war, ganz zweifellos natürlichen Ursprungs sein mußte. Sie war dem Ausgang des bis in alle Unendlichkeit verzweigten Höhlensystems nahe.

Selbst auf den letzten Schritten wollte sich der unterirdische Pfad nicht in die Höhe winden, sondern verharrte in seiner abwärts geneigten Richtung, bis die Augustinerin unvermittelt durch ein Tor im Felsen trat und auf einer Wiese stand. Die freie Fläche wurde von drei Seiten durch hoch aufragende und steil aufsteigende Gebirgswände begrenzt, stieß jedoch auf der gegenüberliegenden Seite an einen dichten Wald.

Die in dieser Weise umfriedete Lichtung, ja die ganze Welt, in die Schwester Agnetha hinausgetreten war, erfüllte ein eigentümliches Licht. In den Farben des Himmels, eines sich in großer Höhe über ihr spannenden Abendhimmels, mischten sich rote und grünliche Töne, die sich, verstärkt um ein schales Gelb, in der Landschaft ringsumher wiederfanden. Die Luft war mild wie an einem freundlichen Sommerabend, doch die wenigen Sträucher, die die Lichtung bestanden, und ebenso die Bäume des Waldes waren wie von einem gelblichen Nebel bedeckt, der mehr zu sein schien als die Ahnung des Herbstes. Der Eindruck, den die Farben ihr vermittelten, sprach von unendlicher Fremdartigkeit und Andersartigkeit, als sei all dies nur eine unvollkommene Imitation der wirklichen Welt. Eine andere Welt, der die Lebendigkeit der wahren Schöpfung fehlte. Selbst das Gras zu ihren Füßen war vertrocknet wie nach einer langen Dürre. Es stach durch die Reste ihres längst in Fetzen gefallenenen Schuhwerks.

Das Irritierendste aber war der allgegenwärtige Gestank, in dem sich der durchdringende Geruch nach Schwefel mit im ersten Augenblick nicht deutbaren Düften paarte... verbranntem Fleisch? Überreifen Früchten?

Und noch etwas: Es war sehr ruhig auf der Lichtung. Nicht wirklich still, nein, aber selbst Laute und Geräusche schienen in dieser Umgebung ihre Intensität zu verlieren.

Inmitten der Lichtung stand der Mann im Dunklen Mantel. Der gewaltige, breitkrempige Hut war ihm in den Nacken gerutscht und umgab sein unbestimmbares Gesicht wie die nachtschwarze Parodie jener Aura, die in frommen Bildern die Häupter der Heiligen schmückte. Seine Arme hatte er ausgestreckt und die Hände um zwei mannshohe, schwarze Pfähle gelegt, in deren Holz eine Fülle verwirrender Zeichen geschnitzt und geritzt war, die zu betrachten den Augen der

Augustinerin Schmerzen bereitete.

Im Halbkreis um den Fremden verharrte ein Dutzend in schwarze Gewänder gehüllter Gestalten, deren Gesichter durch dunkle Kapuzen verdeckt wurden. Sie standen vollkommen reglos, so daß die Nonne auf den ersten Blick kaum zu sagen wußte, ob es sich wirklich um lebendige Wesen handelte, oder bloß um gewaltige Puppen, denen man aus irgendeinem Grunde das Ansehen menschlicher Gestalt gegeben hatte.

«Schaut nur an, meine Dunklen Apostel!» sprach der Mann im Dunklen Mantel mit lauter Stimme zu seinen Begleitern «Alles ist bereit. Was Euer einstiger Hohepriester durch seine Unachtsamkeit zuschanden hat kommen lassen, mag nun aufs neue beginnen. Die Jungfrau, die den Dunklen Herrn gebären soll, ist gekommen.»

Er trat vor und ergriff mit seiner Hand Schwester Agnethas Arm. Seine Berührung war wie Eis und Feuer.

«Könnt, here frouwe, Euch verdrießen,
mit meinem Wort, wenns zuchtlos sei.
Doch kann ich Lob von Euch genießen,
Bin ich der Beste stets dabei.»

Die Stimme trug keinen Ausdruck von Spott. Es war eine widerwärtige Travestie. Agnetha kannte die Worte. Sie stammten aus einem Gesang jenes Walther von der Vogelweide, dessen Lieder Aquila in jenen flüchtigen, kostbaren Augenblicken auf der Wiese oberhalb von Kuckstorf gesungen hatte. Es schmerzte doppelt, sie jetzt aus dem Munde des Fremden zu hören.

«Dann kommt also mit mir, verehrte Schwester, und macht es Euch gemütlich.»

Jetzt, in seiner unmittelbaren Nähe und an einem Ort, der schon mehr seiner Welt angehörte als der ihren, brachte sie nicht länger die Kraft auf, sich seiner zu erwehren. Sie war nur noch hilflose Zeugin, als er ihren Körper hinüber zu einem der beiden Pfähle führte und den Dunklen Aposteln ein Zeichen gab, sie das Antlitz dem Wald zugewandt an diesen zu fesseln. Wenige Schritte entfernt geschah mit der kleinen Riva dasselbe.

Auf einen schnellen Tod durfte sie selbst kaum hoffen, nachdem der Fremde verkündet hatte, sie würde jenen Götzen gebären, dessen Ankunft die Dunklen Apostel und ihr Meister erwarteten. Was auch immer ihr bestimmt war, sie würde es erdulden und erleiden, auch wenn ihr Tod und Leiden nicht zu vergleichen sein würden mit dem Märtyrertum Vater Dietrichs und jenes Franziskaners, die um ihres Glaubens Willen gestorben waren. Nein, sie hatte zugelassen, daß ihr Glaube sie verließ, und war nun selbst nicht besser als diese Diener des Satans rings um sie, sie würde den Tod erleiden, den sie verdient hatte. Doch die kleine Riva...

Heilige Jungfrau Maria, wenn Valdemar sagt, ich hätte meinen Glauben vielleicht doch nicht völlig verloren, wage ich ein letztes Mal, meine Stimme zu Dir zu erheben. Solltest Du an jenem weit entfernten Ort dieses verzweifelte Gebet einer, die einmal die geringste Deiner Dienerinnen war, erhören wollen, so flehe ich Dich an, gib, daß wenigstens der Geist dieses Kindes schon so weit fort ist, daß es nichts mehr von dem spürt, was mit ihm geschieht.

Es hatte eine Zeit gegeben, jene ruhigen Jahre im Kloster der Augustinerinnen – eine Zeit, die nun freilich in ebenso weite Ferne gerückt schien wie die heilige Stadt Jerusalem – in der Agnetha, wenn sie am Altar ihrer Familie in der nächtlichen oder frühmorgendlichen Klosterkirche die rituellen Worte der Fürbitte sprach, glaubte, wirklich so etwas wie eine Antwort auf ihr Gebet zu erhalten. Nicht eine in Worte der menschlichen Zunge gefaßte Bestätigung, daß ihre Bitten gehört worden seien, nein, aber doch das vertraute Gefühl der Sicherheit, daß irgend etwas dort draußen...

Nein, Valdemar, wenn es keinen anderen Gott gibt als mein eigenes Gewissen, dann kann und darf ich auch nicht auf die Gnade Gottes hoffen, sondern muß all das, was ich selbst verschuldet habe, selbst verantworten. Ich habe in meinem närrischen Stolz zugelassen, daß dieses Kind mit mir ins Verderben reitet, und nun muß ich mit dieser Schuld auf meinem Gewissen leben.

«Hier muß es gewesen sein», nickte Meister Emil.

Endlich, nach Stunden des Umherirrens in der stetig zunehmenden Dunkelheit, hatte er das Signal zum Anhalten gegeben und die Vorhänge der Sänfte beiseitegeschlagen. Auf den Arm des Falkenmeisters gestützt hatte der Alte sich einige Schritte von seinen Begleitern entfernt und spähte nun in die Dunkelheit hinaus. Auf den Falkner wirkte er wie ein geschwächtes altes Raubtier, das irgendwo einen Feind wittert.

Der Lichtkreis der Fackeln, die Siverd von Salderns Söldner entzündet hatten, reichte vielleicht zwanzig Schritte weit. Die Novembernacht ging ihrem Höhepunkt entgegen. Aquila hatte Zweifel, ob selbst er in dieser Finsternis einen Ort wie diesen wiedererkannt hätte, noch dazu nach der Spanne eines Menschenlebens, doch Meister Emils Erinnerung war nun einmal alles, was sie hatten.

«Hier habt Ihr also gestanden», wandte er sich an den alten Mann, «während Kloppodek sich ein Stück entfernt hat. In welche Richtung?»

Der Alte zögerte: «Über einen Hügel hinweg. Könnt Ihr ihn hier irgendwo erkennen?»

Aquila strengte seine Augen an und drehte sich einmal langsam im Kreis. Wenigstens war der Baumbewuchs in diesem Abschnitt des Waldes nicht allzu dicht, so daß er die ohnehin eingeschränkte Sicht nicht zusätzlich behinderte.

«Hier», sagte der Falkenmeister schließlich. «Rechter Hand steigt das Gelände etwas an. Ich weiß nicht, ob ich das unbedingt einen Hügel nennen würde, aber wenn es auf der anderen Seite ein wenig abwärts geht, mag es gut sein, daß ein Mann dahinter unsichtbar ist, und sei er auch nur fünfzig Schritte entfernt.»

«Nicht nur ein Mann!» beharrte der Alte. «Kloppodek war nicht mehr zu sehen, und auch den Drachen habe ich nicht erblickt. Nur gehört.»

«Ihr seid Euch wirklich sicher, daß es der Drache war?» fragte Siverd von Saldern zweifelnd. «Nicht etwas anderes, ein Wildschwein vielleicht?»

Der Alte fuhr auf: «Wollt Ihr mir erzählen, ich könnte einen Drachen nicht von einem Wildschwein unterscheiden? Wenn Ihr ihn gehört hättet, hättet Ihr auch keine Zweifel! Es war der Drache, der letzte und gefährlichste der Drei Dämonen, und ich weiß, daß er auch jetzt nicht weit ist. Sein Atem lagert überall um uns her, doch noch ist er schwach und gedämpft... als würde er durch etwas zurückgehalten wie durch einen Schleier. Einen Schleier, den er zu dieser Stunde noch nicht durchdringen kann, aber bald wird er dazu in der Lage sein, sehr bald schon. Es sei denn...»

Er sah zu Aquila hinüber: «Ihr wißt, was ich meine?»

Der Falkenmeister nickte: «Ich bin bereit, wenn es keine andere Möglichkeit gibt.»

«Auch ich bin bereit», fügte Wasmod von dem Knesebeck hinzu. «Sagt nichts, Meister Emil. Mein körperlicher Zustand wird hierbei kein Hindernis sein. Wenn Ihr selbst gehen könnt, so kann auch ich es tun.»

Der alte Baumeister nickte kurz: «Eure Entscheidung, Magnifizenz.»

Jemand hüstelte vernehmlich. Die drei Männer wandten sich um. Siverd von Saldern war zu ihnen herangetreten.

«Mögt Ihr mir vergeben, meine Herren, doch ich weiß nicht, ob ich das erlauben kann.»

Der Magister wandte sich zu ihm um: «Was erlauben?»

«Was immer Ihr vorhabt, Magnifizenz. Ihr selbst natürlich nicht, aber der alte Mann und Meister Aquila unterstehen noch immer meiner Aufsicht. Ich glaube nicht, daß ich sie einfach gehen lassen darf.»

«Ihr seid ein biederer und anständiger Mann, Siverd von Saldern», sagte der Falkenmeister. «Das habt Ihr in diesen Wochen mehr als einmal bewiesen. Und ich muß Euch bitten, mir zu glauben, daß Ihr uns auf unserem Weg unter gar keinen Umständen weiter begleiten könnt.»

«Könnten wir Euch nicht einfach entflohen sein?» schlug der Magister vor, eher ungehalten über die Verzögerung als wirklich besorgt.

Der Söldnerführer sah ihn zweifelnd an: «Der Falkenmeister vielleicht, aber wie sollten mir zwei sieche, hinfällige Männer in ihrer Sänfte abhanden gekommen sein?»

Wasmod von dem Knesebeck nickte verstehend.

«Als ein Mann von Ehre», sprach Aquila den Söldnerführer an, «würdet Ihr uns gehen lassen, wenn wir Euch versichern, uns morgen mittag wieder bei Euch einzufinden? In jenem Forst, Ihr kennt ihn, wo Meister Emil und seine Enkelin in glücklicheren Zeiten die Schweine zu hüten pflegten. Er liegt auf dieser Seite des Flusses, zwischen hier und Bodenteich. Niemand würde erfahren, daß Ihr nicht die ganze Zeit bei uns wart.»

Siverd zögerte: «Ich würde gerne...»

«Ich weiß, was Ihr meint, Siverd, und ich werde Euch ein Pfand geben.»

Die Züge des Söldnerführers formten ein trauriges Lächeln: «Was sollte das sein, Meister Aquila? Der kostbarste Besitz eines Gefangenen?»

Der Falkenmeister trat ganz nah an ihn heran und sagte ihm einige Worte ins Ohr, welche die sie umgebenden Söldner nicht verstehen konnten. Dann trat er zurück an die Seite Magister Wasmods und Meister Emils.

Siverd von Salderns Antlitz war blaß geworden. Selbst im Licht der Fackeln war das zu erkennen.

«Das... das ist die Wahrheit?» murmelte er.

Der Magister nickte: «Ich weiß, was er Euch gesagt hat, Ritter Siverd, und sicherer als jeder andere Mensch kann ich Euch bezeugen, daß es die Wahrheit ist. Sein Schicksal – und auch das meine, denn dies lag in meiner Verantwortung – habt Ihr nun in Eurer Hand.

Also sagt: Nehmt Ihr unser Pfand an?»

«Bei Gott und der Heiligen Jungfrau, meine Herren, wie könnte ich dies länger verweigern? Wir sehen uns morgen zur Mittagsstunde, und möge Gott der Herr über Euren Pfaden wachen, wohin auch immer sie Euch führen mögen.»

Scharf schnitten die Fesseln in Schwester Agnethas Handgelenke, doch den herben Schmerz, der sich verstärkte, sobald sie versuchte, die Stricke eine Winzigkeit zu lockern, begrüßte sie, so wie sie alles begrüßte, was sie von ihren Grübeleien abhielt; von den Selbstvorwürfen, die ihr weit mehr Pein bereiteten als jede noch so ausgeklügelte Folter, die der Mann im Dunklen Mantel und die Dunklen Apostel für sie hätten ersinnen können.

Doch Folter um der Folter willen schien nicht in der Absicht des Fremden zu liegen; war die Augustinerin doch Teil seines Plans, den Roten Drachen, den schrecklichsten der Drei Dämonen wieder auferstehen zu lassen, damit er aufs neue die Menschen im Lande Bodenteich quäle und unterdrücke. Sie, die reine Jungfrau, sollte den Dunklen Herrn gebären.

Sie versuchen das nicht zum ersten Mal, dachte sie. Er hat davon gesprochen, der einstige Hohepriester dieser Götzendiener habe die Anstrengungen durch seine Unachtsamkeit zuschanden kommen lassen. Wen anderen kann er damit meinen als Ludolpho? Welches Mädchen mag er für diese Quälerei ausersehen haben, und wie ist es dem bedauernswerten Geschöpf ergangen? Starb es an den Martern, die ihm zugefügt wurden?

Was auch immer nun mit ihr selbst geschehen würde, die Nonne war sich sicher, daß sie die Menschen, die sie liebte, niemals wiedersehen würde. Ihre Blicke waren auf die Zeremonie der Dunklen Apostel gerichtet, doch vor ihrem inneren Auge rief sie sich die Menschen von Bodenteich in Erinnerung. Die kleine Riva würde dasselbe

Schicksal erleiden wie sie selbst, doch die anderen... Ritter Wilbrand, bieder und zuverlässig wie die Wälle seiner Burg, die ihn und die Seinen doch nicht vor ihrem Verderben hatten retten können. Adrian, wissensdurstig und von brennendem Ehrgeiz erfüllt, wenn es darum ging, grammatische Probleme einer komplizierten Übersetzung zu lösen. Gerolf, weniger geduldig und fähig, sich für die Schönheit alter Texte zu begeistern als sein Bruder, aber doch ehrenhaft und tapfer. Amme Annafrid, über die sie noch immer nicht schlecht zu denken vermochte. Meister Emil, der stets mehr zu wissen schien, als er offen zugab. Meister Hagen in seiner überlegten, abwägenden Art fest in der Treue zum Geschlecht Ritter Wilbrands. Toste, der wackere Torwächter. Und natürlich Aquila.

Wenn ich neben der Tatsache, das kleine Mädchen in diesen bitteren Tod geführt zu haben, irgend etwas bereue, dann ist es meine Unfähigkeit, Aquila zu sagen, daß ich ihn liebe. Er hat sich mir völlig offenbart, damals, an meinem letzten Abend auf der Burg, als uns Siverds Söldner schon eingeschlossen hatten, und ich hatte nicht den Mut, ihm die einzig ehrliche Antwort zu geben. Ich war nicht mehr im Zweifel zu jenem Zeitpunkt. War ich das überhaupt irgendwann? Wie viele Gelegenheiten hatte ich seit meiner Rückkehr, mit ihm zu sprechen? Unzählige! Hat mir jemals etwas anderes gefehlt als der Mut?

Sie ließ ihre Blicke über die Gruppe der Dunklen Apostel schweifen, die nun nicht länger einen Halbkreis um die beiden Pfähle bildeten, sondern überall auf der Grasfläche mit allerlei undurchschaubaren Tätigkeiten befaßt waren. Agnetha sah, wie zwei von ihnen über einem kleinen Feuer ihr unbekannte, aber stark riechende Substanzen verbrannten. Ein anderer war wenige Zoll von den beiden Gefesselten entfernt damit beschäftigt, mit einem knöchernen Stab eine Folge komplizierter Symbole in den Boden zu zeichnen. Doch gleich eine ganze Gruppe von ihnen folgte jetzt dem Fremden auf dem Fuße und kam auf die Augustinerin zu.

«Ich bin kein Unmensch...», begann der Mann im Dunklen Mantel.

«Richtig, Ihr seid überhaupt kein Mensch», erwiderte sie und schwieg gleich darauf verblüfft. Warum hatte sie plötzlich wieder Gewalt über ihre Sprache?

Er nickte stumm, bevor er zu sprechen begann: «Das wollte ich Euch gerade sagen, Schwester. Wie Ihr wißt, ist es mir ein Leichtes, Euch zu allem zu zwingen, was mir beliebt. Ich denke, diesen Beweis habe ich zur Genüge erbracht. Doch Zwang, das war die reichlich stumpfe Waffe unseres guten Ludolpho. Ich habe meine Gründe, sie nicht übermäßig anzuwenden. Es ist mir daher zu einem gewissen Grade durchaus an Eurem Einverständnis gelegen.»

«Ihr seid also doch nicht allmächtig.»

«Das habe ich niemals behauptet. Wenn Eure Freunde mich so sehen wollten, war das ihre Angelegenheit. Die Dunklen Apostel sind keine Missionare wie die Diener des Christengotts. Und Ihr und die Euren habt Euch niemals die Mühe gegeben, herauszufinden, was ich und die Meinen eigentlich wollen.»

«Die Mühe, nach Euren Zielen zu fragen, kann ich mir getrost sparen. Erinnert Ihr Euch nicht mehr an die hingeschlachteten frommen Brüder? Die Kenntnis Eurer Mittel allein muß jeden gläubigen Christen abstoßen.»

«Was Euch ja wohl nicht einschließen dürfte», stellte er höflich fest. «Außerdem hatte ich damit nichts zu tun. Das war Ludolpho.»

«Ihr... Ihr lügt!» Aber sie war unsicher.

«Befragt Euer Gewissen, here frouwe», erwiderte er ruhig. «Das Konzept, das die Menschen Lügen nennen, ist mir fremd. Ihr wißt es.»

«Aber Ihr habt... Menschen getötet», sagte sie aufs Geratewohl. «Eure Götzen herrschen durch Schrecken!»

Er machte keinen Versuch, zu leugnen: «Allerdings. Aber was tut Eure Heilige Kirche anderes? Gewiß, offiziell schreckt sie vor dem Blutvergießen zurück, doch die Kirche herrscht durch den Schrecken der Inquisition. Die Fürsten der Erde – und es ist ganz gleich, ob sie Otto der Strenge oder König Manfred heißen – herrschen durch den Schrecken und die Macht ihrer Waffen. Und ja, auch der Dunkle Herr herrscht durch Schrecken. Ihr seht es: Der Unterschied ist nicht so groß, wie Ihr vielleicht glaubt.»

«Aber es gibt ihn.»

«Allerdings gibt es ihn. Jede Sache hat zwei Seiten, und die unsere ist eben die andere Seite.»

Die andere Seite... Wo habe ich das schon einmal gehört?

«Valdemar!» flüsterte sie.

Der Mann im Dunklen Mantel zuckte nicht zurück, schließlich war er kein Mensch. Und doch hatte die Augustinerin den Eindruck, als sei er durch die Nennung dieses Namens vollständig überrascht worden.

«Ihr glaubt, ausgerechnet er kann Euch helfen?» fragte er, und jetzt sprach Spott aus seinen Worten. «Nun, ich war großzügig und habe Euch ein Angebot gemacht. Aber wenn Ihr noch immer kämpfen wollt, so ist das einzige, was Ihr Euch einhandeln werdet, unnötiger Schmerz. Mir ist es recht, aber es hätte nicht sein müssen.»

Er trat beiseite und wandte sich zu seinen Begleitern um:

«Sie will es nicht anders haben, meine Dunklen Apostel. So tut nun Euer Werk! Behandelt sie ehrfürchtig, denn sie ist die Jungfrau, die den Dunklen Herrn gebären wird! Wann immer Ihr den Wunsch äußert, Schwester, kann und wird dies ein Ende haben.»

Agnetha wollte noch etwas sagen, doch sie spürte, daß er ihr die Sprache wieder genommen hatte.

Und führe uns nicht in Versuchung, sondern erlöse uns von dem Bösen!

Unvermittelt hatte der Fremde eine Anzahl kleiner, metallisch blinkender Gegenstände in der Hand, deren jeweils einen er an jeden einzelnen der Dunklen Apostel aushändigte, die ihre Stimmen zu einem tieftönenden Singsang erhoben hatten, in dem die Nonne Elemente der lateinischen wie der griechischen Sprache wiederzuerkennen glaubte, dessen Sinn sich aber ihrem Verständnis entzog. Sie war froh darüber.

Die vorderste der in dunkle Kapuzenmäntel gehüllten Gestalten trat vor und hob die rechte Hand bis vor die Brust empor. Zwischen den Fingern blitzte Stahl, ein kleines spitzes Messer, das sich langsam dem Körper der Augustinerin näherte. Die Nonne war bisher, ohne daß sie jetzt zu sagen gewußt hätte, warum, davon ausgegangen, daß die Dunklen Apostel ausnahmslos Männer waren, doch diese Hände waren schmal und feingliedrig wie die einer jungen Frau. Wiewohl es Agnetha graute, bemühte sie sich, unter die Kapuze zu spähen, doch ohne Erfolg.

Gewiß sind sie allesamt Bewohner des Marktfleckens. Ich kenne diese Menschen und sie kennen mich. Ich habe gewußt, daß einige von ihnen Götzendiener sein mußten, und doch... Monatelang haben wir miteinander gesprochen wie Freunde...

Langsam näherte sich das Messer dem Stoff ihres Gewandes. An der rechten Schulter durchstieß es das Gewebe, und glitt ohne ihre Haut zu berühren an ihrer Seite herab, so daß der Stoff aufklaffte wie eine offene Wunde. Von der anderen Seite her näherte sich eine zweite Gestalt und zerschnitt das Gewand an der rechten Schulter. Agnetha spürte, daß einzig ihre Zunge gelähmt war; sie hatte begrenzte Kontrolle über die übrigen Glieder ihres Körpers, doch die Fesseln saßen viel zu eng, als daß an Gegenwehr überhaupt zu denken gewesen wäre.

Die ersten beiden Apostel verneigten sich wie zum Hohn vor ihr und traten beiseite, um Platz für die folgenden zu machen. Jeweils paarweise lösten sich die Gestalten aus der unheimlichen Phalanx und zückten ihre Messer nach der gefesselten Nonne. Agnetha fühlte und sah, wie sich nach dem vierten oder fünten Schnitt ihr Obergewand löste und zu Boden glitt, soweit das angesichts der einschnürenden Stricke möglich war.

Darunter trug die Augustinerin nur ein dünnes Hemd. Sie wußte, daß es nicht kalt war auf der Lichtung. Seit sie aus dem Höhlenlabyrinth hinausgetreten war, herrschte eine warme, hitzegeschwängerte Atmosphäre wie beim Herannahen eines gewaltigen Unwetters. Und doch hatte längst eine Gänsehaut ihren Körper überzogen und tief in ihrem Herzen breitete sich eine Kälte aus, die über alles hinausging, was sie am vorangegangenen Abend in der Schneewüste des Hügellandes hatte erdulden müssen.

Ein neues Paar näherte sich der Nonne, und diesmal durchschnitten die Messer den zarten Stoff des Hemdes, das aber ihren fröstelnden Körper weiterhin bedeckt hielt. Wieder traten zwei Apostel vor, aber nun zielten die Klingen nicht länger nach ihrer Kleidung, sondern drangen in das Fleisch ihrer Arme, fast sachte und nur oberflächlich, aber doch schmerzhaft genug, um sie einen gepeinigten Schrei auszustoßen zu lassen. Wieder einmal hatte er ihr die Sprache zurückgegeben.

«Ihr könnt Euch jederzeit anders entscheiden, here frouwe», sagte der Mann im Dunklen Mantel, der einige Schritte entfernt an jenem anderen Pfahl stand, an den der reglose Körper der kleinen Riva gefesselt war.

«Lieber sterbe ich!»

Der Fremde setzte sich seinen breiten Hut auf dem Kopf zurecht: «Ihr wißt doch, here frouwe, daß ich es Euch so leicht nicht machen werde. – Was zögert ihr? Frisch ans Werk, meine Dunklen Apostel.»

Er wandte sich ab und ergriff den knöchernen Stab, mit dem zuvor einer seiner Diener wirre Zeichen in den Boden geritzt hatte. Jetzt begann der Mann im Dunklen Mantel, mit langsamen Bewegungen einen gewaltigen Kreis von mehr als fünfzig Fuß Durchmesser um die beiden Pfähle zu zeichnen, während die Apostel Agnetha weiterhin bedrängten.

Die beiden Gestalten, die nun ihre Hände nach der Nonne ausstreckten, führten ihre Messer von den Schultern zur Mitte der Brust. Der Schmerz war bedeutend heftiger als der vorausgehende. Den Apostel zu ihrer Rechten wies seine grobe, breite Hand eindeutig als Mann aus. Während er sich zurückzog, streifte sie wie zufällig die Finger der Augustinerin und überrascht spürte Agnetha, wie der Griff des Messers in ihre Handfläche geschoben wurde. Reflexartig griff sie zu.

Die beiden Apostel traten zurück und verneigten sich. Derjenige, der ihr das Messer gelassen hatte, zögerte ein Winzigkeit länger.

«Verzeiht mir, ehrwürdige Schwester», flüsterte er rasch. «Ich wurde verleitet.»

Als er sich erhob, konnte sie für einen Lidschlag in sein Gesicht sehen.

Es war Meister Hagen, der Dorfschulze.

Besorgt musterte Aquila seine beiden Begleiter, die, bis über die Nasen in den wärmenden Pelzen versteckt, langsamen Schrittes dem unsteten Licht der Fackel folgten, welche in des Falkenmeisters Hand einen Kreis von vielleicht zwanzig Schritten notdürftig erhellte. Weit würden sie nicht kommen, daran konnte niemand mehr zweifeln. Doch noch hatten sie nicht den Ort erreicht, bis zu dem sie gelangen mußten, sollte die Augustinerin noch eine Chance bekommen.

Wenn der Falkenmeister nicht ganz genau hinsah, hatte er seine Mühe, die beiden Fellbündel an seiner Seite überhaupt auseinanderzuhalten. Meister Emil hatte die allergrößten Schwierigkeiten, im tiefen Schnee einen Fuß vor den anderen zu setzen, doch die Arme des Alten waren noch überraschend stark, so daß er sich ein um das andere Mal vor einem harten Sturz zu bewahren vermochte. Wasmod von dem Knesebeck dagegen, wiewohl um so vieles jünger an Jahren als der greise Baumeister, machte den Eindruck eines geistig vollkommen Abwesenden, der nur mehr teilnahmslos vor sich hin taumelte. Mehrfach schon hatte nur das blitzschnelle Zugreifen des Falkenmeisters verhindert, daß er aus reiner Entkräftung zusammenbrach.

Endlich mußte Aquila einsehen, daß sie es so ganz einfach nicht schaffen würden. Er wandte sich um und trat an die Seite des Magisters. Er hielt sich nicht lange mit Fragen auf, sondern hob den ausgezehrten Körper des päpstlichen Gesandten wortlos auf seine Schultern, ohne der schwachen Proteste seines alten Freundes zu achten. Der Falkner erschrak, als er feststellte, wie wenig der Magister wog, nicht mehr als ein achtjähriges Kind. Die einzige Schwierigkeit bestand darin, mit der Last auf dem Rücken dem tückisch peitschenden Strauch- und Astwerk der Bäume auszuweichen und gleichzeitig den trügerisch verschneiten Waldboden im Auge zu behalten.

«Wie nennt man diese Gegend?» murmelte der Magister nach einer Weile.

Der Falkner blickte fragend zu Meister Emil, der sich an seiner Seite verbissen vorankämpfte.

«Hartheim», sagte der Alte. «Dieser Ort heißt Hartheim. Ein gottverlassener Landstrich, da tut mir der Darm weh, wenn ich nur dran denke. Kein Mensch, der seine Sinne beisammen hat, würde freiwillig hierhergehen, ganz bestimmt nicht mitten in der Nacht. Es heißt, es ginge um in dieser Gegend.»

«Dann sind wir ja auf dem richtigen Wege», sagte Wasmod mit schwacher Stimme.

«Es kann nicht mehr weit sein», bemerkte Aquila. «Spürt Ihr es auch?»

«Wir haben den Schleier gerade eben durchschritten, Falkenmeister», erwiderte der Alte. «Habt Ihr es nicht gespürt? Die Kälte ist fort.»

Überrascht sah Aquila ihn an. Tatsächlich. Er hätte schwören können, die lederumwundenen Füße des Baumeisters hätten noch vor Augenblicken tief im eisigen Weiß gesteckt, doch als er sich jetzt umblickte, war der Waldboden vollkommen frei von Schnee, und die Bäume standen in vollem Laub. Doch es waren Bäume, die seine Augen noch nie gesehen hatten.

«Was ist das?» flüsterte er.

«Hartheim ist ein Ort, an dem der Schleier nur sehr dünn ist. Wer des Weges kundig ist, oder fest entschlossen, sein Ziel zu erreichen, der mag ihn durchschreiten, als sei er überhaupt nicht da. Wir drei... nun, es hat offensichtlich ausgereicht.»

Sie blieben stehen, um sich zu orientieren. Das Gelände war vollständig eben und der Wald dehnte sich nach allen Seiten: hohe, vermutlich immergrüne Bäume mit kleinen, dicken, fast lederartigen Blättern, die einen verwirrenden Duft verströmten. Oder waren überhaupt nicht die Blätter die Quelle dieses seltsamen Geruchs? Der starke Odem von etwas Fremdartigem war allgegenwärtig. Unter dem Blätterdach herrschte ein gedämpftes, irritierendes Licht, dem bestimmte Bereiche des Farbspektrums fehlten, ohne daß es aussichtsreich erschien, diesen Gedanken weiter zu verfolgen.

«Was ist das für eine Teufelei?» sagte der Magister plötzlich. «Laßt mich hinab, Aquila, ich fühle mich nicht mehr krank. Ich bin... erfrischt wie nach einer langen Nachtruhe. Ja, mehr noch: Schaut doch nur, mein Auge! Ich kann wieder mit beiden Augen sehen, und ich möchte schwören, daß meine Sinne in diesem Augenblick schärfer sind als je zuvor in meinem Leben. Was ist das?»

«Es ist die Magie dieses Ortes», erwiderte Meister Emil. «Und glaubt nicht, daß alle diese Magie von der Dunklen Seite stammt. Dieses Reich wird auch von uns wohlgesonnenen Kräften bewohnt. Der Falkenmeister wird mir zustimmen.»

Doch der Angesprochene antwortete nicht.

«Vater Gennadios», flüsterte Aquila.

«Ihr täuscht Euch», sagte eine Stimme, und es weder diejenige Meister Emils noch die des Magisters.

Wasmod und der Alte folgten dem Blick des Falkners. Wenige Schritte vor den drei Wanderern war wie aus dem Nichts eine Gestalt zwischen den Bäumen erschienen. Die Gestalt eines Mannes, der, vielleicht eben noch in den besten Jahren doch schon an der Schwelle des Alters stand, kräftig, fast untersetzt, mit einem glattrasierten, energischen Kinn und schneeweißem Haar.

«Verzeiht», murmelte Aquila, «für einen Augenblick glaubte ich, in Euch meinen alten Lehrer zu erkennen: Vater Gennadios, einen weisen Mann der Kirche. Es mag sein... als ich ihn das letzte Mal sah, geschah dies unter sehr seltsamen Umständen und es hätte mich nicht überrascht, ihn an diesem Orte anzutreffen.»

Der Unbekannte nickte: «Dies hätte gut geschehen können. Vielleicht habt Ihr ihn sogar gesehen – auf Eure Weise. Ihr müßt nämlich wissen, daß er mich hierher gesandt hat. Mein Name ist Valdemar.»

Die Wanderer sahen ihn schweigend an. Valdemar lächelte und fuhr fort.

«Ich grüße Euch zuerst, Meister Emil, da wir alte Bekannte sind, die sich seit vielen Jahren immer wieder begegnen. Doch diesmal ist es anders. Diesmal werdet Ihr nicht wieder fortgehen, sondern hierbleiben und einer der Unseren werden.»

«So oder so», sagte der Alte. «Ich bin dazu entschlossen.»

«Die Entscheidung liegt in Eurer Hand», nickte Valdemar und wandte sich an den Magister. «Auch Euch kenne ich, Wasmod von dem Knesebeck, Magister der Universität von Bologna und Gesandter seiner Heiligkeit Papst Nikolaus, Gott gebe seiner Seele den himmlischen Frieden. In Eurer Welt mag dieser Tod Eure Stellung schmälern, Wasmod von dem Knesebeck», sagte Valdemar und ein Lächeln lag auf seinen Lippen. «An diesem Ort hingegen zählt ein jeder Mensch nur für das, was ihn selbst ausmacht. Hier können nicht andere für Euch einstehen. – Oder doch nicht in dieser Weise», fügte er nach einem Augenblick hinzu.

Endlich wandte er sich wieder an Aquila:

«Und auch Ihr mögt in diesem Lande willkommen sein...»

Doch der Falkner unterbrach ihn: «Ich bitte Euch, sprecht meinen Namen nicht aus. Noch nicht zu dieser Stunde. Ihr wißt, welche Not uns auf diese gefahrvolle Reise gezwungen hat. Ich bin der, der ich bin, und das hat uns den Weg durch den Schleier gebahnt. Bringt unsere Mission nicht dadurch in Gefahr, daß Ihr dem Feind unser Hiersein offenbart.»

«Wenn es Euer Wunsch ist, junger Adler», erwiderte der Mann, der nun für Augenblicke wahrhaftig die Gestalt von Vater Gennadios angenommen hatte. «Doch glaubt mir, daß es wenig Sinn hat. Die Stunde naht, da das Verborgene offenbar werden muß.»

«Noch aber ist sie nicht gekommen», bemerkte Meister Emil.

«Ist das so?» Valdemar zögerte. «Immer wieder verwirrt mich die Art der Menschen, die Dinge zu betrachten. Die Aufeinanderfolge von Ereignissen, ihre... gegenseitige Bedingtheit, dieses ganze Gebäude von Zeitabläufen.»

«Seit unser Herr Jesus Christus auf Erden weilte, leben wir im Zeitalter der Gnade», sagte der Magister streng. «Das ist alles, was es dazu zu wissen gibt.»

«Es gibt Würdenträger Eurer Kirche, Wasmod von dem Knesebeck, hohe Würdenträger, die dies völlig anders ausgedrückt haben. Joachim von Fiore war...»

«Ein Ketzer, was die offizielle Lehrmeinung anbetrifft. Und ich werde mich zu dieser Stunde gewiß nicht auf einen theologischen Disput mit einem... einem, was immer Ihr seid, einlassen.»

«Das ist klug von Euch», erwiderte Valdemar ohne Hohn. «Aber nun berichtet mir, wie ich Euch bei Eurem Vorhaben beistehen kann. Ich bin Schwester Agnetha begegnet, und ich glaube nicht, daß ich ihr helfen konnte. Die Zeit – Eure Zeit – drängt.»

Angesichts der Blessuren, die er in der Nacht des Feuers und des Kampfes um Bodenteich davongetragen hatte, betrachtete sich Gerolf von Bodenteich nunmehr als vollgültiger Krieger, wenn ihn auch von der Ritterwürde, wie sie sein Vater und Großvater trugen und getragen hatten, noch Jahre trennen mochten. Von der Verletzung an seiner Schulter würde eine deutliche Narbe bleiben. Die Salbe des Falkenmeisters hätte sie besser verheilen lassen, doch Gerolf wollte die Erinnerung an seinen ersten wirklichen Kampf behalten solange er lebte und hatte Aquilas Angebot abgelehnt.

Nein, Ritter Wilbrands jüngster Sohn hatte vor niemandem Angst, der ein Schwert tragen konnte oder mit eingelegter Lanze zum Kampf anstürmte. Und doch hatte er, wenn er ehrlich zu sich selbst war, ein Gefühl der Erleichterung verspürt, als Bischof Konrad und der Falkenmeister sich geweigert hatten, ihn und Adrian mit auf die Suche nach ihrer Schwester und der Augustinerin ausziehen zu lassen.

Wer immer Aquila und seine Begleiter dort draußen im nächtlichen Hügelwald erwartete: Er war kein Gegner, der sich mit dem Geschick seines Armes und der Kraft seiner Waffen zum Kampf stellte. Hier waren Mächte im Spiel, die nicht einmal Schwester Agnethas Bruder, der mächtige päpstliche Legat laut beim Namen zu nennen wagte. Es war eine Sache, sich an einem schläfrigen Nachmittag Meister Emils uralte Geschichten anzuhören, doch eine völlig andere, zu erleben, wie die schlimmsten Alpträume Gestalt annahmen und aus jahrhundertelangem Schlaf erwachten.

Bischof Konrad hatte seine Mönche angewiesen, Gott den Herrn in Chorälen um den Erfolg der Suche nach den Entführten zu bitten. Nach einer Weile hatte Gerolf den ewig gleichen Gesang nicht mehr ertragen können, einen warmen Mantel um seine Schultern gelegt und die Halle verlassen, um Schwert und Schild an ihrem Platz in der Rüstkammer zu verstauen. Niemand hinderte ihn daran. Angesichts des unerwarteten Prozeßverlaufs durften Adrian und er sich frei auf dem Gelände der Burg bewegen.

Ruhelos wanderte Gerolf hinüber zum Torhaus und stieg auf den Wehrgang hinauf. Er mußte auf jeden Schritt achten. Die strenge Kälte hatte das Regenwasser auf den Holzstufen gefrieren lassen. Bibbernd langte Gerolf auf der Plattform an. Hier oben war eigentlich Tostes Posten, doch hatten ihn die Tempelritter von seinen Pflichten entbunden. Heute abend saß der Torwächter bei den anderen in der Halle. Stattdessen stand ein herzoglicher Kriegsknecht an seiner Stelle und grüßte den Jungen wortlos, aber freundlich.

Was sieht er in mir, fragte sich Gerolf. Noch immer oder schon wieder einen Gefangenen? Einen Ketzer? Oder doch den zukünftigen Herrn von Burg Bodenteich?

Der Wächter entfernte sich und ließ den Jungen mit seinen Gedanken allein. Schweigend blickte Gerolf in die Ferne. Die schwere, geschlossene Wolkendecke, die in den ersten Stunden des Abends über der Burg und dem Marktflecken gelagert hatte, war aufgerissen. Rasch jagten die Wolkenfetzen dahin, verdeckten eben den vollen Mond, um ihn im nächsten Augenblick wieder freizugeben. Hoch oben in den himmlischen Gefilden mußte ein Sturm toben, der hier unten noch nicht spürbar war.

Der allenthalben, selbst auf den gefrorenen Wasserarmen des Sees und der Aue lagernde Schnee sorgte dafür, daß man jetzt, mitten in der Nacht, beinahe so gut sehen konnte wie sonst kurz nach Sonnenuntergang. Wenn Gerolf den Blick über Bodenteich gleiten ließ, mußte er feststellen, daß sich der Anblick trotz der Feuersbrunst und des Gemetzels nicht wesentlich von demjenigen früherer Winterabende unterschied. Die Ruinen waren von Schnee bedeckt, einzig die Kirche überragte sie, und diese war mehr oder minder unversehrt geblieben. Auch das gedrungene Mühlenhaus erhob sich rechter Hand unverändert, und der unkundige Beobachter hätte kaum vermutet, daß die meisten seiner Bewohner in einer einzigen Nacht auf grausame Weise ums Leben gekommen waren. Einzig im Zentrum des Ortes war eine größere Lücke zu bemerken, wo Meister Hagens zweistöckiges Haus gestanden hatte. Jenseits davon ging der Blick bis auf die Eisfläche des Mühlenteichs.

Das Licht reichte sogar aus, weit in der Ferne die niedrigen Umrisse des Hügellandes auszumachen. Aquila hatte oft von den hohen Bergen berichtet, die Deutschland von seiner Heimat Italien trennten, von felsigen Schluchten und Abgründen, doch waren diese Hügel die einzigen Berge, die Gerolf aus eigenem Ansehen kannte. Und waren ihre Geheimnisse nicht weiß Gott gefährlich genug?

Dort draußen entschied sich in diesen Stunden das Schicksal nicht nur seiner Schwester und der Augustinerin. Gerolf konnte es ganz deutlich spüren: Sie waren keineswegs in Sicherheit auf Burg Bodenteich. Wenn Aquila das geglaubt hatte, so hatte er sich dieses Mal geirrt. Die Bedrohung war fast mit Händen zu greifen, aber eben nur fast. Der Junge war wieder am Anfang: Dies war kein Gegner, dem man so einfach beikommen konnte.

«Er ist hier überall», sagte eine Stimme.

Gerolf fuhr herum. Er war so in seinen Gedanken versunken gewesen, daß er die Anwesenheit des Wächters, der seinen Posten schließlich nicht verlassen durfte und sich nur ein paar Schritt weit entfernt hatte, ganz vergessen hatte. Doch dessen Stimme war es auch gar nicht gewesen. Er kannte diese Stimme, wenn sie auch in den vergangenen Wochen nur noch selten zu vernehmen gewesen war.

Hinter ihm stand die Müllertochter. Das Mädchen fror erbärmlich, denn es trug nicht mehr am Leibe als einen einfachen Kittel, den es in den Wochen seiner Gefangenschaft nicht hatte wechseln dürfen. Für Ritter Wilbrands Söhne und ihr Gefolge hatte Werner von Langenapel großzügige Haftbedingungen erreicht; für diejenigen Bewohner von Bodenteich, die unter dem unmittelbaren Verdacht von Ketzerei standen, hatte das nicht gegolten. Gerolf scholt sich. Es hätte nur eines Wortes von ihm bedurft und der Tempelritter hätte schon vor Wochen dafür gesorgt, daß jemand ein warmes Gewand aus dem Mühlenhaus beschaffte. Aber war es nicht auch die eigene Schuld des Mädchens? Hätte es Gerolf angesprochen, bräuchte es jetzt nicht zu frieren.

Doch der Gedanke kam ihm nur für Augenblicke. Er öffnete seinen Mantel und ließ sie mit darunter schlüpfen. Fast bereute er es auf der Stelle, denn ihr Körper war so eiskalt, daß er das Gefühl hatte, ein Eisblock presse sich an seinen Leib. Zugleich war er sich aber auch sehr intensiv der Nähe ihres Körpers bewußt, der in den Monaten seit jener letzten heimlichen Begegnung im Obstgarten ihres Vaters deutlich weibliche Formen angenommen hatte.

«Er ist die ganze Zeit über hier gewesen», flüsterte sie, doch sie zitterte und ihre Zähne klapperten so stark, daß Gerolf die Worte kaum verstehen konnte. War es die Kälte oder die Angst? Dann sah er ihr in die Augen und wußte, daß es auf dieser Welt nur noch wenig gab, vor dem dieses Mädchen Angst empfinden würde. Vor Monaten hatte der Falkenmeister ihn in ein Gespräch über Bennos Tochter verwickelt und dabei einige sehr seltsame Andeutungen gemacht. Gerolf wußte nicht, was genau mit ihr geschehen war, doch er spürte, daß es eine tiefgreifende Veränderung war. Wie er selbst in der Nacht des Kampfes hatte auch sie dem Tod ins Auge geblickt; noch in diesem Augenblick schwebte Bruder Edgars Urteilsspruch über ihr, der sie den Flammen des Scheiterhaufens überantwortete.

«Ich weiß», erwiderte er, und seine Lippen näherten sich den ihren, zögernd noch, denn diesmal würde sie nicht den ersten Schritt machen. «Er ist sehr mächtig und sicherlich das gefährlichste und böseste, das uns jemals begegnen wird. Ich weiß nicht, ob selbst Aquila und der Magister ihm gewachsen sind. Und wenn sie scheitern, dann wird er auch uns nicht am Leben lassen. Vielleicht sind wir alle tot, ehe die Sonne aufgeht.»

«Dann sollten wir keine Zeit mehr verschwenden», sagte sie leise, und endlich fand er den Mut, seine Lippen auf die ihren zu drücken, die sich bereitwillig öffneten.

Sie lösten sich eben lange genug voneinander, um wieder in den Hof hinabzusteigen und hinüber zu den Stallungen zu eilen.

Der herzogliche Wächter sah ihnen lächelnd nach, und für einen Augenblick schien die Kälte der Winternacht ihm eine Winzigkeit erträglicher.

Die zwölf Dunklen Apostel hatten für den Augenblick von ihrer Gefangenen abgelassen. Schwester Agnetha vermochte nicht zu sagen, wieviel Zeit vergangen war. Derlei schien in dieser Welt ganz eigenen Gesetzen unterworfen zu sein.

Zunächst konnte sie sich nicht erklären, welchem Umstand sie die Atempause zu verdanken hatte. Erst nach einer geraumen Weile bemerkte sie, daß der intensive Geruch, der jeden Zoll dieser fremden, seltsamen Welt erfüllte, weiter an Intensität zugenommen hatte. Die Sonnc, bishcr zumindcst noch als unbcstimmtcr hcllcr Fleck in der ansonsten gleichmäßigen Tönung des Himmels zu erahnen, war nun zur Gänze verhüllt. Die bunte Färbung der Natur wirkte noch gedämpfter und verhaltener, als habe ein geisterhafter Nebel von der Umgebung Besitz ergriffen.

Stille war eingekehrt. Obgleich dieser Ort schon bei ihrer Ankunft nicht im selben Maße von den Lauten der Natur erfüllt gewesen war wie die Wildnis der realen Welt, so hatten doch die Gesänge und unterdrückten Gespräche der Dunklen Apostel, ihre rituellen Tätigkeiten und rätselhaften Aktivitäten eine gewisse Geräuschkulisse erschaffen, die der Nonne erst jetzt, da wirklich Schweigen herrschte, zu Bewußtsein kam.

Es war die Ruhe vor dem Sturm, jenem allmählich, aber unausweichlich näherrückenden Orkan, der, Agnetha wußte es, so oder so die Entscheidung bringen würde. Die Welt – beide Welten: diejenige, in der sie sich gegenwärtig aufhielt und die sie für sich die andere Seite nannte, aber auch die wirkliche Welt der realen Menschen und Dinge – würde danach nicht mehr dieselbe sein.

«Es ist soweit, Schwester», sagte eine Stimme neben ihr. Sie brauchte den Kopf nicht zu drehen, um zu wissen, daß es der Mann im Dunklen Mantel war. Sie hatte ihn bereits seit einiger Zeit nicht mehr zwischen seinen Jüngern erblickt. Die Vorbereitungen seines Planes mußten zu dieser Zeit seine Anwesenheit an anderem Orte erfordert haben.

«Zeit und Ort?» Er gab ein Geräusch von sich, das wohl ein Lachen sein sollte, aber nicht sonderlich überzeugend klang. «Zeit und Ort haben für mich keine Bedeutung, here frouwe, wenigstens soviel solltet Ihr inzwischen mitbekommen haben. Sagt mir nicht, daß ich Euch in diesem Maße überschätzt habe!»

«Das habt Ihr nicht», sagte sie leise. «Ich weiß nicht, ob ich Eure Absichten nun völlig erkenne, aber ich bin nicht so blind, mir selbst eine derartige Bedeutung zuzumessen, anzunehmen, alle Eure Pläne begännen und endeten mit mir allein. Dieses Spiel, in das Männer wie Magister Wasmod und Werner von Langenapel verwickelt sind, zu schweigen von Valdemar und Euch selbst, muß zwangsläufig selbst über solch eindrucksvolle Bemühungen wie die Eurer Diener hinausgehen.»

Sie war überrascht, woher sie die überraschende Klarheit nahm. Doch gab es nach all dem, was sie mittlerweile erlebt hatte, überhaupt noch etwas, das sie zu überraschen vermochte?

Und doch stutzte sie. Und nicht sie allein. Auch die Aufmerksamkeit des Fremden hatte sich verstärkt. Lauernd bewegte er sich auf sie zu.

Nein, die Erkenntnis war nicht aus ihr selbst heraus gekommen. Wieder, wie schon in den Felsenhöhlen, hatten die Schwingen einer fremden, aber nicht unfreundlichen Macht ihren Geist berührt. Valdemar... aber nicht er allein.

Der Mann, der sich Valdemar genannt hat, schreitet durch den Wald. Es ist kein Wald der wirklichen Welt, sondern er befindet sich hier, auf der anderen Seite. Dies ist eben jener Wald, der an die Lichtung stößt. Valdemar ist nicht allein. Er hat einen, zwei, drei Begleiter.

Ihre Gestalten sind mir vertraut und doch auch wieder nicht. Ich kenne diese Männer, doch ich kenne sie von meiner Seite her, aus Gottes wirklicher Schöpfung. Einer von ihnen ist sehr alt, doch ausgesprochen rüstig. Seine Züge sind überschattet vom dichten Blattwerk der Bäume. Jetzt tritt er aus den Schatten hervor...

«Meister Emil!» flüsterte sie. «Meister Emil!»

Der Mann im Dunklen Mantel stand kaum eine Armlänge von ihr entfernt und beobachtete sie sehr genau. Seine so ganz und gar nicht menschliche Gestalt konnte die Anspannung nicht länger verbergen, die nun Besitz von ihm ergriffen hatte.

Indes registrierte Agnetha dies nur noch am Rande. Die Präsenz in ihrem Geist wurde deutlicher, glitt durch ihr Bewußtsein wie eine Liebkosung.

Der zweite Wanderer ist jünger als Meister Emil, doch es scheint, als sei auch für ihn das schnelle, ungehinderte Vorankommen ungewohnt. Er setzt seine Schritte bedächtig und scheint bei jedem Schritt überrascht, daß seine Füße ihn überhaupt tragen wollen. Ich kann nur seine Augen erkennen, die besorgt in die Ferne gerichtet sind, ganz als könnten sie einzig aufgrund von purer Willenskraft das Waldesdickicht durchdringen, um das zu entdecken, was sie so verzweifelt zu suchen scheinen. Himmel, suchen sie mich? Die Haare des Mannes sind golden wie die meinen, doch hie und da ist Silber in sie hineingewoben wie von der Hand eines begnadeten Künstlers.

«Bruder! Wasmod!»

Der Mann im Dunklen Mantel hatte sich nicht bewegt, und doch erschien es ihr, als sei er noch näher an sie herangerückt und alle seine Aufmerksamkeit hinge einzig an ihren Lippen.

Ihr eigenes Bewußtsein aber war so völlig gefangengenommen von den Berührungen derjenigen, die zu ihrer Hilfe herbeieilten, daß sie unfähig war, ihren Worten Einhalt zu gebieten, als sie nun, weit deutlicher als zuvor, die Anwesenheit einer dritten Person in sich verspürte.

Die Bewegungen des dritten Mannes sind fast unsichtbar in den stetig fließenden Wellen, mit denen der Wind durch das Laub der Bäume zieht. Es sind die Schritte eines Mannes, der es gewohnt ist, in der Wildnis unterwegs zu sein. Beinahe scheint es, als sei er selbst ein Teil des Waldes, eine Kreatur der natürlichen Schöpfung, versehen mit dem Wissen des kundigen Jägers und doch auch mit dem Gefühl vertraut, das die Beute empfindet, die gejagt wird von jenen Spürhunden, die einzig um der Jagd willen leben, deren Lebenszweck in der Vernichtung des edlen Wildes besteht. Auch in seinen Augen glänzt Besorgnis, doch noch tiefer verborgen ein Wissen und eine Macht, die ihm selbst kaum bewußt sein können. Doch dieses Wissen und diese Macht bedeuten ein Opfer, zu dem er nicht bereit sein wird, auch um meinetwillen nicht. Aber warum sollte er überhaupt etwas wagen... um meinetwillen? Nun tritt auch er zwischen den Bäumen hervor.

«Aquila!»

Im selben Augenblick riß der Mann im Dunklen Mantel die Arme in die Höhe:

«Der Ring ist gekommen, Dunkle Apostel!» rief er. «Der Vorhang ist offen!»

Zu viele Dinge geschahen auf einmal.

Aquila war an der Seite seiner Begleiter auf die Lichtung hinausgetreten. Valdemar, der sie hierher geführt hatte, war verschwunden, ohne daß der Falkner genau zu sagen wußte, zu welchem Zeitpunkt. Stattdessen sahen sie sich einer Szene gegenüber, die ihn zugleich mit Erleichterung und Angst erfüllte.

Schwester Agnetha und an ihrer Seite die kleine Riva lebten, aber sie waren im Zentrum der Grasfläche an zwei hohe Pfähle gefesselt worden. Rund um sie stand ein Ring von vielleicht einem Dutzend in dunkle Kapuzenmäntel gehüllter Gestalten; direkt vor der Augustinerin aber erkannte der Falkner einen Mann, den er noch nie zuvor gesehen hatte, es sei denn in seinen Alpträumen. Das Gesicht des Mannes war ihm vertraut und unvertraut in einem. Trug er die harten Züge des Karl von Anjou, jenes Mannes, der die Hohenstaufen um Krone und Leben gebracht hatte? Nein, das konnte nicht sein: Der Anjou war seit Jahren tot und begraben. Andererseits wäre es nicht die erste Seele, die eigentlich dem Jenseits angehörte und der Aquila gleichwohl hier, auf der anderen Seite, begegnete.

Aber nein, es war nicht Karl von Anjou. Der Falkenmeister bezweifelte, daß dieses Geschöpf – wenn es überhaupt ein Geschöpf war – einen Namen hatte. Ein Mann in einem dunklen Mantel und mit einem großen schwarzen Hut auf dem Kopf. Unzählige Male, so schien es Aquila plötzlich, waren sie einander beinahe begegnet; immer wieder hatte er den Fremden aus dem Augenwinkel wahrgenommen, ohne ihn wirklich zu sehen.

Erst jetzt standen sie sich wirklich gegenüber.

Die übrigen Gestalten wichen beiseite, als Aquila und seine Begleiter auf die Gefangenen zugingen, doch der Mann im Dunklen Mantel verharrte an seinem Platz. Seine Miene spiegelte Triumph und einen Spott, der der Bedeutung des Augenblicks kaum angemessen schien.

Es kostete einige Kraft, doch es gelang dem Falkenmeister, seinen Blick vom Antlitz des Fremden zu lösen und der Augustinerin zuzuwenden. Agnetha war blaß wie der Tod. Ihr Gewand lag zu ihren Füßen und selbst das dünne Hemd hing in Fetzen an ihrem schmalen Körper herab und verdeckte ihre Blöße nur unvollkommen. Ihre Haut, die schon fast durchsichtig wirkte, war von Striemen und Kratzern übersät. Aus einer Schnittwunde unterhalb der Kehle sickerte ein dünnes Rinnsal Blut. Die Brust der Augustinerin hob und senkte sich rasch. Sie atmete und war offenbar bei Bewußtsein und sie sah den Falkenmeister auch an, doch er war sich nicht sicher, ob sie ihn erkannte, bis ihre Lippen fast lautlos seinen Namen formten.

Seine Hand tastete nach dem Griff seines Schwertes, doch anders als in der Nacht des Kampfes um Bodenteich gab ihm das Gefühl des kühlen Stahls jetzt keine Beruhigung. Es waren nicht mehr als ein halbes Dutzend Schritte und er hätte Agnetha erreicht, den Mann im Dunklen Mantel beiseite gestoßen, die fesselnden Stricke zerschnitten, und könnte die halb Ohnmächtige auf seine Schultern laden, um so schnell wie möglich von hier zu verschwinden. Doch ein sehr sicherer Instinkt sagte ihm, daß es so nicht geschehen würde.

«Ihr seid tatsächlich gekommen», sagte der Mann im Dunklen Mantel. Seine Worte waren an Aquila gerichtet. Die beiden anderen schienen ihn nicht sonderlich zu interessieren.

«Das sind wir», erwiderte Aquila und bemühte sich, seiner Stimme einen selbstsicheren und ruhigen Klang zu verleihen, obgleich er wußte, daß diese Mühe vergeblich war. Was er auch empfand, dem Mann im Dunklen Mantel würde nichts davon verborgen bleiben, ob er es nun laut aussprach oder nicht.

«Ihr habt den Schleier durchschritten», nickte der Mann im Dunklen Mantel. «Ihr habt das getan, was in diesen Tagen nur wenigen möglich ist. Hierher seid Ihr gekommen, wo wir dem Ort, an dem sie sich verborgen halten, sehr nahe sind.»

«Der Weiße Wolf», sagte Meister Emil. «Der Schwarze Hengst. Und der Rote Drache.»

Wieder wandte sich der Fremde an Aquila, obwohl der alte Baumeister gesprochen hatte:

«So ist es. Ihr Schlaf ist unruhig. Sie spüren Eure Nähe. Könnt auch Ihr sie spüren?»

Aquila schwieg und hielt den Atem an. Ja, er spürte etwas, spürte es schon seit geraumer Zeit, auch wenn er es bisher nicht bewußt wahrgenommen hatte: Es war etwas wie eine Kette von Erschütterungen, ein Erbeben nicht nur des Bodens, sondern der gesamten Wirklichkeit, wenn man hier, auf der anderen Seite, von so etwas wie Wirklichkeit überhaupt sprechen konnte. Der Eindruck war zunächst undeutlich, doch wurde das Donnern und Beben ständig bestimmter, mächtiger, bedrohlicher.

«Jetzt spüre ich es auch», sagte der Magister an Aquilas Seite. «Und es kommt immer näher.» Wasmod von dem Knesebeck machte entschlossen einen Schritt auf den Fremden zu: «Glaubt nicht, daß wir uns vor Euch fürchten, schwarzer Kerl! Wenn es mein Schicksal ist, den Märtyrertod zu erleiden wie Vater Dietrich und jener Franziskaner, Gott erbarme sich ihrer Seelen, so werde ich ihn freudig empfangen.»

Der Mann im Dunklen Mantel wandte sich ihm beiläufig zu, und er gab sich ganz den Anschein, als bemerke er erst jetzt, daß der päpstliche Legat überhaupt existierte.

«Ach ja, der Gesandte seiner Heiligkeit. Und in überraschend guter Verfassung. Guter Freund, wenn Euch der Märtyrertod bestimmt gewesen wäre, ständet Ihr nicht mehr vor mir. Bezweifelt Ihr etwa, daß es einen Augenblick gab in jenen Wochen, in denen Ihr durch die Nebel meiner Welt irrtet, in dem ich Eurer armseligen Existenz nicht ein schmerzhaftes Ende hätte bereiten können – mit einer Geste meiner Finger?»

Wie zur Demonstration hob er gelangweilt seinen rechten Arm, zeigte dem Magister seine Hand und schloß sie zur Faust.

Wasmod von dem Knesebeck zuckte zusammen, doch er schrie nicht. Rasch schob Aquila den Arm um die Schultern seines alten Freundes und hielt ihn aufrecht. Das Antlitz des Magisters war schmerzverzerrt.

«Diese Schmerzen können Euch im nächsten Augenblick wieder genommen werden oder Euer Begleiter sein für den Rest Eures Lebens. Aber mir fehlt gegenwärtig die Geduld zu derlei Neckereien.»

Er öffnete die Handfläche wieder und der Falkner spürte, wie sich Wasmods Körper an seiner Seite entspannte. Doch der Magister hatte

Mühe, sich auf den Beinen zu halten. Meister Emil trat hinzu und stützte ihn von der anderen Seite.

«Richtet Eure Gedanken auf Valdemar!» sagte er leise. «Er ist eine Quelle der Macht. Vielleicht gibt er Euch die Kraft, dies durchzustehen.»

Wasmod von dem Knesebeck nickte fast unmerklich, und tatsächlich schien es Aquila, als kehre ein wenig Kraft in den Körper des päpstlichen Gesandten zurück.

«Aber wir wollen nicht von solchen Nebensächlichkeiten reden», sagte der Fremde. «Eure Ankunft hat einen derer geweckt, die bisher geschlafen haben.»

«Ihr wollt sagen», unterbrach ihn der Falkner, «wären wir nicht gekommen...»

«Endlich erkennt Ihr es. Einzig aus diesem Grunde sorgte ich dafür, daß die Nonne hierher gebracht wurde. Euretwegen. Weil Ihr der seid, der Ihr seid. Derjenige, der den Schlüssel trägt zu dem Gefängnis, in dem die alten Götter festgehalten werden.»

«Der Ring», murmelte der Falkenmeister. «Das Erbe meines Vaters.»

«So ist es. Es ist ein sehr mächtiger Ring, wenn ihn einer trägt, der ihn zu gebrauchen versteht. Welch ein Frevel Eures Vaters, Euch nicht in seine Kräfte einzuweihen.»

«Ausgerechnet Ihr sprecht von Frevel? Was erwartet Ihr von mir? Soll ich ihn Euch freiwillig geben?»

Begehrlich starrte der Fremde den Ring an: «Es ist mir nicht gegeben, diesen Ring selbst zu tragen. Mir genügt es, daß Ihr hierher gekommen seid. Der Schlafende ist erwacht, der Käfig offen, der Schleier, der die Welten teilte, entzweigerissen. Nichts kann nun mehr verhindern, daß er wieder so mächtig wird wie einst, als er und die Seinen dieses Land beherrschten.»

Noch während der Mann im Dunklen Mantel die letzten Worte sprach, wurden die Erschütterungen so stark, daß Aquila und seine Begleiter Mühe hatten, auf den Beinen zu bleiben. Mit festem Griff hielt der Falkner Wasmod aufrecht.

Gleichzeitig begann von den Felswänden her, die die Lichtung von drei Seiten umgaben, ein wahrer Hagel von Geröll und Gesteinsbrocken in die Tiefe zu donnern. Die Dunklen Apostel wichen zurück und suchten zwischen den Bäumen Schutz, doch der Mann im Dunklen Mantel blieb unbewegt stehen.

Mit einer Neigung des Kopfes deutete er auf Schwester Agnetha: «Ich bedarf ihrer nicht länger. Wenn Ihr wollt, könnt Ihr sie mitnehmen. Die Frage ist nur, wohin. Aber das ist nicht mehr meine Angelegenheit.»

Ohne ein weiteres Wort wandte er sich um und ging zwischen den beiden Pfählen mit den Gefangenen hindurch mitten in den dichtesten Gesteinshagel hinein. Aber noch während er die Augustinerin passierte, begannen seine Umrisse undeutlich zu werden und Augenblicke später war er verschwunden, als hätte der Erdboden ihn verschlungen.

«Worauf wartet Ihr?» Meister Emil war der erste, der sich aus seiner Erstarrung löste. «Euer Schwert, Meister Aquila, bevor es zu spät ist!»

Rasch zog der Falkner die Klinge und durchschnitt mit zwei entschlossenen Streichen die Fesseln zuerst der Augustinerin und dann auch der kleinen Riva. Das Mädchen fiel sofort vornüber und Meister Emil, der in diesem sonderbaren Land anscheinend die volle Kraft seiner Jugend wiedergewonnen hatte, hob sie auf seine Schultern. Die Augustinerin dagegen hielt sich aufrecht, doch noch immer brachte sie kein anderes Wort hervor als wieder und wieder Aquilas Namen.

Das Beben nahm weiter an Stärke zu. Rötlicher Staub lagerte in der Luft. Der Gestank nach Schwefel war überall und brachte sie zum Husten. Feurige Funken bissen ihnen in die Haut.

«Wir müssen hier weg!» stellte Wasmod von dem Knesebeck fest. Mittlerweile war wenigstens er wieder in der Lage, ohne Hilfe auf den eigenen Füßen zu stehen.

Gehetzt sah sich der Falkner um: «Ich habe erlebt, wie der feurige Berg in der Nähe von Neapel ausbrach. Es dauerte nur Augenblicke und die Wälder in der ganzen Gegend standen in Flammen. Die Bäume in diesem Land hier scheinen nicht so empfindlich zu sein. In ihrem Schutz werden wir wenigstens nicht ersticken. Kommt!»

Der Magister zögerte: «Wohin? Wie sollen wir den Weg zurück finden?»

«Ganz gleich! Nur weg von hier!»

Wasmod von dem Knesebeck nickte und schloß sich ihnen an. Im letzten Augenblick erreichten sie die ersten Bäume des Waldes, während die Lichtung unter glühender Asche und Gesteinsbrocken begraben wurde.

Ein gewaltiger Lärm ließ die Menschen im Rittersaal zusammenfahren. Eine Reihe mächtiger Erschütterungen zerriß die Stille der Nacht.

Augenblicke später stürzte der zum Wachdienst am Tor abgestellte Kriegsknecht in die Halle: «Der Wald... das Hügelland! Von einem Augenblick zum anderen stand alles in Flammen!»

«Hilf uns, Herr!» flüsterte der Bischof. «Heiliger Christophorus, steh uns bei!»

Werner von Langenapel erhob sich: «Es geht also los.»

Er hatte sein Kettenhemd, das er in der Erwartung, an der Suche nach der Augustinerin teilzunehmen, angelegt hatte, gar nicht erst ausgezogen, und der Helm lag griffbereit auf dem Tisch. Es war ein etwas altertümlicher, offener Helm. Auf Gerolfs Frage hatte Ritter Werner nur geantwortet, ein Tempelritter fürchte sich weder seinem Gegner ins Gesicht zu blicken, noch ihm das ungeschützte Antlitz darzubieten.

Aber wo war Gerolf? Den ganzen Abend über hatte er den Tempelritter zu dem Versprechen zu nötigen versucht, bei einem möglichen Kampf an seiner Seite fechten zu dürfen. Der Templer sah sich um, doch er konnte Ritter Wilbrands jüngeren Sohn nirgends entdecken. Blieb demnach nur er selbst. Nun, einer von denen, die die Wälle von Akkon wochenlang gegen eine zwanzigfache Übermacht gehalten hatten, würde sich auch vor einer legendären Bestie nicht fürchten, und müßte er ihr auch ganz allein gegenübertreten.

Doch wenn sich auch Gerolf nicht sehen ließ, so trat jetzt Adrian, totenbleich allerdings, an seine Seite, in der Hand einen gebogenen Säbel, wie ihn die Moslems des Heiligen Landes zu benutzen pflegten. Fragend sah der Templer den Jungen an.

«Aquila hat ihn mir geschenkt», erwiderte der Junge. «Er stammt aus seiner Heimat.»

Ritter Werner nickte verstehend: «Die Sarazenen von Lucera führen diese Klingen. Könnt Ihr damit umgehen?»

«Gerolf ist zwar ein weit besserer Krieger als ich, doch diese Waffe erschien ihm nicht ritterlich genug. Dabei ist sie handlicher und leichter zu führen als ein gewöhnliches Schwert.»

«Zweifellos.» Der Templer schwieg besser darüber, daß er manchen Ritter kannte, der lieber gestorben wäre, als einen muslimischen Säbel in die Hand zu nehmen. Dem Jungen war es ernst mit seinem Kampfeswillen, und der Falkenmeister war ihm mit Sicherheit ein guter Waffenlehrer gewesen.

«Die Männer und Frauen von Bodenteich sind bereit.»

Toste war vorgetreten, gefolgt von einer Handvoll von Ritter Wilbrands Kriegsknechten und vielleicht zwei Dutzend Bewohnern des Fleckens, darunter die gedrungene Gestalt des Schmiedes und sogar einige Frauen. Mit ihren Händen umklammerten sie Heugabeln, Dreschflegel und Grabestöcke. Ritter Werner machte nicht den Fehler, diese Menschen zu unterschätzen. In der Nacht des Kampfes hatte er gesehen, welch blutige Ernte sie unter Siverd von Salderns Söldnern gehalten hatten.

«Ritter Werner!»

Bischof Konrad von Verden hatte sich von Ritter Wilbrands Sessel erhoben und schritt jetzt die wenigen Stufen hinab.

«Ritter Werner, ich unterstelle die Krieger meines Gefolges und alle, die sich von des Herzogs Besatzung noch auf Bodenteich befinden, Eurem Befehl. Ich selbst und alle frommen Brüder werden für Euch beten.»

Der Templer deutete eine Verneigung an: «Es soll geschehen, wie Ihr es sagt, Eminenz. Ich bitte Euch jetzt, begebt Euch mit allen, die keine Waffen tragen können, in den Bergfried. Der wackere Toste wird Euch mit den Männern und Frauen von Bodenteich dorthin begleiten. Dies dürfte zu dieser Stunde der sicherste Ort sein.»

«So soll es sein, Werner von Langenapel», nickte der Kirchenmann. «Wir vertrauen auf Gott den Herrn und die Kraft Eures Schwertes.»

Er gab den Mönchen ein Zeichen. Stumm zogen sie sich die Kapuzen über die Gesichter und machten sich bereit, unter dem Schutz der Krieger den Burghof zu überqueren.

Einzig Bruder Edgar trat aus der Reihe der Geistlichen hervor: «Ich gehe nicht in den Bergfried, Ritter Werner. Die Befehlsgewalt des Bischofs erstreckt sich nicht auf meine Person, und auch Ihr werdet mir dies schwerlich verweigern.»

«Der Tempel von Jerusalem hat die Inquisition immer unterstützt. Es ist Eure Entscheidung, ehrwürdiger Bruder.»

«Dann stehe ich an Eurer Seite.»

«So folgt mir.»

Grimmig zog der Templer sein Schwert und trat als erster auf den Burghof hinaus. Der Lärm hatte zuletzt nachgelassen, doch schon ein Blick in den Himmel verkündete, daß die Unruhe dieser Nacht gerade erst begann. Ritter Werner wartete ab, bis die Männer und Frauen von Bodenteich sowie der Bischof mit seinen Mönchen sicher ins Innere des Bergfrieds gelangt waren.

Toste aber stieg die hölzerne Treppe wieder hinab: «Mein Platz ist an der Seite von Ritter Wilbrands Sohn, Herr», sagte er an den Templer gewandt. «Mag mich für meinen Ungehorsam strafen, wer will, aber ich bleibe an Eurer Seite.»

Die Falten auf Ritter Werners Stirn zogen sich zusammen: «Vergiß nicht, daß Du ein Gefangener bist, Mann!»

«Ich trage die Konsequenzen, Herr.»

«Ich bürge für diesen Dienstmann unseres Geschlechts, Ritter Werner», sagte Adrian rasch.

Zweifelnd blickte der Templer zwischen dem Jungen und dem Torwächter hin und her:

«Nun gut, weil Ritter Wilbrands Sohn für Dich bittet, Toste, magst Du bei uns bleiben. Immerhin, Dein Mut ehrt Dich und die Ritter des Tempels haben Mut noch immer zu schätzen gewußt. – Adrian, Ihr begleitet mich, Ihr anderen aber wartet hier auf uns.»

Aufmunternd nickte er seinen Männern zu: Neben ihm selbst, Adrian, Toste und Bruder Edgar befanden sich noch gegen zwanzig herzogliche Söldner auf dem Burghof. Nicht eben viele, um gegen einen Gegner anzutreten, dessen Stärke kein Mensch einzuschätzen wußte.

Die Waffe in der Rechten schritt der Tempelritter auf das Burgtor zu und erstieg die Aussichtsplattform. Doch Adrian hatte sie vor ihm erreicht. Gemessenen Schrittes klomm nun auch Ritter Werner empor: «Was seht Ihr?»

Adrians Arm beschrieb einen Bogen quer über den Horizont: «Schaut, dort drüben über dem Hügelland! Vor ein paar Jahren hatten wir hinten bei Dammerhorn einen Waldbrand. Dieses hier sieht viel gefährlicher aus.»

Ritter Werner mußte dem Jungen recht geben: Der Nachthimmel über den Hügeln schien in Flammen zu stehen. Doch war es mehr als die Glut und der zuckende Schein des Feuers. Immer wieder stoben glühende Garben in die Höhe und zogen am Firmament ihre Bahn, begleitet von einem hohen Pfeifen, das noch hier auf der Burg, Stunden entfernt, in den Ohren schmerzte.

«Griechisches Feuer», murmelte Ritter Werner.

Furchtsam sah der Junge ihn an. Aquila hatte ihnen mehr als einmal von dieser schrecklichen Waffe berichtet.

«Wir haben es im Heiligen Land eingesetzt», erklärte Ritter Werner. «Beide Seiten. Es brennt überall, selbst auf dem Wasser, und hat es erst einmal von etwas Besitz ergriffen, läßt es sich nicht mehr löschen. Aber das da drüben... Sultan Alashraf hatte ein halbes Dutzend Katapulte, als er gegen Akkon rückte, aber selbst sie haben nicht annähernd ein solches Inferno entfesselt...»

Adrian von Bodenteich starrte stumm in die Flammen.

«Sie sind noch Stunden entfernt», sagte er leise.

«Stunden für einen Wanderer oder selbst einen Reiter. Aber nicht für das Feuer. Trotzdem: Wenn es mit rechten Dingen zuginge, dürfte es uns hier nichts anhaben können, die Flußarme und der See sollten uns schützen. Aber irgendwie kann ich daran nicht glauben. Das ist kein gutes Zeichen für Magister Wasmod und seine Begleiter.»

«Was sollen wir also tun?»

«Wir können nur abwarten, Adrian von Bodenteich. Abwarten und hoffen.»

Der Falkenmeister hatte recht behalten mit seiner Voraussage. Das zähe Blätterdach des sonderbaren Waldes schützte sie vor den schlimmsten Auswirkungen des Asche- und Feuerregens, der in der Atmosphäre wütete und innerhalb des Waldes, wo selbst unter gewöhnlichen Verhältnissen ein unentschiedenes Halbdunkel herrschte, ein Zwielicht entstehen ließ, das es den Umherirrenden schwer machte, einander nicht aus den Augen zu verlieren. Das Inferno war bei weitem nicht vorüber. Der Erdboden schüttelte und bäumte sich wie ein todwundes Tier, und das hohle Krachen der Ausbrüche hielt mit unverminderter Gewalt an. Eher schien es lauter als leiser zu werden.

«Ich würde sagen, diese Welt stirbt», sagte der Magister leise. «Wenn sie nur Wirklichkeit wäre. Hier hat ohnehin nichts Lebendiges etwas verloren.»

Der Falkner schüttelte ernst den Kopf: «Nein, sie stirbt nicht. Sie verändert sich. Etwas, das sehr lange Zeit geschlafen hat, das gebunden und gefangen war, ist erwacht und befreit sich von seinen Fesseln.»

«Und dann wird es uns angreifen? Wir müssen ihm noch immer so nahe sein.»

«Versteht Ihr denn überhaupt nicht?» fragte Meister Emil, der noch immer die bewußtlose Riva auf seinen Schultern trug. Jetzt setzte er sie ab und ließ sich müde unter einem Baum nieder. Er bettete den Kopf des Kindes in seinen Schoß und während er berichtete, strich er dem kleinen Mädchen hin und wieder beruhigend über das Haar.

«Ich habe diese Geschichte den Kindern hundert Mal erzählt», sagte der alte Baumeister. «Damals, in der Zeit, in der die Herren von Bodenteich bereits ihre alte Festung hinter der Kirche erbaut hatten, aber der neue Glaube noch mit den Anbetern der Drei Dämonen stritt, ritt der erste Ritter von Bodenteich immer wieder ruhelos durch das Hügelland. Er wußte, daß die Menschen in diesem Lande niemals in Frieden würden leben können, ehe er nicht die Götzen aufgespürt und endgültig aus dieser Welt verbannt hätte. Dabei war er ein über alle Maßen mutiger Mann, dieser erste Ritter von Bodenteich. Nicht ohne Grund hatte ihn der große Herzog Heinrich, den man den Löwen nannte, Herzog Ottos Urahne, mit den frommen Mönchen in dieses Land gesandt, damit er sie beschütze, wenn sie den Glauben an Jesus Christus predigten.

Und doch überkam ihn eine große Furcht, als er eines Tages in dem Wald inmitten des Hügellandes, der heute Hartheim heißt, auf die Kreaturen stieß. Aber er besiegte seine Furcht, denn das war die Voraussetzung dafür, auch die Götzen zu besiegen. Ich kann Euch nicht genau berichten, wie es ihm in diesem Kampf ergangen ist und aus welcher geheimen Quelle er die Kraft schöpfte, diese Geschöpfe schließlich zu überwinden. Vielleicht war er einfach zu bescheiden und höflich, als daß er später damit geprahlt hätte.

Immerhin hat er die Geschichte seinem ältesten Sohn weitererzählt, damit, sollte die Bedrohung durch die Drei Dämonen jemals wieder über Bodenteich schweben, die Menschen nicht wehrlos wären. Aber sie wurde immer nur vom Vater an den Sohn weitergegeben. Streng der Blutlinie des Geschlechts der Herren von Bodenteich folgend wurde so das Geheimnis bewahrt: Nur die Herren von Bodenteich wußten, wie dieser schrecklichen Plage beizukommen war und ist. Dieses Wissen machte und macht sie noch heute zu den Herren des Marktfleckens und des gesamten Landstrichs zu beiden Seiten der Aue und vom großen See bis hinauf in das Hügelland. So jedenfalls berichtete es mir Ritter Anno, Ritter Wilbrands Vater. Vor seinem Tod hätte er sein Wissen an Ritter Wilbrand weitergeben müssen. Ich weiß nicht, ob dies geschehen ist, denn Ritter Anno kehrte von seiner letzten Reise nicht zurück und starb in der Fremde. Doch so oder so: Ritter Anno ist tot und Ritter Wilbrand ist fern. Sein Wissen könnten wir zu dieser Stunde gebrauchen, doch er ist unerreichbar für uns.

Auf jeden Fall besiegte jener erste Herr von Bodenteich die Drei

Dämonen, aber es gelang ihm nicht, sie wirklich zu töten, denn sie waren nicht allein unserer Welt zugehörig, sondern zugleich auch dieser hier, der anderen Seite. Immerhin nahm er ihnen ihre leibliche Hülle und verbannte sie an diesen sonderbaren Ort, damit sie auf ewig gefangen sein sollten, schlafend und unschädlich in ihrem Kerker. Verborgen hinter dem Vorhang, der die Welten trennt und der unter gewöhnlichen Umständen undurchdringlicher ist als die Türen des tiefsten Kerkers, den Ihr Euch nur vorstellen könnt.

Nun aber ist er wieder erwacht und die Türen des Kerkers stehen weit offen. Ja, wir selbst haben sie den Dämonen geöffnet, indem wir hierher kamen.»

«Nicht wir», sagte der Falkner leise. «Ich allein.»

«Nein!» wehrte der Alte entschieden ab. «Wenn überhaupt, so war es meine Schuld. Ich wußte um Euer Geheimnis, aber außerdem kannte ich mich mit den Drei Dämonen besser aus als jeder andere Mensch, ausgenommen vielleicht Ritter Wilbrand. Ich hätte noch entschiedener danach trachten sollen, ihm deutlich zu machen, in welcher Gefahr wir alle seit dem Tage Eurer Ankunft schwebten. Es ist meine Schuld, Aquila, daß ich nicht vorhersah, welche Folgen Euer Erscheinen an diesem Orte haben mußte.»

«Ich... verstehe überhaupt nichts.» Die Stimme der Augustinerin. Schwester Agnetha, die seit ihrer Befreiung wortlos und schwach neben ihnen hergestolpert war und sich immer wieder auf die Schulter des Falkners gestützt hatte, blinzelte. Als Aquila versucht hatte, sie kurzerhand auf seine Schultern zu heben, wie es Meister Emil mit der kleinen Riva getan hatte, hatte sie abgewehrt.

Die Nonne hatte sich ebenfalls auf dem weichen Waldboden niedergelassen. Sie hustete. Selbst unter dem schützenden Blätterdach begann die Luft zunehmend unerträglich zu werden. Aquila beugte sich über sie, doch sie schüttelte mit einem müden Lächeln den Kopf:

«Danke. Es geht schon besser. Aber ich verstehe nicht, wovon Ihr sprecht. Ihr seid hierhergekommen, um mich zu retten, und Eure Ankunft hat den Roten Drachen aufgeweckt. Der... Mann im Dunklen Mantel benötigt mich nicht mehr für seinen Plan, obwohl ich das kaum... kaum glauben kann.»

«Sprecht nicht so viel, Schwester», bat der Magister. «Wir haben noch einen weiten Weg vor uns und Ihr seid noch immer schwach.»

«Seltsamerweise bin ich stärker als ich sein dürfte», sagte sie leise. «Und da bin ich nicht die einzige.» Sie blickte ihren Bruder und Meister Emil an.

«Auch das ist eine Eigenart dieser seltsamen Welt», erwiderte Aquila.

«Aber was habt gerade Ihr damit zu tun? Warum konntet Ihr den Drachen aufwecken, nicht aber mein Bruder oder Meister Emil?»

«Weil ich diesen Ring trage», sagte er und hielt ihr seine Rechte hin, an der das Erbstück seines Vaters funkelte. «Er ist mein Erbe und er ist mein Fluch. Ich wußte nicht um seine Kräfte... aber ich ahnte sie doch. Und es ist nicht der Ring allein. Ob ich ihn trage oder nicht, ich bin, was ich bin und ich kann diesem Erbe nicht entfliehen. Wie oft haben wir darüber gesprochen, Meister Emil?»

Der Baumeister schüttelte den Kopf: «Unzählige Male. Seit dem Jahr, in dem Ritter Wilbrands Vater Euch aus Italien mitbrachte, begann sich das Unheil wieder zu regen. Man mochte zuerst an Zufälle glauben: Mißernten, Überschwemmungen, ein Waldbrand. Das Vieh wurde krank. Ein Kalb mit zwei Köpfen wurde geboren. Ritter Wilbrands Vetter verletzte sich auf der Jagd, eine Kleinigkeit nur, doch selbst Eure Heilkunst vermochte ihn nicht zu retten... Aber es waren zu viele Dinge – und seit im Frühjahr die beiden Kirchenmänner abgeschlachtet wurden...»

«Das war nun weiß Gott nicht seine Schuld!» protestierte die Nonne. «Ludolpho hat nicht nur gelogen, sondern er war selbst mit dem Mann im Dunklen Mantel verbündet. Er trägt die Verantwortung für den Tod Vater Dietrichs und des Franziskaners.»

«Wo ist Ludolpho überhaupt?» fragte der Magister. «War er eine dieser Kapuzengestalten?»

«Er ist tot», sagte die Nonne knapp. «Ich habe ihn getötet.»

Die drei Männer starrten sie an, doch keiner kommentierte ihre Eröffnung mit einem Wort.

«Jedenfalls macht es keinen Unterschied, ob Ludolpho die Verantwortung für den Tod der heiligen Männer trägt, sei es durch magische Beschwörungen oder indem er seine Anhänger zu den Taten anstiftete. Dieses entsetzliche Unheil hätte niemals wieder über Bodenteich kommen können, wäre ich nicht da gewesen.»

«Aber wie kann das sein, Aquila?» Sie sah ihm direkt in die Augen und umschloß seine Hand, die den Ring trug, mit ihren beiden Händen. «Bitte sagt es mir: Wer seid Ihr, Aquila?»

Er zögerte, blickte zu Wasmod und Meister Emil herüber und beide nickten.

«Die Stunde ist gekommen», sagte der Magister.

Aquila nickte und setzte zu einer Antwort an, doch im selben Augenblick erschütterte ein Beben den Wald, gegen das alle vorausgegangenen Stöße sich verhielten wie eine leichte Brise zur Gewalt eines Orkans. Überall hörten sie ein Krachen und Knacken. Bäume stürzten in sich zusammen und rissen ihre Nachbarn mit. Meister Emil warf sich eben noch zur Seite, um nicht von einem gewaltigen Ast erschlagen zu werden. Gleichzeitig schlugen die Funken bis zum Boden durch und das trockene Unterholz begann an vielen Stellen zugleich Feuer zu fangen. Ein hohes Sirren erfüllte die Luft.

«Mein Gott, er ist frei!» schrie Meister Emil. «Lauft! Lauft!»

Sie sprangen auf. Meister Emil lud sich wieder das Mädchen auf und jeder von ihnen versuchte so gut es ging, sich einen Weg durch das brennende Inferno zu bahnen. Aquila mochte Agnetha nicht wieder loslassen. Gemeinsam schlugen sie sich durch das an einigen Stellen bereits in Flammen stehende Geäst eines mächtigen umgestürzten Baumes. Auf der anderen Seite brach die Nonne fast zusammen, doch der Falkner fing sie auf. Gehetzt blickte er um sich: Nur zur rechten Hand bot sich noch ein schmaler Korridor inmitten des brennenden Infernos. Er hob Agnetha auf seine Schultern und achtete nicht länger auf ihre Proteste.

Mit letzter Kraft stürzte er sich in die feuerfreie Gasse.

Erst als sie einen Teil des Waldes erreicht hatten, der von den Flammen noch nicht in Mitleidenschaft gezogen war, kam ihnen zu Bewußtsein, daß Wasmod von dem Knesebeck und Meister Emil nicht mehr an ihrer Seite waren.

«Wenn wir nicht wüßten, daß irgendwo dort draußen die Menschen, die wir lieben, um ihre Leben kämpfen müssen», murmelte Adrian von Bodenteich angesichts des gewaltigen Brandes, der sich mehr und mehr über die Kuppen des Hügellandes ausbreitete, «es wäre ein ehrfurchtgebietendes Schauspiel.»

Werner von Langenapel nickte mit zusammengekniffenen Lippen.

Die Flammen waren viel zu weit entfernt, als daß ihre Hitze auf den Wällen von Bodenteich spürbar gewesen wäre, und doch fühlte sich die Haut seines Gesichtes so heiß und trocken an wie nach einem tagelangen Ritt durch die Wüsten des Heiligen Landes.

Niemals, niemals hätte er zulassen dürfen, daß sie sich ohne ihn auf den Weg machten. Nicht alleine, weil er des Ringes hätte habhaft werden sollen. Was scherten ihn noch die Pläne Kardinal Caetanis und eitle Gemmen? Es wäre seine Pflicht als Ritter, Christenmensch und Vertreter des Tempels von Jerusalem gewesen, diese Suche zu begleiten, und er hatte sich von nur allzu einleuchtenden Argumenten umstimmen lassen.

Aber nun würde er nicht noch einmal weichen. Wenn Burg Bodenteich sein Grab werden sollte, bei Baphomet und der Heiligen Jungfrau, so würde er den Tod freudig erleiden, und sei es einzig als Sühne für seine Verfehlungen.

Längst waren auch Toste der Torwächter und Bruder Edgar zu ihnen heraufgeklettert und verfolgten das faszinierende und grausame Schauspiel.

«In den nächsten Jahren wird der junge Herr Gerolf wenig Wild zum Jagen finden, junger Herr Adrian», murmelte Toste. «Der Falkenmeister wird viel Zeit für seine Bücher haben.»

«Wenn er nur zurückkommt», seufzte der Junge.

Zuerst war der Schweiß in Bächen an seinem Körper herabgeströmt und hatte das dunkelgrüne Jagdgewand wie einen zentnerschweren Kettenpanzer an seinem erschöpften Leib hängen lassen, doch mittlerweile sehnte er sich nach der relativen Kühle, welche die Feuchtigkeit ihm geschenkt hatte.

Seit Stunden stolperte Aquila wie blind durch ein irrsinniges Fegefeuer. Schlimmeres als diese Hölle auf Erden konnte kein fanatischer Bruder Edgar und kein heuchlerischer Vater Ludolpho seinen entsetzten Schäfchen ausmalen. Ständig haschten die Flammen nach seinen Füßen, ständig mußte er aufpassen, daß er nicht mit seiner teuren Last gegen bereits brennendes Laubwerk stieß. Mehrere Strähnen ihres goldenen Haares waren bereits angesengt. Der Falkner wußte nicht, woher er noch die Luft zum Atmen nahm. Seine Lunge schmerzte, als hätten Lanzenstiche sie durchbohrt. Die Wunde an seiner Seite war bereits vor einiger Zeit wieder aufgebrochen. Ein schmales, aber stetiges Rinnsal Blutes sickerte durch den grünen Stoff und rann an seinem Bein hinab.

Aber mittlerweile nahm er den Schmerz kaum noch wahr. Er war nur noch eine beiläufige Irritation, die ihn am Vorankommen hinderte, aber keine vernichtende Pein mehr wie am Anfang dieser irrsinnigen

Flucht durch die Welt der anderen Seite. Die andere Seite... alle diese Vorstellungen waren nunmehr viel zu abstrakt. Aquila vermochte nicht mehr zu denken. Sein einziger Wille war auf das Überleben gerichtet, auf den nächsten Augenblick, der für sie beide den Tod in der Glut der Flammen bedeuten konnte oder eine weitere, kurze Frist, vielleicht Augenblicke nur, aber eben ein Augenblick nach dem anderen. Und dann noch einer. Und noch einer.

Wieder stolperte er und mußte sich mit den Händen im brennenden Gezweig abfangen. Seine Händen waren aufgerissen und blutig, die Finger, halb verkohlt, glichen offenen Wunden. Und doch gelang es ihm noch einmal wieder auf die Beine zu kommen und weiter zu stolpern, ja, zu kriechen. Selbst wenn er auf seinem Bauch kriechen müßte, die Nonne mit sich zerrend: Er hatte sie gefunden, sie lebte und um nichts in der Welt, in dieser oder irgendeiner anderen, würde er aufgeben, solange sein Herz nicht seinen letzten, zerreißenden Schlag getan hatte.

Das Gelände stieg an. Es wurde felsiger. Aquila brauchte eine Weile, bis er es überhaupt zur Kenntnis nahm. Abgesehen von den gigantischen Felswänden, welche über der Lichtung in sich zusammen gestürzt waren, war die Welt der anderen Seite ein gewaltiger, unendlicher Wald und absolut eben. Dies hier war etwas völlig anderes. Es gab viel weniger Bäume, dafür niedriges Gesträuch. Überrascht erkannte der Falkner eine Pflanzenart wieder, dann noch eine. Sie wuchsen in Italien, erinnerte er sich.

Aquila hielt inne. Die Flammen... das Feuer war verschwunden. Er wußte nicht zu sagen, wann, aber als er sich jetzt umwandte und langsam einmal um sich selbst drehte, konnte er selbst die Funken, den Ascheregen und den Rauch nirgends mehr ausmachen. Sogar die tellerebene Waldgegend war verschwunden. Fast schien es, als seien sie...

«Mein Gott», flüsterte er, «haben wir den Schleier durchschritten, ohne es zu bemerken?»

Mit einem Stöhnen des Schmerzes und der Erleichterung ließ er den Körper der Augustinerin zu Boden gleiten und sank selbst an Agnethas Seite zu Boden. Jetzt kehrten die Schmerzen zu ihm zurück, doch er hieß sie fast freudig willkommen. Sie hatten es geschafft und waren der unmittelbaren Todesgefahr entkommen. Sicherlich, diese Gegend war eine Wildnis und es dunkelte bereits. Wer wollte sagen, welche Geschöpfe hier des Nachts umherstreunten. Doch das war im Augenblick fast unwichtig. Lächelnd betrachtete er das Gesicht der Augustinerin. Sie war ohnmächtig, aber es war jene Art von Ohnmacht, die bereits in heilenden Schlaf überging. Er brauchte keine Angst zu haben.

Seufzend streckte er sich der Länge nach aus.

Die Felsen waren noch warm von der Sonne des Tages, doch es wurde rasch kälter. Von der Hitze in die Kälte. Er würde achtgeben müssen, daß sie nicht erfroren. Eng drückte er sich an Agnethas Körper und umschlang sie mit seinen Armen. Sie würden sich gegenseitig Wärme spenden müssen. Ihre unmittelbare Nahe ließ ein angenehmes Kribbeln in seinem Hinterkopf entstehen.

«Sagt Euren Namen!»

Der Falkner fuhr auf und blickte in eine Schwertspitze, die ihm entgegengereckt wurde. Der Mann, der das Schwert führte, stand mit dem Rücken zur Sonne. Aquila konnte sein Gesicht nicht erkennen. Doch aus dem Tonfall erkannte er, daß es diesem Mann ernst war. Er würde nicht mit sich spaßen lassen.

«Man nennt mich Aquila...»

«Aquila?» Der Fremde lachte. «Das wird dem König gefallen!»

«Welchem König?»

Die Stimme des andern wurde wieder hart: «Laßt diese Scherze! Er wird kaum darüber lachen. Und jetzt steht auf! Was ist mit dieser Frau?»

Agnetha regte sich. Überrascht, doch nicht furchtsam gewahrte sie den Fremden und daß sie sich nicht mehr im brennenden Wald befanden.

«Glaubst Du, daß Du mit meiner Hilfe ein Stück laufen kannst?» fragte der Falkenmeister besorgt.

Sie nickte: «Es wird gehen... ein Stück zumindest.»

«Es ist nicht sehr weit», sagte der Fremde und half Agnetha beim Aufstehen. Dabei konnte ihn Aquila aus einem anderen Blickwinkel betrachten.

Er hatte ihn noch nie gesehen, doch seine Haut hatte die dunkle Tönung des Italieners. Was den Falkner aber noch mehr verblüffte, war seine Bekleidung. Der Mann trug ein Wams aus schwarzem und gelbem Stoff und darüber eine ebensolche Kapuze, die er weit in den Nacken zurückgeschlagen hatte.

Die Tracht des Hohenstaufenhofes.

Schwester Agnetha war zu optimistisch gewesen, als sie annahm, ein Stück weit ohne Hilfe laufen zu können. Schon nach wenigen Schritten stützte sie sich auf die Schulter des Falkenmeisters und ließ sie nicht mehr los, bis sie ihr Ziel erreicht hatten.

Ihr Führer ging eben so schnell, wie sie laufen konnten, wartete, wenn er bemerkte, daß sie nicht mehr mitkamen, und schien sich ansonsten sehr gut in dem unübersichtlichen Gelände auszukennen. Die Gegend wurde durch gewaltige, verkarstete Felsformationen beherrscht, zwischen denen sich nur hier und da ein Flecken dunkler Boden hatte behaupten können, aus dem spärliches, trockenes Gras emporwuchs. An manchen Stellen war der Pfad, dem sie folgten, kaum zu erkennen, denn schon war die Sonne hinter den Felsenkämmen verschwunden und rasch hatte die Dämmerung eingesetzt; doch der Mann in der Tracht der Hohenstaufen schritt entschlossen voran.

«Ich kann das nicht glauben», murmelte der Falkenmeister.

Die Nonne sah ihn fragend an.

Er schüttelte den Kopf: «Es ist unmöglich, aber das ist Italien!»

Sie hatten eine gewaltige Bergflanke umrundet. Bei dem Anblick, der sich ihnen nun unvermittelt bot, verschlug es der Nonne schier den Atem, während Aquila nur wortlos nickte, als habe sich eine lang gehegte Erwartung bestätigt.

Vor ihnen, auf dem höchsten Punkt eines bewaldeten Hügels, erhob sich eine gewaltige Festung; eine Burg, wie die Augustinerin sie noch nie gesehen hatte. Die Grundform war achteckig, an den acht Ecken acht achteckige Türme, von denen jeder von einer Standarte gekrönt war, deren Zeichen sie indes noch nicht erkennen konnte. Für einen Augenblick mußte sie an die Gralsburg aus der Geschichte von Ritter Parzival denken, doch sie wußte, daß der Name dieser Festung nicht Munsalvaesche lautete. Nein, Aquila hatte ihr von dieser Burg mehr als einmal berichtet.

«Castel del Monte!» flüsterte sie. «Die Festung, die Kaiser Friedrich in der Nähe von Bari erbauen ließ und die er zu seiner italienischen Residenz machen wollte!»

Der Diener der Hohenstaufen blickte spöttisch über seine Schulter zurück:

«Woher wollt Ihr wissen, welche Gedanken den Geist des großen Kaisers Federico bewegten? Gott gebe seiner Seele den ewigen Frieden. Castel del Monte ist ein Jagdschloß. Und Ihr seid in das Jagdrevier des Königs eingedrungen. Ihr solltet Euch besser Gedanken darüber machen, wie Ihr Euch vor seinen Augen dafür verantworten wollt.»

«Das konnte ich nicht ahnen», murmelte Aquila. Das Antlitz des Falkners war kreidebleich geworden, doch ihr Führer nickte nur stumm, zufrieden, seinen Gefangenen den Ernst ihrer Lage deutlich gemacht zu haben.

«Was ist mit Dir?» flüsterte die Nonne, als der Diener sich wieder umgewandt hatte.

«Irgend etwas stimmt nicht», sagte er leise. «Hast Du nicht gehört, wie er über den Kaiser gesprochen hat? Der Papst und die Franzosen haben sein Andenken verdammt. Niemand würde so wohlwollend seinen Namen nennen. Und das ist es nicht allein: Dieser Mann trägt die Farben der Hohenstaufen. Als was könnte es der Sohn des Karl von Anjou, ihr neuer König, auffassen, denn als Hochverrat? Hier ist etwas ganz anders, als es sein müßte, Agnetha.»

Beunruhigt nickte sie: «Wir haben die andere Seite verlassen, aber wo sind wir hingeraten?»

Der Anstieg zum Kastell war steiler, als es zunächst den Anschein hatte. Mehrfach mußten sie stehenbleiben, weil Agnetha einfach nicht mehr laufen konnte. Zwischen den Bäumen, endlich wieder richtigen Bäumen der wirklichen Welt, herrschte bereits nächtliche Kühle. Die Augustinerin fröstelte, woraufhin der Diener zu ihrer Überraschung seinen eigenen schwarzen und gelben Mantel von den Schultern nahm und ihr überlegte.

«Wir sind fast am Ziel», sagte er aufmunternd.

Endlich hatten sie es tatsächlich geschafft. Vor ihnen erhoben sich die wahrhaft zyklopischen Mauern, fast fensterlos in Bodennähe, doch in Höhe des oberen Geschosses von reich verzierten Bogenfenstern unterbrochen. Das Portal selbst wurde von einem dreieckigen Giebel gekrönt, der auf Säulen ruhte, so daß die ganze Anlage wie der Portikus eines antiken Tempels geformt war. Aquila hatte der Nonne davon berichtet. Der Kaiser hatte ihn selbst entworfen und darauf bestanden, daß er genau so gebaut werden sollte, um zu betonen, daß sein Kaisertum in der Tradition der alten römischen Imperatoren stände.

Vor den Stufen, die zum Eingang hinaufführten, standen ein Dutzend Wachen in den schwarzen und gelben Wämsern. Einer der Männer hob grüßend die Hand, trat vor und musterte die Gefangenen.

«Ah, Guagnano! Was bringt Ihr uns da, Falconiere?»

Der Angesprochene schüttelte zweifelnd den Kopf: «Ich weiß es nicht. Sie trieben sich inmitten des königlichen Jagdbannes herum, doch sie wollen es nicht gewußt haben. Es ist seltsam...»

Er sprach den Satz nicht zu Ende, denn der Wächter nickte bereits: «Ich verstehe, was Ihr meint. Trotz ihrer zerlumpten Kleidung: Sie sehen nicht aus wie gewöhnliche Jagdfrevler.»

«Geleitet Ihr sie zum König?»

Der Wächter nickte.

«Ich wünsche Euch Glück, Fremde», sagte ihr Führer zum Abschied an Aquila und Agnetha gewandt. «Gebt auf Eure Worte acht, und Euch wird Gerechtigkeit widerfahren. Woher auch immer Ihr stammen mögt, Ihr werdet sehen, unser König Manfred ist ein ehrenhafter Mann.»

Aquila neigte zum Dank das Haupt. Lautlos wiederholten seine Lippen den Namen.

anno dominice incarnationis MCCLIX
regnante domino Manfredo primo rege sicilie
calendas octobri
(1. Oktober 1259)

Sie wurden in das Innere des Kastells geführt. Schwer fiel der Schatten des gewaltigen Portals auf die erschöpften Wanderer, als sie eintraten. Überrascht registrierte die Augustinerin, daß das Innere des mächtigen Gebäudes noch von der Wärme des Tages erfüllt war, ein angenehmes Gefühl nach der erschöpfenden Wanderung durch die wilden Hügel, in denen bereits die Kühle des Abends herrschte.

Der große Raum, den sie betreten hatten, war von trapezförmigem Grundriß und bemerkenswert hoch. Bis auf ein oder zwei langgestreckte Tische, an denen weitere Wächter saßen, würfelten und tranken, besaß er keinerlei Einrichtung. Rechter Hand wurden sie durch eine Tür in einen zweiten Raum gleichen Zuschnitts geführt, nur daß dieser eine weitere Tür besaß, die auf einen Innenhof hinausführte. In diesem Raum hielten sich mehrere Männer und Frauen auf, die in jenes Grün gekleidet waren, das auch Aquila so oft zu tragen pflegte, wenn es wohl auch aus den halb verkohlten Fetzen, die er jetzt noch am Körper trug, kaum zu erahnen war. Die Gefangenen wurden interessiert, aber nicht feindselig gemustert. Eine ältere Frau von auffallend dunkler Hautfarbe nickte ihnen sogar freundlich zu; in ihren Augen leuchtete etwas auf, das Agnetha für Erkennen hielt. Aquila erwiderte den Gruß stumm.

«Wer ist diese Frau?» fragte die Augustinerin ihn leise.

«Ich bin mir nicht sicher. Ich glaube, eine Verwandte meiner Mutter.»

Schon diese wenigen Worte brachten den Gefangenen einen unfreundlichen Blick ihres Wächters ein. Von nun an schwiegen sie besser. Sie überquerten einen großen Innenhof, der achteckig war wie der Rest des Gebäudes, und traten rechter Hand wieder in geschlossene Räume ein. Eine steinerne Wendeltreppe führte in die Höhe. Sie stiegen hinauf und kamen in einen großzügig eingerichteten Raum des ersten Stockwerks. Hier waren die Wände anders als im Erdgeschoß nicht verputzt, sondern mit Marmor verblendet. Außerdem gingen Fenster nicht nur auf den Innenhof hinaus, sondern zusätzlich ein großzügiges doppeltes Arkadenfenster nach außen hin. Obwohl es noch nicht besonders dunkel war, brannten an den Wänden bereits eine Vielzahl kleiner Öllampen.

Eine einzige Tür führte in den nächsten Raum. Vor ihr stand ein hochgewachsener Mann mit einem bis auf die Brust fallenden Bart. Die Nonne starrte ihn an:

«Ritter Wilbrand!»

Der Angesprochene blickte sie fragend an, schüttelte aber höflich den Kopf: «Das ist nicht mein Name, liebe frouwe, obwohl es wohltut, in meiner heimischen Sprache angesprochen zu werden.»

«Seid gegrüßt, Ritter Anno von Bodenteich, Vater des Wilbrand», sagte Aquila stattdessen.

«Ihr kennt meinen Jungen?» fragte Ritter Anno freudig überrascht. «Ihr kommt aus Deutschland? Wie geht es ihm?»

Aquila zögerte: «In diesem Augenblick? Das vermag ich leider nicht zu sagen. Als ich ihn zuletzt sah, war er gesund und wohl.»

«Das höre ich gerne», erwiderte Ritter Anno. «Ihr müßt mir später unbedingt mehr von Deutschland erzählen, ja? Ihr wollt zu König Manfred?»

«Diese beiden sind Gefangene», sagte der Wächter an ihrer Stelle. «Sie wurden innerhalb des königlichen Wildbannes aufgegriffen und haben keine zufriedenstellende Erklärung dafür geliefert. Nun sollen sie sich verantworten.»

Ritter Anno schüttelte unzufrieden den Kopf: «Schaut sie Euch doch an: Sie haben Schweres hinter sich und hatten gewiß Besseres zu tun als Jagdfrevel. Sicherlich wollten sie ohnehin zu uns. So ist es doch?»

Aquila betrat die Brücke, die Ritter Anno ihnen gebaut hatte: «So ist es. Wir kommen mit einer Nachricht für des Königs Ohren.»

«Na also, Mann, Ihr habt es gehört. Ich werde sie selbst zu König Manfred bringen.» Als der Wächter nicht sofort reagierte, fügte er bestimmt hinzu: «Ihr könnt Euch wieder auf Euren Posten begeben.»

Mit einem knappen Gruß gehorchte der Mann und entfernte sich. Ritter Anno wartete, bis er gegangen war und musterte Aquila und Agnetha dann noch einmal genau.

«Diese Leute müssen blind sein», sagte er an Aquila gewand. «Wer könnte Euch ins Angesicht blicken ohne zu wissen, was Ihr seid? Ihr wißt natürlich, daß es eine wahre Unzahl kaiserlicher Bastarde gibt; beinahe einen ganzen Volksstamm. Und fast alle führt ihr Weg irgendwann an den Hof König Manfreds. Nun gut, kommt mit mir.»

Der König war jünger, als die Augustinerin erwartet hatte. Dabei hatte sie eigentlich keinen Anlaß, überrascht zu sein. Aus Aquilas Erzählungen wußte sie, daß Manfred von Hohenstaufen den Thron des Königreichs Sizilien mit sechsundzwanzig Jahren bestiegen hatte und daß er bei seinem Tod in der Schlacht von Benevent noch keine vierunddreißig gewesen war.

Doch dem Mann, dem sie nun gegenüberstanden, war noch die ganze Zartheit der Jugend eigen. Seine Haare waren von einem so hellen Blond, wie man es selbst in Deutschland selten fand; hier in Italien mußten sie ein wahres Phänomen sein, zumal ähnlich wie bei Aquila das helle Haar in einer faszinierenden Spannung zu der verhältnismäßig dunklen Haut stand.

Doch die Züge des Königs waren bedeutend weicher als die des Falkenmeisters. War es verwunderlich? König Manfred hatte schließlich kein Leben der Flucht, der Entbehrungen und des Exils geführt wie Aquila seit dem Tode eben jenes König Manfred. Ihr schwindelte. Diese Konstruktion war so irrsinnig, daß kein gesunder Geist sie mehr nachvollziehen konnte. Sie standen wahrhaftig dem Mann gegenüber, dem Aquilas Familie gedient hatte; dem Mann, der vor mehr als einem Vierteljahrhundert auf dem Schlachtfeld von Benevent den Tod gefunden hatte. Konnte es wirklich sein, daß sie die Welt der anderen Seite verlassen hatten? Oder waren all dies nur die Visionen von Menschen, die, dem Tode nahe, inmitten des brennenden Waldes von einer gnädigen Ohnmacht in den Tod glitten?

Aber es war viel zu deutlich für eine Vision! König Manfred lebte und sie lebten auch. Der König hatte sich wortlos von seinem Thron erhoben und war auf sie zugetreten. An seiner Seite stand ein sehr alter Mann in der dunklen Kutte eines Mönches. Doch das Kreuz mit dem quergestrichenen Längsbalken zeigte an, daß er der orthodoxen Richtung des christlichen Glaubens anhing, die nach den Maßstäben der Heiligen Römischen Kirche selbstverständlich eine Ketzerei darstellte.

Beide, König und Mönch, betrachteten den Falkenmeister sehr genau, während Ritter Anno von Bodenteich, der den Raum nicht verlassen hatte, sich im Hintergrund hielt. Schließlich nickte der König und ging zurück, um sich auf seinem Thronstuhl niederzulassen. Der mit reichem Schnitzwerk verzierte, orientalisch anmutende Lehnstuhl war in einer dreifach gegliederten Fensternische aufgestellt, die auf das königliche Jagdrevier hinausging. Wahrhaft der Sitz eines Königs.

«Unseres Vaters Sohn», sagte Manfred von Hohenstaufen und betrachtete den Falkenmeister nachdenklich. Seine Stimme war tief und wohlklingend. Agnetha erinnerte sich an Aquilas Erzählungen, nach denen er ein begabter Dichter und Sänger gewesen war.

«Ein Sohn des Kaisers.» Der König erhob sich wieder und trat auf den Falkenmeister zu. «Es gibt so viele davon. Einigen von ihnen widmete unser Vater seine Anteilnahme und Aufmerksamkeit, anderen nicht. Der älteste von ihnen, so glaubten wir bisher, sei Enzio, unser unglücklicher Halbbruder, der seit einem Jahrzehnt in den Kerkern von Bologna schmachtet. Aber Ihr erscheint uns kaum jünger. Jedenfalls seid Ihr älter als wir selbst.»

König Manfreds Stimme verriet in keiner Nuance, was er von seinen Gästen hielt. Nachdenklich besah er sich den Falkenmeister noch einmal von allen Seiten und betrachtete dann auch die Nonne eingehend.

«Sie ist wohl eher Eure Geliebte, als Eure und Unsere Schwester?»

«Agnetha von dem Knesebeck, Herr», sagte sie. «Tochter des Paridam und Schwester des päpstlichen Legaten Magister Wasmod.»

Unwillig kniff der König die Augen zusammen: «Was für ein Legat? Kennt Ihr diesen Namen, Vater Gennadios?»

Der alte Mönch sah den König zögernd an: «Ich bin mir nicht sicher, Herr. Mir ist, als hätte ich ihn schon einmal vernommen. Doch ich kann mich nicht entsinnen, bei welcher Gelegenheit das gewesen sein sollte. Es erscheint mir wie... ein Traum. Ja, wie ein Traum.»

«Ich kenne diesen Namen, Herr», sagte Anno von Bodenteich überrascht. «Wenn diese Augustinerin eine von dem Knesebeck ist, dann sind wir tatsächlich Nachbarn und Verwandte in Deutschland. Einer meiner Vettern trägt den Namen Wasmod. Aber einen Legaten Wasmod kenne ich nicht.»

Der König hob die Schultern und wandte sich wieder Aquila zu: «Nun, mein Freund, und wie nennt man Euch?»

Der Falkner zögerte keinen Augenblick: «Man nennt mich Aquila.»

«Aquila», wiederholte der König. «Aquila, der Adler. Ein großer Name für einen Bastard. Zumal für einen Bastard mit Ehrgeiz.»

Er trat noch näher an den Falkner heran und sah ihm direkt ins Gesicht. Es kostete ihn Mühe, denn Aquila war gewiß eine Handspanne größer als der König von Sizilien.

«Ihr scheint mir kein Mann zu sein, der viel redet. Doch ein Mensch mag Ehrgeiz, tiefe Gefühle und Sehnsüchte haben, ohne sie laut auszusprechen. Ihr wißt natürlich, daß die Rechtmäßigkeit unserer eigenen Geburt angezweifelt worden ist. Vielfach angezweifelt. Die Päpstlichen haben gar das Gerücht in die Welt gesetzt, ich sei für den Tod einiger meiner Halbbrüder verantwortlich. Habt Ihr keine Furcht, Euch könne Ähnliches zustoßen?»

«Nein, mein Herr und König.»

«Nun, Ihr klingt überzeugt. Was führt Euch zu dieser Überzeugung?»

Wieder antwortete der Falkenmeister nicht. Der König hob die Augenbrauen, verärgert über den unbefriedigenden Verlauf der Unterhaltung. Er wandte sich an Agnetha:

«Dann sagt doch Ihr mir, Agnetha von dem Knesebeck: Wißt Ihr, warum Euer Begleiter nicht antwortet? Da er der ist, der er ist, hat er Grund zu erwarten, an unserem Hofe gut behandelt zu werden, doch er sollte nicht vergessen, daß ich der König bin. Viele kaiserliche Bastarde sind auf diese Art und Weise an meinem Hof zu Ruhm und Ehre gelangt, warum er nicht?»

Sie blickte kurz zu Aquila hinüber, doch der Falkenmeister verzog keine Miene.

«Weil er nicht der ist, für den Ihr ihn haltet, Herr!» sagte sie. «Er ist kein Sohn des Kaisers. Sein Vater entstammt einem mächtigen Geschlecht Eures Reiches, doch er hat mir niemals seinen Namen genannt.»

König Manfred schüttelte den Kopf: «Seht ihn doch an und dann seht uns an. Er mag zwanzig Jahre älter sein als wir, aber die Ähnlichkeit ist doch nicht zu leugnen. Wir müssen Brüder, das heißt, Halbbrüder, sein. Selbst das Mal hier oben am Haaransatz, seht Ihr es, auch das ist ein Erbgut unseres Hauses. Selbst das haben wir gemeinsam!»

«Heilige Mutter Gottes!» murmelte Vater Gennadios.

König Manfred sah ihn an. Bestürzt näherte sich der alte Mönch dem Falkenmeister und betrachtete eingehend das Mal auf seiner Schläfe. Ja, der Alte hob sogar die Hand, befeuchtete die Finger und versuchte, ob er den dunklen Fleck entfernen konnte. Als er erkannte, daß das nicht möglich war, trat er zwei Schritte zurück.

«Das ist unmöglich. Völlig unmöglich.»

«Vater Gennadios! Was habt Ihr?» Beunruhigt legte der König seine Hand auf die Schulter des Alten.

«Das Mal», flüsterte der Alte. «Das Mal. Euer Vater hatte dieses Mal nicht, Herr.»

Der König kniff die Augen zusammen und blickte zwischen Gennadios und Aquila hin und her.

«Das ist in der Tat sonderbar», sagte er schließlich. «Ich kenne mich nicht über die Maßen aus in diesen Dingen, aber ich habe es durchaus erlebt, daß aus dem Wurf zweier schwarzer Jagdhunde ein oder zwei weiße hervorgehen, wenn ihre Großeltern weiße Hunde waren. Dieses Mal... könnte eine Generation übersprungen haben. Wer weiß, vielleicht hatte unsere Großmutter, die Kaiserinmutter Constanze, ein solches Mal?»

«Ich kannte sie, Herr, und ich kann mich dessen nicht entsinnen. Aber ich weiß etwas anderes: Eure Mutter, mein Herr und König, Eure Mutter, die Markgräfin Bianca Lancia, hatte ein solches Mal!»

«Meine Mutter? Das kann nicht sein! Kein Halbbruder, sondern ein... wirklicher Bruder? Ein Sohn des Kaisers mit meiner Mutter? Wie hätte dies all die Jahre verborgen bleiben können? Warum sollte der Kaiser...»

«Seht ihn an», murmelte Vater Gennadios fast unhörbar. «Er ist fast so alt, wie sie jetzt wäre. Das kann es nicht sein. Dies ist ein Geschehnis von einer Dimension, die niemand von uns auch nur im Ansatz ermessen kann. Ich würde sagen, es ist unmöglich, wenn ich nicht...»

Ungeduldig und augenscheinlich selbst von zunehmender Anspannung erfüllt, wartete der König, daß der alte Mönch seine Gedanken in Worte faßte.

«Ihr wißt, mein Herr und König, daß ich in Salerno schon seit den Zeiten Eures Vaters Experimente betreibe. Wichtige Forschungen, die den Lauf der Gestirne anbetreffen, den Gang der Welt und die Art der Wirklichkeit in der Schöpfung. Es ist dies eine sehr komplizierte Materie...»

«Bei der Mutter Gottes, Vater Gennadios, wir wissen, daß Ihr ein weiser Mann seid. Bedenkt, daß ich meinen eigenen Sohn in Eure Obhut gab!»

«Oh mein Gott», murmelte der Alte. «Wie soll ich es Euch nur erklären. Man wird irrsinnig, wenn man es ernsthaft bedenkt: Das Gewebe der Zeit, die Natur der Schöpfung... sie ist nicht unter allen Umständen so, wie es den Anschein hat. Es gibt Möglichkeiten, verschlungene Wege für die, die auserwählt sind... Mein Herr und König, ich kann mich nun entsinnen, woher ich seinen Namen kenne. Er stammt tatsächlich aus einem Traum oder doch aus etwas, das dem sehr, sehr nahe kommt. Dieser Mann, Herr, dieser Mann...»

Die Stimme des Alten brach. Wie beschwörend hob er die Hand, in der Erregung des Augenblicks zu einer Klaue geformt.

«Dieser Mann...», murmelte er noch einmal, doch er vermochte die Ungeheuerlichkeit nicht auszusprechen.

Aquila seufzte. Agnetha sah, daß ihm Tränen in den Augen standen, als er den König und den Alten betrachtete.

«Mein Herr und König», sagte er mit einer Stimme, die Agnetha überraschte, denn selbst in der höchsten Not hatte sie niemals das Zittern bemerkt, das sie jetzt erfüllte. «Mein Herr und König, ich bin nicht Euer Bruder.»

Er schritt auf König Manfred zu, der ihm jetzt wieder – unwillig – seine Aufmerksamkeit zuwandte.

Aquila trat ganz nah an den König heran. So nahe, daß die Hand Annos von Bodenteich unruhig an den Knauf des Schwertes fuhr. Doch der Falkenmeister machte keinerlei Anstalten, Manfred von Hohenstaufen auch nur zu berühren.

Er holte noch einmal tief Luft:

«Ich bin Euer Sohn!»

anno dominice incarnationis MCCXIIIC
regnante domino Adolpho primo glorioso Romanorum rege augusto
XVI. calendas januarii
(16. Dezember 1292)

Die Erschütterungen und das Feuer hielten an. Den hilflosen Beobachtern auf den Mauern von Burg Bodenteich war längst jegliches Zeitgefühl abhanden gekommen. Gebannt beobachteten sie, wie der gewaltige Brand über die Höhenzüge des Hügellandes vordrang und sich allmählich, aber unaufhaltsam in das Tal der Aue vorkämpfte.

«Uns selbst schützt der Fluß, ebenso das Dorf Overstedt», sagte Toste. «Aber was ist mit Kuckstorf? Wenn ich es richtig erkennen kann, ist das Feuer keine Meile mehr entfernt.»

«Die Menschen müssen für sich sorgen», erwiderte Werner von Langenapel. «Wir können ihnen nicht helfen. Laßt uns hoffen, daß sie klug genug sind, zu fliehen, wenn das Feuer herannaht.»

Die Flammenzungen stiegen hoch in den nächtlichen Himmel. Eine dichte Rauchwolke hatte sich über dem Hügelland gebildet. Wabernd und bewegt war sie in ständiger Veränderung begriffen, von unten her rötlich beleuchtet durch das Flammenmeer. Der beißende Geruch des Rauchs hatte mittlerweile auch den Marktflecken und die Burg erreicht. Besonders Bruder Edgar wurde immer häufiger von Hustenanfällen gequält. In einem jeden dieser Augenblicke mußte Adrian an Aquila und seine Begleiter denken.

Mit zusammengekniffenen Brauen beugte sich der Tempelritter weit nach vorn: «Da ist doch etwas! Ich wünschte, der Falkenmeister mit seinen scharfen Augen wäre jetzt bei uns! Adrian, könnt Ihr eine Veränderung erkennen, dort drüben, ziemlich weit linker Hand, wo die Hügel zum Flachland abfallen?»

Der Junge strengte seine Augen an. Es dauerte einen Augenblick, bis er antwortete.

«Ja... ja, da verändert sich etwas. Der Rauch fächert dort nicht mehr so stark in die Breite, sondern steigt steiler nach oben. Seht Ihr: Selbst die Flammen schlagen dort höher empor – und auch heller.»

Nach wenigen Augenblick konnten auch die Übrigen die Veränderung erkennen. Bisher hatte es den Anschein gehabt, als habe sich der gesamte Horizont in Richtung Sonnenuntergang in ein Flammenmeer verwandelt, das sich allmählich die Hänge hinab und auf den Lauf der Aue zu ausdehnte. Jetzt aber konzentrierte sich die Intensität des Feuersturms zunehmend auf ein Gebiet hart am südlichen Rand des Hügellandes. Adrian hatte richtig beobachtet. Die Flammen bündelten sich dort wie in der Gluthölle eines gigantischen Schmiedeofens.

«Was ist das für eine Gegend?» fragte der Templer.

«Der Ort wird Hartheim genannt», erwiderte Adrian. «Genau dort haben Meister Emil und Kloppodek den Roten Drachen gesehen. Das heißt, nur Kloppodek hat ihn gesehen; Meister Emil hat ihn nur...»

«...gehört. Ich weiß», unterbrach ihn Ritter Werner, «er hat mir die Geschichte in aller Ausführlichkeit berichtet.»

Schweigend betrachteten sie die weitere Entwicklung. Während die Flammen rechter Hand, also weiter im Norden, jetzt kaum noch oder überhaupt nicht mehr vorankamen, verstärkten sie sich um Hartheim mehr und mehr. Wild wirbelten im glühendheißen Zentrum Feuer und Asche in die Höhe, um an den Rändern langsam wieder in die Tiefe zu sinken.

«Es sieht aus wie lebendig», flüsterte Adrian.

Werner von Langenapel nickte versonnen. Fast schien es, als wolle er überhaupt nicht antworten, doch dann sagte er: «Wahrscheinlich ist es das auch. Heilige Mutter Gottes, wahrscheinlich ist es das auch.»

«Mein Darm tut weh», murrte Meister Emil.

Humpelnd schloß Wasmod von dem Knesebeck zu dem alten Baumeister auf. Wenn es noch eines Beweises bedurft hätte, daß sie die Welt der anderen Seite verlassen hatten und sich wieder irgendwo in den Wäldern zwischen Bodenteich und der Hartheim-Gegend befanden, so war er hiermit erbracht. Der Magister kam bedeutend langsamer voran, denn er war es, der jetzt die noch immer bewußtlose Riva auf den Schultern tragen mußte.

«Jene wundersame Heilung und Stärkung, die wir auf welche Weise auch immer durch Valdemar erfahren haben, verläßt uns allmählich wieder», sagte er. «Seid besser froh, daß dies nicht abrupt geschieht, denn sonst wären wir kaum ein paar Schritte weit gekommen, sondern stattdessen im Schnee zusammengebrochen und erfroren.»

«Immer noch besser als verbrennen», erwiderte der Alte.

Der Magister nickte: «Wäre das nicht eine seltsame Ironie gewesen, wenn die Feuer dieser Hölle das Schicksal vollendet hätten, das Euch

Bruder Edgar zugedacht hatte?»

«Ich finde es nicht komisch. Und auch Ihr solltet heute nacht nicht zum Spaßen aufgelegt sein, wenn man das Schicksal Eurer Schwester bedenkt.»

Der Magister nickte ernst: «Ich bin in großer Sorge um sie, Meister Emil, wenn das auch für Euch vielleicht nicht erkennbar ist. Doch ich weiß sie in den Händen des Falkenmeisters. Und wenn irgend jemand einen Ausweg aus dieser brennenden Wildnis finden kann, dann ist er es. Ich vertraue diesem Mann vollkommen. Ist meine Schwester zu retten, wird er es tun.»

«Wie Ihr wißt, halte auch ich große Stücke auf Meister Aquila. Laßt uns hoffen, daß unser Vertrauen und unsere Hoffnungen gerechtfertigt sind.»

Schweigend marschierten sie nebeneinander her durch die Nacht. Das Gelände war unübersichtlich, doch der Baumbestand war in diesem Bereich des großen Waldes verhältnismäßig licht, so daß sie recht gut vorankamen. Meister Emil bestand schon seit einiger Zeit darauf, erkannt zu haben, wo sie sich befanden, nämlich nördlich von Bodenteich, in den östlichen Ausläufern des Hügellandes, wo es bereits in das Tal der Aue hinein abfiel. Tatsächlich führte sie ihr Weg seit einiger Zeit sanft bergab. Irgendwann mußten sie auf diese Weise auf die Straße stoßen, die Bodenteich mit dem Kloster Oldenstadt und der herzoglichen Neugründung verband.

Wasmod von dem Knesebeck blieb nichts anderes übrig, als sich der Führung des alten Baumeisters anzuvertrauen. Wenn der Alte recht hatte, waren dies zwar dieselben Wälder, durch die der Magister noch vor Monatsfrist verletzt und nur halb bei Besinnung geirrt war, doch seine Erinnerungen waren undeutlich und schemenhaft, während Meister Emil sich hier seit mehr als einem dreiviertel Jahrhundert auskannte.

Doch auch der Magister spürte immer stärker, wie ihn die wundersamen Kräfte, die Valdemar ihm verliehen hatte, verließen. Die erst halb verheilten Wunden, von denen sein geschwächter Körper übersät war, begannen erneut zu schmerzen, und die grimmige Kälte tat ein Übriges. Das Flammenmeer war seit einer Weile hinter ihnen zurückgeblieben und würde sie wohl so schnell nicht erhaschen, doch die eisige Luft der Winternacht mußte sich bald zu einer großen Gefahr entwickeln, wenn sie nicht in absehbarer Zeit eine wärmende Unterkunft fanden.

«Was habe ich gesagt!»

Wasmod von dem Knesebeck blickte auf. Meister Emil war ein Stück vor ihm stehengeblieben und wies voller Selbstgefälligkeit auf einen breiten, ausgefahrenen Weg: Die Straße nach Bodenteich.

Aufatmend betrat der Magister den unbefestigten Pfad: «Meine Hochachtung, Meister Emil. Fast bin ich versucht zu glauben, es sei doch etwas an Bruder Edgars Beschuldigungen gewesen.»

«Was ist schon Magie, Magnifizenz?» sagte der Alte. «Es gibt so viele Dinge, die uns Tag für Tag umgeben, und die Ihr und Eure klugen Doctores doch niemals erkennen werdet.»

«Vielleicht ist das wirklich so, Meister Emil. Doch ich hoffe, einiges davon von Euch zu lernen, wenn wieder friedlichere Zeiten einkehren.»

Der Alte lächelte: «Euer Wunsch ehrt mich, Magnifizenz, doch ich fürchte, Ihr habt mir schon heute nacht nicht richtig zugehört. Unsere Wege trennen sich hier. Ich kehre nicht wieder nach Bodenteich zurück.»

Bestürzt starrte der Magister den Alten an: «Was wollt Ihr damit sagen, Ihr kehrt nicht zurück?»

«Das, was ich den ganzen Abend über gesagt habe: Ich werde nicht nach Bodenteich zurückkehren. Die Andere Seite erwartet mich. Sie sind bereit, mich aufzunehmen und meine Zeit ist nun gekommen. Ihr werdet kaum behaupten wollen, es sei zu früh dafür.»

«Aber... wollt Ihr eine Todsünde begehen und Euch selbst...»

Der Alte lachte: «Das ist nicht nötig, Magnifizenz. Ich spüre, wie die Andere Seite nach mir ruft. Den Falkenmeister zu der Augustinerin zu führen und Euch den Weg zurück zu zeigen, das war meine letzte Aufgabe in dieser Welt. Und sie ist nun vollendet.»

«Aber wie finde ich nach Bodenteich... Und die kleine Riva...!»

«Der Weg ist wahrhaftig breit und deutlich genug. Und was das Kind anbetrifft, so werdet Ihr die Kraft haben, die Ihr benötigt. Der Schleier zwischen den Welten ist jetzt sehr dünn, und nicht allein für die Kräfte des Bösen. Zudem werdet Ihr bald ganz andere Hilfe bekommen, seid gewiß. Und nun lebt wohl. Meine Kräfte schwinden.»

Ein plötzlicher Hustenanfall schüttelte ihn. Der Alte taumelte und ließ sich gegen den Stamm einer Kastanie sinken. Mit wenigen Schritten war der Magister bei ihm und stützte den alten Baumeister. Doch der Husten wollte nicht vergehen.

«Tut mir einen Gefallen», bat Meister Emil noch. «Bitte kümmert

Euch um Bennos Tochter. Sie ist alles, was von meiner Sippe geblieben ist.»

«Ich verspreche es», sagte Wasmod von dem Knesebeck rasch.

«Dann ist es gut.» Der Alte lächelte, doch sofort hatte der Husten wieder Gewalt über ihn, wenn auch nur noch für einen Augenblick. Dann spürte der Magister, wie sich der Körper in seinen Armen entspannte.

Meister Emil war tot.

anno dominice incarnationis MCCLIX
regnante domino Manfredo primo rege sicilie
calendas octobri
(1. Oktober 1259)

Die Stille im Thronsaal Manfreds von Hohenstaufen war so vollkommen, daß die dort Versammelten den leisen Gesang der Vögel vernehmen konnten, die draußen vor der Burg den Abend willkommen hießen.

Vater und Sohn standen sich gegenüber, wortlos, bewegungslos. Agnetha konnte die Augen nicht von ihnen nehmen. Hatte sie es geahnt? Hatte sie es in ihrem Herzen gar gewußt? Wie oft hatte der Falkner von seinem Vater gesprochen, der an der Seite der königlichen Leibgarde bei Benevent gefallen war, oder von ihrer gegenwärtigen Position aus betrachtet, fallen würde. Das war weiß Gott keine Lüge gewesen, denn König Manfred war natürlich bis zu seinem Tode von seinen Leibwächtern umgeben gewesen. Und auch der märchenhafte Reichtum, über den Aquilas Sippe verfügt hatte und dessen Reste sie selbst zum Teil hatte bewundern dürfen: Er ließ sich leicht erklären, wenn man bedachte, daß diese Familie eben das Königshaus selbst gewesen war. Seine unbedingte Treue zu den Hohenstaufen, seine strikte Weigerung, die Vergangenheit ruhen zu lassen, die – um es vorsichtig auszudrücken – Voreingenommenheit gegenüber der Kirche. Das alles ergab in diesem neuen Lichte einen Sinn: All das Schreckliche, von dem er ihr berichtet hatte, war ihm selbst und seinen engsten Verwandten angetan worden.

Endlich trat der König einen Schritt auf Aquila zu.

«Federico», sagte er und streckte zweifelnd die Hand aus, um das Gesicht des Mannes zu berühren, der doch um zwei Jahrzehnte älter war als er selbst. «Mein Sohn Federico!» Doch er führte die Bewegung nicht zu Ende, sondern ließ die Hand wieder sinken.

«Wenn das eine neue Teufelei der Päpstlichen ist, werde ich...»

Gennadios unterbrach ihn: «Warum sollten sie das tun, Herr. Wenn derlei in ihrer Macht stände, hätten sie ganz andere Möglichkeiten: Sie könnten Menschen aus anderen Zeiten herbeizaubern. Stellt Euch vor, sie könnten den vierten Papst Innozenz wieder zum Leben erwecken!»

«Das würde seine Heiligkeit gewiß nicht tun», lachte der König bitter. «Dann müßte er womöglich den Stuhl Petri für seinen Vorgänger räumen. Aber Ihr habt recht, diese Geschichte ist zu perfide, um selbst dem kranken Geist von Orvieto entsprungen zu sein.»

Er hob wieder die Hand, und diesmal führte er die Bewegung zu Ende. Vorsichtig, als habe er Angst, sich zu verbrennen, strichen seine Finger über die Wange des Falkenmeisters.

«Mein Sohn Federico», sagte er noch einmal. «Natürlich, er hat auch das Mal geerbt. Anders als seine Schwester. Aber wie kann es das geben? Der wirkliche Federico befindet sich zu dieser Stunde in Salerno, oder irre ich mich?»

Die Worte waren an Gennadios gerichtet. Der orthodoxe Mönch nickte: «So ist es. Jedenfalls habe ich keinen Grund, etwas anderes anzunehmen. Ich habe ihm ein gewaltiges Pensum zu Lesen gegeben. Es dürfte ihn bis zu meiner Rückkehr beschäftigen.»

«Das hat es», sagte Aquila.

Verblüfft sahen alle übrigen ihn an.

«Ihr gabt mir die Verse des Catull in jenem Sommer... und Ovid, wenn ich mich recht entsinne. Ich besitze sie noch immer.»

«Es ist einfach unvorstellbar...», murmelte der Mönch. «Er spricht die Wahrheit. Er ist Euer Sohn Federico, der Sohn der Sarazenin.»

Der König starrte noch immer auf den Falkner. «Aber Ihr seid... Du bist... mindestens vierzig Jahre alt. Du... Ihr beiden seid...»

«Ich habe dreiundvierzig Sommer gesehen. In unserer Welt schreiben wird das Jahr des Herrn zwölfhundertundzweiundneunzig», sagte Aquila knapp.

«Das sind dreiunddreißig Jahre», murmelte Manfred von Hohenstaufen. «Vielleicht sind wir alle lange tot in Eurer Welt. Wer will das sagen? Aber nein! Ihr könnt es uns ja berichten!»

«Nein!» Vater Gennadios unterbrach den König, was ihm einen Blick einbrachte, in dem sich der Zorn eines Mannes, der derlei selbst von seinen ältesten Ratgebern nicht gewohnt ist, mit der Verblüffung mischte, daß der Mönch es tatsächlich gewagt hatte.

«Federico!» wandte er sich an Aquila. «Ihr dürft unter gar keinen Umständen auch nur ein Wort von dem preisgeben, was in Eurer Zeit geschieht oder in den dreiunddreißig Jahren zuvor. Ich bin mit meinen Forschungen noch nicht weit gekommen, doch das eine haben sie immerhin ergeben: Um keinen Preis darf Wissen aus der Zukunft in die Vergangenheit gelangen. Die Folge wäre ein Paradoxon, dessen Auswirkungen völlig unvorhersehbar sind. Die Zukunft darf keinen Einfluß auf die Vergangenheit ausüben. Was auch immer uns erwartet, wir dürfen es nicht erfahren. Schon die Tatsache, daß Ihr überhaupt hier seid, verrät mir viel, ja, zu viel von der Zukunft. Sie offenbart uns, daß die Welt nicht, wie Joachim von Fiore verheißen hat, im kommenden Jahr mit der Rückkehr unseres Herrn Jesus Christus enden wird. Und zudem weiß ich nun, daß mein Forschen und Wirken... Nein, genug davon. Wir dürfen nicht weiter reden.»

Aquila schüttelte betrübt den Kopf: «Selbst wenn wir wollten, Vater Gennadios, wir könnten Euch über diese Dinge nichts sagen. Wir wissen nicht, wie und warum wir hierher gelangt sind. Zuerst glaubte ich, jemand, dessen Namen ich nicht zu nennen wage, habe uns damit helfen wollen, aber wenn das, was Ihr sagt, die Wahrheit ist, dann ist es viel zu gefährlich, wenn wir hier nach Lösungen suchen.»

«Auf gar keinen Fall dürft Ihr das!» wiederholte der Mönch. «Schon Euer bloßes Hiersein...»

«Aber warum?»

Vater Gennadios verstummte, als Schwester Agnetha ihn unterbrach.

Der Augustinerin waren die Worte im Grunde nur herausgerutscht, doch nun fühlte sie unvermittelt aller Augen auf sich gerichtet, die sie die Vorgänge bisher nur staunend und zum Teil verständnislos beobachtet hatte.

«Ich weiß nicht, wie es sich im Jahre zwölfhundertundzweiundneunzig verhält», sagte Vater Gennadios, «doch im Jahre zwölfhundertundneunundfünfzig ist es unüblich, daß Frauen, Nonnen noch dazu, die Gespräche der Männer von Stand unterbrechen.»

«In unserer Zeit ist dies nicht anders», sagte Aquila, «doch möglicherweise werdet auch Ihr feststellen, daß Schwester Agnetha von dem Knesebeck eine ganz außergewöhnliche junge Frau ist.»

Sie hörten ein Lachen. Ritter Anno von Bodenteich, der sich lange im Hintergrund gehalten hatte, war näher zu ihnen herangetreten.

«Das ist Euer Sohn, mein Herr und König!» lachte er. «Ganz zweifellos. Erkennt Ihr, wie er sie ansieht? Eine Nonne! Seine Begabung, sich in Schwierigkeiten zu bringen, hat er ganz zweifellos von Euch geerbt!»

Nachdenklich sah Manfred von Hohenstaufen zwischen den beiden hin und her: «Ihr habt wohl recht mit Euren Worten, Ritter Anno. Zu gerne möchte ich wissen, ob ihr Hiersein damit in Zusammenhang steht. Doch es steckt auch sehr viel Weisheit in Euren Worten, Vater Gennadios, und so werde ich nicht weiter in sie dringen. Was ich aber erfahren möchte, Schwester Agnetha... das war doch Euer Name? Was hat Euch zu dieser unbedachten Äußerung veranlaßt, Schwester Agnetha?»

Die Nonne zog die Unterlippe zwischen die Zähne. Sie kam sich vor wie eine Novizin, die von der ehrwürdigen Mutter beim Äpfelstehlen ertappt worden war. Doch nun war der Schaden einmal angerichtet und dann konnte sie ihren Gedanken auch zu Ende bringen.

«Nun, es ist etwas verzwickt», begann sie vorsichtig. «Vater Gennadios sagte, auf gar keinen Fall dürfte die Zukunft die Vergangenheit beeinflussen. Das verstehe ich. Aber Aquila meinte daraufhin, es sei zu gefährlich, hier in der Vergangenheit nach Lösungen für die Zukunft zu suchen.» Sie schluckte. Noch hatte sie nicht den Eindruck, daß einem der Männer das aufgegangen war, was sie sofort bemerkt hatte. Allmählich sicherer werdend fuhr sie fort. «Dabei ist das, wovon Aquila spricht, doch eine ganz andere Sache. Die Vergangenheit hat die Zukunft immer beeinflußt. Das, was wir aus der Vergangenheit mit zurücknehmen in unsere Gegenwart, kann die Vergangenheit unmöglich beeinträchtigen, weil wir es ja erst in der Zukunft zur Wirkung bringen.»

Sie schwieg. Die Männer starrten sie an. Konnten sie ihr folgen? Keiner von ihnen, auch Aquila nicht, machte den Eindruck. Dann, langsam, nickte der Mönch.

«Ihr habt recht», sagte er überrascht. «Ihr habt wirklich recht. In dieser Richtung ist es ungefährlich. Wer auch immer Euch hierher gebracht hat, er hat Euch einen Weg offengelassen. Wenn Ihr hier irgend etwas herausfinden könnt, das Euch in Eurer Zeit von Nutzen sein kann, so sollte dies unter bestimmten Bedingungen gefahrlos möglich sein. Das Problem ist nur, daß Ihr niemandem verraten dürft, worin Eure Notlage besteht.»

Aquila nickte. Auch er hatte jetzt verstanden.

«Ich denke, das sollte möglich sein. Und tatsächlich glaube ich zu wissen, wer und was uns helfen kann. Erinnerst Du Dich, Agnetha, was der alte Mann uns noch vor wenigen Stunden erzählte? Das Geheimnis, wie den Dämonen beizukommen ist: Es wird einzig in der Blutlinie weitergegeben. Vielleicht ist der einzige Mensch, der uns überhaupt helfen kann, hier im Raum. Ritter Anno von Bodenteich, Ihr müßt uns alles, was Ihr wißt, über den Roten Drachen erzählen!»

anno dominice incarnationis MCCXIIIC
regnante domino Adolpho primo glorioso Romanorum rege augusto
XVI. calendas januarii
(16. Dezember 1292)

Riva weinte. Und Wasmod von dem Knesebeck war froh darüber, denn dieses Weinen zeigte ihm, daß das Kind wieder bei Bewußtsein war. Noch dazu erschienen ihm die Klagelaute als eine beruhigend natürliche Reaktion auf die schrecklichen Erlebnisse, die hinter dem kleinen Mädchen lagen. Alles war ihm lieber als jene geisterhafte Starre, die keine richtige Ohnmacht war und in der Riva von Bodenteich gleichwohl seit ihrer Befreiung verharrt hatte.

Ächzend setzte der Magister das Kind ab. Die fast übermenschliche Kraft, die Valdemar ihm im Land der Anderen Seite gespendet hatte, verflüchtigte sich mehr und mehr. Noch fühlte er sich zwar bedeutend stärker und ausdauernder als je zuvor seit jenem schrecklichen Abend des Überfalls am Ufer des Bodenteicher Sees, doch er hatte den beinahe leblosen Körper der Kleinen, so schien es ihm, nun meilenweit getragen, und er brauchte eine Rast, auch wenn die nächste menschliche Ansiedlung noch fern war.

Aber wohin sollten sie sich überhaupt wenden? Meister Emil hatte sein Leben geopfert, um sie auf den richtigen Weg zu bringen, den Weg, der zurück nach Bodenteich führte, doch was sollten sie dort? Der Rote Drache war frei, sie selbst, oder richtiger Aquila, hatten ihm den Weg geebnet. Der magische Ring, den der Falkner als Sohn des Manfred von Hohenstaufen am Finger trug, hatte die uralten Kräfte und Zauber des Landes Bodenteich wieder zum Leben erweckt, und wenn sich auch der Falkner und Meister Emil einen Teil der Schuld aufgeladen hatten, so wußte der Magister doch, daß der wirklich Schuldige er selbst war.

Er war es gewesen, der dem Sohn des letzten Hohenstaufenkönigs das Exil in Bodenteich ermöglicht hatte, und zwar gleichermaßen auf päpstlichen Befehl wie aus eigenem Antrieb.

'Ihr selbst wißt doch am besten, welche Bewandnis es mit Bodenteich hat.' Immer wieder mußte er an diese Worte denken. Ritter Werner hatte ihn gewarnt, als er gemeinsam mit seiner Schwester auf Burg Langenapel eingekehrt war, wenige Stunden nur vor dem Überfall. Wenn er dem Tempelritter damals auch vehement widersprochen hatte, so war er doch zu diesem Zeitpunkt schon fest davon überzeugt gewesen, daß er sich bitter getäuscht hatte. Der Fluch der Hohenstaufen – der Kreis der päpstlichen Ratgeber, unter ihnen auch Wasmod selbst, hatte um ihn gewußt. Und doch hatten sie sich bitter getäuscht. Dieser Fluch war nicht an das süditalienische Hohenstaufen-Königreich gebunden. Er verfolgte den letzten Erben des einst so stolzen Namens selbst bis in eine fast bedeutungslose Sumpfburg am Rande des Nirgendwo. Alte, längst überwunden geglaubte Geister und Dämonen erwachten wieder zum Leben; Dunkelheit senkte sich über das Land, einzig aufgrund des Rings.

Des verführerisch glitzernden Rings, der Dämonen beschwören konnte.

Des Rings, der König Manfred und den Seinen zum Verhängnis geworden war.

Des Rings, um dessentwillen Werner von Langenapel und seine Tempelritter ihnen beigestanden hatten.

Im Namen Gottes, er hätte Aquila veranlassen sollen, den Templern den Ring zu geben, ganz gleich, ob sie selbst oder jemand anders hinter Ritter Werner standen. Sollten sie doch die Strafe für ihren Hochmut erleiden!

Doch auch damals war es längst zu spät gewesen.

Das Verhängnis war näher und näher gerückt, und sie alle hatten nur ihre kurzsichtigen Interessen im Auge gehabt, hatten Versteck gespielt, einander wenn überhaupt, dann nur die halbe Wahrheit gesagt und ansonsten abgewartet.

Und nun war der Rote Drache frei, und das erste, was er tun würde, war, sich nach Bodenteich zu wenden, um die Heimat derer auszutilgen, die ihn vor Jahrhunderten in seinen Kerker verbannt hatten. Und er, Wasmod von dem Knesebeck, war mit diesem Kind auf dem Wege nach Bodenteich. Wozu? Um auch die kleine Tochter Wilbrands von Bodenteich dem grausamen Schicksal auszuliefern, das zu dieser Stunde bereits ihre Brüder erwartete? Sollte er nicht besser alles tun, um sie möglichst weit fort zu bringen? Ein Leben im Exil war sicherlich nicht mit der Geborgenheit ihrer Familie auf Burg Bodenteich zu vergleichen, aber es war doch immerhin ein Leben. Dem Legaten seiner Heiligkeit sollte es weiß Gott nicht schwerfallen, eine angemessene Versorgung für das Kind zu finden.

Seufzend strich er über den Rücken des kleinen Mädchens, das sein

Gesicht im Gewand des Legaten verborgen hatte und fast lautlos vor sich hin schluchzte. Ein wirklich verständliches Wort hatte das Kind noch nicht gesprochen, obwohl er ein oder zweimal geglaubt hatte, Agnethas Namen herauszuhören. Seine Schwester war wie eine Mutter zu der Kleinen gewesen. Schuldete er nicht auch ihr, daß Riva am Leben blieb?

Entschlossen erhob er sich, das kleine Mädchen auf die Füße ziehend.

«Weißt Du was?» fragte er. «Wir haben noch einen weiten Weg zu gehen, aber am Ende, wenn wir an unserem Ziel angekommen sind, lasse ich Dir einen großen Becher heiße Milch bringen – mit viel Honig.»

Aber der Kniff, mit dem sein Bruder Paridam das Mädchen angesichts der qualmenden Ruinen des Marktfleckens auf andere Gedanken gebracht hatte, versagte diesmal. Riva schien seine Worte gar nicht richtig wahrzunehmen, aber immerhin ging sie folgsam an seiner Hand, als sie sich nun in die entgegengesetzte Richtung wieder auf den Weg machten.

Kaum aber waren sie einige wenige Schritte gegangen, als aus der Dunkelheit vor ihnen der charakteristische Galopp eines eiligen Reiters zu vernehmen war. Gerade überlegte der Magister noch, ob das Unterholz an dieser Stelle wohl dicht genug war, ihn und das Mädchen zu verbergen, da war der Fremde, auf seinem Roß in einen schweren Reisemantel gehüllt, bereits heran.

Im letzten Augenblick erblickte er sie und zügelte sein Pferd. Laut wieherte das erschöpfte Tier auf.

Eingeschüchtert verbarg sich das Mädchen hinter dem Rücken des Magisters.

Wasmod von dem Knesebeck nahm allen Mut zusammen:

«Seht Ihr nicht, daß Ihr das Kind erschreckt! Wer seid Ihr und wohin führt Euch Euer Weg!»

Der Fremde, dessen Gesichtszüge in der Dunkelheit nicht zu erkennen waren, zögerte. Als er dann sprach, war seine Stimme rauh, doch ungebrochen:

«Ich bin es nicht gewohnt, in diesem Lande derlei Fragen beantworten zu müssen. In glücklicheren Zeiten pflegte ich selbst sie zu stellen.»

Der päpstliche Gesandte kannte diese Stimme, doch es war viele Jahre her, ein halbes Leben, seit er sie zum letzten Mal vernommen hatte. Im selben Augenblick kam der Mond für eine kurze Weile aus den wild bewegten Wolken hervor.

Und Wasmod von dem Knesebeck blickte in das Antlitz Ritter Wilbrands von Bodenteich.

Bruder Edgar hustete. Der Rauch des großen Brandes trieb mittlerweile in dicken Schwaden auf den See und das Gelände der Burg hinaus, so daß es ihnen allen schwerfiel zu atmen, doch der hagere Dominikaner litt am stärksten unter den schwefligen Dünsten. Soweit das zu erkennen war, schien das große Feuer zwar in Richtung Mitternacht entlang der Hänge des Hügellandes halt zu machen, doch in unmittelbarer Nähe des Marktfleckens bewegte es sich seltsamerweise weiter auf den Lauf des Flüßchens, den großen See und den Mühlenteich zu.

Ritter Werner hielt es nach wie vor für ausgeschlossen, daß die Flammen diese natürlichen Barrieren überwinden könnten, doch auch so war das Phänomen mehr als nur besorgniserregend, denn der Wind kam über die große Fläche des Sees her und hätte das Feuer eher abdrängen müssen, anstatt es ein um das andere Mal zum Sturm auf Bodenteich anzufachen. Der Templer ahnte einen gewaltigen, bösartigen Willen hinter diesem Geschehen. Aber worauf konnte dieser Wille gerichtet sein?

Die Burg selbst war, weit mehr noch als der Marktflecken, von allen Seiten durch Wasser und Sumpf geschützt, einzig die Wege, die zu ihr hin führten, waren gefährdet. Solange die Belagerten hinter den Wällen der Anlage verharrten, drohte ihnen keine unmittelbare Gefahr.

Aber was war mit denjenigen, die nicht auf der Burg in Sicherheit waren? Der Weg nach Oldenstadt! Die Flammen waren im Begriff, die Handelsstraße abzuschneiden, die durch das Tal des Flüßchens zum Kloster Oldenstadt und in die neu gegründete herzogliche Stadt führte!

Wollte die fremde Macht auf diese Weise die Rückkehr des Falkenmeisters und seiner Gefährten verhindern? Das konnte es nicht sein. Wenn sie sich tatsächlich in der Gegend befanden, die Hartheim genannt wurde, dann wäre es keine große Schwierigkeit für sie, auf einer völlig anderen Route nach Bodenteich zurückzukehren, indem sie einen Bogen nach Süden schlugen. Nein, nur demjenigen, der sich aus

Richtung Oldenstadt dem Marktflecken zu nähern versuchte, konnten die Flammen den Weg abschneiden.

Aber wer sollte das sein? Herzog Otto der Strenge mußte hoch erfreut sein, wenn ihm das Feuer die Arbeit abnahm und die Erben Ritter Wilbrands mitsamt ihren Verbündeten verschlang... und um den Inquisitor würde er auch kaum trauern, nachdem dieser seine Aufgabe erfüllt hatte. Bischof Konrad... Nun, wenn der Tempelritter den Herzog richtig einschätzte, würde der nicht einen seiner Söldner in Gefahr bringen, um seinen Onkel zu retten.

Wer sonst aber konnte von Oldenstadt her...

«Ritter Werner!»

Adrian wies nach Sonnenuntergang, dorthin, wo sich nun schon seit geraumer Zeit das Zentrum des Brandes befand. Aber als der Tempelritter seinen Blick in diese Richtung wandte, war hiervon nichts mehr zu erkennen. Stattdessen dehnte sich am Horizont, weit in der Ferne mittlerweile, wieder das gleichmäßige Flammenband des in jener Gegend allmählich schwächer werdenden Feuers.

«Aber wo...?»

Doch im gleichen Augenblick hob er die Augen gen Himmel, und was er dort gewahrte, beantwortete alle seine Fragen.

Das Zentrum des feurigen Infernos hatte sich vom Erdboden gelöst: Eine gewaltige lodernde Kugel, in ihrer Form unregelmäßig und in ihrem Innern von ständiger, pulsierender Bewegung erfüllt, Blasen schlagend wie siedend heißes Öl. Die Farbe war rötlich wie die Flammen der Hölle, und auch ohne daß dieses Etwas einen bestimmteren Umriß gewonnen hätte, wußte Werner von Langenapel, was sich dort durch die Lüfte auf Burg Bodenteich zubewegte.

Der Rote Drache.

«Magnifizenz!» Ritter Wilbrand von Bodenteich sah den päpstlichen Legaten überrascht an. «Als man mich gehen ließ, sagte man mir, Ihr wäret nach Bodenteich gekommen, um die Meinen vor dem Tod auf dem Scheiterhaufen zu erretten, doch ich mochte kaum daran glauben, daß Ihr, der Gesandte seiner Heiligkeit...»

«Die Heilige Kirche schuldet Eurem Geschlecht sehr viel, Ritter Wilbrand. Die Großherzigkeit, mit der Ihr und Euer Vater den Sohn König Manfreds aufgenommen habt, mußtet Ihr mit schrecklichen Leiden bezahlen. Ihr seid frei, Ritter Wilbrand, doch von dem, was Ihr einst besaßt, ist Euch nicht viel geblieben.»

«Schon der Umstand, wieder ein freier Mann zu sein, ist mehr, als ich mir in den letzten Wochen erhoffen konnte. Doch mir scheint, daß alle Bedrohung durch die Herzoglichen zu einer Nebensache geworden ist angesichts dessen, was in eben dieser Nacht geschieht.»

«Bei der Heiligen Jungfrau, Ritter Wilbrand, da habt Ihr recht. Die Schatten der Vergangenheit strecken ihre Finger nach uns aus. Aquilas Hiersein und der magische Ring, den schon König Manfred trug: Sie haben die alten Kräfte wieder geweckt. Der Götze, den Ihr den Roten Drachen nennt. Er ist von Neuem erwacht.»

«Ich hatte schon vermutet, daß das kein gewöhnlicher Waldbrand sein kann. Es ist ein widerwärtiger Gestank in der Luft. Aber wie kann dieser Geist der Dunkelheit sein abscheuliches Antlitz so plötzlich erheben ohne Menschen, die ihm dienen, die ihn heraufbeschwören? Es sei denn... Heilige Mutter Maria! Die ermordeten Mönche!»

Entsetzen breitete sich auf dem Gesicht des Reiters aus. Zwar war es nahezu zwei Jahrzehnte her, daß der Magister dem nunmehrigen Herrn von Bodenteich zum letzten Mal begegnet war, doch Ritter Wilbrand sah aus, als sei eine noch weit längere Zeit vergangen: Seine Wangen waren eingefallen, Mundwinkel und Stirn von tiefen Falten zerfurcht, die Augen ohne Feuer, Haare und Bart schneeweiß. Wenn er auch entschlossen im Sattel saß, war doch zu erkennen, welche Anstrengung die ungewohnte Reise für ihn bedeutete. Was hatten die Entbehrungen der wochenlangen Kerkerhaft dem einst so stolzen und kraftvollen Mann angetan?

«Die Mönche waren ein Opfer für den Roten Drachen», bestätigte Wasmod von dem Knesebeck. «An ihrem heiligen Blute hat er sich gestärkt, bis er die Kraft gewann, die Ketten seines Gefängnisses zu sprengen. Und nun ist er frei!»

So gut es in Kürze ging, berichtete der Magister von den ihm bekannten Ereignissen, dem Erscheinen des Mannes im Dunklen Mantel, vom verlustreichen Kampf um Bodenteich, seiner eigenen Ankunft, dem zweiten Prozeß, Ludolphos Verrat und der Entführung der Augustinerin bis hin zu der sonderbaren Reise dieser Nacht und dem Tod Meister Emils.

«Ich muß sofort nach Bodenteich, Magnifizenz! Aber Ihr seid schutzlos! Ihr müßt versuchen, Oldenstadt zu erreichen. Gottes Segen auf Eurem Weg, aber ich muß zu meinen Kindern!»

Schon wollte sich der Herr des Marktfleckens abwenden und seinem Roß von neuem die Sporen geben, doch rasch ergriff der Magister die Zügel des Tieres.

«Eure Tochter ist hier bei mir, Ritter Wilbrand!»

Sanft schob er die kleine Riva, die sich in der Dunkelheit hinter seinem Rücken verborgen gehalten hatte, auf ihren Vater zu, der bei Wasmods Worten im Sattel erstarrt war. Die Kleine hielt den Blick gesenkt und wagte es nicht, ihn zu dem Mann auf dem Rücken des Pferdes zu erheben.

«Eure Tochter hat heute nacht Schlimmes mit ansehen müssen, Herr. Das unruhige Pferd, die überraschende Begegnung, Euer... Euer Zustand. Das alles macht ihr Angst.»

«Heilige Jungfrau, sehe ich so fürchterlich aus, daß meine eigene Tochter vor mir zurückzuckt? Mein armes Kind!»

Mühsam stieg er aus dem Sattel. Wasmod mußte die Zügel des erschöpften Tieres kurz halten, damit es bei den ungeschickten Bewegungen nicht von neuem scheute. Erst jetzt erkannte der Magister, wie mager, ja hinfällig der Herr von Bodenteich geworden war, und als Ritter Wilbrand noch näher herankam, gewahrte Wasmod, daß seine Augen fiebrig glänzten.

«Riva!» flüsterte Wilbrand von Bodenteich. Stöhnend ließ er sich auf die Knie fallen und umarmte seine Tochter. «Wie hätte ich hoffen können, eines meiner Kinder wiedersehen zu dürfen! Und dazu in Freiheit! Meine kleine Riva!»

Der altgewordene Ritter schämte sich nicht, daß Wasmod von dem Knesebeck Zeuge seiner Tränen wurde. Auch das kleine Mädchen begann jetzt wieder zu weinen. Riva hatte ihren Vater erkannt und sich offenbar in die Veränderung, die mit ihm vorgegangen war, gefügt. Das Naß auf ihren Wangen waren Tränen der Erleichterung.

«Wie kommt es, daß man Euch freigelassen hat, Ritter Wilbrand?» fragte der Magister nach einer Weile. «Es wundert mich. Gerade zu diesem Zeitpunkt, da Herzog Ottos Pläne mit Bodenteich in solch schweres Wasser geraten sind, hättet Ihr doch sein einziges Faustpfand sein müssen.»

Ritter Wilbrand erhob sich. Sofort schmiegte Riva sich an seine Hüfte und er legte die Hand beruhigend auf ihr Haar.

«Schweres Wasser, bei Gott. Aber er wagte es nicht länger. Ich habe Herzog Otto in Oldenstadt zwar nicht zu Gesicht bekommen, doch selbst meine Kerkerwärter machten kein Geheimnis daraus, daß Otto der Strenge in großen Schwierigkeiten ist. Seine Verbündeten – meine Standesgenossen – haben, so scheint es, endlich erkannt, daß sie die Nächsten sein könnten, auf deren Burgen sich sein Ehrgeiz richtet. Er kann sich glücklich preisen, wenn sie sich in den kommenden Kämpfen nicht offen seinem Vetter Heinrich anschließen. Er wird einstweilen wohl kaum einen neuen Versuch unternehmen, das, was mein ist, an sich zu reißen.»

«Das bedeutet», sagte der Magister, «Bodenteich, so irrsinnig das in einem solchen Augenblick klingt, ist gerettet.»

«Den Anschein hat es gegenwärtig. Ich bin auf dem Wege dorthin, um Siverd von Saldern und seine Söldner dorthin zu jagen, wohin sie gehören.»

«Ritter Siverd ist nichts vorzuwerfen. Er hat sich in allen Dingen als Euer Freund erwiesen. Gemeinsam mit Werner von Langenapel, dem Tempelritter, hat er die Burg weniger für den Herzog, als für Euch und Eure Kinder gehalten. Doch ich weiß nicht, wohin ihn die Ereignisse dieser Nacht verschlagen haben, und ich weiß auch nicht, ob die Kräfte des Templers und Eurer Söhne ausreichen, Bodenteich gegen das zu verteidigen, was sie heute nacht bedroht.»

«Der Rote Drache!» sagte Wilbrand von Bodenteich leise. «Ich weiß, daß meine Vorfahren ihn bekämpft haben und zuletzt besiegten, doch den größten Teil meines Lebens war er nicht mehr als eines von den Ammenmärchen, die Meister Emil uns Kindern erzählte.

Ein großes Geheimnis umgibt diesen letzten Kampf. Niemand kann erfassen, wie es gelingen konnte, diese grauenhafte Kreatur in ihren Kerker zu verbannen. Das Wissen, so sagte mein Vater mir, wurde einst in unserer Familie weitergegeben, immer vom Vater an den Sohn. Doch er selbst starb, bevor er das Geheimnis mit mir teilen konnte. Es ging verloren.»

«Eine neue schlimme Nachricht in dieser schrecklichen Nacht», seufzte der Magister. «Wenn nicht Ihr, wer sonst soll Bodenteich retten?»

«Ich weiß es nicht, Magnifizenz, wenn Ihr es nicht wißt. Es ist das erste Mal, daß ich Euch ratlos erlebe. Wart nicht Ihr es, dessen rastloser Geist all dies ersonnen hat? Ihr und die heilige Kirche habt dafür gesorgt, daß der Mann, den ich jetzt als meinen Freund und Falkenmeister liebe, nach Bodenteich kam.

Die Kirche zu Rom war niemals um einen Ausweg verlegen. Vor achtzig Jahren unterstützte sie den jungen Kaiser Friedrich, solange er gegen einen Mann kämpfte, der ihr noch gefährlicher erschien. Später dann, als sie sich von Kaiser Friedrich bedroht fühlte, wechselte sie zu seinen Gegnern und rief Karl von Anjou und seine Franzosen nach Italien. Kaiser Friedrich war damals schon tot, aber sie erschlugen seinen Sohn, König Manfred, und seinen Enkel, den jungen Konradin. Aber auch die Franzosen könnten eines Tages gefährlich werden und so...»

«...sorgte ich mit eigener Hand dafür, daß ein Sohn König Manfreds am Leben blieb: Aquila, der eigentlich ‚Federico' heißt, also ‚Friedrich' wie sein kaiserlicher Großvater. Er ist ein Sohn König Manfreds – ein Bastard, gewiß, aber immerhin – hier im Exil konnte er in Sicherheit weiterleben.»

«So ist es. Und bei Gelegenheit wäre er immer als Gegner der Anjou ins Spiel zu bringen.»

«Nur wenn er es zuließe. Ihr kennt Aquila wie vielleicht kein zweiter Mensch.»

«Ich kenne ihn, Magnifizenz, und ich kenne die verzweifelte Liebe zu seiner Heimat, die in seinem Herzen wohnt. Wenn sich jemals eine Möglichkeit böte...»

«Nicht auf diese Weise. Nicht um den Preis tausender Toter. Er hat in seinem Leben zuviel Sterben und Elend gesehen.»

Wilbrand von Bodenteich nickte versonnen: «Sicherlich habt Ihr recht, Magnifizenz, doch das ändert nichts an den Absichten derer, denen Ihr dient. Sie nennen sich die Stellvertreter Christi auf Erden, und sie halten sich für die Sachwalter seiner frohen Botschaft, doch was in meinem Marktflecken geschieht, interessiert diese Menschen nicht. Wie kann ein Mann wie Ihr solchen Leuten dienen?»

«Girolamo, Papst Nikolaus, war kein solcher Mann. Er war ein Franziskaner, ein Mann von schlichtem, ehrlichen Gemüt wie der heilige Franziskus selbst. Es war wahrhaftig eine Auszeichnung, einem Mann wie diesem dienen zu dürfen. Einige seiner Vorgänger... nun, ich will mich nicht besser machen als ich bin. Aber begeht nicht den Fehler, zu glauben, die Hohenstaufen seien allesamt derart anständige Männer gewesen wie Aquila. Kaiser Friedrich, Ihr mögt es glauben oder nicht, war gewiß eine beeindruckende Persönlichkeit, aber er war auch ein Ketzer, ein blutgieriger und grausamer Tyrann, der seinem Sekretär den Daumen abhacken ließ, weil dieser den kaiserlichen Namen falsch geschrieben hatte. Die Kirche hatte ihre Gründe, diesen Mann zu hassen.»

«Gründe oder nicht, Magnifizenz! Wollte unser Herr Jesus Christus, daß seine Kirche irgend jemanden oder irgend etwas haßte?»

Wasmod von dem Knesebeck zögerte: «Eine seltsame Veränderung ist mit Euch vorgegangen, seit wir uns zum letzten Mal begegneten, Ritter Wilbrand. Ich weiß nicht, ob ich sie den langen Jahren, die vergangen sind, zuschreiben soll, oder den Wochen, die ihr – den Tod vor Augen – im herzoglichen Kerker verbracht habt.»

«Ihr habt richtig beobachtet, Magnifizenz: Diese Wochen im Kerker haben einen anderen Menschen aus mir gemacht. Selbst wenn all dies zu einem glücklichen Ende führen sollte, so werde ich meine Burg doch nie wieder in meine Hände nehmen. Gerolf soll sie bekommen oder Adrian, falls er Wert darauf legen sollte, was ich nicht vermute. Den größten Teil meines Gutes aber möchte ich dazu verwenden, ein Kloster zu stiften zur größeren Ehre Gottes, der mich aus meiner Todesnot errettet hat und diesem kleinen Mädchen das Leben bewahrte.»

Er strich der kleinen Riva noch einmal über das Haar und schob sie dann sachte in die Arme des päpstlichen Gesandten.

«Du mußt seiner Magnifizenz jetzt so gehorchen, wie Du mir immer gehorcht hast, Riva», sagte er mit rauher Stimme. «Magister Wasmod wird Dich nach Ebstorf zu den frommen Nonnen bringen, wo auch meine Schwester, Deine Tante, lebt. Ich muß weiter nach Bodenteich, um Adrian und Gerolf zu helfen, doch wenn ich es irgendwie schaffe, werden wir danach alle zu Dir kommen und Dich zurück nach Bodenteich holen.»

«Versprichst Du das?»

«Ich verspreche Dir, daß ich alles tun werde, was ein Mensch tun kann, mein Kleines.»

«Dann werde ich für Dich beten, Vater.»

Stumm, mit aufeinandergepreßten Lippen nickte der gealterte Mann und trat wieder zu seinem Pferd. Der Magister half ihm in den Sattel.

«Es muß eine Möglichkeit geben, Ritter Wilbrand», sagte Wasmod von dem Knesebeck zum Abschied. «Euer Vorfahr hat die Drei Dämonen einmal besiegt. Es kann Euch wieder gelingen!»

Wilbrand von Bodenteich nickte: «Wenn ich einen Wunsch frei hätte, dann wäre es der, noch einmal mit meinem Vater sprechen zu können, der dieses Geheimnis kannte. Doch das vermag vermutlich nicht einmal der Legat seiner Heiligkeit einzurichten. Betet auch Ihr für mich, Magnifizenz.»

Er gab seinem Pferd die Sporen und war in der Dunkelheit verschwunden.

Der wabernde Feuerball kam immer näher an die Burg heran. Werner von Langenapel ließ ihn nicht für die Dauer eines Lidschlages aus den Augen, während er Schritt für Schritt die hölzerne Stiege in den Burghof hinabkletterte.

Noch war der Rote Drache ein ganzes Stück von den Grenzen des Marktfleckens entfernt, doch keiner der Männer auf der Wachtplattform hegte mehr den geringsten Zweifel daran, daß die Sumpfburg sein Ziel sein mußte. Die Übrigen waren an Tostes Seite zurückgeblieben, doch Ritter Werner wußte tief in seinem Innern, daß er dort nicht verweilen durfte.

Im Hof angelangt, schritt er in das Innere des Torhauses und stemmte sich mit ganzer Stärke unter den gewaltigen Balken, der den Zugang zum Stammsitz der Herren von Bodenteich von innen verriegelte. Eigentlich war dies eine Aufgabe für zwei oder mehr Männer, doch unter Aufbietung seiner letzten Kräfte gelang es dem Tempelritter, den gewaltigen Riegel aus seiner Verankerung zu lösen. Mit einem Ächzen ließ er ihn fallen und sprang rasch beiseite, eben noch rechtzeitig, um nicht unter der schweren Last begraben zu werden.

Knirschend öffneten sich die massiven Flügel ein Stück weit, ohne daß er etwas dazu tun mußte. Der Templer half ein wenig nach, schlüpfte hindurch und trat auf die notdürftig wiederhergestellte Brücke hinaus.

«Was tut Ihr da, Ritter Werner?»

Adrian von Bodenteich lehnte sich weit über die Brüstung hinaus.

«Ich werde ihn hier erwarten!» rief er zurück. «Wir dürfen ihn gar nicht erst bis zum Tor kommen lassen!»

«Aber er kann fliegen, Herr!» rief jetzt Toste. «Ihr seid kein Hindernis für ihn!»

Der Templer zögerte einen Augenblick, doch dann schüttelte er entschieden den Kopf: «Er wird nicht über mich hinwegfliegen. Solange ich hier stehe, wird er nicht in die Burg kommen. Ich weiß es einfach.»

Unbehaglich und offensichtlich wenig überzeugt hob der Torwächter die Schultern und sah gemeinsam mit Adrian von Bodenteich und Bruder Edgar zu, wie Werner von Langenapel, den Blick stets gen

Himmel gerichtet und die feurige Kugel nicht aus den Augen lassend, den befestigten Damm entlangging, auf den Marktflecken zu.

Der Rote Drache war näher gekommen, doch noch hatte er Bodenteich nicht erreicht. Noch hätte der Templer in die wenngleich zweifelhafte Sicherheit der Burg zurückkehren können. Doch daran verschwendete er keinen Gedanken mehr. Zum ersten Mal, seit er mit der letzten Abteilung des Ordens die Templerburg von Chastel Pelerin verlassen hatte, schmählich, heimlich in der Nacht und wie die meisten der jüngeren Rittermönche nur unter dem Zwang der Ordensoffiziere, spürte er wieder das vertraute Pochen seines Herzens nicht allein in der Brust, sondern in allen Gliedern seines Leibes. Zum ersten Mal seit eineinhalb Jahren fühlte er sich wieder richtig lebendig. Ein Streiter Christi, der dem unbarmherzigen Feind entgegentrat, bereit zu töten oder zu sterben. Beides brachte unvergänglichen Ruhm im Himmelreich, hatte der Heilige Bernhard gepredigt, und die Ritter des Tempels zu Jerusalem hatten in einem jeden Augenblick ihres Lebens zu beidem bereit zu sein.

Mochten ihn dieses Mal auch keine Sarazenen erwarten, so fühlte er doch die Hilfe der Heiligen Jungfrau um seine Schultern wie einen schützenden Mantel. Sein Gegner war ein Feind des Glaubens, das war keine Frage. Also war sein Kampf ein heiliger Kampf.

«Für Gott, St. Georg und die Heilige Jungfrau!» rief er so laut, daß es die Beobachter auf der Torplattform gut verstehen konnten. «Nicht uns Ruhm, sondern Deinem Namen, Herr!»

Jetzt hatte der feurige Ball den Marktflecken erreicht. Sein Näherkommen verlangsamte sich, schließlich verhielt er etwa über der Ruine von Meister Hagens Haus vollkommen und stand wie abwartend, unschlüssig in der Luft.

Mit geübtem Griff zog der Tempelritter sein Langschwert aus der Scheide hervor. Dieser Stahl war in Damaskus geschmiedet worden und er galt als der beste der Welt. Diese Waffe hatte zuletzt auf den Wällen von Akkon eine schreckliche Ernte gehalten, als die Ritter des Tempels bis zuletzt versucht hatten, die nicht enden wollenden Scharen mamelukischer Krieger am Eindringen in die letzte christliche Stadt Palästinas zu hindern. Es war eine Nacht gewesen, die erfüllt gewesen war vom Klirren der Waffen, dem Wehklagen der Sterbenden und dem Dröhnen der muslimischen Katapulte. Wie völlig anders, wie unnatürlich still war dieser Augenblick der fast vollkommenen Stille, die, eben an der Grenze des Hörbaren, unterlegt war nur mit dem Prasseln der Flammen in den Wäldern des Hügellandes.

Die flammende Kugel selbst bewegte sich völlig lautlos, und sie rührte sich jetzt in der Tat wieder, wenn auch bedeutend langsamer und, ja, vorsichtiger als zuvor. Zunächst verlor sie nur an Höhe und senkte sich zollweise ab, bis sie die Ruinen des Marktfleckens beinahe berührte. Dann verharrte sie erneut, doch nur für die Dauer eines Lidschlages. Der Feuerball ruckte wieder an und schwebte zwischen den Ruinen hindurch, bis er sich auf Höhe der Schmiede befand. Von dort aus trieb er auf den See hinaus und kam geradewegs auf den Tempelritter zu.

Vielleicht zwanzig Fuß entfernt verhielt er erneut. Er hing jetzt so tief über dem Boden, daß er die Oberfläche des gefrorenen Sumpfes beinahe berührte. Der Templer hatte zum ersten Mal Gelegenheit, die lodernde Kugel aus der Nähe zu betrachten. Doch da war nichts... im Inneren des vielleicht zehn Fuß durchmessenden Feuerballs waren keine Einzelheiten auszumachen, nur ein verschwommenes, boshaftes Lodern, das erstaunlicherweise nicht einmal Wärme abgab, als wolle der unglaubliche, bösartige Wille des Wesens, das sie als Roten Drachen kannten, verhindern, daß dies in der eisigen Nacht als Lebenshauch interpretiert werden könnte.

«Ich bin Ritter Werner vom Orden der Armen Ritter Christi des Tempels Salomons von Jerusalem. Und ich bin ein Erbe der Herren von Langenapel und der Herren von dem Knesebeck. Und...», der Templer machte eine Pause. Er war sich sicher, daß sein Gegenüber jedes einzelne seiner Worte verstanden hatte, wenn vermutlich auch nichts davon eine Neuigkeit für ihn darstellte. Dann fuhr er fort: «Und ich bin auch ein Verwandter der Herren von Bodenteich. In mir wirken – schwächer vielleicht als in anderen, aber doch gefährlich für dich, überaus gefährlich – ihre Kräfte. Ich werde diese Burg für meine Verwandten halten. Ich werde dich nicht einlassen.»

Werner von Langenapel war sich nicht sicher, ob er ernsthaft mit einer Antwort gerechnet hatte, doch als sich nun eine Gestalt aus den Flammen löste, war er nicht überrascht. Genauer gesagt kam die Gestalt nicht aus den Flammen hervor, vielmehr glaubte der Tempelritter erkannt zu haben, daß sie durch die Flammen hindurchgegangen war, also nicht selbst Teil des Roten Drachen war, sondern etwas anderes, eine Dienerkreatur, ein Gesandter, ein Bote...

Es war ein Mann in einem dunklen Mantel, so dunkel, daß er selbst das zuckende Licht der fernen Brände aufzusaugen schien. Auf dem

Haupt trug der Mann im Dunklen Mantel einen pechschwarzen spitzen Helm, nicht unähnlich den Helmen der Mameluken bei ihrem Sturm auf Akkon. Mit beiden Händen führte er ein gewaltiges verhalten und böse glänzendes Schwert. Er gewahrte all dies binnen eines Atemzuges, und doch war sich der Templer auf den ersten Blick sicher, daß seine Augen noch niemals, auch im Heiligen Land nicht, eine Waffe von vergleichbarer Güte und Beschaffenheit gesehen hatten. Nein, unmöglich konnte dies die Arbeit von Menschen sein.

Die Augen des Fremden fixierten den Templer, doch es war viel mehr als das. Ein eisiger Schauer lief über seinen Rücken. Der Blick des Mannes im Dunklen Mantel schien die äußere Hülle eines Menschen mühelos durchdringen zu können, um durch sie hindurch zu blicken auf den Kern seines Wesens, die Eigenschaften seiner Seele, seine tiefsten, nicht einmal vor sich selbst eingestandenen Gefühle.

Die Hände des Ritters waren mit einem Mal eiskalt. Kaum daß seine unvermittelt kraftlos gewordenen Finger die Damaszenerklinge zu halten vermochten.

«Baphomet!» flüsterte er.

Der Mann im Dunklen Mantel erwiderte kein Wort, noch deutete irgend etwas darauf hin, daß er den Ausruf Ritter Werners überhaupt zur Kenntnis genommen hatte. Stattdessen machte er ein oder zwei schnelle Schritte auf den Templer zu und holte noch in der Bewegung mit seiner furchtbaren Waffe zu einem gewaltigen Schlag aus. Im letzten Augenblick sprang der Herr von Langenapel beiseite und das schwarze Schwert fuhr mit einem Rauschen genau dort durch die eisige Luft, wo sich eben noch das Haupt des Ritters befunden hatte.

Ritter Werners Füße fanden keinen sicheren Tritt auf dem gefrorenen Sumpf. Er verlor das Gleichgewicht, strauchelte. Mit der Rechten den Griff des Damaszeners freigebend, gewann er die Balance in eben dem Augenblick zurück, in dem der Mann im Dunklen Mantel sicheren Schrittes vom Dammweg auf den Sumpf hinaustrat und erneut die Waffe nach seinem Gegner schwang.

Selbst wenn es Sinn gemacht hätte, nur mit der Linken diesen Streich parieren zu wollen, der Templer hätte seine Waffe nicht mehr schnell genug in die Höhe bekommen. Stattdessen duckte er nach links unter dem Schlag weg, wobei er die Spitze seines Schwertes bewußt den Boden berühren ließ, um besser das Gleichgewicht halten zu können.

Für einen Augenblick stand er fast im Rücken seines Gegners. Doch dieser Augenblick war eben lang genug, um auch die Rechte wieder an den Knauf des Schwertes zu bringen, denn schon hatte sich der Fremde in einer für menschliche Begriffe eigentlich unmöglichen Bewegung aus der ins Leere gegangenen Attacke um sich selbst gedreht und griff erneut an.

Diesmal fing die Klinge des Templers den Streich auf. Ritter Werner drehte seine Waffe so, daß das Schwert seines Gegners sie nur einen Zoll vom Knauf entfernt traf und er seine ganze Kraft in die Parade legen konnte. Seine Füße stemmten sich in den Sumpf, in Erwartung des Aufpralls.

Feuer fuhr durch seinen rechten Arm bis in die Schulter hinauf. Hätten seine Augen ihn nicht vom Gegenteil überzeugt, hätte er annehmen müssen, der Schlag habe ihm die Hand abgetrennt und den gesamten Arm zerschmettert. Doch der Fremde hatte nur die Klinge getroffen, genau an dem vom Tempelritter anvisierten Punkt, dann war seine Waffe abgeglitten. Der Streich aber war so gewaltig gewesen, daß Ritter Werner seinen rechten Arm vor Schmerzen nicht mehr bewegen konnte. Mehr als ein Knochen mußte gebrochen sein. Mit einem scheppernden Laut fiel der Damaszener zu Boden, wieder nur von der weniger geübten Linken gehalten.

Gehetzt sah der Templer nach dem Burgtor zurück. Erst Augenblicke waren seit Beginn des Kampfes vergangen, doch schon hatten sich die Fechtenden der Anlage beträchtlich genähert. Mit jedem Zoll, den der Mann im Dunklen Mantel gewann, schob sich auch der feurige Ball, über dem Dammweg schwebend, näher an die Burg heran. Da sein Gegner es zuließ, bewegte er sich mühsam, den jetzt fast gefühllosen rechten Arm an die Brust gepreßt, wieder auf den befestigten Weg zu.

Der Fremde ließ seine Waffe abwartend sinken. Zum ersten Mal sprach er, und zur Überraschung des Tempelritters klang seine Stimme freundlich, fast belustigt:

«Ihr seid ein tapferer Mann, Werner von Langenapel. Ihr könntet einen viel schmerzloseren Tod haben.»

«Ich werde heute nacht nicht sterben. Und wenn ich doch dein Opfer werde, dann werde ich dich Höllenbrut mitnehmen.»

Mit aller Kraft brachte er den Damaszener mit der Linken in die Höhe und rannte gegen den Fremden an. Die schwere Waffe war nicht für den Stoß, sondern zuerst für den Schlag geschmiedet, doch mit nur einer Hand, in der, das spürte der Templer bei jeder Bewegung, ebenfalls mehrere Finger gebrochen waren, war das völlig ausgeschlossen.

«Für die Heilige Jungfrau!» schrie er und stürmte blindlings auf seinen Gegner los.

Mochte es sein, daß die Aktion den Mann im Dunklen Mantel überraschte, er sprang nicht schnell genug beiseite. Der Damaszener, den Ritter Werner zuletzt nicht mehr ganz in der Höhe hatte halten können, fuhr ihm in den rechten Oberschenkel.

Der Fremde gab einen Laut von sich. Es war kein Ausdruck des Schmerzes. Der Templer glaubte nicht, daß dieses Wesen Schmerz empfinden konnte, doch er spürte deutlich, daß es grenzenlos überrascht war.

Mit einer raschen Verlagerung des Gewichts versuchte er seine Waffe aus der schrecklichen Wunde, aus der, soweit er es erkennen konnte, kein Blut trat, freizubekommen. Der Fremde blickte auf ihn hinab, als sei er erst eben wieder auf ihn aufmerksam geworden.

Wortlos faßte er seine schreckliche schwarze Waffe mit beiden Händen und hob sie zum Schlag.

«Gelobt sei Jesus Christus!» rief der Templer, dann löschte der Streich sein Bewußtsein aus.

anno dominice incarnationis MCCLIX
regnante domino Manfredo primo rege sicilie
calendas octobri
(1. Oktober 1259)

«Vom Roten Drachen?»

Ritter Anno von Bodenteich hob fast amüsiert eine Braue.

«Ihr reist dreißig Jahre durch die Zeit, um mir Fragen über diese alte Gespenstergeschichte zu stellen? Nein, sagt nichts, Vater Gennadios hat recht. Je weniger wir wissen, umso besser. Es überrascht mich nur, daß so etwas für irgend jemanden von Interesse sein kann.»

«Was ist das für eine Geschichte?» fragte König Manfred, der nun einige Schritte zurücktrat und sich in seinen Thronsessel setzte. Mit einer Handbewegung forderte er seine Gäste auf, es sich auf den weichen Kissen bequem zu machen, die auf den marmornen Bänken zu beiden Seiten seines erhöhten Sitzes auslagen. Aquila und Schwester Agnetha gehorchten, und auch der alte Mönch setzte sich zu ihnen, während der König an einer seidenen Schnur zog, die neben seinem Thron von der Decke herabhing.

Sogleich trat eine dunkelhäutige Dienerin in den Raum. Sie war in ein fremdartiges Gewand aus sehr dünnem, fast durchscheinenden Stoff gekleidet und verneigte sich tief vor dem König.

«Eine Erfrischung für unsere Gäste», sagte Manfred von Hohenstaufen.

Die Dienerin verneigte sich erneut, bevor sie den Raum rückwärtsgehend verließ, nicht ohne einen neugierigen Seitenblick auf Aquila zu werfen. Die Residenz der Hohenstaufen mußte sich über den sonderbaren Gast bereits den Mund zerreißen, doch das war nun nicht mehr zu verhindern.

Augenblicke später war die junge Frau wieder da, gemeinsam mit einem ähnlich gewandeten Mädchen. Sie stellte zwei niedrige Tischchen vor dem König und seinen Gästen ab, auf denen ihre Begleiterin mehrere kristallene Becher und Schalen mit Spezereien ablegte. Dann verließen beide wortlos den Raum.

König Manfred nickte dem alten Kriegsmann zu:

«Nun erzählt, mein Alter!»

Die Nonne sah zu Aquila hinüber, überrascht ob der vertrauten und ehrenden Anrede, die dem Herrn von Bodenteich zuteil wurde. Doch sie schwieg, wie alle anderen begierig, Ritter Annos Geschichte zu hören.

«Seltsam, wirklich seltsam, liebe frouwe», begann der bärtige Kriegsmann und wandte sich an die Nonne. «Ich verstehe nicht, warum Ihr Euch auf eine solch gefährliche und sonderbare Reise begeben mußtet, nur um mehr über diese Geschichte zu erfahren. Heutzutage kennt sie jedes Kind in Bodenteich. Einer der Dorfältesten, Meister Emil, in Eurer Zeit muß er längst tot sein, pflegt sie den Kindern zu erzählen, und ihre Mütter schimpfen dann, weil sie sich im Dunkeln fürchten.»

Die Reisenden mußten ein Lächeln unterdrücken, als die Rede auf Meister Emil kam, doch Agnethas Gedanken waren auch voller Sorge.

Wir sitzen hier, lassen uns königlich bewirten und führen nette Gespräche, und Wasmod und Meister Emil kämpfen währenddessen in den Flammen um ihr Leben. Heilige Jungfrau, oder wer immer meine Worte hört, vergib mir, wenn ich nicht aus vollem Herzen im Gebet versunken bin, aber was dieser Mann zu sagen hat, ist von einer solchen Bedeutung, daß wir unsere ganze Aufmerksamkeit darauf richten müssen. Bitte gib trotzdem, daß mein Bruder und der alte Mann diesem schrecklichen Inferno entkommen.

Den größten Teil von Ritter Annos Bericht kannte sie bereits aus Meister Emils Erzählungen. Dennoch gab sie auf jedes einzelne Wort acht, denn es mochte sein, daß gerade darin der Schlüssel verborgen lag, die geheime Waffe, mit der die Erben der Ritter von Bodenteich die schreckliche Gefahr von ihrer Heimat abwenden konnten. Jetzt endlich war der Vater Ritter Wilbrands an der entscheidenden Stelle:

«Mein Vorvater war ein tapferer Mann und von tiefer Liebe zum christlichen Glauben erfüllt. Ein Verteidiger des Wahren Glaubens wie alle in unserer Sippe.»

«Wahrscheinlich hat Euch der Papst deswegen exkommuniziert, mein Alter», bemerkte Manfred von Hohenstaufen lächelnd.

«Mein Urahne war jedenfalls ein gläubiger Mann. Wer weiß, jene Männer in Orvieto, die uns heute bekämpfen, hätten sicherlich auch ihn auf den Scheiterhaufen gebracht. Aber damals war die Mutter Kirche noch eine andere, ehrlich bemüht, das Leben der Menschen, der Armen und Schwachen zumal, erträglicher zu gestalten. Deswegen bauten die Gottesmänner nach Jahrzehnten der Unterdrückung durch die Drei Dämonen wieder ein Gotteshaus auf der Landzunge inmitten der Sümpfe, auf welcher sich heute der Marktflecken Bodenteich erhebt. Und so wie die Priester Gottes die Menschen mit der Kraft ihrer Gebete beschützten, beschirmten mein Urahne und seine Kriegsknechte sie mit der Kraft ihrer Waffen.

Die Drei Dämonen fürchteten die Tapferkeit des neuen Herrn von Bodenteich, und sie hatten allen Grund dazu. Sie zogen sich zurück aus dem fruchtbaren Land am Rande des Sees und des Laufs der Aue und verkrochen sich tief in den unwirtlichen Weiten des Hügellandes in Richtung Sonnenuntergang. Eine wenig einladende Gegend, die man Hartheim nennt.

Doch mein Urahne wußte, daß die Menschen nicht in Frieden leben konnten, solange die Drei Dämonen am Leben waren. Also zog er aus in Richtung Hartheim, um sie zu erschlagen. Er war ganz allein, nicht einmal seinem Schildknappen erlaubte er, ihn zu begleiten.

Drei Tage lang ritt er durch die Wildnis des Hügellandes und er nahm während dieser Zeit nichts anderes zu sich als die Früchte des Waldes und klares Wasser aus denjenigen Bächen, die die Gegenwart der Dämonen noch nicht verpestet hatte. Es war wie eine heilige Handlung, versteht Ihr? Wie die Vorbereitung auf ein Sakrament.

Eine ganze Nacht lang kniete er an einem Quell, aus dem ein klarer Bach entsprang, und betete zu Gott dem Herrn und der Jungfrau Maria. Am folgenden Tag traf er auf die Drei Dämonen und ein schrecklicher Kampf entbrannte. Gewiß wäre selbst ein tapferer Mann wie mein Ahne an diesem Tage elend zugrunde gegangen, hätte nicht die Macht Gottes selbst zu seinen Gunsten eingegriffen und ihm das Geheimnis anvertraut, wie jene üblen Kreaturen vernichtet werden konnten.

Als der Abend sich über das Hügelland senkte, waren die irdischen Hüllen der Drei Dämonen vernichtet, ihre Geister aber in einen Kerker verbannt, dessen Mauern fester sind als die Bollwerke dieser Festung und dessen Gitter sicherer sind als der Stahl der härtesten Klinge.

Doch auch mein Vorfahr hatte schreckliche Verletzungen davongetragen. Er wußte, daß sein Ende nah war, und doch gab es zuvor noch etwas zu tun. Er gab seinem Pferd die Sporen und ritt, so schnell es seine Wunde und die Erschöpfung des Rosses zuließen, heim nach Bodenteich, wo die Seinen ihn voller Furcht und Sorge erwarteten. Und tatsächlich erreichte er die kleine Ansiedlung noch eben rechtzeitig, um seinem Sohn das große Geheimnis mitzuteilen; das Geheimnis, wie die Dämonen, falls sie je wieder aus ihrem unheiligen Schlaf erwachen sollten, erneut gebannt werden könnten.»

Pustend stieß der Kriegsmann den Atem aus, froh, ans Ende seiner Erzählung gelangt zu sein.

König Manfred nickte: «Ich wußte nicht, daß Ihr ein so begabter Geschichtenerzähler seid, Väterchen. Und ich wußte nicht, daß es aus Eurer Heimat so interessante Geschehnisse zu berichten gibt.»

«Alte Märchen, Herr, mehr nicht. Jedenfalls nahm ich das bisher an.»

Er musterte den Falkner und die Nonne sehr genau: «Ich glaube zu wissen, worauf Ihr hinauswollt, meine Freunde, doch das große Geheimnis, wie genau mein Vorfahr die Drei Dämonen vernichtet hat, es ist der Grund... die Berechtigung, aus der heraus die Männer meines Geschlechts das Land Bodenteich beherrschen. Ich darf es nur einem Abkömmling, welcher der Blutlinie der Herren von Bodenteich entstammt, anvertrauen, und das seid Ihr nun gewiß nicht, junger Herr Federico... oder Aquila... oder wie immer Ihr Euch nennt.»

Der Falkenmeister schüttelte traurig den Kopf.

«Aber ich!» rief Agnetha, und es hielt sie nicht auf ihrem Platz. «Ihr selbst habt zugegeben, daß in meinen Adern das Blut der Herren von Bodenteich fließt.»

Entsetzt starrte Anno von Bodenteich sie an: «Aber Ihr seid eine frouwe! Und eine Nonne noch dazu!»

Sie rang die Hände: «Sicherlich könnte ich es nicht selbst anwenden, Ritter Anno, aber ich könnte es weitergeben an... an...»

«Kein Wort mehr!» befahl Vater Gennadios barsch. «Ihr greift in den Strom der Zeit ein. Auf gar keinen Fall dürft Ihr weitersprechen. Ihr habt Eure Frage gestellt und es ist die Entscheidung Ritter Annos, ob er sie Euch beantwortet oder nicht.»

«Bitte...», murmelte sie noch einmal.

Traurig schüttelte der Kriegsmann den Kopf: «Ich kann nicht, liebe frouwe. Ich darf nicht.»

Sie wandte sich an den König: «Herr, bitte könnt Ihr Eurem Dienstmann nicht befehlen, uns die Wahrheit zu sagen? Es ist so wichtig für uns!»

Doch auch Manfred von Hohenstaufen schüttelte den Kopf: «Ich wünschte, ich könnte Euch helfen. Ich stellte Euch den Markgrafen von Bärennoth mit einer Hundertschaft sarazenischer Panzerreiter an die Seite, wenn das Sinn machte, doch Ritter Anno kann ich nichts befehlen. Er ist nicht mein Dienstmann, sondern mein Freund. Der Waffenbruder meines Vaters.»

Agnetha sog schmerzhaft die Luft ein. Es waren die gleichen Worte, mit denen Ritter Wilbrand sich geweigert hatte, seinen Falkenmeister an den Herzog abzutreten. Langsam begann sie zu begreifen, von welcher Art die seltsame Verbindung dieser beiden so unterschiedlichen Geschlechter war. Die Unterschiede begannen zu verschwimmen: Das Hier und Jetzt, die Gegenwart, die Zukunft und die Vergangenheit. Schon glaubte sie, inmitten der Pracht und angenehmen Wärme von König Manfreds Thronsaal die Kälte des Winters auf Burg Bodenteich wahrzunehmen.

«Dann ist alles vergeblich», sagte Aquila, und es war eine Trauer und Resignation in seiner Stimme, wie Schwester Agnetha sie noch nie in der Stimme eines Menschen gehört hatte.

Doch gleichzeitig erhob sich König Manfred unvermittelt von seinem Thronsessel und eilte auf Aquila zu:

«Das ist doch nicht... Ist das der Grund, aus dem Ihr hier seid? Der Grund aus dem all dies begann?»

Er ergriff die rechte Hand seines Sohnes und hielt sie in die Höhe. Der Ring mit dem roten Stein leuchtete, doch er leuchtete in einer Intensität, die sie sich bisher nicht auszumalen vermocht hätte. König Manfred hob seine eigene Hand und dort leuchtete ein ebensolcher Ring... nein, verbesserte sich Agnetha, es war derselbe Ring. Dieselbe Sache zweimal vorhanden in ein und demselben Raum. Staunend brachte der König die beiden Ringe eng zusammen, hielt die Hand Aquilas, der sich vergeblich abzuwenden suchte, fest umklammert.

«Das ist unmöglich!» flüsterte er.

Im gleichen Augenblick begann die Welt um Agnetha sich aufzulösen. Nicht schlagartig wie in der Nacht des Überfalls auf der Handelsstraße, sondern allmählich, gemächlich fast, als wenn sie sachte in den Schlaf dämmerte.

Agnetha hörte noch den entsetzten Ruf des Mönches: «Gnade uns der Himmel: Das ist ein Paradoxon!»

Dann tauchte die Welt in Dunkelheit.

anno dominice incarnationis MCCXIIIC
regnante domino Adolpho primo glorioso Romanorum rege augusto
XVI. calendas januarii
(16. Dezember 1292)

Mit tränenverschleiertem Blick sah Adrian von Bodenteich, wie Ritter Werner seinen verzweifelten Kampf focht, wie der Templer wieder und wieder taumelte und der Mann im Dunklen Mantel schließlich seine Klinge in seinen Körper stieß. Ohne den überwundenen Gegner noch eines Blickes zu würdigen, steckte der Fremde seine Waffe wieder ein und ging ruhigen Schrittes zurück zum Dammweg, wo die feurige Kugel noch immer regungslos verhielt.

«Niemand kann ihn jetzt mehr aufhalten. Wir müssen in den Bergfried fliehen, junger Herr!» drängte Toste der Torwächter.

Adrian nickte geistesabwesend. Fast hatte er die Existenz des Dienstmanns vergessen, der genau wie Bruder Edgar noch immer an seiner Seite ausharrte.

«Ich muß mich ihm entgegenstellen», sagte Ritter Wilbrands Sohn entschlossen.

Entsetzt starrte Toste ihn an: «Ihr habt gesehen, was er mit dem Tempelritter gemacht hat!»

«Es ist eine Frage des Blutes, Toste. Habt Ihr Meister Emil niemals richtig zugehört? Ich bin der Erbe der Herren von Bodenteich. Wenn ich auch ein um so vieles schlechterer Krieger bin als Ritter Werner, habe ich vielleicht doch die Spur einer Chance, weil ich der bin, der ich bin...»

Er achtete nicht auf die weiteren Proteste des Torwächters, sondern lief in aller Eile die eisüberkrustete Holztreppe hinab.

Im Burghof war es weit dunkler als auf der Aussichtsplattform.

«Verdammt!»

Adrian ging zu Boden. Er war mit jemandem zusammengestoßen. Hatten die Dorfbewohner und das bischöfliche Gefolge den Turm verlassen?

Eine Hand streckte sich ihm entgegen. Jemand half ihm auf.

«Gerolf!»

Er wußte nicht zu sagen, woher sein Bruder so plötzlich aufgetaucht war. Ein paar Schritte hinter ihm stand jedenfalls die Müllerstochter, doch Adrian hatte nicht die Muße, weiter darüber nachzudenken.

«Er hat Ritter Werner erschlagen! Jetzt müssen wir beide Bodenteich verteidigen!»

Der Jüngere nickte stumm. Im unsicheren Licht konnte Adrian nicht besonders viel erkennen, doch es war unübersehbar, daß Gerolf nicht mehr der ungeduldige Heißsporn war, als der er sich am Beginn der Belagerung gegeben hatte. Entschlossen und Seite an Seite schritten die Brüder durch das offenstehende Tor, während das Mädchen ihnen noch einen Augenblick nachsah und sich dann zu Toste und Bruder Edgar auf die Wächterplattform begab.

Draußen war es fast taghell. Das Feuer hatte das jenseitige Ufer des Flüßchens jetzt beinahe erreicht, und auch von dem feurigen Ball ging ein höllisches Lodern aus, das die gesamte Fläche des gefrorenen Sumpfes mit einem unheiligen Leben zu erfüllen schien.

Ritter Werners Leib lag einen Steinwurf entfernt regungslos am Boden. Es hatte nicht den Anschein, als sei noch Leben in ihm.

«Er hat sich für uns geopfert», sagte Adrian leise. «Wie so viele andere: Vater, Benno der Müller, und wenn dieses schreckliche Wesen uns jetzt angreift, dann kann das nur bedeuten, daß auch Aquila und die anderen...»

«Noch leben wir!» unterbrach ihn Gerolf. Doch es klang eher trotzig als überzeugt.

Gemeinsam beobachteten sie den feurigen Ball, der noch immer unbewegt über dem Bohlenweg schwebte. Der Mann im Dunklen Mantel war nirgends zu sehen, doch er mußte sich ganz in der Nähe aufhalten.

Gerolf reckte den Hals: «Warum nur greift er nicht an!»

«Du weißt, was Aquila damals sagte: Er versucht uns zu zermürben.»

«Einen Gegner, der am Boden liegt, braucht er nicht mehr zu zermürben. Er wartet auf irgend etwas.»

«Falls er darauf wartet, daß wir etwas unternehmen, dann sollten wir ihm diesen Gefallen nicht tun. Je länger wir warten, desto mehr Zeit haben Aquila und die anderen, zu uns zurückzukehren.»

Gerolf seufzte tief: «Selbst wenn sie noch leben: Was sollten sie tun? Es hat Ritter Werner besiegt, ich kann mir nicht vorstellen, daß Aquila viel länger bestehen würde. Die Ritter von Bodenteich, mit ihnen hat es begonnen und mit ihnen, also mit uns, wird es enden.»

Als hätte ihr Gegner nur auf diese Worte gewartet, begann sich die feurige Kugel wieder in Bewegung zu setzen, wenn auch so langsam, daß das Auge die Bewegung kaum wahrnehmen konnte. Und doch bewegte sie sich, unaufhaltsam und dem Verlauf des Bohlenwegs folgend, unerbittlich auf die Brüder zu.

Das Pferd, welches der Büttel ihm am Tore der herzoglichen Stadt anvertraut hatte, hatte Ritter Wilbrand von Bodenteich treu gedient und irgendwo fand sein fiebergeschwächtes Bewußtsein sogar Raum, das dienstfertige Tier zu bedauern, doch in dieser Stunde konnte er keine Rücksicht nehmen auf die vernehmlichen Laute der Erschöpfung, die das von ständigen Stößen in die Flanken gepeinigte Roß immer häufiger von sich gab.

Hundert Mal war er diese Straße entlanggeritten, den ausgetretenen Weg, der die Furt durch die Aue vermied und stattdessen in den Ausläufern des Hügellandes und am Westufer des Flüßchens durch mehrere kleine Dörfer führte. Für gewöhnlich hatte jedoch Zeit keine besondere Rolle für ihn gespielt. Was aber hatte ihn heute nacht, da jeder Augenblick über Tod und Leben seiner Söhne und aller Menschen auf Burg Bodenteich entscheiden mochte, bewogen, den weniger gepflegten, längeren Pfad einzuschlagen? Welcher Eingebung hatte er es zu verdanken, daß er noch einmal, zum letzten Mal, seine Tochter hatte in den Armen halten dürfen?

Er vermochte es nicht zu sagen, doch was er wußte, war, daß der Gott, an den er glaubte, der Gott, der ihn durch die blutigen Wirren der italienischen Kämpfe geführt, der ihn durch den päpstlichen Legaten bewogen hatte, den Erben der Hohenstaufen unter falschem Namen in sein Gefolge aufzunehmen, der ihm die Kraft gegeben hatte, den Tod seiner so geliebten Frau zu ertragen und zuletzt schließlich die Entbehrungen der harten Kerkerhaft, daß dieser Gott ein gnädiger Gott war. Tief in seinem Innern gab es keinen Zweifel, daß dieser Gott noch immer seine Hand über ihn und die Seinen hielt, und daß er es gewesen war, der ihn auf jenen Pfad und zu seiner Tochter geführt hatte. Dieser Gott würde es nicht zulassen, daß Menschen wie Benno und Meister Emil umsonst gestorben waren.

Ritter Wilbrand war bereit sich zu opfern, wie sich schon sein Urahne für die Männer und Frauen von Bodenteich geopfert hatte, aber, und das war in dieser Stunde sein einziges Gebet: «Herr, zeige mir einen Weg, wie mein Opfer die Meinen retten kann!»

Während er sein Pferd zu höchster Eile antrieb, kamen die Flammen immer näher. Gesehen hatte er sie bereits beim Verlassen der Stadt, gerochen schon vor der Begegnung mit Riva und dem Magister, doch jetzt fühlte er ihre alles versengende Hitze, die als schmerzhaftes Pochen in seiner rechten, der Feuersbrunst zugewandten Seite spürbar war.

Er hätte versuchen können, den Flußlauf doch noch zu durchqueren und so das Wasser zwischen sich und die Flammen zu bringen, doch dann hätte er die gesamte Wasserfläche des Sees zwischen sich und der Burg gehabt, und er konnte sich nicht vorstellen, daß ihn das Eis auf der freien Fläche tragen würde. Nein, er mußte auf diesem Ufer bleiben und versuchen, den Wettlauf mit den Flammen, und so es der Wille Gottes war, durch die Flammen, zu gewinnen.

Nun lag das letzte Dorf vor Bodenteich hinter ihm. Hier war die Stelle, an der der Pfad dem Fluß am nächsten kam. Wenn die Flammen tatsächlich einem bösen Willen gehorchten, dann würden sie hier versuchen, ihm den Weg zu verlegen. Noch einmal gab er dem Pferd die Hacken und passierte eine schwer einsehbare Stelle.

Das Tier scheute. Vor ihnen erhob sich eine Wand aus feuriger Lohe. Schon fraßen sich die Flammen an den winterkahlen Bäumen zu beiden Seiten des Weges empor. Fünfzig Fuß voraus war der Pfad bereits von den Flammen verschlungen worden. Fluchend brachte Ritter Wilbrand das Pferd wieder zum Stehen. Erschöpft zitternd gehorchte das Tier. Der Ritter seufzte. Mühsam stieg er aus dem Sattel, Schmerz durchfuhr seine Brust. Er schöpfte Atem, dann gab er dem Pferd einen letzten Klaps, der es in die Gegenrichtung davontrieb. Vielleicht würde das verstörte Tier durch seinen Instinkt gerettet, doch viel Hoffnung hatte er nicht.

Schwankend stand Ritter Wilbrand inmitten des Weges, während die Flammen rasch näherkamen. Mit unsicheren Schritten wandte er sich nach links und trat an einer etwas lichteren Stelle in das Dickicht der Bäume, wo das Feuer schon so nahe war, daß es ihm Haare und Haut versengte. Spindeldürre Zweige peitschten über Gesicht und Hände. Einigen von ihnen hätte er ausweichen können, doch es blieb keine Zeit dafür. Jeder einzelne Augenblick war kostbar.

Überall vor ihm wüteten die Flammen. Schon fiel das Gelände ab. Es konnte nicht mehr weit sein bis zum Fluß. Angesichts der Unmengen von der Hitze der Flammen geschmolzenen Schnees würde er ihn unmöglich überqueren können. Er mußte eine Stelle finden, an der er zwischen Feuer und Wasser hindurchschlüpfen konnte.

Eine Flammenzunge schoß vor und biß sich in seinem linken Arm fest wie ein böser Geist. Er preßte den Arm an sich und versuchte das Feuer mit der anderen Hand zu ersticken. Es gelang ihm, doch erneut verlor er unersetzliche Zeit. Als er seine Aufmerksamkeit wieder seiner Umgebung zuwenden konnte, hatten ihn die Flammen nahezu eingekreist. Er mußte mehrere kostbare Meter zurückgehen und einen neuen Weg suchen.

Das Gelände fiel weiter ab. Ritter Wilbrand schrie vor Schmerz, als sein Fuß auf dem von geschmolzenem Schnee glitschigen Boden ausglitt und der Knöchel sich schmerzhaft verdrehte. Irgend etwas riß in seinem Innern. Mühsam hielt sich der gepeinigte Körper aufrecht. Tief atmete er die sengend heiße Luft ein, bevor er weiterhumpeln konnte.

Endlich: Gleich, dort vorne, noch etwas weiter links, kamen die Flammen nicht weiter voran. Er mußte den entferntesten Ausläufer erreicht haben. Wenn er jetzt schnell genug war.

Der Boden gab unter ihm nach. Mit einem Schrei des Entsetzens stürzte Wilbrand von Bodenteich in das eiskalte Wasser.

Für einen Augenblick hörte sein Herz auf zu schlagen. Er spürte es ganz deutlich, fast wie ein Außenstehender. Der von Wochen der Kerkerhaft und einer niemals ganz auskurierten Krankheit geschwächte Muskel war bereit, ihm unwiderruflich den Dienst zu versagen. Ritter Wilbrands Kopf tauchte unter. Wasser drang in die Lungen. Um ihn her herrschte Dunkelheit.

Doch dann, unvermittelt, begann sein Herz wieder zu schlagen und jeder einzelne Schlag wurde von einem Schmerz begleitet, der so intensiv war, daß er kaum erträglich schien. Mit hektischen Bewegungen kam Wilbrand von Bodenteich wieder an die Oberfläche. Seine Hände griffen nach irgend etwas, an das sie sich klammern konnten, doch drei-, viermal griffen sie ins Leere, bevor sie an einer ins Wasser hängenden Wurzel Halt fanden. Hilflos hielt er sich fest, noch immer fast blind von den Schmerzen und von Schmutz und eisigem Wasser, das ihm in die Augen gedrungen war.

Doch als er endlich wieder sehen konnte, wünschte er beinahe, er wäre blind geblieben: Auf einer Breite von mehr als zweihundert Fuß hatte das Feuer das Ufer erreicht. Er war zu spät gekommen. Der Weg war versperrt und was ihm blieb, war die Wahl, entweder im Wasser zu ertrinken oder in den Flammen zu verbrennen.

Der Teil seines Körpers, der sich noch im Wasser befand, war mittlerweile fast gefühllos geworden. Für einen Augenblick zögerte Ritter Wilbrand: Wenn er jetzt die Wurzel losließe, würde es sehr schnell gehen. Binnen kurzem wäre er ohnmächtig und würde nichts mehr mitbekommen.

Dann aber bäumte sich etwas in ihm auf, von dem er selbst nicht zu sagen wußte, was es war. Mit aller Kraft zog er sich an der Wurzel empor, innerlich flehend, daß die in hellen Flammen stehende Weide im aufgeweichten Untergrund nicht ihren Halt verlor. Schließlich gelang es ihm, zuerst das eine, dann das andere Knie auf die Uferböschung zu bringen. Rasselnd holte er Atem in der sogleich wieder sengendheißen Luft.

Das Wasser in seinen aufgeweichten Kleidern hüllte ihn in einen Mantel aus Dampf. Das schmerzgepeinigte Bündel, das einmal Wilbrand von Bodenteich gewesen war, erhob sich. Wenn Gott ihm noch eine Möglichkeit gewähren wollte, dann war es diese hier. Solange das Wasser ihn schützte, vermochten die Flammen ihn nicht wirklich zu erreichen.

Stolpernd setzte er einen Schritt vor den anderen, mehr als einmal gab der verletzte Fuß unter ihm nach, oder der geschundene Körper drohte aus reiner Erschöpfung den Dienst zu versagen. Doch ein um das andere Mal gelang es ihm, sich aufrecht zu halten, denn Ritter Wilbrand wußte, wenn er noch einmal stürzte, würde er sich nicht wieder erheben.

Sein Gesicht, die Hände und mit ihnen die Arme bis hinauf zu den Ellenbogen wurden nicht vom nassen Stoff geschützt. So gut es ging, versuchte er sie in den Falten seines längst zu Lumpen zerrissenen Kittels zu verbergen, doch er war außerstande, sich auf den Beinen zu halten, ohne die Hände zu Hilfe zu nehmen, die immer wieder nach Ästen und Zweigen griffen, um den Sturz zu verhindern. Mehr als einmal fuhren seine Finger mitten in die Flammen hinein und neue Pein durchfuhr ihn, doch wenn auch die Schwärze vor seine Augen trat, er durfte den Griff nicht lösen.

Er schleppte sich voran und hatte längst jegliches Zeitempfinden verloren, als er völlig unerwartet aus den Flammen hervortrat und einen Bereich des Waldes erreichte, in dem sie noch nicht wüteten. Überrascht erkannte er, daß er sich in einer Feuerschneise befand, einer vielleicht fünf Fuß breiten Gasse inmitten des Waldes, die das Feuer noch nicht hatte überspringen können.

Er brauchte mehrere Atemzüge, um zu erfassen, wo er sich befand. Die Eichelmast... Bennos Wald... Meister Emils Feuerschneise!

«Bei Gott und allen Heiligen!» rief er, obwohl die Luft noch immer kaum zum Atmen reichte. Ein heftiger Hustenanfall war sein Lohn. Ein verrücktes Lachen schüttelte ihn und der stechende Schmerz in seinen Lungen brachte ihn zum Würgen, und doch flüsterte er: «Herr im Himmel: Dieser Mann war ein Heiliger! Herr, schaue gnädig auf Meister Emil!»

Doch die Schneise würde die Flammen nicht mehr lange aufhalten; schon begannen sie, über die schmale Gasse hinwegzuzüngeln und erreichten hier und da die ausgestreckten Äste der Bäume auf der anderen Seite. Hier und da begann sich schon die Glut auszubreiten.

Ritter Wilbrand tauchte zwischen die Bäume ein und humpelte so schnell es ging durch das unebene Gelände, wobei er sich allmählich immer weiter nach rechts hielt, um wieder den Pfad nach Bodenteich zu erreichen, auf dem er schneller vorankommen würde.

Es konnte nicht mehr weit sein, doch selbst wenn er den Weg erreicht hatte, war es noch mehr als eine halbe Meile bis zur Burg. Angesichts seines Zustandes hätte es auch ein Tagesritt sein können. Und selbst wenn er sie rechtzeitig erreichte, was würde er dann tun... Sein Vater war gestorben, ohne die Möglichkeit zu haben, ihm das große Geheimnis anzuvertrauen, aufgrund dessen die Herren von Bodenteich über die Burg, den Marktflecken und das umliegende Land herrschten. Die einzige Waffe gegen den Roten Drachen.

Wenn er die Burg erreichte, so würde er nicht mehr tun können, als an der Seite seiner Söhne zu sterben. Doch selbst wäre es nur das, so wollte er doch Gott und allen Heiligen danken, daß zumindest diese Gnade ihm gewährt wurde.

Sein Fuß knickte erneut zur Seite. Fluchend faßte Wilbrand von Bodenteich nach einem Ast, doch diesmal griff er daneben. Er sackte zusammen. Doch ehe er den Boden berührte, fuhr eine Hand unter seinen Arm und hielt ihn aufrecht. Es war ein merkwürdiges Gefühl, als wäre der Körper dessen, der ihn stützte, nicht wirklich von dieser Welt.

Er fuhr herum. An seiner Seite stand ein unbekannter Mann, gekleidet in das dunkle Gewand eines Mönchs. Sein Gesicht konnte er nicht erkennen, doch er glaubte zu wissen, wen er vor sich hatte.

«So hat mich mein Weg doch nur in Eure Hände geführt», sagte er leise. «Ich kenne Euren Namen nicht, doch ich weiß, daß ich in Euch nicht meinen wirklichen Gegner vor mir habe, sondern nur einen Boten und Diener. Doch wenn es der Wille Gottes ist, daß ich von Eurer Hand den Tod finde, so werde ich doch nicht wehrlos sterben, sondern kämpfen bis zum Ende.»

Er schüttelte die stützende Hand ab und stand, wenn auch schwankend, aufrecht, wobei er seinen Gegner fixierte. Ein fast ein wenig trauriges Lächeln lag auf dem nicht einmal unsympathischen Gesicht.

«Ihr irrt Euch, Wilbrand von Bodenteich», sagte der Fremde. «Ihr wißt nicht, was für ein Ort dies hier ist.»

Ritter Wilbrand zögerte, ob er sich überhaupt auf ein weiteres Gespräch einlassen sollte, doch dann nickte er versonnen:

«Wenn es Euch auch nicht viel bedeuten wird, dies ist Meister Emils Eichelmast.»

«Und doch ist es mehr als das. Dies ist ein Ort, an dem sich die Welten berühren. Ich bin nicht der, den Ihr in mir zu sehen glaubt.»

«Ach ja?» Wilbrand von Bodenteich war schrecklich müde. Der Schmerz in seinem blutenden, halb erfrorenen, halb verbrannten Körper war längst über das Maß hinaus, in dem er noch Bedeutung gehabt hätte.

«So ist es», sagte der Fremde. «Mein Name ist Valdemar.»

anno dominice incarnationis MCCXIIIC
regnante domino Adolpho primo glorioso Romanorum rege augusto
XV. calendas januarii
(17. Dezember 1292)

Feuchtigkeit auf ihrer Haut. Kühler Tau. Reif, der ihre Handrücken und die bloßen Unterarme bedeckte.

Das waren Schwester Agnethas erste Sinneseindrücke, als sie wieder erwachte. Dieses Gefühl hatte etwas von einem neuen Anfang an sich. Sie fühlte sich an jenen Morgen am Ende des Sommers erinnert, an dem sie zum ersten Mal nach so langer Zeit ohne Fieber gewesen war und zu ihrer Überraschung nicht Aquila, sondern Adrian von Bodenteich an ihrer Seite gewacht hatte.

Und doch war es anders. Noch hielt sie die Augen geschlossen und versuchte, die Umgebung durch ihre übrigen Sinne wahrzunehmen. Es war kalt, aber es war nicht die Eiseskälte der Wintermonate auf Burg Bodenteich. Sie lag auf dem Bauch, den Kopf auf dem rechten, angewinkelten Arm. Unter ihrem Leib war natürlicher Erdboden, doch er war recht weich, jedenfalls nicht gefroren. Eine dicke Wurzel drückte in ihre Schulter, doch es schmerzte nicht, war im Grunde nicht einmal unangenehm, jedenfalls nicht im Vergleich zu den unzähligen kleinen, kaum halb verheilten Wunden, die ihr Leib von den Ereignissen der vergangenen Nacht zurückbehalten hatte.

Der Geruch des Waldes war rings um sie. Auf einer dicken Schicht abgestorbener Blätter ruhte ihr Körper wie auf einem weichen Strohlager. Es roch würzig und rauh, nach Moos und Holz, doch ganz in der Nähe mußten in einer versteckten Nische auch bittersüß duftende Kräuter die Kälte der letzten Tage überlebt haben. Sie kannte diesen Duft, doch sie wußte ihn nicht genau einzuordnen. Vielleicht waren diese Pflanzen Bestandteil einer Salbe gewesen, mit der Aquila ihre Wunde behandelt hatte.

Agnetha lauschte. Da waren die Laute des Windes, der durch die winterkahlen Bäume strich, doch da war auch ein verhalteneres Rauschen, was sie zu der Vermutung brachte, in der Nähe müsse es auch Nadelgehölz geben. Weiter entfernt hörte sie zudem das fast übermütige Trillern von Vögeln wie das Versprechen des kommenden Frühlings.

Eine leichte Brise kam auf und streichelte ihr Gesicht. Sie brachte einen neuen Duft mit sich: Den Geruch nach verbranntem Holz und kalter Asche.

Agnetha öffnete die Augen. Sie stützte sich auf den Arm und blickte um sich.

Sie befand sich am Rande einer baumbestandenen Anhöhe, die nicht weit vor ihr sanft abfiel in offenes Gelände, durch das in versonnenen Bögen das Wasser eines kleinen Flüßchens strömte. Eine Viertelmeile entfernt erhoben sich weitere Hügel, auf denen, soweit sie es von hier aus erkennen konnte, vorwiegend Nadelhölzer wuchsen. Es war eine völlig grüne Landschaft, vom Schnee der vergangenen Tage war nichts mehr geblieben.

Dabei war sie sich vollkommen sicher, daß dies wieder die Umgebung von Bodenteich war. Es war jedenfalls nicht die karge Landschaft, durch die sie im Königreich Manfreds von Hohenstaufen gewandert waren.

Die Augustinerin erhob sich und drehte sich langsam einmal im Kreis. In ihrem Rücken schienen sich ebenfalls weitere Hügel zu erheben. Sie glaubte erkennen zu können, daß das Flüßchen linker Hand eine Kehre beschrieb und in das hügelige Gebiet eintrat.

Sie war allein. Von dem Falkenmeister war keine Spur zu sehen.

Agnetha spürte, wie eine leichte Schwäche sie überkam, ein fast angenehmer Taumel, der sie daran erinnern wollte, daß ein paar Stunden der Ruhe wohl kaum ausreichten, um die Strapazen und Entbehrungen wett zu machen, denen sie in den vergangenen Wochen, vor allem aber in der vergangenen Nacht, ausgesetzt gewesen war.

Unschlüssig zögerte sie. Wenn sie versuchte, sich bemerkbar zu machen, ging sie die Gefahr ein, daß Fremde auf sie aufmerksam wurden. Sie hatte das sichere Gefühl, weit entfernt zu sein von der nächsten menschlichen Ansiedlung, was nicht bedeuten mußte, daß niemand in diesen Wäldern lebte. Womöglich waren sie die Zufluchtsstätte von Wegelagerern.

Sie hob die Schultern. Nach dem, was sie in den vergangenen Wochen und Monaten erlebt hatte, fiel es schwer zu glauben, daß sie jetzt durch einen bloßen Zufall das Opfer von Gesetzesbrechern werden sollte.

Die Augustinerin brachte die Hände an den Mund und formte sie zu einem Trichter. Laut rief sie den Namen des Falkenmeisters. Fast augenblicklich ertönte eine Antwort und kurz darauf klomm Aquila zwischen den Bäumen an der Flanke des Hügels empor.

Sie mußte lächeln, als sie ihn erblickte, in den Resten seines Jagdgewandes, zerrissen, zerschlissen, versengt und unglaublich verdreckt. Über der Schulter trug er einen langen Stock, an dem seine Jagdbeute baumelte, zwei beachtlich fette Hasen.

Er grinste sie an wie ein Dorfjunge: «Sie scheinen hier keine Feinde zu haben. Beinahe hätte ich sie einfach einsammeln können.»

«Es ist eine ziemlich verlassene Gegend», nickte sie. «Ich hatte es schon ein wenig mit der Angst bekommen, als ich Euch nirgends entdecken konnte.»

«Ich glaube nicht, daß es hier in der Nähe etwas gibt, das gefährlicher ist als diese beiden Langohren.»

«Wißt Ihr, wo wir uns befinden?»

Er legte seine Beute an dem Baum ab, zu dessen Füßen sie geruht hatte.

«Dies ist Hartheim», sagte er und deutete in die Runde.

«Das hier? Ich dachte, die Gegend, die Hartheim genannt wird, wäre von dem Feuer vernichtet worden!»

«Offenbar nicht. Nur der Wald dort drüben.»

Er zeigte über den Fluß hinweg auf die Hügel, die sich dort erhoben. Und tatsächlich konnte sie jetzt, da sie genauer hinsah, Rauchschwaden erkennen, die ein Stück in der Ferne gen Himmel aufstiegen.

«Dieses freundliche Tal hier ist verschont geblieben», sagte er. «Danken wir Valdemar oder wem auch immer, daß wir an dieser Stelle in unsere Welt zurückgekehrt sind und nicht zwei Meilen weiter im Norden.»

Es war seltsam. Zwischen ihnen herrschte das wortlose Einverständnis, daß die Zeit der Eile und Unruhe vorbei war. Die Entscheidung war gefallen, so oder so, auch wenn sie das Ergebnis noch nicht kannten. Der heutige Tag blieb ihnen, um ihre Wunden zu pflegen, sich auf das, was noch kommen mochte, vorzubereiten, und sich über ihre Gefühle klarzuwerden.

Sie nickte: «Fast erscheint mir die letzte Nacht wie ein Traum. Ein fiebriger Irrsinn, der unser beider Geist in seine Gewalt gehalten hat.»

Er schüttelte den Kopf: «Nein, Agnetha, das war es nicht. Wir waren tatsächlich am Hofe... am Hofe der Hohenstaufen.»

Agnetha betrachtete ihn, das vetraute Antlitz, das sich nun in ihrer Errinnerung mit den Gesichtszügen Manfreds von Hohenstaufen überlagerte. Als Aquila im Alter des Königs gewesen war, mußten sie sich wirklich sehr ähnlich gesehen haben.

«Warum nur habt Ihr so vieles vor mir verheimlicht», sagte sie leise.

«Wir haben beide viele Dinge voreinander verheimlicht. Und daß ich über diese Sache zu niemandem sprach, war mehr als eine bloße Gewohnheit oder Geheimniskrämerei. Mein Leben, und vielleicht das Leben aller Menschen auf Burg Bodenteich hing davon ab, daß die Feinde meines Hauses niemals davon Kenntnis erhielten. Ich war am Leben und die Kirche hatte Sorge, daß ich am Leben blieb, falls sie mich vielleicht doch irgendwann einmal brauchen könnte...»

«Euch, den letzten Erben ihrer Todfeinde?»

«Die Zeiten können sich ändern. Die Kaiserlichen geraten in Vergessenheit, doch die Franzosen werden stärker und stärker. Papst Nikolaus und seine Vorgänger wußten das sehr genau, und sie wußten auch, daß ihre eigene Macht auf dem Gleichgewicht beruht, auf der Balance der Mächtigen. Sollte es jemals nötig werden, hätten sie jemanden, einen Bastard gleichwohl, der die Macht der Franzosen erheblich erschüttern könnte.»

Sie hatte keinen Grund zu widersprechen. Das klang in der Tat nach einem Plan, den sich Männer wie ihr Bruder zurechtgelegt hatten.

«Doch es wird kaum jemals dazu kommen. Längst gibt es andere Pläne, andere Möglichkeiten, das Gleichgewicht zu bewahren. Alles, was Orvieto jetzt noch interessiert, ist dieser Ring.»

Nachdenklich drehte er ihn an seinem Finger hin und her.

«Er hat wirklich die Macht, Dämonen zu beschwören?»

Resigniert hob er die Schultern: «Ich weiß es nicht. Es ist wie ein Fluch, der auf meinem Hause lastet. Ob das die Schuld des Ringes ist oder die Strafe des Himmels über unseren einstigen Übermut... ich weiß es wirklich nicht.»

«Und die Kardinäle wollen diesen Ring für sich? Was wollen sie damit anfangen?»

«Ihn für ihre Zwecke benutzen? Oder nur verhindern, daß er anderen in die Hände fällt, die ihn gegen sie verwenden könnten? Wer kann sagen, was in Kardinal Caetanis Kopf vorgeht. Er will den Ring, und der Tempelritter soll ihn beschaffen, offenbar ohne Gewalt anzuwenden.»

«Aber wenn es wirklich der Ring war, der für all diese Schrecken verantwortlich ist, warum übergebt Ihr ihn dann nicht einfach?»

Er sah sie nachdenklich an: «Vielleicht sollte ich das wirklich tun, aber es fällt schwer. Er ist ein Erbe meines Vaters, zum Guten oder zum Bösen.»

«Und er vermag noch andere seltsame Dinge. Durch ihn sind wir hierher zurückgekehrt.»

«Ein Zeitparadoxon, wie Vater Gennadios sagte. Von anderer Art zwar, als er erwartet hatte, doch nicht minder gefährlich. Ein und dieselbe Sache, die zum selben Zeitpunkt und am selben Ort zweimal existiert. Ich erinnere mich an seine wissenschaftlichen Versuche, obwohl er in dieser Beziehung ein Geheimniskrämer war. Er war geradezu besessen von seinen Experimenten, doch so bereitwillig er mir über andere Aspekte der Wissenschaft Auskunft gab, so bestrebt war er, gerade diese Forschungen vor mir geheimzuhalten. Ich frage mich...»

«Was?»

«Ich frage mich, ob das irgendwie mit unserem Besuch zusammenhängt. Ihr habt gesehen, wie besorgt er war. Vielleicht fürchtete er, ein Zeitparadoxon herbeizuführen, wenn er mir über diese eine Sache zu viel verriete.»

«Er hätte uns diese Reise erleichtern können, wenn er Euch damals, als Ihr sein Schüler wart, mehr berichtet hätte.»

«Aber er hätte es getan, weil er durch unsere Begegnung wußte, daß wir diese Reise unternehmen würden. Schon habt Ihr das Paradoxon.»

«Aber wenn er Euch aufgrund unserer Begegnung weniger gesagt hat, als es sonst der Fall gewesen wäre, ist das doch ebenfalls paradox.»

«In der Tat, das ist es. Wie wir es auch drehen oder wenden, wir müssen damit rechnen, daß unsere Reise Auswirkungen auf das Gewebe der Zeit gehabt hat. Vielleicht ist die Welt, in die wir zurückgekehrt sind, eine Welt, die wir kaum wiedererkennen werden.»

Sie lächelte traurig: «Nun, in der Welt, aus der wir aufgebrochen sind, stand alles, was wir liebten, am Rande der Vernichtung. Könnte es noch schlimmer kommen?»

Er schüttelte den Kopf: «Kaum.»

Während sich der Falkenmeister daran machte, den Hasen das Fell abzuziehen, setzte sich die Augustinerin in seine Nähe, lehnte den Rücken an den Stamm des Baumes und beobachtete ihn bei seiner

Tätigkeit. Jetzt, da sie keine Eile mehr hatten, ließ er sich Zeit und tat alles, auch die geringste Beiläufigkeit, sehr sorgfältig.

Nach einer Weile erhob er sich und machte sich auf die Suche nach trockenem Holz für ein Feuer, doch er blieb immer in Sichtweite. Agnetha war müde; ihr Hunger hielt sich zwar in Grenzen, doch die Anstrengungen der Vergangenheit forderten ihren Tribut.

Sie hatte einen unangenehmen Traum. Der Mann im Dunklen Mantel kam darin vor und seine zwölf dunklen Apostel. Die ganze Zeit hindurch war sie sich jedoch bewußt, zu träumen. Das Geschehen war verwirrend, und als sie erwachte, konnte sie sich kaum seiner entsinnen.

Köstlicher Bratenduft stieg in ihre Nase. Die Nonne schlug die Augen auf und blickte auf Aquila, der einen der beiden Hasen auf einen improvisierten Spieß gesteckt hatte und jetzt langsam über dem Feuer drehte. Dabei summte er eine kleine Melodie. Als er bemerkte, daß sie erwacht war, lächelte er und begann lauter zu singen. Sie erkannte die Weise des Walther von der Vogelweide wieder, die er ihr an jenem Morgen auf der Lichtung vorgetragen hatte, als das Erscheinen des Magisters sie aufgestört und Agnetha zu jenem halsbrecherischen Ritt nach Kuckstorf verleitet hatte.

Aber der Falkenmeister hatte eine neue Strophe hinzugedichtet:

«Wie gern sitz ich bei meiner Dame,
schaut sie nur huldvoll her zu mir.
Bekannt ist ihr mein wahrer Name,
doch frag ich mich: Vertraut sie Dir?
Ein keusches Lächeln kann erfreun,
tandaradei,
doch wünscht ich, sie wär wirklich mein.»

Er blickte ihr fest in die Augen. Das Lächeln ruhte noch immer auf seinen Zügen, doch es war ein sehr ernstes Lächeln, fragend und zugleich voller Zuneigung. Agnetha wußte, daß diese Strophe so vieles mehr bedeutete als die vorangegangenen. Was am Morgen auf der Lichtung nicht mehr gewesen war als eine lose Tändelei, ein Spiel, das vorgab, sie seien zwei einsame Seelen und die Welt aus der sie kamen, die Welt, die die Verbindung eines Falkenmeisters und einer Nonne niemals dulden konnte, sei weit weg, war einer anderen Wirklichkeit gewichen:

Sie wußten nicht, in was für eine Welt sie zurückgekehrt waren, ob sie vielleicht sogar die einzigen Menschen waren, die überhaupt noch lebten; allein, zurückgelassen, unschuldig wie Adam und Eva auf dem jungfräulichen Angesicht der Erde. Dies war kein Versteckspiel, sondern die Wahrheit, die einfache und so unglaublich bedeutsame Wahrheit.

Sie besann sich einen Augenblick, dann antwortete sie ihm:

«Wie sollte mich denn nur erschrecken,
der Name, der Euch angetauft.
Nicht ‚Aquila' kann Liebe wecken,
nicht ‚Friederich der Hohenstauf'.
Nur das, was unser Sein bestimmt,
tandaradei,
ist's, das ein Herz gefangennimmt.»

Er erhob sich und kam auf sie zu. Vorsichtig beugte er sich zu ihr hinab und berührte ihre Lippen mit den seinen. Dieser Kuß war anders als jene unerwartete Zärtlichkeit am Abend vor ihrer überstürzten Abreise aus Bodenteich, aber vielleicht lag das auch darin begründet, daß sie diesmal darauf vorbereitet war.

Seine Berührung war schüchtern, selbst als sie sie nach einem Augenblick erwiderte. Er wich ein Stückchen zurück und betrachtete sie ernst. Dann küßte er sie noch einmal und wieder hielt er inne, um sie zu betrachten:

«Ich liebe Dich, Agnetha von dem Knesebeck, und es bedeutet nichts, wer oder was Du bist. Eine Buchgelehrte und Nonne der Heiligen Kirche oder nur eine einfache Frau, die mit mir mein Leben in diesem Wald teilt. Es ist gleichgültig, ob ich je wieder Menschen oder Falken oder Bücher zu sehen bekomme, solange Du bei mir bist.»

«Und mir ist es gleich, ob Du der Falkenmeister des Herrn von Bodenteich bist oder aber der Sohn eines Königs mit einem grauenhaften Fluch, von dem er sich nicht freimachen kann. Ich liebe Dich, Aquila, denn dieser Name ist es, den Du in meinem Herzen trägst und ihn möchte ich gerne beibehalten. Ich bin gewillt, Deine Frau zu sein, hier in dieser Wildnis oder auf Burg Bodenteich oder im Land Deiner Geburt, wenn Du dorthin zurückkehren willst. Es hat keine Bedeutung.»

Wieder fanden sich ihre Lippen und diesmal war der Kuß leidenschaftlicher als die vorangegangenen. Sie spürte, wie seine Hände über ihren Leib glitten und sie schämte sich – wenn auch nur für einen Augenblick – ihrer zerrissenenen Kleider. Vorsichtig drückte er sie auf das weiche Bett aus Blättern und Waldboden nieder.

Sie schloß die Augen und überließ sich ganz und gar seinen Liebkosungen.

Der Hasenbraten war halb verkohlt, als sie sich seiner entsannen, und doch war es Agnetha, als habe sie in ihrem gesamten Leben noch niemals etwas ähnlich Köstliches verspeist. Die orientalischen Spezereien auf Ritter Werners Tafel verblaßten angesichts dieses improvisierten Mittagsmahles, bei dem sie sich mit jedem zweiten Bissen den Mund verbrannte.

Nach dem Essen stiegen sie gemeinsam den Hang hinab, um etwas Wasser aus dem Fluß zu trinken. Aquila mußte ihr manchmal ein wenig helfen, doch sie genoß seine Berührungen so sehr, daß sie ihre Schwäche kaum als Behinderung empfand.

Der Ereignisse des Vormittags zum Trotz war es irritierend für sie, sich in seiner Anwesenheit vollkommen zu entkleiden, um das Blut und den Schmutz von ihrem Leib zu waschen. Doch der Falkner lachte sie nur an und bespritzte sie mit dem eiskalten Wasser. Er selbst hatte offenbar keine Schwierigkeiten, sich vor ihr zu entblößen. Schüchtern zunächst, dann ganz offen betrachtete sie seinen Körper. Für einen Augenblick war sie überrascht, daß es nicht mehr der Leib eines jungen Mannes war, sondern der von den Narben unzähliger Kämpfe gezeichnete Körper eines Kriegsmanns. Doch sie liebte Aquila wie er war, jeden Zoll an ihm. Nichts davon konnte sie erschrecken.

Nach kurzer Zeit kleideten sie sich wieder an und eilten zurück in den Schutz der Bäume, wobei sie sich eng aneinanderdrückten, um ihre Körper gegenseitig zu wärmen.

Sie waren beide erschöpft und schliefen oder dösten den größten Teil des Nachmittags. Manchmal streichelte er versonnen ihre Haut, doch für eine leidenschaftliche Begegnung wie am Morgen fehlte ihnen beiden die Kraft. Etwas später machte sich Aquila auf die Suche nach Kräutern, um ihre Wunden zu behandeln.

Nach kurzer Zeit kam er zurück: «Ich sollte öfter hierherkommen. Schau Dir das an: Von dieser Wurzel hatte ich angenommen, sie komme in Deutschland überhaupt nicht vor.»

Er zerrieb die Zutaten zwischen seinen Händen und verstrich die Paste sachte auf ihrer Haut. Ein oder zweimal, als er die Wunden berührte, die ihr die dunklen Apostel zugefügt hatten, stöhnte sie leise auf, doch kaum daß er fertig war, fühlte sie sich bereits besser.

Als die Sonne sich bereitmachte, hinter die Ausläufer des Hügellandes hinabzusteigen, entzündete der Falkner von neuem das Feuer und machte sich daran, den zweiten Hasen zuzubereiten. Die Flammen zuckten und warfen Schatten auf sein markantes Profil.

Agnetha betrachtete ihn nachdenklich:

Ich habe ihn niemals so glücklich und mit sich selbst im reinen gesehen wie heute. Dabei wissen wir nicht einmal, ob die Menschen, die wir lieben, noch am Leben sind. Wenn man ihn anschaut, könnte man meinen, er sei für dieses Leben geboren. Ich frage mich, ob er in Italien glücklich geworden wäre... mit einem Leben am Hofe seines Vaters.

Aquila war für ein Leben geboren, in dem er eins sein konnte mit der Natur und mit sich selbst. Und sie konnte ihn so gut verstehen, denn spürte nicht auch sie dasselbe wie er: Erst in ihm hatte sie die Hälfte von sich selbst wiedergefunden, die sie ein Leben lang vermißt hatte. Das wilde junge Mädchen, das mit seinen Brüdern über die Wiesen von Knesebeck geritten war und die nachdenkliche, schriftkundige Nonne: Sie waren ein und dieselbe Person. Sie konnte sich nicht erinnern, jemals bewußt mit ihm darüber gesprochen zu haben, aber erst durch Aquila war es ihr klargeworden.

Mochte der milde Tag den Gedanken daran, daß es eigentlich Winter war, fast vergessen gemacht haben, als die Dunkelheit über Hartheim hereinbrach und zunächst vereinzelt, dann immer dichter Flocken vom Himmel taumelten, drückten sich die beiden Liebenden eng aneinander.

Aus Blattwerk und abgestorbenen Ästen hatte Aquila einen provisorischen Wetterschutz zusammengebaut; nichts, was den Wind wirklich abzuhalten vermocht hätte, aber doch genug, um ihnen wenigstens das Gefühl von Geborgenheit zu geben.

Solange der kräftiger werdende Schneefall das zuließ, hatte der Falkenmeister der Augustinerin einige der Sternbilder erläutert. Die Astrologie hatte zu Vater Gennadios besonderen Interessen gehört.

«Kaiser Friedrich hat die größten Sternendeuter der Welt an seinen Hof geholt», berichtete er. «Michael Scotus – aus Caledonien – war der bedeutendste von ihnen. Aber selbst er arbeitete mit den überlegenen arabischen Handschriften. Viele Sternbilder werden von anderen Völkern ganz anders bezeichnet als von uns. Wußtest Du, daß man den Skorpion in meiner Heimat auch ‚Aquila' nennt?»

«Wirklich.» Sie lächelte. «Unter diesem Zeichen wurde ich geboren.»

«Ein Beweis mehr, daß wir füreinander bestimmt sind. – Aquila...» Sie zögerte.

Er sah ihr in die Augen: «Was immer Du willst, Liebste.»

«Ich weiß, in welchem Maße Deine Treue Wilbrand von Bodenteich und seiner Familie gehört, doch Du hast so viele Jahre bei ihnen verbracht... Könntest Du Dir vorstellen, wenn alles vorbei ist, woanders zu leben? Hier vielleicht, in Hartheim? Es ist eine Wildnis, aber es könnte so viel mehr sein: Ein so herrlicher Ort, im Frühling muß es hier sein wie im Paradies.»

«Und es würde Dich nicht ängstigen, so nahe an dem Ort zu leben, an dem Dir solch schreckliche Dinge widerfahren sind?»

«Du spürst es doch auch: Die Bedrohung ist jetzt fort, aber ist sie das für alle Zeiten? Sie ist gebannt, wie sie es schon einmal war, und Deine Anwesenheit könnte helfen, das, was verbannt wurde, jetzt gefangen zu halten.»

«Mag sein. Aber ich muß mit Ritter Wilbrand darüber sprechen. Wenn er noch am Leben ist.»

Sie schwieg und wortlos betrachteten sie den nächtlichen Himmel. Es war in dieser Nacht kein Feuerschein mehr auszumachen, doch als der Wind nach Norden drehte, schmeckte er nach Asche.

anno dominice incarnationis MCCXIIIC
regnante domino Adolpho primo glorioso Romanorum rege augusto
XIV. calendas januarii
(18. Dezember 1292)

Der nächste Morgen war grau und blaß, Nebel hing über dem Tal des Flüßchens, und das schien zu ihrer beider Stimmung zu passen, als sie sich erhoben und, Agnetha erneut auf Aquilas Schultern gestützt, an den Abstieg ins Tal machten. Sie waren übereingekommen, Agnethas Schwäche wegen dem nahezu ebenen Gelände am Rande des Wasserlaufs zu folgen, solange dieser nicht zu stark vom direkten Wege nach Bodenteich abwich.

Der Dunst wollte sich den ganzen Vormittag hindurch nicht verziehen; gerade am Wasser hielt er sich besonders hartnäckig. Im Stillen dankte Agnetha dem Himmel für die zurückgekehrte Kälte; bei Tauwetter hätten sie niemals hier am Ufer entlangwandern können, sondern wären darauf angewiesen gewesen, sich einen Weg durch das unübersichtliche Dickicht und Unterholz des Hügellandes zu suchen.

Gegen Mittag fing Aquila ihnen eine wilde Ente, doch Gras und Holz waren so naß, daß sie kein Feuer zustande bekamen. Bedauernd ließen sie das tote Tier zurück. Agnetha tat es leid, daß die Ente umsonst gestorben war. Aquila nickte wortlos, als sie ihn darauf ansprach. Seine Miene war besorgt und umwölkte sich von Stunde zu Stunde mehr, ohne daß er trotz mehrfacher Versuche der Nonne mit der Sprache herauswollte, was genau ihn bedrückte.

Schließlich stießen sie auf einen schmalen Pfad, der das Flüßchen an einer seichten Stelle durchquerte und sich dann genau nach Sonnenuntergang wandte, der Richtung, in der Bodenteich lag.

Der Falkenmeister seufzte tief und Agnetha konnte förmlich sehen, wie ein Teil der Last von seinen Schultern fiel.

«Du glaubtest, wir hätten uns verirrt!» sagte sie erleichtert.

Überrascht sah er sie an: «Keineswegs. Aber ich wußte nicht, wie groß die Auswirkungen waren, die unser Besuch in der Vergangenheit gehabt hat. Ich hatte befürchtet, die ganze Gegend könne jetzt unbewohnt sein. Aber hier ist vor nicht langer Zeit noch jemand entlanggeritten, allerdings in der entgegengesetzten Richtung.» Seine Stirn legte sich in Falten, als er die Hufspuren genauer betrachtete. «Vielleicht ein herzoglicher Bote auf dem Weg nach Celle.»

In Gedanken versunken setzten sie ihren Weg fort. Sie kamen nicht besonders schnell voran. Agnethas Schwäche war unübersehbar, doch wenn Aquila ihr anbot, eine Rast einzulegen, verneinte sie augenblicklich. Bevor sie nicht wußte, was in Bodenteich geschehen war, würde auch sie keine Ruhe finden.

Es war um die zweite Nachmittagsstunde, als sie auf Siverd von Saldern und seine Söldner stießen. Sie machten gerade eine Pause am Wegesrand. Die Pferde suchten auf dem kargen Boden nach einzelnen keimenden Grashalmen. Unter ihnen erkannten sie auch Corrado, Aquilas Roß, und die beiden Lastpferde mit der Sänfte, die Paridam von dem Knesebeck für Magister Wasmod hatte anfertigen lassen.

Ritter Siverd kniff die Augen zusammen, als er die beiden Wanderer herankommen sah. Dann begann er laut zu lachen, eilte auf sie zu und schloß zuerst Aquila, dann die Augustinerin in die Arme. Er störte sich keinen Deut daran, daß der Falkenmeister keine Anstalten machte, seinen Arm von den Schultern der Nonne zu nehmen, auch als sie sich im Kreise der Söldner niederließen und dankbar etwas von deren Proviant annahmen.

«Es erscheint mir wie ein Wunder», sagte Siverd von Saldern kopfschüttelnd. Er war war viel zu aufgeregt, um sich zu ihnen zu setzen und ging stattdessen ruhelos im Kreis umher. «Niemals hätte ich zu hoffen gewagt, einen von Euch, die Ihr in jenes unbekannte Land aufgebrochen seid, jemals wiederzusehen. Gar nicht zu denken an Euch, Schwester Agnetha!»

Er trat an sie heran, beugte sich zu ihr herab und betrachtete sie aus geringer Distanz. Schon befürchtete Agnetha, er werde versuchen, sie zu kneifen, um sicherzugehen, daß es sich nicht doch um einen Geist handle. Aber der vierschrötige Söldnerführer hielt sich zurück. Seine Miene wurde ernst:

«Aber was geschah mit seiner Magnifizenz und dem alten Mann, und wo ist das kleine Mädchen, Ritter Wilbrands Tochter?»

Aquila schüttelte den Kopf: «Wir wissen es nicht, Ritter Siverd. Als wir sie zuletzt sahen, befanden sie sich, wie wir selbst, inmitten des Feuers.»

Betroffen schwieg der Söldnerführer.

«Das muß nichts bedeuten», sagte Agnetha rasch. «Wie Ihr seht, haben auch wir überlebt, wenn auch auf unerwartete Weise.»

Erneut musterte er sie eingehend, und seine Blicke verweilten auf ihrer und des Falkenmeisters Händen, die noch immer ineinander lagen.

«Ich bin mir sicher, daß Ihr mehr als eine Geschichte zu berichten hättet. Und wahrhaftig wäre ich begierig, diese Geschichten zu hören, obwohl die vergangene Nacht auch für mich und meine Männer staunenerregende Erlebnisse bereithielt. Aber... wenn ich die Sache recht betrachte, so werde ich sie wohl niemals hören – oder sollte ich mich da irren?»

Aquila erwiderte seinen direkten Blick: «Eure Menschenkenntnis wird nur noch von Eurer Großherzigkeit übertroffen, Ritter Siverd.»

Der alte Kriegsmann lächelte: «Wenn Ihr es sagt, Falkenmeister, dann wird es wohl so sein. Doch nun gut. Wenn Ihr Euch ausreichend gestärkt habt, können wir uns wieder auf den Weg machen. Ich darf Euch die Sänfte anbieten, in der Meister Emil und Euer Bruder gereist sind, Schwester Agnetha.»

Dankbar nahm die Nonne an und bestieg mit Aquilas Hilfe die von Pferden getragene Sänfte, welche indes nach den nächtlichen Abenteuern der Söldner ein wenig mitgenommen aussah. Agnetha hüllte sich in die warmen Pelze, doch sie ließ die Vorhänge offen und unterhielt sich mit Aquila und dem Söldnerführer, die zu ihren Seiten ritten, als sie die Reise fortsetzten.

Sie taten es unauffällig, doch die Nonne übersah nicht, daß ihre Begleiter die Augen wieder und wieder durch das Dickicht wandern ließen, das vielerorts verkohlt war durch die Macht des gewaltigen Brandes und den Weg alsbald von beiden Seiten einschloß.

Alle geben sich die größte Mühe, diese Reise aussehen zu lassen wie einen angenehmen Ausflug, doch das ist er nicht. Wir alle haben schreckliche Dinge erlebt, die wir wohl unser Leben lang nicht vergessen werden.

Und der Himmel allein mag wissen, was noch vor uns liegt.

Bodenteich lag im Licht der letzten Abendsonnenstrahlen, als sie das Hügelland verließen und sich den Resten des Marktfleckens von Westen her näherten. Noch lag Bennos Mühlenteich zwischen ihnen und den verkohlten Häusern der kleinen Ansiedlung, doch schon konnten sie über die geschwärzten Ruinen hinweg die Mauern der Burg erkennen. Soweit dies auf die Entfernung auszumachen war, wies Ritter Wilbrands Sumpffestung keine größeren Schäden auf. Doch was sagte das über das Schicksal ihrer Bewohner?

Der Reiterzug gewann an Geschwindigkeit, als sie am Ufer des Mühlenteichs entlangritten. Das Eis auf der Wasserfläche war fast vollständig getaut; vermutlich eine Folge der schrecklichen Hitze. Das verbrannte Gelände, über das sie eben hinwegritten, bewies es: Nur der Flußlauf und die Wasser des Teichs hatten Bodenteich davor bewahrt, zum zweiten Mal ein Raub der Flammen zu werden.

Jetzt passierten sie das noch intakte Mühlengebäude und schwenkten kurz darauf nach links auf den Bohlenweg zur Burg ein. Diesen konnten sie nur hintereinander passieren. Ritter Siverd setzte sich an die Spitze, gefolgt von Aquila und der Sänfte mit Schwester Agnetha. Den Schluß bildeten die herzoglichen Söldner.

«Rot und Weiß!» rief Siverd. «Das Banner von Bodenteich ist über dem Tore aufgezogen!»

Agnetha beugte sich aus der Sänfte und tatsächlich: Auf Tostes Wachtplattform blähten sich – halb verkohlt und zerfetzt zwar – die Farben von Bodenteich im Abendwind.

Aufatmend ließ die Nonne sich wieder in die Kissen sinken. Burg Bodenteich hatte standgehalten.

Als sie in den Hof einritten, eilten sogleich einige Männer und Frauen des Gesindes herbei, um die Zurückgekehrten zu begrüßen. Die Erleichterung war ihnen anzumerken, doch zugleich war eine Anspannung unübersehbar, die nicht aus ihren Gesichtern wich. Es war, als habe sich ein Schleier über die Burg und ihre Bewohner gebreitet.

Aquila sprang aus dem Sattel, gefolgt von Ritter Siverd. Meister Emils Enkelin, die Tochter Bennos des Müllers, trat eben aus der Tür des Bergfrieds hervor.

«Was ist hier los?» fragte der Falkner. «Was ist mit den Junkern? Ist Adrian und Gerolf etwas geschehen?»

Das Mädchen zögerte: «Es... es geht ihnen gut.»

«Aber etwas anderes ist geschehen!»

Sie nickte: «Ritter Wilbrand. Ritter Wilbrand ist zurück!»

«Dann sollten wir Gott danken...»

Traurig schüttelte sie den Kopf: «Er hat uns gerettet, Herr. Aber sie sagen, wenn Ihr ihm nicht helfen könnt, wird er sterben.»

Die Augen Adrians von Bodenteich waren gerötet, und auch Gerolf hielt die Tränen offenbar nur unter größter Mühe zurück. Als sie eintraten, stahl sich ein kurzes Lächeln auf seine Lippen, doch sogleich wandte er das Gesicht wieder ab, um wie unbeteiligt aus dem Fenster zu blicken, wo sich nun rasch der Abend über den großen See senkte.

Sie befanden sich in Aquilas Kaminzimmer. Es roch durchdringend nach verschiedenen Kräutern. Adrian erhob sich und umarmte erst Agnetha und dann den Falkenmeister.

«Ich habe versucht, mich an die richtigen Kräuter zu erinnern, aber ich bin mir nicht sicher... Die Calendula... und das Arbotanum. Ich habe beides zerstampft und in Essig aufgelöst. Ich kannte das Verhältnis nicht und die Wunden... sie wollen sich nicht schließen. Seit eineinhalb Tagen liegt er so da!»

Aquila nickte stumm und trat an ihm vorbei an das Krankenlager.

Der Falkenmeister war auf Schlimmes vorbereitet gewesen, doch er erschrak, als er Ritter Wilbrand von Bodenteich erblickte. Agnetha stieß einen erstickten Schrei aus und schlug die Hand vor den Mund.

Bei diesem Laut regte sich das elende Bündel, das einmal Wilbrand von Bodenteich gewesen war: Der Herr der Sumpfburg schien einzig aus blutenden Wunden, aus halb verkohltem, aufgedunsenem Fleisch zu bestehen. Adrian hatte so gut es ging versucht, die schlimmsten Wunden zu verbinden. Agnetha vermochte sich nicht vorzustellen, wie es unter den größtenteils bereits durchgebluteten Bandagen aussehen mochte. Mit am stärksten war offenbar Ritter Wilbrands Gesicht betroffen: Sämtliche Haare und dazu den Bart hatten die Flammen abgesengt, auch die Augenbrauen hatte er verloren. Das rechte Auge war offenbar blind und das linke, das sich jetzt inmitten der zerstörten Züge öffnete, blickte wirr umher.

«Aber wie...», flüsterte Agnetha.

«Er hat sich mitten durch die Flammen gekämpft, um das Leben der Seinen zu retten», sagte eine Stimme.

Bischof Konrad trat vor. Er hatte wortlos und unsichtbar wie ein Schatten am Kopfende des Krankenlagers gestanden, an seiner Seite Bruder Edgar, bleich wie ein Engel des Todes.

Aus der Stimme des Bischofs klang die allergrößte Hochachtung: «Ich werde den Prozeß zu seinen Gunsten entscheiden. Seine Familie soll Bodenteich behalten. Er war noch bei Besinnung, um das zu hören. Dieser Mann ist kein Ketzer; er ist nie einer gewesen. Wer sein eigenes Leben für die Seinen opfert, der ist wie der Pelikan, der seine Brut mit dem eigenen Blute nährt.»

Verwirrt sah die Nonne ihn an: «Aber Meister Emil sagte, das Geheimnis... Sein Vater habe ihm das Geheimnis niemals verraten.»

«Das hat er auch nicht», sagte Adrian. «Er hat es erst vorgestern nacht erfahren. Eben noch rechtzeitig, um uns vor dem zu retten, was wir bisher den Roten Drachen genannt haben. Aber ich weiß nicht mehr, wie wir es nennen sollen...»

Er schüttelte den Kopf und ein Ausdruck der grenzenlosen Abscheu breitete sich auf seinem Gesicht aus: «Es ist völlig ohne Gestalt, und zugleich hat es jede Gestalt, die Ihr Euch in Euren schlimmsten Alpträumen ausmalen mögt. Es ist... Gerolf und ich, wir haben nur seinem Boten gegenübergestanden und selbst er...»

Er konnte nicht weitersprechen.

«Wer konnte ihm das Geheimnis berichten?» fragte Aquila und trat näher heran. «Hat Meister Emil...»

Gerolf wandte sich um und schüttelte den Kopf: «Meister Emil ist tot. Das hat Vater uns noch berichtet, solange er sprechen konnte. Aber auch ihm verdanken wir, daß wir noch leben. In mehrfacher Hinsicht. Die Feuerschneise hat verhindert, daß Vater dort im Wald verbrannte. Aber eben dort, in der Eichelmast, begegnete er einem Mann. Sein Name...»

«Sein Name war Valdemar», sagte Adrian.

Überrascht sahen Falkenmeister und Nonne einander an.

«Und dieser Valdemar kannte das Geheimnis», sagte Aquila leise.

Adrian von Bodenteich nickte: «Er hatte es von einem anderen Mann erfahren. Ich bin mir nicht sicher, was Vater genau sagen wollte. Seine Sinne begannen sich bereits zu verwirren. Er sagte... Vater Gennadios habe es diesem Valdemar mitgeteilt, Aquila. Euer alter Lehrer!»

«Gennadios!» Er schluckte. «Von wem könnte er es erfahren haben als von...»

«Ritter Anno.» Agnetha nickte. «Er starb dort in Italien ohne seinen Sohn wiedergesehen zu haben, aber vor seinem Tod muß er es Gennadios verraten haben, der sich doch so gut auf das Gewebe der Zeit verstand. Und durch ihn muß es irgendwie... irgendwie...»

«Aquila!» Das Wort war kaum verständlich, herausgepreßt zwischen Lippen, die nur noch zwei rohe, blutverkrustete Muskeln waren.

Der Falkenmeister beugte sich zu Ritter Wilbrand nieder: «Ich bin hier, Herr, an Eurer Seite.»

Die Gesichtszüge des Sterbenden verzerrten sich. Agnetha hatte

Mühe, ihr Schaudern zu verbergen. Sollte diese schreckliche Grimasse ein Lächeln darstellen?

«Nenn mich nicht... Herr. Mein... alter... Freund!»

Vorsichtig ergriff der Falkenmeister Ritter Wilbrands Hand.

Der Sterbende holte tief Luft und sprach, stockend und so leise, daß nur seine Söhne, Aquila und die Augustinerin ihn verstehen konnten, während sich die Geistlichen einige Schritte entfernt hatten. «Das.... Gewebe der Zeit, mein Freund... es ist ein empfindliches Ding... Vergangenheit und Zukunft... Vater Gennadios war voller Sorge... er könne ein Pa... Para...»

«Paradoxon», sagte der Falkner.

Ritter Wilbrand nickte und stieß einen Laut des Schmerzes aus: «Adrian hat mir... von dem Bilsenkraut... Es nimmt die schlimmsten Schmerzen.»

«Ich mochte ihm nicht mehr geben», sagte Adrian. «Ihr habt mir so oft erzählt, wie gefährlich es ist für einen geschwächten Körper.»

Der Falkner nickte: «Das war eine richtige Entscheidung.»

Ritter Wilbrands Stimme wurde immer leiser: «Am größten aber... war seine Sorge... um Euch. Deswegen... hat er das Netz der Zeit zerrissen und... Valdemar zu mir gesandt. Ich... habe das Geheimnis erfahren... und an meine Söhne... weitergegeben.»

Kraftlos fiel sein Kopf zur Seite. Adrian begann wieder zu weinen und der Bischof trat an das Lager. Doch noch einmal öffneten sich Ritter Wilbrands Augen:

«Das Spiel... beginnt erst, Aquila. Er sagt... Du mußt hier bleiben... dort wo sich der... Schleier zwischen... den Welten geöffnet hat... Ihr und...», sein Blick bezog die Nonne mit ein, «Eure Nachkommen.»

Er atmete noch einmal tief ein, stieß die Luft aus und – vor ihren Augen hatte Ritter Wilbrands Seele den Körper verlassen. Weinend brach Adrian von Bodenteich zusammen.

anno dominice incarnationis MCCXIIC
regnante domino Adolpho primo glorioso Romanorum rege augusto
Nativitas Domini
(25. Dezember 1292)

Die Tage, die auf Ritter Wilbrands Tod folgten, brachten die Rückkehr des Winters nach Bodenteich. Das Eis auf dem großen See war binnen kurzem so massiv, daß man es mit Pferdefuhrwerken hätte überqueren können, und die Bewohner von Burg Bodenteich begannen, wenn irgend möglich selbst die kürzesten Aufenthalte im Freien zu meiden.

Nicht, daß Schwester Agnetha die Muße gehabt hätte, diese Dinge besonders zur Kenntnis zu nehmen: Dafür waren ihre Aufgaben bei weitem zu vielfältig.

Mochte Aquila sie auch schelten, weil sie ihrem eigenen geschwächten Körper zu wenig Ruhe gönnte, so war sie doch nicht bereit, das Elend der vielen Menschen zu übersehen, die in der Nacht des Brandes um so vieles schwerere Verletzungen davongetragen hatten als sie selbst, und die nun aus den umgebenden Dörfern nach Bodenteich gebracht wurden, damit der Falkenmeister sich ihrer annähme. Sein ohnedies schon beachtlicher Ruf bei den einfachen Leuten war durch die Taten der vergangenen Monate, insbesondere natürlich die wiederholte Rettung der Augustinerin noch gestiegen. Agnetha war fest entschlossen, alles zu tun, um Aquila in dieser anstrengenden Zeit zu unterstützen. Sie hatte die Kräuterkunst bei den Augustinerinnen ausreichend studiert, um ihm jetzt auf die eine oder andere Weise zur Hand gehen zu können.

Erschwert wurde ihrer beider Aufgabe allerdings durch das ständige Mißtrauen Bruder Edgars. Der Inquisitor schien im Laufe der Tage ein Gespür dafür zu entwickeln, wann die Wunden eines Verletzten so schwer waren, daß Aquila eines seiner geheimnisvollen Rezepte zu Hilfe nehmen mußte. Immer wieder stellte der Dominikaner sehr genaue Fragen nach der Natur der jeweiligen Behandlung; so detailliert, daß seine eigenen medizinischen Kenntnisse unübersehbar wurden.

«Du solltest vorsichtiger sein, wenn er daneben steht», riet Schwester Agnetha dem Falkenmeister in einem unbeobachteten Augenblick.

Er sah sie verständnislos an: «Soll ich die Menschen sterben lassen, nur um zu verhindern, daß Bruder Edgars Aberglaube geweckt wird?»

«Du könntest wenigstens etwas zurückhaltender sein, wenn er daneben steht. Wir haben so viel durchgemacht, ich will nicht, daß es doch noch mit Deinem Tod auf dem Scheiterhaufen endet.»

Er lächelte: «Du verstehst mich immer noch nicht, Geliebte. Ich treibe keine Hexerei, wovor also sollte ich mich ängstigen? Letztlich und endlich ist dieser Bruder Edgar doch auch kein böser Geist, sondern ein gebildeter Mann. Er wird schon von selbst feststellen, daß ich keine Zauberei treibe.»

Damit mußte sie sich zufrieden geben.

Viele Stunden verbrachte sie am Krankenlager Werners von Langenapel, wo ihr häufig Adrian und Gerolf von Bodenteich Gesellschaft leisteten. Den Brüdern erschien es noch immer wie ein Wunder, daß der Tempelritter mit dem Leben davongekommen war. Als sie den wunden Körper des Ordensmannes in jener Nacht in die Burg geholt hatten, waren sie wie selbstverständlich davon ausgegangen, nur noch eine Leiche bergen zu können.

Doch zu ihrem grenzenlosen Erstaunen war der Templer mitnichten auf den Tod verletzt. Noch während sie ihn in den Bergfried trugen, erlangte er das Bewußtsein wieder und lobte lautstark den Damaszener Stahl seines Panzerhemdes, der ihm offenbar das Leben gerettet hatte. Adrian blieb es unerklärlich. Er hatte mit eigenen Augen gesehen, wie der Mann im Dunklen Mantel seine schreckliche Waffe durch Ritter Werners Brust gebohrt hatte. Doch er war erleichtert, daß der Tempelritter, dessen Einschreiten ihnen allen in der Nacht des Brandes das Leben gerettet hatte, nun das seine nicht verlieren würde.

Größer waren seine Sorgen um die Zukunft des Falkenmeisters. Aquila tat ganz so, als hätten sich mit dem Verschwinden des Roten Drachen alle Verdächtigungen in eitel Sonnenschein aufgelöst. Dabei war die Gefahr noch längst nicht vorüber: Ritter Wilbrands Erben würden ihre Burg behalten dürfen, doch die Entscheidung über des Falkenmeisters Schicksal war lediglich aufgeschoben worden, bis der Magister, sein gerichtlicher Vertreter, aus Oldenstadt angereist war. Bischof Konrad hatte Siverd von Saldern ausgesandt, um ihn nach Bodenteich zu geleiten. Zur allgemeinen Überraschung kam Magister Wasmod, der mittlerweile schon wieder im Sattel sitzen konnte, jedoch nicht allein: Auch Herzog Otto der Strenge und sein Hofstaat kehrten nach Bodenteich zurück.

Erleichtert schloß der päpstliche Legat seine Schwester und den Falkenmeister in die Arme. In der Kemenate ließ er sich an jenem Nachmittag Agnethas und Aquilas Erlebnisse berichten. Mit stummem Nicken lauschte er ihren Erzählungen. Als er sah, mit welcher Selbstverständlichkeit Aquilas Arm um Agnethas bloßem Nacken lag, furchte sich seine Stirn, doch er sagte kein Wort.

Am selben Abend fanden sich Magister Wasmod und der Bischof in der Kemenate zu jener ruhigen Unterredung zusammen, auf die Konrad von Verden seit ihrer ersten Begegnung so erpicht gewesen war. Als später auch Bruder Edgar und der Herzog hinzugezogen wurden, schien sich die Atmosphäre jedoch schlagartig zu verändern. Obwohl Agnetha nicht geladen war, konnte sie feststellen, daß es bei der Unterhaltung sehr lautstark zuging. Jedenfalls waren die Stimmen der Streitenden – und hier insbesondere die des Herzogs – noch draußen auf dem Burghof zu vernehmen, ohne daß dies indes den Inhalt ihres Gesprächs zu erhellen vermochte.

Als einige Tage darauf an einem eisigen, sturmdurchtosten Tag die Stunde der Christvesper herankam, wurde diese von Magister und Bischof gemeinsam gehalten, und die kleine Burgkapelle konnte die vielen Menschen gar nicht fassen. Die Andacht war erwartungsgemäß eher von stiller Dankbarkeit als von lauter Fröhlichkeit geprägt, doch im Anschluß saß man gesellig in der großen Halle, und sogar Ritter Werner konnte mit dabei sein.

Falkenmeister und Nonne saßen an derselben Tafel wie die Familie der Burgherrn. Seit ihrer Rückkehr wich die kleine Riva der Augustinerin buchstäblich nicht mehr von der Seite. Wie selbstverständlich hatte sie auch des Nachts wieder ihren Platz zu Füßen von Agnethas Lagerstatt eingenommen. Jetzt saß sie zwischen Agnetha und Adrian und ließ sich von der Nonne zu jedem einzelnen Bissen überreden. Insgeheim war die Augustinerin heilfroh, daß das kleine Mädchen seine schrecklichen Erlebnisse so gut verwunden hatte.

An Gerolfs Seite hatte wie selbstverständlich die Tochter Bennos des Müllers, Meister Emils Urenkelin, Platz genommen. Der vertraute Umgang der beiden machte es unübersehbar, welche Art von Verhältnis zwischen den beiden jungen Leuten herrschte. Als Geliebte des Burgherrn – aber auch nicht mehr – würde das Mädchen geduldet werden.

«Die Vorräte gehen langsam zur Neige», sagte Gerolf.

Aquila nickte: «Die Fleckenbewohner haben schon bei dem ersten

Brand alles verloren, was sie hatten, und nun werdet Ihr auch noch die Menschen aus den umliegenden Dörfern mitversorgen müssen.»

«Was denkt Ihr, Aquila?» fragte Gerolf. «Werden wir auch Vaters Vermögen zurückbekommen?»

«Davon gehe ich aus. Wenn der Bischof Euch die Burg ausliefert, kann er Euch Eures Vaters Gold nicht verweigern.»

«Vater hätte von dem Gold neue Vorräte gekauft», sagte Adrian.

Gerolf stimmte zu: «Dann sollten wir das auch tun.»

«Euer Vater wäre stolz auf Euch», sagte der Falkenmeister ernst. «Doch möchte ich Euch raten, daß zumindest Adrian einstweilen auf der Burg bleibt, bis die Sache endgültig geklärt ist.»

Gerolf nickte mit vollem Mund: «Ich kann mit Toste und den Knechten reiten, sobald sich das Wetter bessert.»

Aquila nickte stumm, doch ehe er antworten konnte, verstummten ringsum alle Unterhaltungen, denn der Bischof hatte sich erhoben. Siverd von Saldern stand ebenfalls auf.

«Seine Eminenz, Konrad, Bischof von Verden, wird das Wort an die Versammelten richten.»

Der Gottesmann dankte ihm mit einem Nicken und begann mit lauter Stimme:

«Der Abend der Geburt unseres Herrn eignet sich vortrefflich, endlich die schrecklichen Zwistigkeiten und Vorwürfe zu entscheiden und beizulegen, die zwischen den Schäflein unserer Gemeinde entstanden sind.»

«Das klingt doch ganz versöhnlich», sagte Agnetha leise. Der Falkenmeister nickte.

«Nach allem, was geschehen ist, fällt es schwer, sich überhaupt der Dinge zu entsinnen, die uns ursprünglich nach Bodenteich geführt haben. Unfriede war entstanden zwischen Otto, Herzog zu Braunschweig und Lüneburg, unserem geliebten Neffen», mit einem sehr kühlen Lächeln neigte er das Haupt zu Otto dem Strengen, der ihm gegenüber saß, «und dem gestrengen Ritter Wilbrand von Bodenteich, der nun verstorben ist. Wem von ihnen die Gerichtshoheit über den Marktflecken Bodenteich zustände, das war der Anlaß dieses Zwistes gewesen. Und wenn Ritter Wilbrand der rechtmäßige Herr von Bodenteich wäre, hätte er dann ein Versäumnis begangen, weil er die Ketzer nicht mit der gebotenen Strenge verfolgte.»

Der Bischof sah in die Runde. Nirgends erhob sich Widerspruch.

«Daß es Ketzerei, und schlimme, schreckliche Ketzerei noch dazu, in Bodenteich gegeben hat, wird von niemandem mehr bestritten werden. Bruder Edgar, der Ihr der Vertreter der Heiligen Inquisition in unserer Diözese seid, sagt mir: Wieviele Ketzer habt Ihr bis zu diesem Tage rechtskräftig verurteilt?»

Der Dominikaner erhob sich. Sein hagerer Leib verkrampft und verbissen wie immer, doch zusätzlich wirkte der Ketzerverfolger merkwürdig zögerlich, wie ein Schauspieler, der die ihm zugedachte Rolle zwar akzeptiert, aber nur unwillig ausfüllt.

«Nur einen einzigen, Euer Eminenz. Zu mehr sind wir nicht mehr gekommen.»

«Ich entsinne mich», erwiderte der Bischof huldvoll. «Bei jenem ersten Prozeß war ich jedoch nicht zugegen. Aber sei es drum. Seid Ihr nun bereit, Euren Gefangenen dem weltlichen Arm der Justiz zu übergeben?»

«Das ist leider nicht mehr möglich.»

«Nicht mehr möglich?» fragte der Bischof überrascht, und wäre er nicht als ein so gottesfürchtiger Mann bekannt gewesen, hätten Böswillige ein gehöriges Maß Hohn aus seiner Stimme heraushören können.

Bruder Edgar schüttelte sein hohlwangiges Haupt: «Der Verurteilte war der alte Meister Emil. Er ist mittlerweile verstorben.»

«Sollte dann nicht sein Leichnam den reinigenden Flammen übergeben werden, wie die heilige Inquisition es in einem solchen Falle vorsieht?»

«Leider ist der Leichnam verschwunden. Wahrscheinlich ist Meister Emil bei dem schrecklichen Brand ums Leben gekommen, der...»

«Dann ist diese Sache ja in bester Ordnung», unterbrach ihn Konrad von Verden. «Man könnte es ein Gottesurteil nennen. Aber was ist mit den übrigen Angeklagten? Ihr hattet Zeugen, die ihnen schreckliche Vergehen zur Last legten, Fälle von offenbarer Ketzerei. Ich sehe keinen Grund, diesen Prozeß nicht wieder aufzunehmen.»

Schmerzhaft sog Agnetha den Atem ein.

Bruder Edgar zögerte, doch dann schüttelte er den Kopf: «Leider hat sich erwiesen, daß ausgerechnet Ludolpho, einstmals Kaplan auf Burg Bodenteich und der glaubwürdigste unserer Zeugen, das Haupt jener schrecklichen ketzerischen Verschwörung war. Ohne seine Aussagen sind alle bisher vorgebrachten Vorwürfe haltlos, zumal die alte Amme Annafrid seit ihrer Aussage vor Eurem Richterstuhl spurlos verschwunden ist.»

«Sehr sonderbar», erwiderte der Bischof. «Schon damals redete sie merkwürdige Dinge. Dennoch: Wir wissen nicht, ob sie selbst jenen Ketzern angehörte oder nicht. Laßt uns beten, daß sie in sich geht und ihre Sünden bereut. Wer weiß, vielleicht beschließt sie ihre Tage in einem Kloster, weit abgelegen von der Welt und ganz dem Gedanken an ihr ewiges Seelenheil ergeben.»

Bei diesen Worten sah er seinen Neffen an, und überraschenderweise antwortete Otto der Strenge ihm sogar:

«Ich könnte mir gut vorstellen, Eminenz, daß es genau so kommen wird.»

Der Bischof lächelte und verneigte sich in Richtung auf den an seiner Seite sitzenden Magister.

Wasmod von dem Knesebeck erhob sich. Zwar war er noch nicht ganz von seinen schrecklichen Verletzungen genesen, und es erschien auch fraglich, ob das jemals der Fall sein würde, doch als Agnetha ihren Bruder jetzt betrachtete, hatte er weit mehr Ähnlichkeit mit dem Mann, den sie beim Gespräch mit der Mutter Priorin belauscht hatte, als mit jener Ruine eines Menschen, der sie in Paridams Wittinger Kaminstube gegenübergestanden hatte. Es war unmöglich, doch es gab Augenblicke, da erschien es ihr, als sei das Leben sogar in sein erblindetes Auge zurückgekehrt.

«Bleibt also nur noch jener Ludolpho. Er ist in jener schrecklichen Nacht schwer verletzt worden, von seinen eigenen Spießgesellen, wie ich vermute. Doch glückte es ihm, dem Feuer zu entkommen. Den Bütteln ist es gelungen, ihn gefangenzunehmen. Er und seine Ketzerfreunde wurden dem Gewahrsam der Heiligen Inquisition übergeben.»

Agnetha sah ihren Bruder erstaunt an. Magister Wasmod zwinkerte ihr verstohlen zu – mit dem erblindeten Auge. Er schien noch etwas vorzubereiten.

«Auf Bitten Bruder Edgars und der Heiligen Inquisition haben wir selbst die Gefangenen einem Verhör unterzogen. Um der drohenden peinlichen Folter zu entgehen, haben die meisten von ihnen ein vollständiges Geständnis abgelegt, und jener Ludolpho hat zudem vor seinem Tod eine Vielzahl von ketzerischen Mitverschwörern benannt. Und noch schlimmer: Persönlichkeiten von Stand hatten, obwohl selbst keine Ketzer, versucht, sich für ihre eigenen unheiligen Ziele jener bösen Menschen zu bedienen. All dies wurde jetzt aufgedeckt und die heilige Inquisition hat harte Strafen über sie verhängt.

Mit einem Wort: Zu unserem Entsetzen wurde offenbar, daß jene Ketzerei bereits weit größere Kreise gezogen hat, als wir bisher ahnen konnten. Bruder Edgar, in den kommenden Monaten liegen große Anstrengungen vor Euch.»

Der Inquisitor verneigte sich: «Ich will sie gerne auf mich nehmen. Zur größeren Ehre Gottes.»

«Fromme Worte, ehrwürdiger Bruder», sagte der Magister ernst.

Der Bischof erhob sich wieder: «Meine Entscheidung im Streit zwischen Herzog Otto auf der einen Seite und Ritter Wilbrand und den Seinen auf der anderen Seite ist gefallen: Das Geschlecht der Herren von Bodenteich ist schuldlos an den Ketzereien, die in diesem Lande vorgefallen sind. Was Ritter Wilbrand und den Seinen genommen wurde, soll Adrian und Gerolf von Bodenteich zurückerstattet werden.

Weiterhin sind alle Menschen, die im Marktflecken leben, als schuldlos anzusehen, und niemandem soll es gestattet sein, sie länger zu verfolgen. Auch sie sollen alles, was ihnen gehörte, von Euch zurückerhalten, Herzog Otto von Braunschweig und Lüneburg, sowie einen...», er zögerte, «angemessenen Ersatz für ihre Verluste.»

Ein Raunen ging durch die Reihen der Versammelten.

Gewiß, dachte Agnetha mit einem Blick auf die Müllertochter, die stiller als die meisten ihr gegenüber an Gerolfs Seite saß, die meisten sind glücklich über den Ausgang der Entscheidung, doch wieviel Gold und Silber braucht es, um den Tod einer ganzen Familie wett zu machen? Bodenteich wird wieder erstehen, größer und blühender vermutlich als zuvor, doch welches Schicksal des Marktfleckens auch harren mag in den Nebeln der Zukunft, der Schmerz, den wir alle erlitten haben, darf niemals vergessen werden. Wie kann der Herzog seine Sünden gut machen durch Geld und Gold?

«Mit einer Ausnahme», fuhr der Bischof fort. «Aquila der Falkenmeister: Ihr habt sonderbare Dinge getrieben, wiederholt und dies in den letzten Tagen sogar vor den Augen der Heiligen Inquisition. Um ehrlich zu sein, sind auch wir zu keiner Einsicht gekommen, ob sie nun ketzerisch sind oder nicht, aber wo wir im Zweifel sind... da müssen wir die Interessen des wahren Glaubens vor alles andere setzen. Und deswegen sollt Ihr bestraft werden.»

Agnetha fuhr auf: «Das könnt Ihr nicht...»

Wasmod von dem Knesebeck erhob sich ebenfalls: «Schweig still, Schwester, und hör ihn zu Ende an!»

Sie gehorchte zitternd. Ihr Blick suchte Aquila, doch die Augen des Falkenmeisters waren auf den Bischof gerichtet.

«Ihr sollt bestraft werden, Falkenmeister, doch da Schwester Agnetha und das Mädchen Riva – wenn nicht wir alle, obwohl ich mich für gewöhnlich nicht mit dem Geschwätz von Dienstboten abgebe – durch Euer Tun vor dem Tode oder Schlimmerem bewahrt wurden, soll Eure Strafe lediglich in der Verbannung bestehen. In diesen Tagen wird Eure Heilkunst in Bodenteich noch benötigt, doch zum Ende der Fastenzeit müßt Ihr Bodenteich verlassen haben.»

Verbannt. Zum zweiten Mal verbannt. Der Tod wäre gnädiger als diese Strafe. Ihn loszureißen von seiner neuen, zweiten Familie!

Sie wollte ein Wort des Trostes an den Geliebten richten, doch noch immer galt Aquilas Aufmerksamkeit dem Bischof.

«Was jedoch die Gefangenschaft und den durch sie verschuldeten Tod des Wilbrand von Bodenteich anbetrifft», der Bischof hob die Stimme, und nun wurde es so still im Saal, daß Agnetha hören konnte, wie draußen der Wintersturm über den nächtlichen Burghof toste. Bischof Konrads Blick war an seinen Neffen gewandt. «Mit allen Schätzen Eures Herzogtums könnt Ihr Eure Sünde nicht wieder gut machen. Die Sühne muß ich Eurem Gewissen überlassen.»

Als ob es darum ginge! Persönlichkeiten von Stand hätten mit den Ketzern paktiert, hat der Magister gesagt. Er hat niemals Herzog Ottos Namen genannt. Und doch wissen alle Bescheid. Wenn er verhindern will, daß er offen ausgesprochen wird, was selbst für einen Mann wie ihn unabsehbare Folgen hätte, muß er jetzt handeln.

Agnetha sah wieder zu ihrem Bruder. Wasmod von dem Knesebeck musterte sie unverwandt.

Herzog Otto der Strenge erhob sich und auf seinen Zügen lag ein derartiger Zorn, daß die Nonne den Eindruck hatte, sogleich müsse ihm der Dampf aus den Ohren schießen wie das siedende Wasser aus einem zugedeckten Topf.

«Ich habe schwere Sünde begangen», begann er, und das Bemühen, seiner Stimme einen demütigen Ton zu geben, wirkte fast komisch. «Und die Anstrengung, dies zu sühnen, erfordert ein bedeutendes Opfer. Ich will ein Kloster stiften, eine Schwesternschaft frommer Augustinerinnen, und ich will ihnen das Land in den Wäldern Richtung Sonnenuntergang schenken, das Hartheim genannt wird mit ausreichend Einkünften, damit sie dort in Frieden ein christliches Leben führen können zur größeren Ehre Gottes.»

Er brach ab, vielleicht nur, um einmal Luft zu holen, doch der Bischof warf seinem Neffen einen so eisigen Blick zu, daß dieser sogleich wieder ansetzte:

«Und nicht ich selbst will der Vogt und Beschützer dieses Klosters sein, sondern die Herren von Bodenteich, denen ich so schweres Unrecht angetan habe, und ihre Nachkommen. Einzig die Benennung der ersten Priorin will ich mir vorbehalten, und ich wähle...»

Wieder holte er Atem. Agnetha spürte, daß er seine Blicke auf sie richtete.

«Ich wähle Agnetha von dem Knesebeck.»

Sie hatte das Gefühl, als wollte ihr Herz die Brust sprengen. Sie eine Priorin? Sie, die sie alle ihre Gelübde gebrochen hatte und nicht die Absicht hatte, sich in Zukunft an sie zu halten?

Adrian und Gerolf, Ritter Werner, Toste, die Müllertochter, alle bestürmten sie mit Glückwünschen, doch sie selbst war so verblüfft, so verwirrt, daß sie noch zu gar keiner Gefühlsregung fähig war.

Auch ihr Bruder trat jetzt zu ihnen an den Tisch.

«Ich freue mich für Euch, Schwester.»

Er drückte sie an sich und wandte sich dann an Adrian und Gerolf von Bodenteich:

«Euer Geschlecht ist jetzt sehr mächtig geworden, meine jungen Herren. Ein Kloster zu beschützen und zu bewahren, ist keine leichte Aufgabe. Ihr werdet einen tüchtigen Propst brauchen. Jemanden, der sich in der Verwaltung eines so großen Besitzes gut auskennt.»

Er sah über ihre Schultern hinweg und die beiden Brüder folgten seinem Blick.

«Aquila!» rief Adrian. «Natürlich! Ihr seid aus Bodenteich verbannt, doch so könnt Ihr in der Nähe bleiben und wir können uns sehr oft sehen. Und obendrein...»

Er führte den Satz nicht zu Ende, doch das stille Lächeln auf den Zügen des päpstlichen Legaten sagte ihnen überdeutlich, wessen meisterhaftem Plan sie dies alles zu verdanken hatten.

Und obendrein seid Ihr bei Schwester Agnetha.

anno dominice incarnationis MCCXIIIC
regnante domino Adolpho primo glorioso Romanorum rege augusto
VI. calendas januarii
(27. Dezember 1292)

Zwei Tage später brachen Herzog und Bischof mitsamt ihrem Gefolge aber ohne den Inquisitor auf, um in ihre Heimat zurückzukehren. Vorher hatten beide noch einmal eine Unterredung mit dem päpstlichen Legaten, welche Bischof Konrad von Verden augenscheinlich hochzufrieden verließ.

Nachdenklich blickten Wasmod und Agnetha den in den Wintermorgen Davonreitenden nach.

«Du hast ihm Deine Unterstützung versprochen», sagte die Nonne.

Zuerst glaubte sie, der Magister würde nicht antworten, doch er wartete nur ab, bis der Reiterzug aus ihrem Gesichtsfeld verschwunden war:

«Es war sein Einfall, nicht der meine. Ich habe den Gedanken nur noch, nun sagen wir: modifiziert.»

«Aber wie kannst Du das tun? Ihm helfen, Kardinal zu werden! Einem Mann, der sich so offenbar bestechen läßt!»

Der Magister machte eine wegwerfende Handbewegung: «Es haben schon bedeutend ungeeignetere Männer den Kardinalspurpur getragen. Ich habe Bischof Konrad nichts besonders Schwerwiegendes vorzuwerfen. Wenn Du Dich an den Prozeß erinnerst, war er doch durchaus an der Wahrheit interessiert.

Im übrigen: Ich habe ihm deutlich genug zu verstehen gegeben, daß meine Worte beim neuen Papst, ist er denn einmal gewählt, vermutlich nicht mehr das Gewicht haben werden wie bei Nikolaus IV. Das schien ihn nicht zu stören. Es reiche ihm aus, so sagte er, wenn ich mein Möglichstes täte. Und wer könnte auch mehr verlangen?»

«Aber die Gerechtigkeit...»

«...muß oft verschlungene Wege gehen, Schwester. Das Ergebnis ist gerecht und darauf kommt es an. So funktioniert die Politik, wie sie in Orvieto gemacht wird. Das Gleichgewicht muß gewahrt bleiben.»

«Die Balance der Mächtigen», murmelte sie.

«Was?».

«Nichts. Nur etwas, das Aquila gesagt hat. – Dein ‚Gleichgewicht‘

läßt ihn zum zweiten Mal seine Heimat verlieren!»

«Und etwas weit Wertvolleres gewinnen.» Er sah ihr fest in die Augen. Sie wußte, er würde nicht mehr sagen, doch in ihren Ohren klangen seine Worte wie der Segen der Heiligen Kirche.

«Was ist mit seinem Ring?»

«Den bekommt Ritter Werner. Kardinal Caetani darf nicht enttäuscht werden. Das ist Bestandteil der Absprache.»

«Aber der Rote Drache...»

«Was soll mit ihm sein? Er ist gebannt. Vielleicht endgültig, vielleicht auch nur bis zum nächsten Mal. Ich nehme doch an, wenn der Ring fort ist, erhöht sich die Wahrscheinlichkeit, daß er so schnell nicht wieder erwacht.

Wobei ich persönlich nicht daran glaube, daß es der Ring war, der ihn geweckt hat. Da verbirgt sich noch sehr viel mehr: Es ist Aquilas Erbe. Das Erbe der Hohenstaufen. Der Fluch, der sie vernichtete... traf er nicht auch König Manfreds Geschwister, seine Neffen und Nichten? Menschen also, die diesen Ring niemals zu Gesicht bekommen hatten. Aber wie dem auch sei, ich bin ganz glücklich bei dem Gedanken, daß Ihr beide in Hartheim leben werdet. Als Wächter an der Pforte des Kerkers, wenn Ihr so wollt.»

Zweifelnd sah sie ihn an.

«Oh, ich glaube nicht, daß Ihr zu Euren Lebzeiten etwas befürchten müßt. In ein paar Jahrhunderten vielleicht, wenn das, was wir erlebt haben, in Vergessenheit geraten ist. Dann werden sich Eure Nachkommen damit auseinanderzusetzen haben.»

Sie errötete, aber er bemerkte es nicht oder ging darüber hinweg. Sein Blick war in die Ferne gerichtet, wo sich jetzt anstelle des grünen Tals der Aue eine schneebedeckte Öde erstreckte. Doch zur gegebenen Zeit würde auch dieses Land wieder blühen. Und ein neues Kapitel in der Geschichte von Bodenteich würde aufgeschlagen werden.

«Zunächst aber», sagte er leise, «müssen wir unser Kapitel des Buches abschließen. Und ich kann nicht behaupten, daß ich mich auf dieses Ende besonders freue.»

Nachdenklich fuhren Aquilas Finger über die Seiten des alten Buches. Nun, da er den Ring seines Vaters dem Tempelritter und seinem Auftraggeber überantworten mußte, war dies das letzte Bindeglied zu seiner Vergangenheit. Er würde Sorge tragen müssen, daß es seinen

Nachkommen immer erhalten blieb.

Der Kampf war vorbei, sein Ende hatte ihm den Weg zu einem Leben geöffnet, wie er es für sich niemals mehr für möglich gehalten hätte. Doch um welchen Preis? Er seufzte. Wilbrand von Bodenteich war viel mehr gewesen als nur der Mann, der ihm in seinem Exil Obdach und sichere Zuflucht gegeben hatte: sein Freund, der einzige, dessen Handeln nicht von politischen Hintergedanken beherrscht wurde.

Adrians leichte Schritte kamen die hölzerne Treppe hinauf. Müde lächelnd schlug Aquila den Folianten zu. Er wußte, was jetzt kommen würde, und er war entschlossen, alle Fragen des Jungen zu beantworten.

Eine halbe Stunde später saßen sie bei einem Becher heißem Apfelwein beieinander. Erwartungsgemäß hatte sich Ritter Wilbrands Sohn augenblicklich auf die Gelegenheit gestürzt, jetzt endlich die Antworten auf einige seiner drängendsten Fragen zu erhalten.

Seine großen Augen betrachteten den Falkner mit einem Ausdruck, als sähen sie ihn jetzt zum ersten Mal, einen leibhaftigen Königssohn. Staunend lauschte der neue Herr von Bodenteich dem Bericht von ihrem Besuch am Hofe König Manfreds, doch als Aquila zum Ende kam, schüttelte Adrian verständnislos den Kopf:

«Aber ich begreife nicht... wenn Gennadios verhindert hat, daß mein Großvater Euch das Geheimnis verriet, wie konnte mein Vater dann...»

«Das wißt Ihr doch selbst», lächelte Aquila. «Ihr selbst habt mir berichtet, daß Euer Vater an Meister Emils Feuerschneise auf Valdemar getroffen ist.»

«Sicher, Valdemar, der Mann aus Eurer Vision. Aber woher konnte er das Geheimnis kennen, wenn nicht Ihr es ihm verraten habt? Nach Vaters Worten behauptete Valdemar, es von Vater Gennadios selbst erfahren zu haben. Aber Vater Gennadios hat doch gerade verhindert, daß mein Großvater es aussprach, also konnte auch er es nicht kennen.»

«Ist das so? Dann erinnert Euch doch einmal, in welchem Jahr Schwester Agnetha und ich am Hofe König Manfreds waren.»

«Im zwölfhundertundneunundfünfzigsten Jahre.»

«Genau, und in welchem Jahr sind der König und seine Gefolgsmänner gestorben?»

«Zwölfhundertundsechsundsechzig... oh... Ihr meint, mein Großvater hat es ihm später... Aber welchen Sinn hätte es gehabt? Ihr wart lange fort, wie hätte er hoffen können, uns so noch helfen zu können.»

«Hat er uns denn nicht geholfen?»

Adrian verstummte. Er überlegte einen Augenblick, doch dann nickte er: «Also ist es tatsächlich so gewesen: Ihr habt am Hofe Eures Vaters die Frage gestellt, aber keine Antwort erhalten, weil dies ein Paradoxon hätte auslösen können. Stattdessen hat mein Großvater später Gennadios die Antwort gegeben und Gennadios hat sie, entweder vor oder nach seinem Tod», der Junge fröstelte, «Valdemar berichtet und diesen gebeten, meinem Vater das Geheimnis zu verraten. Und so konnte der Dämon besiegt werden. Aber eines verstehe ich immer noch nicht.»

«Ja?»

«Warum hat Gennadios Euch das Geheimnis nicht schon viel früher verraten, vor Monaten schon, als Ihr ihn in Eurer Vision aufsuchtet. Er wußte, wie sich die Dinge entwickeln würden, und er hätte uns viel ersparen können.»

Aquila hob die Schultern: «Wußte er es wirklich? Diese Vision hatte ich vor meinem Besuch am Hofe meines Vaters. Vielleicht wußte er es damals eben doch noch nicht.»

«Demnach hättet Ihr tatsächlich die Vergangenheit verändert: Der Gennadios Eurer ersten Vision war ein anderer als der, welcher Valdemar zu meinem Vater schickte?»

«Wer weiß das zu sagen, Adrian? Wer weiß, in welcher Weise sich die Zeit bewegt, welche verborgenen Fallen und Hinterhalte in ihrem Strom auf uns lauern? Es ist ein Rätsel, dessen Lösung, fürchte ich, zu groß ist für einen sterblichen Menschen. Aber die Frage, die ich mir stelle ist die: Warum nur hat Gennadios es sich anders überlegt? Warum hat er Euren Großvater noch einmal gefragt? Warum nahm er bewußt die Gefahr eines Paradoxons in Kauf?»

Adrian sah ihn verständnislos an: «Das wißt Ihr nicht?»

Der Falkenmeister schüttelte den Kopf.

«Weil er Euch liebte, Aquila. Weil er Euch liebte wie seinen eigenen Sohn, deswegen nahm er die Gefahr in Kauf, das gesamte Gewebe der Zeit zu zerreißen.»

Aquila verharrte stumm, dann sagte er leise: «Ja, das könnte die Antwort sein. – Doch jetzt ist es spät, Herr, wir sollten schlafen, denn in den nächsten Tagen harrt unser noch eine schwere Prüfung.»

anno dominice incarnationis MCCXIIIC
regnante domino Adolpho primo glorioso Romanorum rege augusto
calendas januarii
(1. Januar 1293)

Die Gestalten der sieben überlebenden Dunklen Apostel sahen kaum noch menschlich aus. Es war ein trauriger Zug, der am ersten Tag des neuen Jahres über die Mühlenbrücke in den Marktflecken Einzug hielt. Es war eine gespenstische Veranstaltung inmitten der Trümmer von Bodenteich.

Agnetha stand an der Seite ihres Bruders und ihres Geliebten, einige Schritte entfernt von Bruder Edgar, der die Näherkommenden vor dem Kirchenportal erwartete. Sie mußte an den Tag des Prozesses gegen Meister Emil denken, als sie hilflos hatte mitansehen müssen, wie Unschuldige angeklagt und verurteilt wurden. Und wenn sie auch wußte, daß die jammervollen Gestalten, die jetzt von Ritter Siverds Knechten vor die Augen des Dominikaners getrieben wurden, vor einem halben Leben, wie es ihr schien, den Franziskaner und Vater Dietrich erschlagen hatten, so fand sich in ihrem Herzen dennoch mehr als nur eine Spur Mitleid. Auch die verschwommene Erinnerung an die Stunden der Folter, die sie in der Welt der anderen Seite durchlebt hatte, änderte nichts daran.

Einer der Gefangenen, ein magerer, unglaublich verdreckter Mann, hob sein Antlitz und blickte um sich. Sein Blick fand den Agnethas.

«Meister Hagen!» flüsterte sie.

Auch Aquila fuhr zusammen: «Gott sei seiner Seele gnädig.»

Wasmod von dem Knesebeck sah sie bedauernd an: «Du mußt das durchstehen, Schwester. Wir alle müssen das. Sonst wird immer der Schatten der Ketzerei auf Euch liegen.»

Sie konnte ihre Blicke nicht von der gebeugten Gestalt des einstigen Dorfschulzen wenden. Es war eine solche Verzweiflung und Hoffnungslosigkeit in seinen Augen gewesen.

«Was treibt nur einen Mann wie ihn zu solchen Taten? Hatte er nicht alles, was jemand wie er erreichen konnte? Eine Familie, das größte Haus im ganzen Marktflecken...»

«Die Gründe solcher Menschen sind immer sehr ähnlich, Schwester», sagte der Magister. «Entweder die Gier nach Reichtum, nach

Macht, nach Ausschweifungen, oder aber...»

«Was?»

«Angst», erwiderte Wasmod von dem Knesebeck.

«Angst?»

«Er hat den Roten Drachen mehr gefürchtet, als er unseren Herrn Jesus Christus gefürchtet und geliebt hat. Seine einzige Chance, sich und die Seinen vor seinem schrecklichen Zorn und seiner Grausamkeit zu schützen, erblickte er darin, sich ihm anzuschließen.»

«Und dafür soll er sterben?»

«Er ist ein Abtrünniger von der wahren Lehre der Heiligen Kirche», sagte Aquila leise.

Der Magister sah ihn an: «So ist es, mein alter Freund. Es lag nicht an mir, das Strafmaß zu bestimmen. Sie sind schuldig, sie sind verurteilt und ich habe sie den Bütteln des Herzogs ausgeliefert. Debita animadversione puniendum: Ich habe sie gebeten, das Leben dieser armen Teufel zu schonen.»

«Natürlich», sagte der Falkenmeister bitter. «Wie die Kirche das immer tut.»

«Allerdings. Das Strafmaß hat Herzog Otto festgelegt. Und er hat sich für die Verbrennung entschieden.»

Agnetha schüttelte den Kopf. Er war ihr Bruder, und in diesen Tagen fühlte sie sich ihm näher als je zuvor in ihrem Leben, doch es gab Augenblicke, in denen er ein Fremder für sie war und immer bleiben würde. Dann war er nicht der geduldige Freund ihrer Kinderzeit, sondern der zu allem entschlossene Politiker der Mutter Kirche.

«Ob der Dorfschulze ansonsten ein anständiger Mann war oder nicht, Vater Dietrichs Tod darf nicht ungesühnt bleiben. Deswegen sind wird nach Bodenteich gekommen, Schwester. Hast Du das vergessen?»

Immerhin, konnte sie sich trösten, lag dieser letzte Akt des Geschehens nicht in seinen Händen, sondern in den hageren Klauen des Dominikaners. Dies war Bruder Edgars Lohn. Alle Seiten waren bedacht worden. Die Diplomatie des Magisters war wirklich meisterhaft.

Bruder Edgar gab Siverd von Saldern ein Zeichen und der Zug setzte sich wieder in Bewegung, hinaus auf den Galgenberg vor den Toren von Bodenteich, an der Straße, die nach Wittingen führte.

Voran ritt Siverd von Saldern. Als Vertreter des Herzogs saß er als einziger im Sattel. Hinter ihm ging Bruder Edgar mit seinen Mönchen, gefolgt vom zerlumpten Zug der Verdammten. Die Volksmenge strömte ihnen nach.

Hinter Agnetha und ihren Begleitern schritten Werner von Langenapel, Adrian und Gerolf von Bodenteich und Toste, der einstige Torwächter, der auf Aquilas Rat sein Nachfolger als Burgvogt werden würde. Einzig Riva hatte mit den Dienerinnen auf der Burg bleiben dürfen. Wenigstens das hatte der Magister erreicht.

«Ich wünschte nur, der schreckliche Tod in den Flammen bliebe ihm erspart», sagte die Nonne zu Aquila. «Erinnert Euch an Ritter Wilbrands Ende!»

Der Falkner nickte stumm und schwieg, bis sie den Galgenberg erreicht hatten.

Auf der kahlen Anhöhe, von deren höchstem Punkt aus man weit ins Land blicken konnte, wurden seit den Zeiten, in denen die Ritter von Bodenteich in dieses Land gekommen waren, die Urteile vollstreckt. Wie immer bei solchen Gelegenheiten hatte sich auch heute eine große Volksmenge eingefunden, die dem grausamen Geschehen beizuwohnen wünschte. Agnetha schlug den Blick nieder, als sie in einige dieser Gesichter blickte: Eine leichte Anspannung lag in den meisten von ihnen, vor allen Dingen aber unverhüllte Gier nach Blut.

«Ich begreife das nicht. Viele von ihnen kennen Meister Hagen und die anderen ihr ganzes Leben lang.»

«Homo homini lupus, Schwester», erwiderte Wasmod. «Der Mensch ist des Menschen Wolf.»

«Wenn es nur nicht so grausam wäre. Nicht der Tod in den Flammen.»

Die Männer nickten. Keinem ihrer Begleiter war wohl angesichts des grauenhaften Geschehens. Adrian kämpfte sichtbar mit den Tränen.

Toste blickte grimmig drein:

«Womit hätte gerade Meister Hagen diese Gnade verdient, Schwester? Sein jahrelanger, angeblich so treuer Dienst für Ritter Wilbrand war geprägt von Falschheit. In seinem Herzen war er ein Heide, ein Ketzer und Verräter.»

«Er ist nicht so, wie Ihr glaubt, Toste», sagte sie mit rauher Stimme. «Er war als einziger von diesen Menschen bereit, mir Gnade zu gewähren: Als ich von den Dunklen Aposteln gefoltert wurde, reichte er mir unbemerkt einen Dolch, damit ich, ehe die Tortur zu schrecklich würde, meinem Leben ein Ende setzen könnte.»

«Eine Todsünde!» sagte Wasmod barsch. «Das nennst Du einen Akt der Gnade?»

«Allerdings, Bruder, das tue ich. Und ich schwöre Dir, hätte ich noch die Kraft dazu gehabt, ich hätte den Dolch gegen mich gerichtet.»

Der Magister schwieg und betrachtete mit zusammengekniffenen Lippen das Geschehen.

Sie standen zwar recht weit entfernt, doch es war gut zu erkennen, wie Ritter Siverds Waffenknechte die Verurteilten jetzt auf den Scheiterhaufen führten und an die bereitstehenden Pfähle banden.

«Entschuldigt mich», sagte Toste unvermittelt.

Überrascht blickten die anderen ihm nach. Toste schritt quer durch die Volksmenge, die dem neuen Burgvogt murrend Platz machte, auf den Scheiterhaufen zu. Dort tummelten sich bereits einige Kinder und wohl auch besonders verrohte Erwachsene, die sich einen grausamen Spaß daraus machten, die Verurteilten zu beschimpfen und johlend mit Unrat zu bewerfen.

Toste stieß sie beiseite und klomm den Scheiterhaufen empor.

Siverd von Saldern stand nur ein paar Schritte entfernt, doch ehe er noch einschreiten konnte, hatte Toste einen kleinen Dolch gezogen und Meister Hagen mit einer blitzschnellen Bewegung die Kehle durchgeschnitten.

Ein Schrei ging durch die Menge. Bruder Edgar brach in Verwünschungen aus, doch der Söldnerführer schüttelte nur den Kopf.

«Warum, Toste?»

«Eine Gnade für die andere», sagte der Burgvogt und kehrte ohne ein weiteres Wort zu den Seinen zurück.

Aquila betrachtete ihn anerkennend: «Ritter Wilbrands Söhne haben den rechten Mann gewählt», sagte er.

Kurz darauf wurde das Feuer entzündet. Aus den Flammen ertönten die Schreie der Gepeinigten und die Luft über dem Galgenberg war rasch angefüllt mit dem Gestank nach verkohltem Fleisch.

«Ad maiorem dei gloriam», murmelte Werner von Langenapel nach einer Weile.

Wasmod musterte ihn mit zusammengekniffene Brauen, doch er sagte kein Wort.

Die Volksmenge verharrte fasziniert, bis das Feuer völlig niedergebrannt war und den Blick freigab auf die verkohlten Reste der Hingerichteten. Auf Ritter Siverds Befehl wurde ihre Asche in alle Himmelsrichtungen verstreut.

Epilog

anno dominice incarnationis MCCXIIIC
regnante domino Adolpho primo glorioso Romanorum rege augusto
III. idus aprilii
(11. April 1293)

Staunend hatte Paridam von dem Knesebeck ihre Geschichte zu Ende angehört.

Er saß gemeinsam mit Wasmod, Agnetha und Aquila in der Kaminstube seines Bergfrieds, zu seinen Füßen ein Teil seiner sonst so lebhaften Kinderschar, die für den Augenblick aber noch besänftigt war durch die sonderbaren Erzählungen der Besucher.

Die Augustinerin strich lächelnd über die bisher nur für sie erkennbare Wölbung ihre Leibes. Vor einigen Tagen hatten sie den Platz inmitten des Waldes besucht, an dem schon eine große Waldfläche gerodet war, damit die Gebäude des neuen Klosters entstehen konnten. Am Rande der Klosterfreiheit würde ein kleines Gebäude auf steinernem Sockel entstehen, um den Propst des jungen Klosters aufzunehmen. Agnetha konnte es kaum erwarten, zu erleben, wie es vom fröhlichen Geschrei ihrer eigenen Kinder widerhallte.

Noch standen erst einige behelfsmäßige Holzhütten, doch schon waren auf Anweisung der Mechthild von Wohldenberg die ersten Augustinerinnen nach Hartheim gereist und hatten sich dort eingerichtet. Am meisten aber hatte sich Agnetha gefreut, als sie unter den Dienerinnen ein wohlbekanntes, wenn auch deutlich gealtertes Gesicht wiedererkannte. Amme Annafrid hatte sie furchtsam angeblickt, wie ein gejagtes Tier jederzeit zum Sprung bereit. Doch Agnetha hatte die Alte freundlich in ihre Arme geschlossen und dafür gesorgt, daß sie in ihre kleine Gemeinschaft aufgenommen wurde wie eine lang vermißte Verwandte. Alles vergeben. Alles vergessen.

Paridam von dem Knesebeck musterte seine Schwester und den Falkenmeister, dann glitt sein Blick weiter zu Wasmod:

«Ihr seid jetzt mehr als eine Nonne, Schwester. Ihr seid Priorin. Und Aquila ist der Propst Eures Klosters. Wird nicht die Kirche... oder der Herzog...»

Der Magister schüttelte unwillig den Kopf:

«Ich will kein Wort weiter hören, Paridam. Ich bin nicht der Hüter ihrer Seelen. Der Wille des Menschen ist frei, das lehrt schon der heilige Augustinus. Wer bin ich, seine Lehrmeinung anzuzweifeln? Vielleicht werden andere das tun, eines Tages. Die Kirche laßt meine Sorge sein. Fürs erste wird niemand, und Otto der Strenge gewiß am wenigsten, es wagen, die Rechte des jungen Klosters und seiner Bewohner anzutasten.

Aber was die Zukunft bringt, weiß niemand von uns. Und das ist gut so. Die Ereignisse, die mich hierher in meine Heimat geführt haben, haben ihren Abschluß gefunden. In Zukunft werdet Ihr ohne mich auskommen müssen.»

Überrascht sah Agnetha ihn an: «Ich glaubte, Du wolltest noch eine Zeit bei uns bleiben. Es ist doch nicht eilig. Du hast selbst gesagt, es wird noch dauern, bis sich die Kardinäle auf einen neuen Papst geeinigt haben.»

«Ein Grund mehr, dort nach dem Rechten zu sehen. Das Gleichgewicht der Macht ist keine Selbstverständlichkeit, meine Freunde. Wichtige Nachrichten haben mich erreicht vom Großmeister des Tempels und aus Italien, aus der Markgrafschaft, die einst der alte Bärennoth besaß. Bedeutsame Dinge kündigen sich an. Und Kardinal Caetani wird nicht verträglicher werden, wenn er feststellt, daß König Manfreds Ring nicht ganz die Wirkung hat, die er sich zweifellos von ihm versprochen hat.»

Aquila betrachte nachdenklich seine Hand. Ein schmaler heller Streifen zog sich an der Stelle um seinen Finger, an der der Ring gesessen hatte.

«Es ist ein komisches Gefühl», sagte er, «aber immerhin, das Buch habe ich behalten.»

«Ihr habt alles, was Ihr braucht, Aquila», lächelte der Magister. «Glaubt mir das. Was ist dieser Ring? Ein Stück Gold, mehr nicht. Ihr seid, was Ihr seid, und das ist genug, mehr als genug. Ihr verfügt über all die Kräfte, die in Euch sind – und von wem und auf welche Weise Ihr sie erlangt habt, sollte Euch gleichgültig sein.»

«Ihr sprecht weise Worte, Magnifizenz, wie wir sie von Euch kennen. Alles was ich mir jemals wünschte, alles was ich jemals brauchte, ist hier in meinen Armen.»

Er legte den Arm um Agnetha und sie schmiegte sich an seine Schulter. Sie trug ein einfaches Hauskleid und eine weiße Haube: Diejenigen, auf die es ankam, wußten, daß es nicht die Haube einer

Nonne war, sondern die einer verheirateten Frau. Ihre zeremonielle Tracht würde sie, auch wenn sie erst in Amt und Würden war, nur sehr selten anlegen, und wenn sich jemand daran störte, dann war es eben seine Sache, damit zurecht zu kommen.

«Friedrich von Hohenstaufen gibt es nicht mehr», sagte Aquila nachdenklich. «Auch wenn ich niemals vergessen werde, daß es ihn einmal gegeben hat. Meister Hartheim, unter diesem Namen will ich bekannt sein.»

«Er paßt zu Euch», nickte Paridam.

Der Falkner hob die Schultern: «So gut wie jeder andere.»

anno dominice incarnationis MCCXIIIC
regnante domino Adolpho primo glorioso Romanorum rege augusto
II. idus aprilii
(12. April 1293)

Magister Wasmod war schon vor dem Klang der Morgenglocke erwacht, als in Paridams Wittinger Bergfried und auf dem Gutshof noch nächtliche Ruhe herrschte.

Abschiede waren nicht seine Sache. So hatte er von einem Stallknecht sein Pferd satteln lassen, die Vorratstaschen gefüllt und das Anwesen seiner Familie verlassen.

Draußen vor der Stadt, als die ersten Strahlen der Sonne seinen Nacken wärmten, atmete er tief durch.

Er war beruhigt, daß die Seinen in ihrer Heimat glücklich waren. Er selbst aber, Wasmod von dem Knesebeck, Magister der Universität von Bologna, Sondergesandter seiner Heiligkeit Nikolaus IV. im Land jenseits der Berge: Er gehörte der ganzen Welt.

Nachdenklich lächelnd folgte er der Straße, die offen vor ihm lag.

Karte der Sumpfburg Bodenteich um 1292

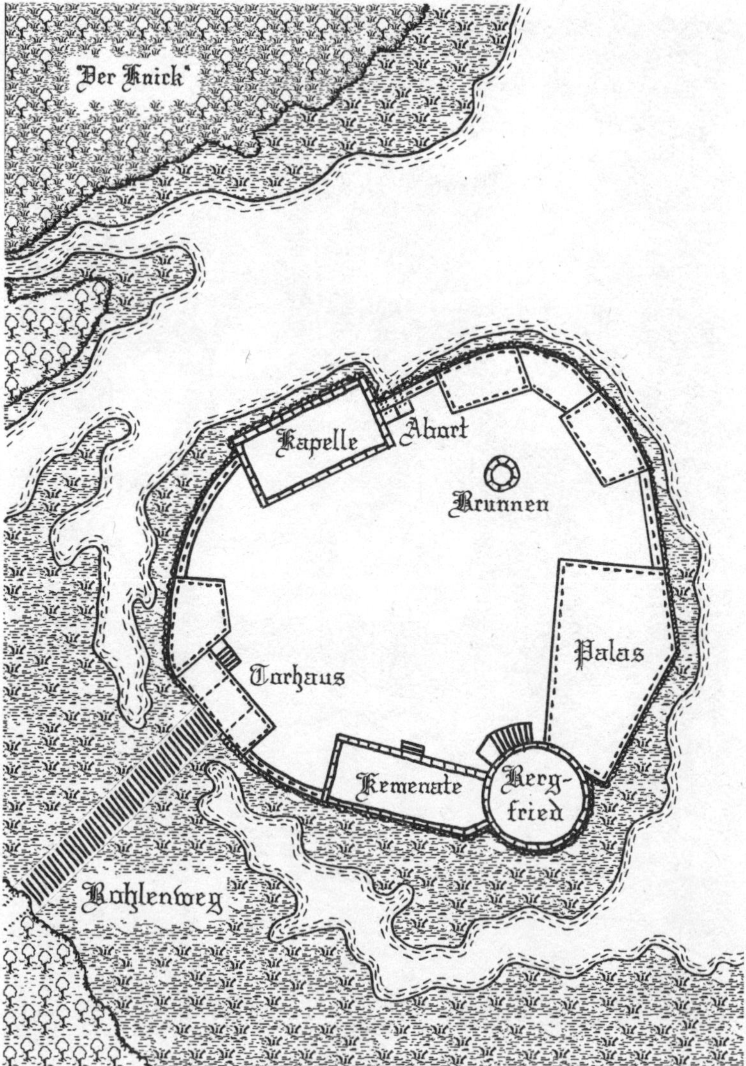

Karte des Grenzlandes um 1292

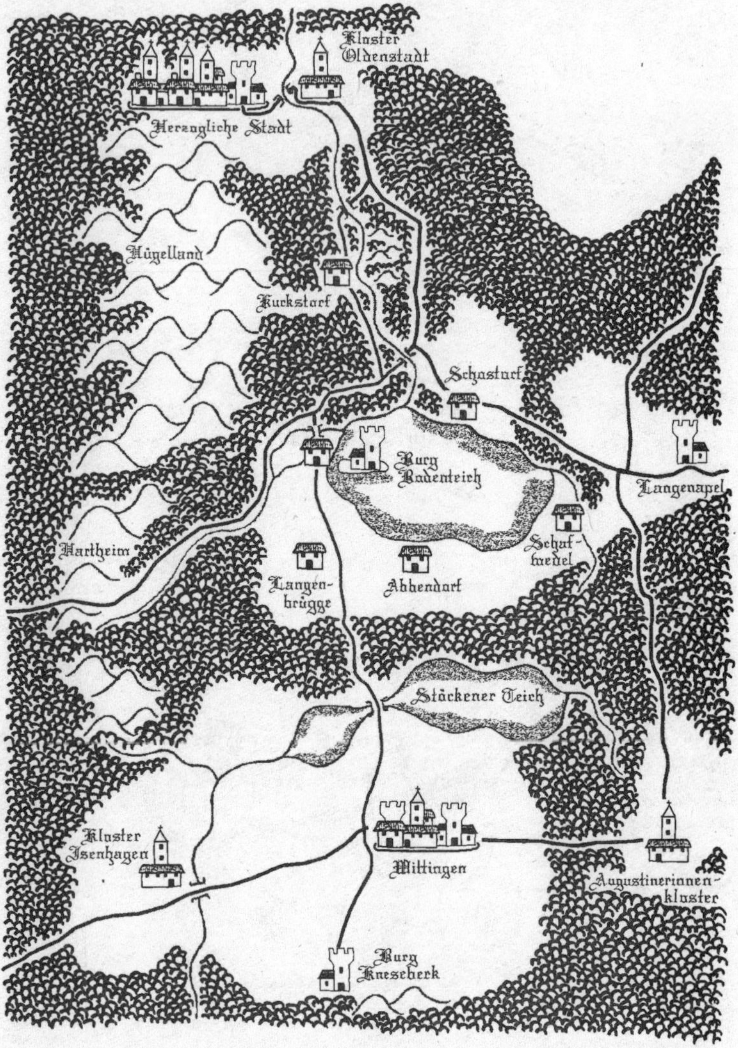

HISTORISCHE NACHBEMERKUNG:

Der «Adler der Frühe» ist ein mittelalterlicher Mystery-Thriller. Der größte Teil der Schauplätze wie der Marktflecken Bodenteich, das Augustinerinnenkloster Diesdorf und das Städtchen Wittingen haben real existiert beziehungsweise existieren noch heute. Allerdings war Langenapel keine Burg des Templerordens (dafür waren die Johanniter in der Gegend sehr aktiv) – und um Hartheim zu finden, erfordert es in der Tat einen magischen Ring.

Etwas anders ist es bei den Personen: Die Herren von Bodenteich und von dem Knesebeck waren in der Tat kleine Adelsgeschlechter, doch die konkret handelnden Personen sind fast alle meine Erfindung, ebenso der Ketzerjäger Bruder Edgar. Die Inquisition war Ende des 13. Jahrhunderts bereits in Deutschland aktiv, einstweilen mehr um Ketzer als um Hexen besorgt. Historische Persönlichkeiten sind natürlich die Hohenstaufen, also Kaiser Friedrich und sein Sohn Manfred, weiterhin Bischof Konrad von Verden, Herzog Otto der Strenge und die Priorin Mechthild von Wohldenberg. Der Kirchenmann Wasmod von dem Knesebeck hat es nur bis zum Domherrn in Braunschweig gebracht.

Von Aquila dem Falkenmeister berichten die Quellen seltsamerweise kein Wort.

Doch das konnte ihm schließlich nur recht sein.

Glossar ausgewählter Sachen und Personen

In dieser Form im Wesentlichen fiktive Gestalten sind durch ein * gekennzeichnet

Abbendorf: Dorf am Südufer des Bodenteicher Sees.
Abrotanum: Mittelalterliche Bezeichnung der Eberraute.
Abu Mashar: Muslimischer Astrologe und Wissenschaftler.
Accusatio: Lateinisch für Anklage.
Achillea: Mittelalterliches Heilkraut mit blutstillende Eigenschaften.
Ad maiorem dei gloriam: Lateinisch für „zur größeren Ehre Gottes".
Adolf von Nassau: Geboren 1250/55. Nach dem Tode Rudolf von Habsburg am 5. Mai 1292 zum römisch-deutschen König gewählt (1292-1298). Von seinem Gegner und Nachfolger Albrecht von Habsburg bedrängt kommt er in der Schlacht von Göllheim ums Leben.
*Adrian von Bodenteich: Geboren 1276. Älterer Sohn Ritter Wilbrands.
*Agnetha von dem Knesebeck: Geboren 1269 als Tochter Paridams des Älteren. Schwester Paridams und Wasmods von dem Knesebeck. 1277 wird sie in das Augustinerinnenkloster gegeben und dort zur Schriftgelehrten ausgebildet.
Ahnin: Urgroßmutter, Vorfahrin.
Akkon, St. Jean d'Acre: Seit dem Fall von Jerusalem im Jahre 1187 bis zur Eroberung durch die Moslems am 18. Mai 1291 Hauptstadt des christlichen Kreuzfahrerkönigreichs Jerusalem.
Akoluth, Akolyth: Oberste Stufe der niederen geistlichen Weihen. Helfer des Diakons.
Alashraf, Al-Ashraf, al-Asraf Kalil: (1290-1293) Mameluckensultan von Ägypten, der die letzten Reste christlicher Herrschaft in Outremer vernichtete.
Albertus Magnus, Albert von Lauingen, Albert der Große: (1193-1280) Dominikaner. Bedeutender Theologe und Wissenschaftler des 13. Jahrhunderts, unter anderem in Trier und Köln. Der wahrscheinlich größte christliche Gelehrte des Mittelalters. Lehrer des Thomas von Aquin.
Alvensleben: Adelsfamilie aus der Altmark. Agnethas Schwester Elisabeth ist in zweiter Ehe mit einem Herrn von Alvensleben verheiratet.
Amara tonta tyra post: Magische Beschwörungsformel. Der Wolfsthurner Handschrift entnommen.
Ancilla domini: Lateinisch für „Magd des Herrn, Nonne".
*Annafrid: Geboren 1218. Amme auf der Burg Bodenteich. Einst Geliebte Ritter Annos von Bodenteich. Hatte schon Ritter Wilbrand nach seiner Geburt umsorgt und führt seit dem Tod seiner Ehefrau bei Rivas Geburt im Jahre 1286 den Haushalt auf Burg Bodenteich.
*Anno von Bodenteich: (1220-1272) Ritter. Herr von Bodenteich. Vater Ritter Wilbrands. In den Diensten Kaiser Friedrichs II. und seines Sohnes Manfred von Sizilien.
Anselmus von Canterbury: Mittelalterlicher Kirchenlehrer.
Antonius: Im Mittelalter besonders verehrter Heiliger, der den Verlockungen des Teufels widerstand. Heute Schutzheiliger der Vegetarier.
Apuleius: Antiker Wissenschaftler. Verfasser des „Herbarium".
Apulien: Landschaft in Süditalien. Der „Absatz des Stiefels".
Apsis: Der gerundete Abschluß des Chores einer Kirche.
*Aquila: Geboren 1249. Aus Italien stammender Falkenmeister und Burgvogt Ritter Wilbrands von Bodenteich. Lateinisch für „Adler".
Aristoteles: Gestorben 323 vor Christus. Antiker Pilosoph. Galt, obwohl Heide, im Mit-

telalter als ein Mann von christlicher Gesinnung. Durch arabische Vermittlung wurden den Christen im 12. und 13. Jahrhundert bis dahin unbekannte Werke des Aristoteles bekannt, die für heftige Diskussionen sorgten. Lehrer Alexanders des Großen.

Arkaden: Säulengang.

Artes liberales: Die auf den mittelalterlichen Universitäten gelehrten „Freien Künste". Frei, weil sie schon im alten Griechenland nur von Freien ausgeübt werden durften, und im Mittelalter zudem, weil sie nicht Theologie waren. Siehe auch Trivium und Quadrivium.

Artus: Sagenhafter keltischer König des 5./6. Jahrhunderts. Im Mittelalter Idealbild eines ritterlichen Herrschers und mit den Rittern seiner Tafelrunde Gegenstand höfischer Versepen.

Ata Gibor Leolam Adonai: Magische Beschwörungsformel. Der Wolfsthurner Handschrift entnommen.

Augustinerinnen: Eigentlich Augustinerchorfrauen. Regulierte Kanonissen, denen Schwester Agnetha angehört.

Augustinerinnenkloster: Das Augustinerchorfrauenstift Marienwerder, später allgemein Diesdorf genannt, in der westlichen Altmark.

Augustinus: (350-430) Einer der Kirchenväter. Verfasser der „Confessiones". Starb als Bischof von Hippo in Nordafrika bei der Belagerung der Stadt durch die Vandalen. Vorbild der Augustiner und Augustinerinnen.

Averroes, arabisch Ibn Rudsch: (1126-1198) Muslimischer Gelehrter. Übersetzte zuvor unbekannte Werke des Aristoteles ins Arabische und machte sie damit indirekt auch der Christenheit bekannt.

Baphomet, Abuphimat: Angeblich von den Tempelrittern verehrter sprechender Kopf eines Götzen. Vermutlich eine Verballhornung von „Mohammed".

*Bärennoth, die Bärennöther: Aus Deutschland stammendes Adelsgeschlecht, das es in Italien im Dienst der Hohenstaufen zu Macht und Ansehen brachte. Giselher von Bärennoth wurde von Kaiser Friedrich II. mit einer Markgrafschaft in Mittelitalien, um Sulmona und den Berg Morrone belehnt, die seinem minderjährigen Sohn Gunther nach König Manfreds Tod genommen wurde. Seitdem leben die Bärennöther in der Verbannung.

Bari: Hafenstadt in Apulien.

Benevent: Päpstliche Enklave im Königreich Sizilien. Hier verlor König Manfred im Februar 1266 sein Königreich und sein Leben im Kampf gegen Karl von Anjou.

*Benjamin: Geboren 1252. Hansekaufmann aus Lüneburg.

*Benno der Müller: Geboren 1257. Lehnsmann Ritter Wilbrands von Bodenteich.

Bergfried: Gewaltiger steinerner Turm einer mittelalterlichen Burg. Im Falle einer Einnahme der übrigen Befestigung letzte Zuflucht der Verteidiger. In Friedenszeiten auch als Lagerraum oder Kerker genutzt.

Bernhard von Clairvaux: (1080-1154) Zisterzienser. Bedeutendster Kirchenlehrer des 12. Jahrhunderts. Geistiger Ziehvater des Templerordens.

Bianca Lancia: (um 1210 - um 1234) Geliebte Kaiser Friedrichs II. aus markgräflichem Hause. Die gemeinsamen Kinder Manfred und Violante wurden „in articulo mortis" (mit dem Tod der Bianca) nachträglich für ehelich erklärt.

Bilsenkraut: Mittelalterliches Allheilmittel.

Blide: Ein mittelalterliches Katapult, mit dem Felsbrocken gegen die Mauern von Festungen geschleudert werden konnten.

Bodenteich: Burg und Marktflecken im Fürstentum Lüneburg. Stammsitz des gleichnamigen Rittergeschlechts.

*Bodo von Bodenteich: Urahne der Herren von Bodenteich und Begründer der Burg. Besiegte die Drei Dämonen.

Boldensen: Heute Bollensen. Burg und Dorf zwischen Bodenteich und Löwenwalde/ Uelzen.

*Boldewin, Edelherr von Boldensen: Geboren 1264. Ritter Wilbrands Schwager.

Bologna: Alte Universitätsstadt in Norditalien.

*Bruder Bjørn: Deckname Magister Wasmods, wenn er in geheimer Mission unterwegs ist.

*Bruder Edgar: Geboren 1240. Inquisitor für das Bistum Verden.

Bruder Jacques: Geboren 1245. Hoher Würdenträger des Templerordens.

Buhlin: Mittelalterliche Bezeichnung für Geliebte.

Caetani, Benedetto: 1235 in Anagni als Sproß einer Adelsfamilie geboren, Karriere als Geistlicher und Kirchenjurist. 1281 von Martin IV. zum Kardinal kreiert. Seit 24. Dezember 1294 Papst. Gestorben am 11. Oktober 1303.

Caledonien: Mittelalterliche Bezeichnung für Schottland.

Calendula: Mittelalterliche Bezeichnung der heute noch für Heilsalben gebrauchten Ringelblume.

Cäsaren: Gemeint sind die antiken römischen Kaiser als Nachfolger Julius Caesars und Octavianus Augustus.

Castel del Monte: Italienisch für „Felsenburg“. Geheimnisvolle achteckige Festungsanlage Kaiser Friedrichs II. auf einem Bergrücken nahe Bari, in der Karl von Anjou nach König Manfreds Tod dessen minderjährige Kinder einkerkern ließ.

Catull: Römischer Dichter.

Celle: Wichtige Burg und Stadt im Fürstentum Lüneburg. Nach dem Verlust von Lüneburg (1371) herzogliche Residenz.

Cellerarin: Kellermeisterin. Die für die Vorratshaltung zuständige hohe Würdenträgerin eines Chorfrauenstiftes.

Centiloquium: Wissenschaftliches Werk des Ptolemäus.

Chastel Pelerin: Altfranzösisch für „Pilgerburg“. Festung der Templer im Norden des Heiligen Landes. Nach dem Fall von Akkon im August 1291 geräumt.

Christophorus: Heiliger, der nach der Überlieferung das Christuskind auf seinen Schultern durch einen reißenden Strom trug. Angefleht, wenn ein jäher Tod drohte.

Collegae: Lateinisch für „Kollegen“. Ritter Werner meint das Konklave, die zur Wahl eines neuen Papstes versammelten Kardinäle.

Colosseum: Von den flavischen Kaisern (69 bis 96) erbautes antikes Theater in der Stadt Rom. Im Mittelalter burgartig befestigt.

Confessiones: Lateinisch für „Bekenntnisse“. Theologisches Standardwerk des Kirchenvaters Augustinus (gest. 430).

Constanze: 1) Constanze d'Hauteville. (1154-1198) Königin von Sizilien und Gemahlin des römisch-deutschen Kaisers Heinrich VI. von Hohenstaufen. Mutter Kaiser Friedrichs II. und 1197/98 dessen Regentin im Königreich Sizilien. 2) Constanze von Hohenstaufen. (1249-1301). Tochter König Manfreds aus dessen erster Ehe. Heiratete Peter von Aragon und wurde Königin von Sizilien, als dieser die Insel 1282 Karl von Anjou abnahm.

Corrado: Aquilas fuchsbraunes Pferd. Ein Name mit Hintergrund: Italienisch Corrado, deutsch Konrad ist ein alter Hohenstaufenname, den auch König Konrad IV. (1228-1254) und sein Sohn Herzog Konradin, italienisch genannt Corradino (1252-1268)

trugen.
Corradino: Siehe Konradin.
Damaszener: Die Waffenschmiede der Stadt Damaskus galten lange Zeit als die besten der Welt.
Dammerhorn: Heute „wüstes“, also nicht mehr existentes Dorf am Rande der Altmark, nicht weit von Schafwedel.
Debita animadversione puniendum: Bei der Verurteilung von Ketzern waren die von der Kirche eingesetzten Inquisitoren verpflichtet, ihre weltlichen Helfer zu bitten, das Leben der Verurteilten zu schonen.
*Demetrio Guagnano: Graf aus Bari. Jagdvogt und Falkner im Dienste König Manfreds von Hohenstaufen.
*Der Mann im Dunklen Mantel: Ein Mann von der anderen Seite.
Domini canes: Lateinisch für „die Spürhunde des Herrn“. Wortspiel auf den an der Heiligen Inquisition besonders beteiligten Mönchsorden der Dominikaner.
Dominikus: Aus Spanien stammender, heiliggesprochener Gründer des mit den Franziskanern konkurrierenden Bettelordens der Dominikaner.
Dorfschulze, Schulze, Schultheiß: Abgeleitet von lateinisch „scultetus“. Vorsteher eines Dorfes.
Dormitorium: Nach dem Ideal der vita communis gemeinsamer Schlafsaal der Mönche bzw. Nonnen. Im Augustinerchorfrauenstift Diesdorf/Marienwerder nicht konkret nachgewiesen.
Ebstorf: Benediktinerinnenkloster nahe Löwenwalde/Uelzen. Über Märtyrergräbern des 9. Jahrhunderts errichtet. Heimat der berühmten mittelalterlichen „Ebstorfer Weltkarte“.
Ecclesia abhorrit a sanguine: Lateinisch für „die Kirche schreckt vor Blut(vergießen) zurück“. Der mittelalterlichen Kirche war es untersagt, Todesurteile auszusprechen. Wenn dies dennoch für nötig erachtet wurde, bediente sie sich hierzu weltlicher Hilfe.
Enzio: (1211-1272) König von Sardinien. Bastardsohn Kaiser Friedrichs II. Von 1249 bis zu seinem Tod in Bologna gefangengehalten.
Epiros, Epirus: Westgriechische Landschaft. Im 13. Jahrhundert selbständiges Despotat und ein Überrest des byzantinischen Kaiserreiches. Heimat von Königin Helena, König Manfreds zweiter Ehefrau.
Estorf: Die Herren von Estorf, ein kleines Adelsgeschlecht, Ritter Wilbrands Verwandte.
*Ezzo der Ziegler: Bewohner von Bodenteich.
Febrefugiam: Mittelalterliche Bezeichnung für das Mutterkraut.
Federico: Italienische Form des Namens Kaiser Friedrichs II.
Fernando: Schwester Agnethas Pferd.
Florenz: Stadt in der Toskana. Meist auf Seiten des Papstes und der Franzosen.
Foggia: Residenzstadt Kaiser Friedrichs II. im Norden Apuliens. Später von seinem Sohn Manfred genutzt.
Forum romanum: Marktplatz und Zentrum des antiken Rom. Im Mittelalter schon Ruinenstätte.
Franziskanerspiritualen, Fraticellen: Absolute Armut fordernde Abspaltung der Franziskaner. Im Verdacht der Ketzerei.
Franziskus, Heiliger: Franz von Assisi (1180-1226). Bettelmönch und Wanderprediger. Begründer des Franziskanerordens.
Friedrich II.: (1194-1250) Römisch-deutscher König und Kaiser, König von Sizilien,

Arelat und Jerusalem aus dem Geschlecht der Staufer oder Hohenstaufen. Freigeist, Förderer der Wissenschaften und Künste. 1245 auf dem Konzil von Lyon von Papst Innozenz IV. für abgesetzt erklärt, konnte er seine Herrschaft dennoch behaupten.

Fürbittengebet: Gebet für die Seelen Verstorbener.

Gamander, echter Gamander: Mittelalterliches Heilkraut.

*Gebhard, Edelherr von Boldensen: Geboren 1262. Ritter Wilbrands Schwager.

*Gennadios: (1185-1266) Orthodoxer Geistlicher aus Epiros. Gelehrter am Hofe Kaiser Friedrichs II. und König Manfreds. Erzieher des jungen Aquila. Bei der Einnahme Salernos durch die Franzosen getötet.

Gerbert der Zauberer, Gerbert von Aurillac: (940/50-1003) Der hochgelehrte Papst Silvester II. (999-1003), der im Verdacht zauberischer Machenschaften stand.

Gerhard von Parma: Kardinalbischof von Santa Sabina seit 1281.

*Gerolf von Bodenteich: Geboren 1278. Jüngerer Sohn Ritter Wilbrands.

*Gertrud: Geboren 1272. Schankmaid beim Prior von Oldenstadt.

*Giselher von Bärennoth: (1230-1266) Markgraf in Mittelitalien. Kampfgefährte König Manfreds. Bei Benevent getötet.

Goldrute: Mittelalterliches Heilkraut.

Golgatha: Die „Schädelstätte" vor den Toren Jerusalems. Ort der Kreuzigung Jesu Christi.

Gregor IX.: Papst von 1227 bis 1241. Gegner Friedrichs II. und Begründer der Heiligen Inquistion.

*Grenzland: Die Gegend um Diesdorf (heute Sachsen-Anhalt), Wittingen und Bodenteich (heute Niedersachsen), in der am Ende des 13. Jahrhunderts unterschiedliche Fürsten wie die Herzöge von Braunschweig und Lüneburg und die Markgrafen von Brandenburg Herrschaftsrechte besaßen, welche zum Teil in ihrem Namen von einheimischen Adelsgeschlechtern wie den Herren von dem Knesebeck und den Herren von Bodenteich ausgeübt wurden.

*Gunther von Bärennoth: Geboren 1266. Sohn des staufertreuen Markgrafen Giselher. Nach dem Sieg der Franzosen verloren die Bärennöther ihre Markgrafschaft. Wurde 1291 in Akkon verwundet und in Süditalien gesundgepflegt. Heiratete seine Pflegerin Maria da Guagnano.

*Guntram der Töpfer: Bewohner von Bodenteich.

Habakuk: Alttestamentarischer Prophet.

Halberstadt: Bischofsstadt im nördlichen Harzvorland. Zu dieser Diözese gehören im Mittelalter Wittingen und Knesebeck.

Hanse: Spätmittelalterlicher Zusammenschluß vor allem norddeutscher Kaufleute und reicher Städte zum gegenseitigen wirtschaftlichen Vorteil. Im 14. und 15. Jahrhundert wird die Hanse, deren wichtigste Mitglieder die Städte Lübeck, Hamburg und Lüneburg sind, auch zu einer bedeutenden politischen Macht.

Häresie, Häretiker: Siehe Ketzerei, Ketzer.

*Hartheim: Eine weit abgelegene Gegend des Hügellandes.

Hartung: Alter deutscher Name für den Januar.

Heinrich der Löwe: (1129-1195) Herzog von (Nieder-)Sachsen und Bayern aus der Familie der Welfen. Fast mächtiger als Kaiser Friedrich Barbarossa selbst überwarf er sich mit diesem, verlor seine beiden Herzogtümer und mußte in die Verbannung gehen.

Heinrich der Wunderliche, Heinrich Mirabilis: (1267-1322) Herzog von Braunschweig und Lüneburg aus der Familie der Welfen, Herr aber nur im Fürstentum Braunschweig-Grubenhagen. Gegner seines Vetters Otto der Strenge. Der Beiname wird im Mittelalter als ehrendes Attribut aufgefaßt.

Helena von Epirus: Gemahlin Manfreds von Sizilien. Nach seinem Tod in der Schlacht von Benevent wie ihre minderjährigen Kinder von den Franzosen eingekerkert, starb sie in der Haft.

Helmzier: Meist lederne, mit Leinwand bezogene Wappenfigur auf den Topfhelmen von Adeligen.

Hempo von dem Knesebeck: Geboren 1285. Schwester Agnethas Neffe.

Herbarium: Von Apuleius verfaßtes antikes Standardwerk der Kräuterkunde.

Here frouwe: Mittelhochdeutsch für „edle Dame“. Ein Begriff aus der Welt des Minnesangs.

Hildebert von Tours: Mittelalterlicher Gelehrter.

Hohenstaufen, Staufer: Ursprünglich aus dem schwäbischen Raum stammendes Adelsgeschlecht. Im 11. Jahrhundert werden die Staufer Herzöge von Schwaben. Seit 1138 sind sie deutsche Könige und später Kaiser, seit 1194 Könige von Sizilien, seit 1226 König von Jerusalem. Mit den Söhnen und Enkeln Kaiser Friedrichs II. sind die vom Papsttum erbarmungslos verfolgten Staufer im Jahre 1268 erloschen.

Homo diplomaticus: Lateinisch für „Diplomat“.

Homo homini lupus: Lateinisch für „Der Mensch ist des Menschen Wolf“.

Homo politicus: Lateinisch für „Politiker“.

Honorius IV.: Eigentlich Giacomo Savelli. Geboren 1210. Papst von 1285 bis 1287.

Hornung: Alte deutsche Bezeichnung für den Monat Februar.

Hos firabis ficaliri elypolis: Magische Beschwörungsformel. Der Wolfsthurner Handschrift entnommen.

Hyoscyamus niger: Mittelalterliches Heilkraut. Wirkung ähnlich dem heutigen Atropin.

Ibn Rudsch: Siehe Averroes.

Ikarus: Knabe, den sein Vater Daedalus nach der griechischen Sage mit Flügeln ausstattete, damit er aus der Gefangenschaft entkäme. Als er der Sonne zu nahe kam, löste sich das Wachs, welches die Federn an den Flügeln hielt, und der Junge stürzte wie ein Stein in die Tiefe.

Ilmenau: Nebenfluß der Elbe. Entspringt als Aue bei Bokel am Rand der Lüneburger Heide, durchfließt Bodenteich (und im Jahre 1292 den dortigen See), Uelzen und Lüneburg und mündet nahe Winsen in die Elbe.

Imperator: Eigentlich lateinisch für „Befehlshaber“. In Antike und Mittelalter der offizielle Kaisertitel.

In nomine patris et filiis et spiritus sancti: Lateinisch für „Im Namen des Vaters, des Sohnes und des Heiligen Geistes“.

In nomine patris et filiis et spiritus sancti. Benedice, domine ...: Lateinisch für „Im Namen des Vaters, des Sohnes und des Heiligen Geistes. Segne, Herr, uns und Deine Gaben, die uns in Deiner Großmut gegeben wurden durch Christus unseren Herrn. Amen.“ Ein mittelalterliches Tischgebet.

In nomine sanctae et individuae trinitatis: Lateinisch für „Im Namen der heiligen und unteilbaren Dreieinigkeit“. Gängige Einleitung mittelalterlicher Urkunden.

In nominae sanctae et individuae trinitatis, nos Conradus divina favente gratia episcopus ecclesie verdensis ...: Lateinisch für „Im Namen der heiligen und unteilbaren Dreieinigkeit, wir, Konrad, nach dem Walten der göttlichen Gnade Bischof von Verden ...“.

Innozenz IV.: Eigentlich Sinibaldo Fiesci. Geboren um 1195. Bedeutender Jurist, Papst von 1241 bis 1254. Ließ Friedrich II. 1245 auf dem Konzil von Lyon absetzen und forderte nach dem Tod des Kaisers: „Rottet aus Namen und Leib, Samen und Sproß dieses Babyloniers!"

Inquisition, Inquisitor: Seit Papst Gregor IX. dem Heiligen Stuhl unmittelbar unterstellte Behörde zur Untersuchung ketzerischer (später auch hexerischer) Umtriebe, beziehungsweise einer ihrer Bevollmächtigten.

Isenhagen: Kloster und Dorf im mittelalterlichen Herzogtum von Braunschweig und Lüneburg. Im Jahre 1292 befand sich das Kloster noch im mückenverseuchten heutigen Alt-Isenhagen.

Ivein/Ivain: Sagenhafter Artusritter. Um 1205 entstandenes mittelhochdeutsches Versepos des Hartmann von Aue über die Abenteuer eines Artusritters. Basierend auf einer altfranzösischen Vorlage des Chrestien de Troyes.

Joachim von Fiore: (1120-1202). Theologe und Prophet, der als Abt in Kalabrien im Königreich Sizilien lebte. Aus den ihm zugeschriebenen Weissagungen wurde auf die Ankunft des Antichristen und den Anbruch eines neuen Zeitalters der Welt mit dem Jahre 1260 geschlossen.

Johanniter: um 1060 durch amalfitanische Kaufleute gegründeter christlicher Orden im Heiligen Land, der sich zunächst der Krankenpflege widmete, durch den Großmeister Raymond von Le Puy aber in einen geistlichen Ritterorden nach dem Vorbild der Tempelritter umgestaltet wurde. Seitdem mit diesen konkurrierend. Nach dem Verlust von Akkon im Mai 1291 fanden die Johanniter anders als ihre Konkurrenten auf Rhodos und später (bis 1798) auf Malta eine neue Heimat. Seitdem (um 1530) auch „Malteser".

Kantorin: Sangmeisterin. Die für den Gesang der Konventualinnen zuständige Würdenträgerin eines Chorfrauenstiftes.

Kapitell: In der Regel reich verzierter Bestandteil einer Säule oder eines Pfeilers am Übergang in das Gewölbe.

Kapitolinischer Hügel, Kapitol: Einer der sieben Hügel Roms. Standort der antiken Kaiserpaläste, im Jahre 1292 bereits Ruinenstätte.

Kardinalbischof von Tusculum: Giovanni Boccamazza-Savelli, geboren 1250, als Erzbischof von Monreale auf Sizilien 1282 durch Peter von Aragon und die Staufertreuen vertrieben. Nach 1286 als offizieller Gesandter des Heiligen Stuhls in Deutschland.

Kardinalspurpur: Die zeremonielle rote Gewandung der Kardinäle.

Karl von Anjou: (1226-1285) Bruder Ludwigs des Heiligen von Frankreich. Entriß auf Betreiben des Papstes Manfred von Hohenstaufen 1266 das Königreich Sizilien und behauptete es gegen Herzog Konradin. Verlor 1282 die Insel Sizilien an Peter von Aragon, der mit König Manfreds Tochter vermählt war, und blieb seitdem auf Süditalien rund um Neapel beschränkt.

Karl II., der Lahme von Anjou: Seit 1285 offiziell König von Sizilien, zeitweise in aragonesischer Gefangenschaft. Kann sich später nur in Süditalien durchsetzen.

Katharer: Von griechisch „Katharoi" für „die Reinen". Mittelalterliche Sekte, die annahm, die faßbare Welt mit all ihren Schrecklichkeiten sei nicht von Gott, sondern vom Herrn des Bösen erschaffen worden, und die dafür von der offiziellen Kirche erbarmungslos verfolgt wurde.

Katzenminze: Mittelalterliches Heilkraut.

Kemenate: Mit einem Kamin beheizbarer Wohntrakt einer Burg, der meist die Frauen-

gemächer beherbergte.
Ketzerei, Ketzer: Nach Auffassung der mittelalterlichen Kirche mußte jede Abirrung von der offiziellen christlichen Linie als Ketzerei (oder auch „Häresie") erbarmungslos verfolgt werden.
*Kloppodek: (1199-1255). Ein Freund von Meister Emil. Sah den Roten Drachen und starb später an den Blattern.
Knesebeck: Burg und Dorf im Herzogtum Braunschweig und Lüneburg. Stammsitz des gleichnamigen Rittergeschlechts.
König Alfons, Alfons il Sabio, Alfons der Weise: (1221-1284) König von Kastilien seit 1252. 1257 in umstrittener Wahl zum deutschen König gekürt, kann er sich gegen seinen Rivalen Richard von Cornwall nicht durchsetzen.
König von Aragon: (1239-1285) Peter, König von Aragon seit 1276, war mit Konstanze, der Tochter Manfreds von Hohenstaufen, vermählt. Er galt als Erbe der Hohenstaufen. Entriß Karl von Anjou 1282 die Insel Sizilien.
Komtur: Würdenträger/Verwalter eines Ritterordens.
Könnt, here frouwe, Euch verdrießen ...: Aus einem Lied des Walther von der Vogelweide. Übersetzung des Verfassers.
Konrad von Verden: (um 1248-1300). Bischof Konrad von Verden aus der Familie der Welfen war ein Sohn Herzog Ottos des Kindes und ein Onkel Herzog Ottos des Strengen.
Konradin: (1252-1268) Herzog von Schwaben, „der letzte Hohenstaufe". Zog mit sechzehn Jahren nach Italien, um das seinem Onkel Manfred entrissene Königreich Sizilien zurückzuerobern. Durch Karl von Anjou bei Tagliacozzo besiegt, gefangen und am 29. Oktober 1268 auf dem Marktplatz von Neapel enthauptet.
Kreuzgang: Um den quadratischen Innenhof des Klosters führender, meist überdachter Prozessionsweg, um den sich die Klosterkirche, das Dormitorium und andere geistlichen Zwecken vorbehaltene Gebäude gruppieren.
Konventualin: Vollgültige geistliche Angehörige des Klosters, Stiftsdame, Nonne.
Kuckstorf: Dorf nahe Bodenteich.
Langenapel: Burg und Dorf in der brandenburgischen Altmark. Die Burg wohl seit dem 13. Jahrhunderts Sitz des Adelsgeschlechts der Herren Crucemann und später der Herren von dem Knesebeck. Eine Verbindung zum Orden der Tempelritter ist historisch nicht bezeugt.
Langenbrügge: Dorf nahe Bodenteich.
Lex salica: Die um 500 aufgezeichneten Gesetze der salischen Franken waren in späteren Jahrhunderten sehr einflußreich. Anders als sonst meist üblich, wurde nach diesen Bestimmungen der Herrschaftsbereich eines verstorbenen Adeligen nicht geteilt, sondern komplett dem ältesten Sohn übertragen.
Legatus natus: Persönlicher Gesandter eines Papstes, mit Sondervollmachten versehen.
Lehen: Ein Lehnsmann wird im Mittelalter von seinem Lehnsherrn mit bestimmten Besitzungen, den Lehen, belehnt, das heißt, er darf sie für seine Zwecke nutzen, muß dem Lehnsherrn dafür aber Abgaben, wie die sogenannten Zehnten entrichten, und Dienste, oft auch Kriegsdienste leisten. Lehen können in ihrer Größe zwischen ganzen Herzogtümern und einzelnen Getreidefeldern variieren.
Lettner: Meist reich verzierte hölzerne oder steinerne Wand im Innern einer Stifts- oder Klosterkirche, die den Bereich der Gemeinde vom Bezirk der Mönche bzw. Nonnen trennt.
Lilium: Mittelalterliche Bezeichnung der Lilie.

Löwenwalde: Stadt an der Ilmenau im Besitz Herzog Ottos des Strengen. Das heutige Uelzen.

Lucca: Stadt in der Toskana. Meist auf Seiten des Kaisers und der Hohenstaufen.

Lucera: Stadt im Norden Apuliens. Hier siedelte Kaiser Friedrich II. nach dem sizilianischen Aufstand von 1230 Sarazenen an, aus denen sich seine und später seines Sohnes Manfreds treu ergebene Leibgarde rekrutierte.

Lüchow: Burg und Grafschaft im heutigen Niedersachsen. Im Jahre 1292 unter starkem Druck durch die Markgrafen von Brandenburg und Herzog Otto den Strengen von Lüneburg, der die Grafschaft im Jahre 1321 seinem Herzogtum einverleibt.

*Ludolpho: Geboren 1237. Kaplan auf Burg Bodenteich.

Lüneburg: Erst 1371 zerstörte herzogliche Burg auf dem Kalkberg. Unterhalb davon entwickelte sich eine Kaufmannsstadt an der Ilmenau. Residenz Herzog Ottos des Strengen im Fürstentum Lüneburg. Mitglied der Hanse. Reich geworden durch die Saline als einzige überregional bedeutsame Salzquelle des Mittelalters nördlich der Alpen.

Magnifizenz: Anrede für einen hochrangigen Gelehrten, eigentlich einen Universitätsrektor.

Mameluken, Mamelucken: Ursprünglich islamische Sklaven- und Söldnerkrieger, seit der Mitte des 13. Jahrhunderts die Herrscher Ägyptens.

Manfred von Sizilien: (1232-1266) Sohn Kaiser Friedrichs II. und der Bianca Lancia. Seit 1258 König von Sizilien, wurde er in der Schlacht von Benevent durch die Söldner des vom Papst herbeigerufenen Karl von Anjou getötet. Mit seinem Tod verloren die Hohenstaufen das letzte ihrer Königreiche.

*Margarethe: Geboren 1255. Ehefrau Paridams von dem Knesebeck.

*Maria von Bärennoth-Guagnano: Geboren 1267. Tochter des Demetrio Guagnano. Erbin großer Ländereien in der Nähe von Bari. 1291 vermählt mit Gunther von Bärennoth.

Marienblume: Mittelalterliche Heilpflanze.

Markgraf: Ursprünglich vom Kaiser eingesetzter Herr über eine Markgrafschaft an den gefährdeten Grenzen des Reiches mit besonderen militärischen Befugnissen. Am Ende des 13. Jahrhunderts als Landesherr einem Herzog im Rang faktisch gleichgestellt.

Martin von Tours: Bischof von Tour im 6. Jahrhundert. Heiliger. Sein Fest am 11. November.

Mechthild von Wohldenberg: Priorin des Augustinerinnenstiftes Diesdorf. Entstammte dem Geschlecht der Grafen von Wöltingerode-Wohldenberg.

Medicus: Ein (studierter) mittelalterlicher Arzt.

Meding: Die Herren von Meding, ein kleines lüneburgisches Adelsgeschlecht, Ritter Wilbrands Verwandte.

Medingen: Benediktinerinnenkloster zwischen Lüneburg und Löwenwalde/Uelzen, gegründet durch die Herren von Meding.

*Meister Emil: Geboren 1195. Großvater der Müllersfrau. Der älteste Bewohner des Burgfleckens verfügt über ein großes Wissen.

Michael Scotus: Aus Schottland stammender Hofastronom Kaiser Friedrichs II.

Minnecanzone: Nach strengen formalen Gesetzen gestaltetes mittelalterliches Liebeslied an eine meist gesellschaftlich übergeordnete, leidenschaftlich verehrte Dame.

Mismalvas: Mittelalterliche Bezeichnung einer Malvenart. Heilpflanze.

Montaperti: Toskanische Ortschaft nahe Siena. Hier besiegten König Manfreds Verbündete im Jahre 1260 die Florentiner. Dies war der letzte große Sieg der Hohenstaufen und eine der blutigsten Schlachten des gesamten Mittelalters.

Montsegur: Letztes Widerstandsnest der Katharer am Rande der Pyrenäen. Ergab sich im Frühjahr 1244 einem Kreuzfahrerheer, nachdem der „Schatz der Katharer", angeblich identisch mit dem Heiligen Gral, unter mysteriösen Umständen fortgeschafft worden war. Die Ketzer unter den Verteidigern wurden auf dem Scheiterhaufen verbrannt.

*Müllertochter: Geboren 1279. Tochter Bennos, des Müllers von Bodenteich.

Munsalvaesche: Im ‚Parzival' des Wolfram von Eschenbach Name der Burg, in der König Amfortas und die Templeisen den Heiligen Gral bewachen.

Neapolis, Neapel: Größte Stadt des Königreichs Sizilien, unter Karl von Anjou Hauptstadt.

Nikolaus IV.: Geboren 1230. Eigentlich Girolamo Masci, Papst von 1288 bis 1292. Versuchte vergeblich, den Untergang der Kreuzfahrerstaaten im Heiligen Land zu verhindern. Erster Franziskaner auf dem Papstthron. Nach seinem Tod am 4. April 1292 kam es zu einer mehr als zweijährigen Sedisvakanz.

Nikromantie: Eigentlich Negromantie, Totenbeschwörung. Hier gemeint ist die Verwendung von Zauberei und „Schwarzer Magie" zu bösen Zwecken.

Non nobis domine (non nobis sed nomine tuo da gloriam): Lateinisch für „Nicht uns, oh Herr (nicht uns, sondern Deinem Namen gib Ehre)". Wahlspruch der Templer.

Novizin: Junges Mädchen, neu im Kloster bzw. Stift. In der Ausbildung zur vollgültigen Konventualin.

Oldenstadt: Eigentlich Ulessen oder Uelzen. Handwerkersiedlung um ein Mönchskloster an der Ilmenau. Zugunsten der herzoglichen Neugründung Löwenwalde wird die Siedlung in der zweiten Hälfte des 13. Jahrhunderts verlassen und es bleibt nur das Kloster.

Orvieto: Auf einem steilen Felsen gelegene Stadt in Umbrien. In der zweiten Hälfte des 13. Jahrhunderts häufiger Aufenthaltsort der Päpste, welche die Stadt durch repräsentative Bauten wie den neuen Papstpalast und den berühmten Dom verschönern ließen.

Ostiarius: Niederer geistlicher Rang.

Otto das Kind: (1204-1252) Erster Herzog von Braunschweig und Lüneburg durch Belehnung Kaiser Friedrichs II. auf dem Reichstag von Mainz im Jahre 1235.

Otto der Strenge: (etwa 1270-1330) Aus der Familie der Welfen stammender Herzog von Braunschweig und Lüneburg seit 1277, Herr aber nur über den Lüneburger Landesteil. Enkel Ottos des Kindes. Dehnt seinen Machtbereich auf Kosten seiner Nachbarn und seiner ritterlichen Lehnsmänner konsequent aus.

Outremer: Französisch für „jenseits des Meeres". Gemeint sind die christlichen Fürstentümer im Heiligen Land.

Overstedt: Dorf nahe Bodenteich.

Ovid: Publius Ovidius Naso (43 v. Chr. -17 n. Chr.) Römischer Dichter. Seine im Mittelalter bekanntesten Werke waren die „ars amatoria", lateinisch für „Liebeskunst", die „remedia amoris" und natürlich die „Metamorphosen".

Palas: Der große Festsaal einer Burg und das Gebäude, das ihn aufnimmt.

Papyrus: Sumpfpflanze, aus der schon im alten Ägypten und angeregt durch Kaiser Friedrich II. im 13. Jahrhundert auch auf Sizilien beschreibbares Material gewonnen wurde.

Paridam von dem Knesebeck: Geboren um 1250. Ritter, Lehnsmann Herzog Ottos des

Strengen von Lüneburg und der Markgrafen von Brandenburg. Herr über Burg und Stadt Wittingen.

Pater noster qui es in coelis ...: Magister Wasmod betet das lateinische Vaterunser.

Peire Vidal: (um 1200) Einer der bedeutendsten provencalischen Troubadoure.

Perugia: Italienische Stadt; zeitweiliger Sitz des Papstes.

Peter vom Berg Morrone: (1215-1296) Eremit mit heiligem Lebenswandel. 1294 einige Monate lang als Coelestin IV. Papst.

Petrus Abaelard: (1080-1142) Ketzerischer Gelehrter im Paris des 12. Jahrhunderts. Gegner des Bernhard von Clairvaux und Geliebter der Nonne Heloise. Von seinen Gegnern entmannt.

Pisa: Stadt in der Toskana. Meist auf Seiten des Kaisers und der Hohenstaufen.

Portikus: Angedeutete Säulenhalle an der Eingangsfassade von Gebäuden. Am Castel del Monte antiker Tempelarchitektur nachgebildet.

Präzeptor: Titel eines hohen Würdenträgers im Templerorden. Vorsteher einer Ordensprovinz.

Priorin: Geistliche Vorsteherin kleinerer Klöster und Stifter. Bei größeren Einrichtungen lautet der Titel „Äbtissin“.

Processus per denuntiationem: Prozeß, der auf eine Anzeige hin erfolgt. Bis zur Einführung der Heiligen Inquisition war die Klageerhebung ohne vorherige Anzeige sehr kompliziert.

Propst: Von lateinisch „Praepositus“ für „Vorsteher“. Hoher Würdenträger der Kirche als geistliches Haupt eines Klosters, einer Stadt etc.

Ptolemäus: Hellenistischer Wissenschaftler in Alexandria. Verfasser des Almagest. Entwickelte das für die mittelalterliche Philosophie prägende geozentrische Weltbild.

Quadrivium: Teil der mittelalterlichen artes liberales: Arithmetik, Geometrie, Musik und Astronomie.

Refektorium: Nach dem Ideal der vita communis gemeinsamer Speisesaal der Mönche bzw. Nonnen.

*Riva von Bodenteich: Geboren 1286. Tochter Ritter Wilbrands.

*Roter Drache: Einer der Drei Dämonen. Durch Bodo von Bodenteich besiegt. Zuletzt vor vielen Jahren von Kloppodek gesichtet.

Rudolf von Habsburg: Geboren 1218. Römisch-deutscher König 1273 bis 1291. Stellte nach dem Ende der Staufer die königliche Macht zumindest in Süddeutschland wieder her.

Salerno: Küstenstadt im festländischen Teil des Königreichs Sizilien mit der bedeutendsten medizinischen Schule der mittelalterlichen Christenheit.

Salve crux sacra: Lateinisch für „Sei gegrüßt, heiliges Kreuz!“ Hier in der schwarzmagischen Beschwörung in höhnischer Absicht gebraucht.

Salzwedel: Wichtige Burg und Stadt am Rande der Markgrafschaft Brandenburg.

Sarazenen: Im 13. Jahrhundert als Oberbegriff für alle Moslems gebraucht.

Schafwedel: Dorf am Ostufer des Bodenteicher Sees.

Schenken vom Berge: Ein kleines lüneburgisches Adelsgeschlecht, Ritter Wilbrands Verwandte.

Schostorf: Dorf im Norden des Bodenteicher Sees.

*Schwarzer Hengst: Einer der Drei Dämonen. Durch Bodo von Bodenteich besiegt.

Schwertleite: Weihevolle Zeremonie, in deren Verlauf der junge Adelige mit seinem

Schwert gegürtet und zum Mann erklärt wurde.
Sedes apostolica: Lateinisch für „Heiliger Stuhl“, Papsttum.
Servus servorum dei: Lateinisch für „Knecht der Knechte Gottes“. Ehrentitel des Papstes.
Sibyllinisch: Die Sibyllen, antike Weissagerinnen, genossen im 13. Jahrhundert neue Popularität. So machten angebliche sibyllinische Sprüche die Runde, nach denen Kaiser Friedrich II. gar nicht tot sei, sondern nur in einem Berge verborgen schlafe und dereinst zurückkehren würde: Der Kern der Kyffhäusersage.
Siena: Stadt in der Toskana. Meist auf Seiten des Kaisers und der Hohenstaufen.
*Siverd von Saldern: Geboren 1230. Ritter. Anführer von Herzog Ottos Söldnern. Ein Siverd von Saldern „mit der halben Nase“ führte 1371 die Ritter Herzog Magnus von Braunschweig und Lüneburg bei der versuchten Einnahme von Lüneburg an.
Skapulier: Schläfen und Kinn einbeziehende, eng anliegende Kopfbedeckung. Bestandteil der Nonnentracht.
Skriptorium: Schreibstube. Fast immer Teil eines Klosters oder Stiftes.
St. Spiritus: Kloster und Hospital vor den Toren von Salzwedel.
Stöcken: Dorf nahe Wittingen.
Summa theologica: Das Lebenswerk des Scholastikers Thomas von Aquin.
Syrakus: Schon in der Antike bedeutende Hafenstadt an der Ostküste Siziliens, in der Friedrich II. eine gewaltige Festungsanlage erbauen ließ.
Tanacetum: Lateinisch für „Farn“.
Templer, Tempelritter: Im Zuge der Kreuzzüge entstandener Ritterorden, der die Ideale des Mönchs- und des Rittertums miteinander zu vereinen trachtete. Bestätigt 1144 durch Papst Eugen III. Zunächst dem Ideal der Armut verpflichtet, wurden die Templer im Laufe der Zeit märchenhaft reich und schließlich zu den „Bankiers Europas“. Das Hauptquartier der Templer befand sich zunächst im „Tempel Salomons“ zu Jerusalem, später in Akkon und nach dem Fall der Stadt in Paris. Zwischen 1307 und 1314 wurden den Templern auf Geheiß des französischen Königs Philipp IV. wegen angeblicher Gotteslästerung und Homosexualität der Prozeß gemacht und der Orden auf dem Konzil von Vienne schließlich aufgelöst.
Terabiblos: Griechisch für „vier Bücher“. Antikes wissenschaftliches Werk des Ptolemäus.
Thesaurus Nigromanticae: Lateinisch für „Schatz der Schwarzen Kunst“. Ein Handbuch der Schwarzen Magie.
Thomas von Aquin: (1225-1274) Dominikaner. Der große Moraltheologe der mittelalterlichen römischen Kirche. Verfasser der summa theologica.
Thomas von Canterbury: Thomas Becket, Erzbischof von Canterbury. Auf Geheiß König Heinrichs II. Plantagenet von England im Jahre 1170 ermordet. Später heiliggesprochen.
Thondorf: Die Herren Thondorf, ein kleines lüneburgisches Adelsgeschlecht, Ritter Wilbrands Verwandte.
Tortosa: Festung der Templer im Norden des Heiligen Landes. Nach dem Fall von Akkon 1291 geräumt.
*Toste der Torwächter: Geboren 1258. Ritter Wilbrands Torwächter auf Burg Bodenteich.
Trani: Hafenstadt im festländischen Teil des Königreichs Sizilien.
Trivium: Teil der mittelalterlichen artes liberales: Grammatik, Rhetorik und Dialektik.
Und es erhob sich Streit im Himmel ...: Bruder Edgar zitiert aus der Offenbarung des

Johannes (wiedergegeben nach der lutherschen Übersetzung des 16. Jahrhunderts).

Und ob ich schon wanderte im finstern Tal ...: Schwester Agnetha zitiert aus dem 23. Psalm (wiedergegeben nach der lutherschen Übersetzung des 16. Jahrhunderts).

*Valdemar: Ein Mann von der anderen Seite.

*Vater Dietrich: (1226 bis 1292) Propst des Hospitals von St. Spiritus vor den Toren von Salzwedel. Magister Wasmods Lehrer. Auf dem Wege nach Bodenteich unter mysteriösen Umständen ermordet.

Verden: Bischofsstadt am Zusammenfluß von Weser und Aller. Zu dieser Diözese gehören im Mittelalter Bodenteich und das Augustinerinnenkloster Diesdorf.

Vergil: Römischer Historiker. Galt, obwohl Heide, im Mittelalter als ein Mann von christlicher Gesinnung. Wegbegleiter Dantes in der ‚divina comedia'.

Verona: Von Magister Wasmod häufig besuchte Stadt in Norditalien.

Vesper, Vesperstunde: Eigentlich Zeitpunkt eines in den Klöstern um die Mitte des Nachmittags vorgeschriebenen Gebetes. Hier allgemein für einen nachmittäglichen Imbiß.

Vierung: Der Bereich im Innern einer Kirche, in dem sich Langschiff und Querschiff kreuzen.

Virgo intacta: Lateinisch für „unbeschädigte Jungfrau".

Viterbo: Italienische Stadt. Im 13. Jahrhundert häufiger Aufenthaltsort der Päpste.

Walther von der Vogelweide: (um 1170-um 1230) Der wohl bedeutendste deutschsprachige Minnesänger und der erste, der den strengen Formalismus des älteren Minnesangs durchbrach. Verfaßte außerdem politische Sangsprüche im staufisch-welfischen Thronstreit.

*Wasmod von dem Knesebeck: Geboren 1254. Jüngster Sohn Ritter Paridams des Älteren von dem Knesebeck. Erzogen in St. Spiritus zu Salzwedel erkannte der Prior Vater Dietrich sein Talent und sandte ihn nach Italien auf die Universität von Bologna. Girolamo Masci, der spätere Nikolaus IV. förderte ihn und ernannte ihn 1290 zu seinem Sondergesandten in Deutschland, dem „Land jenseits der Berge".

*Weißer Wolf: Einer der Drei Dämonen. Durch Bodo von Bodenteich besiegt.

Welfen: Ein deutsches Adelsgeschlecht. Zwischen 1070 und 1180 Herzöge von Bayern, 1137 bis 1180 Herzöge von (Nieder-)Sachsen. Nach dem Sturz Heinrichs des Löwen Verlust beider Herzogtümer. Otto das Kind wird 1235 durch Kaiser Friedrich II. zum Herzog von Braunschweig und Lüneburg erhoben. Sein Enkel ist Otto der Strenge. 1714 werden die Welfen auch britische Könige.

*Werner von Langenapel: Geboren 1245. Verwandter Schwester Agnethas. Kreuzritter. In den Diensten König Peters von Aragon als Kommandant eines Kriegsschiffes. Kämpfte im Heiligen Land bis zum Fall von Akkon. Beauftragter des Tempelritterordens auf Burg Langenapel.

*Wilbrand von Bodenteich: Geboren 1246. Herr auf Burg Bodenteich.

Wittingen: Kleine Stadt im Fürstentum Braunschweig und Lüneburg an den Grenzen zur Markgrafschaft Brandenburg. Im Besitz der Herren von dem Knesebeck.

Wrestedt: Die Herren von Wrestedt, ein kleines Adelsgeschlecht, Ritter Wilbrands Verwandte.

Zehnt, Zehntabgabe: Bestimmter Anteil landwirtschaftlicher Einkünfte, der an den Lehnsherrn abzuführen war.

Zisterzienser, Zisterzienserinnen: Mönchs- bzw. Nonnenorden, der sich im Mittelalter besonders der Urbarmachung der Wildnis und der körperlichen Arbeit widmete.

DANKSAGUNG:

Der «Adler der Frühe» ist den Folgenden zu hohem Dank verpflichtet:

Meiner Mutter und meinem Vater.

Gunther «Markgraf Gunther von Bärennoth» Biernat und Silvia «Markgräfin Silvia von Bärennoth-Guagnano» Biernat und dem Tempus Vivit-Team. Michael «Miwo» und Sabine Wolf, Christine Hein samt dem Karfunkel-Team. Jan Kühr, Claudia Buß, Woelfin, Rigani, Angelyn, Gordina, Dame Freyja, Fiona, Monsterin, Leana, Stella, Shadyn, Greensleeves, Marleen und allen anderen Damen des Schankraums. Nikolaj «Arglwydd Rhisiart» Thon, dem wandelnden kirchenhistorischen Nachschlagewerk. Den beiden Walthers (Heise und von der Vogelweide). Und allen Fans und Veranstaltern, die die Vortragsreihe «Mittelalter in Europa» unterstützt und es mir ermöglicht haben, drei Jahre in den Adler zu investieren, namentlich Dariusz Szymanski (für einen unbezahlbaren Tip), dem Team der Seeparkklinik, Torsten «Toste der Torwächter» Nowotny samt Kurverwaltung Bad Bodenteich und Johannes Faget mit den «Fogelvreien».

Ulrich Lehnart
Kleidung und Waffen der Früh- und Hochgotik 1150 - 1320
ISBN 3-9805642-2-3
1998, ca. 120 Seiten, 8 Farbtafeln & zahlreiche s/w-Abbildungen, gebunden, Format: 20,5 x 27 cm.

Ulrich Lehnart
Kleidung und Waffen der Spätgotik, I 1320 - 1370
ISBN 3-9805642-8-2
2000, ca. 120 Seiten, 8 Farbtafeln & zahlreiche s/w-Abbildungen, gebunden, Format: 20,5 x 27 cm.

Gösta Ditmar-Trauth

Rüstung • Gewandung • Sachkultur des deutschen Hochmitelalters

ISBN 3-9805642-3-1

1999, ca. 160 Seiten, über 400 s/w-Abbildungen, gebunden, Format: 20,5 x 27 cm.

Gösta Ditmar-Trauth

Fibel- und Gürtelmode der Hochgotik

ISBN 3-9805642-7-4

2000, ca. 60 Seiten, über 240 s/w-Abbildungen, Drahtheftung, Format: 12 x 18 cm.

KARFUNKEL
- Zeitschrift für erlebbare Geschichte
ISSN 0944-2677

Die Termine von Ritterturnieren, Mittelalterlichen Märkten, historischen Stadtfesten ...
Außerdem: Fachtexte, Marktkritiken, Hintergrundinformationen, Schnittmuster, CD- und Buchbesprechungen ...

Erscheinungstermine:
1. März • 1. Juni • 1. September • 1. Dezember

A - Z, 2000/01: Die Adressen von Handwerkern und Gauklern, Spielleuten und Rittergruppen, von Veranstaltern und Veranstaltungsorten
ISBN 3-9805642-5-8
2000. Ca. 220 Seiten, kartoniert, Format: 13 x 18 cm

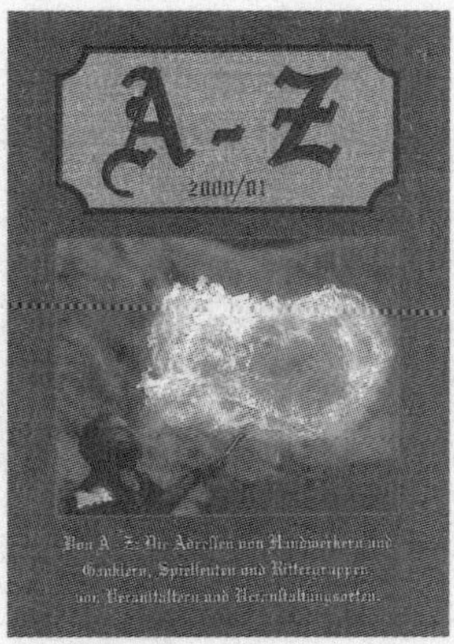

Infos zu Neuerscheinungen bitte beim Verlag anfordern:
Karfunkel-Verlag • Hauptstr. 85 • 69483 Wald-Michelbach • www.karfunkel.de